小敏家

伊北 著

人民文学出版社
PEOPLE'S LITERATURE PUBLISHING HOUSE

图书在版编目（CIP）数据

小敏家/伊北著．—北京：人民文学出版社，2022（2022.1重印）
ISBN 978-7-02-016013-6

Ⅰ．①小… Ⅱ．①伊… Ⅲ．①长篇小说—中国—当代 Ⅳ．①I247.5

中国版本图书馆CIP数据核字（2021）第206077号

责任编辑　樊晓哲
责任印制　任　祎

出版发行　人民文学出版社
社　　址　北京市朝内大街166号
邮政编码　100705

印　　刷　三河市鑫金马印装有限公司
经　　销　全国新华书店等

字　　数　418千字
开　　本　890毫米×1290毫米　1/32
印　　张　18.125　插页2
印　　数　8001—13000
版　　次　2022年1月北京第1版
印　　次　2022年1月第2次印刷

书　　号　978-7-02-016013-6
定　　价　59.00元

如有印装质量问题，请与本社图书销售中心调换。电话：010－65233595

人生三十而未娶，不应更娶；四十而未仕，不应更仕；五十不应为家；六十不应出游。何以言之？用违其时，事易尽也。

　　　　　　　　　　　　——《水浒传·序》

001

"妈，能不能别上纲上线。"刘小捷拍了拍手上的面粉说。"你不对占多数。"王素敏单手下力，和面。"过不下去就是过不下去，我总不能自欺欺人掩耳盗铃一叶障目，为一棵小破树放弃一片大森林吧。""森林在哪儿呢？"王素敏皱着眉头说，"你现在算二婚，缩水、贬值。当初我和你姐都劝你慎重慎重，你耳朵里塞驴毛硬是听不进。现在好，说散散了，钱没钱人没人，落了个二婚头担名不担利。"

"姐不也离了，怎么不说她？"小捷嘟着嘴。"能一样么？金波那是原则问题，你姐才跟他离。你这有什么原则问题？佟兵老实。""他老实，他爸妈不老实。我受不了，什么都不做，骨子里还满满优越感，整天就知道催生孩子。还有佟兵，猪大肠论堆提不起来，原来在国企做，嫌累；现在跑到外国的大使馆，给人家打扫卫生去。人都往高处走，他好，高开低走，好吃懒做，我跟他过不到一块。妈，还有你不知道的呢，他就是个游戏人生。""什么游戏人生？"王素敏听不懂女儿的话。"玩游戏，从中学就开始玩，街机，《三国志》；大学玩《红警》《帝国时代》；后来玩《魔兽世界》，一年前玩《LOL》，再就是玩《皇室战争》《王者荣耀》；现在天天吃鸡。玩游戏他倒与时俱进。""你们不就是打游戏认识的么？""那是以前！我早都不打了。多大了？没点事业心怎么行。""这些结婚前你都不知道？""伪装得好。结婚前他爸妈还都挺客气的，谁知道一住到一起就不一样了，动不动就说，你们外地来的怎么怎么的，我听了难受……"小捷皱鼻子。

王素敏擦头上的汗，小捷心疼："妈，楼下就有卖包子的，非费劲巴拉做它干吗？""人和人不一样，包子和包子也不一样。"王素敏感叹，"从前都是说，人和人是平等的；可撒眼瞧瞧，怎么能平等？还是分三六九等。你可得吸取你姐的教训。""我姐的教训怎么这么多，等会儿她来了你再说，别背后说。"小捷嬉皮笑脸的。王素敏自顾自地说："我们就是平常家庭，心别太高，天上的月亮好，咱们够不着。当初我不让你姐来北京，她不听，现在好，拼拼叉。""什么叫拼拼叉？"

王素敏有些说不出口，"拼拼叉"是老家方言，意思类似于姘头，不是合法夫妻，却像夫妻，约等于情人。像王素敏这种一辈子行得端坐得正的良家妇女，在道德层面，是看不上拼拼叉的。可女儿问到脸面上，她只能继续催小女儿："想想你自己怎么办吧。"小捷不以为意："什么怎么办？现在不挺好么？房子么，有了；车子么，指日可待；工作么，不错；身体么，健康。"小捷眼下的房子是政府福利摇号的自住型商品房，结婚前摇中，离婚后到手，刚好搬进来，不至于流离失所。"再说了，妈，你那都是老观念。女人离婚就完蛋了？我看不至于，反倒可能活得更好。姐如果不离婚，能有今天的成绩？妈你如果不离婚……"小捷不说了。她妈王素敏因为她爸家庭暴力离的婚，只是刚离不久，她爸就因酒驾出车祸去世了。为这事，王素敏一直内疚，总觉得是她害了前夫。小捷改口糊弄，做总结："反正，离婚可能还是新生活的开始。你以前不是跟我说，硕士毕业一定要有成果，这个成果不是说要赚多少钱，而是生活过得好，对生活有积极的态度。"

王素敏麻利地压面团，不看女儿，直接打断她："你就不打算再找了？""不好说。""才多大，以后都一个人过，现实么？"小捷反驳：

"你跟姐不都没再婚。""那不一样。我有你和你姐，你姐有家骏，你还是光杆一个，一个女人来世上一趟，孩子都不生了？我跟你说，你过了四十一定后悔。"小捷不作声。这是她离婚后唯一感到忧虑的问题：生孩子。她年纪不小了，马上三十三，妈妈说中了她的心事，这辈子，她还是打算要个自己的孩子的。跟佟兵结婚两年，一直没怀上，去医院检查，两个人都没问题。佟兵爸妈催着去做试管，她却犹豫了，觉得自己和佟兵根本就是性格不合、志向不合，各种不合。她于是提离婚，佟兵也有他的骄傲，立马同意。没有孩子，没有财产纠纷，这个婚离得痛快。不过还是有人在背后说小捷当初贪图佟兵是本地人才结的婚，如今觉得无利可图又离婚，小捷不想解释。她有北京户口，有自己的房子，她图他什么？嫁过去这段日子，佟家不但没帮过她什么，还处处防着她。她接受不了那种根深蒂固的优越感，即便破落了，还暗暗拿着架子。不过归根到底，谁又不是呢？人这个东西，没有优越感是不能活的。她刘小捷也自觉优越：突破层层考核，从地方考来北京读书，毕业留京工作，拿户口，定居。用老家人的话说，那也是地方上拔尖的，才能来北京、留北京。她觉得自己才貌俱佳，不过一离婚，冷不丁地，她成了二婚女人。跟她姐姐刘小敏一样。

　　王素敏开始包包子，红糖黑芝麻馅，刘小敏的最爱。本来，小敏一直催她来北京养老，王素敏一直没动。丈夫去世后，素敏一个人拉扯两个女儿长大，培养成才，刘小敏、刘小捷都来北京打拼。刚开始小捷住姐姐那，后来嫌没有独立空间，搬了出来，再后来小捷结了婚就住佟兵家。小敏来北京早，当初咬牙在航天桥买了个五十平方米的小房子——那时候北京还不限购，如今看来是有远见的。房子太小，素敏没过来跟女儿住，这当然是借口之一。她的借口还有：北京生活不习惯，物价太高，没有老朋友，等等。其实王素敏何尝不想来北京，她也向往大城市，只是她觉得女儿终究要再婚，她不愿意以负担、包袱的形式出现，让男方看到。所以，一直等到小捷有了自己的房子，又离了婚心情不好，王素敏才顺理成章来到北京。

"你姐最近怎么样？"王素敏不经意地问，她还是关心小敏。小捷虽然学历高，硕士，又是搞文化的，但现实生活中是个粗线条。在王素敏看来，小女儿有时有点不长心，枉费了这个名字，捷。"还那样呗。一会儿我姐来了你自己问。"小捷这下长心了。"跟我都不说？""说什么，妈你就别问了。"王素敏把手中的包子码好，忽然停下，惆怅得毫无预警："我做妈是不是特失败？""妈——"小捷说，"你这人就是一想就多，多愁善感。"王素敏继续包包子："做妈的离婚，两个女儿也离婚，你们是不是都跟我学的？咱们家的女人，怎么就不能过上安安泰泰、平平稳稳的日子？""妈！"小捷有些激动，"现在不挺好的么？""好什么，你还好，年纪不算大。你姐这么提溜着，说是马上家骏也要过来，真不知道怎么办。以后就这么一个人了？家骏走了，她靠谁？靠你？靠我？上地铁都有人给我让座了。年少夫妻老来伴，还是得有个伴。""姐有伴。"小捷说漏嘴了，说完就后悔了。

素敏见得手了，马上追问："什么伴？说说。"小捷见逃不过，说保证不能让姐知道是她告的密，才肯透露一二。王素敏当即保证，小捷还是犹豫。素敏着急："我是你妈，我能害你么，我能害你姐么。"刘小捷被逼得没退路，这才悄没声地把自己掌握的姐姐刘小敏和陈卓的交往情况跟妈妈说了。陈卓离过婚，比刘小敏大五岁，四十出头，现在在一家互联网企业做部门总监，有一个女儿，岁数跟家骏差不多，在上高中。就这么多？王素敏怀疑小捷知情不报。"全掏了。"小捷顽皮。"多长时间了？""好像是我跟佟兵结婚之前认识的。""那你瞒着？！""我哪知道他们后来又有新发展。"小捷讨饶，转身去给锅上算子。

　　王素敏快速地思考着，大概明白女儿刘小敏瞒着她的原因。这把年纪，又在拼事业，如果不打算有实质性突破，是没必要说，小敏做事向来稳。可作为妈，她不能不操心，小敏虽然不小了，虚岁算不惑，但在她面前，终究是女儿。小敏的问题必须处理好，她是这个家的核心，从小到大，都是她在外面闯。小敏看着冷面冷心，但其实一股热肠；看着文静柔弱，实则刚毅顽强。相反，小捷表面上咋咋呼呼，其实是个脆弱的人，"色厉内荏"。离个婚，刘小捷几乎被扫地出门。当然，是她提出来的，但终究没得到什么好处，所以在妈妈王素敏看来，太便宜佟家了。可素敏也知道，一旦这么闹下去，小捷心情肯定糟糕，说不定还会影响到睡眠、饮食、生活的方方面面以及工作，因此，还不如快刀斩乱麻，结束了才能有新开始。她担心小女儿的情绪，这也是她火速赶来北京的原因之一。

　　门锁响，刘小敏开门进来，换鞋，喊了一声"妈"。小捷蹦跳着从厨房跑出来，帮姐姐拿拖鞋。小敏笑着打趣："看看你，哪像刚离婚，倒像才结婚。"小捷说："自由万岁。"

002

　　刘小敏是家里的大女儿，王素敏从自己的名字里分出个字给她，也叫她敏，巴望她做个有心的女人。小敏没辜负妈妈，初中毕业考了卫校，然后考医专，参加工作，结婚、生子。一竿子下来，她是王素敏最骄傲的女儿，只有第一段婚姻，是小敏前半生的唯一败笔。

　　不过如今回想起来，小敏的前夫金波，似乎是她那个阶段所能做出的最佳选择。父母之命，媒妁之言，金波是国企干部的儿子，属于企业二代，初中毕业去当兵，回来被安排到矿业系统，一直在保卫科干。婆家在当地算有点实力，因此儿子不上进，全靠父母。小敏和金波结婚，生了儿子金家骏，本来以为日子就那么平平淡淡过，谁料金波出轨女同事。刘小敏忍无可忍，毅然北上求学进修，后几经考试拿到医师资格，留在北京做了针灸医生。小敏刻苦，拜了老师，传承中国传统医术。这十多年，她自学英语，口语流利，还去印尼、法国交流过，如今在医院，是针灸科的副主任医师，口碑很好，每日问诊者络绎不绝。

刘小敏洗了手，要进厨房帮妈妈，王素敏让她待着，说炒个肉丝马上好。小敏对妹妹小捷说："也不知道帮妈多干点。"小捷申辩："我要干，妈不让，不过我干了，估计味道也不对了。"确实，妈妈的味道只有妈妈亲自下厨才有。小敏问："手续都办好了？"小捷说："跟他没关系了。""你太任性。""人生苦短，多为自己考虑是对的。"小捷向来伶牙俐齿，表面强势。小敏说："走慢点比走错了强。"小捷伸着脖子，小声对姐姐说："在说你自己吧。"小敏打她一下，更小声地指着她说："不许跟妈说。"小捷笑笑："我什么都不知道。"

等待吃饭的空当，小敏参观一下小捷的小家，实在太忙，这是她第一次来。"花了多少？""不到二十万。""都是自己掏的？""那可不。"小捷说，"多年积蓄，外加年终奖，还有写稿子赚的外快。"老妈素敏贴了她一点，小捷不好跟姐姐说。小敏四处看看，淡绿色墙壁的客厅，清清爽爽，灰色网布沙发，裸色木头桌子，对面是壁挂式电视机，下头是乳白色电视柜。头顶的吊灯是百花式，一朵朵玻璃花里藏着个小灯泡，小捷按下开关，客厅氛围立刻温馨许多。王素敏在厨房喊："关了！大白天别浪费电！"小捷无奈地对姐姐撇撇嘴，小敏使眼色，小捷只好关灯——这就是她们的妈，节省了一辈子的妈。

菜上桌，茭瓜炒肉丝，红糖包子，外加从老家带来的烧鳝鱼。王素敏坐沙发上，高一点，素敏年轻时候在纺织厂做工，站得腰椎不好。小敏、小捷两姊妹席地盘坐。素敏先拿筷子："吃吧。"小捷说："我不吃黄鳝。"小敏觉得奇怪："以前你最爱吃。""以前是以前，黄鳝有灵性，我不吃。""那你吃包子。"王素敏说，她深感小女儿的道道越来越多。小捷拿一只包子，直不楞登咬下去，糖汁外泄，烫到了嘴。素敏怪她鲁莽，忙用纸巾擦。"你办事我咋看咋别扭。"素敏批评小女儿。"妈，嘴别长在我身上，知道你有气，随便一个小事都能找碴。"小捷说。素敏吃了两口，放下筷子，看看小敏，又看看小捷："就这么离了？"

小捷急得嘴合不拢："妈，您怎么又绕回来了。"小敏救急："妈，佟兵我知道，不上进。"素敏说："家里也不能两个都上进，那谁顾家。"小捷直朝姐姐使眼色，小敏换话题说："家骏本来说跟你一起来的。""没联系我。""要补习。"素敏说："有你婆婆和金波管着，我也不好打电话，不好去看，孩子终归姓金，是金家后代。"小敏纠正："再姓金也是我儿子。""什么时候过来？"素敏问。"开学前来。""难得他们肯放人。""都是为了孩子，目标一致。"刘小敏说。她想把家骏往国外送，只不过这个目标她没跟金波他们商量过。为儿子，她已经把航天桥的小套卖了，换了个小产权的小套，租出去，剩余的钱留手里，为儿子备着。她自己租住在中医院附近，上下班方便，这事她没跟任何人商量。她做得了自己的主。

吃完饭，休息一会儿，小敏从皮包里拿出随身的针灸袋，给老妈扎针，治腰病和妇科病。行完针，娘三个说好去花鸟市场看看，结果小捷临时有事，要去单位一趟，只能小敏陪妈逛。素敏看小捷家桌子上空，打算搬点绿植花卉回来。

郊区的花鸟市场大，旁边还连着菜市场，到周末，下午还没散场。王素敏逛来逛去，只感叹一件事——市场的菜比超市的便宜，她打算以后来这买。小敏说质量不一样，分有机无机。王素敏说："都是大蒜，还能分出八样来。"小敏知道老妈固执，不坚持，就算尊重。看来看去，买了一盆多肉，五块；两棵绿萝，二十；一束玫瑰，十五。小敏还想拿下一盆茉莉，素敏却说白花花的不吉利，没要。

打道回府，走累了，娘俩坐在路边健身器材旁休息。王素敏冷不丁来一句："这马上家骏也要来，你怎么办？""没什么怎么办，慢慢培养感情。"小敏笑着说。十多年来，家骏在金家长大，跟她这个妈生分是必然的，不过小敏有心理准备，儿子的心再冷再硬，她也要焐热了。"就你和家骏两个人，还好说。"王素敏轻轻地说。刘小敏头皮过了一下电，笑："妈，说什么呢。""跟妈还瞒着。""瞒什么？""过年那会儿，你老出去接电话，我心里就有数，"王素敏扭脸正对女儿，"都这个年纪了，还有什么看不透看不开的。从小到大，都是你自己做决定，你想怎么做妈绝不拦着。妈只是想知道你的情况，能更好地支持你。"

刘小敏没想到她妈突然说这些话，她感觉小捷去加班，似乎是有意避开，难道是妹妹告诉妈了？她千叮咛万嘱咐不要跟妈说，这丫头！小敏问："小捷说的吧？"王素敏撇清："她能有这个脑子就不会离婚了。敏子，你也该有个人陪着，这么多年一个人在外头不容易。"说着，素敏伸手揩眼角。不得不招了，小敏定定神，说："妈，是有一个，处着。"王素敏当即收泪，问道："处着好，哪里人？""也是老家那边的，来北京好多年了。""老家的好，多大了？""比我大几岁。""稍大点好，有孩子么？""有个女儿。""女孩好，比男孩好相处。也是离婚的？""离过一次。"小敏被问得发毛，但她没说陈卓是李萍前夫，李萍是她校友，中学时很出风头，她妈估计还记得李萍。

"离过一次好，相互都知道珍惜，对你还好？"王素敏层层剥茧。"妈，还没到那一步。"王素敏笑着说："真到那一步，我还不问了。""没打算结婚？"小敏不得不给出定论，她怕给妈妈希望，更怕她失望。谁知王素敏说："不结婚好，你们这种情况，再婚要慎重。"妈嘴里说出这话，刘小敏脸上一惊。王素敏笑说："你以为妈跟不上时代了？你们这种情况，都是离婚，都有孩子，孩子又都这么大了，都有自己工作、圈子、家庭，再融怎么融？容易的？我就想，你要能有个伴，能交流交流，精神上排解排解也好。拼拼叉就拼拼叉吧。"王素敏再度用到"拼拼叉"这个词。

刘小敏当然懂"拼拼叉"，老家良家妇女谴责行为不当的男女的形容词，她听着有些不舒服。可老妈也没说错，她和陈卓，现在就等于拼拼叉，说好听叫男女朋友。当初她刚来北京，李萍请吃饭，她认识了陈卓。多少年不联系，再见面，她才知道他们离婚了。陈卓背部神经跳动，是她的病人。重逢的时间刚好。对于再婚，她和陈卓都很慎重。二入围城，谈何容易，还不如现在这样，站在围城边上，进可攻，退可守。他们都更注重精神交流，最难的这两年，是陈卓陪她过来的。

刘小敏陷入沉思。素敏继续分析："你生的是儿子，有几个男人那么大度会帮你养儿子？再过过，家骏大些，自有你的福气。"小敏觉得像在听后宫故事，母凭子贵。她笑说："我也没指望家骏对我怎么样，只要他能过得好，发展得好就行。"素敏道："话是这么说，养儿子更花钱，以后你是要做婆婆的。"小敏不解，问："婆婆和丈母娘有什么区别，不都是长辈。"素敏站起来："你别问我，丈母娘这个职位，我卸任了，你和小捷都不给我这个机会。"小敏被她妈逗乐了："指望小捷找机会拨乱反正吧。"王素敏不屑："她？一有机会就兴风作浪。"

003

"还是得请一顿。"陈卓斜靠在沙发上。这是他通州的小房子，现在算他和小敏的"别墅"，他们称它"逍遥居"。他们一个月会来几次，共度春宵。"不用。"小敏立刻回。她有些后悔告诉陈卓素敏来了，更后悔告诉他，她妈已经知道他们的关系，搞得好像故意逼他请客似的。"饭总要吃一顿。"陈卓还是坚持。"真不用那么客气。""人都来了，不请说不过去。""在哪不是吃，我妈又省。""吃饭倒是次要的，主要我得露面。你妈都知道有我这个人了，又宽宏大量网开一面，我再藏在后头，不像话。"经这么一分析，小敏被说服了。陈卓露面，似乎也是应该的，起码显得有担当。小敏想到这，又觉得可笑，她和陈卓不过是男女朋友，本就是没有约束力的关系，各自独立，要他担当什么？

"能力有大有小，态度必须摆正了，别回头你妈要说女儿找了个小头猫一样的男的，出不了台面，小家子气，这样你妈只会更担心。"陈卓继续分析，话锋一转，头探到小敏跟前，"或者就是你觉得我拿不出手。"这当然是反话。"别胡扯。"小敏轻拍他。"打电话问问。"陈卓催促。"这么急干吗，回去再问。""想不到你妈这么开明。"陈卓感叹。这话小敏不好接，怎么说呢？说是，我妈开明，显得太愣，他们这种关系，原本就是不得已而为之，好在如今这种关系不在少数。她和陈卓共同的朋友老钱，跟他女友在一起九年没结婚，后来下定决心浮出水面，准备结婚，麻烦事都来了，房子、孩子、老人、亲戚，老钱和女友反倒有点走不下去了。想再潜下去，难了。原本，结婚还可以离婚，这种似有若无的，反倒可能更长久。更何况，小敏没有做好当后妈的准备，陈卓女儿陈佳佳的脾气，跟她妈李萍一样坏。反过头来，小敏相信陈卓也没做好当后爸的准备，家骏要来北京这事，她都没跟他说。这是她的事，她家的事，她不打算让他涉足，为难。

"给你看看。"陈卓开始脱上衣，他要展示一下近一个月的健身成果，他又有腹肌了。去年查体查出中度脂肪肝后，陈卓下定决心锻炼身体，他现在的身材，接近成功男士的模板。他要脱，小敏也乐得享受，人到中年，他们都更懂得享受生活。处理原生家庭和小家庭的麻烦，还要兼顾工作，已经够让人头疼了。而在这里，他们彼此给对方慰藉、鼓励，这是他们的避风港、小天堂，只有他们自己知道。刚脱了外套，手机响了，是陈卓的。

陈卓朝小敏打了个手势，小敏屏息，是陈卓女儿陈佳佳打来的。"哪儿呢，爸？"陈佳佳问。"开会。"陈卓撒了个谎。"别忘了。""哦。""一会儿去我妈那，她请大餐。"陈佳佳说。"去吧。"陈卓才想起来今天是女儿生日。"等你惊喜。"佳佳再次叮嘱。挂了电话，陈卓拍脑门，犯难，女儿的生日他给忘了，礼物没买。小敏说现在去买还来得及。"你陪我，长长眼。"陈卓说。小敏今天没有别的安排，也乐得奉陪。

陈卓开车出发，小敏打趣："你撒谎水平挺高。""没办法。""说开会的时候脸不红心不跳。""情况危急嘛。""估计没少骗我。"小敏笑呵呵地说。"我在你面前是透明的。"小敏叹口气："佳佳接受李萍再婚？""不接受又能怎么办？李萍这个人你还不知道，自私，只顾自己。"陈卓对李萍的意见还是很大。李萍跟他离婚后，找了个更成功的男人，陈卓坚持认为，这人是在她婚姻存续期间就找好的下家，因此，他有点恼她。"李萍现在那位，好像挺有钱。""何止是挺有钱，是特别、特别有钱。"

"你们到底为什么离婚？"小敏第一次问这个问题。陈卓打了一下方向盘，开诚布公地说："我也有问题，那几年我特别低谷。李萍这人你也知道，崇拜强者，她混得比我好，整天鼻子不是鼻子眼不是眼，后来她提离婚，我同意。离了好，放彼此一条生路。""后来你逆袭了？"陈卓笑笑："后来你不都知道了么，不是逆袭，是得养孩子。如果放到现在，李萍可能不会跟我离婚，但人生就是那么讽刺，错误的时间，错误的人，两个人不同步，摆在一起就会出问题。"

商场进奥特莱斯，陈卓给自己买了一套西装，又要给小敏买，小敏坚决不要。她笑说："不是给女儿买生日礼物么？"看来看去，还是买衣服，可陈卓又不知道女儿喜欢什么牌子，什么款式。"送鞋吧。"小敏提议，"送鞋不会错。"看来看去，两个人看中一双粉色休闲鞋，大牌子，原价一万多，打完折三千，陈卓准备拿下。小敏又帮着看了看做工——多少年的老习惯。陈卓去付钱，小敏在鞋架旁等着，看到一双同款不同色的——白色的，也上脚试试。陈卓付钱回来，以为小敏喜欢，非要拿下，小敏连忙脱掉要走。陈卓坚持要送："得有点仪式感。"小敏懂他的意思，到这个月，他们在一起整三年。可她不能做理所当然花男人钱的女人，仍坚持不要。陈卓装作有点生气："这点都经不起？太见外。"他这么一说，她只能收下。上了车，小敏才笑说："今天年轻了，跟你女儿同款。""本来也不老。"

陈佳佳走进如意胡同的雪寿司，李萍在包厢等着她。离婚后，女儿跟着陈卓过，当然是陈卓争取的，不过不少人对李萍的选择颇有微词，认为她觉得女儿是她再嫁的拖累，才不去争夺抚养权。这些年，在女儿这，李萍没少抱怨陈卓的不是，在她眼里，陈卓是个不上进、不成功的男人。食之无味，弃之不可惜。陈卓的职业经历，在她看来根本就是步步错的典型。陈卓刚毕业的时候在外企打工，十年前升到中层，本来还有上升的空间，可他却突然辞职办了个小工厂；后来又感觉做小企业主太辛苦，把公司股份转让给了合伙人；再后来又因为陈卓爸的再婚问题，把房子卖了，回老家生活了几年。折腾一圈，最终还是回到北京，一切从头开始。当年和他一起混外企的，大多数已经成高管；一起做小企业的，有的已经把公司做到了上市；回老家的，或者在大国企里悠哉，或者铁了心走仕途，十来年下来，成果显著。只有陈卓，蚂蚱一样跳来跳去，不得安分，最终取中得下，现在虽然也算个中产，但实在差得太远。李萍看不上这样的男人。她现在的丈夫洪卫就不一样，手里抓着几个公司，连带她也成了联席董事，风光无限。在李萍看来，男人，就是要有野心，而她能抓住洪卫，恰恰是因为她也是有野心的人。她离婚再婚，唯一感觉对不住的是女儿佳佳。

佳佳不喜欢洪卫，因此，她见女儿基本在外头，不会让洪卫出现。陈佳佳拿着菜单："随便点了？""由你。"李萍豪气。"我就这么成大人了？"陈佳佳今天刚满十八。"成大人还不好？ 我像你这么大的时候，巴不得一天就长大。"李萍说。陈佳佳不客气，北海道海胆刺身、顶级金枪鱼大腩、zen 寿司、牡丹虾、西京烧银鳕、芥末章鱼、炭烧和牛……李萍看着女儿点菜，十分满足。她当然是爱女儿的，也不怀疑陈卓对女儿的爱，但她不希望女儿受陈卓影响，变得软弱、犹豫、不够上进，对自己、对别人都不够狠。今天女儿十八岁了，李萍愈发觉得女儿像自己，起码花起钱来不手软。人，应该对自己好一点。

"妈，你怎么不吃？"佳佳朝李萍碗里放海胆。"不能吃凉的。"李萍面容慈祥。"那干吗订这家？""你喜欢，你多吃。""我要和老妈分享的。"陈佳佳很认真地说，李萍有些感动。陈佳佳给李萍夹炭烧和牛，到嘴边，李萍不自觉呕了一下。"妈，你怎么了？"陈佳佳紧张，李萍摆手说没事，接着又呕一下。陈佳佳的筷子停住，一双圆眼灼灼地盯着李萍看，李萍心里有些发毛。"妈，我去个洗手间。"陈佳佳起身。

李萍手扶着脖子，往下捋，顺气，陈佳佳一阵风跑出餐厅门，一会儿又跑进来，照样吃饭。佳佳问李萍她能不能喝酒，李萍勉强同意，允许她喝一点点。十八岁，不再是小孩子。李萍以茶代酒，敬女儿学业顺利，她想好了，就算陈卓不管，她也要把女儿送到国外读书。陈佳佳聪明，但不勤奋，在国内参加高考太辛苦，也没有胜算，李萍已经想好了退路。在求学问题上，洪卫很帮忙，只不过陈佳佳并不觉得担他人情。

一会儿，李萍要去洗手间，陈佳佳问："大的小的？""水喝多了。"李萍说。洗手间就一个坑位，李萍刚解完手，低头看见挡板后头一双红色球鞋，她认出是佳佳。两秒钟沉默。"妈，快点，憋不住了。"李萍连忙起身给女儿让位置。开门，还没来得及冲水，陈佳佳就侧身进来，一拉裤子。李萍嘀咕："怎么这么勤？"她对着镜子收拾头发。"妈，你出去一下，你在我不好意思。"陈佳佳说。李萍说毛病还不少，迅速收拾好，冲了冲手，出去。门刚关上，陈佳佳迅速从口袋里掏出一个小盒，撕开，是个棒棒。直接往便池伸过去。

陈佳佳在洗手间待的时间不短，李萍以为她来大的。菜上齐了，还有几道没吃。一会儿，陈佳佳回包间，铁青的脸。"怎么了，不舒服？"李萍为女儿担忧。陈佳佳开始收拾衣服、书包，要走。"怎么回事，不吃了？生日蛋糕还没上呢。"陈佳佳面目阴沉。要冲出包厢，李萍一把拉住，她也有点恼火，这孩子，喜怒无常，跟她一样。"蛋糕不吃了？谁得罪你了？"

陈佳佳从牛仔裤屁股口袋里拽出包装盒，抠开，把验孕棒往桌子上一丢。李萍没反应过来："什么东西？"低头去看，头皮瞬间麻了，不愧是她女儿，机灵过头。李萍还想要解释、缓和、说服，陈佳佳却已经跑了出去。李萍手里拿着验孕棒，再看，阴性，跟她自己掌握的情况不同。她慌忙追出去，嚷嚷着："佳佳，没有！没有！"佳佳跑出不远，听到老妈叫喊，站住脚。

李萍追上去，佳佳转头："到底有没有？"李萍道："你别激动。"她想着怎么劝说。这回临检是检出来了，胚胎已经在肚子里，她清楚。"谁告诉你的？"李萍问。"你就说有没有？！"佳佳气鼓鼓的，她是从保姆那打探到的消息。纸包不住火。李萍硬着头："有。"陈佳佳扭头跑开了。

004

走在北京傍晚车水马龙的大街上，陈佳佳痛苦不堪，她早就预料会有这天，可她怎么也想不到，这可怕的消息从天而至，会刚好落在她十八岁生日当口。怪只怪她过于敏感。爸妈离婚，她曾经认为自己根本不在乎，时至今日她仍旧对爸妈离婚表示理解。李萍实在看不上身边的那个老实男人——陈卓，离婚是一种解脱，给彼此重新开始的机会。陈佳佳在乎的，是父母如果再婚，她怎么办。

这个问题是在李萍宣布再嫁给洪卫的时候浮出水面的。老妈再婚，意味着她有了新的家庭，而自己，则成了新家庭的多余人。陈佳佳怪自己太天真，离婚，就已经预示着再婚，至少有这种可能。老妈李萍现在不仅再婚，还要造出一个小生命来，这意味着陈佳佳将不再是李萍唯一的孩子，她将会有个同母异父的弟弟或者妹妹，跟她竞争。她彻彻底底成了老妈李萍那个家庭的多余人。

　　迎着风，眼泪在脸上吹干。十八岁的生日礼物，一个巨大讽刺。走累了，老爸陈卓来电话，陈佳佳才想起来，自己还有爸爸可以依靠。还是爸爸好，没再婚，更没该死的孩子。陈佳佳对着虚空喊了三声：我去！该死！去死！十八岁的诅咒。骂完心里舒服点。李萍打电话来，陈佳佳把老妈的号码拉入黑名单，然后叫车回家。

　　陈卓帮佳佳下了面，并配上荷包蛋，这是他们家的传统。平日里，陈卓工作再忙，也会给佳佳做早餐。尽管他的手艺就那几样，都跟蛋有关，煮蛋、蒸蛋、煎蛋。佳佳一到家，刚脱了鞋，陈卓就端着汤碗从厨房出来了。蛋糕是准备好的，上头一只寿桃，已经在桌子上等着了。陈佳佳说："爸，你怎么这么土？""抱歉，原谅你爸爸的审美。""我喜欢爸的土。"情绪处理好，陈卓看不出女儿刚哭过。

　　陈佳佳洗了手，坐到桌子旁，陈卓把和小敏一起挑的粉色鞋子递给佳佳。"喜欢。"佳佳立即打开，给予肯定。"你吃的什么？"陈卓问。陈佳佳不想提老妈："爸，你给我唱生日歌吧。"陈卓愣了一下，忙说好，虽说天生五音不全，但为了女儿，他愿意献丑。关了灯，点上蜡烛，陈卓笨拙地拍手唱歌："祝你生日快乐……"拍子不在点上，歌不在调上，然而歪歪扭扭全是疼爱。唱完，佳佳双手合十许愿，吹蜡烛。陈卓开灯，见女儿呆呆坐在蛋糕前，神色有些不对，问她许的什么愿，佳佳面沉如水，不说话。陈卓叫了女儿一声。"我希望我妈这次生不下来。"佳佳狠狠地说。"什么？"陈卓脑子发晕，一下没回过神，再细想，方才明白女儿发现李萍又怀孕了。

　　他同样感到意外，李萍不小了，但细想想，又在情理之中。洪卫跟前妻没孩子，他娶李萍自然会想要个自己的孩子。何况他们那么有钱，不要孩子，房子和钱留给谁？李萍必须拼。他不理解的是，李萍为什么偏偏在佳佳十八岁生日这天放出消息，刺激孩子。陈卓上去搂住女儿，佳佳已是满脸泪，她横抱住老爸陈卓的腰，失声痛哭。陈卓抚摸着女儿的头发，不知道怎么安慰好。"爸……"佳佳哽咽着，"爸……"她泣不成声。陈卓忙说在呢在呢。佳佳鼻涕都出来了："爸……你不要再婚好不好……你不要再有孩子好不好……以后我孝顺你……"

陈卓头大，他当然理解女儿说这番话的缘由，李萍再婚又再育，在佳佳成家立业之前，他是她唯一的精神依靠。不再婚，不再育，陈卓不敢保证，他自己也吃不准。但此时此刻，他为自己点赞，起码他算有先见之明，很好地处理了他和刘小敏的关系。就做男女朋友，彼此没有负担，不会引发更多的矛盾，也给佳佳一个相对安稳、平静的家。"爸……"陈佳佳摇他的腰。陈卓只好说："知道知道，爸爸不会的。"

外头下雨，大声大势的样子，窗外的海棠花被雨水打在地上。陈卓有些惆怅，他很少这样。一夜暴雨，第二天花尽枝残，万物枯荣自有定数，但陈卓却总想挽留点什么。李萍当然有再生育的自由和权利，可她却可以做到不考虑佳佳，或者说考虑了，但还是选择更重要的一面。李萍心狠，在这一点上，他有点佩服前妻。手机亮了，是小敏发来微信，问鞋子怎么样。陈卓回复：很好，很喜欢，谢谢。

刘小捷在床上躺了三个小时都没睡着，只好听雨，她有点低估了离婚的副作用。跟佟兵离婚，刘小捷觉得精神上一下自由了，可身体上，她却不觉得自由。结婚两年多，她习惯了睡觉时身边有个胖乎乎、肉墩墩的佟兵，如今一下没了人，必须独自入眠，她不适应。离婚之后，隔几天她就要闹一次失眠。她怀疑是神经衰弱，去医院，医生开了谷维素，吃了几次，好像好点。可这晚狂风大作，雨声隆隆，她心里躁得很，起来看书。看一会儿马尔克斯的《百年孤独》，昏头昏脑，越看心越烦，半夜两点多，她只好摸去小客房。

老妈王素敏在榻榻米上躺着。原本，小捷坚持跟老妈睡一张床，可素敏却说睡不开，而且自己会打呼，怕影响小捷，于是各睡各的。小捷摸到素敏身边躺下，素敏醒了，分了点被子给她。知女莫若母，夜深，素敏不想多谈。躺下一会儿工夫，王素敏便听到女儿轻微的鼾声。

王素敏准备的早点在刘小捷看来是大餐，炸糖糕，冲鸡蛋汤。小捷吃到嘴里，王素敏才问："睡得怎么样？""后半夜睡着了。""多长时间了？"不等小捷回答，王素敏便说："离婚后开始的吧。"小捷立刻激动，屁股离了椅子反驳："怎么可能，跟离婚没关系！"王素敏一副知情人的口气："你，我还不知道，从小到大没离过人。以前在家有我，出来读书是跟同学住宿舍，后来在你姐那凑合，然后就结婚跟佟兵住，突然一个人生活，你很难适应，精神紧张，所以睡不着。"老妈说到点子上了，可小捷不愿意承认："我就是太忙太累需要调理身体，回头吃几天中药就没问题了。说得好像我像三岁两岁，今晚我倒头就睡。"王素敏说："人和人不一样，离不开也没什么，不丑，你就应该踏踏实实再找个人过日子，我能陪你几天？"小捷急了："妈！才刚来几天，这都催我几次了，我有那么困难、那么惹人厌、那么离不开男人么？""你不是离不开男人，你是离不开人。"王素敏较真，纠正。

坐地铁去上班，一路上，刘小捷都在回味老妈的话。不得不承认，老妈说得有道理，她了解自己女儿，小捷是有些离不开人，身边有个人，她似乎就踏实些。白天还好，晚上没人，有点难过。她想过养一条狗或者猫，但又受不了狗毛、猫毛。她那么懒，根本不想帮小畜生处理卫生问题。想来想去，刘小捷还是觉得自己在精神上不够独立，换句话说，她就是个不能忍受孤独的人。可比起跟佟兵白头偕老，她宁愿孤独。养个孩子呢，小捷不是没想过，周围也有人当单亲妈妈。

可小捷又觉得，自己无论从技术上还是心理上，都没有做好当妈的准备，虽然她已经不年轻了。

出版社内没有秘密。刘小捷离婚的消息很快就图书发货一样铺满了，大家都对她报以同情的目光。小捷讨厌这种同情，她不觉得自己可怜。出版社老人多，她在社内还算青年——三十五岁以下都是稳稳的青年。社里女员工多，有不少还没解决个人问题。工会操心，联系了隔壁大国企联谊，互通有无，力争结秦晋之好。联谊会的票，工会主席差遣办事员特地给刘小捷送了一张，小捷老大不高兴。不声不响，又送回去。这下轮到工会主席不乐意了，私底下说："这个小刘，真不知道要找什么样的，高不成低不就，好像说她姐姐也离婚的，啧啧。"

年龄。年龄这个东西无声无息能改变很多。在婚姻里，人家认为你是妇女，岁数似乎是缓慢累计的，离了婚，恢复单身，年龄仿佛突然跳出来，供所有人观瞻，因而格外触目。说的人多了，连小捷也觉得自己不年轻了。小捷心一横，索性拼事业吧，这次竞聘，她打算去竞一个部门的主任。但分管副社长，一个女的，做她的工作："做主任是很累的，这两年你不还要处理个人问题？生了孩子又是几年要带，缓一缓，等稳定了再干不迟。"小捷连忙说："我暂时不结婚，也不生孩子。"分管副社长一副过来人的口气："别说傻话！你就是容易绝对！"

恍惚之间，小捷苦恼极了，她觉得眼前的一切已经被老天、社会、周围的人规定了。头婚失败，没有孩子，她等于走到了悬崖边上，当务之急，不是工作、奋斗，而是找个人生个孩子以完此劫。

小捷打电话给姐姐小敏，开口便说："姐！我干脆生个孩子算了。"小敏问："什么意思？跟谁生？"小捷说："自己生。""不许胡来！"小敏喝道。

005

下午没出诊，刘小敏带了针帮老妈扎腰，顺带把陈卓要请客的事说了。王素敏当即答应，她不是那种出不了场面的人，而且这次见面，基本等于确定关系。她要帮女儿撑场子，长眼，希望能给陈卓留个有分量的印象，不至于让他觉得刘家没人。

"到家吃吧。"王素敏客气一下。小敏说："他要请，就让他请。"王素敏说："帮我想想带什么给他。第一次见面，空着手不好。"小敏说："就是吃个便饭，带什么带？""我们虽然是平常人家，礼数得周全了，不能让人家背后说话。"小敏摇摇头笑："真的不用。"王素敏说："他可能会带，我得备着。"小敏见劝不过，只好由着她妈。可陈卓那边，如果不提醒，万一陈卓空着手去，难看；提醒吧，在陈卓面前又有点怪怪的。刘小敏想来想去，只能帮老妈准备一份礼物，再偷偷帮陈卓准备一份礼物，到时候老妈拿出礼来，如果陈卓没带，她就帮陈卓送礼。这样两边都不丢面子。

小捷回来，王素敏让她也帮着想。小捷故作为难："哎哟，他这么一个高端人士，又是做互联网的，东西送便宜了，人家看不上眼，送贵了，怕你心疼。"王素敏说："你姐给了一条皮带。"这本是刘小敏自己留着送陈卓的，老妈要送，她就先让出来。小捷说："皮带不好，不符合你身份。"王素敏问："我什么身份？""你是他女友的妈。尺度得把握好。"小捷说，"中年成功男士，送两种东西比较稳妥，一个是茶具，一个是铁核桃。""哪里有铁核桃？"小捷说："潘家园就有，弄一对好的。"

　　对于和刘小敏妈见面，陈卓很上心。餐厅选了又选，不能太新潮，也不能太不上档次，必须是包间，还得符合中老年人的感觉。挑来挑去，陈卓还是求稳妥，去全聚德订了一桌。

　　刘小敏在通州的"逍遥居"，给陈卓施针。陈卓问："你妈有什么避讳没有？或者有什么特别喜欢、特别不喜欢的？"小敏不在意地说："又不是面试。""本来没什么，在公司都是我面试别人，可这次不是中间夹着你么？"陈卓歪着头说。刘小敏有些感动，因为她，他紧张，还不是因为在乎。"你就做你自己，该什么样就什么样。"小敏安他的神。

　　这日晚上，陈卓从公司出来，没去接刘小敏，而早早去全聚德看包间、点菜。到了时间，小捷陪着王素敏先到，陈卓请素敏两人先坐沙发，喝茶。三个人面对面，陈卓讪讪地说："也不知道您想吃什么。""吃不重要，关键看看你这人。"王素敏说的是实话。陈卓更紧张，小捷调解气氛："姐夫还是拿得出手的。"陈卓不好意思地笑，没有小敏在中间打圆场，王素敏和陈卓见面之初有些尴尬。素敏又问了问陈卓的家庭情况，陈卓一一说了，一个女儿上高中，一个老爸在老家。三个人又叙叙乡情，陈卓虽不跟她们在一个市，但两家离得不远，所以也算老乡。"为什么离？"王素敏忽然问。"看不上我。"陈卓也不掩饰。素敏转头对小捷说："看看，女人眼睛长在头顶上也不好。这样的还看不上，想找王公贵族？"小捷不愿意："妈，你看我干吗？"

　　刘小敏到了，晚高峰，有点堵车。陈卓招呼上座，小敏帮陈卓安排了位子，刚好坐到手提袋旁。上菜，吃了一圈，王素敏对小捷伸手，小捷从包里掏出个盒子来。王素敏说："小陈，这个是我从老家带来的，铁核桃，没事拿手里盘，对脑子好，对身体好。"又接过一只盒子，说："这是一条腰带，护腰的，神功元气带，对身体好。"都是保健品，陈卓忙不迭接了，有些失措，考虑来考虑去，忘了给小敏妈买礼物。刘小敏麻利地拿起脚边的盒子，递到陈卓手里："妈，陈卓给你的，我不让买，他非要意思意思。"陈卓赶忙调整情绪，把口袋递过去，是条巴宝莉的围巾，附带一瓶香水。

小捷识货："好东西！"王素敏很满意，跟着说："还是得省，不能乱破费。"气氛融洽了些，王素敏接着对陈卓说："其实刚听到小敏这个情况，我是反对的。"陈卓一惊，刘小敏也有些吃惊。王素敏接着说："这么提溜着，女的吃亏，没有保障，跟干临时工似的，过两年，男的说要换人，一点办法没有。""妈——"小敏嫌她妈说得露骨。陈卓不装孬，笑道："阿姨，这点你放心，现在主要是情况特殊，我这边，小敏这边，都要继续做工作。再过两年，儿女们都大了，自立了，我们肯定还是要正式办手续的。"小捷插话："两个人现在是打都打不开。"小敏不好意思："刘小捷，不许添油加醋。"

王素敏说："是难，千金今年贵庚？"陈卓说："十八。"王素敏放下筷子："成年了，也正是叛逆的时候。家家有本难念的经，我们家骏马上也要来北京读书，看着不吱声不吱气，那孩子有主意。"陈卓怔了一下，家骏要来？这事小敏没跟他说，看来还是两家，没过到一家去。刘小捷说："慢慢来，一点一点来，润物细无声。人都是感情动物，时间久了，我看比打了结婚证的感情还深呢。"王素敏批评女儿："那是旧社会，不要小看名分的作用，名不正，则言不顺。"陈卓和刘小敏脸上都有些尴尬，王素敏说了支持他们暂时做男女朋友，但话也挑明，希望结婚，只是目前不具备条件。看在陈卓这人不错的分儿上才允许目前这样处着。都有阅历，很多话不用点破，王素敏只说一半，其余的，他们自己领悟。"我敬阿姨一杯。"陈卓不放在心上。王素敏连忙举杯："你跟小敏，互相帮助。"一句互相帮助，把刘小捷逗乐了。陈卓看看小敏，又对王素敏说："一定的，小敏对我帮助很大。"刘小敏脸绯红。王素敏说："继续进步！"酒力上来，几个人谈开了，不像第一次见，倒像是多年的朋友。

吃到晚间九点半，车不能开，陈卓请了代驾，一定要送王素敏和小捷回去。小敏跟着，他们晚上打算回通州住，他已经提前跟佳佳打好招呼，说去天津出差，明日回。

饭店门口，迎面撞见个男的，一米八几的个头，一身休闲西装，略微紧身的款式，袖子撸起来，手臂绷得紧紧的，方方正正一张脸，正气十足。"姐夫！"他叫。陈卓回头，酒醒了一半，还好小敏母女三人离得有段距离，听不真切。来者是陈卓前妻李萍的表弟徐正，陈卓及时纠正："在外头别这么叫。""那叫什么？"陈卓说："叫哥，陈哥或者卓哥。"徐正点头，递烟，陈卓推掉不抽。小敏、小捷和王素敏过来，徐正还不肯走，见小捷来，盯着看，问陈卓是谁。陈卓怕徐正说出什么来，面子上下不去，便说："几个朋友，也是外地来的。"又对王素敏她们说："一个小兄弟。"

刘小捷见徐正高高大大，面目端正，并不反感。徐正说："今天不早了，改天再聚，我请，都来。"说着，伸手向小捷，要握手。刘小捷有些意外，但还是伸出手来握了握。陈卓怕接触太多出纰漏，连忙把徐正打发走。代驾把车开过来，陈卓坐副驾驶，小敏母女三人坐后座，先送到小捷那，再掉头往回，去陈卓的"逍遥居"。

陈卓换到后座，跟小敏并排，左手抓住她右手，另一只手在盘着那两只铁核桃。小敏知道，陈卓并不喜欢核桃，在他看来，那是中年油腻男的专属，神功元气带就更不用说了，陈卓现在不可能承认自己不行。自从被李萍甩掉后，他一直告诫自己做一个强者、先锋者，他怕老、怕落伍，时刻警惕。她妈送的礼物，显然"词不达意"。她给的皮带没被采纳，小敏知道可能是小捷的意思，人与人之间总会有这种善意的误解。

陈卓一路没怎么说话。到"逍遥居"，两个人都洗了澡，陈卓拉着小敏坐床上，点了她额头一下，说："我得审问你。""审问我什么？"陈卓笑："还不认错。""哪来的错？"陈卓换了一个坐姿，才说："妈要送礼物，怎么不告诉我？"小敏说："善意的谎言，我也不知道。"陈卓追问："那怎么知道带条围巾？""临时想起来，怕你空着手难看，正好科室里放着一条。"刘小敏解释得很圆满。陈卓说："是我没考虑周全，忙晕了。"又问："家骏要来，怎么没告诉我，这不是临时起意吧？"小敏的借口越来越立不住脚："忙忘了。"但她觉得陈卓这么问多少有点不懂事，告诉他又怎么样，他能出现么？ 现在她在佳佳面前，跟他面对家骏一样，身份都是隐形的。必须隐形。

陈卓问："学校安排好了？""找了一个。"小敏说，"我户口落北京了，孩子不在，将来还是想送出去。""安排好了就行，联系个好的中介。"陈卓说，"有什么问题找我。"这话让小敏踏实，舒服，关键时刻，陈卓还是愿意承担。话问完了，陈卓扑到小敏身上去，小敏委婉推托，一则太累，二则隔几天单位要体检，她想以最好的状态迎接。上个周期，她附件不太好，到这个年纪，身体是第一位的。

006

一顿饭下来，王素敏对陈卓印象不错，觉得小敏和他可以走下去，将来甚至有可能结婚。只是，一次见面，没法儿知根知底，她问小捷："他还有什么情况？""什么什么情况？"小捷在卸妆，束着发带，头发支棱着，有点滑稽。"你姐对象。""什么情况？前妻？孩子？还是星座、血型、身高、体重、性格、脾气？人家能告诉我？"刘小捷一口气说下来，"妈，你应该去当侦探，你是不是特想我姐再嫁？"王素敏说："还不是时候，得观望，日久见人心，这还没遇到事呢。宁愿走得慢一点，也不能走错了，输不起。"

小捷头伸到面盆边把脸冲了，出来的时候，王素敏忽然想起来，说："饭店门口那男的，感觉对你有点意思。""妈！"小捷反弹剧烈，"是个男的，你就往我身上靠。""又是握手，又是要再聚……"王素敏仔细分析推理。小捷扑到老妈身上，胡噜她头发，不让她说。"我是凭直觉。"小捷一转念，又觉得未尝不是好事，顽皮地说："有这个直觉就对了，夜色掩护，我也算花容月貌。"素敏说："你们两姊妹，亏得长得像我，要是随你爸，对二婚我不抱希望。"

连着几次考试，陈佳佳成绩直线下降，老师不明原因，只好请家长，给陈卓打电话，刚好碰到他开会，手机开飞行模式，不通，只好又打给李萍。因佳佳过生日的事，李萍一直内疚，老师来电，她当即开车到学校聆听教诲，被训得像个孩子，也只能听着。老师说："希望家庭矛盾不要影响到孩子学习，现在是关键时期，能影响孩子一辈子，你知不知道？"李萍诺诺，说知道知道。

李萍不怪老师，不怨女儿，她恨陈卓。他天天在跟前看着，女儿情绪有问题，状态下滑，他视而不见？为什么不调节、疏通、开导，这个爸做得不好，不尽责。不过，见了班主任，李萍更加确认此前所做的判断，还是得把佳佳送到国外去读书。在国内，按照现在的水平，充其量上个很一般的二本，有什么意义？不如出国读，见见世面，混混圈子。

李萍挎着 LV 的包，里头是一件黑色平纹针织连衣裙，边缘略带闪光，简简单单。外头披着个古驰外套，一定是披着，不能穿，站在教室门口像个模特，立刻吸引同学们目光。陈佳佳转头看，李萍捕捉到女儿的视线，挥手，动动手指，微笑。陈佳佳臭着脸，不再看她。

几分钟后下课铃响，李萍到门口迎佳佳，佳佳当她空气，直接走过去。李萍在后头追："佳佳，你给妈妈一个解释的机会好不好？""谁让你来的？"佳佳站住脚，扭头，像个冷面杀手。李萍一时语塞，结结巴巴："老师……老师让我来的。""她让你来你就来，你这么听话么？"佳佳冷笑。一句话噎得李萍说不出话，一物降一物，她降得住陈卓，却降不住佳佳，上辈子的冤孽债。"佳佳，一起吃饭呗，想吃什么？"李萍笑着去拉陈佳佳的胳膊。佳佳不动，眼神犀利地射向她妈："你撒手。"不容辩驳。"佳佳，事情不是你想的那么简单……"李萍无力地辩解。陈佳佳怒气正盛："我让你撒手！"李萍还是不动，想拉女儿一起走。陈佳佳突然暴跳，手一上拉，猛拽："你不是我妈！我也不是你女儿！生你的孩子去吧！"

力气太大，李萍被拽得失去平衡，本来就是高跟鞋，站不稳，这下干脆踉踉跄跄，幸好她扶住一侧的墙，才不至于跌倒。可刚站住，李萍又捂着肚子蹲下了，埋着头，发出轻微的呻吟。陈佳佳居高临下看她，心肠依旧冷着："别装了，就会装。"十几秒过去，李萍不但没好转，反倒就势躺在地上，外套落一边，她像被裹在布里的大虫，扭曲着身体。"妈！"陈佳佳这才意识到李萍没在装，她是真痛苦。

校医赶来，一看这情况，连忙打120。李萍被送到医院，经急救，医生诊断，产妇年纪太大，又遭剧烈运动，可能还遭到撞击，目前是强行保住胎儿，建议患者卧床休息，不排除有先兆流产的苗头。陈佳佳坐在李萍床头，李萍伸手要拉她的手，这下，陈佳佳把手递过去了。她只是恼恨老妈，但从未想过要害她和她的孩子。陈佳佳想，是不是十八岁的诅咒奏效了，真可怕，不能深想。洪卫赶来，见陈佳佳在，停了一下，还是走进了病房。他声音低沉又洪亮，进门就说："怎么回事？叫你不要穿高跟鞋，医生说遭到撞击，肇事者呢？抓到没有？我要让他偿命！"李萍连忙安抚洪卫："是我自己崴了脚，没站住。"又使眼色让佳佳出去。

陈佳佳没跟洪卫打招呼，起身出去，别立在门口。她听到病房里头洪卫问："佳佳怎么来了？"李萍说："我崴了脚，幸亏佳佳在旁边，送我过来。"洪卫说："都什么时候了还乱跑，我看你就在家躺着，请个人，保护好。"李萍说："佳佳的老师请家长，我去看看。"洪卫立刻说："陈卓呢？他缩哪去了？"李萍不想多说："老洪，别说了，好好保胎。"门外，陈佳佳低着头，心情沉重。

李萍完全理解洪卫的焦灼，对她来说，陈佳佳和肚子里的小宝贝，都是她的孩子，应一视同仁。可对洪卫来说，不是。发妻因他婚外恋自杀，没生育就走了。小三在发妻的冲击下黯然离开，也没生育。到李萍这，洪卫事业上获得极大成功，却一直没"后"。平心而论，洪卫这些年收心了，发妻自杀对他刺激很大，过去他风流倜傥，如今浪子回头？要做个好丈夫。他对李萍不错，李萍打心眼里觉得自己该给他生个孩子。好不容易有了，洪卫的期待值很高，他希望有个儿子，好好培养，将来后继有人。"给我倒点水。"李萍说，洪卫脚步声音沉重，陈佳佳在外头听了，以为洪卫要出门，怕被撞见，连忙走了。

晚间，陈佳佳没把白天李萍去学校的事跟老爸陈卓说。吃完饭，李萍打电话过来，陈卓接，佳佳紧张。李萍是跟陈卓讨论佳佳的出路问题，出国读书是肯定的，关键是什么时候出去。是先去加拿大高中读一年，然后升大学，还是在国内读完高三。陈卓说他再问问留学中介，参考参考。"上点心。"李萍在电话里批评陈卓，"你就这一个女儿。""没别的事了吧？"陈卓不想跟李萍多说。"你不会有什么情况吧？"李萍问。"管好你自己。""别刺激佳佳，青春期，敏感。"李萍叮嘱。陈卓当然知道前妻说的是什么事。她不希望他恋爱、再婚。自私，她孩子都要生出来了，还好意思管他。挂了电话，陈佳佳紧张地问什么事，陈卓说："没事，让你好好学习。"陈佳佳有点怕听到李萍流产的消息，还好不是。

暑假没结束，补课因为老师得急病，停了，金家骏提前来到北京。刘小敏帮他找了国际学校，做两手准备：一是申请去法国读书，去那边学一年语言；其次是准备国内高考。小敏作为人才引进，拿到北京户口，可家骏不是，他的户籍还在老家。走国内高考，胜算小，上清华、北大、复旦的概率几乎为零。家骏成绩不错，但还没到笑傲全市的程度。刘小敏在法国做过针灸交流，知道那边有工程师学校不错，打算让儿子往这个方向发展。谁知儿子刚到，国际学校那边却说暂时没法办借读，给出的理由是：今年学籍管理严格，要求孩子必须有学籍，没有学籍不能收。刘小敏头大了一圈，让家骏就这么回去，不被前夫金波和他妈笑掉大牙才怪，还会落一身不是。

想了一圈办法，均告无效，刘小敏这才向陈卓求助。"放心，我来办。"陈卓态度端正，他正想在小敏以及她妈、妹妹面前露一手，当那个有办法的顶梁柱。小敏姑且一听，等着。

外孙来北京，王素敏当然要摆一桌。家骏多少年没跟小敏一起生活，现在来了，融合估计得一阵子，素敏想让小捷跟自己一起充当小敏母子关系的润滑剂，她心疼外孙，更怕女儿为难。一个女人在外头，单打独斗这么多年，吃的苦、受的罪，不少。内部得团结。

饭菜一大桌，是王素敏为金家骏"量身定做"的。小敏全天出诊，小捷单位不忙，她偷溜一会儿去接家骏，路过青年路，她带家骏去大悦城买几身衣服。在刘小捷看来，衣服很重要，尤其青春期，这关乎自信。她十七八岁的时候，老穿妈妈、姐姐的旧衣服，导致在学校缺乏自信，没有存在感。"小姨，我有衣服。"家骏懂事。"听小姨的，外表很重要。"小捷拿着衣服朝家骏身上比。买了就现穿，家骏立刻精神多了。

一进门，王素敏直接惊呼："哎呀呀，这是我们家家骏吗？怎么跟超市商品目录上的模特一样。"她故意奉承，让家骏放松。小捷说："妈，会不会看人，怎么叫超市目录，我可是按照超模打造的。"家骏难得地笑了。

007

王素敏做饭，金家骏就站在一旁陪姥姥，王素敏手上动着，嘴上说着："其实这些年，你妈，包括你小姨一直想把你接出来，不可能让你一直待在小城市，迟早得出来。主要那时候你年纪小，你奶和你爸舍不得，你妈刚出来拼，条件也差。她刚来北京的时候，住的都是地下室，天日不见，就是忍着、熬着拼过来了。现在算有点条件了，就想着把你弄出来。你妈卖了大产权房，换成小产权房，手里抓点钱，就为你奔个前途。奋斗来奋斗去，还不都是为了子孙后代，为了你。"家骏虽年纪不大，但属于有心的，这句"为了你"，他两边听多了，觉得厌烦。据他自己判断，人都是先为了自己，才为别人。他妈当初离开小城，是为了他？根本说不通。

王素敏抬起头，语重心长地说："你妈真不容易。"家骏来一句："都不容易。姥姥不容易，小姨不容易，我也不容易。"这话说得王素敏不知怎么往下做工作了，只好收尾："反正你好好的，有什么话不好跟你妈说的，就跟姥姥说，跟小姨说，听到没？"她还当他是孩子。家骏说："知道。"过了一会儿，小敏到了，开饭。席间，家骏闷头吃，菜吃了不少，话没说几句。

饭后家骏去书房复习、做题，小敏娘仨在厨房刷碗洗盘。小捷先说："家骏小时倒比现在能说。"王素敏说："长大了，事都憋心里。"又转头对小敏说："在家跟你是不是也这样？"小敏忧心："也是话少。"王素敏分析："可能就这性格。男孩子还是应该开朗些，你多引导他。"小敏说："慢慢来吧。"小敏觉得眼下最大的问题是，自己和儿子的心理距离太远，就算同一屋檐，总还能感觉到家骏的客气、自律、拘束。她宁愿他是个没心没肺的男孩，开心就笑，难过就哭，偏偏家骏的情绪隐藏得深，这更让小敏心疼。她现在是想方设法对儿子好，要补偿，可忙来忙去，似乎都是外围的，无非是做点饭，条件造好一点，金家骏始终不把心全交给妈妈。

晚上八点多，小敏听到家骏屋里有点动静，门缝里看见他在用手机视频。她听到家骏奶奶的声音："不适应就回来，在哪都是读大学，都是成才，金窝银窝不如狗窝，外头再好不如家好，骏骏，哪不好，跟奶奶说，随时回来……"小敏听了生气，奶奶不往前推，还朝后拽，太不懂事！看到家骏和金波妈有说有笑，小敏心里很不是滋味。儿子不是内向，绝非少言，而是跟她没话，跟他奶奶，话多着呢。通视频的时候，他像一个孩子，活泼、天真、有朝气；一挂断，就又变成个大人，对周围的世界充满警惕。

　　陈卓算有办法。开学之前，他就去佳佳的学校帮家骏办了借读，走体育特长，家骏小时候练过田径，一直是校队的。刘小敏喜出望外，特别感谢陈卓。陈卓说："太见外，今晚'逍遥居'？"刘小敏摇头拒绝，距离上一次一夜春宵有时间了，两个月前？一个月前？小敏有些恍惚，那时候她知道家骏要来，所以在"逍遥居"那一夜格外投入。显然，家骏来了，起码这一年，她和陈卓的见面次数必然会减少，且不能过夜。家骏本来就敏感，她还是想做一个合格的母亲。陈卓感到遗憾，但也表示理解。他问小敏："你儿子知不知道我？""你想让他知道？"陈卓笑笑："不是。"小敏说："不知道最好。""我当个叔叔没问题。"小敏提醒他："大人最容易犯的错误，是把小孩当小孩。"可是她自己未尝不如此。

　　因为家骏来，小敏手忙脚乱错过了单位的统一体检。去年体检过，没事，健康。等同事们的体检报告下来，住院部的护士好几个发出哀号。难怪，以前女同事们凑在一起多半讨论网购、团购及衣服、鞋子，但今年体检下来，中枪的特别多，直接导致讨论的话题变了，切囊肿的切囊肿，切肿瘤的切肿瘤，切子宫的切子宫……像在谈恐怖片。幸免于难的，有些也喝着中药调理着，氛围紧张，弄得刘小敏也不敢大意，赶紧去旁边医院开了体检，好好检查了一番。她觉得自己有点阴虚火旺，也许是更年期。可B超刚做完，凭空一个炸雷。根本不是更年期！年轻着呢！刘小敏强自镇定，其他项目没检，直接开车去"逍遥居"。

　　小区外的药店门口，小敏进去之前先戴上口罩，市郊的药店还是柜台式的，不能自选。"来个可丽蓝。"刘小敏尽量小声。服务员面无表情拿了一支，要开票。"要三支。"刘小敏纠正。她怕不准确，一支可丽蓝，一支紫竹毓婷，一支海氏海诺。"没有海氏海诺。""那康乃格？""也没有。"小敏已经觉得有点尴尬了："那就可丽蓝和紫竹毓婷吧。"年近不惑，再度怀孕，且不在婚姻中，刘小敏责怪自己不小心。应该就是那晚，他们都太过投入……快速上楼，进屋直奔洗手间，连测两支都雄辩式地力证：她，四十岁、离婚带孩的刘小敏——怀孕了。

头脑有些乱，刘小敏洗了把脸保持镇定。她的第一反应是，不能要这个孩子。家骏刚来，现在她生孩子，儿子会怎么想？可也不能草率处理。退一步想，这一胎的处理方式、结果，都会影响到她和陈卓的关系，她必须先知道陈卓的态度。处理得好，她和陈卓能更进一步；处理得不好，不排除回到普通朋友关系的可能。跟老妈说？不行。她肯定着急，说不定还会责怪；跟妹妹商量？小捷更不靠谱。刘小敏认识到一切只能靠自己，分析、判断、决定。她打算暂时不告诉陈卓，缓几天，冷静下来再说。

小捷家的门刚打开，佟兵就喊王素敏："妈。"扬手不打笑脸人，王素敏还是让他进来了，何况佟兵拎着东西，一盒阿胶，一盒西洋参。他是在游戏里听队友说小捷她妈来了，所以特地来看看。小捷走后，佟兵才意识到自己的"错误""缺陷"，有点想挽回，他来是提复婚的。

王素敏坐在沙发这头，佟兵坐那头，放低姿态，一五一十说心里话："我的毛病我知道，在改。工作换了，不想在家住就出去租房子，公积金都能提，我和小捷都没情感上的问题，忠诚着呢。性格不合，我看还是磨合，以后她要怎么着，我顺着她点，就都过去了。""那当初你干吗同意离？""都在气头上，小捷冲我妈吼了几句，我脑子一热，签字了。其实根本不是那个意思，我们俩压根儿没到那步！"王素敏说："这事我说了不算，是你和小捷的问题，得她自己决定。"佟兵低下身段："妈，我就是来找您想想办法。小捷听您的，您在小捷心中的分量比谁都重。"王素敏知道佟兵是给她戴高帽子，于是笑着顶回去：

"现在当不了你妈啦。"佟兵脸上有点难看，喝了点茶水，又把他和小捷从结婚到现在，前前后后说了一遍。在王素敏看来，佟兵不但避重就轻，还给自己脸上贴金。重点部位，他轻描淡写，跟小捷描述的版本大相径庭。王素敏就那么听着，揉揉太阳穴。

门开了，刘小捷进来换鞋，一抬头看见佟兵，脸色立刻变了，声音沉下来："你怎么来了？！"又说："妈，你怎么什么人都放进来！"王素敏安抚女儿："小捷！注意礼貌！"佟兵起身迎上去："我就是来看看妈……"底气明显不足。刘小捷很犀利："这里没有你妈，你妈在和平西桥。"

王素敏拍拍佟兵的肩，给他使眼色示意他先回去。佟兵讨了没趣，无精打采，小捷对佟兵说："别不请自来。"佟兵委屈："小捷，我都不知道，怎么就到了这地步，哪里不到的，你尽管说。"刘小捷冷笑一声："能说的，该说的，都说了，话说得太白没意思，性格不合，八字不合。我祝你未来过得好。"王素敏喝断："行了，今天就到这，都先冷静冷静。"佟兵接受不了，反过头说小捷："你就做哪都好，整天回家给人脸色，家里四个人，三个受不了你。我的工作，结婚前你又不是不知道，现在你申请到房子了，工作也顺了，就一脚把人踢开，太不仗义。"刘小捷被激得火冒三丈，也顾不得老妈在场，对佟兵怒吼道："你跟别人养了个孩子，你当谁不知道？！"佟兵乱了阵脚："不是……什么孩子……冤枉！"

008

王素敏惊得差点没站稳："怎么回事？哪来的孩子？跟谁生孩

子？这么大的事怎么没说？！"佟兵着急："刘小捷，你血口喷人！"刘小捷气鼓鼓地一屁股坐在沙发上，灌口水。素敏追问："小捷，怎么回事？！"刘小捷这才说："他在游戏里跟人生了个孩子。"佟兵求助王素敏："妈……这……什么游戏生孩子……那是游戏……网络游戏里头角色生孩，这哪能当真……这不是胡搅蛮缠么……"

虚惊一场。王素敏想尽快终结尴尬，她让佟兵先回去，有什么，将来再说。门刚关上，刘小捷就冲王素敏发脾气："什么将来再说，没什么可说的，以后别让他进门。我属于迷途知返。游戏里跟人生孩子，是精神出轨，距离肉体出轨不远了。"水至清则无鱼，素敏当然不赞成小捷的观点，认为过于偏激，可女儿气性大，她没办法。

佟兵下楼，迎面遇见小敏上楼，叫了声大姐。小敏很礼貌，微笑招呼。佟兵说："大姐，您劝劝小捷，她现在有点臆想症。"小敏一头雾水。被查出怀孕，小敏心情复杂，本想到小捷这坐坐，试试她妈妈的口风，谁知撞上了佟兵。进了门，见小捷气鼓鼓坐在沙发上，手里拿着本阿加莎·克里斯蒂的书，乱翻。小敏过去拉一下书，小捷的脸是阴天，小敏笑说："谁又惹你了？"素敏端炒豆角出来，见小敏来，嘀咕："真是搞不懂现在的年轻人，还能在游戏里生孩子。"小敏诧异："谁生孩子？什么生孩子？"素敏说："小捷说，佟兵跟人在游戏里生了个孩子。"小敏一笑："不就是游戏么。"小捷甩掉书："戏假情真，精神出轨。"小敏道："控制得了肉体，还能控制住精神？要求也太高了。"小捷说："那只是一方面，他还是妈宝男。"小敏说："你不也是妈宝女么，离了妈你能过？结婚几年，饭都不会烧，也不知道佟兵迷你什么。"小捷抢白："我又不是去当老妈子的，他迷我的气质、迷我的优雅、迷我的美丽。姐，你别老替敌人说话。"王素敏说："做事别太绝，离了婚还能做朋友，才是真成功。"

　　小捷在沙发上躺成个大字，四仰八叉："结婚真麻烦，伺候这个，照顾那个，我就想自己生个孩子自己养，干脆利落。"小敏还是那话："你是想当然。单亲妈妈在北京怎么活？"声音大得能掀翻房顶。小捷吓了一跳："姐，你干吗……""我是说，"小敏连忙调整情绪，"我是说，你要知道这个社会对单亲妈妈没那么宽容。这里是北京，你还有房贷背着，一个人养孩子，物质、精神双重压力，你以为女人生个孩子、养个孩子，像养只猫养只狗那么简单？别给自己挖坑。""我就那么一说……"小捷不为自己的话负责。王素敏把菜排好，对小敏说："她就是这脑子，读书行，生活缺根弦，自己都养不好还养孩子。"又对小捷说："你们不是游戏里可以养孩子么？你先试试，尝尝滋味。"

　　吃完饭，刘小捷去忙自己的，小敏泡了花茶，跟老妈坐在一块。王素敏问家骏借读的事办得怎么样，刘小敏说快办好了，没提陈卓帮忙。王素敏说："你二姑又给我发帖子。"小敏想起来，问是不是她家二儿子结婚。王素敏说："就是老二，不过是二婚，你二姑真做得出来，这么多年不通庆吊，冷不丁，照发，又是二婚，大张旗鼓，生怕别人不知道。""是少见。不过能二婚结得理直气壮，也算本事。"小敏笑笑，跟着话锋一转，"妈，我挺佩服你的，那么多年，硬是带着我和小捷熬。"王素敏笑容里藏着苦涩："不然怎么办，再走一家？别说担心人家对我两个女儿不好，就是我自己，也不想去伺候人，做人家的老妈子、保姆、厨师、护工。没那必要。有工作，孩子够吃够穿能上学，就能凑合过。"小敏一时无言。对于老妈的观点，她持保留意见，不过她能够理解，毕竟不同时代。小敏认为，二婚是追求自己的幸福，并不是去做老妈子。就比如她和陈卓，迟迟没再婚，就是担心生活质量受影响，给彼此留余地。将来如果再婚，也是因为在一起共同承担生活的责任、共同追求幸福。

王素敏见女儿神色落寞，鼓励道："你别跟我学，年代不一样，人也不一样，情况更不一样。小城市，现在头婚想找个向心的都不容易，何况二婚。大城市好点，人多。"小敏笑了。王素敏进一步规划："等过两年，家骏上大学，我看你跟陈卓倒不是不可以再走一步。"小敏装作不经意地问："合适么，跟他？"王素敏说："能找到他这样的，已经算烧高香了。""他还想生一个呢。""还生？"王素敏有点接受不了，"别找麻烦。"刘小敏一笑，掩盖过去。在生孩子的问题上，她基本认同老妈的观点，再生一胎，的确麻烦。她和陈卓都有孩子，再生，也许能拉近她和陈卓的关系——有了孩子，等于这一辈子都有了个牵扯。只是，新宝贝的到来等于在老问题上加了新问题，她能做好后妈么？他能当好家骏的爸么？两个孩子能认同新生儿么？她能陪伴孩子长大成人、成家立业么？她没信心。本来也是个意外——这孩子不在他们的计划中。刘小敏打算把这个孩子流掉。

家骏去学校报到那天，陈卓跟着，他同学跟学校主任认识，这次人家帮了大忙，他必须露面感谢。陈卓为这事花了钱，小敏说："谢谢你，回头转给你。"陈卓说："别这么客气。一家人。"不是一家，胜似一家。当天，陈卓出现，小敏得向家骏介绍陈卓。两个人对好口风，小敏就说陈卓是她的同学，同学帮忙，顺理成章。见到家骏，陈卓有些吃惊，在小敏的口中，家骏永远像个小孩，可真人摆在面前，比陈卓还高，就是瘦。"叫叔叔。"小敏对家骏说，家骏叫了声叔叔。"多亏叔叔帮忙。"小敏陈述利害。"谢谢叔叔。"家骏懂礼貌。

三个人一起去见学校主任，主任给分了班级，说当天就能去班里报到，小敏和陈卓又送家骏去班里。小敏有些肚子疼，临时要去厕所，走廊下，家骏和陈卓需要单独相处，有点冷场，略尴尬。家骏要么半低着头，要么看远方，陈卓觉得有义务说点什么。"来北京适不适应？""还行。""还是打算去法国？"家骏看了他一眼，说："是的。""以前练过田径？"家骏点头。"怎么不练了？""没时间，家里让走文化课。"该问的都问完了，小敏还没回来。

下课了，孩子们从教室里拥出，有同学认出陈卓——陈卓一度被女生团封为"最帅爸爸"，立刻去给陈佳佳通风报信。佳佳闻风而来，见老爸陪着个男孩站着，好奇地问："爸，你怎么来了？"陈卓没料到女儿会突然出现，应变道："老师找我，你该注意了。"他把压力转嫁到女儿身上。陈佳佳指着家骏问："他是谁？"猛然间，陈卓答不出来。他是谁？是他情人的儿子，可不能跟佳佳说。说是朋友？学生？都不合适。家骏有眼力见，说了声去趟厕所，走了。陈卓压力减小，又对女儿摆出父亲架势："过来！"陈佳佳拖着腔调，委屈地说："怎么回事呀，我成绩不是回升了么，回升了五名呢……"陈卓领着佳佳到小花园说话。

洗手间门口，家骏遇到妈妈小敏。小敏问叔叔呢，家骏说："他女儿找他。"小敏微微皱眉，来之前，她就担心在学校遇到陈佳佳，但这话不好跟陈卓提，只能顺其自然。偏偏狭路相逢，小敏说："你去，上好了，咱们走。"家骏说自己没尿，小敏愣了一下，又赶忙调整好状态，带着家骏先行离开。家骏问："不等叔叔了？"小敏说："他还有点事，咱们先走。"家骏问："不是去报到么？"小敏才想起来报到这事，她拍拍脑袋，尴尬地笑："等会儿，现在人多，乱哄哄的，一会儿去教研室找班主任。"

一天忙好弄好，家骏正式开始在北京读书。小敏不想做晚饭，带家骏去吃西餐，也算庆祝。家骏话还是不多，吃到当中，他却问妈妈："那个叔叔怎么知道我要去法国？"高难度问题，但难不倒小敏。她答："家长们会在一起讨论孩子的前途。""看上去跟我们不是一路人。""就是朋友。"小敏只能半真半假，完全说假话不切实际，迟早穿帮。"他有几个孩子？"家骏问。"就一个女儿。""他怎么知道我练田径？"家骏追问。刘小敏为难，不能露馅，有了，她放下刀叉："你忘了，能进来也是因为你有体育特长。"这答案没问题，家骏疑惑解除，不问了。刘小敏松了口气，又开始吃东西。"他也是离婚的？"家骏又追问，像个侦探。小敏头皮出汗了："哦呦，这个我可不知道，隐私。"

009

这天，小捷给小敏发微信：我生了个孩子（在游戏里）。小敏不以为意：好好体验。谁知道孩子一生出来就甩不掉，小捷怪游戏太逼真：跟现实生活一样，孩子吃喝拉撒俱全，她都得照顾。每天上班前下班后，她都必须在虚拟世界，给孩子喂奶、帮他洗澡、哄他睡觉。荒唐。小捷疲惫不堪，三天就厌了，可总不能让老妈代做。养孩子这事，除了姐姐，她谁都没说，现在更不能说。素敏会笑话她，只能自己先养着。小捷告诉自己，当妈就得坚持，是持久战。

刘小敏却认识到自己坚持不了多久。珠胎暗结，日长夜大，她必须早下决断。小敏去协和挂号，想好好查查，咨询咨询医生。她自己懂针灸，但流产这事，她还是信赖西医。缴费处排队，小敏见前面那人背影有点眼熟，待他缴完费转身，发现是洪卫。她认识洪卫，洪卫却不认识她。七中在京同学聚会，李萍狠狠炫耀过洪卫。在小敏和李萍共在的同学群里，洪卫是个名人。他来做什么？刘小敏直觉，是李萍出了问题。她暂时脱离缴费队伍，洪卫在前，她跟着，洪卫进到病房去，小敏别在旁边一看，果然见李萍躺在四号床上。

　　来医院的孕妇真多，足足等了两个小时才轮到小敏。医生是个老太太，说流是可以流，但这个年纪，想再怀不容易。刘小敏说："就怕保不住，我跟四号床那个大姐年纪差不多。"医生说："四号床是习惯性流产，跟你的情况不一样。"小敏本来要坚决打掉，可一听说可能再没怀孕机会，又有点紧张。"会导致习惯性流产吗？"她问。医生笑着说："这个无法确定，每个人体质不同，不过你已经接近生育上限。"刘小敏打了个激灵，她不年轻了，几乎逼近自然受孕的上限。刘小敏忽然想留住这个孩子了，为什么不？李萍这么努力都失败了，她却无心插柳柳成荫，或许这就是上天送她的礼物。走出医院，小敏下定决心把实际情况告诉陈卓，只不过，她不打算直接说，而是想用"意外"的方式，让他自己发现。皮球就踢到他那边，他的反应会影响她下一步判断。

　　在"逍遥居"的洗手间里，刘小敏把验孕棒放在抽水马桶盖上。看看，不合适，太刻意，又假装掉在地上，还是不行。干脆一支放在手纸桶里，最上面；另一支则放在洗手台的边沿，靠近抽水马桶的地方，比较醒目的位置。这下可以了，双保险，只要陈卓进洗手间，就能看到。刘小敏布置好"案发现场"，才开车离开。

　　到家，家骏还在苦读，小敏问他饿不饿，家骏说有一点。难得儿子说饿，刘小敏满心欢喜下厨给他下了个鸡蛋面。等家骏吃好弄好，上床睡觉，她才想起来给陈卓打电话，陈卓还在加班。刘小敏声音小小地说自己睡不着，陈卓问怎么了，小敏说："李萍的事你听说没？""什么事？""流产了，"小敏说，"听同学说的。听完心里疙疙瘩瘩的。"陈卓有些吃惊，他合上笔记本电脑，说："她是她你是你，别不舒服。"刘小敏说："都是女人，年纪差不多，我能理解她。"次日等了一天。陈卓没来电话，刘小敏有点疑惑，难道没看到？不应该，或者他没去"逍遥居"？不会，她那天走之前，他就说要去。还是他看不懂验孕棒？有可能，距离他上一次当爸爸，毕竟十八年了。没有好办法，只能等。刘小敏不愿意主动去说，得适当矜持，得他问。

陈佳佳在补习学校门口又遇到金家骏。她喊了一声，"喂。"家骏转头看看她。"喂，前面那小子，叫你呢！"陈佳佳又喊，她一贯泼辣。家骏这下听到了，拿手指了指自己，佳佳上前去，"就是你。"家骏看着她不说话，佳佳抖了抖校服："看什么看，不认识？上次在学校走廊遇到过。"家骏问："有什么事吗？"佳佳说："你认识我爸。""谁是你爸？""那天跟你站在一块的那男的。""不记得了，你爸叫什么？"佳佳说："陈卓。""不认识。"家骏说罢要走，陈佳佳拉住他："你不会是我爸的私生子吧。"

脑洞太大了，家骏瞪了她一眼，要走。"站住！"陈佳佳愈发怀疑眼前这小子跟老爸的关系。家骏站定了，扭头："你爸是不是做中介的？我进学校，是你爸从中介绍的，就这么简单。"金家骏并非不善言谈，只是轻易不说，每次开口，他都力求准确，不废话。佳佳骂："臭小子！"她讨厌他傲慢的态度，比她还傲慢。她不允许自己被压一头，要给他点颜色瞧瞧。

流产之后，李萍家的氛围一直低沉。医生说李萍可能无法再孕，第三次做试管，依旧流产，习惯性的，头两次都是没到三个月就掉了，这次算久的，可还是没保住。李萍和洪卫咨询医生，找人代孕有没有希望。医生据实相告，说李萍的卵子可能无法达标，这句话把李萍和洪卫打入万丈深渊。"实在不行，你找个人生一个。"李萍故意说这话。洪卫看她一眼："别胡思乱想。"李萍靠在床垫上，叹息："奋斗半辈子都不知道为了谁。"洪卫说："不是有佳佳吗？"李萍泫然："就想要个咱们的孩子，怎么这么难，我也没做什么坏事……"洪卫说有机会再去美国看看，想想办法。其实就李萍来说，有没有孩子无所谓，她只是觉得亏欠洪卫。孩子掉了她当然难过，但她得表现得比内心真实的难过更难过、更夸张，痛不欲生。只有这样，才能赢得洪卫的同情和理解，才能覆盖洪卫的失望，让他好受点。

洪卫打算去学校找陈佳佳一趟，这是他第一次单独去见陈佳佳。从法律意义上说，他是她的继父，可他从来没把佳佳当成女儿，佳佳也从未把他当作父亲。李萍意外流产，洪卫觉得追根溯源，跟李萍那次去见佳佳有关。怎么会是陈佳佳陪她去医院？那天发生了什么？洪卫想知道答案，想去摸摸底。

下课了，陈佳佳被洪卫堵在教室门口。佳佳从他身边钻过去。洪卫叫她名字，跟上去，陈佳佳站住脚，怪笑道："我去女厕所，一起来？""问两句话就走。"洪卫是成熟男人，有事说事。"我没义务听你在这废话。"陈佳佳不客气。"你妈流产了。"平地一声炸雷，陈佳佳脑子嗡嗡的。流产？！不可思议。她自责，但绝不能让他看出来。

洪卫个子高，居高临下质问："你妈那天从找你到被送到医院，其间发生了什么？是不是跟你有关？""没有！"陈佳佳有点失控。的确跟她有关，可她绝对不能承认。这一刻，佳佳甚至有点恨妈妈——在她看来，李萍一世英明，怎么会找这么一个龌龊的男人！他除了有点臭钱，哪里比得上她爸！陈佳佳想走，洪卫却一把抓住她胳膊。佳佳挣扎、吵嚷，可洪卫的手却像一只铁钳，牢牢钳住她的胳膊。围观的不少，可没人敢上前。

劈空一掌，洪卫的手被打开。是个男孩干的，他拉起佳佳，一路朝操场方向狂奔，绕过教学楼，从操场小门逃出学校。惊魂甫定，佳佳才发现救她的是那个她原本打算还以颜色的男孩，她还不知道他的名字。暂时安全了，佳佳失声痛哭，为老妈李萍。男孩并不安慰她，由着她在路边哭得乱七八糟。他钻进路边便利店，等她哭好了，才递上一听可乐。佳佳倔强："不用你帮！"男孩高举两手："刚好路过。"佳佳抹了一把脸，从男孩手里夺过可乐："你叫什么？"男孩耸耸肩："金家骏。""陈佳佳。"她要跟他握手。家骏说："知道，你很有名。"佳佳破涕："雇你当保镖。"家骏耸耸肩："没那本事，我只会逃跑。"

010

陈卓约见面，刘小敏有些紧张，她估计陈卓心里已经有数。陈卓开车，一路上两个人都没说话。地点安排在弥月茶舍，刘小敏的理解是：他追求一种清雅的仪式感。到地方，上二楼包间，小敏要了防癌牛蒡茶，陈卓要了杯太平猴魁。静静喝着。双方都不愿先开口。终于，还是陈卓忍不住。他搞技术的，行事风格直接，只是年岁和阅历磨圆了他，可面对这种事情，他熬不过小敏。小敏学中医，最重要的一条素质就是：戒急用忍。"怎么不告诉我？"陈卓声调平和。"什么事？""重要的事，和你我都有关系的，我们的事。"第二句就控制不住了。小敏淡定，呷一口茶。"难道偷偷摸摸处理了？""怎么还偷偷摸摸上了，我是贼？"小敏微笑，不急不躁。

"孩子的爸爸是我。"陈卓点破。一步一步，都在刘小敏的掌控中，她说："怕你为难。"陈卓一时语塞，他当然理解小敏的意思。为难，是因为这个是非婚的孩子，是因为她对未来还有很多不确定。"你怎么想？"陈卓语带柔情。"也不一定留得住，"刘小敏叹气，"你看李萍，到我们这个年纪，危险。"陈卓立刻说："你跟她不一样，你比她年轻，我比洪卫年轻。他们不能不代表我们不能。"陈卓进一步问:"男孩女孩?"这话问得可笑,胚胎还没发育完全,怎么能知道男女? 不过小敏心里清清楚楚,陈卓想要男孩,他已经有个女儿,再来个小子,凑成一个"好"字,传宗接代的思想在他头脑中根深蒂固。从传统地区的小城市走出来,他骨子里的东西并没有改变,即便他现在人模人样地从事着最前沿的行业,是社会上的成功人士,但小敏知道,他还是那个从中下层奋斗到中层以上的小子,跟她一样。这也是他们能够接纳彼此的重要原因之一,他们在本质上是一类人,因此能够成为知己。

她不出声,算是回答。"得留住。"陈卓要摸烟,拿出来又立刻放回去。那么好,问题来了,怎么留? 小敏轻易不开口,她考虑的问题相信陈卓也在考虑。怎么生? 神不知鬼不觉? 跟儿女怎么交代,跟父母怎么交代? 在单位怎么混? 在那个传统单位,没结婚就突然生出一个孩子来? 还如此高龄,算怎么回事儿? 她为什么要在这个时候生孩子? 名不正则言不顺,不能出师无名。考验陈卓的时候到了。和陈卓相遇已经是个意外,她不能让这个意外再节外生枝。必须让一切回到正常的生活轨道上。这并不容易。陈卓是老江湖,她不提结婚,他也不提。在全部谈话中,他像一个足球运动员一样,巧妙地避开了跟结婚有关的内容,焦点只设置在要不要生孩子的问题上。当然,对于结婚,刘小敏要慎重考虑,即便他提出来,求婚,她也得三思。她可以拒绝,但他不能不提。不提,就有点没品,过于滑头。

刘小敏不打算恋战,给他一点时间,给自己留面子。"没事了吧。"她把手机放回包里,说话间已经站起来。陈卓连忙跟着站起,说:"我送你。"小敏说不用。"哎哟!"陈卓叫了一声,音量不算大,他捂住了左侧肝胆部位。还没等小敏问情况,陈卓已经摔倒在地,疼得直打滚。刘小敏只好叫来服务生,把陈卓抬下楼,她开车,立刻赶往医院。

以多年从医经验看，刘小敏初步诊断是他胆囊结石又犯了。老毛病。喝酒喝出来的，早年要拼要奋斗，难免。

一路上，刘小敏一手握着方向盘，一手抓着陈卓的手，掐合谷穴止疼。油门加速，争分夺秒。可没想到赶是赶到了，但进医院停车大院，倒入车位的时候，一不小心蹭到了旁边的车。车主正好在车上，当即大吵大闹。"有个急病人，你让我先送病人进去，这疼得不行了。我不跑，电话号码给你，车也在这儿，不行给你我的包，肯定不跑，都有保险，不会跑的。"刘小敏急匆匆解释，车主暂时放人。"能不能帮忙扶一下？"她还找车主帮忙，车主老大不情愿，还是扶了。

进急诊室，西医靠实证，很快查出来，胆囊结石引发胆囊炎，还有泥沙型肾结石。肾结石可以体外超声波碎石，胆囊结石需要立刻手术。手术需要签字，陈卓半昏迷，自己签不了。"你是他什么人？"医生问。"朋友。"小敏如实答，少了个"女"字，意思大不一样。"尽快联系亲属。"唯一能联系的亲属只有他女儿陈佳佳，小敏用陈卓的指纹解了手机锁，犹豫片刻，还是请护士帮忙给陈佳佳打电话。佳佳正在英语培训班上课，陈卓醒来，自己强忍着把字签了，跟着就上了手术台，做胆囊摘除。

刘小敏都安排好了，才想起来外头车子的剐蹭还没处理，便连忙往外走。一个姑娘撞到她身上，抬眼一看，是陈佳佳。这是刘小敏第一次见陈佳佳真人，比想象中高一些、瘦一些。正在发育的孩子，一年一个样。以前见，都是在陈卓手机里。"手术室在哪儿？！"陈佳佳慌不择路地问。小敏给她指路，陈佳佳喘着大气，跑了过去。刘小敏擅长处理问题，几句好言，承担责任，车主并没有不依不饶，三下五除二就处理完毕。坐上车，她打算把车挪个位置，车窗被敲响，外头站着个人。

刘小敏连忙摇下窗户。"你谁啊？"陈佳佳没好气，"怎么在我爸车上？"小敏毕竟老于世故，稳住阵脚，微笑着："朋友聚会，你爸突然发病，是我把他送过来的，还算及时。"她轻巧地撒了个谎，不过也是事实。佳佳收起脾气，小敏下车，把车钥匙递到她手里，假装不在意："应该没什么问题，我还有事，得先走。"说着就要潇洒离开。"等等！"佳佳在背后喊。小敏回头，带点诧异。"谢谢。"佳佳声音很小，但意思表达到了。刘小敏没说什么，走开了。她当然担心陈卓，可此时此刻，她必须潇洒。陈佳佳还不知道她是谁，陈卓没说，她不能先暴露身份。目前的状况，她甚至不能主动联系陈卓，不能对他表示关心，因为女儿陈佳佳围绕在他身旁。

不算大手术，住了一周，陈卓出院，给小敏发了消息。小敏延迟回复，且只回了个微笑表情。她当然更不能去看陈卓，那是"大事"，还没达成共识，她必须挺着，忍住，耐住。她觉得眼下自己还有主动权，要不要这个孩子，归根到底是她说了算。只是，她不想让这个孩子成为逼婚的筹码，她要面子，四张的人了，不能有路就走，而应该自己设计好，想想到底该怎么走。

一周后陈卓打电话来，约见面。刘小敏婉拒，她得把控节奏，有自己的态度。"再约吧，太忙了，病人太多，你也好好休息。"一句话，既拒绝了，又给出了理由，还关怀了一下，不痛不痒，礼貌得体。不过忙是真忙，院里派下来一批法国进修生，到她的诊室见习。她一边给病人扎针，还得一边用英语介绍，什么病症，什么部位，什么针法，疗程多久。助手在旁边听着，不由得赞叹，也只有刘主任能用英语说明白，什么列缺合谷，什么迎香扶突，什么隐白太白，什么少海神门；还有那些专业词语，阴虚阳亢、心脾两虚、风寒邪湿、痰浊上蒙，中国话听着都复杂，更别说用英语说了，太难了。

刘小敏喝口水，继续忙。来了个新病人，一抬头，是陈卓。刘小敏没想到他会到这里来。做了男女朋友之后，他一直享受的是私人针灸服务，忽然来到公共空间，有点不适应。"去外面的床，"刘小敏公事公办的口气，装作不认识，"里头是女士的。"诊室不大，就八张床，每张上面都有环绕的帘子，保护隐私。按照惯例，里头几张多留给女病患。陈卓躺好，上衣脱掉。刘小敏在里头给中老年妇女施针，过了半个小时，才到陈卓这。

"哪儿不舒服？"刘小敏公事公办。"头疼。"还耍贫嘴，哪像个刚做了胆摘除的人。"少吃油腻的，多注意休息。"刘小敏开始起针，"顺顺膀胱经吧。"陈卓趴好了，笑说，"我现在是无胆人，但胆量还是有。"刘小敏没理他，迅速施针，上电脉冲，再上烤灯在右肩。法国见习学生用法语问："刘主任，病人的右肩有病，是怎么诊断出来的？"翻译用中文翻了出来，直问。刘小敏有点尴尬，但迅速用专业知识缓解，用中文说："病人说头疼，走到是胆经，肩井是胆经大穴，所以上脉冲。"翻译翻过去，学生们恍然大悟，刘小敏又追加说明："风池穴不宜向下斜刺，肩井穴不可深刺，渊腋、辄筋、日月、京门、带脉穴均宜斜刺，不可直刺。"

都弄好，帘子拉上，陈卓拿出手机乱翻，小敏提醒他，别乱动。过了三两分钟，陈卓喊医生，小敏不耐烦，过去看看又有啥情况。谁知陈卓却拿出手机，出示备忘录上打着的几个大字：我们结婚吧。刘小敏低喝："收起来！"陈卓连忙把手机压在胸下。

011

这种求婚方式，刘小敏谈不上满意。但陈卓的态度，她是满意的，知错就改，善莫大焉。否则她会怀疑，还有没有必要把孩子生下来。国家开放二胎，但她不年轻了。生个孩子，等于给自己又套一层紧箍，好在她和陈卓现在有这个实力。他们各自的孩子马上要读大学，准备离家，正好给小家伙留空间。再做妈妈，她谈不上迫切，不过她相信陈卓迫不及待做爸爸。

在病房当然什么都没法谈，但陈卓的态度表达清楚了。关键问题，回家后在微信上谈。"你想清楚了吗？"小敏发过去。"百分之百清楚。""结婚是大事，意见必须统一，才能一致对外，万里长征刚开始。""是，不容易。坚决和刘医生统一战线。"陈卓回复，"我们浪费了多少日子，老天爷的恩赐，为什么不勇敢接受。"这话说到小敏心坎上了。

手术过后，父女俩才说起车子剐蹭的事。陈佳佳忽然问："那天送你去医院那女的是谁？"陈卓迟疑了一下，装傻："哪个女的？""送你去医院抢救那个。""没印象，疼得太厉害，意识模糊。"佳佳说："爸，别忘了你发的誓。""我发什么誓了？""不再婚不生孩。""别乱想。"陈佳佳头头是道："呵呵，您现在是很多小姑娘虎视眈眈的对象，不得不防。一个有事业的男人，长得又不算难看，放到社会上是很危险的。"陈卓不想谈论这个话题，他对佳佳说有时间去看看妈妈。

佳佳陷入沉默。李萍流产，她心情复杂。她曾经难以接受李萍怀孕，可孩子掉了，佳佳又觉得愧疚。洪卫去学校找她的事，她没跟陈卓说。她怕说了，矛盾激化，又把李萍那天去找她的事翻出来。没完没了。李萍显然没把当天的情况告诉洪卫。佳佳转而又替妈妈不值。"到底图什么？这么大年纪。"陈佳佳喟叹，"她就是想不开。"轮到陈卓惊讶了，佳佳显然已知晓李萍的情况。李萍图什么？陈卓不好回答。

佳佳转过身子问她爸："当初她到底为什么一定要离？"又是个送

命题。说是因为爸爸不够优秀？太没有面子。说你妈眼睛长在头顶上？在孩子面前，他也不想埋汰前妻。陈卓只能说："人各有志，道不同不相为谋。"说得虚虚的。陈佳佳不再多问，头靠在座椅上，眼睛呆呆地望向前方，陷入遐思。

游戏中的养孩子系统，要求玩家每隔几个小时就要去照顾孩子一次。刚开始刘小捷是能坚持的，可时间一长，再加上单位领导催活，小捷疲于应付，好久没上线。等想起来，再上线，却发现游戏里的对象已向法院提离婚，法院应允，并且把孩子的抚养权判给了男方。

小捷在电脑前大叫一声。王素敏慌忙进屋见小捷在电脑桌前失魂落魄，忙问她怎么了。"我又离婚了。"小捷失落。入戏太深。"怎么……怎么回事？"王素敏有点结巴。"孩子也没给我。"小捷还自说自话，用鼠标关了游戏。"说什么呢？"素敏摸小捷额头，不烫。"游戏里……游戏里我离婚了。"王素敏放松下来。嗨，就是个游戏。她趁机给女儿上课："早点找个人，游戏里都是假的，要玩就玩真的。"又是那一套，小捷厌烦。

孩子判给"前夫"，刘小捷深感崩溃。她甚至觉得比跟佟兵离婚的时候还要失落。刘小捷自己被自己吓一跳。她显然已经进入母亲角色，走不出来。毫无疑问，刘小捷受了一次"教育"。她有些庆幸，自己跟佟兵没生出孩子来。如果有孩子，她是不是就不会离婚？或者离了婚，孩子的抚养权拿不到，就会陷入更大的痛苦中？不敢确定。但她现在觉得，当单亲妈妈似乎比离婚却没有孩子抚养权的妈妈好。她把这个困惑说给老妈听。王素敏教育她："你别还没结婚，就想着离婚。你这是心理障碍，让你姐给你扎扎针。"

因为这个虚拟的孩子，刘小捷接连几天都恍恍惚惚。小敏约她下午见个面，是想让妹妹给家骏吹吹风。小敏和陈卓初步商量好了，决心再往前走一步，他们首先得了解孩子的态度，小捷跟家骏年龄差距小点，家骏跟她不拘束。

刘小捷坐下，眨巴着眼问："干吗？陈卓求婚啦？""没有。点东西。"刘小敏现在还不想告诉妹妹自己已经怀孕。"那那么着急？""铺垫铺垫，总不能现求菩萨现烧香。""干吗不过一年再说？等家骏出去了，世界还不是你们的。"正常想是这样，可现在有突发状况。小敏继续找理由："老陈有点着急。""他急什么？怕你跑了？""可能想做给他前妻看看？"小敏说，"你打算怎么跟家骏说？"小捷很有信心："看我的。"

小捷要请家骏吃大餐，说好放学后来接他。家骏事先声明只有一个半小时时间，晚上班里要开会。小捷只好找了学校附近的餐馆，吃贵州菜，都是辣的。家骏喜欢吃辣。原本，她是有一套大道理要讲，但一来时间紧迫，二来见到冷面的外甥，小捷又觉得大道理可能无效，还不如直接点。"家骏，小姨离婚了你知道吧？"

家骏抬起头，继续吃口水鸡："过得下去就过，过不下去没必要凑合。"小捷给家骏戴高帽："你比你外婆开明。""那如果小姨再婚呢，你怎么看？"家骏难得露出笑容："干吗在乎我的态度？""那当然。"小捷说，"姨妈姨妈，也是你半个妈。""我支持，但你得看准了。"小捷惊讶于这个评价："小姨看人不准？""一般。""你前姨夫怎么样？""没什么本事，占一个地理位置好。""你爸呢？你爸怎么样？客观说。"小捷追问。"一般，妈离开他是对的，但他还是我爸。"

多明白的孩子。小捷趁热打铁："那你妈呢？你就不心疼你妈？这么多年多不容易。""路都是自己选的。不后悔就行，没什么容易不容易的。"小捷被堵得七零八乱，但矢志不渝，再问："那你妈要再婚呢？"家骏停了一下，说："她的事，我管不着。""你同意还是不同意？""我不同意她就不结吗？""那就是不同意。""我同意。"家骏面不改色，"小姨，你到底想说什么？""其实小姨是想给你妈介绍个对象，但就怕你不同意，所以迟迟不敢安排。""安排吧，我同意。""真同意？"小捷五次三番确认。"冲你这顿饭我也得同意。"家骏开玩笑。

气氛融洽，顺利完成任务。当晚在电话里，刘小捷对着姐姐，狠狠把自己吹了一通。刘小敏深感意外。她没想儿子这么爽快。懂事孩子，体谅妈妈。不过，家骏回来什么都没说，小敏也没提。她炖了银耳雪梨羹，给儿子端过去。家骏吃了一大碗，心情似乎不错。刘小敏舒了口气，万里长征踏出第一步。

012

趁洪卫外出，佳佳去看李萍，表舅徐正也在。考完 ACT，成绩还不错，佳佳轻松许多，她觉得自己有点对不住老妈。佳佳没提洪卫来找过她，李萍也没问。"妈，对不起。"佳佳诚心诚意道歉。本来有心责怪，可见女儿率先道歉，李萍心软下来。万般皆是命，她不得不认命。争是要争的；可到最后争不到，那就说明不是你的。李萍也反思，她和洪卫的关系，是不是只能靠一个孩子维持？ 未必。李萍对自己有信心。"不说这个。"李萍庆幸与女儿的关系得到修复。

徐正在旁边，笑说："什么对不起没关系的，我都不懂。"李萍随口问："上次给你介绍那个怎么样？"徐正假装嗔怪："姐，能不能给介绍点合格产品？"李萍故作恼火，"你到底要什么样的？""反正上次那个不喜欢。特别庸俗。""什么叫庸俗？"李萍反驳，"活在现实生活中就叫庸俗，丑的你不要，你不也挺庸俗？精神上的事，见一面就能弄明白才叫鬼呢。""总得顺眼，谈得来吧。""你理想中的那个人，现实中没有。"徐正口无遮拦："姐夫现在挺潇洒，上回吃饭看到他带几个女的。"女的，还几个！李萍刚开始以为是指洪卫。问清楚，才知道说的是陈卓。"以后能不能说清楚点？"李萍批评表弟，"你姐夫是老洪。"

佳佳没吃晚饭就回去了。到家，清锅冷灶，陈卓以为女儿在李萍那吃，只叫了一份外卖。陈卓要给佳佳下面条，佳佳说不用，吃点奥利奥泡牛奶垫垫。陈卓问李萍怎么样。"没什么事了。"陈佳佳变革节奏，"爸，你是不是我爸？"这叫什么话。陈卓摸摸佳佳的额头："发烧了？""我是不是你亲生的？""你妈给你灌什么迷魂汤了？""跟妈没关系，你就说是不是。""是！百分百是！"陈卓有些慌，故意大声，给自己壮胆。"我和爸之间没有秘密，是不是？"陈佳佳继续问。陈卓感觉有点不妙："是……"

陈佳佳忽然嬉皮笑脸："那爸带几个女的去吃饭，是怎么回事？""什么女的，胡扯！"陈卓一激动，暴露了自己。佳佳没想到真诈出点东西："是真的？""没有。""表舅看见了，还不承认？"陈卓乱了分寸，心一横，今晚就开诚布公："佳佳，不是你表舅想的那样。""那什么样？你谈恋爱了？不许骗我。"陈佳佳手指敲桌子。陈卓只能硬顶："佳佳，其实爸爸最近遇到一个比较合适、有感觉的阿姨，想征求一下你的意见。""你来真的？"陈佳佳抿了抿嘴唇，鼻翼抽动。"佳佳，希望你能理解爸爸，你妈早都再婚了，你大了，就要独立生活，爸爸总不能永远这么一个人……"

一记重锤，陈佳佳握着拳头击打桌面，马克杯都跳起来。"我不理解，我不同意！爸！你跟我妈一样，都抛弃我！背叛我！"佳佳冲回自己房间，摔门，一锁，封闭了世界，任凭陈卓怎么敲也不肯打开。她就知道，她就知道！她注定是被这个世界嫌弃的！陈佳佳在床上哭了一阵，哭累了，昏昏沉沉睡去。

次日，上学时间到。佳佳还闷在屋里。陈卓敲门："佳佳，爸爸出门了。"屋里没动静。"佳佳，你出来跟爸爸谈谈好不好？"还是没动静。陈卓打陈佳佳手机。通了，在屋内，没人接，响铃叫得欢快。屋内一声巨响。"佳佳！"陈卓急了，只好用身子撞门，轰的一声，门开了。陈佳佳站在板凳上，房顶的挂钩中间穿过两条丝袜，陈佳佳在给丝袜打结。"佳佳！"陈卓一跃抱住佳佳，父女俩摔在床上，"你疯了！""反正我对你无所谓，你找你的女人，不用管我，我死我活跟你没关系！你放开！"陈卓只能求饶，反复跟佳佳解释："我就是征求你的意见……你不同意就不同意……那就不谈不结婚……你这是威胁爸爸……你这是不让你爸活……"陈卓越说越动情，眼眶红了。陈佳佳原本就是做戏，效果达到，见好就收："我没了妈，不能再没爸。"

清晨突发事件对陈卓刺激很大，他没跟小敏说，他怕说了，小敏会认为他打退堂鼓。可女儿陈佳佳的脾气他最知道，跟她妈一样，敏感、泼辣又极端。好多事，她说到做到。

到公司，关好门。陈卓给徐正打了个电话，质问他当天的情况，他要搞清楚在李萍那，徐正究竟跟佳佳说了什么。徐正讨饶："姐夫，我什么都没说呀，只说了那天在全聚德碰到了，你带着三个女的吃饭。""什么叫三个女的！"陈卓冒火。"姐夫你忘了？三个，老中青。"

陈卓才想起来是请小敏妈吃饭那回，他知道徐正的嘴，肯定添油加醋。他忽然明白，佳佳在诈他，没想到他自己顺势招认，还好没说具体是谁。陈卓坐在办公室冥思苦想，甚至想到让李萍帮忙，做做佳佳的工作。他又想到刘小敏和李萍的关系，觉得这办法不可取。李萍是小敏的学姐，他现在要跟小敏在一起，以李萍的性格，肯定不舒服。虽然小敏和他的关系，是在他和李萍分手之后才有了实质性突破，但这种话跟李萍没法说。她永远觉得别人不对，全世界都欠她。

盛景大厦地下一层。徐正和几个同事刚从快餐店出来，一抬头，见对面书房养心面的排餐队伍里有个熟悉身影。他招呼了一下，让同事先走，又转回头去养心面排队。特殊情况特殊对待，他要吃第二餐。女人拿了点小吃，鱼饼、肉肠、桂花糕，又要了一碗面，徐正跟在后头。到结账处，徐正忽然装作巧遇，说："你怎么也在这儿？"又对收银员说一起结。刘小捷抬头看徐正，发蒙。"一起。"徐正端着盘子，等小捷。

两个人选了位置坐下。刘小捷说："认错人了吧，我得把钱给你。"徐正笑呵呵："行，你加我微信。"刘小捷拿出手机，要加微信。加上以后才反应过来，收回手机。徐正还是带笑："这顿我请，加微信只是为了保持联络，我大哥陈卓，认识吧？"听到陈卓名号，刘小捷才稍微放松警惕。

"全聚德门口咱们见过。"他帮她回忆。小捷想起来她妈还打趣过他，他们握过手。"你是我大哥的朋友吧。"徐正热情地说，"我是他弟。""哦——"刘小捷恍然。这人挺有意思。"单位在附近？""过了马路就是。""我在路南，以后中午有空可以聚。"他开始安排未来。一顿饭，徐正和刘小捷天南海北地侃，刘小捷并不觉得拘束。他们聊了许多形而上的东西，各自的喜好、怪癖，一起骂了公司同事、领导，聊得很开心。刘小捷甚至跟他谈到了毛姆的小说《月亮与六便士》，他则给了一番自己的解读。小捷暗自惊叹，能对《月亮与六便士》有感悟的工科男可不多。眼前这位，是工科男中的文艺男青年，集合了两种学科的优势，属于稀有品种。

饭毕，徐正摇摇手机憨憨地笑："保持联络！我约你！"小捷才想起来没问他姓甚名谁。回到编辑室，她发现微信上发来个名字：徐正。她回复：刘小捷。

自离婚以来，刘小捷第一次跟异性说那么多话，她感到新鲜又满足。她和佟兵的婚姻走向终结，很大一个原因在于，佟兵和她没话说。同事说白了都是竞争对手，不能多谈，工作场合，小捷除了跟作者谈业务上的事外，说话都很少。女同事谈的那些婆婆妈妈，她懒得听。到家，跟佟兵同样无话。他属于问一句答一句型，小捷憋得厉害。她感觉体内有些能量，是需要通过说话来释放的。她是双子座，不说话等于杀了她。她需要信息、精神的交流。佟兵没有。徐正却是个谈话高手。

这天，刘小捷下了班心情不错，连老妈王素敏都看出来了。"升职了？""没有。""加薪了？""没有。"小捷诧异地看着妈妈。"恋爱了？"素敏再往下问。"妈！"小捷不答应，"三句话不离老本行，你该去婚恋网工作。""看你心情不错，少有。""我就该苦大仇深？别人都说我像二十多岁。""别人是谁？""作者。"刘小捷端着镜子，弄眉毛。"那是想找你出书。""妈！你怎么就不能承认你女儿长相出众呢？"见小捷急了，王素敏找补回来一点："比上不足比下有余，上了三十，光凭长相可不行。得凭气质、气度、气场。"小捷立刻说："我都有。"素敏说："还不是遗传我。"

晚间，小捷打电话给小敏："陈卓是不是有个弟？"她要探探路子。"亲弟？没有，他是独子。"小敏回答。"表弟总有吧。"小捷追问。小敏说这个可不知道。她对陈卓家族的了解还没那么深入。

013

全校运动会，借读生金家骏一举夺得一千米、五千米两项冠军，出了名。陈佳佳特地恭喜他，带了瓶可乐来："还你的。"她撂给家骏。他接住，说了谢谢。"晚上请你吃饭。"陈佳佳提议。"这个……"家骏毕竟刚从小城来，待人接物有点拘束。"你是冠军，爽快点。""你能吃辣吗？"家骏立刻提意见。

火锅店里，佳佳几乎不能下筷子。一盆红汤，满满的辣油，上面浮着辣椒。"你不吃辣？"家骏才发现选饭店失误。"还行。"佳佳强撑。"你们北京人都不能吃辣？""我不是北京的。"佳佳说，"老家江西。""跟我一样？""江西上饶。"佳佳说。"我，九江。"家骏兴奋，他们算半个同乡，"不过祖上是从河南迁过去的，客家人。"佳佳开玩笑："我们家祖上也是河南迁过去的，客家人。"距离更近了。

"来点酒？"佳佳问。家骏自认男子汉："你估计不行。""要干就干白的。"佳佳充江湖儿女，其实这是她第一次喝高粱酒。刚喝一口，佳佳发晕，但顶住了，跟家骏碰杯："以后出国了，回来咱们还喝。"家骏二话不说，一口闷，佳佳也不示弱。两个人心里都有事，那就用酒浇吧。酒一下肚，话便说开了。从小酒馆到高架桥下，两个介于孩子和成人之间的青春期人类，肆无忌惮地诉说着自己的身世和烦恼。陈佳佳在半醉半醒之间，当街嚷嚷："人为什么要结婚？为什么？"家骏扶着她，笑说："人类需要繁衍。""那结婚了，干吗还离婚！"

"他们说是性格不合。""他们是谁？""我爸妈。""你爸妈也离婚了？"佳佳惊奇，看来她和家骏真是同病相怜。"我爸妈也离婚了，我们一样！"不愧知己。"因为什么离的？"佳佳追问。家骏说："女方看不上男方。"佳佳激动地要跟家骏击掌："跟我家一样！"家骏说："我爸好像是出轨。""男人就是管不着自己。"佳佳说着大人的话，"我爸现在也还这样。"她愤然，"我妈离开后，我和我爸相依为命，我早都跟他说过不要找对象不要再婚，他答应了。现在又反悔，找情妇！""男人不可能总单身。"喝了酒的家骏还是客观。"你妈没再找？""小姨说在给她介绍。""那就是蠢蠢欲动。你不恨她？"佳佳手舞足蹈，"哦，你还好，你爸没再婚，你还有爸。我不一样，我妈再婚，还差点生了个孩子，我多余。我爸要再婚，我就彻底多余。我想好了，他要再婚，我就出国，再不回来。"

家骏在公交站台广告牌之间的铁条凳上坐下。广告灯箱映着佳佳的脸，红扑扑的。家骏闻得到她的酒气。"谁都有权利寻找幸福。"家骏劝她，"你爸完全有自由再婚，当然，你也有自由离开。人只能管好自己。""你不恨你妈？""不指望。"家骏叹了口气，"我不一定出国，也许下个月我就回老家。平凡有什么不好，考个普通学校，做一份普通的工作，过平淡日子。为什么一定要出人头地？"

陈佳佳惊诧于家骏的三观，他比她成熟。她嘟囔着："就算要走，走之前也得给他们一点颜色瞧瞧。""你想干吗？"佳佳扶着广告牌，伸手要跟家骏握，"相互帮忙。""帮什么忙？""看过希区柯克的电影么？"佳佳见多识广，"他拍过一部电影叫《火车怪客》。火车上两个乘客，彼此帮对方杀掉他们讨厌的人。""我不犯罪。"家骏头脑清醒。"谁让你犯罪了。"佳佳申辩，"就是教训一下，捉弄捉弄。""你意思是，让我帮你教训你爸对象？"家骏问。佳佳挥动手指："与此同时，我帮你教训你妈对象，我们俩跟对象毫无关系，他们查不出来。"家骏想了想："我可以帮你，你不用帮我。"

"没意思。"佳佳泄气,她感到扫兴。"你可以帮我另一个忙。""说吧。"佳佳又来劲了。"我想挣点钱。"家骏说。"这个容易。"佳佳说,"你成绩不错,挣钱小意思,帮人做作业不就行了。"好主意,家骏憨憨笑。

家骏这晚没回家,喝那么多酒,他怕妈妈担心,更怕她唠叨。他给老妈打了个电话,说在通州帮同学庆祝生日,结束后去姥姥、小姨那住。王素敏收拾好榻榻米,安顿家骏,进小捷屋,把门关上。小捷穿着睡衣,坐在床上改稿子。小捷问:"那小子喝酒了?""小点声。"素敏提醒她,"也正常,孩子也有应酬。"王素敏为外孙找理由。"不会谈恋爱了吧?"小捷往下揣测。"胡说,才来几天,才多大,谈什么恋爱。该谈恋爱的是你。"王素敏调转矛头。"妈!别三句话就扯到我身上!"

手机亮了,是徐正约明天中午吃饭。小捷怕她妈看到,迅速回复,说晚安。眼下,她还不打算让王素敏知道她的社交状况,而且她和徐正不过是吃过三次饭、见过几次面而已。

王素敏叹:"咱家这日子,怎么就推不动?十几年前是三个人,十几年后还是三个人。""这不是有新鲜血液家骏么,而且,你怎么知道没推动,说不定是表面平静无波,底下暗流涌动呢。"小捷扳了扳腿,"妈,告诉你个秘密。"王素敏侧耳,很感兴趣。"能不能保密?"小捷事先说明。"肯定。赶紧地。""老姐跟老陈的关系,可能要质变。""要结婚?""聪明!你咋啥都知道呢?"小捷撇着腔调。"老陈有动作,"小捷嘘了一下,"姐不让说,你装不知道。"

小敏胳膊上扎着几根针,在给自己治疗、疏通经络、顺气。家骏突然不归,她不免多想。是他对她处对象有意见,所以来个无声的抗议?吃不准。这孩子心思深。

陈卓来电话，像在搞谍报工作："同意了！""什么同意了？慢慢说。"陈卓调整情绪："佳佳支持我再找。"小敏腔子里提着的那口气终于疏解出来。商定分头做工作后，家骏这边很快有回音，小敏一直没接到陈卓的答复。她知道他女儿佳佳这块骨头难啃。只能等。"佳佳还说，有时间见见。"陈卓仍是欣喜的口气。见见？这进度会不会太快？刘小敏本能地紧张，转而又觉得可笑。见面，本来就是迟早的事。她笑说回头安排安排。

陈卓跑跳着上楼，似乎又恢复了青春。女儿松口，他心宽。主要小敏肚子不能等，必须迅速通关。陈佳佳拿毛巾擦着头发。刷牙，洗澡，吃薄荷糖，陈佳佳掩盖酒气。"爸，你这速度够快的。""就丢个垃圾。""我是说你处对象的速度。"陈卓得意："你爸抢手。""比较好奇那女的到底什么样，能把我爸整得五迷三道，有没有照片？看看。""回头见真人吧。"陈卓留一手。

014

连续好几天，徐正中午都找小捷吃。小捷怕同事们看到不好意思，便故意提议去远一点的地方，到北太平庄附近用餐。也好，两个人坐车去，走着回来，小捷感觉自己似乎回到了学生时代。

这日，小捷和徐正打算去北师大的食堂吃饭。有点远，纯粹为了想去小捷母校看看。在新乐群，板栗烧鸡、红烧肉吃起来已经没有当年那么赞，但好在有氛围。小捷也曾想过考博士。但细究起来，又要三年，小捷觉得发慌，自己终归是俗人。

饭后，徐正陪她到东门的枫叶主题咖啡厅坐坐。饮品上来。周围都是红光。徐正忽然严肃："刘小捷。"他第一次这么叫她名字，郑重其事。小捷笑说："干吗？ 搞得像老师点名。""刘小捷，要不，我们试一下？我态度是端正的。"多新鲜的表白，试一下。小捷低头喝柚子茶，告诉自己不能立刻答应。徐正继续说，带点戏谑："我风趣，幽默，身体健康，有房有车，待人真诚，心地善良……"刘小捷拦他话："你对我了解多少？""感觉到了，就是到了。"徐正相信自己的直觉。"我比你大。""知道。我不在乎。我不只看外表。""我离过婚。"小捷轻描淡写。

重磅炸弹，刘小捷第一次抛出来。如果徐正能够经得住这一炸弹，两个人或许真可以试一下。这叫"丑话说在前头"。徐正微微皱眉，眼睛连眨几下，他没料到，刘小捷此前没说。这个女人像一口古井，不定打捞出什么秘密来，可他偏偏对神秘的东西有兴趣。"正常。"徐正笑着掩饰。刘小捷把果汁杯放到一边，幽默地说："正式介绍：本人刘小捷，女，年龄三十三，月薪三千三，常年水逆。身体健康，离异无孩，有房有贷，亲妈还在。"徐正刚要说话，小捷拦住他："别急着回答，回去想一想。我也想一想，我不年轻了，经不起折腾。决定做慢一点，减少失误率。"话说到这份上，徐正只好暂时鸣金收兵。

刘小捷的兴奋难以掩饰。王素敏觉得女儿似乎有点不对劲，问："怎么了？"小捷反问："妈，我美么？"王素敏诧异："美不美，我说了不算，我又不跟你过一辈子。"小捷又拐弯抹角："我有个同事，女的，最近认识了一个比她小的男的……"王素敏戳穿她："别同事了，十有八九是你自己，在外头认识什么人了，还比你小，没猜错吧？"小捷撒谎总是用"有个同学""有个朋友"来做挡箭牌，其实说的都是她自己。

套路！ 小捷大惊。妈是她肚子里的蛔虫。"妈！ 你总是过度解读！"她只好先否认。

家骏越来越抵触跟老爸金波通视频、打电话，因为他翻来覆去就那几句话，核心意思无非两点：第一，别委屈自己，花你妈的钱是应该的；第二，帮我看着你妈，有机会撮合撮合——他还没放弃跟刘小敏复婚。家骏知道不可能。老妈和老爸已经不在一个层次了，他们从一个起点出发，却走上不同的路。听到"多在你妈面前提我的好，夫妻还是原配的好"，家骏又有点可怜爸爸。老爸还抱着复婚的希望，好像一个溺水的人死死抱住一块破败的舢板。

每当这时候，家骏会想到自己。因为父母离婚，他感觉自己也仿佛分成了两半似的。一半来自老爸金波，那个混在小城市的国企保卫科，大腹便便，就知道打麻将、推牌九的男人；一半来自老妈，一个跻身大城市努力奋斗、不满足于现状找寻幸福的女人。但他是他自己，必须是自己，他要走自己的路。他不想欠任何人的，包括他妈刘小敏。眼下，他迫切想要赚一笔钱。还好有陈佳佳帮他，她在学校人头熟，是大姐大，经她介绍，家骏收获不少低年级作业，他就当复习功课，迅速在两周内赚了不少钱。

这天放学，佳佳拍拍他肩膀说："我这几天就打算让我爸约那个女人见面，你说怎么整她？""你整她的目的是什么？让她跟你爸分手？还是单纯出气？""先出出气。你要钱干什么？""赚钱还我妈，我不想欠她的。不论是高考还是出国，这一年结束，我走我的。""有骨气。"佳佳对家骏竖大拇指，"不过出国也要钱，还不是花你父母的？""那就不出。"家骏说，"走普通院校，我把她离婚前花在我身上的先还她。"

小敏和陈卓碰面商讨下一步该怎么办。佳佳要陈卓安排见面，陈卓问小敏的意思。小敏说："见就见吧，迟早的事。"两个打算孩子这关过了，再跟父母说，然后就打结婚证。

陈卓说："我爸那边没什么问题，他不管这些。"小敏提醒他："你爸不是刚离婚么，说的时候小心点，什么该说什么不该说有点数，别刺激他。"老爷子陈天福二婚，可老了老了，他老婆跟亲儿子过，娘俩把天福甩在一边，离了。天福气得差点晕厥。这两年，陈卓带佳佳回老家，主要是照看他爸。

小敏暂时不打算告诉她妈，先跟小捷透了透风。谁料小捷一听就炸了锅："姐！你够时髦的，先上车后补票。"小敏解释："纯属意外。""想清楚没有？""不然怎么办？打掉？""陈卓没表态吗？"小捷问。"不是跟你说了么，他求婚了。"

小捷联系前前后后拼拼图，恍然大悟："我说你怎么让我做家骏的工作呢，合着你们是在做铺垫，步步为营。"小敏不承认："哪有那么多弯弯绕，都是意外。""陈卓还说什么了？""他女儿那边工作做得差不多了，还有他爸那边，他去说。"小捷着急："就这么结啦？姐，你这可是带货结婚，总得有价码。""哪那么复杂。"小捷激动："你这是生孩子，他不打算好，怎么结？"刘小捷既天真又世故。"你不好说，我帮你说。要不让妈去说。"小捷义愤填膺，"该告诉妈了，肚皮马上鼓起来，怎么瞒？没意义。"小敏不作声。

小捷说得对，得告诉老妈，免得她到时候措手不及。"你说，还是我说？"小捷问。小敏想了想，道："你说。"

015

考虑了一周，徐正又来找刘小捷，还是去吃饭，吃烤肉。隔着烤肉炉子，徐正说："我考虑清楚了。""什么？"抽油烟机声音太大，小捷没听清。徐正坐到小捷旁边，喊："我说，我考虑清楚了！我不介意！想试一试！"小捷一笑，也喊："要是我介意呢？"徐正厚着脸皮："给彼此一个机会嘛。"小捷没立刻作答，直到烤肉吃完，她才笑呵呵反问："要不，试一下？"女人的底气有的时候不是自己给自己的，而需要从男人那得到印证。女人需要受欢迎，有人爱，才有底气。

晚上到家，小捷拉着她妈："走，出去吃。""发财了？""有两件大事宣布。"刘小捷卖个关子。菜上好，吃了两筷子，王素敏耐不住，问："什么事？说吧。""我姐的事。"刘小捷想着怎么说。"你姐要结婚了？"

"我亲老妈！你怎么什么都知道？神了！"刘小捷拍桌子。素敏说："家骏那天喝醉酒来，我就猜到几分，老大要结婚了，家骏心里难受，没处说，傻灌酒，回去又怕他妈难受，所以只能往你这来。"停了一下，素敏又说："换我我也难受。刚到妈身边，还没焐热乎，就不能等等，好歹熬过这一年。"

"等不了。"刘小捷夹酸辣土豆丝。"陈卓不愿意？真就这么急？"王素敏说，"也难怪，说谈不谈好几年了，估计也是怕夜长梦多。你别看他陈卓成功，想找到你姐这样居家过日子又有能耐的女人，哼哼，不容易。"刘小捷拉着调子："不是那样，妈，是我姐的肚子，等——不——了。""有了？！开什么玩笑！"王素敏着急，"都多大了？双方都有孩子，还弄出来个新的干吗？给自己找麻烦。"刘小捷劝她妈："说是个意外。天意。"

王素敏十分忧心。她担心小敏，更担心家骏，那孩子心重。她想好了，先把家骏接来小捷这住，如果小敏真要结婚的话。

"还有一件事呢？"王素敏从忧思中抽离，问。刘小捷忽然不知从哪句话起头，喝了口水润润喉。"好事坏事？好事说，坏事别说，我一天听不了两件坏事。"刘小捷不满地说："瞧您说的，姐那也不叫坏事呀！""不是坏事，也不算好事，麻烦事！""妈，我这是好事。"王素敏不假思索："别告诉我你处对象了，跟一个比你小的。""神人！你学过麻衣神相吧？！""比你小，没问题，问题是人家是头婚还是二婚？""头婚。"王素敏拿手指点了一下女儿："不行。危险。头婚男的，干吗找你二婚女的，你没跟人说你离过婚？"刘小捷不干了："能不能盼我点好？说了，他死乞白赖非要跟我试一试。""有待考察。头婚，没什么经验，自己都不了解自己。"王素敏叹口气，"先谈着吧，骑驴看唱本，走着瞧。"母女俩坐了一会儿，王素敏又说："提醒你姐，该谈的条件都谈好，现在还有点筹码，真结了婚，她就是弱势群体。"

小捷说她会帮姐姐谈判。王素敏说："你少惹事，让你姐自己去说。以后他们是夫妻，深了浅了不计较，你去说，说不好就成仇人。"小捷却说她知道分寸，她找陈卓还有别的事。

整一周，陈卓在公司忙得焦头烂额。执行副总监突然辞职，说是举家迁居天津。为孩子上学方便——他生了二胎，是双胞胎，俩儿子。再加上大儿子，副总监老弥喜得三子，背上三座大山。活儿全都得陈卓看着干。甲方催得紧，必须赶在截止日前完工。老弥是跟陈卓同时进公司的，一直做搭档，他坚持要走，陈卓不好挽留。留也没用，人家确实有困难。

这天晚上，陈卓和老弥共同加了作为同事的最后一个班，等老弥走后，他在办公桌小本子上写写画画加加减减，再生孩子，成本他算过。压力不小，但还能承受。现在主要的花费就是佳佳读书的钱，还有将来嫁人的陪嫁，也必须留出来。至于他和小敏，如果有孩子，两个人共同负担。小敏的儿子家骏的问题，刘小敏没跟他直接谈过。如果结婚，那他和家骏就是半路父子，他对这个沉默寡言的孩子有点忧头。陈卓把笔撂在桌上，两手垫在头后面，多赚钱吧！钱不能解决全部问题，但能缓解大部分问题。

"宇宙的中心"五道口，艳阳高照。刘小捷抬头看看纷杂的大楼，玻璃墙面反射的光，晃眼。在传统行业做久了，偶尔来一次新技术产业园区，她感到新奇。思来想去，她还是决定"挺身而出"，找陈卓一趟。

她事先没给陈卓打电话，属于"突然袭击"。陈卓匆匆出来，一个劲说不好意思。"现在能叫你一声姐夫了？"小捷轻巧引入正题。"惶恐。"陈卓出门让秘书给小捷冲咖啡。无事不登三宝殿，他大概猜到刘小捷今日来意。小捷说："我不是代表我姐来的。""不管代表谁，随时欢迎。""我代表我自己，同时代表我妈。"

016

陈卓忙笑着说："本来要亲自去跟阿姨提，小敏不让。我心里也打鼓，怕说深了浅了惹阿姨生气。"小捷报以笑容："迟早有这一步，不过没想到我姐是奉子成婚。"陈卓忙说"怪我怪我"。小捷收起笑容，说正题："姐夫，再生一个，这可是你跟我姐的孩子，你们这家一下有了三个不同血缘的孩子，我姐怎么跟佳佳相处，你怎么跟家骏相处，还有其他很多事情，都得提前安排好，别让我姐为难。"

"我跟小敏一直在考虑，在安排。"陈卓和气地说，"听小敏说你去做了家骏的工作，孩子还没定性，慢慢熏陶。至于其他，我跟你姐都会商量，尽量周全，考虑在前头。虽然咱不是啥大富之家，但将来财产分配，几个孩子该得多少，各种支出，我们都争取提前定好，免得到时抓瞎。"小捷只是点了一下，陈卓就和盘托出，很真诚，很实在。刘小捷为姐姐庆幸，她找了个好男人。

正事谈完，陈卓诙谐一把："你也抓紧，想找什么样的？我们公司那么多小伙子，随你挑。"小捷说："干你们这行的我可伺候不起，动不动加班，白天连黑夜的，我得找个晚上能陪我看电视的。"陈卓笑说男人可不能那么没上进心。

小捷话锋一转："姐夫，你是不是有个表弟？"陈卓问什么表弟。小捷说前几天在单位附近好像看到了，就是上次在全聚德门口碰到的那个。陈卓哦了一声，说："那不是表弟，是我前妻的表弟。佳佳的表舅。"刘小捷手一抖，水杯差点没抓牢。她早就怀疑徐正有故事，但没想到人物关系是这样。

七牵八扯。太复杂。

从五道口回马甸桥，刘小捷一路思忖，整个人呆呆的。局面前所未有地纷乱。眼看着，刘小敏要和陈卓结婚，她又跟陈卓前妻的表弟谈起了恋爱。刘小捷闭上眼，坐在公交车最后排。徐正打电话来，小捷当机立断说："我们暂时别联系。"徐正不知道发生了什么。"暂时不要联系。就这样。"小捷挂了电话。在局面更加复杂之前，她必须快刀斩乱麻。她有点怪徐正隐瞒身份。徐正追发微信过来，小捷把他拉入黑名单。现在她需要冷静。

王素敏到中医院找小敏。最近刘小敏忙着带法国实习生，不得闲回家。天阴，素敏腰疼，小敏让她直接到医院来。挂了号，进科室，王素敏躺下，等女儿来施针。扎的过程中不说话，有外人在。等治疗完毕，刘小敏送老妈到医院门口，娘俩才得空聊几句。

王素敏言简意赅:"我看最近家骏到我们这住好。"刘小敏有些意外,她妈来主动提这个。"家骏学校离通州更近,"王素敏说,"放心,环境我们绝对给他布置好,比你照顾得还周全。"小敏明白,老妈是想给她留空间。王素敏说:"跟我还瞒着,都什么年代了,也不是啥丑事。家骏那,我帮你做工作。你也喘口气,头几个月最不能累。"说着,素敏看女儿肚子。刘小敏反倒有些不好意思。王素敏接着说:"晚上我去接,回头我让小捷去你那拿点孩子衣服。"

刘小敏心里感谢妈妈,可嘴上却说不出话来。这么多年,这个家一直是她在外头冲锋陷阵,老妈和小妹一个是她的后勤保障,一个是她的参谋,三个臭皮匠,顶个诸葛亮,把日子往好了奔。妈妈和妹妹都明白她的苦。马上陈卓还要安排她和佳佳见面,如果一切顺利,他们就顺水推舟,翻开人生新篇章。家骏去小捷那暂住也好,她在单位附近租的房子临街,多少有点吵,离学校也远;而且老妈还能做做孩子的工作。挺好。放心。

下午放学,王素敏就到学校迎家骏。因为晚上还有自习,素敏带外孙在商场快餐店吃饭。饭间,王素敏跟家骏说了暂时到小姨家住的事。家骏没意见,说在哪住都一样。逛完商场,素敏往学校去等家骏下自习。学生都往外走,王素敏老远就看到家骏跟一个女孩并排往外走,聊得很开心,十分亲密。她眼睛虽说有点老花,但看远的,反而看得清。这小子不会早恋吧,王素敏警惕。等快到门口,家骏才和那女孩分开。

学校离家不远,祖孙俩坐公交车回。王素敏问:"来学校交了几个朋友?"家骏说:"都不太熟。"王素敏不再多问。家骏说:"外婆,有个事想跟你说。"这孩子心重,王素敏总是猜在前头:"你妈找对象你不舒服,是不?""不是。"家骏说,"你先别跟我妈说,也别跟小姨说,谁都别说。"王素敏安慰他："放心吧，谁都不说。"金家骏这才说道："我想回老家。"

始料未及，王素敏头皮发麻。她只预估到小敏再找人，家骏会不舒服，但她没想到他抵触到这种程度。"哪里不习惯？来小姨这住就好了。"王素敏迅速劝。"不想麻烦我妈，我根本不想去法国读书，以我的成绩，考个地方院校读一读就行。没必要那么费事。""傻话！"王素敏有点着急，"人不得往高处走，都走到这儿了，哪能打退堂鼓，骏骏，你不是为你妈奔，也不是为你爸奔，你奔的是你自己的未来。"

家骏说："那我也不能太麻烦我妈，不管我爸。"王素敏拉住外孙的手："怎么叫麻烦？她是你妈，她都不觉得麻烦，你麻烦什么。"家骏面无表情："不想欠她太多。""不要耍小孩子脾气，你妈多不容易。""我是成年人了，该做什么，不该做什么，我自己知道。""真要走？跟你妈说了么？""还没有，请您保密。""保密，保密。"王素敏只能先糊弄着。

到家，客厅茶几上乱糟糟的，散落着开心果壳子。小捷那屋灯亮着。

"你没吃饭？"素敏朝屋里喊一嗓子。小捷在屋里答："不饿，难受。"小捷不知道家骏也在外头，肆无忌惮嚷嚷，"你说这世界怎么就这么小呢。妈，你知道追我那个男的是谁？就是那个比我小点的，活见鬼了！""谁？""我姐仇人的亲戚！"

王素敏看了一眼家骏，家骏装作没听见。"别胡说了，骏骏来了，别在那挺尸。"刘小捷慌忙跑出来，责怪她妈："怎么不早说！"

陈卓来接小敏下班，本来想往"逍遥居"去，但刘小敏科室临时加了几个号，耽误了点时间。吃完饭，小敏不想再往通州去，领着陈卓去她在单位附近租的房子坐坐。陈卓是第一次上这来。刘小敏租这房子时间不久，后来家骏来了，陈卓不好上门。

这是个两室一厅的老套房，客厅特别小，摆上方桌和冰箱，只剩过道。桌子上两盘剩菜。房间采光不好，年深日久墙壁发灰，屋内就更显得暗沉。"这么艰苦。"陈卓不禁感叹。"临时的，凑合住。"小敏说。

陈卓四处看看。主卧有张大床、一个柜子。床边有个衣架，挂着女士衣服。次卧朝北，地上摆着张大床垫，床垫上支个帐篷。帐篷边都是书、作业本，还有衣服和鞋。摆得倒整齐，就是拥挤。"孩子就住这？"陈卓问。

"本来想买张床，他不让，都是过渡，孩子不娇气。"刘小敏说。陈卓却忽然感觉有些沉重，家骏懂事，不用接触就知道。比佳佳强。可越懂事的孩子，相处起来或许更难。他今天找小敏的目的很明确，就是把婚前该谈的，包括财产的事，都开诚布公谈一谈。小捷作为"先头部队"来找他，表达了小敏的意思。作为男人，他不能往后缩。

017

待小敏坐下，陈卓说："孩子他妈。"他这样叫她，刘小敏有些意外。老夫老妻的称谓她不习惯。小敏笑着说："肉麻。"陈卓说："你可不就是孩子他妈么。"小敏说："完全是逼上梁山。"

陈卓笑笑，道："这么多年，也有人劝我，包括后来我爸二次离婚之后也劝我，说离就离了，别二进宫，谈恋爱可以，结婚免谈，结发夫妻都过不好，还指望二婚？一个人过得了，省得被忽悠！"陈卓停了一下，喝了口水，又说："刚跟李萍离的时候，我也这么想。对女人失望，看来看去，我发现中国传统的那种好女人不是没有，有，但遇不到。没想到后来峰回路转，遇到你了。这几年，多亏你帮我顶着，精神上，具体遇到事情你也能帮我出主意，你是我的精神支柱。我想过结婚，可是之前我们都觉得情况复杂，不结，可能还能走远点。现在逼上梁山了也好，有个自己的孩子，不管多大的困难，两个人一起努力，总能翻过去。"

这段开场白让小敏感动。陈卓说得没错，他们都是经过生活风雨洗礼的人，都太知道生活的不易。在婚姻中，他们也都曾遭遇巨大痛苦。现在，以孩子为契机，重新开始一段崭新的日子，未尝不是好事。至少，他们的联系更紧密了。小敏有些鼻酸，却依旧笑着："这些大话就不用说了，都知道。心里明白就行。"

陈卓严肃地说："小敏，我们是带着各自的历史走到一起的。我今天来，就是想跟你商量商量历史问题，当然也要把未来考虑进去。"他没提刘小捷找过他。说得文绉绉，其实就是谈钱。原配夫妻因为钱都会矛盾，何况再婚，说在前头为妙。小敏还是保持微笑："该怎么怎么，讲理。"

陈卓从手提包里拿出个本子说："咱们列列。"小敏不说话，到冰箱上头摸来一支笔，递给他。陈卓翻到空白一页，嘴里念念有词："西城区住房一套，90平方米。"随手标注：1. 西城，住房，90；再写：2. 通州区住房63平方米。小敏也接过笔，在上面另起一列，写：1. 朝阳区住房一套，67平方米（小产权）。写到这，小敏自己都笑了，就写不下去了，陈卓也有点不好意思。小敏说："其实不用这么麻烦，结婚就结婚，很简单，我不是图你钱才跟你的，反过来，你也不图我的钱。我们经济条件相当，作为女方，我比你差一点，但我经济独立，不给任何人添负担。我倒觉得，婚前应该商量的，是几个孩子将来继承遗产的比例。这是大头。"

　　还是小敏头脑清楚。陈卓拿过笔，在本子上依次写下：佳，骏，孩。孩是指肚子里的孩子。陈卓的意思是，把通州的小套留给佳佳；小敏那套留给家骏；还剩一套，他们两人住到老死，百年之后三个孩子再分。"完全一碗水端平也不可能。"陈卓说，"而且以后我们的财产状况也会有变化，反正共同奋斗，有了新的，再多补偿给孩子。"话说到这份上，小敏没意见。

　　然后谈养老。小敏妈健在，陈卓是上头还有一个老父亲。两个人商定的原则是，大面必须顾；但私底下，谁的父母谁顾，另一方起辅助作用。他们自己的老年生活也谈了。但总觉得还远，所以基本是笑谈。都是好人、有心人，再婚，该谈的都谈在头里，好像那些难关、坎儿提前准备了一遍，心里舒泰些。也防止事到临头起分歧，伤感情。

　　吃了晚饭，王素敏下楼溜达，一天至少走六千步，这样才能保证睡眠和饮食正常运转。小捷上班太累，下了班就不想动，吃过晚饭就往沙发上一躺。小捷还在生闷气。跟徐正强行断了联系之后，她有些后悔。主要他真不错，各方面都符合她的要求。可她不愿意给姐姐添乱，至少她要先做出姿态来，才能过了自己这关。

　　晚间下课，陈佳佳来找家骏。一是给他提供"货源"；二则想找家骏布置一下战略问题。"关那个女人一夜，让她知道知道跟我爸谈恋爱的后果。"家骏表示怀疑："她能知难而退么？ 其实你可以直接提出来。"佳佳反问："你干吗不跟你妈直接提？""我是不在乎，现在只想还钱，回老家。""你不在乎才不会想着还钱呢。"佳佳说，"其实我们都是因为太在乎。"

　　家骏看着佳佳："陈佳佳。"佳佳有些诧异："嗯？""我回老家，你还会跟我联系么？""当然，我还要去玩呢。"家骏又问："将来如果你结婚，会不会离婚？""肯定不会，"佳佳说，"我如果结婚，那就是一辈子，要不是一辈子，就不结。""如果对方跟你过不到一块，提出离婚呢？""那我就把他杀了，然后自杀。""嚯，狠，谁敢跟你结婚。""我就这样，大爱大恨。"陈佳佳扬着下巴。

018

从学校出来，刘小敏握着方向盘的手还在抖。难得休息一天，她本想约陈卓见面，可一大早，班主任就来电话，说有重要事谈，请她到学校一趟。小敏不敢怠慢，忙不迭奔去。班主任严肃地告诉她，说发现金家骏在学校帮同学做作业，范围特别大，还动用了新媒体手段，传播迅速。关键在于，金家骏还从这种行为中获利。

"不可能，老师，是不是弄错了？我每周都给钱的，够用。"刘小敏有些激动。班主任严正地说："已经查实。希望你回去能够配合调查。这种情况退学处理都不过分。"刘小敏连忙哀求老师网开一面。

"你们家经济上是不是特别困难？"老师直接问。尴尬，却也是合乎逻辑的推理。"不困难。"小敏说。"你是单亲妈妈？"老师又问。更尴尬，仿佛有罪。"是。"

老师叹了口气，没再多说。可这一声长叹，却让刘小敏心里很不是滋味。难道就因为是单亲家庭，家骏才变成这个样子？是多年以前她毅然离婚出走埋下的隐患？刘小敏自责又无奈。开车去小捷那，红绿灯路口，绿灯亮，前头一辆自行车挡着。小敏按了一下喇叭，那人回头骂："急什么？！赶着去投胎！"刘小敏眼泪一下下来了。

胎，胎儿。刺激的字眼。她这辈子怀过两胎，但都没有对孩子充分负责。小敏实在理解不了，家骏为什么要这么做。来京之后，缺他吃少他穿吗？不。每周还给零用钱。在报补习班、申请材料等各项花销上，刘小敏从来不含糊。她宁愿自己省一点抠一点，也不委屈孩子。可他为什么还要去学校赚同学的钱？！他要这些钱干什么？！不懂！不理解！不明白！为什么？！

陈卓来电话，听声音，他刚起床，刘小敏连忙处理情绪，她不想让他听出异常。她怕他多问、担心。时间都约好了，过几天，等佳佳他们月考完毕，陈卓就会带佳佳与她正式见面。地点也定好了，在798附近。是佳佳找的地方。"没事吧？"陈卓敏感。"没事，"小敏掩盖着，"院里有个会诊。""我是说你没事吧，鼻子齉齉的。""昨天吹到风了。"陈卓说："多注意，多穿点，整天给这个扎针那个扎针，自己没人照顾。"小敏嗯了一声，挂掉电话。多好的男人。可她还是不能告诉他真实情况。这是"家丑"，她必须自己处理。

刘小敏停好车，又去花园里坐了一会儿，彻底处理好情绪才上楼。王素敏开门，小敏问："家骏呢？"王素敏说在做作业。窗帘拉着，透过光能看到个剪影，金家骏在伏案读书。刘小捷还没起来，周末，她喜欢睡懒觉。

"把家骏叫出来。"小敏对老妈说。王素敏觉得有事，连忙去拉门："骏骏，你妈来了，出来一下。"金家骏起身，穿拖鞋出来，叫了声妈。"坐。"小敏自己坐在沙发上。王素敏连忙给家骏搬了张椅子："老大，怎么了这是？弄得跟三堂会审似的。"刘小敏直接问她儿子："在学校干什么了？"

家骏神色露出一丝慌乱，旋即镇定："没什么，学习。""还不承认！"刘小敏拍桌子，发大火。王素敏连忙说："哎呀，怎么搞的，有话好好说。骏骏，快跟你妈道歉，不能早恋，还是要专心在学习上。以后有的是机会谈恋爱。"刘小敏不耐烦："妈！您能不能别搅和？！"

刘小捷披着睡衣从卧室出来："姐，来了，怎么回事？消消火，慢慢说。"刘小敏指着家骏对小捷说："你问问他在学校干了什么。"小捷问："骏骏，到底干了了，让你妈这么生气？"家骏沉默应对。王素敏说："骏，有什么就说，天塌下来我们帮你顶着。"家骏看了一眼她妈："知道了还问。"

刘小敏竭力控制自己，可一开口，她还是泪涌："家骏，妈妈平时钱上面没有让你受委屈，你为什么还要去赚同学的钱？你哪里需要钱，问妈妈要，妈妈什么时候不给你？"王素敏和小捷都呆了。"怎么回事？赚什么同学钱？怎么赚钱？是不是弄错了……"王素敏叨叨。刘小敏气顶到嗓子眼："他帮忙同学做作业赚钱！"

刘小捷第一反应是问家骏："是不是你爸问你要钱了？"她不得不怀疑她那不成器的前姐夫。家骏摇头。"那为什么？"小捷帮姐姐问，"骏骏你跟小姨说没关系。你怎么想的，今天都是家里人，有什么困难我们都会帮忙。"家骏还是一脸沉静，和三个大人慌张的面容形成鲜明对比。他早就想到这一刻，等着这一刻。

金家骏迅速起身，回榻榻米上的小桌脚下拿出一个旧双肩包，拎着走出来，朝茶几上一放。娘三个面面相觑，不懂家骏什么意思。

家骏弯腰把包拉开，开口扯平，百元大钞裸露出来。王素敏惊叫："这是干吗！"小捷急问："哪来这么多钱？！都是在学校赚的？！"刘小敏头晕目眩，只觉得天地倒转。她说不出话。家骏说："妈，谢谢你这些年在我身上费心，钱还你。我不去法国，到下个学期，我还是回老家。你也要结婚了，祝你幸福。"刘小敏只觉得一股热血轰的一下冲上脑门，心在腔子里扑腾扑腾像要跳出来。她就知道！她就知道她儿子闷着呢，就等着一次出击。

刘小捷喝道："不许这么对你妈说话！"王素敏也喟叹："骏骏，父母养儿女，从未想过要回报，儿女对父母又怎么能回报得完？你妈十月怀胎生你下来，这些年虽然在外头，但心一直在你那。你要说都是钱，钱都能算清，那就不是亲人，不是母子了。你要明白，你跟你妈是血脉联系，不是金钱关系。这是一个钱两个钱的问题么，唉！糊涂孩子！"小捷接过话说："骏骏，你妈处对象的事小姨跟你说了，你说同意。如果你心里还有什么不舒服，可以表达出来，无论是排解是商量怎么弄都行，你现在弄出这么一大包钱来，你以为这样能气到你妈？你毁的是你自己的前途！"

刘小敏含泪问："你就这么恨妈妈？那妈妈不处对象，不再婚，你愿意跟妈妈一起过吗？"小捷急得摇小敏的手臂："姐！你有什么错？你有权利追求幸福！"家骏眼睛盯着茶几上那包钱："我不指望你。"没有期望，就没有失望。又说："这辈子还不上你的养育之恩，下辈子继续还。"

小捷出身维护姐姐，近乎吼："是钱的事吗？你还得清吗？！"家骏反击："她还不是就知道给钱！除了给钱真不知道还有什么作用！从小到大，在我眼里，妈就等于钱！一年也回不去几天，就会给钱！"

王素敏气得浑身乱颤，一扬手，打在家骏脸上，立刻起了红印子。"别打孩子……"小敏急得站起来护，膝盖却撞到茶几边，重心不稳，摇晃着跌坐在沙发上。小捷吓得连忙去扶姐姐，下意识护着她肚子，喊道："小心孩子！"话说出口，刘小捷才意识到失言。家骏只知道处对象，还不知道他妈已经怀有身孕。素敏呵斥小捷："老二！别胡说！"

家骏盯着小敏的肚子。无所遁形，刘小敏忽然觉得有些羞耻，肚子里是跟另一个男人的孩子。家骏眼睛冒火，血丝布满了。王素敏急切地说:"骏,你先去屋里休息休息。"家骏一转身,拉开门,迅速跑了出去。小敏急忙拍小捷:"还不去追!"刘小捷不得不穿着睡衣往外追。

一包钱搁在那,肆无忌惮地敞开着,刘小敏觉得对她来说是个巨大的羞辱。儿子赚钱还她,这是要脱离母子关系?从此以后各走各的了?小敏原本以为,竭力补偿能够拉回儿子的心,可现在她才发现,这些年的缺位,并非如今的加倍付出所能填满的。时间的力量,远远超出刘小敏的想象。这一刻,小敏想干脆认输。婚不结了,孩子不生了,只要能抱住的爱,她什么都舍得。王素敏给女儿倒了杯温水:"消消气。"刘小敏神情呆滞,靠在沙发上,一只手抚着肚子,她已经在考虑怎么跟陈卓说。

大风中,家骏不知道往哪里跑。这里是郊区,四周都是建筑工地。那就一直向前吧。直到跑出那个房间,跑出那幢楼,家骏才有眼泪,不是掉下来,是类似飞出来。飙泪。他不想哭,可眼泪止不住。陈佳佳问过他一句话:"你既然只是想还清你妈的钱,何必还要来北京?"家骏的回答是:"老爸和奶奶让他来的——让他多耗费他妈一点钱。该的。"其实内心深处,家骏没有向任何人说过,他甚至连自己也要骗:对,他来北京就是来花钱的,出国留学要花一大笔——他何尝又不想跟妈妈在一起呢?

只是这种愿望,必须躲在一个"合理"的愿望之后才能存在。他无法说服自己,为什么妈妈离开这么多年,对她,他却还是感觉亲切和依恋。他不是应该恨她么?百分百的恨。如今更有了理由,她处了对象,有了孩子,眼看就要结婚,组成另一个家庭。金家骏觉得自己应该走开。

到地铁站,家骏才发现自己没带钱。坐不了地铁,只能在地铁门口的水泥台子上坐着避风。刘小捷一身睡衣追过来,气喘吁吁:"别跑了。"家骏神色黯然，看着小姨。她走过去，抱住家骏的头。他还没哭，她倒先哭了。小捷心疼姐姐、心疼外甥。

019

家骏劝回来了，小捷和素敏暂时稳住他。钱退了一部分，班主任私下向学生们退钱，但有的学生不承认自己找人做作业，因此，有些成了无头账，正式成为家骏的劳动所得。刘小捷感叹："人才，这么小年纪就会赚钱，以后不得了。"王素敏却说不能动歪脑子，得走正路。

小敏暂时不跟家骏打照面，母子俩都需要冷静冷静。科室门口有个磅秤，刘小敏站上去量量，光着两周，她长了四斤。她经常觉得饿，却不喜欢吃肉，只能大量吃素菜。腹中生命逐渐形成，她这个母体，不由自主被牵着走。家骏的事爆发后，刘小敏当天晚上就打算跟陈卓摊牌：孩子打掉，恢复原来的关系，天下太平。可想了想，她又觉得不如等到见完佳佳再说。到时候她表现差一点，激怒陈佳佳，那么她和陈卓便顺理成章不用往前走。孩子做掉，一切归零。她为了家骏，做得出来。可是肚子里也是一条命，小敏又觉得太过残忍。

事端过后，王素敏开始接送家骏上下学，怕他走极端。小敏怀孕，吃的要特别注意，早中晚三顿，她提醒女儿不要叫外卖。但刘小敏忙起来，免不了中午要去医院外头的小饭馆吃。王素敏听着心疼。这日，素敏在农贸市场见有卖榆钱儿的，如获至宝，两个女儿打小都爱吃。上午回家拌面蒸了，用保温桶装上，中午给女儿们送去。

小敏刚下诊，见老妈给她送榆钱，感动得心里发热。王素敏说：

"就吃个热乎吃个鲜,纯天然的,对孩子也好。"刘小敏转而心酸,肚里这孩子未来还不可知。夹两口到嘴里,清香,但似乎跟小时候吃的榆钱儿不同,再咬咬,硌牙。王素敏忙说:"抓面的时候抓错了,里头估计夹了点生米。"小敏心里又是一股滋味,妈妈老了。

送完小敏这,素敏又去给小捷送。到地方,已经有点过了饭点。她打电话,小捷说正在饭店里吃饭。小捷对面坐着徐正,他反复说自己不在乎。小捷给他机会陈述,她享受这感觉,但她还没松口。"谁啊?"徐正见刘小捷神色严肃。"我妈,来给我送饭。"刘小捷说。"哪呢?阿姨来了,一起吃。"徐正紧张。"别起哄。"刘小捷说,"她见你干吗?"徐正纠正:"不是她见我,是我拜见她,请她吃饭。择日不如撞日,反正迟早都得见。"

刘小捷见他如此热情,便说一会儿再看。小捷出门迎王素敏,眼见着,娘俩来了。徐正慌忙自我介绍:"阿姨,我是徐正,小捷的男……性……朋友。"王素敏笑,强调:"哦,男性朋友。"徐正顺着杆子上,看看小捷:"多了一个字,那字是保留还是删除,得听小捷的。"幽默感十足。素敏和小捷都抿嘴笑。

王素敏把保温桶拎上桌,层层打开,榆钱儿的清香扑面而来。小捷自豪,小心翼翼把榆钱儿弄出来,问服务员另要了三只碗,分分。小捷入口便赞:"多少年没遇这个味。"徐正为求表现,说:"阿姨,我自我介绍一下。"王素敏摆摆手:"不用介绍,知道。"小捷嘀咕:"又知道了什么。谁也没跟你说啥。"

王素敏指了指徐正说:"你比小捷小。"徐正有点尴尬:"我心态成熟。"王素敏说第二句话:"你还没结过婚。"小捷着急,抢白:"妈!说这干吗!"徐正伸手示意小捷别急,又对素敏说:"是,阿姨说得没错。主要以前眼光确实高,到现在也没放下来,但好在遇到优秀的了。"王素敏推了推水杯，说第三句话："你跟我们家有仇。"

小捷眼都绿了："妈！""阿姨，这可不是事实。我跟谁都没仇，刚才我还跟小捷解释呢，人家是人家，我是我。我表姐是小捷姐姐男朋友的前妻，跟我一点关系没有。谁也不能代表我。"徐正大大方方回应。王素敏举起右掌，示意停："等会儿，你表姐是小捷姐姐男朋友的前妻。"她重复，捋捋人物关系。徐正进一步说："我前任姐夫是陈卓。"

这下王素敏明白了。她伸手把茶杯挪了个位置，像在下国际象棋，笑呵呵地说："你跟小捷不合适。"徐正耐不住，身子欠起来："就因为我表姐跟陈卓离了？"王素敏说："小伙子，阿姨跟你明人不说暗话，不是你表姐离婚了不行，是小捷离过婚，你没有。你没经验，不对等，明白了吧？"

刘小捷脸上有点挂不住，离婚又不是犯罪，怎么在她妈嘴里，她就像个次等品、二手货。徐正柔软回击："阿姨，您这是歧视，自动把小捷降了一个等级。这是婚姻观念里的阶级意识。"王素敏手一挥："门当户对，相处不累。小捷不是也说了，跟你不合适，这顿饭就当是散伙饭。"徐正慌了神："阿姨……这……"

刘小捷叫："妈！"王素敏说："咱们走。"小捷拉住她妈的袖子，半低着头："妈，我跟小徐商量好了，还想再试试……"王素敏诧异："还试？试多了你吃亏。"徐正忙说："阿姨，您先帮我们保密，给我们点时间。"

王素敏叹："跟谁保密？这世上到底有多少秘密？荒唐。"小捷和徐正一起恳求素敏成全。王素敏见戏演得差不多，抠抠指甲，对徐正说："那，看你表现。"

刘小捷终究舍不得徐正，难得遇到一个好的。李萍不在话下，她压根儿没把她放眼里，小捷只是担心姐姐难做人。徐正的一句话打动了她："小捷，你要知道，面对面的两个人，如果都等着对方走过来，那最终的结果只能就是各自走开。"

晚间，小捷无意中发现自己白头发起了不少，王素敏说帮她数数。从一数到十，还没数完。"年龄真到了。"小捷感叹。因为头发，小捷不禁往下想，说："妈，你还不让我跟徐正试试呢，再不尝试，我都老成什么了。"王素敏道："谁说不着急的？谁说单过的？关系那么复杂，又比你小，还没结过婚，跟走钢丝有什么区别。以前厂里的赵芳菲记得不？找个比她小没结过婚的，没几年就离。"小捷不乐意："拿我跟赵芳菲比，她就是个剃头的，我什么学历什么工作？能一样么？"王素敏说："赵芳菲年轻时候赶你两个漂亮。"小捷力证："以色侍人，色衰而爱弛，我靠的是智慧。"王素敏说："醒醒吧，哪个男人是喜欢女人的智慧才跟她结婚的。""那就凭气度、气质、气场！"

"说不好，走着看。"素敏为女儿担心。遇到爱情，小捷总是奋不顾身。跟佟兵是打游戏打出的感情，结果，遭遇现实不堪一击。如今，王素敏是害怕女儿把徐正当成一根救命稻草。稻草终究只是稻草，渡不了河，承不住山。"你罩得住他么？"王素敏又问，"你不看看他那活泛劲儿。我几十年功力差点都被他说住。"小捷答得轻巧："您这降妖伏魔呢？不用我罩他，他能罩住我就行。"

周末陈卓起得分外早，五点多就醒，打扫卫生，给佳佳做早饭。陈佳佳头一天晚上就说了想吃小馄饨。约定的会面日到了，陈卓紧张。

佳佳起床了，笑着问："爸，你不会比我还紧张吧？"陈卓不承认："不紧张。""该紧张的应该是我，我是去见后妈。"佳佳说。陈卓端馄饨上来，说："谢谢小陈。"陈佳佳说："不用谢我，你是我爸，我怎么会不希望你过得好。我是怕你受骗。"陈卓笑："谁能骗你老爸。"佳佳揶揄："你不是被我妈骗了么？""我不被她骗，还有你什么事。""爸，说真的，你找的这人可得对你好。""不光对我，还得对你好。"陈佳佳不说话。好不好，下午见分晓。

地方是佳佳定的，一个小众艺术会所。快出门，陈卓一会儿去上厕所，一会儿又忘了拿车钥匙，弄得佳佳心里也打鼓。她爸这么兴兴头头，她恐怕要破坏他的兴致，多不好意思。没办法，对敌人宽容就是对自己残忍。约的是晚饭，到地方，小敏还没到。陈卓出去打电话，小敏说马上到。

"快了。"陈卓告诉佳佳。"爸，一会儿不会来一个跟我差不多大的吧？""比你妈小几岁。""又说没照片。""真没有。""是网红么？""你以为你爸是那种审美？"正说着，门口走进来一个人，穿着风衣，头发随便扎起，不施粉黛，显得有些憔悴。

020

陈卓深感意外。第一次见面，已经预告了很长一段时间，刘小敏出场如此随意，是有心为之还是实在太忙，他吃不准。在他眼中，小敏是个气质很好的女人，拿得出手。

小敏入座，和陈卓坐一边，佳佳在他们对面。服务员让点菜，陈卓让小敏看看，小敏说随便。陈卓又让佳佳点，佳佳同样不点。陈卓感受到火药味，只好自己点。

佳佳看小敏有些面熟，问："阿姨，我们是不是见过？""在医院门口见过一次。"小敏有什么说什么。来之前她已经有了决定，并不打算故意讨好陈佳佳。"你跟我爸有一阵了？""三年。"刘小敏吐真言。佳佳激动："爸！"三年？！ 她一直蒙在鼓里。陈卓只好搅和："其实正式开始没那么久，认识三年。"

原来是明修栈道，暗度陈仓。佳佳恨起小敏来。佳佳问："阿姨，你觉得你和我爸配么？"她打算拿她的外貌开开涮。小敏淡然一笑："这得问你爸。"两个女人同时看陈卓，等他的答案。陈卓尴尬地支吾："有什么不配的 …… 吃饭就吃饭，不该问的不问。"

陈佳佳摇头晃脑："我还以为我爸会找个比我妈漂亮的，呵呵，见面不如闻名。"刘小敏回击："过日子不是只靠漂亮，如果长得漂亮就能过到一块儿，你爸也不会离婚。"陈佳佳不服气："你图我爸什么？图钱？"陈卓惊诧："佳佳，不许这么说话！"

刘小敏做了个手势，示意陈卓没关系，还是心平气和地说："佳佳，你年纪小，很多事情可能无法理解。但我不把你当孩子，你我一样是女人。我只是用女人的立场来跟你谈问题。我来之前就有心理准备，你对我会很排斥。这是自然的，我理解。只是，你爸和你妈离婚并不是因为我。我和你爸走到一块，不是因为谁有钱谁有势，而是因为对生活的态度一致，年纪相仿，谈得来，愿意往前走，愿意共同寻找幸福。你终究是要嫁人、离开的。你爸还不算老，应该找个人，这很正常，是人性，是男女之情。没有哪个爸爸靠女儿过一辈子。孝顺的子女不如半路的夫妻。"小敏停一下，继续说："是，谁的妈谁觉得好，可是你妈还能跟你爸爸复婚么？ 退一万步，就算能，这场婚姻还有什么意义？ 错误已经结束，就应该结束。为什么不能让新的篇章自然开始另起一行？ 佳佳，我很欣赏你，你坚强，勇敢，直来直去，我对你没有敌意。你如果觉得我和你爸在一起，你坚决不能接受，强烈反对，我可以选择离开。但那样的话，只能说很遗憾，你让你爸错过了一段感情，而且无法弥补。"

陈佳佳原本只想找点麻烦，没料到，刘小敏素颜出现，且一上来就开诚布公、和盘托出，话说得直白，让人没有矫情的余地。没有彩排，直接演出，话哐哐砸在桌面上。

陈卓久久回不过神来，这些话，刘小敏私下都没跟他说过。也是，成年人，心照不宣，很多话说得太白了没意思。他不知道刘小敏之所以直来直去，是抱着"必死"的决心。刘小敏倒希望陈佳佳当场给她一"枪"，这样就不必自己再痛下决心结束一切。

看着刘小敏坚定的眼神，一瞬间，陈佳佳感觉自己甚至有些动摇。她似乎对这个女人讨厌不起来，刘小敏身上有一股正气，同时有股子冲淡之气。她不是她想象中的小三模样，妖娆跋扈，扭捏作态。她不施粉黛，人淡如菊。可一转念，陈佳佳又告诉自己，或许眼前这个女人只是善于伪装罢了。还是按照原计划，给她一点教训，好让她知难而退。

主意已定，陈佳佳换了一副面孔，举杯说："让我们敬我老爸一杯，祝他老树开花、枯木逢春。"陈卓和刘小敏都有些意外，佳佳态度变得太快，刚才还是处处是刺，这一会儿又笑逐颜开。

小敏不喝酒，以茶代，佳佳喝饮料。一会儿敬一次，甚频。三个人谈些桌面上的话，井水不犯河水。

天黑了，陈佳佳说去趟洗手间。陈佳佳出了餐厅的门右拐，家骏拿着个牌子在旁边等她。"准备好了没？"佳佳问。家骏指了指牌子："都在呢。"牌子上书：洗手间，右拐，下行。家骏又在墙壁上贴了几张荧光指示牌，指路用。"小心点。"陈佳佳有些兴奋。家骏戴上连帽衫的帽子。

佳佳回到餐厅。果然，水喝多了，刘小敏也说想去卫生间，佳佳指了指外头。小敏披了衣服出去，见门口有荧光指示牌，一路沿着走。到一个小门外，是通往地下的，门口有感应灯。她刚走近，灯就亮了。刘小敏没多想，摸着扶手下去，刚下五六个台阶，身后门咣当一响，紧紧闭上。小敏发觉不对劲，连忙往回走，敲门，已经来不及了。家骏在外头挂上铜锁，扣紧。

刘小敏出去一直没回来。陈卓看看手机自言自语："怎么搞的？"佳佳说："估计撤了。""包还在这儿。"佳佳说："打她手机试试？"陈卓打刘小敏手机，暂时无法接通。陈卓嘀咕："奇怪……"佳佳说："有什么奇怪的，这种女人多的是，来了，估计也是自惭形秽，想想不适合，就撤了呗！""不许这么没有礼貌！"陈卓真生气了。陈佳佳假意投降："好好好……不说。"

又等了一会儿，还不见小敏回来。陈卓让佳佳跟着，一起去厕所看看。到女厕所门口，佳佳把头探进去，又伸出来，看看她爸，说："我喊了啊？"陈卓说你喊。佳佳开喊："刘女士，在吗？"无人应答。陈卓说你再喊，叫刘小敏。佳佳又喊："刘小敏在不在里面？"还是无人应答。里头出来个保洁阿姨，用奇怪的眼神看父女俩，说："没人。"

"爸，没人，真走了。"佳佳又故意嗔道，"爸，你怎么就是不相信这人不靠谱呢。她就是不想跟你过。""小敏！"陈卓还不肯放弃，亲自去厕所里检查一番才作罢。果真没人。明明包还在，肯定走不远。再打电话，还是无法接通，陈卓有些紧张。

收拾起东西，包括小敏的包，往外走。陈卓在前，佳佳追在后头。"爸，去哪儿？"出餐厅，艺术区这一块黢黑。天光映着，巨大的厂房架子像巨人，一块一块耸立。陈卓东找找，西找找，一声声喊，刘小敏、刘小敏！佳佳阻拦："爸！别嚷嚷，跟叫魂似的。"

垃圾桶边，金家骏正把塑料泡沫做的标识牌折断，往里塞，一同丢进去的还有荧光指示牌。忽然听到有人叫他妈妈刘小敏的名字，家骏打了个激灵。那人还在叫。

"刘小敏"三个字在巨大的空间里飘来荡去，却无处安放。家骏忽然明白点什么，迅速起跑，像一只豹子一样朝地下小仓库方向跑去。"家骏！"佳佳看到他，叫。他并未止步。陈卓跟着跑过去。佳佳在后头喊："爸，别乱跑！"可陈卓哪里肯听她的话。

仓库门打开了，刘小敏从里头爬上来。灯亮了，家骏大叫了一声，"妈！"扶着小敏出来。底下空气稀薄。刘小敏大口喘气，剧烈咳嗽。家骏心疼："妈！你怎么在这儿？！"陈卓赶过来："怎么回事？！小敏！"他要去扶刘小敏，却被家骏一把推开。陈佳佳最后一个到，看到家骏扶着刘小敏，她一头雾水："金家骏，她是……""是我妈！"家骏厉声说。

陈佳佳躲在陈卓身后，她怎么也想不到，这个要跟她爸往下走的、她下定决心要整的女人，居然是她好朋友金家骏的妈妈。那就意味着，如果刘小敏成了她的后妈，那么家骏就成了她的兄弟？天！这什么世界？！

小敏站起来，从陈卓手里接过她的包，仍维持体面："先这样吧。"陈卓忙说："我送你回去。"陈佳佳也说送。家骏推开他们俩："闪开！"他扶着妈妈，一同回家。

次日，一到学校陈佳佳就找金家骏道歉。她反复说："我真不知道那就是你妈，我要是知道，能找你当帮手么，我没那么傻。"家骏冷冷地说："现在知道了？"佳佳说："你就不担心他们在一起？""跟我没关系。""他们要是在一起，我就是你姐，你就是我弟，我们就是兄妹。"家骏纠正她："那叫姐弟。"佳佳急糊涂了。

佳佳上火："兄妹也好，姐弟也罢，反正都不合适。""有什么不合适的，"家骏说，"而且他们也不会在一起。""你怎么知道？""我妈跟我姥姥说了，得分。""那最好。"家骏说："你觉得如果我妈和你爸掰了，我和你还有必要做朋友么？"佳佳说："他们是他们，我们是我们。""你和我妈，我肯定站在我妈那边。"家骏快速走开。"金家骏！"陈佳佳喊，"你是真不明白还是装糊涂？！"家骏背着书包，走远了。

021

素敏到小敏这陪女儿住几天，一来就闲不住，枕巾、被套、不穿的衣服洗一遍。阳光好，一天就干了。小敏躺在床上看书，她请了两天病假。素敏一边叠衣服一边叨咕："也是。不行就散，没成正宫娘娘呢，关系就这么复杂，真结了婚，还不定怎样？"刘小敏苦笑："都是小孩子脾气，捉弄人罢了。不过人到中年，能做减法别做加法，不给自己找麻烦。感情这事，真有，也不在结婚不结婚。"王素敏说："活明白了，比小捷强。"

陈佳佳这么一弄，家骏也卷进来。吃一顿饭，刘小敏意识到问题的复杂性和艰巨性。她觉得累，不想蹚这浑水。近两年事业很关键，她还想往前一步，从老家出来，她就没打算做家庭妇女。再就是怕家骏为难。养儿子，得给足他尊严，再小也是男人。在未知的和已经存在的之间，刘小敏更看重已经存在的。她只能狠心不要肚子里的孩子，或许这个孩子的确来得不是时候。

陈卓一直来电话，他为小敏担忧。家骏告诉小敏实情，可小敏却没跟陈卓说这一切都是陈佳佳做的局。到这个地步，她不想再落个挑拨父女关系的名头，毕竟她和陈卓还要来往、相处。电话来得实在频密，王素敏接起来，一副长者口气："你听我的，都冷静几天。小敏现在不能受刺激。"啪嗒挂了。

"要不再等等？"刘小敏又有点犹豫。素敏说："不能等了，结婚还是打掉，必须选一个。马上肚子显了，你还得上班，在单位怎么混。"也是。她单身，有道德约束，她又不是那种能够无视的人。学中医，首先强调的是德，她怕别人说她"失德"。

过了三四天，陈卓上门，进门就道歉。王素敏劝："本来好好的，没想到两个孩子跟程咬金似的，看来这三宝来得不是时候，跟你们没缘分。不过孩不孩的也不耽误你们相处，还是男朋友女朋友，再过过，孩子大些，懂事些，就什么都好了。"陈卓无言。坐在小敏床头，他深感自己无能，孩子都保不住。

不要孩子也好，减少负担。陈卓最近工作上也碰到些麻烦。老弥走后，部门全部工作由他亲力亲为，拽着走。甲方那边怎么都不满意，向上头投诉了几次，说要换团队，嫌陈卓他们技术落后，都是些"老头"在干。副总找他谈话，陈卓只能尴尬笑笑。在 IT 行业，他这年纪已经是老头又老头了，还在一线带团队做的，更少。加上这半年行业很不景气，从五道口到西二旗，哀鸿遍野，不断有小公司裁员、倒闭，他每次在大楼里上下，都会碰到从业者在做兼职推销。没办法，为了糊口。陈卓庆幸女儿已经长大，自己没有房贷、车贷要还。这个孩子要，他也能撑住，但有压力。这些他不能告诉刘小敏和她妈。他必须表示想要挽留。"听你的。"陈卓拉着小敏的手。刘小敏不说话，算是默认。

那天过后，陈卓对佳佳特别失望。她的没有礼貌，她的反复无常，陈卓认为跟李萍一模一样，遗传！陈卓在厨房热豆浆。陈佳佳穿得老厚，躺在沙发上。她吹了风，病倒了。"满意了吧？"陈卓语气很重，"我不结婚了。""恭喜，"佳佳拧一下鼻子，"干吗非要结婚，胡谈着不挺好，你还不用负责任。"

"谈你不反对？结婚就反对？"陈佳佳病立刻好了一半，坐正了阐述："当然，结婚是名分，名正言就顺，顺理成章人就当我后妈；如果不结婚呢，就没这个问题，区别大不大？"小姑娘有点嬉皮笑脸。陈卓气又来，他对女儿说："你必须跟刘阿姨道歉。"陈佳佳撒娇："爸，我在发烧。"陈卓一脸无奈，走过去，摸摸她的头，是有点烫。他进屋拿退热贴，粘在她额头上。

老妈去陪姐姐，外甥的安抚工作由刘小捷来做。家骏说："小姨，顶多上完这学期，我就回老家。"小捷惊愕，她是来劝解的，结果还没开始劝，外甥就打算打道回府。小捷按下性子，耐心问："就因为你妈这事？"家骏说："我不想出国。在北京也不适应。""跟你妈说了没？""还没。""还谁知道？""你是第一个。"

小捷劝："适应适应，现在非常时期，你妈那边乱，你外婆得照顾她。你再回去，你妈怎么想？太伤人心。好歹就这一年，无论是出国还是去哪，你远走高飞前途大好，小姨永远支持你。"家骏再度沉默。小捷追问："好不好？"家骏点点头。

事实上，自从刘小敏的男朋友陈卓出现，金家骏就已经有了离开的念头，等知道她怀了孩子，家骏更坚定。他觉得老妈的生活他融不进去，未来也没有他的位置。老家，老爸、奶奶那，虽然是"狗窝"，藏污纳垢，龌龌龊龊，多少还有些归属感。

小捷和徐正复合之后，相处得不错。这天俩人在鲜芋仙坐着，小捷一边挖着招牌烧仙草一边抱怨："稿子我没看吗？书我没出吗？作者我没联系吗？现在就搞不明白了，出版社到底要出什么书，是有价值的书，还是那些卖得好的烂书？！"出版业不景气，小捷他们单位，上头的"老婆婆"不拨款，社里完全自负盈亏。这一年，小捷做了几本学者的书，还做了本影印版字典《正字通》，只卖出去几百本。算年终奖，小捷又是部门最低，差点让她倒找钱给单位。小捷气得眼绿。

徐正试探性地说："你做的那些，是不是有点曲高和寡？"小捷登时反击："我不曲高和寡你还不找我呢。"徐正只好换个角度劝："少点就少点，你不是有我做后盾，我给你发年终奖。"小捷讨厌他的"财大气粗"，正色道："这不是钱的问题，是价值的问题，我们这个社会，到底什么才是有价值的。知识要沉淀，文化要培养，不是天天在网上刷短视频就行的。得有担当！"徐正想换个话题，问："你姐和我姐夫最近怎么样？"哪壶不开提哪壶。小捷没好气地说："不清楚。"

"徐正！"一个女人的声音，从徐正背后传来。小捷迎面瞧，脑海中第一个蹦出的词是：浮夸。穿着甚是华丽：大红色呢子长风衣，不穿，披着；里头是印花丝绸旗袍；旗袍外罩个羊毛衫。各种颜色撞在一起，刺激。前臂挂着个酒红色名牌包。

徐正听到声音立刻回头："姐——"小捷头皮像过了道电，麻麻的。

022

对外，李萍总爱说徐正是她带大的。小时候，徐正父母在流动单位，常年外出，徐正寄居在李萍家，久而久之，李萍便也就"长姐如母"了。徐正参加工作后，李萍没少为他的终身大事操心。她要求徐正坚决吸取她的教训，不要"吃二遍苦、受二茬罪"。要一步到位。介绍来介绍去。没一个满意的。徐正不是嫌那些女孩个性轻浮，就是嫌她们长相随意。李萍着急，手指头敲桌子："你是找老婆生孩子，不是选美，不是找导师。"徐正笑嘻嘻地说："姐，女人是男人的学校，总得有点档次吧。那美不美的，也不只是我的要求，为下一代着想。"

李萍一上来关心的还是老问题："上次给你介绍的那个怎么样了，模特。"徐正有些为难，小捷在跟前，老姐哪壶不开提哪壶。"姐——上次不是说了么，不成。"李萍无视小捷，椅子拉得靠近表弟，掐了他手面上的皮一下："这不成那不成，哪个能成？愁人！"

刘小捷被忽视，徐正不得不正视听："姐，给你介绍一下。"李萍一脸茫然，随徐正手指的方向望向小捷："跟你一起的？"笑笑，又说："还当不相干的呢。"小捷清清嗓子，叫了一声，"姐。"李萍点点头，母仪天下的样子。徐正充满仪式感："正式介绍啊，这位是我老姐李萍，跟我特别铁。"李萍打断他："不是铁的事，是血缘关系。还有，姐就姐，什么'老'——姐，毛病。"徐正嘿嘿笑，继续介绍："这位，是我的女朋友，刘小捷。"

李萍睁大眼睛，盯着小捷，像看外星人。名字耳熟，样子眼熟。小捷被盯得浑身不自在。李萍问："已经确定关系了？"徐正忙说，"是。"李萍责怪他："那怎么不带过来，今儿不撞见，打算瞒到什么时候？"徐正好言相劝："前一阵你不是心情不好、状态不佳么，没打扰。也是刚确定。"当着小捷的面。李萍不方便深问，问能问的："哪里人？"小捷报了籍贯。李萍觉得奇怪，又问："刘小敏你认识吗？你长得跟她可真像。"小捷看了一眼徐正。徐正给她眼神鼓励，小捷这才说："我姐。"李萍又确认："亲姐姐？""一个妈生的。"小捷说，"是。"李萍嚷嚷开了："早说呀！熟人！"说着，她滑开手机，拨刘小敏电话。

医院里，王素敏在走廊坐着，陈卓陪刘小敏进诊室。手机响，小敏从包里翻出来，一看是李萍打来的，忙出示给陈卓看："你告诉她了？"小敏紧张。"我没说啊！"陈卓解释。"佳佳说的？""她都不知道这事。"刘小敏有些为难。接吧，怕尴尬；不接，同样不妥。犹豫了一下，振动停了。小敏打算一会儿再看，电话又来了，还是李萍。锲而不舍。小敏只好先退出诊室，到墙角接。

"萍姐。"刘小敏一直叫李萍师姐。"你是不是有个妹？"李萍单刀直入。小敏一怔，只能答："有。""好事！"声音太大，小敏把手机往外拉了拉："什么事啊？""你妹跟我弟谈着呢，咱们要做亲家。"小敏干笑笑："回头了解了解，我这还有事，回头聊。"刘小敏匆忙挂电话，一肚子狐疑。可现在顾不上那么多，她得先处理孩子。

回诊室，陈卓问什么事情，小敏说没什么要紧的，继续做检查流程。一圈查下来，医生问："都想好了吧，这位是家属？"指了指陈卓。陈卓连忙认了身份："是，我是家属。"刘小敏看一眼陈卓，心情复杂。"决定的话签字，等安排。"医生例行公事。刘小敏拿起笔，要签字，准备落笔又犹豫。

医生看着电脑屏幕说："一次两个，双胞胎。"陈卓眉毛竖起来："什么？ 医生，我爱人怀的是 …… 双胞胎？"医生说："不是做过 B 超么，双胞胎。"陈卓一把抓过单子，拉小敏起来，又对医生说："大夫，我们再考虑考虑。"他怎么也没料到，小敏的肚子这么"争气"，哦不，不都是小敏的功劳，他同样"老当益壮"，一次就来了俩，还是自然受孕。他走了老弥的老路。如果怀的是一个，狠狠心，流了也就流了，现在来了个"双黄蛋"，陈卓舍不得，而且他多少有些骄傲。小敏心软下来，从一到二，始料未及。她的母性好像增长一倍，也舍不得孩子。来了就是缘分。王素敏听说女儿怀的是双胞胎，又是惊又是喜又是愁，拊掌喟叹："乖乖！我的天爷！"

出医院，正好到吃饭的点了，陈卓特地找了个高档饭店。从下车到饭店，陈卓恨不得一路扶着小敏，跟娘娘出宫似的。因为是双胞胎，妈妈又跟着，刘小敏猛地"身娇肉贵"。陈卓点菜，特地点了高邮双黄鸭蛋，还念出来。素敏憋住笑，叮嘱："简单点就行。这会儿身子敏感，闻不了乱七八糟的味儿。"陈卓犹豫，问："双黄蛋还要不要？""没事，我吃。"素敏嫌他实在。

菜还没上来，小敏和她妈坐一边，陈卓坐她们对面，三个人一时无言。不说话就是态度，看来这一胎两命，双方都有要的意思。可周围肉眼可见的矛盾，又让二人为难。

王素敏代女儿说话，脸对着陈卓："不好弄。"等于甩话给他。陈卓拾得起来，嘴角上扬，故意用"兹事体大"的口吻："该要，还是要。"说罢，偏头看看小敏。小敏也抬眼看看他，方才垂下眉来。心照不宣。

王素敏问："要，又怎么办？"陈卓说："走一步算一步，活人不能被尿憋死。"服务员上餐。第一道就是燕窝。王素敏说："太浪费。"她这辈子没吃过燕窝，贫穷限制了她的想象力。可陈卓硬点，王素敏一边说不好，一边也暗自得意，深感自己这个名不正言不顺的丈母娘受到尊重。刘小敏对陈卓说："下次别乱点，没多少营养。"王素敏接话："不光是为你。"陈卓忙笑说："这话我不赞同，我就为小敏一个。"

饭吃到一半，陈卓给了个解决方案。"伯母，"他叫王素敏叫得郑重，"要不这样如何，该生正常生，婚该结结，不对外公布就行，暂时也不告诉两个孩子，以后慢慢做工作。"刘小敏一听就觉得不靠谱："你的意思是生米先煮成熟饭，两边都瞒着，继续当地下党？"比喻形象。陈卓说："对，有点这个意思。"王素敏拆开来分析："你那边能瞒住，不让孩子知道，小敏这边瞒得住么？跟单位的人瞒得住么？这是生个孩子，不是下个蛋，什么都看不出来，往窝里一坐，扑通一下就出来了，神不知鬼不觉。人家不得看到大肚子？你看这会儿还能说是胖了，再过一阵，显山露水的，怎么瞒？"一叶障目。素敏这么一分析，陈卓自责说是自己太着急昏了头。肚子不撒谎，瞒不住。陈卓叹息，小敏伸手握紧他的手。王素敏这才说："小陈，你这个方法，也不是完全不可行。你那边，就是你女儿那边，瞒住。家骏这边已经知道了，就继续做工作。家骏是看着面冷，其实是热肠，心软着呢，工作我来做，怎么样？"小敏这才开口："妈，能行么？"陈卓捏一下小敏手："不行也得行了。"王素敏又问："其余的你们都谈好了？"陈卓叹一口气："本来是按照一个孩子谈的。"现在多出一个，自然要重新谋划。压力骤增，但得扛。

有些话小敏不好说，她妈可以说："打证之前，有些关键问题得落实到纸面上，都求个放心，添丁进口，一下就两个。你们等于重活一回。"陈卓先答应着，打算私下再跟小敏细聊。

回到住处，刘小敏才想起来李萍那通电话。她问妈妈素敏，小捷是不是谈了朋友。王素敏没说真话："谁知道她，一会儿这样一会儿那样，没个定性。"小敏直说："李萍你知道吧？"素敏故意说，好像有印象。

"在医院那会儿来个电话，惊惊乍乍的，"刘小敏躺好，"说小捷跟她弟谈了。以前没听说她有个弟。"王素敏问："李萍就是陈卓前头那个？"刘小敏说："就是她，定时炸弹。她估计不知道我和陈卓的事。"王素敏不屑地说："知道又怎么样，关起门来各过各的日子，离都离了，谁还能管到谁房里去。"刘小敏惆怅："李萍可以不管，可佳佳我不能不管，以后还得相处。她毕竟是佳佳的妈。"王素敏这才绕过弯来，皱眉。

023

小捷一脸愁容，面对姐姐："姐，家骏其实不想出国，他只想在国内有个学校读就行。说你让他来北京，鲁莽了点。""是我提议的，他爸也同意。"小捷撇嘴："他爸那是想跟你复婚，拿家骏做引子。"小敏说："不管他。你先做做家骏的工作，起码让他心态上平稳些，其余的，将来再说。"

小捷领了姐姐的命，当晚回去准备给家骏"洗脑"。真难为，不知道从哪开口。王素敏身先士卒，用一种劝人的悠长的口吻说："骏啊！"刚叫出名字，家骏就拦话道："外婆、小姨，我知道你们要说什么，我能接受，我同意。"小捷心疼外甥："你同意什么？""同意我妈再婚，生孩子。"素敏和小捷对看一眼。"发自内心同意。"家骏说，"我妈得有新的生活，我不能打扰她。"小捷犯难："这不叫打扰……"王素敏苦口婆心："你妈最疼的还是你！"

家骏说："你们都是我最亲的人，我说的都是心里话。妈想补偿我，我知道，刚来的时候我也以为这种补偿就是独一份的。后来我想明白了，妈也不是我一个人的妈，她还是小姨的姐姐、姥姥的女儿、单位的员工、病人的大夫，当然也是那位叔叔的……"家骏吞口水："父母子女一场，是陪伴，但终究还是要有自己的生活。所以我还是回去，安安静静把这一段度过去。我不出国了，正常参加高考。你们可能觉得出国更有前途，可我并没有想要走那么远。"

王素敏泪眼婆娑："肯定支持！"小捷一肚子话在家骏的赤诚面前，反倒倒不出来。她只能说："还是得先问问你妈。"家骏微笑："她

会同意的。"王素敏考虑得远："回去别跟你爸说你妈。"家骏低头："知
道。"素敏又解释："不是把你爸当外人,是怕他难受。你妈现在好歹
是有个着落,将来你爸也该找个人,好好过日子。"家骏忽然问："男
孩女孩?"小捷说不太清楚。王素敏连忙把话岔开。

自打在超市门口遇到徐正和小捷,李萍心里滋味有点复杂。一打
听,刘小捷比徐正大!还离过一次婚!徐正可是没结过婚的毛头小
子。不般配!不合适!接受不了!

周末,李萍把徐正叫到家里,并叮嘱他一个人来。上午近十一
点,徐正拎着两袋水果上门。两个人在沙发上坐着,李萍一手撸猫,
(是英短,蓝灰色,短鼻子。)用揶揄的口气,笑着对弟弟竖大拇指:
"有本事。""姐——"徐正故意嬉皮笑脸。"你到底怎么想的?搞不
懂。""跟着感觉走呗。"徐正只能用玩世不恭冲淡严肃。

"我跟你说,你姐我第一次就是跟着感觉走,觉得你姐夫长得不
错像个靠谱的人,结果呢,走到穷途,走到末路。结婚不是你想的那
样,哦,感觉来了就行了,起码得有个基本的平衡,这是对对方负责,
更是对你自己负责。""姐,我知道自己在干什么。""从一开始你就知
道她比你大?""知道。""从一开始你就知道她离过婚?""后来知道
的。我也没问。"

"那是她心虚。她要对自己第一段婚姻不介意对离婚不介意,刚
开始就应该告诉你,而不是相处了一段时间,有点感情了才说。""没
那么复杂。我是认真的,我们打算结婚。""就怕你认真!"李萍激动。
"姐,你不要对离婚有偏见,你不也离过婚么?"

李萍脸上飘过一丝窘意:"正因为我离过婚,所以才对离婚女人
什么心态一清二楚,离婚就跟溺水一样,为了再找一条船,会不择手

段，死里逃生。"徐正促狭地说："找老洪也是不择手段？""我在说你！""你不是说离婚女人都一样么？"李萍点一根烟："我等了他十年。她如果能等你十年，才说明她对你是真心的。"

徐正说："姐你这是教条主义。情况不一样，你离婚你有孩子，小捷没孩子，干吗要等十年？"李萍说："我说的就是个虚指，你太年轻，没经受过考验，女人，说有情很有情，说无情也是很无情。"徐正说："走走看吧。"有些话，李萍留着没说。恋爱可以跨阶层，婚姻不能。婚姻之所以要门当户对，那是因为结婚本质上是"交易"，谁愿意做亏本的买卖呢。

王素敏把家骏的想法告诉刘小敏，小敏又是欣慰又是难过又是感叹。欣慰的是，家骏对她的理解；难过的是，自己似乎永远都补偿不了大儿子；她更感叹家骏想问题的周全和理性。事到如今，回去显然是恰当方案。她肚子一天天大，照顾不了儿子，而且天天在眼跟前晃，难免影响家骏心情。回家，能好好准备考试。至于出国，现在不想出，以后再出也行，反正那笔钱始终为他留着。打定主意，小敏让陈卓找人办转学手续。

最近父女俩和平相处，佳佳以为，她那么一场闹下来，刘小敏知难而退了，阳关道独木桥，各走各的。不过那件事过后，家骏和佳佳疏远了。她几次到班级找他，他避而不见。这天，下晚自习，她终于在教室门口堵到他。

"你躲着我干吗？"佳佳质问。家骏看了看她，换一条路走。"我不是跟你道歉了吗？我真的不知道，不知者无罪。我如果知道你妈和我爸弄到一块去，可能找你当帮凶吗？完全是个误会。"家骏还是不说话，岔入校园小路。四周黢黑。

"金家骏！"人少，佳佳嗓门放大了，"你到底要怎么样？！站住！"家骏站住脚，转身，黑暗中她看不清他的脸。家骏口气平静："我准备回老家。""什么时候？""很快，马上。""怎么没听你说？""现在告诉你也不晚。我不适合北京，北京也不适合我。""借口！你是为了惩罚你妈和我爸，我去找他们说！"佳佳激动。"陈佳佳！"黑暗中爆出一声吼，"别折腾了行吗？求你！"

024

家骏喘着粗气："你如果还当我是朋友，就别干涉你爸和我妈的闲事！""那不是闲事儿，那是我们家的事儿！"佳佳尖着嗓子。家骏声音放缓："我们都长大了，成年了，该有自己的生活。不能那么自私。""你答应我一个条件，我就不反对。"佳佳上前。"什么条件？""你跟我在一起，我就让他们在一起。"佳佳说。

家骏愣在那。青春期，他当然有过朦胧的感情，但炽烈的爱情，他没经历过。佳佳是一阵旋风。半晌，家骏才结巴着："我是你弟？……你是我姐？……"佳佳不屑："又没有血缘关系。有什么？""不行。""金家骏！我一个女孩这么厚着脸皮，你就这样？是男人么？！"佳佳早熟。爱情什么的，没那么复杂。

家骏耐下心来，舌头捋直了，劝："我们不是一种人，不在一条路，今天你这样想，明天就变了。""我不会变！变的人是你！"佳佳嘶喊着。少女的疯狂，摧枯拉朽。家骏无法招架。"不聊这个。""要不我跟你回老家？""你知不知道自己在说什么？"家骏难受，转身走开。"金家骏，你王八蛋！"佳佳狠狠薅掉一簇树叶。

少女的心事，她从未对人说过。在这黑暗的小道，她终于敞开心扉，向她钦慕的对象表白。她不喜欢油嘴滑舌的男生，她喜欢高大帅气沉默寡言的。然而她所有的情愫，都像是搭上了一艘损毁的船，刚离岸，就沉入海底。他是她成年以后第一个心动的人。

家骏一口气跑到学校门口，公交车来了，跳上车。晚间，车上人很少，他走到最后一排，坐在靠右窗的位置。静默无言，没有眼泪。他只觉得心里一片灰暗。他没有动心么？他不确定。可他知道自己处境，知道他和陈佳佳根本不是一个世界的人。他没有告诉佳佳他成全大人的真实原因：小敏已经有了身孕，如果还坚持反对，那不等于杀人吗？他做不出来。他宁愿成全母亲，痛苦自己。来一趟北京不是没收获，他彻底明了在这个世界上，每个人都是一个孤独的个体，没有任何人全然属于另一个人。即便是身边的人，也顶多只能陪你走一段路。总有一些路必须自己一个人，孤孤单单地勇敢走下去。不要试图左右他人，放过了别人，便也解放了自己。

家骏临走的那个周末，素敏在家多烧了几个菜。四个人聚在一块，不用说，都知道是在北京的最后一餐。饭桌上，小捷说："骏，回去好好复习，回头考北京，过几个月又来了。"家骏不说话，扒拉饭。王素敏说："北京有什么好，房子贵，什么都贵，在哪不是过日子。"小敏有些不知道说什么才好，脱了衣服，小腹已经有些显。她给家骏夹菜，是一块牛肉。家骏小声说："我自己来。"他没抬头看妈妈。

王素敏掏出个银行卡，推到家骏面前："你上次在学校挣的都在这里头，我添了点零头，算个整，你回去自己留着，别给你爸，也别给你奶奶。该用的地方自己看，该吃吃该穿穿，别受委屈。"小捷笑说："妈，家骏以前还怪他妈给他钱呢。"哪壶不开提哪壶。王素敏纠正："埋怨他妈是他妈，不能埋怨我。""谢谢外婆。"家骏说。王素敏手一指："骏骏懂事。"小敏忍住不哭。

吃完饭，小敏帮家骏收拾。主要是学习材料，带个大书包，还有个箱子。小敏说："回头我开车送。"小捷说："姐，你就别掺和了，我跟徐正去。"小敏看着王素敏，说："我不去了？"素敏知道女儿去了又伤感，便说："不去也好，就箱子，上车就行，高铁快，当天一车就到家。"

金家骏走得悄悄的，王素敏和刘小敏都没去送。一上午，刘小敏在单位坐立不安，陈卓来电话，她还向他发了一通火。儿子走，间接是因为他。"别什么都问，问了你能解决吗？"刘小敏很少发脾气，"好了不说了，有病人。"小敏不耐烦。看看手机，时间差不多，打电话给小捷。小捷没接，她忍不住胡思乱想，着急。等小捷回过来，告诉他家骏已经平安上车，刘小敏才放心，却又深感怅然。

同科室小姑娘递给小敏一张表："刘医师，今年去法国交流的项目该报名了，院办催填表。"刘小敏干笑笑，说知道。她一直想再去法国交流交流，起码把法语练练，上次交流短，五六年前的事。两年前那回时间长，可她资历不够，论资排辈该不到她。如今资历够了——上头的老专家不想往外跑，下头的年轻人年头尚浅，她是少壮派，正当其时，偏偏又被肚子中两个小的拖住。看着桌子上的空白表格，刘小敏更感惆怅。有的地方太满，比如她的肚子。有的地方总也填不满，比如这张表格的空白处，比如人生的遗憾。

家骏的离开令陈佳佳很不适应。她跟老爸陈卓提了几次要出国，陈卓没同意。眼下不是整学年，并非合适时机。佳佳的意思是，宁愿出去再读一年高中，也不愿意在北京继续待。陈卓以为女儿此举，是对自己和刘小敏关系的叛逆。"都说了，我不结婚，就陪着你，怎么关系都弄好捋顺了，你又要走了呢？"陈卓对女儿也没了耐心。可是，陈佳佳又怎能说出真实的理由？说自己喜欢家骏？说自己要逃避情伤离开北京？说自己无聊无奈生无可恋？都不合适。他们不会理解。反倒招来一通批判。即便亲爱的老爸，一旦知道她离开的真相，恐怕也会觉得她无聊、矫情、胡闹。可对陈佳佳来说，这痛苦无边无际无法承受。她失去了一个朋友，失去了生活的乐趣，还丢了一份希望。

好在还有老妈，陈佳佳向李萍求助。洪卫在外头有不少生意伙伴，一交涉，很快联系了长岛一家学校，同意佳佳过去。但李萍没打算帮陈卓承担费用，佳佳求学，她和陈卓分担，一人一半。尽管陈卓近来财务吃紧，可面对咄咄逼人的前妻和渴盼出国的女儿，他还是同意了。

025

佳佳出去以后，陈卓要把小敏接到家里去，方便照顾，小敏不肯。她跟陈卓的感受一样——陈卓去她那，能感觉到家骏的物品给予的压力，她去陈卓那同样能从佳佳生活的痕迹中感受到压力。她跟陈卓如实说，陈卓表示理解。两个人就先在小敏单位附近租的房子里住着，是个临时的"家"。

这一阵，以小敏所在的科室为信息源，医院同事渐渐都知晓刘医生要再婚了，其实小敏是为自己肚子大起来做铺垫。证没领，名分先放出去。只不过，陈卓被保护得很好，同事们都还"不识庐山真面目"。

这日下午，小敏做完最后一个患者，准备收拾下班，挂号处打电话来，说有个病人指明想挂她的号，能不能加一个。"明天下午出诊。"小敏回答。她太累了，脱掉白大褂，洗手，喝水，坐在电脑前，揉完太阳穴揉迎香穴。

"刘大夫。"一个男人的声音。"停止出诊了，明天再来。"小敏没睁眼。"是我。"声音有点熟悉。刘小敏睁开眼，心差点没跳出来，眼前站着的这个肚子挺得比她还高的男人，是她前夫金波。有年头没见，前夫老得她差点认不出。不，不是老，而是变形，他从前当兵，身材健美，如今成了棒槌形，中间大，两头窄，看上去有点滑稽，像个老家常见的虫子"油葫芦"。"你怎么来了？"小敏进入战斗状态。"来看看你。"金波笑脸迎人。

人都来了，总要找个地方坐坐。小饭馆里金波点了几个菜，刘小敏闻着都恶心，太油太辣。"有事说事吧。"小敏没打算客气。"家骏怎么回去了？"金波问。小敏已经猜到他来多半是这事。"就为这事单功（特地）来的？""出差，顺道过来看看。"

鬼才信。他一个企业保卫科的，有什么必要出差。医院地点八成是从家骏嘴里套出来的。"在这边的学校不适应，还是回去，好好参加高考。"刘小敏有理有节。"不是说让孩子出国么？""不是好时机。""给那几个钱就把孩子打发了？"金波嘴里嚼着菜。

他摸到钱了，王素敏的担忧不是没道理，那张卡回去估计就被他没收了。金波是狗鼻子，对钱敏感。他赌，需要赌资。小敏有底气，没跟他客气："想说什么直接说吧，别绕弯子，头疼。"金波放下筷子："小敏，你不能就这么把孩子甩了，多少年都是我带，你也该尽尽责任。"

小敏愤然："你讲不讲道理，以前我要带，你们不给，说是金家的后代不能流到外头去，现在你说我不尽责任？！"她在金波面前搂不住火。"以前是以前，现在是现在。""都一样。"小敏面对金波容易发火，"我的孩子我心里有数！"

金波对小敏是有怨气的。他一直认为，当初他犯那个不该犯的错误，也是小敏逼的。她为求上进，跟他分居。年轻时候血气方刚，谁能熬得住，错不全在他。可是事到如今，他再见小敏，难道还跟她谈感情么？她会听么？显然不。他只好跟她谈责任、义务、权利——只有这些话题，能让他们的谈话进行下去。

"妈也在北京？"金波问。刘小敏不说话。等于默认。"我想见见妈。"金波要求。小敏当然不让见。可架不住金波自己要到小捷电话，打过去，直接找到素敏，说想拜访。抵到眼跟前，素敏抹不开面子，只好答应见一面。

不在家见，约在外头。见面头一天，素敏在家对小捷嘀咕："非要见我干吗？别是来要钱。"素敏凡事都是喜欢往财务上想一想，多半八九不离十。"他要什么钱，不该他不欠他的，跟我们要不着吧。""最好不是。"王素敏说，"给家骏打电话了没？什么情况？""打了，说他爸出差。我估计，家骏根本不知道这事。"小捷说。刘小敏给老妈打电话，交代她无论金波提什么要求，都别答应，先听着。

来者是客，离了婚，就算法律上不搭嘎，但算半个亲戚，王素敏不怠慢金波，请在便宜坊，吃烤鸭。人到了，落座，王素敏说："来趟北京不容易，尝尝烤鸭。"金波为调节气氛，幽默一把："便宜坊是不是比较便宜？"小捷哭笑不得，只好解释："便，第四声，便宜，方便的意思，是有名的烤鸭店。"抬举他都抬举不起来。

吃上了，金波不矜持。王素敏没话找话，问："住哪儿？"一问不要紧，金波立刻说："妈，就为难呢住旅馆，花钱。能不能给找地方凑合凑合？我听说家骏从前住的就是打地铺，我也能打。"小捷家的榻榻米成了驻京办。小捷不得不继续解释："不是地铺，是榻榻米。"金波说："对，榻榻米，我也能睡榻榻米。"

入坑了。王素敏解围："金波，小捷谈了个对象，偶尔也来家里住，实在小，不然就请你过来住了。"金波没理会，问："小捷谈对象了？

大老板吧。小捷长这么漂亮。"小捷听着浑身不自在，粗俗之见，长得好看就要找大老板？

王素敏搪塞过去，问："出差几天？事办得怎么样？"金波叹了一口气："妈，你还不知道吧，我下来了？""从厂里下来了？铁打的厂子，怎么下来了。""被收购了。生产线搬西部。我们这些人先转三产，后来三产也不行，干不下去，自负盈亏发不出工资，就都下来了。每个月给点生活费，就那么点。"他比小拇指，继续说："要不当初也不会让家骏来北京凑合。"

面对金波的遭遇，王素敏和小捷不知怎么安慰。这种故事听得多了，但放到金波身上，有点让人意外。他爸是前任厂长，金波进厂，以为能端一辈子铁饭碗，先是到一线，嫌辛苦；后来下科室，业务不行；再后来去保卫科，要提，老爹偏去世，家道中落。但没想到四十好几，生计成问题。

"不出来不行。"金波补充。素敏心酸，问："你来北京找工作？""碰碰运气。""大老远的。"王素敏道，"怎么不在老家看看？"金波说："老家熟人多，抬头不见低头见，低的我低不下去，高的人家看不上我。北京好，另一个世界，谁也不认识谁，从头开始。"素敏和小捷对看一眼，她们同时意识到，麻烦来了。

"家骏谁照顾？"王素敏问。"他奶。"金波说，"他跟他奶亲。"停一下，金波终于还是说出口："妈、小妹，要是有什么工作机会，帮我留意留意。"

小捷有点厌恶。王素敏和小捷的感受不同，金波的请求，一霎令她百感交集。这可是金波，从小到大都很有优越感的金波。爸爸是厂长，妈妈是妇女主任，他算是小城的公子哥，曾经要风得风要雨得雨。只是十年河东转河西，如今他沦落到下岗，不得不外出打工。为保住最后的面子，还特地找个没人认识他的地方从头开始。他能找她们低头，可见是真没办法，再就是没把她们当外人。王素敏觉得沧桑，心跟着软了："地方我再帮你找找，实在不行，先来家里凑合凑合。"

榻榻米归他了。刘小捷像看外星人一样看着她妈，刚才还找理由拒绝，怎么一晃眼就改口。那是她的家！她的地盘！她的清静世界！把这个前任姐夫，中年男子弄家里，多不方便！多尴尬！怎么想的？！

小捷一脸不情愿不好发作。金波喜出望外："太感谢了！"他恨不得握住王素敏的手。素敏对金波说："再吃点。"金波笑笑："不能吃了，我得减肥，不然小敏该嫌我了。"他忘不了刘小敏看到他时嫌弃的目光。

小捷不禁嗤了一声，一个鼻孔出气。真好笑，都离了多少年，他有什么资格说姐姐嫌他不嫌他？莫名其妙。

026

金波很快搬进来，住榻榻米，继承家骏的位置。王素敏没告诉小敏，暂时也不让小捷说，给彼此留面子。她告诉金波，尽快找工作。言下之意，找到就搬出去。

洗手间内，王素敏投毛巾，刘小捷脸上贴着黑灵芝面膜，抱怨："妈，你这是给自己找麻烦。"王素敏口气悠长，声音还是压着："就当行善积德，总不能见死不救。"小捷抢白："哪死了？这不好好的，救什么？别把自己当观音菩萨，咱没那个本事普度众生。"王素敏说："找到工作就搬。"小捷撇嘴："现在经济不景气，找个工作是去菜场买菜？到那儿就有。一没技术，二没学历，能干什么？不是我小瞧人，困难。"王素敏说："那就你帮着找找，早找早好。""看看，看看，我就知道，到最后都堆到我身上。"

"能者多劳，你别想着他是你前姐夫，你就想想他是家骏的爸爸，是你的老乡大哥。"王素敏拧干毛巾，挂好，又抽了张纸巾擦面盆上方的镜子，"以前我们困难的时候，他爸没少给照顾。厂里的房子给我们当店面用，没收过房租，这份人情，到什么时候都得记着。纺织厂不行了，要是没那个小店，你连书都读不起。"

小捷撕掉面膜说："我就知道当初姐姐跟金波结婚，是妈安排报恩的。"素敏说："那是经人介绍，然后自谈。你姐当时的情况，找到金家是高攀。何况根本两码事。后来你姐离婚，金波爸也没为难咱们。老头明理，比他老婆强。"小捷不耐烦："好好好，大恩大德，我来报。"

一整天，刘小捷都不自在，家里单位，没一件事让她顺心。部门竞聘，徐正不建议她去。小捷不信邪，撞了南墙。"烦，不公平。"徐正劝："只有相对的公平，哪有绝对公平，待着就行。"小捷说："不是指工作。前姐夫住到我家来了。""等会儿。"徐正手指点太阳穴。"前姐夫，就是你姐姐的前任丈夫。"徐正说笑，"只要不是前夫就行。"

小捷被刺痛了。和徐正相处这段时间，她从来没提过前夫。当然，他知道她有前夫。刘小捷觉得，徐正对她的前夫是好奇的，硬忍着不问。小捷不想说，是希望自己错误的过去全部抹掉，好从头开始。小捷菜单一推："不吃了。"徐正立刻端正态度："开玩笑的。""不、吃、了。"刘小捷一字一顿说完，起身穿衣服，拎包走人。

徐正没追过来。走出餐厅门的一霎，小捷对自己的任性有点动摇。一下午，她时不时看手机。可她那部手机像是冬眠了一般，静悄悄的。徐正没打电话来。小捷硬起心肠，看稿子，投身工作，不胡思乱想。

撑了不到两天，小捷病倒，是散步风吹的。王素敏见女儿满面愁容，心中有数，知道估计问题在徐正那，就偷偷给徐正打了个电话，问他怎么最近没来。"最近出差。"徐正撒了个谎。"怎么都有事,"王素敏说,"小捷身体不舒服,请假在家呢。"等于通风报信。果然,很快,徐正便拎着水果上门。金波白天外出找事不在家。王素敏寒暄两声,就带门出去,留空间给年轻人。徐正问:"怎么搞成这样了?"小捷说:"我当我死了你才来。""我的错。"徐正态度良好。

这时门开了,金波回来了:"来客人了。""我是小捷男朋友。"徐正自我介绍。"欢迎欢迎,坐坐。"金波弄得自己像主人。刘小捷披了衣服起来,对徐正介绍:"这是我外甥他爸。"金波给徐正递烟,徐正看看小捷,小捷没说话,他便接了。两个男人到阳台上抽烟。王素敏开门进来,手里拿着瓶醋,她问徐正人呢,刘小捷嘴朝阳台努了努。

阳台上,金波摆出稍息的姿态:"小捷人不错,就是脾气犟点。""发现了。"徐正风趣地说。他就喜欢小捷的犟脾气,喜欢驯服野马。或者说他自己就是一匹野马,需要被驾驭,他和小捷是势均力敌。金波说:"我跟她姐就过不到一块。"徐正不知怎么接话。金波又说:"不过你一看就是有水平的,没问题。"徐正弹了弹烟灰,两个男人又交换了对人生的看法。金波长几岁,自然有很多沧桑之见,这正对徐正胃口,他喜欢沧桑。一来二去,他们竟很谈得来,互换了电话、微信,已经是朋友了。

王素敏要留徐正吃饭,徐正说还有事,告辞。王素敏问小捷:"跟徐正说了帮你姐夫问工作的事没有?"小捷说:"妈,你这话我听着都觉得绕。"

晚饭时候,金波主动说:"小徐这人不错。"刘小捷觑他一眼,没吱声。王素敏问:"看出来了? 看你们聊得不错。"金波说:"他说帮我留意工作。还是得谢谢小捷,小徐也是看小捷的面子。"小捷被奉承,想笑又得绷住,对金波说:"别谢我,谢谢我姐,谢谢她生了家骏。"

027

李萍在微信群 @ 小敏好几次。老家校友乳腺癌来北京开刀，在京同学一起去看她，初定看后聚会。刘小敏不想去，可校友们都说愿意凑时间去，她又是医生，那位同学还说要当面请教术后恢复事宜，再加上李萍连连 @。刘小敏无法说不，她回了个笑脸，说刚看到，没问题，跟大部队走。

小敏犯愁，李萍知道陈卓和她的事了？跟陈卓说了自己的担忧，陈卓忽然大男子主义："跟她又没关系！她管得着么！"小敏感叹："她是我师姐、你前妻，你我能认识，是经过她。确实，我们是在你和她离婚之后才开始的，可李萍能信么？"陈卓义愤："信怎么样，不信又怎么样？是她要跟我离婚的。离了婚，我有我的自由，想跟谁在一块就跟谁在一块。"刘小敏劝慰："道理都懂，就怕误会。"

校友聚会是一场没有硝烟的战争，女同学间尤甚。七中在北京上三个年级下三个年级的女生都到齐，号称七仙女。李萍在三里屯订了云南菜，包间里一张长条桌子，七仙女落座。李萍故意坐在小敏身边，方便说话。"怎么样，好么？"李萍这样开头，略矫情。"挺好的。萍姐瘦了。"小敏知道李萍流产，但得装不知道。"你倒胖了。"李萍随口说。小敏收了收肚子，怕李萍看出来。

上菜了，黑三剁、秘制烤鱼、澜沧江河虾、香茅草排骨、菌香牛干巴……香料太重，小敏几乎不怎么能下筷子。李萍假笑："怎么不吃？以前你最能吃辣。"小敏略慌："最近上火。"李萍说："你学中医的，还怕这个？吃点，这鱼不错，鱼头对着你了，必须吃。"小敏只好勉强夹一点，放进嘴里，用门牙嚼。

店里唱歌的来了，李萍兴致起，跳了一段孔雀舞，当然四不像。她也自嘲。"还是小敏跳得好，以前在学校就她灵。"众姐妹又起哄让小敏跳舞。这次小敏坚拒，李萍说她不给面子，要罚酒。小敏死都不肯喝，局面有点僵。最后还是最小的"仙女"替小敏挡了，才算化解。李萍故意厌恶地说："中医真不能学，都快成尼姑了。"众人哈哈一笑。李萍跟着问小敏："还单着呢？"小敏脸上一红，答也不是不答也不是，只好不出声。

李萍忽然小声，凑到小敏跟前："老洪有个朋友，五十多岁，身家几亿！刚死了老婆。他最喜欢传统文化，跟你搭，回头我拉拉线。""不用……"小敏干笑笑。李萍批评她："这么矜持可不行。现在的小姑娘都如狼似虎，你再不发威，人家当你病猫，一点机会没有。""萍姐……不是……回头再跟你说……"刘小敏为难。有人给李萍敬酒，打岔过去。刘小敏擦头上的汗。

又是一轮欢饮，推杯换盏间，李萍没站稳，倒在小敏身上，胳膊肘拐在她肚子上。小敏连忙后退，还是碰到一点，刘小敏厌恶地换了个位子。李萍喝完，见小敏不在旁边，不以为意。正事还没说呢，她早料到刘小敏会躲着她，躲也不行，该说还是说。

李萍又拿着酒杯到小敏跟前，女同学识趣走开。"见过我弟吧？"小敏心中有数，她早料到李萍会说此事，便自然应对："看到过几次。""不行，那孩子不行，胎（年轻），不懂事。"李萍皱眉，语气加重，恨铁不成钢的样子。"看着还算稳重。"小敏轻夸。"那是在外头，装的。"李萍说，"男人，是多少岁就是多少岁，一点没近路。他的年纪，属于对外界、对自身都认识不清的阶段。你以为，那小子花心着呢，读书的时候，那女朋友换得……"李萍不惜撒谎。"真没想到。"小敏简单评价，表示惊讶。李萍说："你妹我知道，小丫头人不错，文文静静安安分分的。小敏，我跟你有什么说什么，小妹配我弟，糟蹋了。真的。"

来之前刘小敏想好了，无论李萍说任何关系小捷和徐正的话，她都顺着说。可真到跟前，她忍不住又想维护妹妹，驳李萍一下。

刘小敏一笑："年轻人的事，管不了。"李萍更进一步，故作变脸："小敏，听你这意思，不会是支持小捷和徐正吧？"她见小敏打太极，索性挑明。刘小敏反过来说，故意刺激她："小捷离过婚，又比徐正大，我反对，我妈也反对，恨不得打她一顿；可徐正就是不肯放手，弄得小捷也没办法。萍姐，你得空也劝劝徐正，两个人在一块，真不是他想的那么简单。"打开天窗说亮话。李萍反倒哑口无言。刘小敏给她台阶下："我看也就是三天新鲜劲，不用问，过一阵，自己就不干了。"小敏这么一劝，李萍心里似乎也舒坦些，分析的不是没道理。

李萍问："你儿子马上高考，在老家还是北京？"小敏一惊："老家。"李萍自言自语："我女儿弄到国外去了。老洪给弄的，她爸完全不管。"她抱怨陈卓。刘小敏没法为陈卓平反，只好说一句："这些年不都是她爸带么？"李萍立即说："带成什么样？张扬跋扈，不讲道理。我跟你说，男人带孩子跟女人带孩子，两码事。这世界没女人行么？带出来的孩子，个顶个土匪。"

气氛不错，又都是熟人。小敏想，她和陈卓的事迟早都要说，还不如趁今天说了，免得日后麻烦。小敏鼓足勇气，拉了李萍一下："萍姐，其实……"李萍转过头，笑说："我知道你那事。"小敏大惊，她还没说她就知道？藏得真深，看上去她似乎不介意……李萍说："徐正跟我说了，我是看你的面子才跟老洪打招呼的。"小敏一头雾水："不是，萍姐……"李萍说："你前夫的事，听说了，找工作不容易。

虽然跟你离了，但和我跟陈卓不一样，能帮还是帮。放心吧，我让老洪去问，好的没有，能糊口的差事应该能寻个。"

小敏脑子一下转不过弯。等想明白，她恨不得立刻打电话给金波，臭骂他一顿。

028

金波明白小敏不想见他，他索性挂号，来看病，以病人的身份出现，刘小敏就不能拒他于千里之外，他知道小敏是个有职业操守的医生。小敏看透了他想钻这个"空子"，更觉此人龌龊。

"躺好。"刘小敏没好气，她很少对病人这样。小敏开始下针，一会儿，金波的背部穴位上就扎上了银色细丝。最后两针在脚上，太溪穴，一边一个。下得快，迅猛，金波微微呻吟，说不上是痛苦还是享受。他是来感谢小敏的，工作落实了。洪卫给金波介绍的呢，除了保安，就是司机。金波不想做这些职位，倒不是他低不下来，而是觉得没有成长性，做不长，不能积累。最终小捷出手，在朋友的图书发行公司给金波谋了职。做图书发行员，金波欣然接受。

他来感谢小敏，可小敏根本听不进去。金波隔着帘子说："家骏老说想你。""别出声，闭上眼。"刘小敏让助手给金波上电脉冲和烤灯。治疗完毕，金波还不肯走。"出去，这里不准逗留。"小敏赶人。金波就在走廊椅子上等她，死等。好笑。多少年前谈恋爱的时候没见他这样过。刘小敏下班，走出诊室门，金波腾的一下站起来，跟上。

"你到底要干什么？！"走到医院大门口，小敏才发作。"咱们聊聊。"是恳求的口气。小敏没好脾气："还想聊什么？该帮的帮了，不该帮的也帮了。要不是看在家骏的面子上，我都不会理你。"街道上落的树叶，一阵风来，哗啦啦往小敏和金波身上滚。小敏又说："结束就结束了，明白了吗？""小敏，你为什么就不肯给别人一个机会也给自己一个机会呢？你是家骏的妈，我是家骏的爸，这到什么时候也改变不了。你对我是有感情的，我对你更是有感情的，谁都有犯错误的时候，这么多年孤孤单单，过去那点错误你就非要死抓着不放吗？"

刘小敏背对着金波，闭上眼，长吸一口气。他就不明白，他从来都没明白过。他们不是一种人、一路人，过去不是，现在不是，未来更加不是。他们处于平行世界，时隔多年，他更不应该企图打破壁垒，越界生存。"跟你说不清。"刘小敏怕同事看到，往前走，汇入东直门轰轰的人群中。金波追在她身后："我知道，你就是觉得现在我配不上你。我可以改，你看我不是有工作了吗？我认真干，我还不算老，还有机会。我可以减肥，不是难事……我做饭不错，我爸住院那会儿，都是我做我送……"提起前公公，小敏有些伤怀，她离婚，觉得最对不住的是她公公。公公明理，她提出来离婚，是他做主同意的。可在他最后的日子里，她都没有去看他一次。她想去帮他扎针治疗，可是那时候她也难，还在做学生，太忙……一切的一切也都只是借口。归根到底，人最爱的，还是自己。那时候她迫切地要从小地方飞出来，追求更高远阔大的世界。

"我已经有男朋友了。"小敏痛下决心，她知道家骏可能并未跟他爸透露。金波的表情显然有些吃惊，但他立刻又故作轻松，自己解释给自己听："正常，公平竞争。"小敏说："如果我是你，就回老家找个女人安安分分过日子。"金波一下炸开："你过去都不肯安分，凭什么让我安分，我就那么孬？"他有男人的自尊。

拐进小区。刘小敏不肯往前走，她不想让金波知道她的住址。刘小敏站在隔壁小区健身器材上。"别跟着了。"她明说。"不带我认认门？"金波不拿自己当外人。这正是小敏担忧的。"我还有事，身体也不舒服。"小敏说的是实话。"我回头请小捷吃饭，你来，妈也来。"小敏只好点头先敷衍住他。金波转身要走，小敏站起来，腿一软，险些倒下，金波扶住她。

"干什么的？！"背后传来个声音，是陈卓。刘小敏这才意识到不应该带金波来这，她也是回家心切。看着这两个男人，小敏感到尴尬。一个是过去式，一个是进行时，两个男人连缀起来就是她的前半生。只不过，过去与现在势不两立。

陈卓拽开金波的手。金波上前推搡："你干什么的？！""滚远点！"陈卓拿出总监的气势来。"你装他妈什么蒜！"金波做过保卫科长，最不怕人闹事。"别吵了！"刘小敏打断两个男人。男人好狠斗勇，有孩子的一面，她必须头脑清醒。"金波，这是陈卓，"小敏站在陈卓一边，"我男朋友。"金波的心像煮在沸水里，多大了，还男朋友女朋友，妡头就妡头，说那么文雅。活矫情！不等刘小敏介绍，金波便高声说："我是她前夫。""不管以前怎么样，以后请不要来打扰我们。"说完，陈卓扶着小敏离开。

回到住处。陈卓放下包，给小敏倒了一杯热水。两个人沉默一会儿，都在消化刚才的遭遇。陈卓忽然没头没尾来一句："我总算知道你为什么离开他了。"刘小敏一愣，下意识地维护过去的自己："他以前不这样。"

029

洪卫开车，陈佳佳坐副驾驶，额头上贴着一块正方形白纱布。到学校门口，洪卫说："去吧，都沟通好了。""不用你管。"佳佳口气很硬，"是她先动我的。"洪卫说："OK，过了十八岁就得对自己的行为负责。你得保证少惹事。"佳佳看了一眼洪卫："I hate you!"

洪卫耸耸肩，笑："我也不喜欢你，但法律上我们还是父女，只要我还没跟你妈离婚。""别告诉我妈。""得看你表现。""不许告诉我妈！""没问题，但有条件。""什么条件？""保持微笑，"洪卫说，"现在就做，笑，露出牙齿。"佳佳为难地挤出笑容。"自然一点。"洪卫要求。陈佳佳重重地关上车门。

毫无疑问，陈佳佳讨厌洪卫。从她妈李萍和洪卫在一起那一刻，她就公然地扯起了反对洪卫的大旗。奇怪的是，洪卫从来没有投降过，只是对峙。不做朋友，也不是敌人。洪卫从未期待陈佳佳当他是爸爸，或者叫他爸爸。正因为没有期待，所以相处起来反而轻松许多。这次佳佳在学校闯祸，洪卫在美国谈事，学校打电话给保证人，他立刻租了辆车就过来了。没向李萍汇报，不是因为他舐犊情深，而是告诉李萍，又惹许多麻烦事。他知道女人喜欢夸张，大惊小怪。洪卫的处理得到了陈佳佳的认可。她也不想让她妈知道。

来到美国，陈佳佳交了几个朋友，也有了几个敌人，她依旧怀念家骏。她给他发过微信，他没回复。佳佳的微信，家骏看到了，但不想分心。还有几个月就要高考，他要好好冲刺一把。接到老爸的电话是晚饭后。老爸"出差"后，很少打电话给他。老爸只跟家骏奶奶通话，奶奶讲完了会说："来，骏，跟你爸说两句。"家骏木偶人似的过去，金波照例问几句，了事。他和他爸的通话仅限于听到彼此声音。

这回不一样，金波显然有些生气。"你妈的情况你知不知道？"金波质问。家骏愣了一下，没出声。金波便有了答案。"知道怎么不说！

什么时候的事？"金波有点失控，"我叫你去北京干吗的？！"家骏把电话挂了。

金波痛苦极了。他多少次跟老妈分析自己与小敏的状况，他妈每回都得出结论：刘小敏想再找，难。可现在呢，小敏有了下家，那男人看上去还人模狗样的。他却被逼到人生的角落。

金波说了请小捷吃饭，那就真请，还得像样子，金波选了青年路青年公社。金波问小捷要不要叫徐正。小捷说别了，说话不方便。小敏不去，到那天，就小捷和素敏两人去。

点了四个菜：烤鸭半只，水煮肉片，辣椒炒肉，茄子爱豆角。这是下饭店？还不如在家呢！王素敏倒不嫌简单，上来就吃，脸上没露出什么。金波下了几筷子，说："妈，我要知道小敏这样，先前都不来北京了。"小捷心里嘀咕，现在走也来得及。

素敏问："小敏哪样？"金波表情忸怩："小敏找了个对象。"王素敏放下筷子，笑呵呵道："都还年轻，正常。没跟你说是怕你想不开。""真有点想不开。"小捷搭茬："再想不开也得过，现在工作有了，好好干。姐夫，你不会又拍屁股走人了吧？那我面子可掉地上了。"金波忙道："那不会，工作是好工作。"又说："小敏也受苦，这年纪还生，那货真不把人当人。"是骂陈卓。小捷偏不爱听："别人家的事少操心，好好过自己的。"

金波说："我是担心家骏。"王素敏站在小敏一边："你心放到肚里头，小敏都考虑过了，家骏这边，会妥善安排。"小捷接话："为了让家骏出国读书，姐姐七十年产权的房子都卖了。"素敏从桌子底下拧小捷一下，怪她说得多。"房卖了？"金波怔怔的。

春节佳佳都没回来，说要学习。美国圣诞节是大假，佳佳趁机跟同学去加拿大玩了一趟。打春，洪卫陪着李萍飞一趟美国，表面上是去看女儿，实际还有个秘密任务：看能否再做一胎。试管婴儿国内能做，但李萍怕走漏风声，难听，偏偏跑到美国去。

到学校看佳佳。佳佳黑了，壮实了些。李萍照例问成绩，佳佳打包票："放心吧，保证上大学。"又见面，陈佳佳对洪卫的态度柔和了些。李萍也注意到这种变化，但不点破。一家三口去附近的风景小镇玩，路上车胎破了，洪卫动手，陈佳佳搭把手，两个人配合得很好。李萍喜欢看这种和谐画面。事后李萍问："怎么收服野马的？"洪卫开车，不看李萍，只笑笑："从没打算收服，就当个朋友。"继父继女，能做朋友，已是难得。李萍欣慰，不要求更多。

去医院咨询，做检查，医生认为可以尝试，但不能保证，他说了一堆医学名词，但李萍听出来个大概，翻译成中文就是：她的子宫有点问题，不能提供足够营养。而且有点松，即便做试管，也未必能固得住胚胎。一点希望也不放弃，李萍还是愿意尝试。医院在近郊，景很美。这里的春天来得晚，走在林荫路上，旁边尽是淡黄浅绿，薄薄的雾气笼罩，枝杈在半空中相接，形成个拱，李萍和洪卫像走在甬道里。路边有个座椅，洪卫拿出纸巾擦了擦，两个人坐下。

李萍有些怅惘："刘小敏都怀孕了。不过她还没结婚。"刘小敏肚子刚有点显，李萍就辗转得到消息。这是个新闻，在同学圈轰动。大家都瞒着小敏，私下传播，因为小敏始终没公布婚讯。洪卫笑："可能只是没告诉你。没公布。"圈子里这样的事情太多。不能问，都是雷，不礼貌。大城市允许人有点秘密，这叫隐私。

李萍凄怆："要是生不了怎么办？"她挽住洪卫的胳膊。"没有就没有，"洪卫还是这句老话，"我们都多大了，还不明白？人，归根到底得为自己活。"

030

拿完年终奖，刘小捷想辞职。收入实在低，工资又降了，她开春报了几个选题，一上会，全被毙。刘小捷觉得很没面子，现在她颈椎很不好，但最最关键的是，看不到未来。读了那么多年书，还没怎么施展，不能就这样温水煮青蛙下去。转型，是近来小捷脑子里时常蹦跳的一个词。生活要转型，从离婚走向再婚。事业更要转型，得从无为转向有为。小捷忽然觉得，此前那么多年真是浪费。要是二十多岁就觉醒多好啊！她跟徐正说了她的苦恼，她没敢提辞职。他们还没修成正果，她不想让徐正有压力。

徐正说："要我看，你就是身在福中不知福，风吹不着雨打不着，看看稿子等于长知识，读书就能赚钱，这世上哪里还有这种好事，让你去海上油井待着你愿意么？"对话进行不下去。徐正根本不理解她。

晚饭时间，王素敏做了炸小鱼，小捷小时候的美食。"妈，以前你们一辈子待在一个单位，怎么坚持下来的？""坚持？要不是厂子没了，我愿意待一辈子，我们厂是有着光荣传统的，同事跟亲人似的。"小捷嗤一声："亲人？你跟王玉梅争三八红旗手的时候，可没说是亲人。""那属于正常竞争。"王素敏说，"我们那时候的同事关系，可没有你们现在这么紧张，都是工人阶级，上班在一块，下了班是街坊四邻，一家有困难，多少家一起帮。你忘了你小时候，你爸发酒疯，每次都是红姑来拉。"红姑是从前的邻居。也是，社会结构变了，人与人的关系也会变化。从前是人情社会，现在大城市有冷漠无情的一面。同事是竞争关系，下了班能不联系就不联系。

116

王素敏嗅觉敏锐，问女儿："干吗，有想法？""能有什么想法。房贷压着，车贷拽着，两座大山，我能去哪？能干什么？"王素敏劝："走到这一步了，没辙。不都这么过么？别着急，多年的媳妇熬成婆。"她老娘永远都在说一个"熬"字。王素敏见小捷发呆，继续说："所以说女人，最重要的是家庭，老公管好了，孩子伺候好了，你就成功一大半了，然后再去做点事情，起码以后自己有个保障……"她老娘跟单位的女同事们一个思想。小捷放下脚，捏了两只小鱼，往屋里头去了。她现在两样都没有。

刘小捷是无意中发现徐正父母来了北京的，从徐正大学同学钱峰的朋友圈里。钱峰是徐正的铁哥儿们，发小，也是小捷见过的唯一一个徐正的朋友。吃过两次饭，钱峰比徐正木讷些。钱峰在朋友圈里发了去慕田峪长城的照片，是个合照，有徐正，有他，还有徐正父母。小捷敏感，一见照片，立刻对钱峰"逼供"。钱峰经不住考验，很快招了：原来是徐正的父母来北京看儿子，想出去玩，徐正的车限号，就让钱峰开车一起去山里。

刘小捷感到气闷。这事，徐正压根就没跟她提过。是把她当外人？还是觉得她根本就见不得人？徐正在她面前很少提他父母。他不提，她也就不问。可是继续走下去，父母是必过的一关，躲是躲不了的。如今父母好不容易来一趟北京，徐正为什么不给她表现的机会？她打算问问徐正，这次不任性，是谈谈。有什么说什么，用成年人的方式。

中午在双秀公园散步，两个人坐在亭子里。刘小捷问："你爸妈来了？"徐正一抬头，显然有些惊讶。嗯了一声。"怎么没告诉我？""来得急，是要去沈阳看亲戚，路过。""还在北京么？""嗯。"徐正的声音只有他自己能听见。"那我请叔叔阿姨吃饭，能赏脸吧？"小捷带着微笑。"不用。马上就走了。"徐正后悔说父母还在北京。

"你是不是从来没跟你爸妈提过我们的事？"小捷正色。"得慢慢做工作。"徐正怯弱。"你从一开始不就说你自己能做主吗？""老人家古板些……""行，我明白了。我比你大，离过婚，你们家人不同意。徐正，如果这些问题你搞不定做不了自己的主，当初就不该来招惹我！"刘小捷终于还是失控了，她往亭子外头冲，徐正一把拉住她。

小捷流泪。她不要这样，讨厌处处低人一等遭人歧视的感觉。她甚至有些怀疑，徐正对她究竟有没有她想的那么坚忍。这不，爸妈一来，她就自动隐形，要不是意外发现，他可能永远瞒着她。

徐正抱紧了，小捷在他怀里扑腾着。他越这样，她越要挣扎。她错误的第一段婚姻，跟她如今的工作一样，食之无味，弃之便有惩罚。她冒险冲出来，外头不过满是荆棘。

小捷泪流满面，一会儿喃喃一会儿高喊："我就知道我就知道我就知道……"徐正在她耳边说："我在努力我在努力，我只能控制我一个人的思想，别人怎么想，我只能努力去说服。"小捷收了泪，问："你跟他们说了？""说了。"徐正不得不撒个谎缓解紧张局面。"他们怎么说？"

"我把你夸了一顿，说你特别优秀。"徐正安慰她，"我还说你特别有气质，特别支持我，特别懂事。"其实徐正喜欢的恰恰是她的倔强。"撒谎。"刘小捷情绪好转，云开雾散，"说了我离过一次婚吗？""说了。"徐正再次撒谎，"他们说现在离婚的很多。"

031

下班到家，王素敏在沙发上歪着，说不得劲儿，小捷给量了体温，不烧。可能还是受凉。春天虽然来了，但北京早晚依旧冷。到饭点，

118

小捷叫了外卖：粥，面，饼。王素敏感叹："想吃一口你的饭，也难。"小捷安慰："我可以做，不是怕你觉得难吃么，生病了还吃难吃的饭，心情更不好。"王素敏说："一个女的，还是要有几样拿手饭菜，不然以后结婚了，婆家都瞧不上你。"小捷反驳："有什么瞧不上的，我又不吃她的用她的，而且我肯定不跟婆婆住。""我说一句你说十句！"王素敏来火，干咳两声。

过完年一开班，走了三个副总，两个跳槽，一个退休。其中就包括陈卓的顶头上司，管软件部的周总。陈卓要做的，是安抚好自己的小团队。没几天，总裁在员工大会上，开始提扁平化管理。跟着，又说要部门调整，陈卓所在的软件工程部，据说要战略融合到互联网销售部和客服部。经历过上个金融危机的陈卓立刻明白，公司要开始裁员了——这波互联网寒潮是吹了有一阵，他原本以为公司挺得住。站在办公室的玻璃窗前往外看，对面大楼里的知名互联网企业，据说十分钟就裁一个人。

巨大的危机感笼罩着陈卓。他没跟小敏说，她现在身子特殊，非常时期，他不想让她不安。他自己却很焦灼，连续失眠，夜里做梦惊醒，午夜醒来一头汗。小敏也醒了，她问他怎么了。"没事，你睡吧。"刘小敏要给他扎两针。多好的爱人，陈卓更要守口如瓶，他下定决心不给小敏增添负担。

翻过一周再上班，公司人力资源部开始找员工谈话了，每天都会走一到两个人。离职的员工有的笑说自己"被优化"了，陈卓懂背后深深的悲凉。裁员像堕胎，不到万不得已，不会这样做，可真要走到这一步，那也只能忍痛下手。一周之内，陈卓的十人团队被裁了七个人，只剩陈卓、王术和女员工小米。其实陈卓私下已经知道情报，他们部门团队只留一个人，将来服从安排转岗。

果然，王术被劝退。下午，人力资源部打电话给小米。陈卓舒了口气，小米谈完之后，他就安全了。他将是这次大裁员里唯一的幸存者。转岗，继续为公司发光发热。陈卓有些想流泪，可想到小敏和两个孩子，不，三个，不，四个，他强迫自己必须坚强。

小米谈得很快。回来坐在工位上，不说话，继续办公。陈卓刚想问情况，电话又来打。不过不是人资部打的，是副总裁朱林蒙叫他。桌上放了两杯茶。陈卓感觉问题严重。"坐。"朱林蒙说，"辛苦了。情况就是这么个情况，老陈，这么多年你为公司付出很多，别人不知道，老郭和我是知道的，现在部门调整，软件部要转变。"老郭是总裁。陈卓明说："我愿意接受调整。"朱林蒙笑着说："不是调整的事，老郭和我都觉得你应该去开拓，是开拓性的人才。"陈卓不懂他意思。朱林蒙又说："公司的燕郊分部需要一个牵头的，一把手，我们希望你能去撑起来。"

廊坊？他一个做技术的，去那干吗？做地推？还是当仓库保管员？不过经历过上次"世界大战"的陈卓明白，这种明升暗降，实际是让他自己提辞职，这样他们就能避免留个清洗老臣的坏名声。陈卓沉思，不语。"不用着急回答，考虑考虑。"朱林蒙语气是和蔼的，态度是坚决的，他根本没打算跟陈卓商量，是通知。

陈卓无精打采地回到工位。其实他不用考虑，在没有找到下一个合适的工作之前，他只能暂时接受安排。他必须工作，不是为他自己。房租可以吃，但婚房不能租出去，那么只有通州一套房可以对外出租。卖房？不现实。存款理财？倒是还有一些，只是佳佳出国之后，他的余款也不多。他必须工作，奋进。

小敏产检去协和，陈卓陪着，他还没跟她说去廊坊的事。做 B 超，工作人员说胎儿发育得稍微有点慢。刘小敏紧张，一个人的营养要供两个孩子生长，她觉得有些吃力。陈卓安慰她，双胞胎本来就会小一些。

从医院出来，陈卓和小敏没在外头吃，怕原料不安全。两个人回到住处，陈卓下厨，给小敏做营养餐。"别忙了，吃不了多少。"陈卓还是把该忙的忙好。小敏想吃皮蛋瘦肉粥，端来了。小敏笑说："还不够费事的。"陈卓苦笑："以后可能也不能经常做。"小敏敏感，问："出什么事了？"陈卓实言以告："公司调我到廊坊去。"

032

"这么突然，有回旋余地么？"刘小敏问，"你做技术的，去那做什么？""转岗，抓地推。"陈卓言简意赅。互联网行业的情况，小敏约略知道一点，但她没深问，隔行如隔山。刘小敏能够体会陈卓的如履薄冰，不到万不得已，他是不会接受转岗的。陈卓又说："一周能回来三次，周一太忙，估计回不来；周三限行；周二、周四还有周六日，可以回来。"陈卓显然已经考虑好了。刘小敏没有异议，她不是二三十的小姑娘了，不是只有爱人在身边才能过日子。难的日子，不知道什么时候就来，她坚信自己可以挺过去。

"要不把妈接来？你一个人在家我不放心。""不麻烦妈了吧，你回来，三个人怎么住？""我住帐篷，妈跟你睡一屋。"也是个办法。非常时期，家里确实得有个人。想好了，陈卓便给王素敏打电话，王素敏二话不说表示同意，她心疼女儿。

金波打电话给小敏，说家骏高考分数下来，全省排名靠前，按照往年分数，走个北京的学校不成问题。小敏喜不自禁，又说要打一笔钱来，至于报考意见，她坚决支持儿子来京，这是她的一贯心愿。到了（最终），家骏报了北京邮电大学。

小敏肚子起来得很快，看上去比普通孕妇的还要更大些。走在中医院走廊里，不断有同事向小敏点头问好。刘小敏慢慢走到诊室门口，金波已经在等她了。给家骏的钱刚打回去，刘小敏不知金波为什么还来找她。

"复诊，腰难受。"金波说，脸上没有笑容。他朝小敏的肚子上瞅瞅，小敏有些不自在。"扎不了针现在。"小敏说，近半个月她只在一边指导，由助手施针。"那就跟你说说话。"小敏意识到问题来了。

扎完针，金波又在走廊里坐着，等小敏下班。刘小敏下楼，他跟着。走出医院，小敏拐了两道弯，两个人在路边的长椅上坐着，一个坐在东头，一个坐西头。陈卓在燕郊，刘小敏给老妈打电话，让她下来接一下。王素敏正在超市，接到电话就往回赶。

"又要做妈妈了。"金波脸发僵，"别有了新的忘了旧的。"小敏的火腾地上来，但必须控制，不能发火，对身体不好，对孩子不好。小敏说："都是亲生的，我心里有数。你就不用操心了。""听说那房子卖了？七十年产权的。"小敏瞬间明白，金波是来打那房子主意的。

金波继续说："换了小产权，留一笔钱给家骏，还是你想得周全。"看小敏不说话，他补充："你这马上也有新家庭了，要不先给家骏这笔分出来，求个安心。""金波！"小敏终于忍不住，"分出来放哪儿？放你那？还是放哪儿？做人不要太自私。""不是我自私，我是为家骏考虑，在这个问题上，我们是一致的，这叫未雨绸缪。你结婚生孩子，我不反对，也没有权利反对。是我傻，等了你这么多年，以为你还会回心转意。可孩子不能等，马上读大学，往后还得继续读继续上，还要结婚成家，都是用钱的地方。你既然留出来，就应该留好了、留稳了。不是我小心眼，就怕结了婚之后，钱就由不得你做主。"

　　都是成年人，都要面子，话说这么白，不但没意思，还伤了和气。其实就算金波不说，她跟陈卓再婚，也早早就把家骏考虑在里面，他们马上还要定婚前协议，财产怎么分，未来怎么过，双方都会达成共识。金波这么急赤白脸来问，摆明了就是不信任她。她是那种人吗？她如果是不顾孩子的妈，当初就不会接家骏来北京，还费什么劲学法语，准备出国。只是谁也没想到一场怀孕让一切乱了章法。刘小敏向来吃软不吃硬，金波越是强迫，她越是要按照自己的方式来。"金波我告诉你，这是我的房我的钱，于情于理，轮不到你来过问。""你是有钱了，还找了个更有钱的，嘴比别人大，说什么是什么。吐个唾沫都成钉。"

　　王素敏从南面小跑过马路，到跟前，问："怎么回事？大冷天在这坐着干吗？"

　　刘小敏瞪了一眼金波，难听话说不出口。金波叫了一声妈。王素敏翻脸："我不是你妈！金波，能给你办的都办了，你要找工作也找了，你不要老来找小敏。""妈，我是来说家骏的事。"王素敏急道："家骏什么事，不都说完了么，该来北京来北京，该怎么怎么。你要没学费，到时候找我。"素敏大包大揽，只图个清净。

　　"不是学费的事。""那什么事？"王素敏问，"还有什么屁事！"金波索性说出来："妈，小敏马上要结婚，成人家家里人，这房子还是钱上，得给家骏留一份。"素敏了然："现在不谈这个，等小敏生完孩子再说，钱在那房子在那，不会长脚跑了。你回去。""就怕到时候就晚了。"王素敏啧啧："我说金波，做人不能太忘恩负义，你的工作刚给安排好，你就打着家骏的名义来抄他妈的老底。是家骏的意思么？家骏不是这么不懂事的孩子。"金波执拗："我就是替家骏来讨个公道。""屁公道！你就是想讹人，走走走走……"王素敏把金波往后推。

金波打了个趔趄："妈，你这意思是让家骏和小敏断绝母子关系么？"王素敏愣了一下，气得从超市购物袋里掏出鸡蛋，往金波头上猛砸："我让你混蛋！让你混蛋！让你混蛋！……"金波落荒而逃。

033

老妈不在家，晚上小捷叫好外卖，一边刷平板电脑看剧一边吃饭。难得放松一下，可以肆无忌惮，千姿百态地躺着。手机响，没看号码就接了，是相亲网站的红娘，说有特别好的会员介绍给她。这通电话提醒了刘小捷，她相亲账号还挂在网上。必须关闭，一登录，访客中，小捷看到佟兵的头像。他来了好几次，估计是对她的情感现状好奇。刘小捷也大大方方访问佟兵账户。她发现他在离婚之前，就已经注册账号，并且与人频繁互动。还没离婚，人家就已经在找下家了。

从小敏处回到小捷处，王素敏这个轨迹没有过度，是说不需要过度吗？请考虑，小捷撇着嘴对老妈说："妈，你猜我发现什么了？跟我离婚之前，佟兵就已经在相亲网站注册，并且是高级会员。"王素敏说："正常，你都不跟人过了，还不许别人找下家？""抓重点。离婚前，妈，那是离婚前，从法律上来说，叫婚姻存续期间。"小捷振振有词。"佟兵结婚，来过电话，没跟你说。"王素敏平平静静地说，"不管有意无意，份子我随了。""随什么随！干吗不告诉我？""怕你多想，受刺激，怕你又睡不着半夜烦我。说真的，你跟徐正的事，也不能这么哩哩啦啦，该想想怎么解决。"王素敏折衣服，想起来又说："佟兵算好的，没找你后账。""找我什么后账？"小捷不懂这没头没脑的一句。

"金波去找你姐了。要钱。""什么钱？""帮家骏要钱，"王素敏把衣服放进柜子里："他是怕你姐再婚生孩子，家骏得不到财产，所以提前要。金波前一阵还嚷嚷着要跟你姐复婚，现在没希望了，奔钱去。所以我说你跟佟兵挺好，一拍两散，干干脆脆。""我去找金波。"小捷撸袖子，"妈，咱得先发制人。""按兵不动。以不变应万变。这些个事，金波也未必有那脑子，八成是他妈的主意。""他要去我姐单位闹呢？"小捷揣测。"他不敢。"

闹倒没闹，不过，金波找小敏扎针次数愈频。小敏不堪其扰，但没到临产，班得照上，金波说什么，小敏还不能反应过度。金波似乎铁了心，一天软一天硬，死磨硬泡，非要小敏给个说法。逼急了，小敏只好请医院保安把金波请出去。谁知金波一声大喊："我是她前夫！"声音在走廊回荡，同事们都听到了，小敏助手也有些尴尬。

刘小敏走进诊室，关上门，气得鼻子发酸。什么人！太不顾场面。过去真是瞎了眼。坏前任如大坑，掉进去就算爬出来，也没了半条命。医院里传言四起，女人们善于编故事。刘医师马上要生孩子，前夫却来闹事，这为什么？什么说法都有，纷纷扰扰，闹心。小敏只好请假在家休息，避避风头。素敏见金波闹得实在不像样，决定出面跟他好好谈谈。单独见面，免得事情复杂化。

佟兵结婚的消息传来，逼着刘小捷开始思考她和徐正的未来。这一阵跟徐正见面，刘小捷都会有意无意点一下。话说得很有技巧，通常是批评单位同事。诸如，你看闫红玉教育孩子，那条条框框，都能把孩子框死！将来我有了孩子可不能这么教育。孩子指向未来。她希望徐正有所领悟。三番两次，徐正不接茬，左耳进右耳出。刘小捷有点失望，因为徐正的态度代表着，他并没有思考和她的未来。

小捷感到焦虑，这种事情，男方不提，难道女方主动提？还是得稳住。刘小捷找了个借口和钱峰见了一面。开吃之后，两个人有一搭没一搭聊着。小捷问正题："喂，徐正背后有没有说过我什么？"问住了，钱峰冥思苦想："好像没说什么。""你觉得徐正跟我，配么？""郎才女貌。"钱峰不假思索。小捷故意压一压，说："可是我比徐正大，还结过婚。按照社会上那些看法，女人离婚是熊市，往下跌的，男人离婚是牛市，往上涨的。"钱峰来一句："我怎么没涨？"

小捷一下没反应过来，绕一圈，回品，她才明白钱峰这句话的重点。她看着钱峰，一时不知说什么。钱峰苦笑："徐正这小子嘴挺紧。我也离过，一次。"钱峰这话一出，两人同病相怜。原来是钱峰家无法接受他前妻不能生孩子，最终两人离婚。小捷有些激动："你们这些男的就是把女人当作生育工具！"钱峰不作声。小捷又觉得有些失态，缓和点说："还是不够爱，如果真爱到不行，孩子不孩子的，也就那回事儿。"

钱峰说："徐正也要孩子。"小捷紧张："生啊，没问题。"钱峰嘿嘿笑："男大当婚，下次我提醒提醒他，先求婚。"有这句话，面就没白见。

034

向命运撒娇是年轻人的特权，中年人没有资格讨价还价。从到燕郊第一刻起，陈卓就想着怎么突围出去。办法都想过，他甚至跟过去的上司老周联系过，暗示带他一起走，老周很礼貌地婉拒了。人海茫茫，只能自救。

出乎意料地，老下属王术联系了他。他现在在一家小公司做技术，结婚了，燕郊买了房子，背着贷款，正积极让老婆怀孕。陈卓和王术在燕郊的小饭馆里见了一面。有点天涯遇故人的意思。

"老大，你就干！自己干！"王术还是意气风发，鼓励陈卓创业，"你干好了，我过去，继续跟着你干。"陈卓没那个胆子，马上有两个孩子要依靠他。他没跟王术提过这话。不过这次见面倒让陈卓坚定，想要翻盘，目力所及，只能创业。

陈卓没把这个想法告诉小敏，他怕她着急。而且以他的脾气，事情没有真正落地之前，他不想透露。人到中年，行事求稳，不能毛手毛脚。

说干就干。他想做短视频，凭从业直觉，他预感这会是个风口。他有技术，经验丰富，有信心做好。先做项目书，整理项目计划，拉投资，只要投资进来，他就有信心冲出来。到时候把王术等几个老下属招来，一起奋斗。燕郊的日子难熬，但因为有了目标，陈卓感觉自己似乎年轻了十岁，不，十五岁。材料准备得差不多，陈卓开始见人。忙起来不沾家，休息日，吃过早饭，陈卓就背着包去见人了。他不说，小敏也不问。

王素敏却觉得奇怪，嘀咕："这干吗呢？""谈事。"王素敏说："两个人，潇潇洒洒，怎么都好说，现在不是变成四个人了么，不对，是六个人。连上佳佳和家骏，好多事情不那么简单，其余不说，光是把这个家运转起来，就不容易。""车到山前必有路。"小敏安慰。王素敏叹了口气："但愿吧，你们是轻松，孩子出来了，还不是我带。"

小敏惊愕，原来妈妈在担心这个，遂安慰："你就安享晚年。我自己带，带不过来请保姆。你要想带，让老陈给费用。"王素敏摇头："女儿累，我能干看着？我也是妈，还提费用。"刘小敏不好意思，母女三人这么多年相依为命，在妈妈面前，不能提钱。只是，走到这一步，如果真要王素敏带，除了在金钱上补偿些，她想不出其他报答方式。偏偏提钱又太薄气。（薄气，方言中是刻薄的意思；也是小气的意思。）

见完钱峰之后效果很明显。上午，刘小捷坐在工位上看稿子，楼道里一阵骚动。小捷把头伸出门廊，却见走廊尽头一大车红色玫瑰徐徐向前移动。各屋都伸出头来，等着看戏。鲜花移动到小捷办公室门口，快递师傅从鲜花后头站出来，看看单子，问："刘小捷。签收。"幸福的礼物。离婚女子刘小捷收到一大束，哦不，一大车玫瑰花。在这个小出版社，这就是头条，大新闻。一个女人，赢得了男人的尊重，顺带也就赢得了其他女人的尊重——至少是不可小视。这一次，小捷对钱峰满意，对徐正更满意。

徐正约小捷去爬长城，看在那么一大堆玫瑰花的分儿上，小捷不驳徐正面子，只是出门前涂了好几层防晒霜，戴帽子、墨镜，最后还要套上白色防晒服。

一大早，徐正来接小捷，紧握方向盘，凝视前方，车开得稳稳的，话少。奇怪，平日里，他的话一句接一句，风趣幽默。刘小捷轻轻碰他一下："喂。干吗？"徐正迅速偏头，又转回去："没事，怎么了？""下次别那么夸张。"徐正知道是花的事，笑笑："该出的风头还是要出。"

上长城，这季节人还不少，小捷和徐正往烽火台爬了一会儿，小捷没力气了，扶着城墙直喘。徐正半低下腰，回头给小捷一个眼神，他要背她。"来真的？ 我体重可没跟你客气。"小捷收了伞。"没问题。"徐正说，"愚公移山。"小捷作意打了徐正一下，趴上去了。这可是长城，爬高上低。小捷怕徐正累了，要下来，他执意不肯，走走停停，一直到烽火台。站在城门洞，看长城内外风景，神清气爽。远望山头，长城如一条巨龙盘旋在大地之上。

一转脸，徐正举了个小盒子在她面前，里面是一枚钻石戒指。"我们结婚好不好？"时间卡得正好。刘小捷被吓得好似晴天打了个炸雷。这是求婚。万万没想到，在这群山之巅，烽火台上。刘小捷忽然意识到徐正是有预谋的，来长城，就是想借这个地方，弄点仪式感。"我们结婚吧。"徐正又说一遍。小捷耳朵有点蒙，她强迫自己必须冷静，千头万绪得捋清楚。她深吸一口气，看着徐正："你爸妈同意了？"

035

"管他们呢。"徐正带点不屑。那就是不同意。"不行。"小捷咬牙。结婚，起码要得到父母的祝福。

"他们就是偏执古板，"徐正抱怨，"可我就想跟你在一起。"一霎之间，刘小捷有些感动，他只想跟她在一起，是的，徐正敢于为她冒天下之大不韪。在爱情这个问题上，他和她抵御外侮，共同进退。可是，家里的意见，是座大山。必须翻过去。

"总不能不明不白的。"小捷声音低了些。"不用管别人。自己的事，自己决定。""什么意思？不让爸妈知道？那是隐婚，不行。""是可以慢慢做工作。我怕你着急。"徐正说。"我急什么！"说这话的时候小捷急了。"钱峰跟我说了。""说什么了？""没说什么。"徐正不出卖战友。

僵持，戒指就那么举着，在太阳底下闪闪发光，周围有游客起哄，小捷连忙让徐正收起来。"你不同意？"徐正兴致也减了些。刘小捷苦口婆心地说："不是不同意，是这事不能这么办。"到底怎么办？小捷头脑乱。她不是不同意结婚，她只是不想隐婚。哪怕是徐正真刀真枪跟父母反抗，撕开了闹，就是要跟她结婚，那她刘小捷也奉陪到底。偷偷摸摸算什么。

上车了。徐正把戒指塞到小捷手里："这个你先收着。"小捷还回去："名不正言不顺，我不能收。""你先保管，总行了吧。"小捷还是不要。"丢出去了。"车窗下拉，徐正做出真要丢的样子。"只是保管。"刘小捷接过戒指盒子，"你现在就是得做你父母的工作。""等我好消息吧。"徐正很有信心的样子。

这日，王素敏收拾好头面衣装，素素净净去凯德 Mall 见前女婿。素敏才往里进一层，金波在拐角处伸手招呼。王素敏走深了几步，竟见家骏竟端端正正坐在那儿。"什么时候来的？怎么没给外婆打电话？"王素敏欢喜孩子。金波代儿子答："刚到，填了志愿等录取，先来看看学校。""住哪儿？"素敏坐下，商场里冷气足，她从包里拿出一件小褂子套上。金波说："跟我挤一块，北京没家，只能凑合。"王素敏笑说："你小姨那就是你家，家骏，地方给你留着呢，你爸也去住过。"父子俩都睡过小捷家的榻榻米。

金波笑着说："凑合凑合，马上让他去打工，看能不能给宿舍，不行就跟我住。到秋天，学校就分配寝室。"说的都是困难、艰辛。王素敏感觉他有点过分哭穷。素敏跟家骏说话："邮电大学不孬。"金波插一句："是不孬，花钱也不少。"王素敏厌恶。怎么成这样了，以前胡花，现在抠抠得比王八都抽抽。

吃到一半，金波放下筷勺，对家骏说："跟外婆说说你怎么想的。"家骏连忙咬断米线，抬头，背书似的："外婆，妈马上要再走一家，我和我爸都支持。现在我要上大学，家里钱紧，以后想往上走，肯定得有底子。妈之前既然给我存了钱，索性放我这存着，我不乱花，将来要用的时候，爸妈都同意我才动。不管以后妈有没有孩子，我都是老大，出社会肯定比弟弟妹妹们早，我会孝顺妈，孝顺外婆。"

王素敏听得胸口闷闷的，又是心酸又是气恼。孩子懂什么，何况家骏在大人面前一贯舌拙，话一出来，素敏就知道是金波和金波妈教的。难为家骏，说得竟不打磕巴！不知在家练了几次。这是给她出难题。来的时候，王素敏以为只有金波一人，来了才知道有家骏。她做外婆的，能当着孩子面说不行么？那不彻底寒了孩子的心？说行，她做得了主么？何况她也不想女儿小敏被前夫这么讹。只能用缓兵之计。

王素敏抚着家骏的背，脸上带笑："放心，都给你留了，以后用的时候，找你妈拿。"金波挑明："妈，别打太极。今天就听您一句话，您一言就是九鼎，您说行，那就是行。我也不想一遍一遍再找孩子妈去。这些年我算想明白了，离了就是离了，合的时候没全力以赴，分的时候图个全身而退，咱不吃回锅肉，只要对骏骏好，我绝对死得远远的。"又俗又辣，没脸没皮。

素敏头皮麻："主要那不是我的钱，要不这样行不行，老家那套房子，绿城小区的，将来百年之后给家骏。这个我能做主……"金波打断她："妈，孩子在这呢，说什么百年不百年的……"他才瞧不上老家的"豪宅"。素敏极尽周全："金波，你听我说，这个事情……""妈，您就一句话，家骏在这听着呢，行，家骏以后保证给他妈养老送终，也照顾您，不行，我就带孩子走，放心，咱爷俩要饭也要不到您门上。"话全堵死。王素敏深刻意识到，金波是彻彻底底全副武装有备而来，今天不咬下一块肉，他绝不松口！

家骏低着头。王素敏忽然明白当初家骏迫切想要赚钱的心情，这个家，不但缺钱，还缺善意人情。这牵牵扯扯扭曲的人情，家骏一定

烦了，所以想要干干脆脆，一刀切断，一了百了。可是不行，现实就
是现实。如果家骏不来，王素敏能够硬起心肠，可一个活生生的孩子
摆在这儿，她不得不考虑家骏的情绪。于是素敏笑说："放心，肯定有，
没有多有少，我回去就跟他们商量这件事。"金波见目标阶段性达成，
见好就收，他也不想闹崩，对他没甚好处，"妈说行就行！"

036

美国医生宣布李萍不再有怀孕的可能，李萍伤心透顶，不再想飞
美国。洪卫因为有生意，来看佳佳。陈佳佳已经和洪卫朋友（那个担
保入学的商人）的女儿爱丽丝成了朋友。爱丽丝说上次在家里听到他
们聊天，说洪卫在美国是单身。陈佳佳脑子转了一下，什么叫在美国
单身，搞什么鬼？

洪卫再来看她的时候带她去纽约，这是他美国之行的最后一次探
访。在咖啡厅坐着，陈佳佳笑呵呵地攻其不备："听说你在美国是单
身。"洪卫有些尴尬，立刻掩饰，不动声色："做一个成功的商人总要
学会适应谣言。""你不怕我告诉我妈？""不是事实。"陈佳佳伸手过
去轻拍他胳膊："放心，我们还是战友，不过，扯平了。"洪卫无奈笑
笑。陈佳佳手机响，陈卓要通视频。洪卫在，她怕老爸尴尬，挂掉。

过一会儿，佳佳起身去洗手间才接通视频。陈卓例行公事问她怎
么样。"你怎么还没睡？"佳佳问。"马上。""分了？"佳佳促狭地开
玩笑。陈卓无奈，苦笑："玩你的吧！"其实真等出来了，佳佳才能够
设身处地为老爸着想。有个刘小敏陪着，挺好，一个人太孤单。做人
不能太自私。

关掉视频，陈卓在办公桌上趴了一会儿，咖啡顶得睡意全无。加班的后遗症。只能在燕郊加，陈卓不愿回去打扰小敏，她现在是特殊时期，需要休息。只是，越是夜深人静，他越想找人说说话。从前是跟小敏说，知无不言言无不尽，他的那些抱负、委屈、艰难，什么都能说，小敏既是他的老师又是他的学生。她懂得聆听，也能给出建议。

现在不行了。有的话能说，有的话不能说，他们即将成为夫妻，至亲至疏夫妻。一方面，陈卓不想让小敏有压力，他一个人扛；另一方面，他要面子。再过一周，他就要去跟人聊项目、谈投资，有饭局、酒局，陈卓不怕这些，只是不喜欢。

饭局是老周拉他去的。周效安从公司副总位置上退下来，立刻去另一家公司做了副总。他做职业经理人半辈子，经验丰富。落地之后他跟陈卓说："这个工作嘛，跟谈恋爱一样，隔一段时间要换一下，不然不行的。"他就是这么做的。陈卓做不到像老周这样聪明油滑。老周的功力在关系上，比如这天的饭局，摆在香山怡园，来了几个京城创投界的大佬。去之前紧张，右肩胛骨缝里的神经跳动。小敏帮他扎针。

"老毛病。"挺着肚子，小敏手上还是那么利索，"是不是压力太大。""没事。"陈卓故作轻松笑笑，"今天不在家吃，跟妈说一下。"他已经开始叫王素敏妈。一出门，陈卓右肩骨缝神经又开始跳。成败在此饭局。偏偏堵车，到西山已然迟了，停好车，匆匆忙忙进去，推开门，坐得黑压压的，围着大圆桌，少说有十几个人。陈卓茫然无措找老周，老周叫他。

一偏头，左手边坐着的，竟然是创投界知名的黄奇笑。上他的培训营，要十万。老周真给力，来吃这顿饭已经算省钱。陈卓讪讪地点了个头，黄奇笑并不认识他，岿然不动，也不看他。一桌人继续高谈阔论。陈卓整理好心情，喝茶，却见桌对面还有一位熟人——他前妻的现任丈夫洪卫。一瞬间，陈卓很不舒服。他来是拉投资的，偏偏洪卫也在。敏感，尴尬。为了生计，没办法，拉下老脸也得干。他朝洪卫点了个头。洪卫回敬了一下。

宴席过半。陈卓壮着胆子说要向黄老师汇报。黄奇笑放下茶杯，做聆听状。老周给陈卓鼓劲，陈卓便开始说他那个名为"开眼"的短视频项目。不到半分钟，黄奇笑就无情地打断了他："我不投六〇后、七〇后，我只投八〇后和九〇后。"

瞬间安静。跟着是桌上年轻创业者的捧场大笑，和几个年长创业弟兄的尴尬干笑。黄奇笑有什么说什么，他谁的面子都不给。钱在他手里，他有权选择。洪卫坐在陈卓对面，没说话，只是剔了剔牙。他虽然对陈卓有一百个理由不屑一顾，但这一刻，他们是同龄人。老周从桌子底下拍拍陈卓的腿，算是安慰。

饭局结束，陈卓独自开车回家，一路上，他都沉浸在那种忧伤的气氛当中。年龄，年龄，只有年龄。他作为一个从来都不愿落后的人，上过班，开过小工厂，一直做技术都在一线。每一个时代的大潮他似乎都踩着走，可如今在这个他自认为很好的年纪，突然被宣布，你落伍了。你已经是被淘汰者。这一场饭局逼着陈卓重新审视自己的年纪，人生有涯，都说四十不惑，可如今过了四十，陈卓却感到更大的困惑：你正站在风口边上，但你永远别想走入中心，别想飞起来。他忽然为即将到来的两个孩子担忧。他有能力给他们好的生活吗？把这两个生命带到世界上，他能对他们负责吗？

晚间，小敏又给陈卓扎了几针。陈卓怕她累着，匆匆结束治疗。刘小敏抚着肚子，笑说："你摸摸，踢我呢。"陈卓把耳朵贴上去，是有动静。"退货"是来不及了，只能硬着头皮继续干。陈卓忧伤地问："如果我失败了，你还会不会跟我？"刘小敏久久不言："这个问题你就不该问。"顿一下，继续说："我们已经是一条船上的了。"

洪卫到家，李萍说美国那边寄东西过来，是个账单。"买的什么？"洪卫轻描淡写，说帮老张买了点东西，感谢他一下。老张就是佳佳入学的介绍人，爱丽丝的爸爸。洪卫若无其事地说："今天遇到陈卓了。""什么？""在老黄饭局上。他要创业。""创什么业？多少年前就创过，干个小工厂还让给别人了，他那个合伙人现在提前退休，移民迈阿密了。他呢？""谈了没几句，老黄不感兴趣。""你什么态度？""我没说话。"

李萍其实希望洪卫能帮陈卓说几句话。离是离了，可她同样不希望陈卓混得太惨。"干吗不说？"她问，情绪略微激动。洪卫的视线从手机上挪开，看她一眼："我不懂，做短视频的。"李萍意识到自己情绪过激，又掩盖："随他折腾去吧。"

037

一夜，迷迷糊糊，李萍梦到很多以前的事，包括和陈卓争吵。离婚之后，李萍始终持一个观点，她认为自己是学校，陈卓是从她这里毕业的。事实上，陈卓也的确是在跟她离了婚之后，才开始"发迹"。陈卓是钢，是她这把火淬炼出来的。

既然打算创业，估计原来的工作得丢掉。次日，李萍找了几个太太拐弯打听，才知道陈卓现在混得得到燕郊上班。李萍心情有点复杂。

李萍没给陈卓打电话，硬约，太刻意。她突然想去燕郊看看，那地方新闻上经常出现，她从未到访。哪怕燕郊房子炒得最热的时候，她也没动过心思。不是因为不赚钱，而是在李萍眼里，那不是北京。她想去陈卓的新办公地址看看，瞧瞧他的"惨状"之余，再看怎么帮帮他。到燕郊，找到分公司所在地，员工说陈总监今天没来。

李萍失落，好在徐正妈给她来了个电话，这次是有任务的。李萍领了任务，直往北京城内去。她有"尚方宝剑"，要找刘小捷一趟。

同事路过，喊了一声"小刘，有人找"。刘小捷到门口，走廊两边望望，空无一人。洗手间门洞出来个人，甩甩手上的水："你是刘小捷吧。我是徐正的姐姐，我们见过。"小捷呆立，过了一秒，才笑呵呵地说记得记得。

办公室肯定不合适，同事还在，说话不方便。小捷只好说姐你等会，她噔噔噔跑到社办，借了会议室钥匙，领着李萍进小会议室说话。门关不死，那么轻轻掩着。李萍找个椅子坐，小捷忙着给她泡茉莉花茶，社里开会泡的便宜货。水不热，茶叶在水上漂着。端到跟前，李萍说："别麻烦了。坐吧。"反客为主，气场摄人。刘小捷只好在她对面坐下，搞得好像国际谈判。

李萍说："我也不跟你拐弯抹角。今天来，我是代表徐正父母，以及徐家整个家族，当然也包括徐正，跟你谈一谈。"小捷浑身发紧。不妙，来者果然不善。"你和徐正不可能。"李萍轻声说重话。小捷被话锋打得发蒙，本以为来者是客，谁料是来砸场子、拆鸳鸯的，关键还拆得如此理直气壮。不行，不能投降。

小捷撑住了，笑说："这是我和徐正的事情。"李萍抢白："如果是谈恋爱，处处朋友，是你和徐正的事情；但如果要结婚，嫁到我们家里来，那就不仅仅是你和徐正的事情，更是徐家父母，整个家族的事情。"小捷沉默。跟李萍比，她太嫩。

李萍接着说："这个事我跟你姐沟通过，她其实也不赞成你跟徐正在一块，不匹配不适合。""哪里不合适？"小捷中了她的招。"秃子头上的虱子，明明白白，老实说，我对你印象不错，不是故意刻薄你，但事实就是事实，你比徐正大，又离过婚，你们两个根本就不同步、不协调、不在一个起跑线。"小捷说："这种事还是得自己做主，姐，你说得不是没道理，不过我得尊重徐正意见。"

李萍冷笑道："不怕告诉你，徐正在跟你谈的时候也在接触别人，都在选。他们集团副总的女儿，刚从英国回来的，那小姑娘，年轻漂亮，有家世，有学识，两个人正处着呢，不信你回头问问徐正有没有这事。人，不是你想的那么简单，我来跟你讲这些，也是不希望你蒙在鼓里，耽误青春，有这时间干点什么不行？你现在多大？这几年多关键。我是女人我知道，真的是青春小尾巴，你不抓，嗖的一下，过了这村没这店，与其浪费在没用的人身上，不如重新锁定目标，精准打击。我能理解你。我离过婚我最清楚，所以才好心提点你，不容易，走错一步，千万不能再走错第二步。"

门被推开，一群人抱着笔记本来开会，见小捷满脸通红，都很吃惊。刘小捷窘得想立即夺路而逃，李萍却很镇定，说没事没事，都开会吧，开会。

不出半个小时，刘小捷会议室"受辱"又成为社内大新闻。单位不能待，刘小捷提前下班。她得找个没人的地方给徐正打电话，即便分手，她也要分个明白。找来找去，银行 ATM 取款处最安静。

小捷开始打电话。第一次，徐正挂掉；第二次，还挂；第三次依旧挂。小捷气如山崩。徐正在开会，他偷偷跑出来回电话。刘小捷当头一句："你是不是跟什么领导的女儿搞到一块了！"徐正大惊。他原本只是去见见，家里人力促，领导也得罪不起。好在那女孩对他也不感兴趣。"不是你想的那样。""去见了？相亲？！""你听我说……"徐正企图辩解。

刘小捷大叫一声，挂了电话，手上一阵忙碌，把徐正的号码屏蔽，微信拉黑。哭得稀里哗啦，吓得来取款的人都退了出去。银行保安上前："小姐，需要什么帮助么？这里不能喧哗。"

小捷只想找个地方找个人哭一通。找谁？找老妈，八成得到一通讽刺。找同学？朋友？还是前同事？表面安慰，背后可能只会笑话。只有姐姐，她的亲姐姐刘小敏会给她无条件的支持。小捷没想那么多，直接往中医院去。

听妹妹哭诉，小敏只能安慰。对于小捷和徐正交往，上次同学会，李萍算是已经表明态度：不赞同、不支持。李萍背后，还有徐正父母坐镇，看来这是徐家人的综合意见。可小敏现在这个情况，也不好直接去找李萍交涉。她和陈卓的事，李萍到现在估计都不知道，目前也不打算让她知道。

"先冷静冷静。"小敏劝妹妹，"等徐正联系你。"小捷委屈："姐，那个什么李萍，不是你同学你师姐么，她可是一点面子没给你。""你真要跟徐正在一起？"小捷抿嘴，少女似的，点点头。"有这么好么？"刘小敏叹了口气，"经历多了，人都会变的，相遇的时间很重要的，真正的缘分，就是在对的时间遇到对的人。"

陈卓一回来，小敏就把李萍找小捷的事跟他说了。陈卓骂："六亲不认！"小敏好笑："她跟谁有亲？你能不能去找一趟，问问情况。""找谁？""找徐正。"

038

陈卓约徐正见面，只有一个小时时间。见面第一句话就是："到底行不行？"陈卓重重拍徐正的肩头。徐正嘿嘿笑，问吃什么。陈卓带点揶揄："怎么回事，就非她不可了？世界那么大，没别人了？"徐正说："姐夫你不也非小敏姐不可么？""我离过一次，你能比吗？我能做自己的主，你行吗？你知不知道，李萍去找小捷，向她下达了'死亡审判'。"

徐正没得到消息，听陈卓这么说他有些惊讶。他终于理解小捷为什么暴怒，她应该知道了他和副总女儿相亲的事。陈卓又说："你这个姐，特别蛮横，我是知道。""还得再沟通。"徐正小声说。"不是沟不沟通，你我还能不知道？结婚这个事情，绝对不是你一个人说了算的。别说你爸妈，就是你姐，都想在结婚上做做文章，是存心上把你往上拽。"陈卓停一下，继续说，"这个话我只能跟你讲，在你们家人看来，你跟小捷在一块，是拉低了阶层。咳，其实结过一次婚算什么，年纪大几岁算什么，都是借口。""婚姻不是交易。"徐正说。"婚姻就是交易的变体，"陈卓立即纠正他，"只是其中有个变量，感情。不过感情也是能培养的。""你跟小敏姐也是交易？"徐正反问。"我们不一样。我们都经历过痛苦，是相濡以沫携手共进，又有了孩子……"陈卓信马由缰地说，到"孩子"二字，赶紧刹车。"有孩子了？"徐正耳朵灵敏。陈卓赶紧纠正："是彼此都有孩子，任务都快完成了。"

两个人又聊起工作，徐正说体制内的苦恼，没人上不去。陈卓说体制外的忧愁，想创业，却被投资人嫌老。"你找个不老的不就得了。"徐正随口说。"什么意思？""挂羊头卖狗肉，拉大旗作虎皮，找个年轻的，你垂帘听政。"陈卓一拍桌子，大声叫好，周围人侧目。"你就找佳佳，让她做CEO，你在后头打理。""佳佳不行，还在外面呢，都知道是我女儿，随便一查就穿帮。"陈卓说。"那换一个，"徐正继续发挥想象，"让小敏姐的儿子出来。他多大？上大学就行，天才创业者。总跟你没关系了吧。"

　　见徐正一面，关于小捷的事没有实质性进展，陈卓创业的事却意外出现一丝曙光。让家骏出面拉投资，当招牌，成功概率估计能大大提高，陈卓打算找小敏好好说说。只是，他对自己即将到来的继子有些吃不准，半路父子难做。

　　"不会影响学习吧？"小敏第一反应是这样。"课余时间。只是让他出面，谈项目，牵头，跟皮影戏一样，在后面操盘组织的还是我。投资人喜欢年轻人，不是年轻人不肯投。""你老了？"小敏带点揶揄。"不服老不行。""怎么不找佳佳？"刘小敏问。"陈卓陈佳佳，都姓陈，父女关系，人家会调查。家骏相对安全，而且说实话，家骏专业更对口。这孩子也聪明。"

　　刘小敏靠在沙发上，犹豫："他还是个孩子。""这是一个利益共同体的事情，也会让我们更团结，老实说，我一直不知道怎么和家骏相处，如果有个事情一起做，慢慢磨合、建立感情，是父子也是战友，不是一举两得？"准备结婚以来，刘小敏一直怎么想着把这个家捏巴起来，四个人相互融合。马上还要迎来两个新的小生命，也要融合。难度很大。陈卓的"联合创业"计划，似乎可以做一个突破口。而且，如果经济上能有所改善，很多事情迎刃而解。"我让小捷问问。"小敏说。

　　答应了姐姐，小捷便去找金波和家骏。金波的工作是小捷介绍的，她在前姐夫面前还有几分薄面。金波住在半地下室。人到跟前，他嫌没面子，没让小捷下来。一会儿，父子俩从入口出来，三个人去吃刀削面。小捷这才知道家骏已经被邮电大学录取，连忙恭喜，又发红包。热闹了一阵，才把请家骏过去当"顾问"的事由、任务、利益都描述了一遍。没说合作者是陈卓，只称其为一个老总。

　　"靠谱么？"金波有些犹豫，他还是怕儿子被骗。"我去不行么？""你怎么听半天还没听明白呢，人家投资人看重的是年轻人，是趋势，是活力，是未来。这种好差事去哪找？你不是一直想钱么，机会来了又畏首畏尾，给钱你都不抓住。"一通抢白，金波发蒙。是好事，但他觉得没那么简单。

小捷没开车，吃完饭她让家骏送她去地铁口，她想再跟家骏往深了说说。"其实那个老总你认识。"小捷说。"陈卓。"家骏他早猜到了。听小姨描述，包括公司的背景、初衷、愿景，他就知道是陈卓。小捷惊讶，家骏过于早慧。"不能跟你爸说，不然钱就没得赚。""我配合。"家骏保持轻松。小捷二度吃惊，她原本以为外甥会非常抵触。"接受了？想明白了？"家骏说："不接受又能怎么样？人连自己有时候都控制不了，怎么还能妄图改变别人。""他人不坏。""看在钱的分儿上。"金家骏说。

039

佳佳陪爱丽丝到东南亚旅行，顺带回国"寻根"，在北京能待几天。女儿回家，对李萍来说是大事，洪卫去香港了，家里没人，她喊徐正来，给佳佳接风。吃完饭，徐正才得空单独和李萍说话。"姐——"徐正叫了一声。李萍带他到小书房说话。"不是我要见那个刘小捷，是你爸妈要求我去交涉交涉。"她解释。"我能处理。""你能处理就不会拖到现在。"李萍不客气，"也不知道哪根筋不对，鬼迷心窍，放着海归小姑娘不要，非要一个二婚老姑娘。难道找有钱有势的，就显得你势利？你就非扶贫。"徐正说："姐，让我自己解决吧。""反正我不管，该说的都说了，你爸妈那，我交差。"

陈佳佳在家待了两天，第三天下午，天有点阴，佳佳突然说要出门一趟，说去朝阳门见同学。李萍说要去朝外做美容，顺便送她过去，陈佳佳没拒绝。车开到朝阳门，佳佳下车，李萍开车到朝外，掉了个头，把车停在沸腾鱼乡后头，走过天桥，快追过去，还能看到悠唐广场门口的陈佳佳。李萍猫在快餐店打掩护，等佳佳进了星巴克，她才在猫屎咖啡落座，远远能看到女儿身影。

跟踪，李萍很少做这种事，这次主要是好奇佳佳到底要见谁。幸好是窗边，李萍故意选稍微靠里的位置。一会儿，意料之外情理之中，陈卓出现了。李萍有点不舒服。去见爸爸，完全可以跟她知会一声。佳佳跟陈卓生活了那么多年，感情匮浅。可越是这样，李萍越想从女儿那抢来一点感情，多一点，再多一点。

父女俩谈得很开心，离老远都能感觉到笑声。说了快一个小时，佳佳才起身离开，在咖啡店门口，和另一个女孩接头。李萍恍然，女儿的确是来见同学的。佳佳没撒谎，她只是在真话里隐藏去一点没说。李萍觉得，这是女儿每每比她高明的或者干脆叫狡猾的地方。陈佳佳虽然年纪不大，但她话里的真真假假令人迷惑。

李萍见女儿走，准备起身，可直看过去，陈卓似乎还没有从咖啡店离开的意思。李萍索性坐着。又过了约莫半小时，居然有个男人，哦不，男孩来找陈卓，两个人坐了十多分钟，一起出来。陈卓去开车，男孩不知从哪扶着一个挺着肚子的女人，戴着墨镜，头巾，上了车。陈卓把别人肚子搞大了？李萍第一反应是这样。

这日陈佳佳回家有点晚，李萍突然袭击："你爸谈恋爱了，你知道么？"陈佳佳背着脸："不太清楚。""以前你不是挺介意这事么？"李萍说。这句打在佳佳心窝上。的确，她从前很介意，只是出国后眼界逐渐打开，陈佳佳认识到，她曾经的歇斯底里，只会让老爸难堪，让刘小敏这个还算善良的女人难受，让她的朋友家骏难做，等于是给自己制造难题，不如顺其自然。这次回国，她没回家——爸爸和她曾经的家，就是想躲开一点，她希望自己知道刘小敏和爸爸的事越少越好，眼不见为净。陈佳佳反问："我介意有用吗？当初我介意你和老洪，介意你再生孩子，有人听我的吗？每个人都只能对自己的人生负责。"一句话顶得李萍无言以对。这就是她女儿。遗传！

次日陈佳佳晚上十一点多飞美国。送别女儿，洪卫还没回京，李萍开始着手调查陈卓。她想打电话问问徐正，因为小捷的事刚闹过，李萍又觉得不好问徐正过多；自己去问陈卓，简单粗暴，那等于打草惊蛇，太没策略，她李萍不做这种蠢事。后来一起在美容店做美容的姐们给她推了一张微信名片："你加这个人，张摩斯，一查一个准。"

张摩斯是私人侦探，李萍谈好价格，预付一半。约定一周后给结果，再付另一半。一周之后，有图有真相，李萍接到惊得心差点跳出来。照片中，陈卓和一个挺着肚子的女人走在一块。尽管戴着渔夫帽，可李萍认得出来那是刘小敏。"是不是搞错了？"李萍问。"进同一栋楼同一个单元同一间房。"

李萍深呼吸，努力稳住心情，整个人还是烦躁不安。这个意外收获，全是她自找的。早知道总比晚知道强，李萍这么安慰自己。她不做傻子。

040

按理说李萍不该生气，离都离了，你管他跟谁在一起。可李萍觉得陈卓是她介绍给刘小敏的，那么关键问题来了：陈卓和刘小敏有故事，是在她李萍和陈卓离婚前还是离婚后？假若是离婚前，那陈卓就是婚内出轨，刘小敏就是小三，该千刀万剐。她李萍再看不上陈卓，也是在和他离婚后，才和洪卫走到一块的。在婚姻的规则中，她是个"守法"的好公民。

假若是离婚之后在一起的。李萍觉得小敏有点不够意思，何必隐瞒？这女人做事太不磊落。还有一点李萍不痛快。照片中，刘小敏挺着肚子，她居然要跟陈卓再生一胎！再往下想，李萍考虑到佳佳。如果那俩人弄在一块儿。小敏要当佳佳后妈。情况太复杂。如今回想起来，她感觉佳佳似乎知道她爸和刘小敏的事，只是被做通了工作，故意隐瞒她！亲生女儿都能被策反。世上还能相信谁。

家骏同意加入，陈卓便开始带着他忙碌起来。平常，家骏偶尔也在燕郊住，为全面熟悉陈卓的创业项目。整个项目的数据，市场数据、运行数据，家骏算刚上大学，有的听不懂，陈卓要慢慢拆解，一点一点喂给他。再就是PPT。讲解PPT也是重头。做都是陈卓在弄，但讲解需要家骏上场。陈卓把王术也找来，团队需要这种资深伙伴。另外还有财务规划，对投资人的了解，对投资人立场的了解。家骏一方面感觉紧张，这像训练演员，比他复习高考工作量还大；另一方面也觉得有意思。这是完完全全的成人世界，跟他原本的世界截然不同。在这里，他重新认识、审视眼前的这位妈妈选择的中年男人——跟他爸金波全然不同的类型。在理解了陈卓的困境、理想和抱负之后，家骏慢慢感觉他似乎也没那么讨人厌。

天黑了，陈卓还埋首电脑前。家骏说："饿了吧？你要吃什么？""点个米饭，要四个菜。"陈卓不客气，他现在完全把家骏当"战友"。"你报销。"家骏也不客气。半个小时后，餐到了。工作的时候谈工作，现在吃饭，他们之间的共同话题首选刘小敏。"你妈做饭不错。"陈卓说。"她什么都能做好。"家骏其实很佩服妈妈。"你妈在没在你面前提过我？"陈卓调节气氛。"她跟外婆和小姨说过。""说我什么？"陈卓套话。"说你不好，让她为难。"家骏不动声色。"这从何说起？""外婆和小姨帮她分析，如果你们没有孩子，关系会简单一些，更容易幸福。"家骏撒谎，他披了外婆和小姨的外衣，说自己的心里话。"人生总是有很多意外的。""谁知道明天和意外哪个先来。"家骏说。"你恨我。""过去恨，现在一般。"家骏直白起来也够直白，"看在钱的分儿上，赚了钱，能让家里人过得轻松点。"

"你跟佳佳还联系么？"陈卓跳度很大。家骏愣了一下："不联系。""你们是同学。算不算朋友？以后可就是姐弟？兄妹？""我跟她不是一个世界。"手机响，陈卓接手机，里面传来李萍冷冰冰的声音："我们见一面。""忙着呢。""再忙也要见！地点你选。"李萍不容反驳，挂了电话。陈卓估摸是为佳佳的事，前一阵佳佳回国，谈到学费、生活费问题。只要李萍提得有理，他就掏。男人，再没钱也不能装孬。

这日，陈卓去昌平办完事，发给李萍一个定位。一会儿，人到了，走路带风，屁股还没落下，李萍便单刀直入问："怎么回事？！"陈卓一头雾水。"离了婚就不是朋友了？我还是佳佳的妈！"李萍吃了枪药。陈卓道："咱先点餐行不行？佳佳又怎么了？我这没得空，一直没去看她，学费都按时给了。""不是佳佳的问题，是你的问题。"

"我？"陈卓指了一下自己，"我问心无愧。"李萍冷笑一声："演，继续演，你问心无愧？你和刘小敏怎么回事？"她知道了，陈卓目瞪舌挢，浑身一震。这事早该告诉她，只是一来二去延迟到现在，弄得有点被动。陈卓喝了一口柠檬红茶，稳住心神："我认为这事跟你没关系。"

"跟我没关系？你是我孩子的爸爸，我是孩子的妈，她刘小敏要做我前夫的老婆、我孩子的后妈、我表弟的大姨子，总得先告诉我一声吧。"李萍排山倒海地。陈卓一时不知道说什么好，只好换个角度沟通："你不要总是把人往坏处想，实话跟你讲，没告诉你，其实是为了保护你的情绪。""猫哭耗子你假慈悲！你道德品质出问题！你跟她什么时候开始的？是不是跟我离婚前就有苗头有故事？那离婚的时候就不该是我净身出户，应该是你！"

"别含血喷人！"陈卓再好的性子也耐不住。"被我说着了吧，哼，跟我师妹谈恋爱，起码跟我说一声，是你勾引她还是她勾引你？两个困难户就这么相互扶贫了？""怎么感觉现在跟你没法儿交流！"陈卓把桌上的盘子一推。"你理亏！偷偷摸摸干一些见不得人的事，一把年纪还要生孩子，考虑过佳佳的感受吗？"

"别把佳佳拎出来，你为什么总是把人往最坏了想？为什么总是喜欢把一个简单的事情复杂化？为什么总是咄咄逼人？既然你已经有判断有答案，还聊什么？你爱怎么想怎么想？！"陈卓快速收拾东西，穿衣服，他不想跟这个女人再纠缠下去。

下午回燕郊，本来要继续弄材料的。可弄了一会儿，实在没心情，李萍搅和得他心烦意乱。在办公室待不住，车不能开，陈卓还是赶在最后一班大巴之前往北京去。他觉得有必要当面跟小敏说明情况，做个提醒。陈卓也感到前所未有地疲惫，无论是事业还是生活，仿佛短短时间之内，他一下被推到了悬崖边上。这就是中年。不讲理，但又那么合情合理。中年是上天给予每个人的一张网，铺天盖地，无处可逃。

041

小敏给陈卓开门，这时候回来，又是一脸沉郁慌张，估计有事。

"吃饭了没有？"小敏问，她是合格的爱人。陈卓说没顾上。小敏打开热水器，让陈卓去洗澡，她下厨下面，卧个鸡蛋。"家骏今天没去吧？闹脾气了？"她以为是儿子捣蛋。"李萍来找我了。"陈卓不拐弯抹角。

小敏早料到会有这一天。原本，她和陈卓做男女朋友，觉得没必要告诉李萍，反正是"地下党"。后来孩子来了，考虑到结婚，一直想说，但事情太多。她想拖着，事缓则圆。小敏嗯了一声，并不惊慌，等他下文。

"她要告我。"陈卓说。小敏理解不了："告你什么？""告我婚内出轨，要求财产重新分割。"陈卓一口气说。这提法令小敏意外，她也知道李萍的性子，一向以大姐大自居。换位思考，她判断李萍愤怒的点可能在孩子。李萍想生，一直生不了。现在她怀了孩子，道理上，李萍挑不出什么，但情感上，多少应该有些嫉妒。这是人性。关系还要处，小敏打算化解矛盾。"别想那么多。"小敏反过来安慰陈卓，"该忙你的忙你的。"

男人最重要的是事业。女人之间的事情，交给女人处理。刘小敏大体有了主意。她打算先跟妈妈妹妹说说，从小到大，她一贯在外冲锋陷阵，但老妈是她的军师。何况，现在事情还牵涉小捷和徐正，该说的话她要说清楚。她得提醒小捷，无论接下来怎么走，都要早做决断。

王素敏当然站在女儿一边："天底下少有，这什么女人？秤砣掉在橱柜里，砸人饭碗！离婚了，还能管到男人家的事情，要在过去，她那等于是夫家休了，不知道丑？"小捷看了老妈一眼："对付这种人没有好办法，惹不起，躲得起，别理她。"小敏却说："她还是佳佳的妈，大面场得过得去，不然就是让佳佳难做，陈卓更难做。她有气，能理解，只是当初就算告诉她，以她的脾气还是闹一场。冤家宜解不宜结。这个坎儿得迈过去。徐正是李萍带大的，长姐如母，这疙瘩不解开，以后你们怎么处？""什么如母？"小捷嘴角掠过一丝嘲讽，"疙瘩是自己找的，说白了就是小心眼。"小敏说："还是约一下，见面谈开了。"

李萍没想到刘小敏会主动约她，反倒让她对这个师妹存了几分敬佩。饭就不用吃了，约在咖啡馆，要了个包间，两个女人单独会面——尽管王素敏和刘小捷强烈要求"参战"，可小敏还是决定单刀赴会。一对一，公平。

下午三点，刘小敏准时到。李萍迟到十五分钟，进来，表面笑呵呵的，朝刘小敏肚子瞟了一眼。小敏立刻觉得不自在，浑身起刺。李萍掷地有声："说吧，什么事？"小敏放低姿态，笑着说："好久没见师姐，所以找时间聚聚，说说话。"李萍轻笑，如嘲似讽："好久没聚，你眼里还有我这个师姐？呵呵，是好久了，不过你可没闲着，利用这段时间偷偷摸摸做了不少事情。"刘小敏脸上发热，硬着头皮顶住，还是继续笑着："都是些不足挂齿的小事，也怪不好意思的。我们这拨人里头，萍姐最先闯出来，我们都是亦步亦趋。"

李萍拿起腔调："你现在身兼多职。又准备做人家老婆，又要当亲妈，还要当后妈，顺便当别人的大姨子，放眼整个北京，有几个比你忙的？"尽是揶揄，话难听。刘小敏只好撕开来说："萍姐，不是我们不告诉你，是真怕你多想。"李萍听着"我们"二字很不痛快："现在就不怕我多想了？""你有能耐，一直往高处走，他不容易，我又是离了婚来北京的，同是天涯沦落人……"小敏没继续往下说。

李萍问她关心的："孩子你要的？""完全意外。"小敏实话实说，"是双胞胎。没办法，孩子是无辜的。考虑再三，我们还是打算生下来。"生孩子结婚都勉强似的，李萍觉得刘小敏十足矫情！遗憾的是，陈卓和刘小敏在一起这件事上，李萍除了耍耍脾气，用气场压制一下刘小敏，似乎说不出什么道理来阻止他们生孩子、阻止他们结婚。

042

李萍强迫自己冷静下来，想自己的诉求：今天来见刘小敏是为了什么。思来想去，除了为佳佳争取利益，她似乎没法要求更多。"佳佳能分到什么？"李萍拎出来谈。"老陈安排好了，他的钱我不过问。""真是好老婆。"李萍哎哟了一声，又说，"他工作都快没了，创业又要投入，山穷水尽。"她留着半句没说。她就是要趁陈卓山穷水尽之前，把佳佳该得的那份抢出来。想到这儿，李萍又觉得这对情人盲目得有点可悲，这个年纪还陷在所谓的爱情里委实令人作呕。

李萍"讨债"，小敏有些意外，但这多少也让她重新认识、评估李萍这个人。她原本以为李萍不缺钱，对钱不是那么在乎。看来并非如此，越是有钱，越会精打细算，越精打细算，越有钱，这是一个闭环。小敏想到了金波，在要钱这个动作上，金波竟然和李萍惊人地一致，看来钱这个东西，的确是弥合不同阶层的共同语言。

李萍见小敏脸上飘过迷茫，乘胜追击道："还有徐正和你妹的事情。我去找过小捷，跟她开诚布公谈了。我说的不是我个人意见，是徐正父母、徐家整个家族的意见。徐正必须往上走，不能有人坠着他。"小敏柔软地表达反对意见："我们小捷也是很优秀的，有北京户口，有独立住房，工作也体面，人上进，样貌智商都是拿得出手的。"小敏不得不这么表扬妹妹，听上去像在卖菜，滑稽。可如今婚姻就是个市场，人投进去，跟菜没多大分别。"她比徐正大多少？徐正还没结过婚！"李萍几乎是喊出来，"婚姻是利益共同体，不能帮忙，就是坠后腿。"

李萍太清醒，清醒得快没有女人味。还未待小敏说话，李萍已经迅速收拾好一切，朝门口走了没几步，又转过身来，笑笑，终于什么也没说，转身走了。出咖啡厅，李萍打了个电话，给陈卓爸。急中生智，李萍才想起来手中还有这张牌可以打。跟陈卓离婚后，李萍和陈卓爸关系一直不错。李萍离婚是净身出户，但却争取了一笔钱给公公，算是养老金。

"爸，"李萍多少年还这么叫，"陈卓有动静你知道吗？""什么动静？！"陈卓爸是不屑的口气，在他眼里，儿子永远不如老子。"他要再婚了，原因不好说。"李萍欲说还休。"你说！没事！小鱼小虾能掀起多大浪来！""他把人家肚子搞大了。"李萍换一种说法，听上去有点龌龊、猥亵。"还是双胞胎，这以后花钱，不敢想……"李萍啧啧。陈卓爸一听慌了神，打算去北京一趟。

整合过去陈卓传达的全部信息，李萍曾经得出个结论，陈卓老爸陈天福，在陈卓的世界里，是一个捣乱的存在。用陈卓的话就是，简直是个 bug。因此，陈卓和小敏做男女朋友的时候，他压根没跟老爸提过，没有必要，徒增烦恼。后来小敏怀孕，佳佳闹事，出国，他事业又出问题……兵荒马乱，他还没来得及跟老爸说。反正没几个月，他本打算孩子生下来后再带着妻儿回老家，谁料这个节骨眼上，陈天福要来北京。

电话里，陈卓忍不住问："怎么这时候来，天凉快点再来不更好？""明天到。"陈天福固执。"来干吗？""看病！怎么？不给治？！"陈天福工人阶级出身，保留了在机械厂工作的习惯——厂区噪音大，说话靠吼。陈卓不得不从，老子终究是老子。

刘小敏安慰他："自己爸怕什么，既来之，则安之。我正好也想见见爸。"陈卓对小敏投以感激的目光。"本来就该见，只是一直事多，耽误了，来了正好，总不至于比见李萍还困难吧？"小敏眼神温柔，笑微微地说。陈卓感觉刘小敏和他比，多了几分柔软的力量。

043

　　爱丽丝把车停在房子前的岔路口边，佳佳从车上下来。爱丽丝和佳佳并排走过去，敲门。开门的是个中年妇女，皮肤较黑，风吹日晒过的样子。她怀里抱着个亚裔小孩。爱丽丝用英语问："你们家的男主人在吗？"妇女似乎听不懂，厌恶地关上门。"会不会弄错了？"佳佳问。爱丽丝说就是这儿，这孩子就是那孩子。

　　佳佳和爱丽丝准备打个配合。佳佳站得稍微远两步，爱丽丝敲门，中年妇女一开门，陈佳佳就给妇女和孩子拍照。妇女察觉，大吼一声："Out！"爱丽丝和佳佳连忙跑开。回去的路上佳佳一直没说话，快到学校，她才用英语问爱丽丝："Where is mother？"是问那孩子的妈妈在哪。她躲在英语里才问得出这话，爱丽丝却用中文答："只有爸爸，没有妈妈。"这个爸爸正是佳佳的继父洪卫。

　　爱丽丝早都从他爸那零零碎碎听到过这个秘密。老洪找了个人，在美国生了个孩子，目前在美国养。保姆据说都是从中国找来的，是洪卫的亲戚，绝对可靠。没人知道孩子的妈妈是谁，有可能洪卫都不知道。佳佳看到那孩子的时候，不是担忧，不是恐惧，而是兴奋，这种在电视剧里才出现的故事，竟然活生生显现在她的生活中。她不恨那个孩子，他跟她没有血缘关系。她也能明白洪卫对孩子的执迷，只是苦的是她妈李萍，这孩子对李萍会是个重击。

　　陈佳佳没有第一时间打电话给妈妈，当然也没打给老洪。她要蛰伏一阵，想想怎么处理。她升学之前，洪卫还会来美国一趟。她倒要看看他如何抵赖。

陈卓老爸陈天福调整了行程，比原计划提前一天来北京，下午就到。陈卓带着家骏去见老周，再由老周引荐，谈投资的事。去接陈天福的事，只能拜托小敏安排。刘小敏想来想去，还是小捷轻车熟路，谁知小捷刚好有事。还有谁呢？最后只能拜托老妈素敏。

王素敏一口答应。电话里，小敏叮嘱："妈，你认识路么？不认识就打车，别坐地铁。钱我来付，上了车把车牌号给我。"王素敏说："放心吧，你妈不傻。保证接到。"

044

人是顺利接到了，自我介绍有点困难。素敏有些不好意思，人物关系过于曲折。陈天福却开口便问："你是陈总公司员工？"素敏笑笑，说不是。"是小时工？"他的想象力只能达到这个地步。王素敏说："他朋友的妈。"

陈天福脑子绕不过来这弯子，没往下问。素敏已经提前帮他买好票，两个人往地铁安检走去。陈天福又絮絮叨叨问她来北京多少年，有没有退休工资，儿女都在哪里，为什么来北京。王素敏不像刚见面那么紧张，见招拆招地答。陈天福还有些惊奇，眼前老妹的退休金比他还高点，为什么还要来做保姆。只能说是生活态度问题。

过安检，陈天福带了一把水果刀，不能进，差点跟安检员吵起来。王素敏安抚他放弃刀，人才通过。过闸机，陈天福差点没过来，卡刷了，人被挡在外头。他企图翻过去，王素敏连忙制止，找来站务人员，两人终于进站。"大城市，搅毛。"陈天福埋怨。王素敏告诉他："你得守规矩，大城市，就是要讲规矩。"两个人拎包上地铁。按照约定，王素敏把陈天福送到陈卓那儿。

到家，王素敏开门——小敏提前给了钥匙，天福大摇大摆走进去，这是他的主场。瘫坐在沙发上，他也不请素敏坐，也没打算泡茶，只说："小王啊，辛苦了。"意思是送客。王素敏不好挑明身份，只能讪讪地先退出屋子，到楼下小花园等。一会儿工夫，她愈想愈觉得窝囊，便打电话给女儿小敏，说自己先走。小敏安抚了两句，知道她妈劝不住，只能由得她去。

小敏转头对陈卓说："要不我今天先不去，把我放路边。"陈卓哎一声，说："怎么临阵脱逃？不是说好了见个面？没事，就是让他知道知道，也不能怎样。"小敏说："不是那意思，你看我现在这样子，搞得好像我硬攀着你们家。你爸会不舒服。"陈卓道："怎么他才舒服？不是以前了，不用事事汇报，我是一家之主。"小敏笑笑："话是这么说，到底是老人，你先给爸吹吹风，等他情绪平稳，再安排吃饭。"刘小敏口气笃定，陈卓便不强求，掉转车头，把小敏送回中医院旁边的住处，才驱车回家。

陈卓进门，陈天福端着茶杯站起来，口气十分严肃："怎么回事？能不能让人省点心？"陈卓庆幸小敏没来。他也抱怨："爸，下次来早点说，弄得人措手不及。"陈天福道："这话应该我对你说！"他踱步，叹气："女人这个东西，跟毒品一样，沾上了戒不掉，最后倒霉的还是你自己！"陈卓说："各人各样，哪能一概而论。"陈天福正色："那是哪样？不是孩子都弄出来了？你这是给自己找麻烦，我都没催你传宗接代。什么年代了，思想开放一点，能活着就不错了！"陈卓猫进屋，他想避一避。陈天福追问："你那个小时工哪找的？不错。"陈卓一头雾水："什么小时工？"

　　王素敏回通州躺了好一阵才起来。年纪摆在那，这么大运动量，手机上显示好几万步，少有。小捷下班回家，进屋一看："妈，怎么啦？生病啦？"王素敏歪在床上："腿疼。接你姐的公公，转半天。点外卖吧。"小捷叫了外卖，母女俩等着。小捷说："估计是冲着我姐来的。"素敏说："冲谁来都没关系，木已成舟。他爸七十几了，哪还顾得上这些。""长得怎么样？"小捷是外貌协会的。"老头不都一个样。""也有分别。"小捷道，"秃的，不秃的。"素敏白了她一眼："你妈现在看男的女的一个样。"

　　小捷靠在她妈身上，柔声问："妈，你怎么没再找？就因为我和我姐？罪过。"王素敏诚实："想过，找过，没合适的。""什么时候的事？""你爸刚去世那几年，介绍的人不少。""一个都没看上？""看上一个。"王素敏嘴角露出一丝笑意，说不上是苦还是甜。小捷连忙翻身起来："我怎么一点都不知道。"

　　陈年往事，王素敏不忌惮："杂品厂的王叔叔记不记得？老给咱家方便面的。"小捷想起来了，是有那个人，个子有一米八，梳着分头，有点高仓健的样子，怎么也想不到跟她老妈有故事。"然后呢？""然后他生病，死了。"素敏说得简短，多少故事都折叠在这句子里，好像痛苦因此能压缩。

　　小捷一声长叹，这些年，她第一次听说老妈的罗曼史。王素敏继续说："后来就没找。自己能挣钱，不找那麻烦。"小捷问："退休后呢？就没想过？要是我和姐都出嫁了，总得有个人陪你吧。"素敏说："再嫁总得有个理由，在老家，同龄人工资收入都跟我差不多，上上下下都那样，找差点的，我不想救济，给自己添麻烦。优秀的也有，要么是看不上我，要么是能看上我，我又觉得他年纪太大，嫁过去纯当保姆，太亏。何况你和你姐都来北京，我在哪养老是未知，找个男的等于弄个油瓶拖着，何苦？还不如一个人轻松自在轻装上阵。"通篇肺腑之言，也只有跟女儿才说得出。小捷敬佩老妈想得周全。

半地下室，金波正在帮儿子整理被褥，开学，宿舍分好了。儿子的学费、书费、宿管费，金波和刘小敏一人一半。快到中秋，金波的客户给了他几块散月饼，整理完被褥箱子，父子俩一个人一块盘腿坐着吃。家骏讨厌吃五仁的，金波揽过来给自己，把咸蛋黄的给儿子。他叹息："你奶也不知道吃了没有？"家骏给奶奶发视频，发到大姑手机上。金波妈眼泪吧嗒的，想孙子。金波对视频说："妈，大过节的，挤啥猫鱼子，都好好的。你看看，我不出来做，你嫌我没出息，我跟儿子都出来，你又这样。"金波妈强悍一辈子，恨道："少壮不努力，老大徒伤悲，乖骏宝，别学你爸爸！"金波拍胸脯道："他老子到什么时候都顶天立地！就是钱赚少点，可咱不装孬！"家骏看爸爸这样子，觉得好笑，轻笑了一下。

家骏到床头背包里拿出一只信封，交给爸爸。"什么？"金波用手指挑着看看，是钞票。"这个月工资。"家骏说。金波惊讶："这么多？没偷抢扒拿吧。"家骏说都是辛苦钱。金波道："也算你妈给咱们造了点福，不过，钱能补，天上的月亮能补么？"家骏看着爸爸，不懂他意思。"多少个中秋节不都是你老爸陪你过。"金波负着气。"放心吧，"家骏说，"我以后不会不管你。"不说则已，这话真说到金波心坎上。他激动地一把搂过儿子，紧紧抱在怀里。这辈子，他和刘小敏再没可能，跟家骏，却是铁打的父子，永远不改变。金波觉得他这辈子做得最正确的事就是生了家骏。

045

洪卫每次来看佳佳，都会带她吃中餐。次数多了，两个人已形成默契，进门、点菜、用餐都不太需要说话。佳佳和洪卫面对面坐着，隔在他们中间的是成都棒棒鸡，在美国算绝佳美味。佳佳问："你在美国有亲戚？"洪卫答道："你。"佳佳笑笑："我不算，不是指法律意义上的，是说那种血缘意义上的，天然的亲戚。"

洪卫默不作声，他没想到佳佳会问这样的话。可她既然这么问了就应该已经有几分把握，或者至少是猜测怀疑。他不是没心理准备，天下无不透风的墙，孩子的事迟早要跟李萍说，不可能永远在外面养。只是，他认为现在还不是时候。李萍还算年轻，心气高，自尊心强，她还有所谓的"底线"。李萍跟他过去交往的女人毕竟不一样，当然，他就爱她这一点。佳佳知道或许是好事，合适时机，可让她去跟李萍透透风，做做工作。他们现在是利益共同体，不会因为一个找不到母亲的孩子就翻船。于是洪卫沉下心来，等着佳佳下文。

陈佳佳不疾不徐，滑开手机，把照片点开，调转方向，推到洪卫面前。太震动，脸上的神经都轻轻抖，洪卫没想到佳佳做到这个地步。不过转念一想，既然佳佳先跟他说，代表还有讨价还价的余地，否则她可以直接跟李萍汇报。洪卫像谈生意，两手放在桌面上，手指交叉着："说你的条件吧。"

陈佳佳没料到继父如此坦诚。她笑嘻嘻地说："还没想好，需要的时候，我会告诉你，你得无条件支持我。""我一直都无条件支持你。"洪卫肯定地说。"过去你支持我，是因为我妈。现在你支持我，是我自己争取的。"佳佳分辩着。她为自己鼓掌,利益靠实力争取。洪卫问:"如果你违反约定呢?""那我就放弃继承你那部分财产。"洪卫笑笑:"如果我跟你妈分开,根本就不存在继承财产的问题。""你想怎么保证?"洪卫想了想,说:"发个誓吧。"

佳佳果然举起手来发誓:"我如果违反约定,就找不到男朋友。"洪卫笑,佳佳到美国,他们接触多了,他前所未有地觉得佳佳这个小姑娘有点意思。聪明,倔强,但本质上很单纯。"坏"都"坏"得那么直接,和李萍有相同之处,遗传。陈佳佳说:"我要一辆车,一套房,我不想住在学校里。"很快,洪卫倒是满足了她这两点要求。车有了,新的。房子就欠点意思,住在她和爱丽丝发现的那套房里,那个黑不溜秋的中年妇女照顾小孩,顺带也照顾她。佳佳叫她慧姐,随便取的,她喜欢"慧"这个字。小孩子的名叫:洪崇达。

这日,慧姐在厨房忙着热牛奶,楼上,崇达哭了。"慧姐!"佳佳喊,心烦。没人理睬,房子太大。"慧姐!"她又叫了一声,还是没人理睬。去厨房看,慧姐不在,她很少失职,这次是个例外。陈佳佳不得不自己上楼,开门,到摇篮床边。奇怪,小孩看到她来就不哭了,佳佳拿了个小摇铃给他,崇达接了,抓在手里,笑呵呵的。这一瞬间,陈佳佳忘记了他的来路、出身、跟洪卫的关系、跟她的关系,只是想着这是一个孩子,一个可爱的生命。

但有时候,她又觉得愧疚。认为自己似乎背叛了妈妈,跟敌人一个阵营。不过想想又释然,她的老妈她知道,那是个火药桶。现在告诉她真相,谁的日子都不好过,一定玉石俱焚。与其这样,不如润物无声,一点点喂消息。而且从根本上,佳佳现在不希望老妈和洪卫离婚,离了找谁?她妈那离不了人的性子。

这一向，徐正跟家里谈了几次，谈他和小捷的事，父母老人一如既往反对。这日，在双秀公园小道上走着，徐正忽然转过身子，很严肃地对小捷说："中秋节，跟我回一趟老家吧？"小捷大为紧张，见家长，等于是大考。她觉得自己还没准备好，她小声说考虑考虑。

下了班，小捷就去找姐姐商量。小敏倒是乐观："愿意带你去，说明心态上已经准备好。挺好。去吧。""我没准备好。"小敏笑着摸摸自己肚子："我就准备好了吗？不都在坚持吗？跟考试一样，你就是复习三五年，临到时候，还是紧张，还是觉得没准备好。真硬着头皮上也就那样。人都是逼出来的。"晚上到家，小捷跟老妈王素敏商量。素敏说："反正就这一回，闯一下，他们说什么你就听着。就当滚刀肉，他们儿子喜欢，谁也没辙。"

刘小捷躺在床上，翻来覆去，直到深夜都没睡着。知己知彼，百战不殆，她想先做做"资料研究"，这是读研带给她的唯一收获——用系统的方法分析问题——她想要先了解了解徐正父母。

不好直接问徐正，想了一圈，钱峰应该知道。第二天钱峰下了班就来找她，从包里掏出一张折叠好的纸，打开，有A4纸那么大。小捷接过来，一脸狐疑："什么东西？""你不是让我给你提供一点徐正家的资料么？"一张纸上密密麻麻，从徐正爸起，一直到徐正的七大姑八大姨。每个人恨不得都写了人物小传。年龄，喜好，性格特点，为人处世的风格，但凡他知道的都写了。一张秘籍。

日子定下来，刘小捷开始准备礼物，给徐正爸妈的、堂哥的、表嫂的、外甥的、侄女的……徐正也感到奇怪，问小捷怎么知道这么多人，小捷保密。

这天上午，王素敏在家做十字绣，手机响了，王素敏随手接起。

听筒里声如洪钟："喂，是小王吧。"王素敏本能地回骂："你才王八，什么王八。"那人改口，老腔老调地说："不是——我是说，你是不是小王？""哪位？"素敏问。"我是上次你在火车站接的那个，陈卓陈总的爸，"陈天福顿了一下，"今天有空吗？家里需要打扫。"

046

哦，天——王素敏才反应过来，陈卓爸还以为她是钟点工。想解释，可是小敏尚且未与他见面，她一个做妈的，又怎么好抢在女儿前头亮身份，只好先支应着。

"多久能到？"陈天福问。王素敏想了想，说："一个多小时。"出门之前，王素敏又是一番思忖：去，将来身份被识破，老头子难免尴尬；不去，就此说清楚，照样尴尬。索性晚一点再说，她倒觉得陈天福这个人有意思。再一个，她有点私心，想套套他的话——真实想法。王素敏没给小敏打电话。女儿大着肚子，动步不方便，更不能着急。于是，王素敏拿了公交卡，出门下地铁，一路朝陈卓家去。

陈卓在通州找了个办公地址，算正式创业——燕郊那边还没正式放弃，提溜着。他平时不在家，陈天福来后，陈卓只陪了老爹一个晚上。第二天，天福一切自理，勉强应对。到第三天，老头开始有点不自在，北京的棋牌室他摸不着门。其次，他来是反对陈卓再婚生孩子的，可女方压根没出现，无的放矢。他问陈卓，陈卓扯个谎，说人去了外地。陈天福白日里除了看电视就是下楼吃饭，溜达溜达，好生无聊。

王素敏进屋吓了一跳。陈卓家乱七八糟，也不打扫，好在屋子算大，够他糟蹋。陈卓给老爸订外卖，天福吃了，垃圾没来得及往外扔，都堆在桌子上。

天福见素敏来，十分热情，要泡茶。素敏假客气，既然是以小时工的身份来的，那就先干活。也不是给别人干，这是她准女婿家，等于是女儿家。王素敏手上利索收拾，陈天福嘴上没停，不住地跟她说话。刚开始是问话，素敏来不及答，他就自问自答。王素敏听着好笑，小城市来的，生怕别人看扁他，所以不待人问，他就自动把自认为的优点先说出来，未免太一览无余。王素敏自省，自己千万别这样，太没见过世面。

陈天福又问："你怎么来北京的？""女儿在这儿。""跟我一样，老漂族，老话说，六十朝后就不要远行，咱们好，还在走。"王素敏故意笑笑，道："没事，你儿子有钱。"陈天福一激动："有钱也架不住骗。""谁骗？"素敏手上停了停，站着听他说话。"男人有了钱，女人就贴上来了，何况又是单身。"天福说，"这个倒是懂事，未婚先孕，先上车后补票。"王素敏笑着："恭喜恭喜，做爷爷了。"

陈天福哼了一声："我就一个儿，一个孙女，到这岁数，又添孩子，如果是个孙，他还不一门心思累去，哪还能顾上我这老子！我还能活几年？这么折腾！"王素敏这才理解陈天福的担忧。虽然立场不同，她得维护女儿，但她能够体谅他的苦处——陈天福面临的问题，很快，她也要面对。小敏重组家庭，小捷再嫁。她怎么办？难道她就觍着脸去女儿家带外孙子当老妈子？那种情形是她不愿意面对的。

陈天福喝了口茶，可能也觉得这个话题太过忧苦，便问："小王，你是一个人还是有老伴？"王素敏没料到他跳跃性这么大，连忙调整表情，还是笑："有老伴就不会来女儿这了。""都是苦人。"陈天福把"小王"归为同类，"我是结婚结怕了，丧过偶，离过婚，差点没了半条命。你呢，还找么？"王素敏便也直接答："不找啦，一个人清净自在，何必找那麻烦，有退休工资，自挣自吃。没事捡捡纸盒子，就当锻炼身体。"陈天福惊诧："你还干那事儿？"他向来自视甚高，穷的时候也觉得自己有补天才能，自然瞧不起拾纸盒子捡塑料瓶的。

王素敏觉得有必要给他上一课："劳动最光荣，我们从艰苦年代走过来的，最讨厌浪费。以前老家有废旧利用的小厂，干过，天冷的时候，去拾过炭糊糊。艰苦朴素是一种精神、一种作风，不能丢！跟有多少钱没关系。就我住那小区隔壁楼有个老太，家里挺有钱，每天照样嘴上叼个烟卷，没事就捡纸盒。还有那早市支个小炭炉的老太，家里好几套楼，照样卖茶叶蛋。"王素敏一副深藏功与名的口气，陈天福也有点被唬住，感觉北京真乃卧虎藏龙之地，一个小时工面前也不能造次。

047

刘小捷要跟徐正回老家，她就开始慌张。王素敏安慰小女儿："不跟回家一样么？"小捷家和徐正家，一个城东头，一个城西头。徐正和小捷发现带的东西实在太多，走高铁不方便，改成开车回家。假期高速人多车多，堵在半路，徐正和小捷一对一句说话。

"到时候你得向着我。"小捷说，"你爸妈不会刁难我吧。""怎么可能。"徐正说，"不是不顾大面场的人，都到跟前了，不是他也是他。"小捷不满："什么叫不是他也是他，搞得跟你受了委屈似的，后悔了吧？""还来得及么？"徐正不那么严肃。"我就知道！"小捷要打他。"我是在乎那些繁文缛节的人么？什么离婚没离婚，年纪大了小了，重要么？"徐正恢复温柔。

一时间两个人都没话。前头松快些，车缓缓开动。小捷又问："你那如母的长姐不会也回去吧？"徐正答："想多了，一家是一家，还不至于中秋都一起过，姐夫那还有安排。""哪个姐夫？"徐正一愣，才说："第二个，第一个不是被你姐捡走了么？"小捷顿时气得脸通红，这触碰到了她的痛点："停车！我不去了！"徐正不知发生了什么。"停车！"小捷怒吼。徐正先道歉："我错了我错了。"连哄带骗一阵安慰，先把旁边这头狮子安抚住。小捷还在生气："什么叫捡走了。我姐是捡破烂的？捡走了？那你是不是也把我捡走了？！"

徐正哎哟一声，他一个理工科，哪至于那么咬文嚼字："用词不当行不行？不是捡走，是请走，请菩萨，成不成？根本没那意思，你就是职业病，编辑考试呢。我的意思就是说有个先来后到。"徐正恨不得长一百张嘴。

陈卓约好，小敏今天来见爸爸。到时间，客人还没到，陈天福问："不去接接？让人家自己来。"陈卓说："有她妈陪着。"陈天福诧异："怎么还有她妈？"陈卓随口说："爸你不是见过么。"还没待细说，王素敏扶着刘小敏到了门口，陈卓连忙去接。

再见陈天福之前，王素敏已经想好了法子冲淡此前的尴尬，一见陈天福的面，她大叫一声："陈大哥！你怎么在这儿？""小王？"陈天福有点摸不着头脑。王素敏问陈卓："这是谁？""我爸啊。"小敏说："妈，你不是去接过吗？"王素敏继续装糊涂："我当是陈卓老家的普通亲戚。"陈天福问儿子："怎么回事？"陈卓说："这是小敏，这是小敏妈。"

陈天福有点难为情，他隐约记得自己在小王面前说过不少小敏的坏话，具体说的什么记不得，反正有。"这不大水冲了龙王庙么！"陈天福用高声掩盖尴尬。其实但凡有脑子的细想想，也都明白王素敏是在演戏。她作为丈母娘，怎么可能不知道陈卓家。只是王素敏一来就先声夺人，陈天福也有点被弄蒙了。

几个人入座，待菜上来几道。陈卓对其余三个人说："怪我，之前一直忙，没把大家攒到一块，其实早应该见面。我正式介绍一下，这是小敏，我爱人，这是我爸，这是小敏妈，我丈母娘，以后都是一家人。"这些个一家人来得实在突然，小敏和陈天福都有些不大自在。王素敏却落落大方，该吃吃该喝喝。小敏拿出块玉石烟斗，以前一个病人送给她的。一直没用处，如今见老公公，派上用场。天福收了，拿人手短，本来想刁难一番，这会也说不出口。但见小敏端端秀秀，不像难缠的人，何况肚子里有孩子，他更不好发作。陈天福笑着说："来得急，没带见面礼。"王素敏代女儿答："亲家，不必拘礼。"陈天福看了王素敏一眼，这会子才反应过来，更觉得此人深藏不露。

待散了宴席，陈天福才对陈卓说："你找的这个老婆不错。"陈卓没想到天福对小敏评价这么高，笑着说："如果是一般二般，我也不会再找，实在难得，性格脾气，工作状况，还有个手艺。"天福问："什么手艺？""会扎针。"天福立刻说："我腰不行，回头给扎扎。"陈卓一听，觉得老爸太不上道。哪有老公公上赶着让儿媳妇给扎针的。"他们医院有不少好大夫，回头给你介绍介绍。"陈卓敷衍着。天福进一步说："你这个丈母娘不得了。"陈卓问她怎么了。天福说："演员，估计以前是文工团的，哦不，是特务、间谍。""爸，你别给人扣帽子。"天福说："我来的时候是她接的，接就接，又不表明自己身份，搞得我以为她是小时工，还请她来家里打扫一次。"陈卓觉得好笑："她来了么？""来了，还有模有样。""那不挺好。""好什么，我可没少说她女儿的坏话。"陈天福微微撇嘴，从实说。

048

车进市区，到老家了，小捷让徐正把车停下。徐正问怎么了。小捷两手扶着头，说："停会，我准备准备。""没人把你怎么着。"徐正给她壮胆。"不会人都到你家了吧？"小捷有点"近乡情怯"，礼物先点一点，有备而来。徐正没办法，只好随她。打开后备厢。一一清点。钱峰来电话，问徐正中秋回不回家。徐正说他已经跟小捷到老家了。钱峰坐高铁回来，还早到一点。小捷问："谁？你妈？""钱峰，回来了。"

车缓缓开动，一路向西。刘小捷第一次回故乡这么紧张。车到城西拐子巷，是厂矿地界，徐正是厂矿子弟。车开进去，有人跟徐正招手，徐正摇下车窗，寒暄问好。刘小捷坐在车里，已经扮上了"淑女"。

东西太多，一次拎不完，徐正、小捷分着拎，打算先搬一趟，其余的一会儿再弄。到家门口，徐正敲门，里头应了一声，开门是个老太太。徐正叫了声奶奶。屋里黑洞洞的，没开灯。老奶奶倒是和气，但有点糊涂，对徐正说："这个就是那个小张是吧？"如此一闹，小捷反倒不紧张了，笑着纠正道："奶奶，我是小刘，刘小捷。"奶奶道："对对对，刘小姐张小姐都是小姐姐。"小捷还想纠正。徐正拉了她一下，指了指太阳穴。小捷大概明白了，奶奶恐怕脑子有点问题，便扶着奶奶往里走。

客厅光线暗，从外面进来一下不适应，徐正拉灯绳开灯。老旧的沙发，人造革的花格子面，一张茶几铺着桌布，半截柜上有花瓶，里面放着假花。柜子上摆着一家人的合照。徐正家看上去比小捷想象的要穷，哦不，或者说古旧、简朴。一时间她也想不好用什么词语形容。东西放下，徐正又去车里拿，他让小捷先坐。小捷小心翼翼把屁股搭在沙发上，朝老奶奶笑。老奶奶这会儿不笑了，只是盯着小捷看，小捷心里发毛。徐正弄了两三趟，东西都拿进来，这才问老奶奶："爸呢，妈呢？去菜市了？"老奶奶答不上来。

从门口进来个女的，拎着菜，徐正叫她二妈，意思是二伯母。小捷连忙起身，毕恭毕敬。二妈觑了她一眼，然后对徐正说："阿正，怎么回来了？"徐正感觉有点奇怪，说："回来过节。"二妈说："嗳？你爸妈不是去北京过节了吗？"

徐正脑子轰的一下，小捷站在原地，面无表情。一下全明白了，他们去北京，让她刘小捷来了扑个空，等于给她个下马威！小捷拎起包，说了声借过，从二妈和徐正之间夺路而去。刚出门，眼泪便喷出来。徐正跟在后头，喊小捷小捷。

徐正追上小捷，拉住她："小捷你听我说，一定是误会，是误会！"刘小捷一把甩开他："还误会什么？！你还不明白？你爸妈不想见我，不想让我进这个门，所以连见我一面他们都觉得多余。我们从北京来，他们去北京，这意思不明摆着的么？你傻我不傻！""我们俩的事，不应该别人来决定！"徐正劝。刘小捷忽然冷静下来，眼里透着寒光："徐正，要不我们算了吧。"说罢，小捷扭过头，一步一步往前走，耳侧的风陪着她，呼呼哀号。小捷觉得自己的心被刺扎满了，自尊一片一片瓦解。

跑出巷道。刘小捷才恍然意识到，这里也是她的故乡，她不是无家可归。"刘小捷！"有人叫她，声音不大。她转头看，是钱峰，他家就住在马路对面。

徐正垂头丧气走回家里，他想先让小捷冷静冷静，再去找她。他知道她的脾气，这时候跟她解释什么都无效。好在她家也在这里，不过城东城西。

屋子里又黑洞洞的，徐正不能忍，吼起来："都说了灯不要关不要关，省这两个钱能干吗？！"他拉开灯，沙发上坐着他爸妈，鬼魂显影一般。"爸！妈！"徐正转身要出去追小捷。他爸指着凳子："到哪儿去？坐下！"老奶奶也从里屋出来，圈住孙子胳膊，海草缠人般，徐正只好坐下。

徐妈说："哪头轻哪头重，你不知道？"他爸跟着说："别被一些什么乱七八糟的女人迷惑，就忘了自己的志向！"徐正喊出来："小捷不是乱七八糟的女人！""就是！"徐爸手指敲茶几，咚咚咚："好女不二嫁，把婚姻当儿戏跟闹着玩似的，想离就离，想结就结，能行吗？说这种人是正经人，你信吗？"徐正反驳："爸，咱家也不是没有离婚的，萍姐离婚了，三叔也离过婚，谁规定结了婚就不能离。"徐正妈拍了她丈夫一下："好了，不扯皮别抬杠，阿正，你回来了，就好好待着，陪陪你奶奶，你奶天天念叨你。"

徐正想出去找小捷，暂时被绊住，抽不开身。刘小捷站在公交车站，钱峰陪着她。其实可以打车，但小捷故意多等一会儿，总觉得徐正会回来追她。车来了，往城东去的。钱峰问她上不上，小捷说再等一辆，钱峰只好陪她等。过了三班车，小捷终于绝望，看来徐正不会再来。

车又来了，钱峰陪她上去。刚坐下，刘小捷又委屈地哭了。手机响，小捷连忙掏出来，她以为是徐正打来的，定睛一瞧，却是姐姐小敏。她连忙调整情绪，努力消除鼻音，接了电话，笑呵呵地说："对对对，刚到刚到。"跟姐姐报完平安，继续流泪。

049

钱峰坚持把小捷送回家，小捷进了家门，没邀钱峰进来。可关上门她就又后悔了，偌大的家，还有灰尘味，一个人，孤孤单单。礼貌起见，她起码应该邀钱峰上来喝喝茶。打开手机，没有电话，没有信息，她对徐正失望透顶！过去她认为徐正有主见，绝不是妈宝男，现在看来并非如此。也不怪，你怎么能够指望一个男人在父母和女友之间做出选择。很明显，徐正是选择家庭，晾着她。小捷觉得徐正对她，没有她对徐正那么上心。

中秋节就在家两天。徐正爸妈严防死守，把时间排得满满的，行程理所应当包括去领导家拜访。总得给领导面子，给老爸面子吧。徐正无从反驳，只能勉强陪父"出征"。

糊里糊涂过了一夜，刘小捷在等徐正电话。天光大亮，她转身看看手机，一条消息一个通话记录都没有，小捷失望到极点。假期还有一天，刘小捷觉得百无聊赖。钱峰来了，拎着水果，像是走亲戚的样子。小捷有点意外："你怎么来了？"钱峰摸摸头，不知道怎么答，拎着水果傻站着。跟徐正比，他口笨舌拙。

"进来吧。"刘小捷一直跟姐姐住一间卧室。"怎么样？"小捷问。"温馨，漂亮。有文化、有素质。"钱峰夸起人来也直接。"这都能看出来。"

"这么多书。"钱峰朝书架边靠，随手拿起一本，是琼瑶的书。还有亦舒、梁凤仪、岑凯伦、席绢……全是言情小说，小捷少女时期的梦。学校门口租书店里几百本言情小说她都看过，喜欢的，会问姐姐要钱买来私藏。钱峰在书架边看了看，说："徐正……""不要提他！"小捷在他嘴前打了个大坝，截流。情绪过于激动，反倒显出在乎。钱峰拿着本《上错花轿嫁对郎》，愣在那儿。小捷把书从他手里抽出来："出去走走。"

050

　　附近有个四风公园，有山有水，有游乐场还有动物园，是他们这拨人小时候最爱去的地方。如今荒废，园里游人少，小捷和钱峰置身其中，却仍旧有种怀旧的兴奋。

　　去游乐场坐滑梯，小捷曾经的最爱。为了玩这个，她还蹭掉过一块腿皮。"敢不敢？"小捷问钱峰。"陪你。"钱峰笑得温柔。"你在前面，我殿后。"小捷说。两个人爬到高处，坐在滑梯口，钱峰在前，小捷在后。小捷喊预备开始。钱峰炮弹般顺着直梯而下，小捷紧随。落到地上，钱峰突然卡住，小捷冲下来，两个人滚作一团，停了两秒。小捷连忙站起来："不好玩。"然后是坐旋转木马，这回钱峰没掺和，小捷一个人坐。离了婚的妇女坐上木马也立刻成了少女，钱峰帮小捷拍照，各种角度。下来之后去划船，朝湖中心小岛前进。刚划出没几米，钱峰站起来，小船晃动。小捷没坐稳，险些掉出去，钱峰忙着去救小捷，自己却摔在水里，好在会游泳。全身湿透。小捷家离得近，两个人连忙赶回去打理。

　　钱峰用毛巾擦着头发，小捷在里屋嘀咕："我爸的衣服你不介意吧？""不介意。"钱峰在外头说。爸爸生前的衣服，多少年没人穿，很奇怪，也没丢。"没关系。"钱峰说。"这件还行。"小捷拿了件衬衫出来，愣住了。钱峰裸着上半身，裤子还没脱，但肌肉线条明显，虽然不像徐正那么健壮，但还是超出了预期——毕竟他是个离了婚的会计——小捷的印象中，会计都是瘦弱的。

　　瞬间沉默。钱峰也有点不好意思，接了衣服往洗手间去。换好，出来在老沙发上坐着，钱峰明显有点不自在。小捷感觉到异样气场，笑说："行啦，我就不送你了。"等于为一天做总结。

钱峰连忙收拾起湿衣服。小捷给他找了个袋子。到门口，钱峰问："什么时候走？""明天。"小捷说。回来之前小捷和徐正已经买好返程票，车留给徐正爸，他下个月再开去北京看儿子。"哪班车？还是……"钱峰不确定小捷的回程方式。"不就一班车么，早订好了。""6420。"钱峰确认，"那车上见了。""车上见。"小捷爽快地说。

当晚，看电视的时候，徐正打电话来，当然不接。还打，屏蔽！又发微信来，百种解释，长篇大论，替父母道歉，说自己的不得已。拉黑！过了最艰难的时刻，刘小捷觉得不能那么轻易原谅徐正。这是原则问题，是大非问题。回乡过中秋，根本是个超级大坑，挖好了等她跳。

小捷深呼吸，做瑜伽，调整心情，闲了，她开始翻家里的旧东西。相册里她的照片居多，她从小爱拍照，姐姐让着她，机会多半是她的。每年小捷生日，小敏都会跟她合照一张，一年不落。有一年最有意思，小敏磕掉一块门牙，小捷换牙，照片里两个人笑得灿烂，最触目的就是牙，空洞的黑。小捷想姐姐了。

"姐——"声调拉得老长，她给小敏打电话。"怎么样？顺不顺利？"她没想到姐姐会问这个。也是，不问这个问什么。只好撒谎："还不错。""什么叫还不错？""哎呀没什么，就是随便问问，应付一下，走过场，我怕谁啊。"小捷故意装气场强大。

"他父母说什么了？""没说什么。对我不满意呗。"小捷编故事。小敏没再多问，只说留点心，不要什么都往外掏。一来二去，小捷的怀旧兴致没了，挂了电话就躺床上，看天花板。

小敏身边，陈卓在帮着叠衣服。"谁啊？"他问。"小捷。"小敏如实说，"跟徐正回去见父母。"陈卓叹了口气："那两口子，够缠的。"小敏抚着肚子："说说。"陈卓指指头顶："眼睛都在这儿。"小敏拽过一件衣服叠："现在不都这样，人往高处走。"转而又问陈卓："跟家骏怎么样？""得凑他的时间。""别让他爸知道。""家骏嘴巴紧。""给钱了？""这个不含糊，属于应该的投资。""让他爸知道也没关系，不过就怕人太贪。"小敏点到。"明天还有个见面机会，我带家骏过去。"小敏叹息："你说我们这日子过的，光人物关系就够费脑子的。"陈卓道："抓重点分主次就好。"

陈天福没来之前，刘小敏考虑过去陈卓那住的，只是碍于陈佳佳的东西，心里别扭。陈卓催了几次，小敏没行动。现在天福到，小敏更有理由安于现状，割据着。

陈天福有些不满："都是一家人，整天还搞得跟三足鼎立似的。"陈卓以为老爸是因为他常不在家，只能吃外卖而生气，便说："爸，小敏身子不方便，住得近些上下班利索些，她老说来看你，我没让她动。"陈天福道："我不指望享她的福。"一句话噎得人没下文。

没拿什么行李，小捷跟着旅客鱼贯上车，12号车厢05F座，旁边座位是徐正的，如果他没退票的话。座位陆续占满，徐正没出现。车厢入口，钱峰拎着箱子进来，他挥手跟小捷打招呼。到跟前，小捷说："你就坐这。"钱峰忙说他在13号车厢。"一样。"小捷拉他坐下。她打算让钱峰做挡箭牌，一会儿万一徐正来，有个缓冲。

钱峰只好把箱子放到行李架上，轻轻坐下。小捷心里有事，也不跟他说话，看一会儿手机，又朝外看。钱峰知道小捷在等徐正，又不好问，只能调整调整座椅，又站起来给旁边带小孩的妇女帮忙。车快开了。徐正尚未出现。刘小捷的心情十分复杂，一方面，她觉得徐正突然出现有些尴尬，可是，徐正如果不出现，她又深深失落。也正是在这个时候，她才忽然意识到自己在这段关系中的被动，她是被选择的那个，作为一个大龄离婚且并不算富裕的普通家庭女子，她没有太多讨价还价的余地。小捷又憎恨等待，讨厌被选择，她想要掌控命运。

远远跑过来个人，隔着车窗，小捷看清是徐正。终于来了，她连忙转过脸，遮掩惊慌。钱峰看到小捷这样，瞬间明白情况。车门即将关闭，徐正先把行李丢进来，一个箭步，利落跳上车，登上了北上的和谐号。"不许让给他！"刘小捷立刻给钱峰下命令。钱峰呆坐在那，一动不动，只有眼珠子在转，像在给小捷回应。说话间，徐正走到近前。"峰子！"他对钱峰的存在感到意外，"小捷……"声音改小，他对刘小捷理亏。

刘小捷脸向窗外，不闻不问。徐正把箱子放到行李架上，他来得晚，空位子不多，钱峰又站起来帮他调整位子。刘小捷厉声对徐正说："干什么？！你的位子不在这儿。"徐正知道小捷有气，只好拿出车票，嬉皮笑脸中带点无奈地比向前后乘客："12号，过道座，就是这儿。"乘客们的目光投射过来。钱峰小声劝小捷："我先过去……""去哪儿？！"小捷拽住钱峰，"你就坐这。"

"不是……"徐正笑着寻求舆论支持，"还是得对号入座吧。"刘小捷死摁着钱峰不许动。乘客中有老大爷开始给小捷上课："姑娘，社会有社会的规则，坐车有坐车的规矩……"刘小捷岿然不动，铁了心给徐正找麻烦。列车员经过，徐正没招呼，老大爷却及时报告。列车员也来给小捷做工作。一怒之下，小捷起身，拉着钱峰："走！我们去13号车厢，"又对徐正说："你不是要座位么？都给你！"还没等徐正多说，小捷已经跳出座位，拉着钱峰往13号车厢方向走。

051

徐正要追。小捷转头喝道:"别跟着!"乘客们见两方关系不一般,怕是三角恋爱,都不再多说。徐正紧跟,小捷道:"我报警了。"徐正只好止步。

13号车厢,小捷坐着,钱峰站着。她在生气,她怪自己傻,没有斗争经验,也怪徐正被人当枪使,该出手时不出手。回老家一趟,窝窝囊囊。刘小捷偶尔幻想,实在不行就撕破脸大闹一场。可这些"武打戏"终究只能在大脑中进行,她没有那个胆量,只是嘴上泼皮,女秀才,只会动口不敢动手。真遇到拿得下来的,她只能干瞪眼。坐着坐着,小捷忍不住哭起来。钱峰劝也不是不劝也不是,只能这么干站,陪在一侧,手足无措,仿佛犯了错的是他。

到饭点。钱峰道:"点个餐吧。""饱了。"小捷说,气饱的。这一回钱峰自作主张,去餐车买了饭,蔬菜肥牛,配一碗速溶的蛋花汤。饭菜摆到眼前,小捷还是忍不住开动。肚子饿,人是铁饭是钢。小捷见钱峰枯站着,诧异:"你的餐呢?"钱峰笑说:"有火腿肠。"小捷有点不好意思。她知道钱峰节俭。会计,多少有点职业病。不过是抠自己,对她倒挺大方。"那我也不吃了。"她故意说。

钱峰连忙解释说自己不是省,是在家吃多了牛肉,占肚子,现在不饿。"我去给你买。"小捷起身。一想到去餐车要穿过徐正所在的车厢,她又坐下了。"我吃不完,要不一起吧?"小捷挥动塑料小勺,钱峰不动。小捷问:"怎么,嫌我脏? 刚体检完,完全健康。""不是……"钱峰讪讪地。

小捷递过方便筷，钱峰接过去，掰开了，蹲下来凑到跟前跟小捷吃同一盒饭。刚吃没两口，徐正过来了，见此情景，大叫道："峰子！"钱峰惊得筷子差点没掉。小捷保卫钱峰："干吗！这可不是你的座位！轮不到你撒野！"钱峰劝和："小捷，别这样……"小捷着急，对徐正吼了一句不明不白的："怎么，只许州官放火不许百姓点灯！你能相亲，我就不能处朋友？我和峰子铁哥儿们！""峰子！"徐正按捺不住，他发现事态比想象的严重。

午饭时间，在吉野家，陈卓排队取餐，两份套餐放在一个餐盘里，他端着走到墙角的座位。陈卓问家骏："够不够？"家骏说够了。陈卓觉得青春期的男孩子饭量大，又去加了串点和土豆泥。刚结束的项目展示会，家骏表现得不错，如果不是时间太紧——家骏下午还有课，他要带他吃大餐。这一段接触，陈卓愈发欣赏家骏，这孩子平时话不多，关键时刻，该说的该做的都能到位，比同龄男孩成熟，人也聪明刻苦，一些专业上的东西，陈卓稍微点一下，他就能领会，关键他还会私下用功。

陈卓脑袋里偶尔会冒出个念头：家骏要是自己亲生儿子该多好。他为小敏欣慰，婚姻坎坷，却生了个好儿子。巧的是，夜深人静，金家骏躺在宿舍床上，脑袋里也曾有相似的念头：陈卓要是自己亲爹该多好。那样就没有芥蒂、隔阂，彻彻底底的上阵父子兵。

然而心事只能是心事。两个男人面对面坐着，半低着头，各吃各的，一言不发。除了工作，他们的确很少闲聊。"老陈！"一个发量偏少的中年男子老李站在餐桌旁。正是饭点，人多，他没找到位子。陈卓抬眼一看，是老早以前认识的熟人，业务上有过往来，人不错。陈卓要给他让位子，老李执意不肯，他问："这是……"是指家骏。陈卓口不择言："我……外甥。""妹妹家的？""妹妹家的。"陈卓肯定。

大堂另一边空出座位，老李端着盘子过去，陈卓站起来送了他两步。再坐下，陈卓发现家骏盯着他看。"熟人，没必要跟他说那么仔细。"陈卓解释，多少有点理不直气不壮。撒这个谎，说明他打心底里还没有完全确认他与家骏的父子关系。家骏没说话，继续吃饭。

吃过饭，陈卓准备送家骏回学校。"东西都拿着了吧？"金家骏检查了一番，两个人下楼。家骏在门口马路牙子边站着，陈卓去把车开过来。一辆小摩托停下来，司机摘掉安全帽，朝家骏招手。家骏抬眼一看，是他亲爹金波。"你跑这来搞什么？"金波神色严肃。家骏还没来得及回答，陈卓的车窗摇下，招呼家骏上车。金波转头一看，顿时火冒三丈："干什么？！"这句是冲陈卓吼的。"怎么回事？！"他推了儿子一把。家骏不出声。这庞大的因果关系，他一个孩子怎么说得清楚。

"不是……老弟……别激动……"陈卓连忙下车，安抚金波。"跟他怎么搞到一块的？"金波还是问家骏。"你听我说……这个……"陈卓想把金波拉到一边。"他是我儿子！"金波吼，两个眼珠子要跳出来。陈卓道："金波，你不能不讲道理！"金波推了陈卓一把，陈卓打了个趔趄，靠在车门上。金波怒气冲冲跨上小摩托，家骏愣着不动。金波对儿子吼："上车！"金家骏看了陈卓一眼，乖乖坐上车后座。金波一踩油门，车蹿了出去。

金波怎么也料不到儿子竟敢跟自己的情敌在一块。哦不，道理上不能算情敌，可金波总固执地认为是。在金波看来，陈卓根本就是处心积虑搞统战，想把他儿子拉拢过去，好彻底孤立他。其用心之深毒！

到了家骏学校门口，金波跨在车上，家骏下车站在一旁。一路上，父子俩没一句话，金家骏能感受到老爸的低气压。"爸。"家骏叫了一声。"晚上回来！"金波用祈使句。"爸！"家骏口气加重了，是为小小申辩，反抗。"你最好找个好理由！"金波瞪儿子，车一发动，走远了。金家骏在校门口站了一会儿，才往里走。

一整个下午，坐在教室里，家骏听一会儿课，想一会儿事情。他内心的那种撕扯感更加强烈。本能上，他不讨厌陈卓，可不用说，他老爸要求他讨厌他。陈卓是个必须要恨的人，虽然这恨来得莫名其妙。

陈卓同样痛苦着。曾经，他和小敏之间横亘着两个孩子，如今，翻过去了，殊不知却是一山放出一山拦，金波又横亘在他和家骏之间。好，不讲感情，就讲合作，陈卓保持理性，只要能维持良好的合作关系，他就知足。

午后，陈卓往小敏那拐了一头，把在餐馆门口遇到金波的事说了。陈卓担心的是，万一金波不让家骏来帮忙，前期的铺垫等于白做。小敏觉得不至于。"就算有什么意见，回头让小捷去做工作。"她说。陈卓笑说："你不知道他恨成什么样。"小敏道："他就那样，只顾眼前不顾大局。家骏是他儿子，就不是我儿子？这也是为他妈出力，何况对孩子也是个提高，我要是金波，我就不会抓住这种私人恩怨不放，耽误孩子的发展，何况，这是挣钱，不是义务劳动。"陈卓笑说要都能有她这种觉悟，早就世界和平。

刘小敏把肚子转个位置："他现在心态复杂，一方面想让家骏好，是他儿子，将来他得靠着他，另一方面，他又怕我儿子发展太好，眼里就没他这个爸。问题是，家骏是这种孩子吗？杞人忧天。"陈卓劝："行行，你别动气，你现在管三条命。"

052

两节车厢接合处，徐正略有些着急："峰子，不会来真的吧？跟哥们儿抢。"索性挑明。钱峰比他还急，声音短促："你瞎了？小捷是为了气你拿我当挡箭牌！阿正，你能不能给点力？人家大老远跟你回来，就给人来个这？我要是女的，早打你了。"徐正软下来："那不是我爸妈别扭么……""是你爸妈结婚还是你结婚？""我是巴不得不管不顾现在就去跟小捷领证，可小捷非要取得我爸妈的认可。""那是，名不正则言不顺。"钱峰喘一口气，"你就不能做做你爸妈的工作？你等得起，小捷可等不起。"

王素敏在家绣十字绣，有人敲门。"哪位？"没人回答，敲门声依旧匆促。"说话，哪位？"王素敏起身，往门口去。还是没人答应，敲门声又起。"到底哪位？！"王素敏略不耐烦，趴在猫眼上看，衣服挡着，不见人脸。"是我。"原来是陈天福。

天！什么风吹的，怎么也没个招呼？！王素敏只好请天福稍等，进屋收拾收拾头面，胡乱摆上水果，再去开门。"亲家！"王素敏嗔，"你不是知道我电话吗？"不预约就串门，不像话。陈天福笑呵呵地说："路过，上来看看。""怎么找到这儿的？"天福微微一怔，推到儿子身上："陈卓说的，这地方好记。"又补充说："有个战友在旁边住，我去看看，多少年没见。"

王素敏猜到他撒谎，但不戳破，请他坐。天福问："就你一人住？"素敏说还有女儿。天福这才说："对对，忘了忘了……不过，女儿迟早出嫁，到时候就跟我一样，孤家寡人喽。"天福突然摆手，小声小气地说："儿女都不能跟。受不了那气。"

王素敏端着两臂，站着不动，一时不知怎么接话。"中午怎么吃？"陈天福问，又是一个高难度问题。王素敏想了想，说："就去楼下。"又问："战友这么多年没见，也没留你吃饭？"陈天福有些慌乱："他身体不好，讲一会儿话就要休息，唔，这边有没有菜市？""有倒是有。"素敏感觉不妙。"走。"陈天福立刻站起来，"转转。"

王素敏抹不开面子，只好找了手拉车，领他去农贸大市场。买完回家，天福想露一手，可菜没剁两下，大拇指就切了个口子。素敏只能自己做。饭菜到嘴边，天福夸："亲家，这手艺，谁要能天天吃到你做的饭，那——福气！"素敏估摸天福对她有点意思，干笑两声，不多说。

天福走后，王素敏忍不住多想。她没立刻打电话给小敏，觉得有义务要陈卓知道今天的情况，了解她的态度。

陈卓得知老爸去丈母娘家，也有些惊讶。他爸一贯鲁莽，陈卓只能先把事情认下来，承认是自己告诉了陈天福地址。还有个理由是：他爸刚到北京不久，谁都不认识，实在太孤单。"你爸有个战友在通州？"王素敏故意问。"是……是有一个。"陈卓顺着答。

下了火车，刘小捷甩掉徐正和钱峰，就开始在脑子里构思一整套欺瞒老妈的剧情。她要面子，更怕老妈担心。谁料一进家门，王素敏几句话一问，小捷立刻措手不及，败下阵来。

"空手回来了。"素敏在忙着擦桌子、窗台。小捷尴尬笑笑："拎着不方便。""见面礼都没给？"素敏不看女儿，抓主要矛盾。"给了，忘带了。"两句话，小捷就漏洞百出。王素敏转头看女儿："这什么话？给的什么，还能忘带？是不是没给？"小捷只好改变剧情："是没给。""这是给你个下马威，明白吗？"素敏气闷，奋力做家务，拿地板出气。对女儿，她哀其不幸怒其不争。

小捷去厨房丢垃圾，动动鼻子："妈！这两天家里来人了？""没来！"不知为什么素敏下意识想掩饰。"哪来的烟味。"王素敏只好招了："你姐的公公过来坐了一会儿。"小捷两手揉着太阳穴："我姐姐的公公，金波的爸已经死了，那就是陈卓的爸，他来干吗？"王素敏说："没事瞎转悠。"小捷忍不住发散性思维："妈，有故事。"王素敏打了女儿一下："去！你妈的故事早完了！"小捷嚷嚷着："妈，我和我姐坚决不反对你另起一行啊！"王素敏追着女儿打："死丫头！"

053

下半地下室，到走廊尽头，推开门，家骏看到老爸金波坐在床边上，铁桌子上放着一小碗老醋花生，金波的最爱。地上有空酒瓶子，一屋子酒气。

"爸。"家骏声音平稳，不带情绪，但这本身就是一种情绪。不过家骏觉得，任何情绪到了这半地下室里，似乎都显得有几分压抑。金波舞了一下筷子头，让家骏坐，没多说话。金波自顾自吃花生，沉默，只能听到牙齿击碎花生的声音。

又过了几分钟，金波才放下筷子，拍拍手，抬头看儿子。家骏心里发毛，他来就是听老爸发火的。金波直视儿子双眼，用右手食指反向指了指自己，问："我是谁？""唔？"家骏没反应过来，这是哪一套？金波不耐烦，只好自己做注解："我是问我是谁？我是你的谁？我跟你是什么关系？"连发三问。家骏理解了："我爸。"

金波哼了一下："还知道我是你爸？"家骏漠然，这种时候，说多错多，老爸正在气头上，发出来就好。金波伸着脖子："我是你爸，你是我儿子，这个是铁打的、不会变的，你到什么时候都应该是我儿子，而不是去给别人做儿子。"他又指了指自己："你老爸我活在这个世界上一天，你就要孝顺，孝顺你爸。""爸，不是你想的那样。"家骏缓和紧张气氛。

　　金波噌地站起来，单手扶着铁皮桌面："那是哪样？你跟我说说是哪样，我是你老子，你是我生出来的，你那点小心思，想瞒过你爸爸？哼！你是不是打算改姓？姓陈？叫那个王八蛋龟孙子爸爸？"金波忽然又软下来："我他妈就知道你现在被你妈教得看不上你爸爸我。"金波伸手把手掌朝地面压一压："你老爹现在是这个，下头的。"又举起手掌朝天顶一顶，"你妈跟你现在是这个，上头的。你妈是老大，混得好，你爸是老小，连个鼻屎都不如，可我才是你亲爸爸！"金波绕过桌子，冲到家骏跟前，两手抓住儿子肩膀："我是谁……我是你的谁……你说！我是谁！……"家骏知道金波在耍酒疯，说的尽是些酒话疯话。他心里发酸，不知道老爸为什么在时代的潮流中坠跌，沦落到现在这个地步。

　　"爸！"家骏只好扶住爸爸，"你是我爸，你就是我爸，你到什么时候都是我爸……"他哽咽着。金波突然停止全部身体动作，呆呆地看着儿子，眼眶泛红："真的？""真的。""那你为什么抛下亲爸爸，跟假爸爸走？"家骏善意地说："我就是想多挣点钱，不让你那么辛苦。"

　　一瞬间安静。跟着，金波哇一声抱着儿子哭起来。大坝决堤，泪水长流。他只有家骏。

054

　　李萍做美容，洪卫打过来电话，也没说什么，无非问问在哪、在做什么，例行公事。挂了电话，旁边姐们苦笑，说是老洪吧，对了，这样就对了，要让他担心你，不能你担心他，就是要让他有危机感。

恰恰相反，有危机感的是李萍。年华逐渐老去，说白了，人生在世最珍贵的资本是时间。反倒是洪卫，这两年越活越年轻。

晚间，一个人坐在床头，胡思乱想，李萍还是忍不住拨了张摩斯的号。通了，瞬间改主意，又挂了。她告诉自己，夫妻之间还是应该有基本的信任，都这个年纪了，还能有什么故事。睡觉。

谁知第二天上午，张摩斯回电话。李萍解释："不好意思，昨天摁错了。"张摩斯笑呵呵地说："是我找你。""有事？"李萍问。私人侦探找她，奇谈，准没好事。"老朋友，给个善意提醒。"张摩斯声音低沉，"有人在查你。"李萍惊得皮紧："查我？"李萍搞不懂，她有什么好查的。

小捷和徐正最近都通过钱峰联系，有个好朋友做缓冲、传话，避免直接冲突。对两位朋友，钱峰怀有善意。不过，让钱峰感到奇怪的是，领导的女儿蕾蕾为什么非要抓住徐正不放，明知道徐正有喜欢的人，还要硬插进来？

钱峰问徐正："那女的非你不嫁？"徐正把笔记本合上："她也是被逼的。"一个病房的病友——同病相怜。"被逼结婚？""可不。"钱峰说："要不你找领导的女儿再谈谈？让她出个证明，问题不就都解决了？很多事情还是要摊开谈。"徐正觉得是个好办法。

过了几天，徐正到钱峰单位找他。"跟蕾蕾谈好了。"徐正从怀里掏出一张叠得四方四正的白纸，递给钱峰。钱峰打开看，歪歪扭扭的字迹写着：我和徐正不合适。落款：蕾蕾。

"行啊！你小子！"钱峰伸手拍了他一下，"接下来怎么办？""给我爸妈看。"

"逍遥居"租约到期，陈卓收回房子，陈天福去通州住。陈卓一周去一次。父子之间，有点距离好。只是，住了没几日，天福就重提要求，希望雇小敏妈来做小时工，每天中午一顿，也算互帮互助。陈卓问："你帮她什么？"天福答："帮她解闷啊，哦，她不无聊的？人需要社会活动，不能老一个人待着。"陈卓拗不过老头子，只好委婉地跟小敏提。小敏思考再三，还是电话跟素敏吱一声，也很委婉。

素敏一听，一肚子气，顿时对着小捷抱怨起小敏来。"谁是亲谁是外，你姐现在分不清楚，"王素敏怒气冲冲，"这还没正式成一家子呢，心就歪到外人那去。什么意思？花钱雇我？我成什么了？一点钱了不起？"小捷劝："姐估计也是为了家庭和谐？""什么叫和谐，"王素敏抢白，"这陈卓是自私！他老爹没人伺候，让我去？我有退休工资，我用得着靠伺候他赚钱？"小捷说："估计也不都是钱的事，人专家不是说了么，老年男性的自理能力远远低于老年女性。估计他爸是真遇到困难。不过妈，我的感觉是，"停顿一下，小捷突然笑眯眯地，"那老头……嘿嘿……对你有点意思，是个烂桃花。"王素敏横眉："有什么意思？跟你爸离婚后，我就没想过再婚，没那必要！受一次罪还不够？再来一次？疯了？！我不知道轻松自在。"

话是刘小捷去回的，小捷对小敏说："妈很不高兴。妈要回老家。"小敏啧了一声："哪至于！赶紧劝住！"小敏也有点后悔提这事，转头跟陈卓说："你爸做饭那事，我出钱，找个正经保姆。"陈卓哦了一声，过一会儿才说："妈不同意？没关系，我跟爸说，实在不行，还搬回来住。"小敏问："你爸怎么就非迷上通州了。"陈卓微微皱眉，似有难言之隐。

055

陈卓专程去通州一趟，把结果简单跟陈天福说了，强调原因：他丈母娘实在脱不开身。陈天福耷拉着脸："知道，看不上我这工人，朋友都不能做，不愿跟咱往来。看到了吧，这就是你找的人家，我就试探试探，一试一个准。"陈卓怕越说越错，只好劝他爸先住下，又去家政公司请了个保洁兼做饭的小时工，应付着。

陈卓理解王素敏，也不想得罪素敏，于是又拎了点东西去小捷家拐一头，好声好气跟素敏道了个歉。王素敏有了台阶下，便也不提。

徐正找李萍说蕾蕾的事时，李萍正准备上飞机。一脑门子事，她现在真管不了徐正那点"小事"。徐正刚说蕾蕾看不上他，不同意跟他结婚。李萍就大声说："不行拉倒，再找！"挂了电话，李萍失神。张摩斯刚给了她一点线报，说是消息可靠。难以置信，这些做探子的，为了钱什么事都做得出来。可她也无法证明张摩斯在撒谎——他没必要。

坐在飞机上，李萍看着窗外，云层密布，如果不是窗户拦着，她真想跳下去。她强迫自己睡一会儿，可眼帘一垂下，脑海中浮现的全是自己和洪卫的这些年。她刚跟洪卫的时候，他并没有现在的风光，是她陪他爬上来的。男人一定要有野心，有上进心，如今洪卫的野心出了界，超出了她的掌控。她要眼见为实，痛也痛个明明白白。

"妈——"佳佳愣住，她没料到老妈这个时候会来看她。"上车。"李萍没多说。"妈，去哪啊？"李萍不说话。陈佳佳从后视镜里看到老妈阴沉的脸，不妙。"系安全带。"鲁阿姨说，她跟李萍是铁杆闺密，十多年前移民的。车往熟悉的小路开，陈佳佳似乎明白点什么："妈，我饿了，咱们不是去吃饭么？应该走那边。"

李萍觉得女儿的反应有点不对劲，难道她知道？天，不可想象，如果佳佳已经知道洪卫在外面弄了个孩子，她居然也守口如瓶。"老洪来看过你几次？"李萍问。"有几次。"佳佳神色慌乱。这事情不能这么硬着地，佳佳叫了一声，说肚子疼。老鲁在路边热狗店前停车，陈佳佳急忙往洗手间跑。一冲进去，佳佳就给洪卫拨电话，没人接。佳佳急得乱蹦，不行，老妈肯定发现了什么，这次摆明是来一锅端的，不能让她受刺激。佳佳给保姆打电话，李萍推门进来。陈佳佳连忙挂断。

"搞什么东西？"李萍见佳佳怪模怪样。"补妆，这眉毛……""鬼样！"李萍从包里掏出眉笔，递给佳佳。陈佳佳假模假式描了描，回到车上。

到那幢白色的房子门口，车停了。李萍叫佳佳一起下车，老鲁留车上。"妈——"陈佳佳喊她。"去看看。"李萍说。为了找这个地方，李萍给了张摩斯大价钱。她踩着高跟鞋，一步一步走到门口，陈佳佳讪讪地跟着。一会儿，保姆来开门，用蹩脚的普通话跟佳佳打招呼，屋里传出孩子的哭声。李萍转头，用诧异的眼神看女儿。佳佳和保姆认识？！"妈，你听我解释……"陈佳佳手都不知放哪儿，挥舞着。李萍一抬手，给了女儿一巴掌。她不敢相信，自己十月怀胎生的女儿，居然背叛了她！佳佳知道！她什么都知道！

李萍转头就走，陈佳佳跟在后头。李萍跳上车，锁上车门，对老鲁说："开车。"陈佳佳在车窗外，敲打窗门，老鲁难以决断。"开车！"李萍金刚怒目，老鲁只好踩油门，车开了出去，佳佳被甩在车屁股后头。

见面没约在家里，钱峰和徐正在日餐馆等小捷。钱峰拍了徐正一下："一会儿，我撤了哈。""当个证人，为我作证。"徐正恳求钱峰留下。刘小捷到了，和钱峰坐在一排，徐正在对面。小捷喝了口水，不看徐正："说吧。"徐正立即端正态度："今天钱峰也在，我表态，我在中秋时的表现是完全错误的，必须纠正。我非常严肃地向刘小捷女士道歉。"意思到了，但被徐正这么端正地一表达，又有点戏谑效果。小捷想笑，但忍住了。

钱峰和小捷坐在一边，仿佛也成了审判者，笑着问："错哪儿了？"徐正说："错在没有维护小捷的面子，错在没有做好我爸妈的工作。"小捷伸了一下手，做了个停的姿势："不对，错在不平等。你爸妈甚至你自己，都没有平等看待我。"徐正原本准备好的那一整套戏谑语言、道歉的把戏，在刘小捷的大白话面前瞬间瓦解。"有些内心深处的想法，可能你自己都没察觉到。"小捷说。徐正忍不住反驳："那为什么不说是你下意识这么认为，是你自己不自信呢？"

轮到小捷沉默。的确，某种程度上，这话点到了症结，自打跟徐正交往，小捷一方面觉得是天上掉馅饼，另一方面又怀疑这馅饼太过不真实。小捷不自信。"应该自信起来，我们都应该自信起来。"徐正还在说。可被说中了心事的小捷反倒有些恼羞成怒："每个人应该管好的是自己，这不是自信问题，是家教，是礼貌，是对人的基本尊重！"声音有点大，周围有人看她。钱峰救场，伸脚在桌子下面踢了一下徐正："东西拿出来。说正事。"徐正才想起来蕾蕾的字条，从钱包掏出来，展开，放到小捷面前。刘小捷扫了一眼，不屑地说："自己的事情，用得着别人来成全，笑话。"徐正和钱峰默不作声。

056

陈卓、家骏合作愉快。有人愿意投资，陈卓的事业触底反弹，出现曙光。只是那天金波大闹之后，陈卓一直没和家骏单聊。陈卓不想让这事成为横在两人中间的疙瘩，还是说开比较好。这次的钱陈卓晚给了，他跟小敏撒了个谎。资金一到位，他便请家骏吃饭，当面付清。

信封拿在手里，家骏说："不用每次都现金。""下次转账。"家骏说谢了，没有不好意思，也没觉得别扭，他和陈卓之间已经形成默契，更像朋友。

"你爸怎么样？"陈卓直接问。家骏弯弯嘴角："他不会跟钱过不去。""合作愉快。""我是个稻草人、幌子，挂羊头卖狗肉的那个羊头。"家骏自嘲。"怎么会？"陈卓解释，"你就是我们团队的一分子，这个行业本来就是年轻人的天下，你有天分，肯努力，进步快，我需要你的帮助。"坦诚的交流令家骏感动。陈卓和他老爸不同：老爸总是藏着，一旦爆发，就是洪水猛兽，不可收拾；可陈卓却是涓涓细流，润物细无声。

"有空去看看你妈。"陈卓又说。家骏没回答。自从上了大学，"投靠"了老爸，家骏去看老妈的次数少了。陈卓又说："来之前告诉我，我回避。""那倒不用。"家骏连忙说，"跟你没关系。""你比我女儿懂事。"陈卓真心夸赞。

是佳佳自己摸到老鲁那儿的，她不怪老妈"赏"了她一巴掌。老实说，通过这段时间的接触，佳佳觉得洪卫人不错，在成功人士当中，已经算守规矩的。佳佳觉得老妈应该给这段婚姻留一个气孔。水至清无鱼，人至察无徒。太着急收复失地，只会分崩离析，前功尽弃，都没好处。多一个孩子，对老洪来说，是心愿达成，换个角度想，也是李萍的把柄，让一个男人永远觉得欠你的有什么不好。他只会加倍补偿。

路是老鲁指的，老鲁觉得，李萍现在这种状况，身边得有个亲人。见到老妈怎么说？陈佳佳在路上想了恨不得一百种方案，总觉得不妥当。只不过，佳佳的立场坚定：这孩子老洪只是事先没有征得李萍的同意，属于隐瞒不报。佳佳不赞同老妈做出极端行为。洪卫已经在飞机上了，陈佳佳得先跟老妈统一战线。

陈佳佳推开客房的门，李萍背对着她，背影显得格外凄怆。佳佳叫了声妈，李萍的右肩抽动了一下，没回答。佳佳到她身旁，绕半圈，看到老妈面无表情，眼神朝向窗外。"妈——"她轻唤，"妈，我就是希望你过得好。"一字一字尽是恳切。"这样是好？现在是好？！"李萍一脸错愕。"只是多了个人，对生活也不耽误……"见多了，佳佳也不那么清刚决绝，人世间本来就是有很多模糊地带的。比如她父母的婚姻，比如她母亲和继父的婚姻，比如她和继母的儿子朦胧的感情。

"背叛！这是背叛！就是背叛！"李萍几乎是吼。陈佳佳站在原地，默不作声。以她的年纪，能理解背叛的意思，却感受不到背叛之痛的深度。李萍感受到双重背叛，女儿对自己的背叛，被洪卫"策反"，一切掉进物质考量里；洪卫对她的背叛更严重。"妈……内部矛盾，内部解决。"陈佳佳试探。"离婚。"李萍已经考虑清楚。

见到李萍之前，洪卫想了一百种理由道歉，可真见到之后，他忽然觉得没必要了。李萍态度坚决。他制造出这个孩子之前，就已经做了最坏的打算，只是想不到一切来得如此突然。既然道歉没有用，剩下的就是谈判。

"是我妈，她一定要孙子。"洪卫有些激动，"我做儿子的，你让我怎么办，理解理解我好不好……"几乎是恳求。"具体事宜请律师谈吧。"李萍揉太阳穴，拿上衣服，没叫佳佳，径自出门。

一场离婚来得迅雷不及掩耳，两方都要求佳佳保密。虽然不算是名人，但离婚这事，李萍和洪卫都不想过早公布。李萍拿了公司股权，有房子、股票、银行理财、期货、现金，在财产分配上，洪卫倒表现出了男人的担当。

057

一个人的日子不好过。李萍睡不着，人浮在半空中，落不下来。她甚至求助于刘小敏的朋友圈。失眠的调理：揉按百会两分钟，抓腋窝几十下。没用，她没病，或者说，她是心病，却没有心药来医。物质上，李萍完全独立，离婚分的财产，足够她后半生吃用无忧。精神上，李萍却突然觉得无依。

时间多了，李萍约徐正见面，徐正却一不小心踩到雷："姐，有个事情还想找姐夫帮忙呢。"分开了，洪卫依旧无处不在。"他最近比较忙。"李萍换个话题聊，"你和蕾蕾怎么样？""蕾蕾对我没感觉，我对她也一样。""什么叫感觉？就非要跟出版社那女的？""姐！"徐正嗓门大一点，"都是偏见。"

李萍哼了一声："看，就知道，你把姐还有你爸妈都想成什么人了？你以为我是介意她是刘小敏的妹妹才反对你们？"李萍一双眼溜溜地盯着徐正，停了一下，才继续说："太小看你姐我。是综合分析，明白我意思么？你比她小，又是第一次结婚，现在一见钟情爱得不行，你能保证五年后十年后，还这样对她么？她老得比你快，状态不如你持久，男人是视觉动物，何况婚姻本来就是乏味的。这里面很多东西很复杂，如果结个婚光谈感情，我只能说你太天真。"

话音没落，徐正就抢着说："人，只能活在当下，忠于当下的感觉，谁能陪谁一辈子，说不好，姐夫就能保证一辈子对你好吗？""你这个态度就是对女方的不负责。"李萍反过头站在小捷一边。"姐，我不知道你们这些人哪来的这么大的不安全感。事情都没发生，你们就担心这担心那，照这么说，什么都别做，我看我爸妈就一辈子挺好，没有这那。"李萍嘿然。有些话，不能跟徐正说。徐爸爸在流动单位，年轻时候在外头也有故事，只不过徐正妈能忍罢了。只要他还对家庭负责，徐正妈就坚决不散伙。等到他老了，玩够了，自然回到家中，她依旧是贤妻良母。李萍认为这种情况固然有经济上的原因，但更多的是女人在社会上的弱势地位。社会对离婚男人要比对离婚女人宽容得多。"你不懂。"李萍只能强词夺理作结。

手机在茶几上振动，刘小捷从卧室出来，朝厨房方向喊："妈！你电话！"王素敏说："别管他。""谁啊？"小捷来兴趣。"陈卓他爸。一上午来好几个，也没甚屁事，没话找话。"素敏冷眼瞧着，就是不接。

李萍接到天福电话，立刻去救人。赶到现场，天福歪在地上，买菜的小车还在手里攥着没撒。汽车司机是个男的。李萍和徐正冲过去。"爸！你没事吧！""就是个碰瓷的！"司机嚣张。李萍大吼："甭跟他废话，报警！"

医院检查结果，陈天福轻微软组织挫伤，无大碍。肇事司机坚持说陈天福碰瓷。陈卓冲上来要打他，徐正拦了下来。李萍一马当先："现在没事不算没事，以后要有事，你跑不了！"一个简简单单的交通意外，一下把李萍和陈卓又带到一块。正面交战时，李萍一口一个我爸，虽然不实，但事后想想，陈卓多少有点感动。

回家路上，陈卓开车，李萍扶着陈天福坐在后座上。刚开始三个人都不说话，车上了五环，陈卓先说话："爸你说你没事拽着个小车乱跑什么？"平安过后，陈卓有理由埋怨。"少说这些没用的！"李萍顶前夫一句。"你那手机都是聋子！"陈天福对陈卓喊。"开会不要静音么？"陈卓不示弱。虚惊一场后，内部矛盾开始。"好好地走路，逆行什么，碰到了，也不知道报警，都是基本常识。""疼得起不来，又没人扶，怎么报？！"

李萍继续发问："爸刚来北京，你给弄通州干吗？""爸自己要来，房都不租了，就给他住。"李萍转向陈天福："爸，你到通州干吗？"真实原因说不出口，天福就想跟王素敏近些，好来往。见天福一脸为难，李萍顺理成章地说："不用说了，我知道了。"陈卓从后视镜瞥前妻一眼。

到陈卓家楼下，李萍不打算上楼，天福硬要李萍上楼喝口水，他要好好感谢这个前儿媳。今日一役，李萍立汗马功劳。"上去坐会儿吧。"陈卓沉着声调。说罢去停车。

门打开，屋内热烘烘的气扑面而来，刚踏进屋第一步，李萍脑子就轰的一下，这屋子她住过，只是不久，这么多年过去，屋里的摆设基本没变，还是那个沙发，门口还是个衣服架子，只是电视机换了，从前是台式，现在改壁挂式。跟着那些往事也从记忆的闸门挤出来，吵架的，开心的，奋进的，失落的。属于他们的吵闹青春……

058

陈卓进门，问李萍喝什么茶。陈天福不耐烦："别喝茶喝茶的，清汤寡水，这么着，小萍你明天来家里，我下厨，做个糖醋鲤鱼。"李萍笑着应和："好多年没吃到爸的糖醋鱼。"陈卓皱眉头。李萍捕捉到前夫的神情，故意对天福说："爸，合适么？我来，算不速之客。"天福翻陈卓一眼，故意大声："怎么，离婚就不能做朋友了？你还是佳佳的妈，是我们陈家的亲人。"越说越离谱。

李萍前脚刚走,后脚陈卓就批评他爸:"软组织挫伤,做什么鱼?"陈天福放开嗓门:"你跟小萍还有个佳佳,就当是佳佳妈来吃饭,来看我,成不成?"话说到这个地步,这鱼看来吃定了。陈卓还是觉得有义务叮嘱老爸一句:"以后别动不动就给李萍打电话,自家的事自己处理。"

陈天福来劲,气鼓鼓地说:"你不接,你女人电话我没有,丈母娘号码,跟放在停尸房似的,打死没人接。"陈卓的心咯噔一下。陈天福叹了口气:"看到了吧,衣服还是老的好,那个小敏妈,把咱们爷俩当回事了吗?她耳朵真有那么聋?要不是小萍和小徐,你爸我没准今天就死在马路牙子上。她为什么敢对咱们这样?还不是你太惯着那个刘小敏?行啦,没办法了,孩子都有了,只能忍着、受着,你且累吧!"

老爸的"控诉",让陈卓心里很不是滋味。关键时刻,王素敏拒接他老爸电话,天福这才招来李萍。是没看到,还是故意不接?想到这,陈卓有点窝火。

次日周天,陈卓上午回小敏那拿了点文件材料,周一要用,然后就匆忙说去见个投资方。临走前,小敏又问一句:"没事吧?"陈卓终于憋不住,道:"我爸被车撞了,临时找不到人,给你妈打了好几个电话,你妈都不接。"小敏失色,说不会不接,肯定是没看到。又问老爷子伤情,陈卓说无大碍,就是伤心。小敏说要去看天福。"别添乱了。"陈卓说,"让老头冷静冷静。"

刘小敏左思右想,还是决定当面问问老妈来龙去脉。小捷来电,说叫了家骏回通州吃饭,问姐姐来不来。刘小敏让小捷开车来接她。刘小敏有日子没见儿子,情况都是从陈卓口中了解的。家骏瘦了些,个头又蹿了蹿。小敏问了问家骏的学习情况,又问问他爸,她不希望金波再捣乱。家骏讨厌看到老妈的大肚子,吃完饭,就进榻榻米看书。

碗筷刷好,娘仨在小捷卧房说体己话,一圈聊下来,刘小敏放缓语调，问："妈，陈卓爸打了几个电话你没接，是不是没看到？"王素敏下意识看小捷一眼。"没接。"小捷代老妈答。刘小敏抿了抿嘴，说："他被车撞了，打电话求助的。"小捷惊诧得张大嘴。王素敏睁大眼睛，太阳穴突突跳。自己的电话，想接就接，不接就不接。可天福突然出车祸，素敏也感觉自己做错了事似的。"然后呢？"小捷追问。"万幸。没事。"刘小敏说。王素敏本想解释，只是人都已经被撞，天大地大命最大，再解释更像强词夺理，只好缄口不言。

糖醋鲤鱼是最后一道菜，端上来，鱼头朝李萍。李萍夹了一块鱼身子上的肉，蘸点糖醋汁，放进嘴里，眼珠子骨碌碌转，是正在品尝的表情。跟着，她放下筷子，开始鼓掌，再配上夸张的称赞："爸，实在太 —— 好吃了。"这是李萍独有的一整套夸人方法。浮夸、做作。陈卓看不惯李萍那矫情样子，觉得假得要死，天福却很受用："举杯，让我们举杯。"离了婚，李萍更加渴望家庭的温暖，陈天福歪打正着营造了家的氛围。

"爸，你不能喝酒。"陈卓企图劝阻。陈天福说："这是黄酒，还养身体呢，你也喝，举杯。""我开车。""今天别开车。快，敬一下小萍。"天福下死命令。陈卓只好举起酒杯对李萍说："我祝你，都好。"言简意赅。这下陈天福不劝了，儿子就这样，放不出个响屁来。李萍倒大方，自己给自己满上，看了天福一眼，对陈卓说："老陈，以前大师就说，你走中年运，现在看起来是真的。借着爸做的鲤鱼，我祝你鲤鱼跳龙门，越活越是个人！"陈卓听得出李萍话里的酸味，但陈天福却被点燃了，连着又喝了三杯，道："小子、闺女，人生难得几回醉呀……我跟你们说，今天，就今天，陈卓！我不是你爸，你也不是我儿子。"又指着李萍对陈卓说："她不是你以前的女人，你也不是她以前的男人，咱们就都是人，光杆儿个的人，咱就喝，什么都别想！做人他妈太苦了！我是活到这个岁数才尝到滋味呀……做人苦……喝点酒那还不是应该的。"肺腑之言，陈卓和李萍不禁都有些感触。

059

吃过饭，陈卓找个理由先走。奇怪，他的家，他倒要逃。陈天福拽着李萍聊天，扯了一会儿，实在干巴，能说的都说完了，天福提议打麻将，李萍两个电话就叫来两个平时比较巴结她的小姐妹，搭起来，四个人打得不亦乐乎。

午后，素敏一个人在家，越想越觉得委屈。这锅背得不痛快，她跟天福有仇么？没有。以后亲家还做不做？得做。这次"电话事件"，实在是误会。还是说开了好，于是素敏稍微收拾收拾，打算去看看天福。

站在门外听得到麻将响，王素敏感到有些奇怪。敲门，开门面对她的竟是李萍。王素敏愣了一下，嘀咕："小萍？"猛一见面有些慌张，李萍道："阿姨怎么来了？""找一下老陈。""爸！"李萍朝里喊。陈天福慢慢踱步出来，本来气定神闲，可见到王素敏，突然失了分寸。他一面让李萍进屋等，一面拉王素敏到楼梯口。

"这会怎么来了？"陈天福面上是尴尬神气。"路过，来看看你。"素敏跟天福撒同一个谎，随手递上一袋苹果。"不是故意不接你电话。"时间紧任务重，素敏不藏着掖着。天福一下明白过来，反倒不好意思："那是那是，漏看也有的……这个陈卓……死性！回头我骂他！屁大点事憋着能怎么着！没任何问题，你看看我……"天福故意做几个体操动作，像猩猩，有点滑稽。"打小牌呢？"素敏笑眯眯地说，"麻将搭子倒新鲜。"陈天福不得不解释："知道我来了，上门看看我，知道我无聊，陪着打几圈。"王素敏笑笑，跟着便道别。天福虚留了一下，也觉得人物关系实在别扭，唯有放人。

部室的副主任退休，空出个位置，论资排辈，怎么着也该小捷上。社里要提人，主任做小捷的工作，鼓励她参加竞聘，往上走一步，做副主任。回到家，刘小捷把去竞聘的消息跟老妈分享。老妈沉着脸，在切笋片。"怎么了？几天了，一副臭脸。""愁。"素敏沉沉地说，"以前想，女儿嫁出去了，成家立业生儿育女，我就算完成任务。可现在不是啊，两个女儿，都要回炉再造，不是那么容易的。"小捷俏皮道："我这，妈，你不用愁，徐正回去谈判了。""谈判？"王素敏斜眼看女儿，"就这么有信心？没有芭蕉扇，灭得了火焰山？""以前我不自信，现在我不，我凭什么不自信，为什么不自信，我得自信，心想才能事成，我要事业爱情双丰收。""口气大的。"

切完笋，小捷从后面扶着老妈的肩，夸："妈，你手怎么这么巧，笋片切得那么薄。"王素敏轻斥："这不是巧，这得练，你看你那手，再看你妈这手，都是磨出来的！"小捷说："妈，跟你说个好事。"口气轻快，"我准备竞聘副主任。"小捷头一点，笑呵呵的。"哟，这事。"素敏似乎并不兴奋。"主任找我谈话了，支持我，这可是我进步的机会，你知道我等这个机会等了多少年么？八年！"小捷大拇指食指抻开，比出个八。王素敏泼冷水："你别，这马上要结婚，将来还得要孩子，事多着呢，我看竞上了也未必是好事。"

小捷激动："你这思想也太落后了，我是独立的、自主的，我可不是男人的附庸，到什么时候我都得有自己的事业，你就不想想，要不是经济上独立自主，当初我可能都不敢跟佟兵离婚。""佟兵有孩子了。"王素敏突然祭出大招。跳度太大，小捷短路，过了两秒才读取这信息。

060

公交到站，车门打开，七八个大爷大妈从后门上，拽着小推车，哗啦一下占满车厢。王素敏和陈天福位列其中。这一次，是她确认天福没有被车撞出腿脚问题后，主动邀请亲家来个"城市探险"——一起去新发地买小米。同行的，还有小区里一起锻炼的几个老头老太太。有时间，不怕远。

陈天福找话问："这块哪儿好？"王素敏说："大，菜多，便宜。"想了想，忍不住教育天福："孩子们赚钱多辛苦，能省就要省，消费不能升级，得降级。咱们来北京，是投靠孩子的，要帮衬孩子，不能拖累孩子，得想着怎么省钱也把日子过好，不能天天想着怎么享受，怎么花钱，没个底。都是苦日子过来的，艰苦朴素、艰苦奋斗的传统不能丢。"一辆大车开过，轰轰隆隆。陈天福回应，素敏听不清，她张大嘴问什么。天福吶喊着："老妹跟我想一块儿去了！艰苦朴素！就是艰苦朴素！"

下车走了好一段，终于抵达目的地。天福喘气："还是得有个车。"素敏笑着批评："缺乏锻炼！"

菜，琳琅满目，是个新天地。小超市逛够了，还贵；大商场，老人们逛得没自信，那里不属于他们。只有农贸市场这种地方，才是彻彻底底与生活接轨。素敏和天福跟着伙伴们，东看看西看看，本是来买小米的，结果到了地方，小米没买成，倒买了一斤虾。

有个摊位堆着哈密瓜，年轻妈妈仔细教："哈，哈，哈，哈密瓜。"

孩子果然跟着念，这回准确，哈密瓜。过关，向前，孩子顽皮地摆摆小手："哈哈再见。"王素敏跟着傻笑两声，孩子是最有感染力的。

"多可爱。"素敏忍不住说。"别急，再过几个月，你也抱孙子，你也能带孩子来认水果。"天福道。素敏盯着天福看："谁的孩子谁带，我不带。何况一次还两个。"两个人混熟了，王素敏说话更大胆。"你是外婆。""你还是爷爷呢。你们家后代。"两个人斗嘴，不亦乐乎。天福说："都不带，让他们弄去，咱们安度晚年。"

回去的车上，两个老人并排坐在顶后头。王素敏忽然问："李萍老跟你走动的？"问得突兀。陈天福说："没有，就那天，不是摔了么，出于礼貌来看看，我手痒，就找了几个人搓几圈。"素敏放松了些，道："现在陈卓跟小敏在一块，咱们作为老的，立场要分明。"陈天福立即表态："坚决分明，看你的面子也得分明。""我什么面子？"王素敏觉得有必要当面把话说清楚，坦诚相待，不演戏，"咱们做朋友没问题。朋友就是朋友，没别的。你要是认可，咱们就继续来往。"陈天福有些吃惊，他怎么也料不到王素敏如此坦诚。"当然，没别的，就朋友。"素敏继续说："我就是不想咱们之间别别扭扭的。""不别扭。哪能别扭。"天福说这话时，已经有点别扭了。"那说好，这顿虾去你那做。""没问题。"

出版社竞聘当天，刘小捷一说完，班子成员都颔首微笑。小捷志在必得，无懈可击，准备迎接职业生涯的光辉时刻。她没跟徐正提这事，一来他正在做父母的工作，不能让他分心，二来，没尘埃落定之前，小捷不想那么鲁莽。不过，她跟钱峰倒是提了提。钱峰是她的男闺密、垃圾桶、啦啦队。她一说，钱峰立刻发来个红包表示庆祝。

门开了，校对科方又霞走进来，抱着校样，给小捷一份："你的，签字。"小捷叫住又霞，问："怎么这个脸？"又霞什么事都挂在脸上。"没……没事……没事。"结巴，说两遍，小捷感觉有情况。又过了几分钟，总编室小姑娘来送简报，一个部门一张，背面是任命公示，刘小捷反复看了三遍，确认：没她名字。大脑一片空白。刘小捷在位置上呆坐了二十分钟，才终于捋清头绪。

不能干了。简报递到手上，旁边小姑娘在，刘小捷又不能不给自己台阶下，只好站起来，手扶在隔板上，脸上还得有笑容："看吧，我就说不当，实在是不想当，鸡肋，啧啧。"不是不当，是咬住苦瓜当杠果，上了个当！小姑娘没说话，觑了小捷一眼，似笑非笑，闷着头，打自己的字。刘小捷不是副主任，大家平起平坐，都是科员，没必要特别给她面子。懒得演戏。

061

夜色深浓，车水马龙，街边小馆，钱峰坐在刘小捷对面。小捷豪爽撸串，桌面上散落着铁扦子。"你说我们来北京，到底图什么？"小捷忽然有些自怜。这些年在北京不容易。工作工作没有起色，家庭家庭步履维艰，过去，她是周围同学朋友羡慕的对象，现在，人家都可怜她。没发财，还离婚，压根就是个失败的女人。

"为什么？为什么？为什么？！"小捷手里的扦子差点戳到钱峰的脸。"活着不就是这样么？"钱峰很平静。他幼年丧父，青年离婚，受了太多生活的苦楚，包括在公司，他也是卧薪尝胆一做许多年。所以小捷这些委屈，在他看来不算什么，都是生活的一部分。生活，就是得忍，在忍的过程中，慢慢找机会。

酒劲上来,小捷舌头有点打结:"活着就是这样,那我去死? 我跳楼,我吃安眠药,我上吊……不行,我上头还有老妈,死不能死……"这样的小捷有点可爱。钱峰把酒瓶子夺过来:"别喝了。"小捷抢:"不,人生能有几回醉,你给我,给我! 老板……服务员! 酒呢! 串再来十个! "钱峰只能由着她。一会儿,小捷更失态,拍着桌子对钱峰:"以前我……以前我多优秀……人家都羡慕嫉妒我……你说我是不是该去算算命? 看看我究竟走的是什么运……是不是走早运……运都走完了……那中年怎么办、晚年怎么办……"说着说着,刘小捷一头倒在餐桌上。

路灯下,钱峰背着刘小捷慢慢走着。小捷突然手舞足蹈,钱峰忙说:"你要升职了。"小捷一听,乖乖不动。钱峰不禁失笑,他理解小捷每一处细微的不甘。他敬佩小捷的勇气,也懂得她的怯懦,他们都是在人生的怒海中受过伤的人。他何尝不是这样。他和小捷的不同是,他更具忍耐力,生活教会他蛰伏,蛰伏,再蛰伏。他在等待机会,他还没有失去信心。

钱峰艰难地按响小捷家的门铃,这是第一次登门,却以这种形式。王素敏开门,惊诧:"怎么回事?! 刘小捷! "她叫女儿大名,拍她的脸,没反应。素敏赶紧请钱峰把小捷背进屋,卸货。没等王素敏问,钱峰就赶紧解释说是小捷心情不好:"好像是单位的一些事。"钱峰没说透。王素敏道谢,钱峰客气了一下,道别。

次日一早,王素敏忙不得审问头天的情况,有几个"疑点"实在不放心:"你知道你昨天像什么鬼样子? ""妈——"小捷嘴里喷牙膏泡沫,语气不耐烦。素敏往前靠靠,随手拿起布擦洗手台上的水印:"不是说女人离了婚就可以肆无忌惮了,没人要求你像个大姑娘一样矜持，可也得有点分寸。女人的名声，太重要了。"小捷终于忍不住，吐了牙膏沫儿，反驳："我怎么不知道分寸了。屎盆子别乱扣。""昨晚上送你回来的是谁？""哎呀妈！至于么，钱峰对我来说，跟女的没分别。"钱峰在她这没什么存在感。"你没分别，徐正也没分别？"王素敏敲打。小捷只好说："妈，老妈，我亲妈，你就放一百万个心，我对钱峰没那意思。井水河水两不犯。"素敏敏锐地说："你没意思，不代表人家没意思。""那我管不着。"小捷脱口而出。

不过老妈一语倒点醒了她。刘小捷从未朝这方面想过，她不讨厌钱峰，但多余的情愫也确实没有发生。如今想来，她认为钱峰是知道分寸的，做朋友，挺好。一个巴掌拍不响，所以她老妈的担忧根本没必要。王素敏还在叨叨着，说话间还用了不少成语，什么瓜田李下洁身自好……小捷做编辑，本就对字眼敏感，老妈如此用词不当，她忍不了："妈！我竞聘失败了，当不了副主任！心情不好跟朋友吃个饭，用得着这么小题大做吗？"

062

素敏到女儿小敏这想说两件事。一是小捷的事：竞聘失败，且跟钱峰走得近。

小敏大着肚子，没什么精神。妹妹这事，小敏也觉得委屈，但也没有好办法："能怎么着？房贷背着，不可能说走就走，还指望那点公积金还款呢。人过年过节放假，房贷可是风雨无阻。"素敏问："都这么苦么，房贷车贷的。"小敏笑："在北京，背上房贷的年轻人，但凡普通家庭出身，有几个消费不降级的。""倒没说辞职。"素敏被高额房贷吓得气弱。小敏深呼吸："说来说去，北京这种地方，想吃口饭，不难，可要想把这口饭吃好了，吃得有声有色，还是得有点真本事。"

王素敏叹了几句，又提第二件事。她说在陈卓家见到了李萍——本来不想说，可考虑再三，还是觉得应该跟女儿知会。知己知彼，才能百战不殆。"打麻将？"刘小敏也觉得离谱。"陈卓没跟你说？"素敏问。"这种事怎么跟我说？"小敏陷入沉思。她和陈卓可是要过日子的，夹着个李萍，天福又闹来闹去，多不痛快。

稍晚陈卓回来，小敏决定点一下他。月份大了，身子沉，这一向都是陈卓下厨。小敏想吃橡皮鱼，陈卓开车买来。小敏站在厨房门口，面对在灶台边忙碌的陈卓："怎么现在橡皮鱼都胖头大脸的，以前都吃小的。别都弄完，给爸留一条。""他不爱吃鱼。"小敏这才把话切到陈天福身上："爸现在安泰了？说是在家偶尔打打麻将。""有这事？"陈卓真不知道。小敏却觉得他装傻。

小敏索性点透了，话里带着笑声："李萍还去跟爸打呢。""是吗？"陈卓声音愣愣的，"回头得跟他说，乱七八糟的人别往家里带。"小敏又说："我希望所有人都好，和和睦睦的。"陈卓顺着说："那也得有个分寸，亲疏远近。"顿一下，继续道："我们才是一家人。"

洪卫约李萍见面。要是洪卫来提复婚呢？想到这，李萍觉得自己可笑。刚离婚，又想着复婚？太不切实际。而且离婚的时候她就想清楚了，这种重大错误，绝对不可以原谅，她不要做一个没有自尊的女人。他们俩这辈子的故事，应该已经画上句号了。

西餐厅，两个人之间放着红酒。李萍一口都没喝。"我想回去看看妈。"洪卫说。"找我来就说这个？"李萍凛然。"一起回去。"李萍明白了，冷笑笑："没那义务。"洪卫恳求地说："妈身体不好，见一次少一次，两个人回去，她能宽慰点。"李萍讽刺道："你抱着孩子回去不就得了？ 更宽慰。""妈昨天电话里还嘀咕你呢。""把跟我离婚的消息告诉你妈，病立马好一半。""你老是误解。"

"误解？ 孩子可是活生生的，这叫误解？ 光明正大的无耻！ 你以为你是上帝？ 花两个烧不熟的臭钱就能制造出个人来？ 就能不尊重别人，随随便便打破别人平静的生活？！ 恶心！ 我告诉你，这世上不是没有因果报应，你就作吧！ 作到时候，有你受的！"李萍越说越气，起身要离开，洪卫伸手拉住她胳膊。李萍喝道："撒手！"洪卫说："还有个事。"

李萍只好重新坐回位子，不耐烦："说吧，快点。"洪卫说："佳佳想回国。""你建议的？""她跟我提的。怕你太担心。""胡闹！"李萍有时候觉得，陈佳佳和洪卫在某些方面才像一家子，都是突发奇想，天马行空，不按理出牌。她到底是谁的女儿？！

一到家，李萍就跟佳佳通视频："陈佳佳！ 怎么回事？"佳佳睡眼惺忪："妈，又怎么了……""你要辍学？ 谁允许你这么做的？"佳佳只好耐心解释："妈，这不叫辍学，是抓住机会，趁势而起，看国内有什么好的创业项目，直接做项目，在这边也学不到什么。""那也不能辍学！"李萍有底线。"妈，别激动别激动，"佳佳说，"不是现在，也不是辍学。我也是担心你。"

一记温柔的拳打在心口，李萍眼眶瞬间发红："我没事！"李萍还是强势着。佳佳语重心长："妈，你根本就不适合离婚。"离婚还有适合不适合的？ 李萍聆听着女儿的奇谈怪论。"跟我爸离婚的时候，低沉了一年吧。这一回，起码还得一年。哦不，两年，得两年。你跟老洪感情更深。疗伤时间加一倍，"佳佳对老妈知根知底，"如果我回去，陪你，你估计能挺过这一回。我是回去救命的。你是唐僧，我是孙悟空，我得保你。"

"你妈好着呢。"李萍开颜。佳佳说："妈，当初那事不告诉你，就是怕你一冲动离了，又后悔。""多虑。不存在的。"李萍嘴硬。

063

徐正从老家回来先找的钱峰。字条带到了，蕾蕾明确表示对徐正没兴趣，不合适。徐正乘胜追击，表示非刘小捷不娶。徐正爸妈见儿子态度如此坚决，只好小幅度让步，提了一个要求：徐家二老希望儿子和小捷"先上车后补票"。小城不大，他们闲着无聊，早就做足了工作。刘小捷是普通家庭，有过一段婚史却没孩子。全部因素综合起来，徐正爸妈得出结论：刘小捷离婚搞不好是被扫地出门。原因：生不出孩子。

徐正觉着根本就是无稽之谈。可徐正爸妈却认为这是天字第一号的重要。头婚的儿子娶二婚女人，已经是吃亏贱卖，如果这个女人再生不出孩子，那简直是亏了血本，要被周围挚友亲朋笑掉大牙。徐正坚决反对，二老不肯再让步。

钱峰听到徐正带回来的消息，扶了扶眼镜腿，面色有点尴尬："这个提议比较少见。""没办法，老一辈的人，古板，而且总喜欢把人往坏处想。"

钱峰竭力客观分析："先上车后补票的情况不是没有，不过如果跟小捷商量，估计她不会答应。或者只能是做成意外，假装不小心造成。""你意思是不用跟小捷明说，生米煮成熟饭，顺理成章？"徐正分析。钱峰点点头："只能这样。"咳嗽一声，似乎有点痛苦。"约一下，来个短途旅行。"徐正提议。"你自己约。""峰子，都是什么时候了，还不帮忙？"钱峰稍微有点激动："你爸妈太过分，人家小捷怎么了，哪样不齐全，生孩子还要试用的？用了不行是不是就要退货？"

单位竞聘失败的阴影始终笼罩着刘小捷，她觉得自己被绑紧了，无法动弹。她想走，但却下不了决心，还有房贷呢。钱峰跟她来确认旅行行程的事。这又伤了小捷的心，这行程需要钱峰确认？徐正干什么吃的！

"在哪儿呢？"小捷说。"家。""出来。"小捷憋屈得想哭。又是一通倾诉，仿佛历史重演，场景再现，区别只是，上次撸串，这次吃火锅。在钱峰面前，刘小捷不惮于暴露自己最狼狈的样子，比上回喝得还凶。"怎么办……又不能辞职……弃房断供？不行不行……"整个一贵妃醉酒。"没那么严重，"钱峰安慰，"大不了再找。天大地大。"

小捷苦笑，换工作，她凭什么换，当初为了户口进单位，觉得轻松，舍不得出来；现在年纪大了，工作成绩没有，资源不丰富，专业所限又不方便转行，到同业单位，从基层做起？眼下的她根本就是在温水里泡久了的那只青蛙，正在一点一点失去知觉，又缺乏奋力一跳的勇气、决心。糟糕的是，这次竞聘竟把她刺醒了，但大梦一场，醒来却无路可走。

小捷跟他碰杯，道："徐正爸妈本来就嫌弃我，再没了工作，你说说，我和徐正这事是不是戏不大？""阿正不是那种人。""那是哪种人？"小捷问，"他不是，他爸妈是。喂，你说，如果是你，你女朋友，哦不，你的结婚对象要是失业了，你愿意养她，然后还帮她还房贷么？"钱峰看着小捷的眼睛："如果她认定了我，我也认定她，肯定愿意。""喊！久病床前无孝子，贫贱夫妻百事哀，"小捷开始乱用俗语，"人都是会变的，现在说得好，事到临头就不是那样了。如果你老婆病了，不治之症，你会不离不弃么？"

街道还是那个街道，路灯一样照着。有雾霾，空气磨砂玻璃般，路显得格外幽深难测。钱峰第二次背着小捷回家，他说不上来什么感觉。当然，他觉得自己是配不上小捷的。没有房子，工作一般，长相普通……可他喜欢她。但他又不可能去做任何乘人之危的事，何况中间还夹着他的发小、好哥儿们徐正。

064

还是王素敏开门，还是惊叫。钱峰还是把小捷背回卧室，王素敏还是留钱峰喝茶，钱峰还是不愿久留。王素敏站在客厅窗台上，看着钱峰出了单元门，走在路灯下。钱峰回头，朝楼上望了一眼，素敏慌忙朝旁边一躲。她本能地觉得，单从性格上看，小捷和钱峰可能还更合适。徐正和小捷是同类型，都是热情浪漫的性子。钱峰不同，他性子柔缓些，和小捷形成互补。不过，王素敏立刻又把自己的这个念头否定了。钱峰太穷，他甚至比小捷的状况还低半截，王素敏不想女儿过苦日子。

陈卓陪小敏产检，医院的体检部正在推套餐，两个人一合计，决定办三个套餐，改日由陈卓带队，帮素敏和天福两位老人一起好好做个检查。产检时，医生一口一个你太太，陈卓忽然意识到应该抓紧时间把手续办了，领证，做正式夫妻。中午吃饭，陈卓说："找时间把事办了。""什么事？"小敏一时没领悟。"我们还不是合法夫妻呢。"小敏倒不急于一时，但陈卓既然提出，她便顺水推舟。

隔日，陈卓来接小敏，两个人去民政部门办了手续，正正规规做夫妻。王素敏再来看小敏时，她跟妈提一句："我跟陈卓把证领了。"王素敏高兴得拍手，问要不要摆一桌，小范围庆祝。刘小敏不建议，素敏一想，也说等到孩子出生再说，到时候结婚、生子双喜临门。

李萍戴着个黑色贝壳帽，一身黑，手上还戴着黑色蕾丝防晒手套。她怎么也料不到，洪卫妈会走得那么快。这次奔丧，不来有点不近人情。车开出墓地，李萍坐在副驾驶上，忽然说："不好意思。"她本来想说对不起，可是话到嘴边，又感觉说对不起程度太重，临时改口。"是我该说对不起。"洪卫保持绅士风度。"该做的，我会做。"李萍说："妈的情况，你应该早点告诉我。"洪卫苦笑笑，没再多说。车往酒店开。

洪卫在家乡算小有名气，他妈去世，很多人情免不了，中午这顿高朋满座。洪卫妈病了多年，走时快八十，算喜丧。李萍作为名义上的妻子，少不了应酬打点。妇女们围着她，多半是恭维。一个胖表婶故意凑趣，竖大拇指："小萍，厉害！"李萍不懂什么意思，一头雾水。"厉害！"胖表婶重复道，"这个年纪还能生儿子，这什么福气？一顿吃个大胖子！"李萍明白了，头大，但又不能反驳。可以理解，孩子肯定在洪卫妈临死前带回来过，看老人最后一眼，少不了亲朋们也知道这个喜讯。一个亲戚说："孩子眉眼长得随你，好看。"李萍只好演下去，点点头，微笑，欲说还休。

吊唁的宾客少说有十来桌，洪卫简单追悼了一下母亲，便开始敬酒。李萍必须陪着，她现在是临时演员，扮演一位合格的妻子。吃得差不多，开始有客人道别，李萍撑不住，坐在桌子边休息，几个女客陪着说话。入口处一阵孩子的哭声，李萍头皮过电似的，本能地觉得不妙。一个黑瘦的中年妇女抱着孩子，进大厅直奔洪卫。洪卫连忙接过孩子，隔着几米远，李萍听到中年妇女说："老哭……哄不好……

老哭……"孩子在洪卫充满酒气的怀中，哭声不止。送走老一辈，迎来新一辈，宾客们都感慨生命伟大。李萍感到浑身是刺，她本能地厌恶这个孩子，可按照当下人设，她必须做点什么，她是孩子的"假母亲"。

李萍强迫自己起身，在众人的拥簇下走到孩子身边。她第一次见他，眉眼还真有点像自己，亲戚们没扯谎。可一切只是个巧合，冤亲债主。"没事，我来。"洪卫讪讪地对李萍说。孩子在房间闹腾，保姆实在没办法才抱出来，他并不想为难她。"给我吧。"李萍伸手接孩子，圣母般。洪卫犹豫了一下，还是把孩子给了她。也奇怪，小家伙一到李萍怀里便不哭了，眨巴着眼。李萍逗了他一下，轻声哼唱："我是一个粉刷匠，粉刷本领强……"不是表演，是发自内心，也不知道怎么突然唱起这首歌。洪卫听呆，宾客们啧啧称叹，纷纷说还是得亲娘上阵。

筵席结束，衣帽间，洪卫站在李萍身后。"谢谢你。"他发自肺腑地说。"该怎么就怎么。""孩子老哭，保姆只能带他过来……"洪卫还在解释。"能理解。"李萍柔和许多。"孩子跟你很亲。"洪卫说。"不要再说了。"她不愿意被软化。"小萍，我们重新开始好不好？"洪卫凑上来，要抱她。李萍慌忙躲开："不行，不可能，不可以。""真的就不能原谅我一次？小萍，你爱孩子，孩子是无辜的，谁养跟谁亲，养比生大。我不说，你不说，没人知道，孩子以后只认你这一个妈。"

只认一个妈，李萍内心天人交战着。理智上，她应该讨厌这个孩子，他是魔鬼，一出生就毁掉了她的生活。可情感上，她却讨厌不起来，肉乎乎的一团，太直观。他是个生命，一个跟所有人一样的哺乳动物，一个苦命人，何必倾轧。可李萍不得不告诉自己守住底线，她不能节节溃败，她必须披坚执锐，言出必行。李萍迅速穿上外套，严厉地说："别再自欺欺人了，孩子跟我没关系。""当领养的。"洪卫追着说。李萍心在滴血，男人真会撒谎，假的说一万遍就成真的了？可笑！

065

小捷竞聘失败，想换个部门，钱峰为此费尽心力找了个拐弯关系。他导师在外面开过小公司，做账上，钱峰连续帮过几年忙。导师的爱人在出版部门工作，算起来还是小捷单位的半个上级，能说上话。斡旋半天，事情还是僵持着，但导师的人情必须认。

这日，小捷拎了点西洋参、阿胶，跟着钱峰上门拜访。"怎么样？"导师意气风发。钱峰连忙汇报近况。等汇报完，才介绍小捷。导师实在，说："你们那个事，师母打招呼了，等等看，耐心点。"钱峰和小捷连忙说是。"怎么样？什么时候办事？"导师用手指点了点二人。小捷有点惊异，只好尴尬地笑笑。钱峰咳嗽一声，说不急，工作还没做好呢。导师声如洪钟："工作什么时候都做不完，先成家后立业。"

出了导师家门，走在校园里，一条小道落满银杏树叶。钱峰停住脚步，站在银杏树旁，忽然对小捷说："那个……我得解释一下……"他连着咳嗽，手足无措。"不用解释，没事。"小捷故作洒脱。"不是你想的那样……不是老师说的那样。""没关系的，为了办事嘛。"小捷帮他开脱。钱峰坚持要说清楚："不不，我没有跟他说过我们的关系……不……我的意思是……我没说过你是我的女朋友……是误会。"越解释越乱。小捷愣了一下，都是出过一次围城的人，她被钱峰的较真和天真逗乐："那就让他们误会吧，将错就错，有误会更好，办事更用心。"小捷幽默。"真对不住。"钱峰自然了点。"你是帮我，只要能改变局面顺利调动，什么对不起对得起的，别说你没说，就是你说了，我也不介意。""我怕你认为……认为我心怀……不轨。"钱峰说。小捷拍了他肩膀一下："允许你'心怀不轨'一周。"

公司项目运转顺利，HR 开始着手招人。家骏还在公司做，但技术层面，他达不到，运营层面，他又没有足够时间，因此来得少。不过，学校还是把他塑造成"创业"典型，作为优秀学生宣传。

赚了钱，这回他自作主张，为老爸金波租了套房，一室一厅，金家父子正式从半地下搬到地面以上。家骏掏出钥匙开门，金波跟在后头，进到敞敞亮亮的客厅，家骏微笑着转过脸："爸，怎么样？""这得多少钱？"金波又问，穷怕了。家骏道："爸，你就别问了，以后我养活你。"金波哟嘿一声："你小子，有你这话，爸这些年没白熬，去，买点酒。"家骏明白老爸又要庆祝。高兴、不高兴，他都乐意喝两杯。"红的白的？"家骏问。金波知道家骏偏好红酒，妥协道："来红的吧。"又补充："楼下卖卤菜的，看看有没有猪头肉，弄一点。"家骏忍不住笑，这就是他亲爸，喝红酒要配猪头肉。

买上来，金波感慨："算你有点良心。""一直有良心。"家骏较从前活泼许多，钱能让人开朗。"儿子，你说，"金波酒不醉人人自醉，"你两个爸爸，哪个好？谁是真的齐天大圣。""又来了，没有可比性。"金波来劲："怎么不能比？是人就能比，你就说，哪个好！""亲爸好。"家骏满足他，"你是真美猴王。"这种毫无逻辑的比较，家骏不喜欢。这段时间以来，他对陈卓，完全朋友般看待。陈卓沉着、冷静、坚忍、乐观。是和老爸金波完全不同类型的男人，是在生活中修炼过的，有特殊魅力的男人。家骏忍不住维护陈卓一句："叔也没那么坏。"金波触电般，立即问："叫什么？你叫他什么？""叔。"金波纠正："在外头叫叔，关起门来，你就叫他狗子。"立马起个诨名，好笑。

金波放下筷子，问："儿子，你现在是公司的头儿吧？""挂名不干活的。""那也是头儿。就像那个什么，名誉主席也是主席，对吧？"金波声调上扬："你们公司在招人？""在招。"家骏只好确认。"你看爸怎么样？"金波拍胸脯，"我去公司上班怎么样？""别闹了，那是创业公司，都是年轻人。""什么年轻人，狗子不就是中老年人。""不一样，他是创始人。""干吗？创始人了不起，要不是我把儿子借给他，他能创始？屁！""爸，别不讲理。"

金波急促地说："就不心疼心疼你爸爸？这岁数还在外头风吹日晒跑那些个书，老板估计做不下去了，将来你爸只能弄个小摩托去送餐。"家骏结眉，无奈："哪有那么严重……"金波放大声说："儿子做贡献，老子去弄个职位做做，这不很正常么？儿子得道，老子升天，而且你爸我也不是不干活，干！只要力所能及，肯定完成。要不是为了生计，你以为我想去看狗子那张脸？咱们爷俩来北京就是为挣钱的。人，得识时务。"家骏抓了抓头发，苦笑："你不怕妈难做？"金波很不满："她都不考虑咱们，咱们还考虑她？干活拿钱天经地义。""你自己去问。我不去。"家骏怕在陈卓面前丢脸，更怕老妈为难。"你不去，爸爸躺倒了啊，活不了。"说着，金波就要往地下躺。家骏深吸一口气："有简历么？"金波诧异："开什么玩笑。""这是规矩。""规矩不是人定的？你就去问问陈卓，哦不，问狗子，行不行。一小破公司，哪那么多臭规矩！"

066

创业以来，陈卓身材疏于管理，肚子微微挺起，刘小敏老打趣说他是陪她怀孕。他作息、饮食都不正常，有时候一天吃一顿饭，出去见人，又一通暴饮暴食。有时候忙得一宿不睡，白天只能去办公室窝窝。陈卓却觉得创业让他年轻，有活力，想拼也敢拼。人生能有几回搏，是上是下，就看这一遭。

陈佳佳在国外也得到消息，她老爸创业初见成效，更关键的是，她拐着弯从在邮电大学读书的高中同学那得知，金家骏现在是风云人物，竟然和她老爸联手创业！陈佳佳拨视频电话给老爸陈卓。第一句就是："爸，你是不是不打算认我这个女儿？""谁胡说的？"他笑着说。"爸你都逆风翻盘了，我这亲生女儿还一点不知丝毫不晓，怎么个情况？"佳佳幽默风趣。"有事说事。""爸，再读一阵社区大学，我打算回国了。""回来干吗？不转正规大学？""读了没用，我不是读书的料。我就是想回去帮帮你。""现在用不着。"陈卓口气坚定，"校园生活多美好，怎么就不懂珍惜。"佳佳忙说："回去也是为了陪我妈。""她又怎么了？"陈卓有点不耐烦。

佳佳忽然小声说："你可得保密。我妈……""怎么了？"陈卓追问，"快说！"佳佳快速地说："我妈，离了。"轻描淡写却余音袅袅。像是后脑勺被击了一下，陈卓有点发蒙："跟谁？"他问得毫无章法。"离婚，离婚，离婚！"佳佳强调三遍，"你说跟谁？还能跟谁？"陈卓才反应过来，李萍跟洪卫离了婚。

大马路上，车漫无目的地开着，陈卓恍恍惚惚。他前妻李萍又离婚了，陈卓想直接开车去找李萍，问个究竟。不成，有什么立场和资格去探问。想来想去，他决定见徐正一面，侧面打听打听李萍的情况。

白鹿餐厅。"姐夫，"徐正一边打招呼一边脱外套，"是我姐让你来做我工作的吧。""做什么工作？""反对我和小捷。""哦，不是。"陈卓否认，停了一下，又顺着问，"你姐最近怎么样？""还那样。"徐正脱口而出。陈卓看着他的脸，不像撒谎。看来徐正不知道李萍离婚，陈卓犹豫要不要告诉他。

徐正问："姐夫，我和小捷的事，大姐什么意见？私下跟你提了吗？小捷听大姐的。"这个大姐是指刘小敏。一会儿几茬"姐"，陈卓得迅速转换。他笑说："大姐支持，一直都支持。""你跟大姐算正式结婚了？"徐正笑呵呵地说，"你们算先上车后补票。""我和你大姐都有孩子，上车本来就是意外。意外发生了，补补票也没关系。不过你们最好还是按照程序，买了票，再上车，一码归一码。"陈卓不懂徐正的担忧，"干吗，你和小捷已经上车了？""不不。"徐正摆手，"就那么一说。""别胡来。"陈卓提醒，"得有分寸。"

饭菜吃得差不多，陈卓决定摊开说，毕竟徐正不是外人。"你姐的事情听说了么？""哪个姐？""李萍。"陈卓没停顿，直接说，"你姐离婚了。""跟谁？"徐正和陈卓之前一个反应，都被震得犯傻。"你姐，李萍，离婚了。"陈卓重新阐述，"她和你姐夫之间有什么不可调和的问题？"陈卓迷惑不解。徐正想了想说没有。

去短途旅行之前，徐正去看了李萍一次。这回到姐姐家，徐正似乎才看出些端倪：进门鞋柜处，男士鞋子几乎没有；沙发上过去会搭两件洪卫的衣服，如今也看不见。再看看姐姐的精气神，似乎大不如前。徐正忽然想起此前李萍针对婚姻发表的一番言论，恍然明白，那应该全然是李萍自己的感悟。谁能对谁好一辈子？谁又能陪谁一辈子？

067

徐正打电话说要接小捷一起上山，小捷表示不用，她自己开车过去，顺带捎上钱峰。徐正听着别扭，给钱峰打电话，问："你跟小捷一起去怀柔？"钱峰忙说："我说跟你的车，小捷不让。"徐正说估计怕尴尬，那行吧，怀柔见。

酒店订在红螺寺附近。小捷和钱峰先到，徐正堵在路上，说还得一会儿。订单发来，他让小捷和钱峰先办入住。徐正订了两个房间。小捷对钱峰说："你和老徐一间。"钱峰有些意外，支吾着不知道怎么表达。

小捷这才说："逗你玩的。"说罢抓了钥匙，背着包走在前头。两个房间挨着，小捷和钱峰各自入住。刚进屋一会儿，钱峰听到隔壁有声音，应该是徐正到了。因为提前知道了剧情走向，钱峰不禁有些面红耳赤。这次短途旅行，主要目的是"播种"，日子据说也是徐正"精挑细选"的。钱峰突然有些为小捷难过，这次来长城玩，仿佛一场围猎，徐正是射手，小捷是猎物。钱峰的心乱乱的。

大约过了半小时，钱峰才去敲隔壁门。小捷开门，衣衫完整，妆容精致。她见钱峰来，对里头喊了一声："喂，准备出门！"徐正从床上下来，两个男人跟在小捷后头。上长城拍照，小捷心情不错，照片拍了一大堆。下长城到酒店，进房间，钱峰开门，小捷跟他进去，面色冰冷，说："峰子，晚上你跟徐正睡一屋，我睡你这屋。"不容反驳的口吻。钱峰只好收拾了行李，背着包到徐正那屋去。

徐正坐在床边抽烟。"怎么回事？"钱峰问，"事办没办？""没有。"徐正说。"怎么搞的。""她有防范。""然后呢？""我把事说了。"徐正撚灭烟头，"问能不能先上车后补票。""真直白。也说了是你爸妈的意思？""说了，她不同意。她说是原则问题。""你就应该说是你的意思。"钱峰说。"夹在中间太难办，我就不明白，先上后上有分别吗？又不是……"徐正想说"处女"二字，生咽，改口，"又不是小孩子，一个女人爱一个男人的最高境界，不就是想为他生个孩子吗？"

刘小捷站在花洒底下，细水长流，冲走了她的眼泪。她心里明镜似的，这是一场大考，是徐正父母给她出的难题，可她刘小捷不打算妥协。她爱孩子，恨不得多养几个。但生不生，什么时候生，得由她和徐正婚后决定，而不是由他父母插手，搞什么"计划经济"！她不是生育工具！她不愿任人摆布！她有她的骄傲她的自尊，她是一个独立的个体！想到这，刘小捷放声大哭。

素敏体检完到家，小捷已经在家里电脑前坐着。王素敏喊了一声，小捷没作声。素敏放下包，洗了个脸，到小捷跟前，却看见女儿眼泡发肿，梨花带雨。"又怎么了？"王素敏问。小捷还是憋着，无从说起的样子。王素敏不耐烦："怎么回事？说啊！谁欺负你了？去了趟长城，好汉没做成，倒成了狗熊。"小捷叫了一声妈，闸门打开，她把徐正怎么布的局、徐正爸妈怎么设的考前前后后细枝末节都跟老妈倾吐干净。

王素敏气得直哼哼，抓着女儿的手，跟着女儿骂了徐家几句王八蛋："一家子不讲理！没脑子，我打给徐正！"小捷豁着嗓子："妈！还嫌不够出丑？！"素敏默然，母女俩静静地坐着。

068

素敏猫到厨房给小敏打电话，让小敏跟陈卓反映，让陈卓侧面做做徐正工作。陈卓到家，小敏有些尴尬："徐正爸妈要求小捷……先上车后补票……"到这个地步，只能直言。陈卓咽了口唾沫，顿了顿，才说："还有这事。"他和徐正讨论过这个问题，果然事发。小敏轻声埋怨："如果是意外，两说，哪有特地要求蓄意造人的。"陈卓附和着，又叹气，跟着批评徐正父母几句。小敏问陈卓能不能做做工作，陈卓当即表示会找徐正了解了解情况。

素敏在客厅看电视，发愁。知女莫若母，她知道小捷一个人过不下去，徐正这条船，不能因为这点小毛病就错过。想到这，王素敏的心态又有了变化，免不了患得患失。翌日，素敏早早起来炸糖糕，小捷刚坐到餐桌旁，她就开始念叨："屈服，人有的时候要学会屈服，没什么大不了，不用争高低，"王素敏口气柔缓，"你妈年轻时候也那样，硬，刚，没好处！有时候服个软，以柔克刚，反倒好。"小捷明白她意思，抬眼瞅瞅老娘："联系徐正了？被洗脑了？怎么站在对立面说话？"

素敏忙劝解："不是站在对立面，反正早生迟生都要生，何必较真。"刘小捷哼了一声："犯不着这么作践自己，他也不是什么太子，咱们一般齐一般高。"素敏继续劝："还别说，不是谁比谁高，这不男女差异么，总得承认吧。"小捷不想跟老娘啰嗦，她明白素敏的担忧：重压之下，老妈是担心她过了这个村，没了那个店，再耗几年，成了出不了手的滞销货。可是，在小捷看来，这个问题"兹事体大"，绝不能让步。窝窝囊囊同意，即便在一起，以后她永远抬不起头。如果徐正顶不下来，鸡飞蛋打，只能分道扬镳，总不能结了婚闹别扭再离婚。

车限行，刘小捷乘地铁去单位，她想先看看工作上能不能有个转机。看来钱峰师母的"泰山压顶"也不起效果，单位里没有任何松动的迹象。整个下午刘小捷都处于激烈的思想斗争中，她想辞职，这个地方她一天也待不下去。可是，房贷要还。老娘要养，生活要继续。再找工作也不能那么迅速，何况能找得怎么样还是未知。

但辞职的念头太过强烈，无法抑制，必须顺从，否则随时有暴毙的危险。小捷在QQ上跟钱峰交流着。她现在只有也只能跟他说。钱峰师母的招呼不起效果,她也得跟钱峰知会一声。"真要走?"钱峰问,他建议再等等。"一分钟都待不下去。"小捷坚决。"想辞就辞吧。"钱峰充分理解小捷。"房贷要还。"小捷忧虑。"你找工作还不是分分钟的事。"钱峰鼓励道。听钱峰这么说,刘小捷受到鼓舞:"这可是裸辞,万一找不到……"配三个哭脸。"有我借钱给你,反正我没背房贷。"他做后盾。"你有房租要交的。""够。""老铁!"刘小捷恢复勇气,配五个哭脸。

一切迅雷不及掩耳,刘小捷提交辞职。离开了这个她待了八年的地方,小捷泪流满面。她不为没了工作哭,她为自己哭,为自己逝去的青春、浪费的时间哭。过了一会儿,小捷不哭了,她为自己感到庆幸,这个年纪,还能有勇气走出来。不管前途如何,她坚信,旧的不去,新的不来,有舍才有得。人是观念的动物,她调整了思想,要改变,心想终究能事成。深呼吸,加速度,小捷给自己打气。

周末彻底放松,小捷没对老妈隐瞒辞职的事。素敏巨大恐慌——失业了,还是主动失业,裸辞,没有工作干,下个月就没有工资,没有社保,没有公积金,得自己还房贷,这巨大的压力,是王素敏没有经历过的。

素敏立刻打电话叫来了小敏,风雨来了,一家人要共同承担。有小敏做同盟军,王素敏严厉批评小捷:"你到底什么时候能长大? 做事怎么就不过脑子? 现在辞职,哦,心情好了,对你有什么帮助? 以前是说离婚就离婚,现在是说辞职就辞职,看看,好了吧,离了婚,到现在也没法再婚,辞了职呢,以后怎么办? 老不老少不少的,工作不是那么好找的。"王素敏还在气头上。小捷冲道:"不辞会得癌!"

小敏还是保持理性,安抚妹妹,又问:"接下来打算怎么办? 休息休息,把婚结了。"还没待小捷回答,素敏抢着说:"这事不能让徐正知道，正打算结婚，工作没了，人家父母怎么想。"小捷愤然亮嗓子："管他怎么想，又不吃他家白米。"

小敏抓住妹妹的手，转过头对老妈素敏笑着说："妈，职场流动，正常的，没什么大不了。何况小捷在那本来也不是长久之计，说白了，那地方给不了小捷什么，还消耗你，再耗两年，就待死了，还不如出来练点真本事，以后有个发展。"小捷赞姐姐："还是姐明白，见过世面。"小敏又说："你房贷不能断，这样，在找到新工作之前，我来付。"王素敏叹："你就惯着她。""姐——"小捷拥上去抱住姐姐。"好好想想接下来怎么走。"刘小敏提醒道，"得有打算，不能糊里糊涂，走到哪儿是哪儿。"

徐正猫了一阵，据钱峰说，他又回了一趟家。估计是跟父母再度谈判。因为辞职，刘小捷暂时也没空也没心情跟徐正、徐正父母生气。她得为自己谋出路。她问钱峰的建议，钱峰说："出都出来了，就干一场。"小捷也知道干一场，可就是一时不晓得往哪里干。钱峰的意思是，还是要找新兴行业，找趋势，找风口。

069

小捷辞职，王素敏却迎来了前所未有的精神危机。她经历过下岗，至今都觉得那是噩梦。她从前最希望的，就是在一个单位一干一辈子。虽然周围三五不时也能听到有人调动、辞职、换工作，可这次发生在身边，又是自己女儿，素敏深感财力吃紧。

必须开源节流，节流是她的专长。素敏这一代人是省过来的，鸡毛蒜皮都能省。从前王素敏最擅长的是节水，水一点一点滴，水表不走，不用花钱。还有牙膏，用到最后一定拿擀面杖擀，把最后一点挤出来。蚊子腿也是肉。另外就是诸如随手关灯，热水器少用，零食少吃，多走路，减少公共交通，硬从衣食住行里抠。

小捷首先就不适应关灯。晚间，客厅，王素敏坐在黑暗里，像庙里的佛。电视机亮着。小捷说："妈，把客厅的灯开开不好么？黑灯瞎火，影响心情。"王素敏说："能看见。"小捷再次强调："缺光少亮影响心情。"素敏道："心情值几个钱？"小捷从里屋走出来，道："心情怎么不值钱，心情好，身体就好，身体好能多干活，多干活就能挣钱，反之，心情不好，身体就不好，你还得去医院治病。"一提到病，素敏反弹强烈："乌鸦嘴！别乱说，快呸两下。"

节流实在有限，还是得开源。王素敏提出去做小时工，小捷和小敏都坚决反对。小敏的意思是，没到那一步，累出病来，得不偿失。小捷也说，你把你自己照顾好就行。好吧，那多遛弯。王素敏在遛弯途中跟隔壁楼的老太太学会一样赚钱法门，捡纸盒。纸盒能卖钱。一天下来，好的时候，能落个菜钱。素敏认为是个贴补家用的妙招，十分投入。

这日，搬回通州的天福来看素敏，王素敏拉着小车正准备出门。"亲家，出去买菜？"天福脸冻得红红的。"走步。"素敏据实相告，"去不去？要走就一起。"天福立刻响应。"等会儿。"王素敏把小拉车交给亲家，转身开门回屋，一会儿，拿出来个雷锋帽，交给天福，"你戴这个，小捷的，洗过了。"陈天福欢天喜地戴上，捂严实。两个人出门，沿小区绕了几圈，天福问："亲家，还没到地方？"

素敏有收获，但不多。"不是去买东西，就是走步。"王素敏再次强调。陈天福问："为了捡盒皮？"王素敏说："白遛也是遛，顺带捡点纸盒子，这叫持家，一举两得。"陈天福老工人出身，又是男性，当然有些瞧不上捡纸盒，不过既然素敏热衷，他勉强帮着寻摸寻摸。正说着，前方垃圾桶有人靠近，手里拎着两个大纸盒，要丢。只是，远远望去，有个老太太在不远处守着，一看就知道也是想对纸盒下手。王素敏急对天福说："快！拿过来！"天福反应还算灵敏，立刻开跑，颠颠往垃圾桶冲，对面的老太太也跑，可腿脚毕竟不如天福。两个人仿佛棒球运动员跑垒，十万火急，倒垃圾的人刚把纸盒子放下，陈天福便上了垒，将纸盒子收入囊中。老太铩羽而归，狠狠地瞪了素敏和天福一眼。

小区凉亭，王素敏和陈天福坐着休息，树叶簌簌落下，周围有环卫工人扫地。陈天福口渴，要去买水。王素敏拦住他，从小拉车口袋中掏出个保温杯，递过去。陈天福打开，凌空倒着喝，努力让嘴唇不沾杯口。他知道素敏讲究。"老妹，你要缺钱跟我说。"陈天福道。"跟钱有什么关系？"素敏当然不会把小捷失业的事告诉亲家，她不想被人看笑话，"这是生活态度问题。"天福肃然。生活上升到哲学高度，这个女人不简单。"我们这代人就是艰苦朴素过来的，精神上的东西不能丢。"王素敏义正词严。陈天福隐约听到过楼里老太太菜市场卖茶叶蛋什么的，他听素敏说过，只好承认素敏捡纸盒意义重大。歇一会儿，两位老人又上路了。

金波提了去创业公司上班的事后，家骏口头答应，但一直没有实际行动，他觉得自己老爸和老妈的现任丈夫在一起工作是不合适的。不过，金波已经从图书发行公司辞了职，这跟小捷辞职不同，他心里有数，势在必得。他又跟家骏提了一次，家骏还是嘴上答应。公司顺利运行之后，金家骏去的次数少——他这个"稻草人"渐渐失去核心作用，何况课业忙，他又很认真，时间吃紧，实在顾不上。金波决定自己想想办法。

这日，陈卓刚进公司，行政秘书就告诉他有人找。陈卓说："咖啡，让他在会议室等我。""人在你办公室呢。"行政秘书面露难色，"我不让他进，他说他是你的……亲戚。""亲戚？"陈卓糊涂了，"什么亲戚？"

见陈卓走进来，金波也没有起立迎接，他稳稳坐在陈卓的办公椅上，转了个圈："挺舒服的。"陈卓震惊，但面上不能露出来："舒服多坐会儿。""真给我坐？"金波两手放在桌面上，较劲。"给你坐，你也未必坐得住。"陈卓自信，不肯示弱。"你让试试？"金波笑得露出牙。"好东西不是别人让的。""我不让，你能再有两个孩子？"金波伸着脖子。"缘分天注定，争也没用。"陈卓故意激怒他。金波严肃："不扯这些。""老兄，有什么事尽管说。"陈卓大度。金波站起来："陈卓，"他直呼其名，"你得给我在这安排个工作。""什么工作？"陈卓努力保持镇定。"不管什么工作，能挣钱的，体面的，舒服的。"

陈卓有些吃惊，他没想到金波这么无赖。这事儿估计家骏不知道——至少他爸这么直愣愣冲过来，家骏应该不知道。家骏这孩子有分寸，小敏估计更是蒙在鼓里。可是，这就是历史。人与人的起跑线是一样的，可走着走着，差距加大，渐渐分出了高低，说到底，人是半神，在世间修炼，如逆水行舟，不进步，很容易就沦落到兽类一族，恬不知耻。

陈卓说："老兄，要不这样，我给你开一份工资，你不用来工作。"变相羞辱。"你当我无赖？我凭诚实劳动吃饭，靠的是脑子，脑力劳动。""就当吃利息。"陈卓呵呵笑，实在不想他来捣乱。"不，我得来上班，发挥作用。"金波铁了心介入。"这些是年轻人的事业。"陈卓只好实话实说。"你好像也不年轻了，肚子只比我小那么一点。""我有经验我有资历。"陈卓竭力压制火气。"我有儿子！"金波趾高气扬，"总不能用了我儿子当招牌，然后跟甩鼻涕一样甩掉吧，那么轻松的？""家骏还是我们团队的一员。""现在他老子顶替了。""老兄，留点面子，为孩子。"陈卓小声。留半句没说，也应该给小敏留面子。"我今天来跟你谈就已经是给你面子，否则，我完全可以去网上曝光曝光，看看你们这些搞创业的人都是怎么挂羊头卖狗肉的。"

没辙。只能先做缓兵之计。"这么着，你给我一份简历。""我什么经历你不知道？小敏没少骂我吧。""总不能现在就让我给你安排吧。人事有制度，得开会讨论，不是我一个人说了算。"陈卓推托。"你们这里面的道道我都知道，别装了。"金波嬉皮笑脸。陈卓迟疑了一下，对外喊："小张，把会议室旁边的办公室收拾一下。"只能先把这泼皮安顿下来，当个弼马温，从长计议。

思来想去，陈卓还是把金波闹场的事跟小敏提了，实在不吐不快。刘小敏顿时头顶冒火："手机拿来！"小敏要直接跟金波交涉。老婆大动肝火，陈卓有些后悔："早知道就不告诉你了。""必须告诉我，为什么不告诉，现在是法治社会，怎么能允许这种无赖胡来。蹬鼻子上脸没完了！麻秸秆做扁担，他是那个材料吗？！"陈卓分析："他要真去网上爆料，对公司不利，去做公关，更花钱。而且这么直接找他，难免伤了家骏面子，孩子大了，都要脸面。"陈卓轻轻抱住小敏："还有你，非常时期，惹他干吗。怪我，应该自己消化。""不能纵容坏人。"小敏火下来点。"饶他一段。"陈卓息事宁人，"慢慢来。""你能成大器。""怎么这么说？""你大度。""他还是家骏的爸爸。"陈卓停一下，又说，"搞不懂，你当初怎么找了他。"

小敏脱口而出："以前他不这样。"说的是实话，仓廪实而知礼节，过去年轻，家境不错，又有二老镇着，金波不至于堕落，可现在不同。归根到底，时代变了，人也会变。小敏想了想又觉得不妥，反问："你当初还不是也找了李萍？""以前她也不那样。"陈卓说着，不禁失笑。没有过去的错误，哪能衬托出眼下的美满。陈卓双臂圈住小敏，享受这晚饭后得来不易的短暂宁静。

070

"你人生目标是什么？"走步途中，王素敏忽然问陈天福。"没目标。"天福答道，"过一天算一天。""那怎么行？人生必须要有目标，活着才有劲头。""你是说大目标还是小目标？"天福问。"大目标吧。""这把年纪，前头还有多少路？还什么大目标。""那小目标？""吃好，睡好，玩好。"

素敏笑笑，继续问："那当初再什么婚？""男的一个人不好过日子。"陈天福说，"我现在也想找，只是年纪大了，谁要？都是包袱，都是拖累。"陈天福停一下，反问："亲家，你为啥不找？""女的可以自己过日子。看看周围的老太太，有几个这岁数还再找的？婚姻的苦、男人的苦，吃一次够够的，谁还反复吃亏上当。"王素敏说心里话。

又到了上回天福帮抢纸盒的垃圾点，远远看，垃圾桶旁边摆着个纸箱子，素敏拍了天福一下，问："那什么？是纸盒子不？眼花。""好像是。""去！去！"素敏连说两声。必须捷足先登，三五毛的利。天福正准备起步，对面蹲点的老太太已经跑了过去。她离得近，优势巨大。天福仗着穿了运动鞋，甩开健步，冲刺过去。就快到跟前，那老太太却抢先一步，一把拽过纸盒。天福着急，脚下用力，膝盖一软，一个狗啃屎摔在地上。咚的一声。"亲家！"素敏惊叫。那老太见天福摔倒，绝不肯扶，连忙转身，拎着纸盒子迅速遁走。素敏到天福跟前，忙问怎么样，手脚无措。"脖子断了脖子断了……"天福痛得大叫。

是小捷先到的。素敏叫了救护车，最先找小捷帮忙，她是闲人。陈天福缝了七针，额角破裂，下巴骨裂。小捷一个劲批评她妈，没事捡什么纸盒，添乱。捡就捡了，不该拽上陈天福。陈卓到，一肚子火，可见素敏和小捷在，只好压住。老爹躺在急救床上，头包得像个木乃伊。"爸！能不能省点心！"陈卓忍不住埋怨。王素敏劝："你爸现在不能说话，这事怪我，你冲我来。""妈，到底怎么回事？"陈卓声音低了八度。"意外……是意外。"小捷插嘴："捡纸盒呢。""这么危险的事情怎么能做。"陈卓对素敏说。素敏尴尬："不危险……只是情况……有点……特殊。"陈天福使眼色，嗯嗯啊啊赶陈卓走。

门推开，刘小敏走进来，挺着肚子，十分艰难。三个人同时叫出声来。小捷上前，扶住小敏："姐，让你别来别来，怎么还往这凑。"小敏不答，直接朝天福病床去，问："爸怎么样？""骨裂。"陈卓答。小敏对素敏说："妈，到底怎么回事？"王素敏本来有点歉意，可听女儿这么问，转而来火："你公公又不是毛孩，都问我。"陈天福摆手，示意没事。小敏对陈卓说："以后爸就在市区活动，别去通州，我看通州跟爸八字不合。"

陈卓手机响，是体检中心打来的。体检中心刚好离医院不远，陈卓说拿了报告回来再接小敏回家。医生交给陈卓三份报告，分别念出名字，"陈天福的，王素敏的，陈卓的。"陈卓收了，道谢。医生说："陈卓你还要重新检查一次。""我？""有一项指标不确定。""哪一项？严重么？"陈卓迫不及待撕开自己那份报告单，直接看结果，肿瘤筛查出问题。"不用担心，可能是炎症，再查一次，确定一下。确诊后方便继续采取相应措施。"医生口气平淡。

陈卓心上却像压了块石头，车停在路边，人不停地百度、搜索，体检报告单上所有的信息透露出来的信号，似乎都不大好。陈卓觉得头有点晕，呼吸也有些急促，他不得不摇下车窗，透透气。只是，玻璃窗刚降下来，他就被外面的雾霾呛得剧烈咳嗽。陈卓连忙在车里东翻翻，西翻翻，好不容易找到一只旧口罩，他像抓住救命稻草一般套上。四周寂静，这世界仿佛只有他一个人，直到贴罚单的人走过来，陈卓才重新发动汽车，往医院去。

天福需要在医院住几天，陈卓忽然有些害怕医院，让素敏、小捷看护不切实际，小敏更不用说，只好高价请护工看几天。晚上回去前，还反复跟陈天福确认身体情况，天福表示没什么大问题，陈卓才开车回家，小敏也需要照顾。躺在床上，陈卓感到前所未有的疲惫。洗了澡，疲倦就更放大一层。可他必须迫使自己往好的方向想，必须乐观，放眼四周，上下左右，哪个不是要靠着他，需要他。他没有资格倒下。

因为捡纸盒导致摔跤，刘小敏觉得不好意思，她忍不住向陈卓解释："小捷工作没了，我妈就想着怎么能多赚点，就跟着院里那些老太太捡纸盒。""什么叫工作没了？"陈卓还能抓住重点。"辞职。""这么突然。应该早点告诉我。"陈卓想帮忙。"告诉你也解决不了问题。"小敏带点情绪。"可以进公司先做做。""一个金波还不够你折腾的？""谁让她是你妹。""算了，她还是应该发展自己的专业，摸索自己的路，一个人指靠别人帮，总不行。"

"体检报告呢？"小敏忽然想起来，"我看妈甘油三酯有点高，你的呢？""轻度脂肪肝。"陈卓撒谎，策略性地。他知道，如果说完全正常小敏一定不信。"等生下来，就又能腾出手给你扎扎。""生下来还要带呢。"陈卓苦笑。

佳佳开车，李萍坐在副驾驶位置上，忧心忡忡，一切都来得太过迅猛。是佳佳通知她的，洪卫被带走之前，来新泽西看过她一次，简单交代情况，佳佳当然不知道留话的意义。洪卫只是说，如果一周他没有跟她联系，就请佳佳联络李萍，请李萍安顿孩子和保姆。

这男人真敢！他料定了她会心软。跟洪卫一起打拼这么多年，李萍想不到他居然会牵扯到杭州的金融案子中去，她出国之前打听，说案子跟"红通"有关。她过去就说他老往国外跑不是好事。公司资金被冻结，幸亏离婚后她转出属于她的那部分，否则整个掉坑里。只是，股份不能转，一切还得静观其变。她相信老洪绝对不可能跟"红通"有关系。

李萍问佳佳："他还跟你说了什么？"佳佳专心开车："没了。"又补充："主要就是孩子。"李萍叹气。大难临头，她不忍心自飞。图什么，离都离了。佳佳说："他算准了你不会不管。"她不管谁管？洪卫妈刚死，老家亲戚一听说洪卫出事，立刻作鸟兽散，躲都来不及。谁顾孩子？所以洪卫算准了她，类似于托孤，一日夫妻百日恩。李萍忽然觉得人生好讽刺。当初她和洪卫离婚，是因为这个孩子；如今洪卫出事，居然还是她来顾着这个孩子。可大难当头，她无法坐视不理。而且打内心深处，李萍享受力挽狂澜的感觉。

车还在开，李萍又问了一遍洪卫有没有说别的。佳佳忽然理解老妈反复问的意图，改口说："哦，还说了一些别的。""什么？""说对不住你，觉得抱歉。说一直在等你。""对不住我什么？一听就是撒谎。"李萍戳破女儿。她现在觉得，离婚或许是天意，如果不离婚，很可能他们连翻身的机会都没有。离婚切割，也是资产保值。只是，这孩子实在是孽债，他洪卫有什么资格不经允许就把这孩子带到世界上来。

"妈，你其实对老洪有感情。"佳佳说。"你懂什么感情。""以前我非常抵触他，但后来觉得，这人也没什么不好。这年头，不要指望自己的世界永远是完整的，每个人都是一块拼图，哪怕是后天的，只要拼在一起能完整就行。"佳佳说得很有哲理,李萍没说话。女儿长大了,包容了。归根到底,人能要求的,只有自己,但求问心无愧。

车停在路边,还是那幢白色房子。李萍坐到椅子上,佳佳去倒水,保姆抱着孩子站着。"坐啊。"李萍说。保姆怯怯的,只是尴尬地笑。李萍伸手:"孩子给我。"保姆把孩子递给她。"他叫……"保姆还没说出口,李萍就拦话道:"以前叫什么我不管,以后孩子跟着我,就叫李竹,竹子的竹。"停一下,对保姆说:"你以后叫李兰。"保姆安静地接受这个名字。李萍说定三天之后来接他们。

071

徐正去出版社找小捷,扑了个空,社里人告诉他,刘小捷已经辞职。

这么大的事小捷都没说,徐正有些紧张。他想打电话约小捷出来,见面,聊聊。但以小捷的脾气,可能你一打电话,她反倒拒绝。徐正想了想,还是决定直接去她通州的家一趟。

跟父母二次谈判回来,弄得像上诉。他父母依旧驳回,坚持先上车后补票,认为这是女方的基本诚意。徐正一边开车,一边给钱峰打电话。"小捷辞职了。"他用陈述句。钱峰道:"我以为你知道。"一句话说得徐正没词。是的,他应该知道,以他的身份、位置,他应该是刘小捷出了事情之后第一个求助的人。可是,他现在觉得自己距离小捷越来越远。无形之中,他们之间横亘着家庭、年龄、经历等一座座大山,他原本认为,只要两个人真心相爱,这些根本不是问题,但现在看来,这些七七八八的因素,不但是问题,而且是重大问题。曾经的坚不可摧,现在的摇摇欲坠,徐正不知怎么才能在原生家庭和刘小捷之间保持平衡。

是小捷开的门，她一个人在家，王素敏一早去照料陈天福。见徐正来，小捷愣了一下，没说话，扭头回卧室，徐正跟上。"这么大的事，你怎么不告诉我？"徐正口气急促。小捷知道是说辞职的事。"有点鲁莽。"徐正又说。小捷一听，火蹿头顶，她现在需要的是支持，不是教训。木已成舟，讨论是否鲁莽有什么意义。小捷斥道："你嘴上没把门的，告诉你，你再传话，我可不想被人看不起。""没有人看不起你，那都是你自我心理的投射。""你的意思是，我自卑？"小捷转身，目光凌厉。"不吵架，好不好？"徐正及时休战。

刘小捷盯着徐正看了两秒："没谈成？没戏？"徐正不说话。"我就知道！"小捷厉声。"不是……还可以再商量……"徐正放缓口气。"你爸妈又让你来做我的工作？先生孩子再结婚？哼哼，抱歉，我以前不同意，现在更不会同意，我得先有口饭吃，有个自己的事情做，这才是我立足社会的根本。如果我没有工作专职生孩，即便将来咱们走到一块，在你们徐家屋檐下吃一口饭，我能安生？我也有自尊，我得对得起我这么多年读的书！我想靠男人，可男人靠得住吗？"徐正也有点生气，道："你就是防卫过当，小捷，我不知道你哪来的这么大的不安全感。别人再怎么说，以后的日子不还是我们自己过？你为什么就不能忘掉那些不愉快，愉快地往前走呢？"

"不愉快是客观存在！"小捷抡胳膊，险些单臂大回环，"你的意思是让我掩耳盗铃？头插沙堆子里？糊里糊涂就从了你们？难道我都不能捍卫自尊？我可跟你说，辞职的事，你谁都不许说，包括李萍。""想找什么样工作？我来找路子。"徐正叹了口气。刘小捷说："今天不想说这个，还有别的事没有？""一起吃饭。"徐正说。"没胃口。"小捷道。徐正独自一个人在客厅坐了一会儿，单位领导打电话来找，他不得不先行离开。门关上的一刹那，坐在卧室电脑前的小捷全身瞬间松懈。

徐正一走，她不需要再跟谁置气、敌对。她忽然觉得自己很可怜。她饿，她当然饿。早上就没吃几口饭，怎么还会不饿——这就是徐正，她说她不饿就真的不饿了吗？她说她不想谈就真的不想谈吗？她说不用帮忙当真就是不用帮忙了吗？他还是不懂女人，他怎么就不明白女人的话往往都是反的。应付女人，往往得反其道而行之。

手机振动，是钱峰打来的。"谈得怎么样？"钱峰问。"什么谈得怎么样。""他不是去找你谈判了么？去之前我们通过电话。""不想谈这个事情。顾不上。""工作有没有进展？""不想做老行业。"一来二去，两个人针对小捷的职业发展，竟谈了快一小时。从个体优势到当下局势，从职业诉求到未来发展，钱峰都帮小捷分析得清清楚楚。小捷想接触接触新行业。钱峰的建议是，立足在老本行的基础上接触新行业，这样比较有竞争优势，过去的积累也能得到释放。"房贷还能还上吧？"最后钱峰这么问。小捷感动："还能撑住。谢谢你。""有什么需要随时跟我说。"钱峰仗义。

跟钱峰聊完，小捷心情好了些。她忽然想到了陈卓，他是搞互联网创业的，触类旁通，她也去看看行业的办公状态。

素敏一手端着碗，一手拿小勺，把稀饭一点一点朝陈天福嘴里送。"你嘴别动，对，就这样张着就行。都是饭汤子，不用嚼，咽下去就行。"陈天福不能说话，嗯嗯两下，情绪倒是饱满兴奋。

"以后别跟我去捡纸盒，负不起那责任，这可是担着几个人的面子，你要再有个三长两短，别说你儿子来跟我拼命，就是小敏，也会嫌我惹事。"素敏突然顿一下，问，"上次体检你情况怎么样？"陈天福点头如捣蒜，又摆手。"什么意思？ 好还是不好？"天福又是一通手势。"没什么大问题就伸一根手指。"素敏下达口令。天福果然伸出一根手指。"我也还行。"王素敏说，"老了老了，最大的福气就是身体好。"

手机响，天福不能说话，他挥手让素敏代接。素敏接了，对方说："爸，最近怎么样？ 佳佳可能要回来了。"是个女人的声音。是李萍，王素敏反应快。她没出声，避免尴尬。过了几秒，王素敏挂断电话，看着陈天福，不出声。天福被看得发毛，摊开两手，意思是自己也不知道怎么回事，他听出是李萍。王素敏讲明了："好像是陈卓的上一个老婆。"她不提李萍名字，"我不知道跟她说什么，将来你嘴巴能说了自己接。"素敏像在怄气。

072

李萍握着手机，坐在沙发上，一身睡衣，她不懂老爷子怎么没说话就挂了。耳畔哭声大作，李萍不耐烦："能不能别哭！"李兰抱着李竹走出来，犯错误似的站着，跟李萍保持几米距离。不是她哭，是李竹在号啕。

"老拉屎…… 老拉屎……"李兰喃喃。刚接收孩子的时候，李萍一度认为自己母爱足够充沛，或者干脆就当个小猫小狗先养着。真等回到国内，她才意识到自己根本没那么伟大。如果是自己亲生的，得忍，能忍，可替别人养孩子，稍微一点烦扰都会让人失去耐性。

李萍换了衣服。"还站着干吗，去医院。"李萍下指令。李兰连忙准备。开了一堆单子要化验检查，李萍头大。李萍和李兰带着李竹各种化验检查了一通，孩子哇哇哭了好几场，两个大人被弄得筋疲力尽。

医生一看单子，给开了点黄连素，说是肠道功能紊乱。李萍道："这药适合孩子吃吗？"医生皮笑肉不笑："你是医生我是医生？"李萍本来就心情烦躁，听这个男医生如此阴阳怪气，索性闹开："什么东西？！还医生！一点医德没有。"李萍啐。

李兰摁电梯，轿厢从十几楼下来，走走停停，终于落到七楼，门打开。人挤满了，那也得上。李兰让李萍先上，她抱着孩子，不好夹在中间。李萍挤上去，一抬脸，却见眼前这张面孔似曾相识，五官离太近，局部放大，又无法得出整体判断。待轿厢继续下行，李萍头往后仰，才发现自己紧贴着的，是刘小敏。小敏肚子里的孩子隔在两人中间，刘小敏朝李萍微微一笑，李萍尴尬地笑笑。还好电梯人多，不用说话，保持沉默就好。

李兰冷不防对李萍问："几楼下？"当着小敏的面，李萍不想理她，主要不想暴露人物关系。李兰又问一遍。"等会儿。"李萍没好气。刘小敏看看李萍，看看李兰，再看看孩子，什么话也没说。

电梯停在四楼。李萍连忙跳出来，李兰跟着，问："太太，拿药不是这一层吧，说是三楼。"李萍不理她，步子很快。待电梯闭合，李萍站住脚，转头对李兰说："以后，公共场合，我不跟你说话，你别跟我说话。"

太尴尬，何况还带着个孩子，被熟人看到算什么。李萍真心希望洪卫早点出来。不光是旧日感情，实在是担名不担利的事，做起来怎么都别扭。后妈难当，这话一点不假，真真切切。何况她连后妈都算不上，她跟洪卫没有婚姻关系，顶多只能算个阿姨。

前台说陈总不在，跟着金波冒出来，刘小捷深感诧异："你怎么在这？"金波却十分得意："我怎么不能在这儿？"金波领着小捷到他单独的办公室，一个小隔间金波把这里小小的地块布置得像暴发户的客厅。一小缸鱼，说是招财的。一盆招财树，也是招财的。桌子上的富贵竹，还是招财。

小捷还是问那句："你怎么在这儿？"金波还是嬉皮笑脸："我上班呀，喏，我的职位，"他指了指门上的标牌，"这不都是明摆着的么，看看，仔细看看。"小捷不给他留面子："你在这上班？那我都能去国贸楼顶上班了。"嗤一声，又问："原来的工作呢？""夕阳产业，咱不跟。"他还牛起来。

"我姐知道吗？你到底怎么混进来的？"小捷打破砂锅，不管里子面子。金波终于耐不住，略气愤地说："妹妹，你要这么说话我就不爱听了。你姐夫我在国企干过那么年，是有很多管理经验的，我来这做一点力所能及的工作，为公司出谋划策添砖加瓦，怎么到你这就成阴谋论？人都在成长的，要用发展的眼光看问题。"略带官腔。"你负责公司保卫？"小捷刺激他。"保什么卫！我副总！"金波反弹剧烈，"副总明白吗？一人之下万人之上……"

小捷懒得跟他贫嘴，反而更加佩服陈卓，度量大，像个男人。反观金波的地痞流氓相，小捷不禁感叹时间的力量。二十年前，金波也是风度翩翩。如今却这副德行，人这一百多斤肉，你不修，就会腐败。

往中医院旁边一拐，正看见刘小敏戴着口罩，抚着肚子准备进单元门。小捷认出是姐姐，连忙去扶。老破小区没电梯，小敏大着肚子仍旧得爬楼。小捷微微抱怨："姐，你这种情况就该让他换个房子。起码住在他家。"小敏道："他爸在那，怎么住？"小捷道："通州不是还有房么，你也能去住。"小敏说不用麻烦。小捷这才说："姐，真不知道是你度量大还是陈卓度量大。"小敏不懂妹妹什么意思。小捷低声悄语的，神情很严肃："金波在公司上班呢，你不知道？""知道。"小敏神情平静。"就这么天天在那坐着？跟菩萨似的。我都没说去姐夫那呢。他去？好意思！""你跟金波不一样。"小敏说。"我比他还亲点吧。""正因为你亲，才不能让你进去，你也不要去。你有学历，有像样的职业经历。要走自己的路。他就是个中年混子。""照你这么说，混子还捣巧了。"

"不是捣巧。"小敏说，"当年我跟金波离婚，金波死活不干，还是家骏爷爷支持，我才能出来。老实说，在他们家的时候，他爸对我是挺看重的，所以我一直承着这情。如今老的去了，就当报在儿子身上。"停一下，又说："再就是我跟他虽然离了，但家骏还是得他多照料，将来我再生两个，照顾家骏的时候更少，给他一个安稳，对家骏也好，何况创公司的时候家骏出过力。"小敏叹口气："最后就是你姐夫是真对我好，怕我难做，所以没多说，收了这人。老陈这个人，好多事情，为难的事情、尴尬的事情，他不会拎到面上说，自自然然就都做好。难得。"

小敏一番陈情，小捷忍不住想到徐正。徐正就没有陈卓这份周到，更不会"冲冠一怒为红颜"。他不敢反抗父母，但凡他有一点反骨，小捷觉得自己也不至于像今天这样颜面扫地。小敏又问了问小捷的感情进展和找工作的情况，小捷如实答。小敏觉得钱峰的提议不错，去大公司摸摸底，熟悉路子将来再考虑单干。

小捷提到姐夫不在公司，小敏说他带着家骏出差，飞海南。"金波都不知道？"小捷问。小敏说估计家骏没告诉他。

073

无边泳池，陈卓一个人漂浮着。正前方是大海，夕阳一点点往海里沉。陈卓的心情似乎也跟着太阳一点点沉入黑暗。复检确诊，直肠癌三期，医院建议立即开刀，然后化疗。医生说得乐观，认为有治愈的希望。陈卓又找了好几个专家问询，保守估计，说可能还有一年的时间。陈卓得知情况后，方向盘都抓不稳。人到中年，努力创业，陈卓强烈感觉时间不够用，但他从来没有想过自己的生命猛然进入倒计时。是的，生命原本就是一场倒计时游戏。只是人需要幻觉，拿别的事情挡一挡，仿佛真的天长地久。创业、再婚、生孩子，原本是人生得意须尽欢，现在却成了徒有金樽空对月。失去了时间，一切都是镜花水月。

陈卓觉得自己的心仿佛被穿透了，深深的无力感。他逼自己保持理性、清醒，如果他死了，他周围的人怎么办，他不得不考虑后事——为至亲至爱打算。陈卓第一次离死神这么近。

这次带家骏来海南，是见几个朋友，想把公司转手，如果能套出钱来最好。他甚至开始考虑财产分配。三等分，一份给老爹养老，一份给佳佳，一份给小敏和两个孩子。佳佳他不担心，还有李萍管着。只是老爹未免凄惨。小敏拖着两个孩子以后怎么过？嫁人不大可能，那他就要负责到底。

陈卓就那么漂浮着，一时间脑中纷纷乱乱，理不清头绪。几个朋友似乎都对公司不感兴趣，短时间内想要转手恐怕有难度。陈卓还顺带得知一个惊人消息：洪卫进去了。他估计李萍就是因为这个跟老洪离的婚。都是例子，活生生的。夫妻本是同林鸟，大难临头各自飞。陈卓不愿意再往下想，过了今夜，就回北京，医院已经在安排手术。

"没事吧？"声音从身后传来，陈卓回头一看，家骏穿着内裤就要下水。"去买条泳裤。"陈卓忍不住笑。家骏笑嘻嘻地说："反正没人。"在陈卓面前，他已经能够做到放松。"还在想那事？"家骏问。陈卓愣了一下，这孩子发现了？"情况不好就先别卖。"家骏劝。陈卓才明白他在说转公司的事。"再过几年，我估计也能帮上忙。"家骏说。"你已经帮了不少忙。""佳佳也能帮忙。""她？"陈卓又笑，"不帮倒忙就算好的。"停一下，突然问："你喜欢佳佳？"要在过去，陈卓不会这么唐突，如今生死当前，他只求真相。他喜欢家骏这孩子，如果在他去世之后，佳佳真能和家骏走到一块，家里老小应该可以得到妥善照顾，家骏心好。陈卓转而又觉得自己好笑，想得太不着边际，就算两情相悦，他估计也看不到女儿出嫁那天。

"没有。"家骏答得冷静。"喜欢也没关系，实话实说。""确实没有。"家骏咬住了，"我跟她是兄弟姐妹的关系。"陈卓道："只是法律意义上的，而且现在是，未来未必是。"家骏不懂什么意思。陈卓并不深谈，又说："你们年轻人是不是认为前头总有无数个明天？"家骏不说话，夕阳太美。陈卓继续说："到了我们这个年纪，你就会发现，其实不是，人生很无常，你今天看到这个夕阳，明天谁也不敢保证就能见到朝阳。一切都在变化。""有点悲观。"家骏说。"不是悲观，是清醒。""清醒？然后呢？""然后你就会更加珍惜时间，把全部时间的效用最大化。人生的长度是一定的、有限的，但可以拓展宽度。"陈卓比画。"很鸡汤。""不是鸡汤。"陈卓似乎有点生气。家骏不再往下说。两个人泡在泳池里，眼见太阳坠下去。

刘小敏把碰到李萍的事跟王素敏说了。素敏第一反应是："可能是收养的。"小敏笑说不是没可能。王素敏手上忙和面，小敏想吃糖包子。"男人还是想要儿子，你别说这是封建迷信，多少年就这么下来的，约定俗成。不过你这也是头大，弄三个葫芦头，真是饿的饿死，饱的饱死，以后怎么弄？不敢想。"小敏生产进入倒计时，素敏已经开始准备小孩衣服，都是男装。"走一步算一步。"小敏说。"管不了喽，一辈不管一辈，眼珠子都不管用还眼眶子。我是看不到那一天。"王素敏说。

小敏道："花点钱，请保姆。"王素敏以为女儿以为自己不想带孩子，忙解释："不是我不想带。"小敏笑着开解："想带也不能给你带，多大了？还这么累？累坏了又是我和小捷的事。我跟陈卓讲好了，到时候该怎么怎么。"王素敏忽然感觉自己被剥夺了带外孙的权利，又有些怅然。她当然不是完全想带，但也绝不是完全不带，她理想的状态是：稍微带带，好让女儿女婿承自己的情，为自己未来生活铺路，夯实感情基础。活了这么多年，王素敏当然明白，付出才有回报，即便是父母跟儿女之间，也是如此。

"我是你妈，你是我女儿，我们娘俩之间好了歹了无所谓，再不好，过两天也就好了，可陈卓会怎么想我。"王素敏认真地说。小敏只好用玩笑话化解："哟，妈，看不出来您还挺注意自己形象。"王素敏铿锵地说："我这一辈子，穷过，但形象没坏过，走到哪都是响当当的。"小敏把话题转到妹妹小捷身上。王素敏就一句话，小捷已经去上班了。"去哪里？"小敏问，"怎么没说？"王素敏道："刚去，就是那个网上卖电脑的。"小敏不解，问了半天，又在手机上比画了半天，才搞明白妹妹去的是京东。

刘小捷到大兴工作的第一感觉是这地方实在是大，这楼实在是大，像个魔方，里面有上万人每日进进出出。同事太多，不可能认全，也没必要，流动性很大，每天都有人入职，每天也有人离职。拿了工牌、门禁，小捷开始自由出入这幢大楼。她没应聘图书部门，她认为 get 点新技能或许对以后有帮助。

餐厅有几层楼。小捷要了碗牛肉面，端着盘子到结账区。同事廖姐来的年头久，不是领导，但是领导比较倚重的员工，她负责带小捷，更负责传播公司文化，包括八卦。小捷一面洗耳恭听，一面感受新岗位的脉动。电商大发展，京东又是几个头部之一，小捷觉得自己来这里与其说是上班，不如说在体验生活，她站在时代的脉搏上，每天都随着上班的节奏起起伏伏。

徐正来电话："晚上一起吃饭。""我要加班，马上有大促。"说的是实话。刚来，也确实不好请假。在京东，九点下班是常事。"我去接你。"徐正坚持。

074

接就接吧，小捷不再坚持。徐正问："去哪吃？"小捷说在公司吃了一点，不麻烦了，直接回家吧。徐正说："我带你去个地方。""太晚了，改天吧。"小捷声音沙哑。徐正却依旧按照预定的路线开，到地方，小捷才知道是来徐正家。房子早都有，她也来过，但徐正买的是二手房，一直没认真装修。

门打开，小捷一下明白了徐正的用意，房子重新装修过。墙纸是她喜欢的，北欧雨林，乳白间杂浅紫。地板是她喜欢的橡木纹，沙发是她喜欢的乳白色真皮质地，连沙发下的一小块地毯也是她的心头好。再往里看，柜子、书桌、餐桌，就连洗手间的墙面都似曾相识，都是她在徐正面前提过。她未曾实现的梦，徐正来实现。"都是你的。"徐正说。小捷有些感动："瞒这么久。"

徐正不说话，低下头吻她。刘小捷无处躲闪。徐正开始脱外套，手伸过去，触碰到敏感地带，小捷连忙喊停。"不行……这样不行！"

234

她很坚持。徐正动作不停。"不行！"小捷有些恼。"没问题的。"徐正大喘气。"我知道你怎么想的。"小捷坚守底线，"这样不行。""算了，"徐正将了将头发，"我再想其他办法。"小捷伸手拿包。"你干吗？""回去。"小捷转头，"不用送，我叫车。""我不放心。"徐正声音低沉。"真的不用。"小捷伸手拍了拍徐正，然后转身，拧开门走了出去。徐正还是跟了出去。

　　小敏感觉陈卓从海南回来像老了十岁，满脸掩盖不住的疲惫感。她本来想说说李萍的"故事"，见情势不对也忘了说。洗完澡，小敏说去来福士旁边吃桂林米粉。餐端上来，半下午店里没人，就他们夫妻俩坐着。小敏见他实在满脸颓丧，便问："到底出了什么事？"陈卓一时不知从哪里说，眼眶发红。刘小敏抓住他胳膊："怎么搞的？公司出问题了？不做就不做，没什么大不了，留得青山在不怕没柴烧……"刘小敏用她所能想出来的词句安慰陈卓，可没用。小敏从未见陈卓这样过，眼泪盈润眼眶。

　　"到底怎么了！"小敏急得直冒汗。"我马上住院。"陈卓瞒不下去，小敏有权利知道他的病情。"住院？"小敏的心提到嗓子眼，"哪里不舒服？""癌症，直肠癌，三期。"陈卓用三个词概括了整个灾难。一瞬间，刘小敏突然感觉头晕眼花，身子有些坐不住。她竭力用手撑着板凳，鼻子不自觉发酸，眼眶红得比陈卓还厉害。

　　"本来不想告诉你。"陈卓说。可事到如今，不得不说，他们是夫妻。刘小敏稳定住情绪："确诊了么？"陈卓点头。"在哪家医院？"小敏到底是医生，她强迫自己保持理性。如果他病了，她更不能倒下。"爸知不知道？""谁都没说。""准备手术吧。"刘小敏果决地说。

　　从业多年，听惯见惯了生死，可真等到生死之事轮到枕边，刘小敏才发现根本无法左右自己内心深处汹涌的情绪。陈卓已经住院，马上要开刀，这一晚，小敏帮他请了护工，她身体情况特殊，但也不愿意走远，就在医院旁边的酒店开了个房间躺躺。

她打电话叫王素敏过来陪她，到这个时候，能商量能依靠的也只有这个妈。此时此刻，小敏身心俱疲，靠在酒店的沙发眯瞪一会儿，就二十分钟，倒做了四五个梦，最坏的情况都出现了。刘小敏不禁想，如果陈卓有个三长两短，她和孩子怎么办。她一个人拉扯两个孩子，不敢想。可她又坚定信念，一定要把孩子生下来，是苦也认。她不知道自己和陈卓为什么会经受这种考验。

"小敏。"王素敏在门外叫。小敏支着身子去开。"怎么住到这？"王素敏见面便问。刘小敏缓步进屋，让她进来说话。王素敏着急："怎么回事？哎哟，这一头汗，怎么跑这住？""陈卓明天手术。"小敏艰难地说。"手什么术？"王素敏惊魂难安，语无伦次，追问。小敏轻声说出那个字，有关陈卓的病灶。王素敏吓得一屁股坐在椅子上，失神自语："怎么会这样……还能救吗……赶紧救！"看着母亲慌乱的神情，刘小敏意识到她原本想要找老妈求安慰的办法根本行不通，在灾难面前，素敏的加入，只会让恐惧放大一倍，因为她同样束手无策。

"早就跟你说现在不能再要孩子。"王素敏想得深，转入现实问题。"现在说这些有用吗？"小敏有些不高兴。"有什么意思呢？"素敏苦口婆心，"我能害你吗？我是谁？你妈！万一……"后面半截没能说下去，那"万一"太可怕。"妈妈怕你太辛苦……"王素敏柔声，她心疼女儿，陈卓说白了是个外人，可女儿却是亲生亲养，"我是看不到那天……可你这后半辈子怎么过……一个女人带着两个孩子……哦不……三个……都是葫芦头……又在北京……"王素敏留着半句话没讲，带着三个儿子的普通中年妇女也不可能再找人。素敏长长地叹了口气，为生活无解的谜题。母女俩就这么在宾馆房间里坐着，相对无言。

手机响，是小捷打来的。她让老妈腾空厨房，网购狂欢时，她抢了一些蔬果，让钱峰帮忙运回来。"你现在过来，一会儿地址发给你。"王素敏用命令式的语气。刘小捷问怎么了，王素敏说让你过来你就过来。小捷听出有事，连忙让钱峰开车，送她往酒店去。

小敏嗔怪："让她过来干吗？这么晚了。"王素敏说："那怎么弄？你记住，无论到什么时候，你这个妈和妹妹，都是你最亲的。"老妈说得没错，多少年，小敏家的三个女人合抱成团，抵御风风雨雨。小敏常说她们是三个臭皮匠，顶个诸葛亮，到头来，能依靠的也只有彼此。

小捷到了，小敏和素敏见钱峰跟过来有些意外。小捷只说是顺路，要拉东西，钱峰问明小捷今晚要在酒店住，转身要去帮开房间。素敏制止："不用，睡一张床就行，大床够。"钱峰没多问，先行告退。

素敏跟小捷说起陈卓的病情，小捷也吓了一跳。"就在明天？"她问。"怎么会这样……"小捷同样无法接受命运的安排，但她还是安慰小敏："没问题的，应该没问题的。"安慰很无力。小敏说："切掉就切掉了，关键是化疗。"

075

娘仁说一会儿话，刘小敏说："妈，明天手术，你去把他爸安顿好。""他爸还不知道？""没告诉他。"素敏嘖了一声："这么大的事……"小敏吸一口气："换位思考，如果病的是我，我也不敢告诉你。怕承受不了。何况他爸刚摔了一跤。""好端端一个人突然消失，怎么跟他解释？他爸也不是傻子。"素敏沉重。"说出长差。过了这阵再说。"小敏吩咐。小敏沉默片刻，又说："我现在脑子快动不了，得分八瓣，跟锈了似的，真老了。""在我面前提老。"王素敏苦笑。

小捷从浴室出来，擦头发："一会儿怎么睡？"王素敏诧异，拍拍床："都睡这。""我睡沙发吧。"小捷。王素敏不满："又不是没睡过一张床，从小不都是我带你们睡，瞎咧咧。"小捷解释："我怕压到姐。"王素敏道："你睡最外头，我中间，让你姐睡里头。"

次日小捷要陪姐姐，小敏不让，她意思是小捷刚工作不久，少请假，而且陈卓进去做手术，她来也帮不上忙。素敏则被小敏"派"去照顾陈天福。手术室外，就刘小敏一个人守着。进去之前小敏给陈卓鼓了鼓劲，彼此心里都有数，越到这个时候，越不能弄得太"生离死别"，反倒要装作云淡风轻，举重若轻，仿佛未来还有很多路要一起走。

刘小敏挺着肚子，一颗心惴惴不安。她强迫自己不去胡思乱想，如果，如果，如果……仿佛每一个如果都是定时炸弹，是埋在地上的雷，稍出差池都会爆炸，生活将面目全非。小敏给自己鼓劲，挺，必须挺，只能挺。陈卓病倒，她就是绝对核心，老人、男人、孩子，甚至包括不太成熟的妹妹，都要靠她。

京东总部九层，刘小捷猫在开放型办公区一小格，握着鼠标，操作不停。手机响。是徐正："你下来一下。"什么意思，小捷没明白。"我在你公司楼下，正门口。"徐正说明。刘小捷应了一声，拿了门禁准备下楼，心里打鼓，上次徐正给她"惊喜"，房子重装修。这回上班时间来，又不知搞什么把戏。

出了公司大楼，刘小捷看到徐正的车停在路边。徐正说："有些话还是想当面说。"小捷一怔："你说。""我想回老家再争取一次。"徐正顿一下，"为了达成我们的目标，我会尽一切努力，不排除用一些不寻常的方法，但你得原谅我。""什么方法？绝食？上吊？别闹了。又不是小孩。"徐正说："反正你要原谅我。""原谅原谅。"小捷没深想。

这一次，他下定决心跟小捷平起平坐。父母不是嫌小捷是二婚么？父母不是想要他跟蕾蕾结婚么？徐正跟蕾蕾商量好了，来个一石二鸟，内外兼修，全部解决。其实来之前，徐正犹豫要不要告诉小捷。想来想去，他还是决定暂时保守秘密，自己的事，自己解决。他的目标很明确，就是能够和小捷顺利结婚，至于中间的过程，多艰辛、多离奇，没必要让她知道，承担不必要的心理负担。成不成就这一把，这是他的"冲冠一怒"。

"没事了吧？我得上去，一堆事。"小捷对徐正所谓的找父母"谈判"，几乎已经失去信心。徐正说："结婚以后能不能换份工作？我可不想晚上一个人在家看电视。"小捷道："到时候再说。""昨晚你不在家？"徐正说。"你去我家了？""路过，本来想上去一下。""在我姐那。不能跟你说，得保密。""那我不问。"不问就是问。"姐夫出事了。""他不是早都出事了么？"徐正说。他以为是洪卫。"我是说陈卓。你意思是姓洪的姐夫也出事了？"小捷追问。"陈卓出什么事？"徐正更关心老陈。"先说姓洪的什么事。""进去了。牵扯到一个金融案子。""卓哥到底什么事？"徐正着急。"癌症。"刘小捷低眉婉转，她也难受，又叮嘱，"不许告诉你姐。都不让说。"徐正叹气，忧心忡忡，问是什么癌，又问在哪个医院。刘小捷说了病症，又推说不太清楚医院地址。"不许告诉李萍。"她再次叮嘱。

王素敏这天对陈天福伺候得格外尽心，小本子递到天福跟前，再递上支笔。素敏说："想吃什么随便写。"她成了他的御用厨师。天福端端正正写：红烧肉。他的字比人笨拙。又加上：带肥的。"这岁数，不能吃太肥。"素敏说。天福如今下巴受伤，素敏得费点事，多烧一会儿，入口即化才能吃。做好，她放一块肥的、带皮的进天福嘴里。天福竖大拇指，又在本子上写：比我做得好。

　　提到陈卓，素敏感慨很深，可又什么也不能说，只道："陈卓是个好孩子，我放眼看看四周，一般的男的都比不上他，不光是挣钱，还很周到，有心，知道疼人。你有这么个儿子，也算上辈子积德。"话音一转，又道："不过我们这个岁数，都该看开。无论孩子怎么样，咱们还是过好自己的日子，走好后半段。归根到底一句话，健康最重要。"素敏笑，一段话包含多少内容。陈天福也笑，不明所以，因而更显悲凉。

　　下午两个人听京剧。天福他不能多言，只能跟着打节奏。素敏对京剧一知半解，既然陈天福兴致高，她便陪着坐下去。门廊有动静，王素敏起身去看，陈佳佳站在门口。看到素敏，佳佳也愣了一下。"你是佳佳吧？"素敏认得出小敏的继女。"你怎么在我家？""我是你爸的……长辈。""什么长辈？"佳佳问，"我爸呢？"陈天福走出来，看到孙女，嗯嗯啊啊两下。"我爷怎么了？"佳佳着急。"不小心伤了下巴。"素敏答。"我爸呢？"佳佳还是问陈卓的去向。"他出差了。""不可能。"佳佳说，"他前几天还跟我视频，我爸人呢？"王素敏说："佳佳，你爸的确出差了，得过一阵回来。"佳佳看了素敏半秒钟："不问你，你没用的。"

　　陈天福着急，他不许孙女这么跟素敏说话。可佳佳才不管，她是前一阵看到老爸陈卓视频中状态不好，才决定提前回国。"有没有吃的？"陈佳佳问。还没等素敏回答，佳佳便去厨房一通翻找。见锅里还有红烧肉，陈佳佳嚷："我爷，你吃得也太不健康。"说着，她便要下楼吃东西。陈天福要拿零钱给她。佳佳说她有钱，又小声问："我爷，这是你新找的？ 行啊你！"说着怪笑。陈天福急得要拍她，陈佳佳连忙躲开，逃下楼去。

佳佳突然到来，王素敏不便久留，稍坐一会儿，便起身告辞。天福觉得孙女出言不逊，连忙在小本子上写，说小孩子不懂事。王素敏微笑："没关系。不用放心上。你好好休息。佳佳回来我也放心，她是大姑娘，能照看你。"说着，素敏便下楼，出小区，沿着人行道往东。陈佳佳见王素敏打路边面馆玻璃窗前过，实在对爷爷的这个"绯闻对象"好奇，稍待几秒，跟了出去。

医院离陈卓家不算远，王素敏在车站等了二十分钟，车一直不来。陈佳佳就站在路边，拉起连帽，戴着一次性口罩，也那么等。又等了片刻，王素敏索性迈开步子，沿着人行道往西，陈佳佳连忙跟上。到医院门口，王素敏钻进去，陈佳佳以为她是个护工。大厅里闹哄哄的，医院楼层多，她也不知道老阿姨的去向。刚上了二楼，居高临下瞧见王素敏正朝后面住院部去。她连忙下来，朝住院部追过去。陈佳佳这才感觉这老阿姨有点面熟，像是在哪里见过，但不确定。

076

住院部三层，王素敏和刘小敏站在走廊里说话。素敏问小敏情况怎么样，刘小敏说手术还算成功。王素敏说："陈卓女儿回来了。"小敏哦了一声，脑子没转，她现在想的都是陈卓的病情。"在他家碰到，小姑娘不认识我，还当我是陈天福的……"提到这，素敏欲言又止。小敏说："以后去之前，先打电话问问，尽量避开。"王素敏说："怎么问，老头是个没嘴的葫芦，我跟他也没暗号。"小敏说："明天我去一趣。"王素敏说："陈卓病这么重，不告诉李萍说得通，不告诉他女儿行吗？到时候他女儿肯定认为你故意拦着、瞒着，都是你的不是。"刘小敏为难："不是我不让说，是陈卓不许透露，难道我偷偷去说？说一千道一万，别的都是次要的，只要能治好，什么都好说，治不好，跟谁说都没用。"大实话。

母女俩又聊了几句，小敏想上厕所，王素敏扶着她朝走廊尽头去。陈佳佳从电梯出来，摸不到方向，却碰到刘小敏和素敏从洗手间出来。佳佳质问："你怎么在这儿？"又指着王素敏问小敏："她是谁？怎么哪都有她。"小敏也强稳阵脚，朝前走了半步，安抚道："佳佳，你听阿姨说。"佳佳立刻反应过来："我爸呢？"小敏解释不清："不是，佳佳……""我爸呢？！"佳佳冲上前摇小敏的肩。王素敏连忙护女儿，三个人扯成一团。陈佳佳毕竟年轻力大，素敏怕她伤到小敏和孩子，一声大吼："撒什么野！你爸生死未卜！你还胡闹！"陈佳佳飞跳起来，推了素敏一把，素敏没站稳，直朝后倒，眼眶磕在门框上。"还我爸！"佳佳吵嚷着，脑子里出现无数恐怖情况。在医院，情况明显，她爸病了，且不轻，不然她们不会那么支支吾吾。

护士们围了过来，素敏的眼眶一会儿便鼓起来。陈佳佳的突然出现，让陈卓生病的周边情况变得异常复杂。王素敏的眼眶被磕出一块青斑，李萍作为佳佳的妈，必须前来处理；陈佳佳必须为"推了一把"负责；刘小敏也必须给李萍和佳佳"一个说法"。一切浮出水面，明明白白。

在小敏住的医院附近的酒店内，四个女人面对面，进行一场会谈。在刘小敏看来，事情不应该由她来解释。从生病到治疗，所有决定都是陈卓自己做的：不告诉佳佳，是觉得她年纪小，而且在国外，根本帮不上什么忙；不告诉李萍，是觉得没有义务、没有必要；不告诉陈

242

天福，是怕他急出个好歹。她刘小敏问心无愧。

可在李萍看来，这根本就是一场阴谋。因为陈卓得的不是一般的病，是癌症！作为女儿，陈佳佳怎么可能没有知情权？更深一步，万一陈卓有个三长两短，后续事情怎么办？

一码归一码。再次面对佳佳，小敏态度很强硬。"佳佳，你把老人眼睛打成这样，必须道歉。"她要为老妈讨个公道。佳佳敢作敢当："没打，是推。"素敏叫嚷："推就是打。是打。"佳佳看了李萍一眼，李萍微微点头。陈佳佳上前一步，对王素敏鞠了个躬："对不起，我不应该推人，当时太激动，十分抱歉。"

素敏愤愤然："你看不见你阿姨现在怀着孩子？出了问题你负得了责任吗？有病治病，有什么复杂的，我们为什么要瞒，瞒着有意义吗？"刘小敏见老妈越说越偏，拦话道："事情发生得很快，体检查出来，马上安排治疗。佳佳在国外，陈卓没来得及告诉她。"她只提佳佳，没提李萍。李萍揶揄地说："刚才还说故意不告诉，现在又说没来得及，到底哪句是真话？"刘小敏凛然："这话等陈卓醒了你亲自问他。当务之急是治病，遏制住病情。我是医生，我当然知道治疗时间的重要性，其余的没多想，至于陈卓怎么想，他没告诉我。"在情在理。

李萍说："佳佳激动推人是她不对，但这也反映一个问题，那就是你要认清楚一个事实：陈卓不单单是你男人，还是佳佳的爸！老爷子的儿子！他不属于某一个人，绝不能被霸占！"

"我从来没说，也不认为他只属于我一个人。更谈不上霸占。"小敏答得铿锵，"我现在就希望他早点康复，没别的。"小敏顿一下，又说，"没有谁比我更希望他尽快好起来，因为我不希望自己的孩子一出生就没有爸爸！"音回声荡，撕心裂肺，刘小敏禁不住哽咽。

王素敏鼻子发酸，狠狠瞪着李萍。此情此景，物伤其类，本来打算狠闹一场的李萍也感怀于心，不忍心继续往下说。陈佳佳低着头，似乎认识到了自己的鲁莽与错误。

这次谈话有个问题李萍没提。佳佳没读完大学便回国，陈卓的公司一时少人打点，她认为是女儿加入的好时机。万一陈卓有个三长两短，将来接班的，总应该是自己亲生骨肉，不能让小敏和她儿子抢了先。不在刘小敏面前提，是避免打草惊蛇，李萍打算等陈卓稍微恢复，再当面聊聊。

等都谈完，到家，李竹已酣睡。看着这个仿佛天外来的孩子，李萍感觉自己没有小敏那份幸运。她这辈子不可能再有孩子，洪卫总有一天会出来，那时候，她就必须跟李竹道别。所以，归根到底，李竹也只是她生命中的过客。无奈的是，她曾经认为完全属于她的佳佳，也随着年龄的增长，跟她渐行渐远。再过几年，佳佳谈恋爱结婚，李萍又会变成一个人。这太残酷。

佳佳在背后喊了一声妈，李萍回头看女儿："回头再去看看你爸，看看你爷。但别跟你爷说你爸的事，他血压不低。"李萍也担心天福犯病。"你没事吧，妈？"佳佳说。"能有什么事？你妈见多了，见惯了，皮实。""爸这些年挺不容易。""谁容易？""你对我爸真一点感情没有？""疯了吧你？"李萍站起来，"他是我前夫，我们的关系就是这样。过去式。全剧终！""你干吗那么紧张？""陈佳佳，"李萍不得不给女儿上一课，"你爸得了绝症，明白吗？世界上搞不好很快就没有这个人了，消失了，就没有了。你懂不懂？"陈佳佳怔怔站在那。陈卓生病，她难过，无法接受，但她的确没有像李萍说的这样去想过。世界上没有爸爸这个人了，消失了，肉体消灭了……下辈子都不知道能不能再见到，想到这，陈佳佳忽然哭了。李萍走上前，抱住女儿的头，安抚两下："没事的，尽量治，尽量治……以前我不敢面对，尤其是你外婆走的时候，我都不愿相信世界上没这个人了，也就是这两年，你妈我才意识到时间这个东西的可贵。过了四十还有什么，要抓住什么，放弃什么，真要想清楚。所以我挺佩服你爸的，还有你那个阿姨，都这个年纪了还有信心从头开始，撞南墙了吧。"

077

徐正妈给李萍打电话，说了徐正要在老家结婚的事，李萍深感意外。不久之前，徐正还一副非刘小捷不娶的架势。李萍问新娘子是哪个，徐正妈高兴得音调都快变了："就是徐正爸那个老战友的女儿蕾蕾。就是集团副总的女儿。"语无伦次。李萍感叹，这门亲，到底让徐家攀上了。如此结果，真是再好不过。李萍立即给徐正打电话恭喜。徐正的声音低沉。"你不高兴？"李萍问。"没有。"徐正平静地答。

徐正和蕾蕾都不建议大办，两边父母不依。养儿养女这么多年，好不容易成家立业，又有点衣锦还乡的味道，没有理由锦衣夜行。李萍让佳佳看家，她单独回老家一趟。李萍一下车就去婚礼现场，到时司仪正在宣读誓言，让男女两方回答"我愿意"。李萍第一次见弟媳妇。她没料到蕾蕾竟然是短发，一脸干练，并不是她想象中那般柔情似水的江南女子。

酒席吃到下午五点多，亲朋好友又要闹洞房。蕾蕾坚决不许，拉着徐正说要回去休息。进了屋，两个人才都松懈下来，演了一天，都累。酒劲未散。两个人坐在沙发两头沉默无言，电视机开着。"怎么着也得等一阵。"蕾蕾打破沉默。"是得等一阵。"徐正答。指离婚，两人结婚就为了离婚。"回北京我可能就要出国。""挺好。""谢谢你。"

蕾蕾说。"我也该谢你。"徐正说。"这个社会就是麻烦。""没办法，谁也不是一个人活在世界上。""晚上我睡沙发。"蕾蕾不改豪爽。"别，沙发我承包，你睡床。"徐正绅士风度。"那多不好意思。""没事，我是男的。""都睡床。""不太好吧。感觉对你有点不尊重。""名义上我们还是夫妻，反正不发生什么。"徐正一笑："是不发生。"

收拾收拾，两个人真并排躺在床上。两个被筒，中间缝隙颇大。"看看那女的照片。"蕾蕾说。徐正也不藏，从手机里翻出跟小捷的合照，递过去。蕾蕾仔细看："挺好。"徐正本来也想问蕾蕾要照片看，可话到嘴边，又觉得实在有些冒犯。两个人没再多说，宴席上敬了不少酒，头疼，很快都睡着了。到第四天，新婚夫妇重返北京，刚下车就分道扬镳。蕾蕾早有了心仪对象，在国外，她和徐正的合作，纯属互助。天知地知，你知我知。

徐正认为，等他离过一次婚，就顺理成章能跟小捷匹配，爸妈再没理由反对。只是，徐正结婚的消息冷不丁传到钱峰那，他很激动。是他妈告诉他的，街坊邻居，就隔着一条街。钱峰立即去找徐正。这事要当面说。

徐正进小饭店，钱峰已经坐在那了，沉着脸，像要杀人。徐正刚坐下，还没点菜，钱峰就问："怎么回事？"徐正大概猜到他来的用意，笑呵呵地说："先点菜。""说清楚再吃。"钱峰不客气。"多大事儿呀，不吃不喝了？"徐正拽过菜单格外多点了几个菜。

气压越来越低，钱峰鼻孔一张一翕，冒粗气儿。徐正把茶杯推至他跟前："不是你想的那样。""你对得起小捷么？"钱峰质问。徐正愣一下："我心里有数。""你结婚了，这叫有数？这叫对得起小捷？""峰子，有好多事情不能说。""这就算跟小捷分手了是不是？"徐正终于耐不住，变色道："钱峰！别以为我看不出，你喜欢小捷是不是？"干脆说开了，不藏着掖着。换钱峰紧张了："没有……"声音微弱，否认得不够坚决。"那你激动什么，这事跟你有关系吗？需要这么关心吗？朋友就是朋友，要知道朋友的界限。"钱峰大声说："我就是看不惯，看不惯你这样玩弄小捷！"徐正道："你还是不是我哥儿们？！"钱峰冷静地说："去你妈的哥儿们。"起身走人。

徐正知道这事瞒不过，但没想到爆发那么快。而且是从钱峰这个点爆发出来。他当然要跟小捷说，否则办事之前，他怎么会格外要求小捷原谅。幸亏他和蕾蕾有协议，只要出示这个协议，一切就都云开雾散。他相信小捷能够理解。当然，他刚才对钱峰说的也是真实感受，他的确感觉到钱峰对小捷的异样。只是，他对自己有信心。

被爱的总是有恃无恐，就算钱峰再怎么有想法，也徒劳，小捷喜欢的是他。下午，徐正请假，他的婚假远未到期，来公司也只是处理一些急事。拿了协议，他便往大兴赶，到大楼底下，刘小捷委托一位同事把徐正领上来，在 Costa 咖啡等着，约过了四十分钟，她才从楼上下来。

"怎么这会来了？""没事。"徐正没想好怎么说。"没事特地过来？""有点事。"徐正沉默，有点不知从何说起。"有事说啊。"小捷还有很多工作要忙。"你先原谅我。""什么事你说呀！"小捷不耐烦。"你原谅我再说。""原谅你。""钱峰来找过你了？""怎么突然提他？""其实就是……"徐正感觉难以启齿，"我假结了个婚。"小捷头发蒙，转不过神来，半晌："什么意思？""就是假结婚，为我们真结婚做铺垫。"

刘小捷拉过椅子坐下，神情严肃："跟谁假结婚？玩什么《聊斋》？"徐正一席话，嘚嘚切切，刘小捷听完脑袋是木的，除了震惊还是震惊。她无法想象这种事情竟然会发生在徐正身上，发生在自己身上。她是千方百计想要洗脱二婚的名头，徐正倒好，费尽心机弄个二婚名头。荒诞。小捷甚至想骂他一顿、打他一顿，可又觉得骂不出口、打不出手，因为他这么做，归根到底也是为了和她修成正果。是真爱吧？也是走投无路、迫不得已。她前前后后想一想，才明白此前徐正来说原谅不原谅的话是埋伏笔。事到如今，生米煮成熟饭，她能说不愿意吗？那等于把徐正一个人推到沟里。她必须跟他统一战线。

坐在工位上，刘小捷迷迷糊糊加班，又逢大促，到家已经快十二点，老妈王素敏不在。她最近晚上要照顾姐姐小敏，白天要去打点陈天福，没空回通州。姐夫陈卓开始化疗，反应剧烈，生死未卜。家里家外一团乱，她不可能把自己的事再跟老妈老姐说，只好自己哭一场。徐正现在还没离婚，谁知道有什么变数。一个人躺在床上，刘小捷睡不着，过了夜里两点，越躺越恐慌，索性起来，到沙发上窝着。小捷忽然觉得好累，身心俱疲。她是爱徐正的，只是这份爱经过那么多艰难，连她自己都觉得太过辛苦。

078

化疗几乎要了陈卓半条命，恶心，呕吐，十分虚弱。王素敏见此情景，提醒小敏，都到这种程度了，还瞒着陈天福似乎不太合适。小敏问陈卓的意思，陈卓却认为能瞒一天是一天，如果真到山穷水尽，再请他爸来。小敏只好依从。

李萍从老家回来，问佳佳去看老爸没有。佳佳说去了一次，没顾上说话。李萍骂了她一顿，敦促她再去。陈佳佳道："我怎么去？刘小敏和她妈老在，我去了也是碍眼。"李萍道："碍什么眼？你是正经女儿，跟你爸有血缘关系。"

洪卫正式判了，四年，她有的等。再过四年才能把李竹脱手。偏偏李萍又有点念旧，日子只能这么提溜着过。老的小的，前的后的，李萍觉得自己简直进了盘丝洞——活在复杂的人物关系中。

陈佳佳去看老爸，拎着水果，水果是拎给刘小敏看的。她知道自己和老爸的关系回不到从前，陈卓的生命中已经有了另一个女人，马上还会加入两个孩子。"爸。"佳佳进门叫了一声。小敏见佳佳来，连忙起身招呼，迅速出去，留空间给父女俩。"好点没有？""死不了。"陈卓乐观。"爸你可不能倒。"佳佳拖着调子，尽量破一破沉重气氛。"人生自古谁无死。"陈卓突然说这么一句，"你现在跟你妈过。挺好。""我妈弄了个孩子。"佳佳破一个新话题，激发激发老爸的生命力。"什么孩子？哪来的孩子？"陈卓激动得连问两句。

"领养的。""真伟大。"陈卓笑了，重大新闻，不过他认为李萍干得出来。"所以啊，"陈佳佳说，"我现在可不是她的唯一，但我还是爸的唯一。你不能死，我不许你死。"幼稚中见真情，只有女儿才能这么命令爸爸。"不会的。"陈卓拉住佳佳的手，"我还要看着你出嫁。"有点伤感。佳佳瘪瘪嘴："别出嫁了。我还没工作呢。"停一下，又说："我现在可是正式回国了，爸，你那公司，我得去看看。""有兴趣？"陈卓欣慰。"本来兴趣是不大，"佳佳故意说，"但为了帮老爸力挽狂澜，还是打算深入虎穴一把。"陈卓一听心里高兴，当即给管事的副总打了电话，让他多照顾佳佳，准备安排她过去熟悉熟悉。

父女俩正说着，王素敏进门。她是来给小敏送饭的。再次碰面，素敏和佳佳都有些尴尬。陈佳佳待了一会儿，走了。素敏问小敏呢，陈卓说应该在外头。王素敏出去找寻，却见走廊上直愣愣走来个人，却是天福。

佳佳没说，李萍没说，是人寿保险的客服打电话到陈卓保密手机 —— 平时不怎么用的老手机 —— 来核实，才东窗事发。"亲家！"素敏企图阻拦。天福说话还是不方便，但腿脚没事。素敏越拦，天福越要进去看，硬生生闯进屋，见儿子陈卓躺在床上，一眼望去没个人形。天福突然号啕大哭起来。王素敏跟后头劝，但全没用。陈卓心烦，喊："行啦！我还没死呢！"屋子里乱作一团。

刘小敏在外头绕了一圈，刚好进屋，陈天福还在闹事，连忙请护士进来帮忙。天福虽然嘴上不能说，可力气却不小，几个护士都劝不住他。陈卓本来就虚弱，这回更是气得乱抖："爸！你到底要干什么？！"天福嗯嗯啊啊。小敏道："爸……陈卓没事……有病治病……咱们回家说……"素敏也说："不是故意不告诉你……你看看你现在自己下巴还没好……情绪也容易激动……亲家……冷静！"

偏偏冷静不了。陈天福怒视素敏，他意识到王素敏早都知道，故意隐瞒。王素敏发怵，后退两步。护士搬来椅子给陈天福坐。天福闹了一通，气小了些，坐在床边，抚着陈卓的手，有苦难言，老泪纵横。陈卓悲从中来，怆然道："爸……反正你放心……我在不在……都有你饭吃……都有人照顾你……肯定给你安排得好好的……"陈天福泪流不止，鼻涕出来。王素敏连忙递纸巾。刘小敏抽噎着 —— 自从陈卓生病，为了照顾爱人情绪，小敏从未在陈卓面前掉过眼泪。可如今眼见着有可能白发人送黑发人……世事实在难料。王素敏红着眼睛，站在一边。

陈卓又说一会儿话，累得瘫在床上。小敏站不住，坐在天福身后的板凳上。夕阳西下，光线斜斜照在床边，陈天福笼罩在一片金光中。王素敏上前，招呼天福一声："亲家，不早了，回去吧。陈卓要休息。"天福不动。"亲家。"素敏又喊，推他一下，天福轻轻晃了晃，跟着身子硬挺挺倒下去。"亲家！"亏得素敏眼疾手快，生扶，可陈天福一百多斤肉还是压得王素敏快倒在地上，惊得陈卓连忙下床扶，两个人要把天福扶躺在地上。"不能躺倒！"刘小敏大叫，就怕是脑充血。她挺着肚子出去叫人急救，刚走到门口，肚子里却一阵胎动。"妈！"小敏下意识喊。素敏连忙撇下天福，跑出去看女儿，刘小敏却已经倒在地上。素敏大喊救命。

一夜之间，陈卓和刘小敏的家天崩地裂。陈卓化疗情况不佳、陈天福小中风，虽然抢救过来了，但可能有后遗症。刘小敏因胎儿缺氧，不得不引产，惊得小捷强行请假一周照顾姐姐。陈卓得到这个消息后，病情似乎更加严重。刘小敏身心剧痛，她感觉自己的心仿佛硬生生从腔子里挖出来——也是，她身上掉了两块肉，由活到死……怪她……全怪她……怪她这个妈妈没有为他们提供好的环境。他们来得不是时候，今生无缘，有债只能下辈子还。小敏浑浑噩噩哭着，也只有这时候，她才允许自己不管不顾，尽情流泪，她为孩子哭，为自己哭，为陈卓哭，为这个家哭。王素敏全程陪着女儿。小敏哭，她就不能哭了，她得打点，照顾，还得劝。素敏道："身子要紧……留得青山在，总是有柴烧……陈卓那还没完呢，你不能倒下……是儿不死……是财不散……既然走了，就说明不是你的，没缘分……咱们好好过，妈陪你，妹陪你。"翻来覆去劝，作用些微。小敏哭了几天，理智稍微重占上风，但还是消沉。

小月子也要坐，王素敏只能优先照顾女儿。陈天福无人照看，躺在病房里。陈卓出钱请了护工，可跟前没个人也不放心。陈佳佳来照看几日，人是有个人，但终究不够周到。后来还是李萍出面，看着老爷子，好歹先过这一段再说。在小女儿面前，王素敏总叹息说造孽造孽，她现在认为小敏和陈卓是一段孽缘，可当着大女儿的面，素敏可不敢这么说。

刘小敏丢了孩子，陈卓又在病中，她低落得仿佛明天地球就要毁灭，吃喝不进，也不洗澡。素敏只好一方面照顾她的身体，想法子做点汤汤水水，好歹灌点下去，流产本就耗泄重，再不进补，好好坐坐月子，以后苦的是自己。另一方面，素敏又得疏导小敏心情。她学到个术语：产后抑郁症。她觉得女儿不是因为流产抑郁，而是一连气事件，好事变坏事，是人都得抑郁。也正因为如此，王素敏才更加感叹命运残酷，翻手为云覆手为雨。

为调节姐姐情绪，小捷不得不把外甥家骏接来。家骏问小姨："我妈怎么了？"小捷不知怎么开口，便道："你去就知道了，多安慰你妈，别问。"说得生硬。可家骏连发生了什么都不知道，又怎么安慰呢？"陈卓出事了？"家骏问。"去了就知道。"小捷还是那话，"你妈心情不好。你妈就你一个儿子。"家骏更一头雾水："小姨，妈离婚了？"小捷道："记住，别问。不用多说，你就坐那，陪着你妈。"家骏乖乖听话。

进门，素敏已经在端饭菜，热腾腾的："家骏，把那折叠小桌子放到床上去。"素敏指挥，家骏应声去厨房搬出折叠小竹桌。蒸屉上有热包子，红糖的，有汁水渗透出来，黑乎乎，像挨了一刀。这是外婆的看家手艺。刘小敏靠在床上，神色憔悴，似乎生病了。家骏放慢脚步，叫了声妈。小敏嗯了一声，卧室里静悄悄的。"就放这。"王素敏拍拍床边，家骏连忙把桌子撑开，放好，摆正的一刹那，他才发现老妈肚子不一样了。生了？不。家骏脑子迅速转着，恍然大悟。看破不说破，他知道老妈、小姨包括外婆现在都不想提这件事情，大家心照不宣。至于为什么流，怎么流的，都不是眼下应该关心的问题。事实就是，孩子没了，老妈很难过，所以小姨才找他来当救兵。

王素敏出去端包子进来，主菜老鳖汤，炖得清清的，是素敏跑了老远、花了大价钱买来的。三个人坐床边，小敏不动。王素敏先说："吃吧，咱们几个好久没坐下来好好吃顿饭了。"刘小敏抬眼看看妈妈，看看妹妹，又看看儿子，忍不住想哭。刘小捷连忙说："姐，没事的。大难不死必有后福。你这不是还有家骏么。"家骏不知说什么好，但又不得不说，只好道："妈，没事的，我管你到老。"王素敏忽然严肃，叹口气，对小敏道："该是你的，怎么都是你的。不是你的，强求也强求不来。老天爷还让你活，你就得过。"

有亲人陪，刘小敏心里舒服点。本来听说家骏要来，她还有点担忧，老妈流产，儿子来看，总感觉有些别扭，可家骏懂事，一句没多问，便是对她最大的尊重。"给我舀点汤。"小敏说。家骏抢在头里抓起汤勺，帮老妈盛一碗，递到跟前。

079

饭后小捷和素敏洗碗，家骏陪老妈坐着，母子俩一时不知从何聊起。小敏问了问家骏的学习情况，家骏答了，小敏没再多问。家骏说陈卓这次出差时间够长的，小敏才意识到家骏还不知道陈卓生病——那就索性不让他知道吧。"先把身体养好。"家骏劝慰，"以后的事以后再说。"这话已经十足像大人。刘小敏又是欣慰，又是感叹。以后，以后怎么办她都不知道。眼下的生活混乱不堪，她和陈卓等于都卧在床上。孩子没了，夫妻还得照做——她坐月子期间，医院给陈卓下了病危通知单，好在转危为安。但终究不容乐观。走一步算一步，小敏不敢也不愿多想。

厨房门关着。素敏和小捷小声说话。"早知道这样，那时候还不如不打结婚证呢。"王素敏嘟囔。"什么意思？"小捷脑子没转过弯。王素敏朝外看了一眼，声音更小："你不想想，你姐跟陈卓原来就是拼拼叉，就是做伴，根本没打算结婚的，要不是有了孩子……唉……"停一下，又说："现在孩子也没了。一夜回到解放前。哦不，连解放前都不如。""那姐现在也不可能离开陈卓，"小捷分析，"老陈现在这个样子，姐离开他，成什么人了？"王素敏立刻道："你怎么就不明白呢？ 不是让她离开。是离婚，但不分手，你姐还是陪陈卓到最后。"

小捷搞不懂，若有所思。素敏接着说："我要是陈卓，我就不会让你姐难堪，先把婚离了，不然怎么办？ 你姐那人你还不知道，她跟陈卓完全是为了感情，陈卓那些个家财，万一他有个三长两短，他自己分配，咱们家不想他的。"咽了一下口水，继续分析："还有他那个爸，还有那个佳佳，万一陈卓撒手西去，你姐还得做陈天福儿媳妇？ 还是佳佳后妈？ 以你姐的性子，她能狠下心撒手不管老头？ 那么好，管，是不是要给他养老送终？ 还不如离了干脆，离了，就没有责任。咱不要钱，也不担那责任。不是妈心狠，到了这个地步，只能舍车保帅。咱们这个家没了谁都行，没了你姐？ 不行！"

小捷没想那么深，素敏这么一提点，方才恍然惊悟，道："那也得讲法律，该是什么就是什么。姐姐跟陈卓现在是合法夫妻，即便离婚，婚后创造的财富还是应该合理分配。如果不离婚，陈卓将来如果有个什么，姐理应分一半。"王素敏叹气："人都没了，还要钱干吗？ 我就想你姐下半辈子过得舒舒坦坦的，其他不想。你也是，徐正那，实在够不着拉倒，嫁进去也是受夹板气。"

刘小捷不满："怎么又扯到我身上？！"她本来想把徐正假结婚的事跟老妈说道说道。可话到嘴边又改主意。不能说，多一事不如少一事，现在家里的事太多，不能再添乱。只好把话绕回来："陈卓能提么？""不能明着提，可以引导。"素敏说。"就不怕姐闹翻？"小捷还是惶惶然。她没这胆子，没有妈妈大刀阔斧，深谋远虑。"不是闹不闹翻，当初结婚，他们就有婚前协议，现在走到这步，也应该理性处理。你年轻你不懂，我这把年纪，等于脖子埋黄土，实话说，我也考虑过后事。陈卓一样，都看过病危通知单的人了，他能不考虑身后事吗？老子怎么办？女儿怎么办？孩子没了，你姐跟老头跟佳佳都扯不上亲缘关系。但凡是个明白人，都不会也不应该把老头养老的希望寄托在你姐身上。这是人之常情。"

好一个人之常情，小捷听着发怔。在她三十几年的生命中，还从未遇到过这种复杂局面。徐正的假结婚跟这个比，似乎都是小儿科。生老病死，人生之大关，尽在于此。

李萍开车，李兰坐副驾驶位子上，李竹送私立托儿所暂管。李萍带李兰去接陈天福。电话是陈卓打的，打给佳佳，让佳佳管管爷爷。可佳佳怎么管，她还是个孩子。佳佳求助李萍，李萍抹不开面子，想来想去，还是决定惜老怜贫，伸一把手。就当积德。

病房门口，李萍站住，朝里望，陈天福躺在病床上，一动不动。乍一看，还以为已经作古。李萍凑到床前，才确认还有呼吸。李萍拉了凳子坐在床边。医生说，陈天福已经脱离危险，接下来就是好好休养、康复，因为瘀血压迫神经，不排除肢体或者语言功能障碍。"爸，我是小萍。"李萍唤。陈天福微微睁开眼，看清来客，眼泪立刻下来。"我接您回去，好好养着。"李萍继续说。天福眼泪继续淌。

护工找好，李萍打算去看看陈卓，爷俩住一家医院，她没想过跟陈卓在这里见。

病房里乱哄哄的，陈卓的床在最里头，李萍戴上口罩往里去。陈卓侧身躺着，背着脸，面朝窗户。李萍走到跟前，不敢确认，伸手拍了他一下。陈卓转身，愣了一下，然后立刻认出是李萍——尽管口罩遮着，但终究是结发夫妻。"别起来了。"李萍说。陈卓躺好，有点拘束。"我是够伟大的。"李萍说给陈卓听，也说给自己听。陈卓立刻明白李萍是来接天福的。"谢谢。"陈卓嗓子沙哑，气顶不上来。

来之前有很多话想说，可真见到陈卓，看到他憔悴的模样，李萍肚子里那些揶揄话都消失了，只剩下对生命的怜悯、骨子里激发的善良。"好好治。"李萍说，"我能为我自己活，你不行，你不是为你一个人活。"是，这也是陈卓在得知小敏流产、老爹中风万念俱灰之后仍旧逼着自己活下去的理由。他不能死，至少现在不能，还有好多事等着他安排，还有人等着他照顾。

"谢谢。"陈卓又说一遍，眼眶发红。李萍心里也有点难受，她又安慰几句，匆匆道别。在巨大的人生灾难面前，过去的恩恩怨怨都可以暂时放下。归根到底，李萍还是希望世界上有陈卓这个人存在，毕竟她和他的生命有过重叠，他们曾共同经历一段历史。

陈卓生病期间公司走了不少人，当陈佳佳到公司，王术带着她开会的时候，会议室都坐不满。不过，金波倒端着茶壶优哉游哉，四平八稳的样子，一言不发，只喝自己的茶。佳佳怎么看他怎么别扭，下了会，佳佳找王术打听金波的情况。王术说他也不了解，是陈总安排的人，职位是副总。

午餐时间，陈佳佳端着餐盘坐在金波对面。金波看了她一眼，没说话。佳佳朝他笑了笑，金波这才说："你是新来的那个吧。""算新来的。"佳佳承认，"您来公司多久了？""我是创始人，之一。"金波大言不惭。佳佳问："您主管哪一块？""都管一点。内部的外部的。"佳佳低头吃饭，看得出来，眼前这个中年男人，就是个老油子，并没有什么真本事。老爹肯留他下来，估计是有些关系需要打点。

餐厅进来个背书包的男孩，金波伸了下手，男孩迅速走过来，坐下。摘掉帽子，陈佳佳一看，愣在那儿："家骏。"家骏一偏脸，也正好看到佳佳，呆住。她怎么也料不到，会在这种地方，以这样的方式和家骏重逢。金波倒知趣，吃完就撤，留空间给孩子们叙旧。陈佳佳问家骏："你爸怎么会在我爸公司？"家骏只好从头细说。换个人，陈佳佳听了可能立刻就会把金波赶走，可换成家骏解释，佳佳反倒对他们父子有几分同情。不知为什么，陈佳佳感觉这是她回国以来最开心的一天。

080

李萍请了个壮实的女护工给李兰打下手，照顾陈天福，自己带佳佳去接李竹。"你妈伟大吧？"李萍突然这么说。佳佳皱了皱眉头，干笑一下。她过去形容过，她老妈是属水仙的，自己都能爱上自己。"你什么意思？"李萍不满意女儿的反应。"你看，前夫的儿子，你帮养着，前夫的爸爸，你帮顾着，古今中外，比你伟大的女人不是没有，有，但肯定不多。"佳佳笑嘻嘻地说。李萍当然知道有讽刺，淡淡地说："这种事，男人可做不出来，只有女人做得出来。""妈，以前可没看出来你是这种柔情似水、包容万物的……女的。"别说女儿没看出来，她自己都被自己吓一跳。她也不知道自己为什么这样，她从前不是很自私自利，万事都从自己的利益考虑么？她跟陈卓分手，跟洪卫离婚，杀伐决断，从来没手软过。现在怎么突然爱心爆棚，当起了好前妻好媳妇好妈妈？

"你妈是怎么突然成这样的？"李萍问女儿。她当然已经有答案，她自认为是吃软不吃硬的人。如果洪卫和陈卓都处于强势地位，她肯定会跟他们战斗到底。可现在男人们倒下，她必须站出来，作为强者。佳佳几乎脱口而出："可能你想让他们都欠你的吧。"看似无心的一句话，李萍却过电似的，从头顶麻到脚板。是这样吗？她希望男人们都欠她的？所以才雪中送炭，造了如此巨大的人情。佳佳继续说："妈，你这一招欲擒故纵，实在是高。抓住一个男人最好的办法，不是生拉硬拽死缠烂打，而是让他觉得欠你的。"这小丫头。哪儿学的！"欠了又怎么样？都是过去式。难不成还指望他们养老送终？"李萍故意用不屑的口吻。佳佳坏笑："妈，话别说那么绝对，变是永恒的。你高招。给自己留那么多后路。"

托儿所老师说李竹一天都很乖。孩子抱过来，他也知道伸出两只小胳膊讨李萍的欢心。老师奉承："还是跟妈亲。"佳佳笑，李萍只是抱着李竹往园外走。出了园门，李萍让佳佳抱弟弟，佳佳只好勉强伸出手接。交接刹那，小李竹忽然喊了声妈，声音不清晰，但能听明白他在叫妈。佳佳惊诧："妈！听到没有，他在叫你妈！"一瞬间，李萍百感交集。李竹又叫了一下，还是那个模糊的发音，mā——李萍呆呆的，好半天魂魄才归位。佳佳说："你接啊，胳膊都累了。"李萍这才把孩子接过来，李竹一到她怀里便露出笑容，李萍忍不住也笑了。佳佳鼓励老妈："妈，反正你现在又闲又有钱，当妈就当妈呗，也是缘分。""你妈没那么伟大。"

佳佳还是天真。这可是洪卫的私生子！将来老洪出来，这孩子肯定是要走的，养就养，她只是不愿意看他流离失所。花钱不怕，可她不愿意投入那么多感情！人到中年，最怕心海波澜。她宁愿心如止水，无喜无悲。

只要有时间，周末家骏一定会去老爸那一趟，给他做顿饭，陪陪他。这天，爷俩对坐，金波事事儿地挠了儿子胳膊一下："说实话，别什么都瞒着。""瞒什么？""你跟陈卓那女儿，很熟？"金波早就想问了，憋到现在。"不熟。就认识。""我看她对你挺热情。""爸，不说这个行不行？""嗳，你小子，长大成人了，你老子关心关心你怎么了？还不好意思。"家骏急得放下酒杯："爸，你再这样我不吃了。我跟她是兄妹，扯哪去了？"金波斥道："什么狗屁兄妹，又没血缘关系。哼，你认为我想让我儿子去给陈卓当儿子？呸！我是看他们家还算有实力，为你的未来着想。你爸我绝对不封建，这样你就又给你妈当儿子，又是她女婿，她多美。"家骏不耐烦："妈才没这心思。"金波不屑："你以为！你妈算盘打得精着呢。哪天我去找她探探底。"

"别去！"家骏下意识地否定。"怎么？"家骏也懒得撒谎，干脆心一横："她生病了。""生病？""不叫生病。""到底什么，你说！"金波也有点着急。"你问我小姨去。"金波不耐烦："哎呀你这孩子！是爷们你就说！别磨磨唧唧的！"家骏缓口气，慢慢地说："妈……流产了。"迟早瞒不住。"什么？！"金波震惊。

办完离婚手续蕾蕾就出国，徐正和蕾蕾约定，离婚消息一年后由女方提。离婚证到手，徐正想找小捷庆祝。中午，两个人京东总部餐厅对坐，刘小捷只有这会儿有时间，一人一碗牛肉面，一份肉夹馍。徐正微微抱怨："这么大的喜事，就吃这个。"小捷问："还喜事，说我听听。"徐正从裤子口袋把离婚证掏出来，甩在桌面上。小捷定睛一瞧，连忙让他收起来："你疯了！"

廖姐端着盘子过来，人坐下来，小捷不得不介绍，说："这是廖姐，老员工。"廖姐伸出一根手指，笑着纠正："资深员工。"小捷笑，又说："这是我男朋友。"廖姐和徐正互加了微信——徐正提出的，廖姐感觉很受尊重。徐正走后，廖姐耳提面命："这么好的货，还不抓住？"小捷偏假装不屑："有什么好抓的。"廖姐道："有点危机感！"刘小捷当然有危机感，甚至还有点感动。为了她，徐正如此费事，又是结婚又是离婚，如果不是真爱，有几个男的能做到这样？

钱峰给她发微信，最近他老发微信来，也没事，总问没什么事吧。小捷明白，很显然，钱峰知道徐正结婚的事，但应该还不知道他离婚。钱峰出于朋友关心，怕小捷承受不了。小捷不傻，她也感觉出钱峰对她隐隐有些意思，但他越这样，她就越应该装傻，当哥儿们，不能扭捏。她别扭他会更别扭，两个人关系会变得尴尬。她不想失去钱峰这个朋友，忠心耿耿的朋友。

081

徐正来接小捷，这天不加班，次日是周末，时间上没压力。徐正带小捷去吃饭，然后直接开车回家。他离婚，得好好庆祝。吃饭的时候前前后后已经细说，但两个人的兴奋劲还没充分释放。到家先开红酒："现在好了。"徐正举杯。小捷笑："搞得跟地下党似的。"

"现在好了，现在好了，现在好了。"徐正连说三声，他自认天衣无缝。小捷还是觉得不可思议："还真有这样的。""大千世界无奇不有。"徐正说，"互助互利。""一年以后公布？"小捷仍处在惊叹中，这事换她做不出来，铤而走险。可谁能说得清呢，风险和收成从来都是成正比的。

"是我连累你。"不知怎么的，刘小捷突然有点自责。"那就加倍补偿。"徐正凑过来。小捷知道他的意思，今晚她原本就没打算回家，老妈在照顾姐姐，她回去也是一个人。刘小捷严肃地说："补偿可以，但是得有措施。"徐正有点扫兴："干吗说这个？""总不能生在你们公布离婚消息前头。"小捷算时间。

早起，小捷突发慈悲下了碗汤面，给徐正端到床头柜上。两个人就坐在床上吃。"贤惠人儿。""我手艺多着呢。"盐放少了，面下得实在寡淡，吃了几口，两个人都觉无味，徐正只好点了份外卖，两个人盘在床上等。一会儿，门铃响，都懒得去开，只好石头剪刀布，一局定胜负。小捷输了，便抓了长外套披着朝门口去。门外站着个中年妇女，微胖的身材，短头发，大眼睛，两手空空，并没拿外卖。

"找谁？"小捷脑子一时没转过来。"你是谁？"中年妇女理直气壮。"你就说你找谁？""这不是徐正家吗？"中年妇女脸上已经有些愠怒。"徐正！"小捷拧脖子朝里喊。徐正连忙穿了裤子出来，中年妇女却已然硬生生挤进来。徐正一抬眼，愣在那："妈？！"

晴天霹雳！这怎么收场？！"你是刘小捷？"徐正妈识别出人脸。道理上说，小捷该理直气壮。可这会儿她不知为什么却心慌气短，急忙穿衣服、低头、拎包、出门。她甚至不清楚自己是怎么走出徐正家的。

狼狈。狼狈极了！第一次和徐正妈见面，竟然以这种方式。可是，她有什么错？走出徐正家的楼她就有些后悔。她不是应该留下来，好好跟徐正一起向他妈仔细解释，把前前后后的因果逻辑都说通，以证清白吗？她不是应该大声说，她才是徐正喜欢的人，她和徐正才是一对儿吗？不不，不能，她的勇气只存在于幻想中。何况在徐正妈看来，她儿子正与蕾蕾处在婚姻中，要解释清楚这么大一个局，岂是易事？而且徐正目前不可能也不应该"出卖"蕾蕾。

绕来绕去，只能是她刘小捷背负骂名。徐正妈一定认为他们在偷情。刚结婚不久就偷情。她刘小捷竟然被"小三"了，徐正妈妈一定觉得她刘小捷厚颜无耻。

在出租车上，刘小捷忽然一阵狂笑，张大嘴，哈哈哈哈。司机都吓得错踩油门。这世界不荒诞么？她和徐正好好相爱一场，却被弄出这么一出大戏。未来的事，小捷不敢想。她忽然意识到，自己和徐正的故事，估计走到尽头了。她不怪徐正弄巧成拙，或许，这就是天意。

刘小捷病了三天，连公司大促都错过，领导扬言要开了她。老妈一直没回来，她也没打电话，姐姐更需要妈。她一个人躺在床上，冷一阵，热一阵，感觉像打了一场败仗。闭上眼就做梦，醒来总是大汗淋漓。徐正发信息来道歉，没打电话。不用说，他一定被他妈严格管控。妈妈不会怪儿子，只会怪"外头的女人"可恶。小捷思来想去，痛苦犹疑，挣扎彷徨，到底还是想明白一个事情：就算徐正将来离了婚，徐家父母也不会接受她。她不但有"原罪"，还有"新罪"，错上加错，根本无法自圆其说。

徐正妈陪亲戚来北京看急病，顺道来瞧瞧儿子和媳妇。结果，不告而来的结果就是惊喜变惊吓。徐正妈怎么也料不到，如此美满的一场婚事，这么快就变得一地狼藉。她狠骂儿子一顿，又大哭一场。徐正一言不发。他能怎么说呢？眼下，不可能跟老妈说出全部事实。

老妈话里话外都是要徐正改邪归正，好好跟蕾蕾过日子。"妈……不是你看到的那样，也不是你想的那样……"徐正的解释很无力。他跟蕾蕾有协议，不能出卖她。他这边出了问题，还是应该自己担着。"不许跟那个女的再见面！"徐正妈下达懿旨，雷霆万钧。

徐正还去大兴找小捷，这回是廖姐接待的。"开会呢。"廖姐撒谎。

当然是事先交代好的。徐正顿了一下，说："麻烦转告，我会处理好一切，不用担心。"廖姐打了个 OK 的手势。徐正一走，小捷忙问怎么样。廖姐传授经验说："别谈太久，差不多就结婚，谈太久的，多半没有好结果。"

"下周就不来了。"廖姐看似轻松。"去哪？"小捷问。"还没想好，再看看。"官方回答。"保持联系。"小捷微笑着说。彼此知道，一旦走出这个大楼，基本不怎么会再联系。人生，应该习惯聚散。

化疗四天，回家休息十六天，每个疗程间隔二十一天，陈卓以这样的节奏持续治疗。公司是管不了了，交给王术，佳佳也参与进去。每到回家休息的时候，陈卓就回自己家，和老爹陈天福住一起。他不敢去小敏那，怕两个人的情绪都崩溃。天福已经能坐，但还不能走，医生说他有一侧身子受影响，保不齐将来走路一条腿不听使唤，语言功能有可能稍受影响。

李萍安排照顾陈天福的护工，一并照料陈卓。王素敏偶尔来，陈卓来回去医院，都是她陪着。自小敏流产后，陈卓和刘小敏一直没见面。王素敏打算等到女儿出了月子，再陪她看陈卓和天福。

这日，陈卓叫住素敏，说要跟她谈谈。李兰和护工都走了，天福在里屋睡得沉。王素敏感觉有大事，陈卓很少这么郑重。

082

面对面坐着。王素敏先找点别的话："白细胞回上来没有？"陈卓点了一下头，没正面回答，又低头。踌躇了一会儿，陈卓终于抬起脸跟素敏说："妈，我考虑了很久，有个情况，想先跟你说说。"王素敏忙道："正病着，别想那么多，等身体好了再说。"陈卓摆摆手道："我的身体我知道……我这病……只能说是死马当作活马医……能走到哪天……不知道……当然要乐观，但坏的情况也得考虑到……"说到这儿，陈卓咽了口唾沫。素敏插话道："孩子的事，大家心里都不好受，主要小敏年纪大，你又突然生病，她压力不小……"

"妈，不怪小敏。我不能连累她。"陈卓嗫嚅。"怎么说这个话？！"王素敏嗓音走形。"我剩半条命……我爸这样……我们家的日子……难说。"陈卓恳切地说，"小敏不能跟着受苦……""别这么说。"素敏抹泪。她为女儿着想，想过让两个人分，她甚至和小捷振振有词地讨论过。她所考虑的一切，都是从女儿的未来出发，免不了有些自私。可是，真等到脸对脸面对面，话从陈卓嘴里说出——最关键是这么迅捷——陈卓想得深，想得周全，跟她一样有一颗为小敏的心——王素敏立刻又于心不忍，这是个好人，好男人，有担当的好男人。"真有感情……就一起扛……"她受感动，只能劝和不劝分。

陈卓眼眶有点湿润，哽咽着："妈……要不……我跟小敏……还是离了吧。"素敏猛然抬头，连声道："先不说这个，治病就治病，先不说这个。""这样对大家都好。"陈卓语气很重。"我做不了主。"素敏揪心。"孩子也没了……悄悄离了……小敏以后还能再找……""她是那样的人么？有福同享，有难就不同当？""我不想让她可怜我！""陈卓，你听我的，好好治病啊，你就听我的。"素敏深呼吸，努力平复情绪。

这一波情动得太过剧烈。回家路上，王素敏坐在公交车上，把窗户开个小缝儿，冷风吹吹，她才逐渐恢复冷静。选择离婚，实在是化繁为简。王素敏突然又有些感动，她感谢陈卓这么明事理、顾大局，他对小敏是真爱，油尽灯枯前，不是死死抓住身边人一起熬，而是放爱人一条生路，成全幸福。小敏没看错人。眼下唯一担心的是小敏不同意。王素敏知道大女儿的脾性，重感情、固执，现在陈卓有难，她绝不可能临阵脱逃，一人独活。但素敏明白，既然陈卓愿意主动开口先跟她沟通，就是希望她能做做小敏的工作。孩子都没了，是不是夫妻，又有什么关系呢？顶着夫妻之名，没有夫妻之实，日子过得毫无质量，未来还可能有更多责任更多麻烦，这样的夫妻，不做也罢。何况根本没几个人知道他们结婚。陈卓都愿意退一步，小敏为什么不能放自己一条出路呢？看着窗外夜景，王素敏思绪万千，怎么跟女儿开口呢？

徐正出差，跟小捷打了招呼，说是去海外。"天崩地裂"后，两个人都有点回不过神来。徐正没细说后来的事，"屁股"怎么擦的，怎么安抚父母情绪的——小捷也不问，徒增痛苦。单方面，小捷已经基本放弃和徐正的关系，只差没正式提分手。她心中还有一点渺渺的希望，连自己都不信，只能暂且搁置，静观其变。这事她一直没跟老妈和姐姐说。

"大促"过后，难得休一天，老妈去姐姐那——小敏出月子，素敏要给她腾澡，按照老家的习惯，素敏去公园采了各种树的嫩叶子，用水煮开，搬个小板凳，人坐在大脚盆里，一点一点往脚盆里注入热水，蒸汽上腾，人一边蒸一边洗，这样做可以防止月子里落病。小捷一个人在家躺到中午，钱峰联系她，问她要不要去看猫。此前刘小捷跟他提过，想养只猫。

钱峰开车来接她，小捷奇怪："哪来的车。"钱峰笑说摇上号了，弄了个二手的。钱峰说："有个表妹在北京当演员，她的猫生了。"

到地方，才知道表妹叫王曼玉，跟张曼玉差一个字，在赛洛城跟人合租。表妹的猫——英短下了五个仔，刚睁开眼。挑来挑去，最后选中一只毛色较纯的。

小捷把猫兜在大布包里，上了车才说："花了多少钱，你跟我直说。该多少是多少啊。"钱峰笑笑："不用，都是亲戚。"小捷忽然说："她不是表妹。"钱峰愣了一下，又笑说："反正你就好好养猫。""多少钱？说。""就当我送你的行么？""这事不能这么办！"小捷也有点着急。"好朋友心情不好，我送她个猫怎么了？"钱峰直着脖子。"谁心情不好。"小捷低落下来。"对不起，我乱说话。""你知道了？"小捷试探地问。"我妈告诉我的。"钱峰说，"阿正这人真混蛋。他怎么能跟别人结婚呢？！"

小捷明白，钱峰是只知其一不知其二，他光知道徐正结婚，却不知道是假结婚，更不知道徐正妈把她堵在家里的事情。当然不能告诉他。这是她和徐正一辈子的秘密，埋在爱情的荒冢里。

"不能怪他。"小捷说，"你也别怪他。""我没法跟这样的人做朋友。"钱峰表明立场。小捷有些感动："我这人，是比较单纯，认到什么就是什么。一根筋，不拐弯，因为这吃了不少亏，可就是不长记性。"小捷沉默了一会儿，突然问钱峰："你之前因为什么离的？"钱峰想了想："志向不同。""我和我前夫也是因为志向不合离的。"小捷眼望前方。

出了月子，刘小敏忽然想吃蒜苗烧咸肉。王素敏忙活一上午，满足女儿的愿望，这兵荒马乱的冬天，还能有口舌之欲，活着似乎还有点趣味。王素敏念叨："本来想给陈卓留一份，但估计他不能吃，吃咸的更不行。他现在是门都不能出，天冷，不能感冒。"小敏道："下一期我陪他去。"素敏道："我去吧。你该恢复恢复，该上班上班。他这病，难说。都得有点心理准备。"老妈说的是实话。"那也得治。"小敏轻声说。"没说不治，"王素敏解释，"所以我说陈卓这孩子难得，清醒。

其实好多事情你不想，他都帮你想在头里。""想什么？"小敏问。王素敏歪着头问女儿："都这样了，能什么都不想？什么叫未雨绸缪？"

刘小敏沉默，努力维持处变不惊的样子。"想又能怎么样？""不是能怎么样，不能怎么样，不管发生什么，将来日子还得过，这也是一个负责任的态度。就好比我吧，我是妈，如果我知道我可能要走了，那我肯定要对你和小捷有交代，甚至我对家骏也得有交代。以后的日子以后的格局，我得为你们考虑，这才是真对你们好。""妈，你想说什么？"王素敏把蒜苗和咸肉夹到女儿碗里，这才说："他是为你好，是真对你好，你不愿意不想考虑的他都为你考虑了。他怕你不理解，所以先跟我通了个气。""我不会同意的。"小敏已经猜到几分，凝住神。"你知道他说什么你就不同意？"王素敏瘪了一下嘴，不满意的样子，"说实话，你跟他结婚，多半是因为突然有了孩子。现在孩子掉了，他也遇到状况，原来结婚的基础没有了，他为了彼此方便，提出离婚，老实说，这种做法挺男人的。"

"我不离。"小敏坚决。

083

小敏放下筷子，饭没法儿吃了。王素敏一见，干脆要说就说到底，掏掏心窝子："他爸现在那个样子，你能保证给他养老送终吗？陈卓走到哪一天不好说，老头谁照顾？你能照顾吗？就算你有心照顾，有这个时间、精力、体力吗？还有佳佳，还有李萍。陈卓是为你着想，才想着干脆离了，他也好安排。离了并不是说就让你离开他，你照样可以支持、料理，共同进退，有什么关系呢？感情不是说断就断，也没人让你们断。陈卓到底是做过管理，在外头混过世面的人，他既然这么提，肯定深思熟虑过了。跟我说，不就等于跟你说么？缘分这个东西，不能强求的。"刘小敏心里虽然一百个不情愿，嘴上却说不出什么。

小敏给陈卓发微信，可说来说去，两个人都只能说一些面上的话，再往深说，太痛。都是明白人，末了，陈卓说："都休息休息，我没事，不在这两天。辛苦你了。"刘小敏眼中噙着泪，握着手机，信息写不下去。她想去照顾陈卓、打点天福的生活，可实在力不从心。又听素敏说陈家那边都好好的，小敏这才放心。流产太亏身子，素敏也不让她动。

离婚是最好的办法。事务上切割，情感上依旧相伴——面对一桌佳肴，王素敏和刘小敏都不说话。道理说顺了，但这对于小敏来说，却是个艰难的抉择。素敏又道："好孩子，你对他们老陈家，可以了。别说二婚的，就是原配的，又有几个能做到这样。不是你不孝顺，不愿意孝敬老人、料理孩子，实在半路接手，生分，现培养感情也来不及。亏得陈卓明白，为你想一步，就算是相处一场的情分。唉，躲灾的遇上避难的，都是一号命！" "妈——"小敏哀叫了一声。

李兰照顾了天福和陈卓一阵子，总算是摸清了人物关系，李萍问她在那做得怎么样，李兰说还可以，一个老太太常来帮忙。李萍问："没有中年妇女？大肚子的。"李兰说没有。想了想又说："我听先生和老太太提到，有个孩子没了。"李萍打了个激灵，刘小敏流产了？难以置信。眼看就要生，怎么说没就没。李萍阴着脸，小敏如果真流产了，对陈卓必然是重大打击——对病情只有坏处没有好处。

李萍打电话给佳佳，佳佳在开会。陈卓手术前就安排王术跟人接触，准备把公司卖掉，现在有了眉目。这次会谈，家骏也在，他还是公司的顾问。佳佳见老妈来电，从会议室走出来接。"有空去看看你爸。"李萍这么开头。佳佳说："你早晨不是说过了么？"李萍又小声说："刘小敏流产了？这事你听说没有？"佳佳没工夫听这些，不耐烦地说："不知道，跟我没关系。"李萍呵斥："怎么跟你没关系！你现在是你爸唯一的女儿。"

李萍一个人坐在沙发上，脑子里无数个念头盘旋。刚才对陈卓和小敏的同情，已经冷却。孩子没了，她不得不重新客观审视眼下局面。她打算找机会再找陈卓聊聊。

农历年逼近，金波已经抢了车票，打算跟儿子一起回去。忙了一年，也赚了点钱，该返乡跟老娘有所交代。他是奔着出人头地来的，现在果然当了副总。虽然过程不足为外人道，但结果已经够他春节在亲友面前炫耀的。金波觉得有必要在回乡之前看看小敏，不知道倒罢，既然已经知道，没必要装傻。

他把想法跟儿子家骏说了，家骏劝阻："爸，别惹事，这时候去，妈肯定觉得你看笑话，怪我传话。"金波横眉："怎么叫看笑话，完完全全发自肺腑。我装作意外，不小心上门不就得了？""知道你关心。但这种事不希望别人关心。""那装不知道？不是你爸的作风。""装不知道就是尊重。"家骏好言相劝。"那不行。"金波铁了心，调整语气道，"你小子！知道什么？我跟你妈是有感情基础的。不然怎么有你？！""那点基础早震没了。""儿子，你那个继父，得癌症了……"金波忽然小声说，"你妈怎么办？不得有人照顾？""我妈，我照顾。"

家骏久久回不过神来，仔细想，陈卓前一阵表现是有点奇怪，他忘不了陈卓在海南的忧郁神情。陈卓的病情，老妈肯定知道得最清楚，可家骏不愿找小敏问。老妈心情不佳，不提为宜。考虑再三，家骏决定找佳佳打听情况。公司进入解散流程，确切地说是售卖、拆分，公司主体打包出卖。王术和佳佳各成立一间工作室挂靠在新公司名下，王术主做运营，佳佳开发内容，眼下手底下签了三四个相当于艺人的博主，做他们的经纪人。

家骏去找佳佳的时候，陈佳佳正在监督"员工"录视频。家骏怕打扰她，一直站在落地玻璃窗外。等了一个小时，正打算离开时，陈佳佳走出来。"你忙你的。"家骏讪讪地说。"没事，你说。"工作状态中的佳佳很干练。"没什么事。"家骏不晓得如何开口。"说，别磨磨唧唧。""你爸他……""生病了。"佳佳立刻说。家骏佩服她的坚强洒脱。"在治，正化疗。"佳佳又说，"你妈没告诉你？""我想去看看他。""去啊，知道地址吗？发你。""可是……"他怕陈卓不肯见人，"不知道会不会太打扰。""他挺乐观。"佳佳说。

打心底里，陈卓是家骏来北京后最佩服的人。从对待结婚的态度，到创业，到现在解散公司，面对病魔，自始至终，他都展现了一个男人应该有的担当。也正因为这份尊重，家骏才想把对陈卓的伤害降到最小。生病的人是敏感的，但跟佳佳聊过之后，家骏觉得自己有必要去看看他。

是李兰开的门，她和另一名护工正扶着陈天福做康复训练。天福半边身子不能动，走路腿一撇一撇的。家骏站在玄关处，问要不要换鞋，李兰说不用。陈卓看到家骏，连忙说请进。家骏放下水果，跟陈卓走到书房，两个人有些拘束地坐下。陈卓喊李兰泡茶，两个人一时都不知道说什么。陈卓只好问他在学校怎么样，家骏简单答了。陈卓又问小敏的情况，家骏说恢复得还不错，过几天应该能来看你。陈卓陡然紧张，但又不能让家骏看出来。

还是家骏率先打破僵局："是从去海南开始么？"他问什么时候发现病情。陈卓微微一怔，他没想到家骏问这个。"差不多。""怎么不说？""说什么？"陈卓苦笑。"我们是好朋友。"家骏郑重地说。陈卓眼眶要红了。"倒是……""如果有我能帮忙的，一定告诉我。"家骏恳切。陈卓久久无言，有这句话，就不枉他们父子一场。

"你妈让你来的？"陈卓调转话题。他以为家骏是小敏和素敏派来打前站的。"她不知道。跟她没关系，我代表我个人。"陈卓被逗乐了："代表个人好，我们之间一直都是个人对个人，一对一。""会好的，很快。""托你吉言。"陈卓满面笑容。"当然，我有直觉。"家骏说。

两个人又没话说了，空气干了一会儿，幸亏李兰来奉茶，两个男人又开始谈专业问题。聊到天快黑，家骏才道别。李兰也要回去，两个人一同出门。陈卓送家骏到门口，不能再往外走。天凉，他一点寒不能受。门槛前，陈卓站在那，不能再多走一步，仿佛被魔法封印了一般，家骏不肯离去，李兰站在楼梯口等他。站了一会儿，家骏让李兰先下去，李兰才意识到他们还有话要说，连忙告辞。

"走了。"家骏有点感伤。"去吧。"家骏转过身，依依不舍。"又不是不见了。"陈卓察觉到孩子的伤感。"其实……"家骏欲言又止。他来之前就想说这句话，可几次想开口，又觉得时间地点不对。现在好了，一切都对了。陈卓微笑着，因为瘦，显得格外慈祥，他老多了。"其实我……"家骏深呼吸。"知道知道。"陈卓拍拍他肩。"其实我一直把你当……父亲一样。"终于说出口，家骏吐气，如释重负。这歪歪扭扭的句子，听上去似乎都有些不通顺，陈卓眼眶却再度湿润。

084

手上快速打面疙瘩，跟着就往沸水里下。金波站在王素敏身后看着，笑说："妈的手艺还是这么好。"金波来看小敏，出于礼貌，素敏留他吃晚饭。怕不够吃，下点面疙瘩，管饱。刚才跟小敏聊天，金波一会儿一个"雷"，该问的不该问的都问。王素敏听着心惊，怕小敏心里炸，趁着做饭，她跟前女婿交代交代："前一阵也说找你和家骏过来吃饭，可你看看，都是事。"金波不懂她意思，接话道："妈，你有什么事，尽管说。"王素敏转脸道："女人的事只能女人自己处理，你想帮忙倒有一个，把家骏顾好。这头顾不上。不过家骏大了，又是懂事孩子，不用怎么操心。"

王素敏又问金波过年回去不回去。金波说回去，家骏也回去。素敏道："代问你妈好。"金波说："您不回？"素敏用铁勺在锅里搅："怎么回？女儿都在这，老家没人。"金波说："妈，你说我哪里不好？"这话问得突兀。素敏斜着眼看金波："什么意思？"金波拖着调子："妈——小敏被折磨成这样，你还让她跟那男人过？"素敏盛疙瘩汤："不该管的别管。"金波继续说："我以前是犯过错误，可劳改犯还有出狱的时候，就永世不能翻案了？"王素敏听着别扭，随即对金波道："陈卓那公司听说要黄。"金波不知是套儿，顺着说："长不了。""你副总也做不了多久。"金波才反应过来，但不得不充大，"谁稀罕。"

素敏换个方向说："按说这一阵你在北京也长了不少见识，人也大气了，嗱，瘦了不少。"她用勺子把儿点一下金波肚子。"脱胎换骨。"金波自鸣得意。王素敏笑道："我要是你，就趁着过年回家，出口转内销。"金波不解："怎么个转法？"素敏这才说："你是男的，难不成一直单着？以后家骏结婚，你要跟儿子媳妇一起过？能过到一块儿？还是老老实实找个女人是正经。以你现在的情况，回厂区找个女人还不手拿把掐。""瞧不上。"金波不上道。王素敏点明了："就别想小敏了，不现实。""妈，你帮帮我。"王素敏索性切断后路："这事你趁早别提，小敏现在什么状态？你有这心思，以后这门你都进不来！不

272

单小敏，小捷也得恨你！"她自己也恨，但不说。金波不解："小妹恨我干吗？"素敏道："她跟她姐一条心。你摸摸良心，小捷小敏对你怎么样？""不错。""你跟小敏离婚这么多年，照别人，离婚了不能说仇人也绝对不是朋友。像你这样，已经难得的难得，我要是你，趁早乖乖别出圈，就怕到时候现在这关系都没了。"

素敏说到点子上，金波心有戚戚，不敢造次。原本，出门在外，尤其到大城市，能指望的老关系无非这些。前妻，前任丈母娘和前小姨子，总比陌生人强。关键时刻，她们还愿意伸把手，一旦破坏，估计在北京难混。这么一想，他便不再提复婚的事。

三个人对坐吃饭，只是闲闲聊些关键紧要的话题。素敏给金波温了点黄酒，金波喝了压不住豪气，拍胸脯对小敏保证："敏子，以后我就是你哥！谁要欺负你，你找我，别的本事没有，我这身板往那一站，还能镇住几个人！"刘小敏本来对金波来有些反感，但见他知进退，摆正自己位置，现在又古古怪怪豪情一番，便也让一步。"有困难肯定找你。"小敏说。

廖姐走后，任务量都压在小捷身上。年前大促，她忙得四脚朝天，上厕所都是小跑的。一忙起来，刘小捷似乎就能忘了和徐正的烦心事。三五不时，徐正会给她来个电话，说过年回来，到时候再一起想办法。小捷却有点不耐烦，原本是自卑，现在成自傲。自从跟徐正在一起，永远在想办法，永远在低三下四。真的有必要吗？别说一个人能过。就是不能过，他徐家又是多大的豪门，值得这样挑人？钱峰倒来看过她几次，多半是慰问猫。猫取了个名字，叫"霹雳"。小捷喜欢这种状态，风风火火，轰轰烈烈。

充值组连续加班，活儿都堆在刘小捷这，一个人干三个人的量，小捷找领导协调。领导的意思是：再顶一顶，春节给你多放几天。可小捷要的不是放假，是公平。一整天，组里新来的几个小姑娘坐在那聊天，屁事不干，也没人找她们，凭什么就都她刘小捷干活。

趁着午休，小捷再次找到小领导："领导，我得减活，拿一个人的工资干三个人的活儿，我累死。"小领导怪腔怪调："这不正说明你不可或缺吗？"小捷沉着脸回去办公了。她明白这地方不能长待，只是不能再离开得那么鲁莽。

陈卓又住院了，刘小敏陪着。王素敏为女儿身体考虑，建议请护工，但小敏坚持亲力亲为。王素敏意识到女儿可能有话跟陈卓说，不深劝，只把吃用的东西准备好。有日子没往通州去，素敏回去看看小捷。

到家开门，一股猫屎味，王素敏差点没呕出来，霹雳没少闹腾。晚上小捷回来，素敏不高兴，说："你要不在家，猫关笼子里。"小捷不以为然："那多不自由。"王素敏说："它自由了，这家还能住么？"小捷心情不佳："不跟你吵，养也是你同意的。"王素敏说："我同意的你听，我不同意的，也没见你不做。我不同意你在床上吃东西，我不同意你涂指甲油，我不同意你来北京，我不同意你辞职，我不同意去大兴上班，我不同意你找没结婚的，我不同意你整天加班不顾家，你听了么？"小捷一气之下摔抱枕："行，听你的。反正我跟徐正也完蛋，这工作也干不了多久，你满意了！"

王素敏目瞪口呆，消息来得太过密集。她连忙追问怎么回事，刘小捷只好把前段时间她和徐正的遭遇告诉老妈，包括徐正妈来北京"捉奸"。不过，小捷没说徐正假结婚的事，她知道徐正毕竟有"合约"在身，不好乱说。王素敏怒火中烧，朗声道："我女儿就这么孬？不干了！他们家我又不是没打听过，他妈以前就是袜厂的，他爸也就那德行！穷家破业还嫌我女儿！也配！他们要娶，我还不准嫁呢！"素敏嚷得满脸通红，像煮熟了的螃蟹。

小捷本来激动，可眼见老妈比她还激动，不得不转而去安慰老妈，细声道："其实都过去了。本来不想跟你说的，刚开始我也激动，但缓了一阵，我接受现实，感情就这样，明年再说。至于工作，天天这么去大兴也不实际。"素敏惨然："跳槽可以，不许裸辞，你还有房贷。"

085

娘俩谈起工作的事。"找个离家近的，能帮你交社保，先干着。"王素敏分析。小捷随口说："考个博士也行。"素敏连忙劝阻："停！别！多大了，还考？回炉再造？皮都烤焦。什么时候是个头？你考可以，先把人落实。当务之急是找个人。"小捷无言以对。其实对徐正，她还抱着一丝希望。希望他最终化干戈为玉帛，皆大欢喜。素敏却认为女儿已经彻底死心，遂道："你别管了，我帮你留意。"

小捷道："妈——又来了。缘分天注定，强求不来。"小捷说得好像看透了。素敏道："钱峰呢？"小捷吓一跳："提他干吗？""我看他不错。老实，有正经工作。也离过婚。""就是普通朋友。""那有什么？"王素敏道，"都是可以发展变化的。""他没房，不符合你要求。"素敏说："真要两个人一条心，房不是问题，实在不行，我去你姐那住。"小捷问："姐夫那样，你怎么去住？当护工？"

小敏和陈卓的问题素敏一直没跟小捷谈，趁这工夫，忽然小声道："他们可能得离。"轮到小捷惊诧："搞什么？！""得离。"素敏强调。"谁提出来的？""陈卓。""他还嫌姐姐？就因为孩子？"王素敏纠正："不是嫌，是为你姐着想，还有他家里那一大摊子，他不得安排？"小捷还是无法理解："妈，姐姐同意？你同意？这不是棒打鸳鸯么？""只说离婚，没说分手。是从法律上切割，感情又切不断。"小捷沉默。王素敏进一步解释："你想想，你姐夫现在生死未卜，未来怎么样，谁都说不准，可最坏的情况现在得考虑到了。而且你姐和陈卓，本来也没打算领证结婚，就是怕事情麻烦矛盾多。后来因为有孩子，不得已才结，现在好，孩子没了，恢复原状，大家自在。不是你姐不孝顺，好多东西你不能比，是亲的就是亲的，不是亲的，硬装成亲的，装不出来……"

刘小捷抱着霹雳，恍然失神。姐姐要离婚了？小捷感觉姐姐没看错陈卓，这个男人有担当。对比徐正，她更加失望。假结婚这手她已经有些看不上，再加上如此受制于父母，实不可取。不过再想想，毕竟是亲爸亲妈，徐正还是孝顺。

徐正妈在李萍家说一会儿，哽咽一会儿。徐正和小捷的事本来是家丑，她连李萍都不想告诉，但为了掐断坏的苗头，她还是来李萍这坐坐。好不容易来趟北京，见见是礼貌。反倒是李萍有点手忙脚乱，她跟洪卫离婚的事没对外公布，老家那边更是少有人知道洪卫已经进去了。这个容易，撒个谎，就说老洪出国办事，暂时不在家。小姨脑子没那么好使，骗骗就过去。怎么解释李竹的存在有点成问题，好在难不倒李萍。徐正妈一到，她就让李兰抱李竹出去，就说是隔壁家的小孩，家里没人所以放这一会儿。徐正妈稍微看了看李竹，没多想，坐下就说徐正的事。

李萍听了也忧心忡忡，道："以前没觉得阿正胆子这么大。不都是女人，谁比谁香？怎么就非她不可？"徐正妈激动，音调都变了："刚结婚！要让人家家里知道还得了？你姨夫的脸往哪搁？这么多年的老关系还处不处？阿正的前途还奔不奔？"越想越严重，徐正妈哭。李萍安慰："断了就好，她们家两姊妹就这毛病。"徐正妈不懂外甥女的意思，抬着脸看她，两眼空洞。李萍继续说："人家锅里的肉，总是香。她姐刘小敏，跟陈卓弄到一块了。"徐正妈道："阿正现在出国，好歹缓一阵，得趁蕾蕾还不知道，断干净。"李萍问："打算怎么断？"

徐正妈简单说了想法，李萍也说是，断不了那头，只能从这头先把火掐了，又表态说到时候陪她一起去。徐正妈心稍微放了点。李萍怕她晚上在这住——过去徐正妈来，都会在李萍这住两天，她家大，两个人也能说说体己话。徐正的房子偏，路远，因为李竹在，李萍不能留人，聊得差不多，她便说还有事要出去。徐正妈也知趣，起身走了。李萍连忙给李兰打电话，让她回来。

外头阴沉沉的，天冷，有风。一会儿，李兰抱着李竹到家，李兰脸冻得发青。"在哪转悠呢？""街上。""这冷天上街转什么？"李萍怪她死脑筋，"路边商店什么没有，你不会进去站着！""没带钱。""谁规定带钱才能进商店？"跟她说不通。入晚，李竹小东西发烧，佳佳没回来。李萍、李兰忙活了一阵，烧退不下来，两个人只好带李竹去医院挂急诊。

点滴打上，李萍坐在一旁，李竹哭了一阵，安睡，李兰站着。李萍说："别站着了。坐吧。"李兰这才坐下，承认错误。李萍说："怪我没说清楚。"又问："老头那边有人顾吧？"李兰说："先生去医院了。今天护工去。""钱从我这拿，用完告诉我。"李萍说。两个人沉默片刻。

李萍突然问："先生提到过我没有？"她指陈卓。李兰多了个心眼，既然李萍问，她说没提到，自然不高兴，于是李兰道："好像提到了。"李萍跟着问："说什么了？""说你人好。""人好？"李萍皱眉头，

"怎么这么说？听错了没有？是人好还是钱好？"李兰只好信马由缰："好人，先生说你是好人。"李萍着急："你别跟挤牙膏似的，说清楚。"情急之下，李兰编圆了："就听了一点……他跟他爸说的……说你都跟他离婚了……还帮忙……出钱……出力……这样的女人特别珍贵。""他真这么说？"李兰咬住："他爸也说……当初他儿子就不应该跟你离。"李萍不信，问："老爷子不是口齿不清么？"李兰发窘，忙道："能说一点……大概意思。"李兰再加把火："别说大人，就是孩子，也知道夫人好，"说着指了指李竹，"就是他，我倒是天天带，他还是不跟我亲，要找夫人。所以说养比生大，夫人雪中送炭的善事做多了，连孩子都清楚。"

086

连续陪床三晚，刘小敏陪伴陈卓一起扛过最艰难的时刻。化疗，陈卓头发掉光，反应有时强烈，有时又似乎没有反应，但始终很虚弱，瘦得快脱相。但有希望。有希望，有希望。小敏给陈卓鼓劲，给自己鼓劲。

在小敏面前，陈卓始终戴着顶帽子，橙色的，显得有点生命活力。刘小敏在医院系统干这么多年，好歹还有些老关系，她托人给陈卓弄了个单人病房，等到化疗开始第二天才搬进去。陈卓一直不肯搬，说大病房也没什么问题，其实他更担心独自面对小敏，大病房，人来人往，有那么多病友在，说话不方便。到了单人病房，他则必须面对小敏的关心——他怕这个——而且孩子的事两人都没提。毫无疑问，这对陈卓来说，是除了生病之外的第二重大打击。刘小敏则相当于经历了一场生死。只是，该面对的还得面对，尤其是跟王素敏聊了之后，陈卓想得到，总会跟小敏面对面再聊一次。

没想到一切来得这么快，不能等。化疗结果未明，生死未卜。怎奈自己的身体自己知道，陈卓明显感觉在走下坡路，生命能量好像流沙一般，时时刻刻在从他身体中流逝，时间不多了。他得劝小敏离婚，放人自由。只不过，这场谈话注定锥心刺骨。补偿上，陈卓已经想好，就怕小敏不肯放手，要跟他共进退。她就是傻，跟一个将死之人共进退有什么意义。

小敏忙着加床，都铺好弄好，她扶陈卓上床休息。医生来查房，问了问陈卓的情况，包括身体适应情况、白细胞恢复情况、饮食情况等等。小敏说陈卓饮食不太好，医生给加了人参皂苷。然后，小敏又跟医生出去聊了聊，好一会儿才进来。陈卓问："没事吧？""没事。""说说治疗的事。"小敏脸上看不出情绪。陈卓没再问。小敏停一下，又说："你这病问题不大，等疗程结束，再用中医调理，观察就行。"陈卓苦笑。小敏说："不要丧失信心，能治好，我干医生这么多年，什么病没见过，你这都不算大病。"她给陈卓鼓劲。可小敏越这么说，陈卓越觉得问题严重。"我有信心，哪不舒服叫我。"

刘小敏坐在小床上，陈卓有点不自在，他想跟小敏说说孩子的事。孩子就这么没了，他这个做男人的，总不能不提。只是要说，又不知道从哪里破题，再加上身体太过虚弱，一会儿，陈卓便迷迷糊糊睡着了。醒来小敏在旁边剥桂圆，陈卓吃了几个，想到了个办法往下聊。

"旁边病房那女的，得白血病的，孩子居然也生下来了。"陈卓先从别人那说起。小敏没抬头，还是剥桂圆，剥好了一把，说："干吃腻，还是煮水好吸收。"陈卓见小敏不接他话茬，有些尴尬，没再往下说。等把桂圆壳子都打扫好，刘小敏重新坐回小床，才说："是，年轻就是资本，身体底子好，不像我。"说不上来是什么情绪，带点自责似的。"不是那意思，"陈卓连忙解释，"都是天意，人好好的就行，留得青山在，不怕没柴烧。"陈卓顺着往下说，但一转念又感觉话说得太不切实际。两个人又沉默一会儿。房间里静得可怕，是直面惨淡人生的时刻。

小敏突然轻声说："你放心，爸我来照顾。我顾他到老死。"嗓音微微颤抖。来之前，刘小敏就考虑清楚了，不离婚，该怎么怎么，就算将来陈卓先走一步，她该是儿媳妇就是儿媳妇，陈天福她来照顾，无怨无悔。现在撤退算什么，好的时候能在一起，坏的时候就不行了？她想不通，她不允许自己做这样的人，命运的机会主义者，懦夫。陈卓有些感动。只是他在进这个屋子之前也想好了，他得跟小敏离婚。离婚不代表分手，他会分给小敏她该得的。至于他爸陈天福，他想万一自己有什么不测，老头将来在养老院颐养天年。至于他跟小敏能走到哪一天，不知道，老天自有安排，过一天是一天。他当然想到刘小敏不会同意，但他觉得自己能说服她，用理性，用感情。体面地退场，也是一种能力。

因此，当小敏率先提出来，陈卓便笑着应对，说："我还以为你都明白呢。""我哪里做得不好？"小敏问。"就是因为你太好，你太懂事太体贴太能干，我才不能把你拖进这个麻烦里。""我不认为是麻烦。人不就是这样么，老天给你什么你都得扛着。""我一个人扛。"陈卓说。"有孩子没孩子，大不一样。"刘小敏哼了一声。"我也想要孩子……""有孩子是自己人，没孩子就往外推。""你曲解我意思。""你就想把我甩掉。"小敏开始激动。

陈卓眼眶微湿："看看我现在的样子……我有什么资格把你甩掉……我恨不得跪下来求你不要离开我……有多少时间就陪我多少时间……"陈卓斜着身子抱小敏："不要为这个吵行吗？也许我的时

间不多了，可是你还有大把未来……我不要你陷在我的阴影里……你应该有自己的生活……有自由。"停一下，继续说："我跟妈也解释了，离婚，该分的会分好，我们还是男女朋友，跟最开始一样，我还是需要你……当然，如果你不再希望在我身边，我不会乞求。但现在我可以告诉你，我需要你，你是我的精神支柱……时间不多了，我得好好利用。"全是肺腑之言，赤胆真心。小敏泣不成声，想反驳，却始终找不到有力论据。一个男人做到这样，你还能要求他什么？

"不急，"小敏说，"你病就快好了。"陈卓苦楚地说："希望能好……我比谁都想活……可不怕一万就怕万一……"顿一下，接着说："等公司钱到位，包括房子我算了算，四等分，你拿四分之一。佳佳四分之一，老爹四分之一。你的先给你。"小敏坚决地说："我不要。""别傻了。"小敏哭出声："我要你活着……"非理性的呼唤，动了真情。"你跟我一场……又遭了罪……你不要……我心里难受。"每一个字都是实话，字字千金。小敏低头不语。

四个四分之一，三个让出去，陈卓留那四分之一，一是给自己治病；剩余的，他打算贴给李萍。天福生病，李萍没少花钱，他寄希望李萍看在佳佳的情分上，多照顾他老爹。再就是羊毛出在羊身上，给李萍那份，将来还是佳佳的，他希望那笔钱将来做佳佳的嫁妆。

刘小敏不再深劝。既然陈卓主意已定，坚若磐石——一个垂死之人的信念，谁也无法扭转——死都不怕，还有什么好妥协。只是如果外人有误会，指着她脊梁骨骂，说她是嫌贫爱富的女人，那她刘小敏也只能背着黑锅。"我成坏女人了。"小敏苦笑。"离了别人也不知道。"陈卓解释。结婚的时候算半隐婚，对外没交代，没请酒，只有家里人知道，如今离婚，又是隐离。小敏多少有点可怜自己和陈卓，爱恋一场，弄得像地下党，轰轰烈烈都没人知道。

"我还得求你呢。"陈卓又说。"求我什么？""求你继续做我……""还有心情说这个。"刘小敏假装要拧陈卓耳朵，却又舍不得下手。打打闹闹中，一时两个人似乎能暂时忘记病痛、苦恼，忘记人生的委屈与不甘。小房间里气氛和融了些，陈卓倒在小敏怀里，过去，她偶尔会这样帮他择白头发，现在不必了。死生契阔，与子成说，执子之手，与子偕老。一个遥远的梦。"下辈子我们应该早点遇到。"陈卓目光浅浅淡淡。"这辈子还没过完呢。"小敏说。"先跟你预约，下辈子，下下辈子……"陈卓用轻松冲淡伤感。"人只有一辈子。"刘小敏点破梦幻。陈卓叹气："只有一辈子……我这辈子干吗了？"小敏摇摇头，眉毛深锁："我这辈子又干吗了？""人活着是为了什么？"陈卓又问。"为你自己。""我什么时候只为过自己？""有过一次。""什么时候？""我们决定在一起的时候，是为自己。"小敏说。陈卓笑笑："刚开始是，后来慢慢又不是了。"

停了一会儿，小敏聊回现实话题："照顾爸的护工是李萍请的？""她那刚好有，就过来帮忙。"陈卓不遮掩。"其实她人不坏，就是好强。"小敏说。陈卓自嘲："是人都好强，但得有个度，别到最后，心强命不强，跟我似的。"刘小敏拦他话："别什么都想往自己身上想，意念也是治疗。你现在就多想，我能好我能好我能好。"又说："等病情再稳定点，我给你扎针。"都交代好，两个人坐着，相对无言，一切又都在不言中。阳光从窗户斜斜地照进来，匍匐在小敏脚边。床头一束香水百合，悄然释放着香味，一切都那么宁静、圣洁，天荒地老似的。

陈卓突然说："刘小敏。"他叫她大名。"嗯？"小敏抬头看他，他眼神藏了一个世纪般深邃。"其实我……"欲言又止。小敏不说话，等他下文。"我……"还有点结巴。小敏微微动了动脖子，还是等。"我挺爱你的……"终于说出口，眼泪冲出眼眶，刘小敏的心先是甜，又是苦，然后立刻被生活的五味填满。她真心祈祷上天给陈卓一条生路，哪怕要分走她的寿命，也在所不惜。

087

陈佳佳扶着梯子往床上爬，家骏着急，压着嗓子："陈佳佳！你不能这样！你是女的。""跟男女有什么关系？""这是男生宿舍。"佳佳不理，上了床，一倒。"你倒挺爱干净，没闻出味儿来。"男生们进宿舍，见佳佳在，吓一跳。家骏尴尬，佳佳却没事人似的从床上爬下来，主动跟男生们打招呼："我是他妹。"男生们起哄。佳佳振臂一呼："撸串，我请！"

男生们又一阵欢呼。家骏着急："陈佳佳！"佳佳掏出手机，果然点了外卖。家骏催促："该走了，都几点了？宿管要来查房。"佳佳顽皮地说："谁这个点查男生宿舍？我又不是没上过大学，今儿晚上我住这。"几个男生立刻凑趣，起哄说欢迎。家骏真急了："别闹了行么！男生宿舍女生不能留宿。"佳佳故意逗他："我是一般女生吗？我是你妹。""那也不行。"家骏坚持原则，脸色发白。佳佳见逗得差不多，鸣金收兵："你送我下去。"

有男生起哄："金老师，这到底是你妹妹还是你女朋友？怎么感觉不像妹妹。"家骏是学霸，同学给他起外号金老师。另一个男生接腔："模糊处理，模糊处理。"佳佳笑："喂，我奉家长之命，来校调研，同学们，你们得帮忙啊。"吃人家的嘴短，男生们立刻表示全力配合。家骏推佳佳往外走，佳佳却不管，径直问："我哥在学校有没有女朋友？"

男生们愣住，问得十足突兀。"没有。"一个说。"有人追他，他没同意。"再一个说。"说是有喜欢的，在国外。"另一个说。佳佳看家骏，发白的脸色转为涨红。"谢谢，调查完毕。"陈佳佳背起包往外走，金家骏连忙跟上，一直送到西门，两个人站在巨大的画像下面。是个小广场，树包围着。佳佳停住脚步："金家骏，我跟你说那事你考虑没有？"陈卓的公司卖了，佳佳组工作室，做内容，但也需要有技术支撑，她想请家骏帮忙。"能帮的肯定帮，就怕能力有限。""另一件事呢？""还有什么事？"家骏不懂她心思。"你有一个喜欢的人在国外？什么情况？"陈佳佳问。"乱讲的。""是你同学？""不是。""发小？朋友？网友？还是打游戏认识的？撸串认识的？""哪跟哪，"家骏略慌张，还好有夜色打掩护，"都是胡说。""难道是我？"佳佳突然袭击，家骏语塞。陈佳佳会意，满足。"回去吧，我撤。"佳佳潇洒地走了，家骏一个人站在那。

这一期治疗完毕，陈卓回家休养。刘小敏把陈卓安顿好，才把"谈判"的结果跟素敏说。王素敏忍不住感叹："能做到这样，算仁义。不枉你跟他一场，这么大年龄还怀……""妈！又提。""这样好，切割干净，一码归一码。""什么干净？"小敏说，"难不成离了婚他爸我真就不管了，完全视而不见充耳不闻，像话吗？"王素敏犀利地说："话先摆这，你见不见是你的自由，但不能要求我见。"王素敏换个角度又说："不过现在陈卓出来了，你倒是该去照顾照顾人家。总不能说要离婚，就分居了。他还是你男人，你还是他女人。""什么男人女人……"小敏嫌话难听，"再等等。马上还要住院，现在也不好让陈卓来我这，他得看着他爸。我搬过去也不切实际，我一个女的，对着两个男的，家里还有一个保姆、一个护工，实在转不开。"

素敏问："保姆、护工你见着了？"小敏说送陈卓回去时碰到。素敏撇撇嘴："李萍的人。"小敏只好打断她，问小捷的事。王素敏这才把小捷前一阵跟徐正、徐正妈闹的那一出跟小敏说。刘小敏忧心忡忡，也认为小捷和徐正实在困难。

素敏也骂："叮叮当当又没个结果，浪费时间！再过几年多大了？谁要？只能直接当后妈。"停一会儿，素敏想起来又说："钱峰你知道吧？"小敏说知道。"我看他对小捷有点意思。"素敏娓娓道来，"好几次送小捷回来，眼神不对。"小敏笑道："既然这样，回头叫他来问问。"素敏不解："问什么？怎么问？"小敏说："这种事，越简单越好，不用藏着掖着，就问他喜不喜欢小捷。如果喜欢，鼓励追求。这年纪了，还有何惧？保不齐再过几年什么格局光景。活到哪天都难说。人，得放得开一点。"素敏知道女儿有感于陈卓的一场大病，不知道怎么劝，只好叹一口气，忙着择手里的菜。未来怎样，谁也不知道，这才是最煎熬的。

李萍密切关注陈卓的病情。这次陈卓治疗回来，陈天福的情况也有稍微好转，能说话了，尽管吐字不清，有点大舌头。半边身子有点僵，得借助器材康复，有点像美国电视剧里的丧尸。这话是佳佳回来说的，李萍立刻批判女儿："什么丧尸！怎么说话的！"佳佳委屈："就是打个比方。"李萍强势："不许这么打比方！"佳佳准备出门："妈，你是不是要去看爸？""不去。"李萍嘴上不承认。实际上，她今天是打算去看陈天福，顺带"关照关照"陈卓。

陈卓和小敏已经办了离婚，证到手，按约定，陈卓把钱划给刘小敏。在财务上，两个人是清了，只剩感情。不过，这次化疗下来，陈卓感觉自己身体情况更糟，检测数据也是这么反应的，白细胞一直上不来，身子沉，没有劲儿，人更瘦。当得知李萍要来，他也想趁此机会，当面把后面的事都说说。

人之病重，其言也善。陈卓剥掉伪饰，都说真言。不过真见面，两个人都故作轻松，沉重藏在后头。李萍说："你这帽子挺好玩的。"陈卓咧嘴嘿嘿笑："佳佳送的。我就问她要这一个礼物。光头，太丑。"李萍放下灵芝礼盒，李兰跟她说了陈卓平时吃灵芝补身体。陈卓没客气，领着李萍往陈天福屋里去。李兰在忙活儿，护工辞职，一时没找到合适人。李萍当着陈氏父子的面，嘴朝李兰一努："做得还仔细吧？"陈卓连忙说仔细。天福睁开眼，见李萍来，连忙撑着坐起，老泪纵横，嘴里呜呜啦啦，大概是说李萍——好孩子，好人，那只能动的手伸出来抓爬着。李萍只好往前走一步，让老人家拽住她。话多了，天福吐字就不清。

李萍安慰道："爸，没事，好好养，都能养好。不是大病，没问题，有什么需要，随时让李兰告诉我。"天福点头如捣蒜，拉着李萍抹眼泪。又劝解好一会儿，陈天福才肯休息。

088

"有点激动。"飘窗改的小书房里，陈卓和李萍面对面坐着，陈卓为老爸的失态解释。"可以理解。"李萍说。"老洪现在怎么样？"陈卓忽然问。李萍有点措手不及，她没想到病中的陈卓还关心老洪，八成是听到什么。老洪进去不是秘密，好多朋友都知道，并且对李萍敬而远之。若在过去，李萍撒个谎也就搪塞过去，但面对如今的陈卓，她不打算撒谎："进去了。杭州的金融案子，出来还得一段时间。"李萍的坦诚令陈卓意外，他哦了一声，没往下问。李萍继续说："我跟他离了。不是因为他进去。"陈卓又哦一声，道："你不是那样的人。"李萍没再往下说。洪卫在外面弄了个私生子，毕竟不光彩，李萍不想跟陈卓透露。

陈卓怕尴尬，换了个安全话题："谢谢你关照爸。"李萍道："本来不该我关照的，我跟你们陈家，按说早都是小秃子跟着月亮走，谁也没沾谁的光。只是，一来是佳佳开口求我；二来，虽然不是陈家人，但跟爸过去处得不错，就是朋友，也该伸把手。按理说，这些不用说，都该刘小敏做的。""我们离了。"陈卓平静地说。

李萍开诚布公，他同样推诚相见，人到这时候，不再想着遮掩，何况他要跟李萍安排佳佳的事。跟小敏离婚的事迟早得说，否则没法交代。李萍一惊，脱口而出："就因为孩子？！"她下意识站到小敏一边，都是女人，知道女人的苦。但转念又觉得是小敏抛弃陈卓，该死！"跟孩子没关系。"陈卓怅然，又改口，"也不能说完全没关系。""现在人怎么都这样？！太现实。你刚倒下，她他妈的立马闪人？是人么？！"李萍气得鼻孔都喷火。"不不……我提的。""你？""对大家都好。"陈卓说。"她也同意？""不做夫妻，还是朋友。""你心真善。"李萍撇嘴。"你也是好人。"陈卓回赠。"离了好！干脆，利亮！这种人，留在身边也是个炸弹。"李萍坚持认为小敏有问题。

"别这么说。"陈卓反过来要劝她，"能到哪天不知道，好多事情得想清楚、办明白。今天你来，正好有事跟你说说。"有点伤感，陈卓端起杯子喝了点水，继续说，"万一真到那天，家产分三份：一份给爸，治病，请人养老，爸最反对去养老院，真到动不了那天，才去。一份给佳佳。通州的房子卖掉折成钱，这一套留给佳佳。哪怕以后嫁人了，也得有个窝。还有一份，你拿着，算是帮佳佳保管。她小，你是她亲妈，总会对她好。所有这些，你监督，你执行。"

李萍眼眶含泪，没想到陈卓忽然跟她讲这些。生老病死，最后一关逼到眼前，怎么听，怎么觉得陈卓在交代后事。李萍的心像卷在巨大的漩涡里，她哽咽着说："好端端说这些干吗……人都好好的……乱扯……呸呸。"唾沫星子喷出来，当是泪。陈卓动情地说："还有……以前做了对不住你的……我想说声对不起……以前不够上进、不够优秀……恐怕以后没机会……"李萍泪崩："不，不是这样。有机会，你很好，真的，你很优秀……"即便过去在一起时，李萍也从未这样在陈卓面前哭过。

陈卓声音沙哑："其实这样挺好的。还有时间安排，告别。总比突然一下就过去强。"李萍捂着嘴，哭着，让他不要再说。陈卓笑着流泪，李萍情不自禁探着身子，两个人抱在一起，泪流不止。此时此刻，他们忘了恩怨，不分彼此。

"夫人。"李兰推门进来，见此场景，吓一跳，连忙退出去。李萍这才感觉到失态，连忙收拾情绪，问李兰怎么了。李兰说托儿所打电话来，孩子闹得厉害，管不住，她得去看看。"去吧。"李萍努力克制情绪。"什么孩子？"李兰走了陈卓才问。一番痛哭后，李萍似乎也放开了："洪卫在外头生了个孩子。""真行。"陈卓见怪不怪。"就因为这个跟他离的。""孩子呢？你带着？""我不顾，他只能去孤儿院。或者受罪，饿死。""你心好……就是总装成坏人……"李萍苦笑："心好有什么用，好人不长命，好人没好报。"陈卓劝道："福分在后头。"

这一向徐正跟小捷联系得少。是小捷提出冷一段，她打算等淡了再提分手。眼下，徐正妈认定小捷是"三儿"。小捷又不能辩驳，黑锅背得窝囊。这日，小捷正在上班。手机响，是老家号码，小捷犹豫一下，还是接了。

"刘小捷吧？"来者不善，"我是徐正妈妈。"小捷下意识紧张，一只手紧握鼠标，叫她什么？阿姨？太客气了。那叫什么呢？小捷只好干巴巴地问："有什么事吗？""我想跟你谈谈。""对不起，我在上班。""我跟阿正谈了。他说离不开你。""那你应该做他的工作，打给我没用。"小捷努力硬气。"我给你二十万，请你立刻离开我儿子。"徐正妈利落。小捷肺要气炸，这算什么？变着法儿侮辱。小捷咬紧牙关，反击回去："我给你三十万，请你不要管我和徐正的事情！行吗？""别敬酒不吃吃罚酒！"徐正妈暴跳，"当第三者要遭天打雷劈……你以为……臭……王八……"

刘小捷颤抖着挂了电话，手还在抖。那些零零散散的字眼，像冰雹一样砸过来，小捷气得恨不得质壁分离！这就是徐正跟他妈沟通的结果？她好好谈一场恋爱，怎么她成第三者了？是可忍孰不可忍！

小捷抄起手机，拨徐正号码，正在通话中。发微信，小捷字字都恨不得刻上去：管好你妈！分手！别再联系我！永别！发完就拉黑，电话号码屏蔽。快刀斩乱麻，干脆！清静！手机往桌子上一丢，眼泪跟着喷出来。

小组新来的小姑娘请示："刘姐，banner什么时候上？"见小捷哭得稀里哗啦，进退维谷，抽张纸巾，递过去。小捷狠狠擤了个鼻涕，问："给设计组了吗？banner发我看看，晚上必须上线。"情场失意，职场必须撑住。

护工换了好几个，陈天福都不满意，不配合，不痛快，只有李兰服侍得最舒服。李萍没辙，只能暂时调配李兰到陈家工作。好在李竹稍微大点了，可以送去托管，偶尔李萍也自己带。李竹开始叫妈，李萍刚开始有点别扭，但听久了，就当童言无忌，她也乐得接受。

年前，她找了关系，想去看看老洪，但疏通许久，依旧是不许探视。李萍跟他已经不是夫妻，她没有资格探视。刑期渐渐缩短，李萍当然希望老洪在里头表现良好，争取减刑。但一想到那天，生活的格局又会受到冲击，李萍怅惘。

年前，陈卓还有一次化疗。这次住院，小敏全程陪同，至于家里的老陈，刘小敏安排老妈不时去探视。不出力，好歹尽尽心。这日，素敏来屋，见李兰正给天福擦澡，大半个身子赤条条横在床上，跟白肉上砧板似的。王素敏不好意思，连忙背过脸。李兰也不害羞，道："大姐，马上好，等会儿。"王素敏在外头等，一会儿工夫，李兰端水出来，两个人站在卫生间门口说话。

王素敏趁机打探李兰的情况，无非是老家哪里，年岁几何，家里有没有人，孩子怎么样。得到的答案是：五十出头，南方人，光杆儿一个。难怪踏踏实实做保姆，也算难得。聊完，王素敏照例去慰问老头："亲家，你好好休息，别想太多。"陈天福装睡。患难见真情，虽然他跟素敏不过是儿女亲家，但天福对素敏的表现十分失望。自他倒下，别说她没来伺候，就是来看他也是有数的。人到了这个年纪，考虑自己比较多。陈天福哪里还会想，素敏还有小敏要照顾，陈卓生病，素敏跑前跑后的事也没少做。

素敏见天福不自在，知趣不再久留。当晚回通州，跟小捷谈起天福的态度，小捷随即说："这老头也够无礼。亲孙女都没伺候他几天，哪能指望儿媳妇的妈。何况姐跟陈卓，现在就是个松散的联盟，指不定哪天就不联系。"素敏忙道："别胡说，他们有感情。"小捷大出一口气："感情？感情是最不可靠的东西。我跟徐正没感情吗？有用吗？他妈还……"话说到这，小捷才意识到不妥，连忙生吞。素敏问："他妈又怎的？"小捷略尴尬地说："没事，反正玩完。""真完了？""完了。全剧终。"

089

这一期治疗，小敏全程陪同。离了婚，不知怎么的，小敏觉得有必要对陈卓更好点——原来已经很好。免得让人觉得，一离婚，彼此的感情就变淡了。不，不能淡，还得更浓。也只有在离婚之后，刘小敏才忽然感觉到那张纸的分量。那种影响，不光是法律意义上的，也存在于心理层面。过去是夫妻，现在退回到男女朋友。夫妻该做什么，男女朋友该做什么，说没有分别不可能。小敏下定决心跟陈卓同舟共济。

"等过了春节，我搬回去。"刘小敏坐在病床前，帮陈卓削苹果。"搬哪儿？""家里。"小敏说，"爸我来照顾。""有兰姐呢。""我能照顾。"小敏逞强。"你还得上班，而且爸那脾气……"陈卓微笑着，欲言又止。"总不能老麻烦人家。"刘小敏冒出这么一句。陈卓猛一下没理解人家是谁，是李兰？好像不是。是李兰背后的李萍？小敏似乎有点吃醋。陈卓不得不解释："都是花钱的，给钱干活，没什么麻烦不麻烦。""你出的钱？""嗯。"陈卓迟疑一下，撒了谎。不过归根到底还是他出钱，财产已经预分，谁也不吃亏。

小敏的猜疑心稍微减了点，老实讲，她去是有点不方便。一来她不可能全天候伺候着。二来天福的脾气一言难尽。第三，儿媳妇和公公到底得避嫌。第四，佳佳偶尔回来，碰到了也尴尬。第五，她现在又不能把陈卓接到她这儿，生生分开父子俩，相处时间还有多久，难说。刘小敏这么百转千回地分析着，忽然又觉得自己可笑。陈卓病成这样，她这口醋何来？退一万步，这样的陈卓，推给李萍，她要吗？

不切实际。

于是还是维持原有格局。家里少了李兰，李萍偶尔也跟佳佳抱怨。佳佳说："谁让你做好人。""知道就好。"李萍道，"有空去看看你姨姥，来了两次你都不露头。"佳佳问："她来干吗？""陪人看病，也看自己的心病。"李萍说得含混。佳佳进一步："小舅跟爸的小姨子后来怎么样？"李萍道："能怎么样？不就鬼混。你爸那个前老婆，不是什么好东西。她一家子都是脚面支锅的货。""什么叫脚面支锅？""现实，现抓，什么都只看眼前。"李萍解释。佳佳抓重点："爸的前老婆不是你么？"李萍无遮拦，脱口而出："你爸跟她也离了！"佳佳听了高兴。离了好，管它为什么离，反正只要离了，她和家骏就不是什么兄弟姐妹，可以正常交往。

岁末，公司冲业绩，全员忙得四脚朝天。翻过新年，"战役"才算暂时结束，刘小捷调休，在家躺了两天。徐正没动静，徐正妈也没动静。第三天，圣诞连着元旦，钱峰请她吃老莫，厅里有俄罗斯人弹琴唱歌，节日气氛很浓。菜上来，两个人举杯，钱峰说："祝你新的一年，都顺。""你也顺顺的。"小捷笑着。"我升职了。"钱峰自曝，"财务总监。"刘小捷这会儿似乎才明白，钱峰今天请吃莫斯科餐厅，根本就是为了这一刻。

等牛尾汤上来，钱峰装作不经意问："跟他怎么样了？"小捷立刻拉下脸来："能不能不提他？""徐正妈给我打过电话。"钱峰口气沉稳，"问你的情况。"钱峰放下刀叉，顿一下，又说："放心，我什么也没说。说不熟。""应该去问她儿子！"小捷激动，"她还要给我二十万，让我离开她儿子。""这……"钱峰欲言又止。小捷苦笑："反正我现在四大皆空，什么感情不感情的，多挣点钱，早点把房贷还了才是真的。其余的，随缘。"钱峰委婉地劝："两个人总比一个人好。"

春节前金波正式被辞退，N+1赔偿，新公司没有义务继续养着他。金波气得要闹事，硬是被保安拦了出来。金波又要找陈卓理论，家骏拦住了他，跟老妈、外婆和小姨道别，带着老爸金波回乡过年。小捷偷偷跟家骏示意："劝劝你爸，开春别来了，给自己找麻烦。"家骏大喘气。

这一年事太多，忙得晕头转向。临到年跟前，王素敏才恍然发现过年的准备不足。在老家，不管人多人少，年年过年前，王素敏都会腌肉灌肠风干鸭，阳台上挂一排。这是年味，是过年的一部分。但到北京，这些似乎变得有些不合时宜。素敏买肉买鸭买鱼回来，小捷反而劝："妈，别忙了，干吗非吃腌制的，那是腐肉，不健康。北方人都吃鲜肉。"小敏来家，王素敏又说回头腌好，给陈卓拿点过去。小敏道："妈，他现在哪能吃这个。""陈卓不吃，他爸总能吃。"小敏知道劝也没用，只好配合老妈完成她的过年仪式感。

"陈卓到家里来吗？"素敏说起年夜饭的事。"恐怕来不了。"小敏说。这是刘小敏和陈卓离婚后的第一个春节。原来做男女朋友，到春节，都是各回各家。唯一一次在一起，是两个人去了趟日本，那也是在老家过了年三十和初一，年初二才出去的。今年春节，小敏觉得应该好好"团圆"一下，小团圆。只是，饭店订桌不太实际。陈卓不能出门，怕受凉，感冒了不得了。让老妈和小捷过来一起过？似乎也不合适。

这日，趁着小敏来送进口药，陈卓抢先开口做安排："年下你还是陪妈，我陪爸。"小敏担心是李萍要过来，她有直觉，于是便说："初一我过来。"小敏又把小捷跟徐正的事简单描述给陈卓。"可惜。"陈卓感叹一声，便不往下说。自己尚且水深火热，实在没工夫关心年轻人的爱情。

090

年三十中午这顿，王素敏和两个女儿一起过。咸肉、咸鱼、咸鸡摆上桌。山药银耳炒腰花、黄豆烧老鸭、炖牛肉、红烧排骨，中间还有个羊肉锅子。一大桌子菜，倒显得围坐的母女三人格外零落。年味有了，只是菜多人少，寂寂寥寥。素敏倒上古越龙山的黄酒感慨道："这一年，都不容易。"

小捷笑说："妈，你有什么不容易的？ 姐最不容易，我第二，你排老末。"素敏不依，道："你们都那么不容易，我容易得了？ 我上了年纪，背井离乡、出门在外、从头开始，适应大城市，适应你们乱七八糟的关系，我容易？"一句话说得姐妹俩不好意思。小敏瞅了妹妹一眼，小捷缩着脖子，真不该多言 —— 猪八戒不成仙，全坏在嘴上。

王素敏又道："时代变啦！ 过去是一个工作干一辈子，一个人跟一辈子，一个地方待一辈子，现在哪行？ 有本事都往大城市走，有能力就要换工作，过得不舒服就换人，都在换，都在变。按说我也应该跟上时代，可老了就是老了，我就想着你们都早点定下来，安安泰泰的，我也过个平平静静的老年生活。"说着一扬下巴，自饮一杯，"可没那么便宜的事。生活，就是要继续考验你。"刘小敏领头，恳切地说："妈，真对不住。"小捷也跟着说。王素敏手一挥："行啦，儿女是债，我就当还债。明年，我希望你们都能落定，稳稳地。"小敏略微失落："你说的是小捷。我就这样了。"素敏捞一块羊肉卷，送到小敏碗里："你以后享儿子的福。跟陈卓，好歹是个伴，提溜着。他得这个病，以后就是好了，你能指望他照顾你？难。估计他得走你前头。"关起门来掏实话，小敏不作声。老妈为她考虑，可大过年的，面对现实太残酷。小捷拦阻道："妈，走一步算一步，想那么多干吗？"素敏偏头对小女儿说："还有你，跟一个比自己年龄小、还没结过婚的滴滴答答，现在知道了？能要一手的谁非找二手的？"小捷不干，嚷嚷，向小敏求助："姐，你听听妈这话，整个一人格侮辱。"小敏无奈笑笑。

王素敏接着说："知道你提倡独立自尊自强自立，可我告诉你，人生就是有限的，人的价值不是一直在提高。女人上了年纪，要说不贬值，可能吗？所以要家庭、要财富、要修养、要气质，要其他东西来补足。"轮到小捷不吭声。小敏看了老妈一眼，转脸对小捷说："我回单位上班，药房和骨科的两个小姑娘刚结婚，都找的是离过婚有孩子的。"小捷抗辩："姐！我不当后妈！"

王素敏接话："不是让你当后妈，你姐的意思是，思想要转变，要灵活。你看你姐跟陈卓，以前是男女朋友，后来做夫妻，现在又是男女朋友。为什么？事情在变，你得应变。你不变，就只能趴那儿。亲妈后妈，离婚再婚，又怎么样呢？归根到底是男方对你怎么样，这才是万变不离其宗的那个宗。至于表象，千变万化，有什么关系？接受度得广。如果有没结过婚的，对你特好的，那谁不乐意呢。但那离过婚的，离过婚有孩子的，也别一棒子打死，具体问题具体分析。"

手机振动，公司大群里在发红包，小捷借机逃走："吃饱了，抢红包去。"说着便躲进屋里去，饭桌旁只剩素敏和小敏。王素敏说："哪天把钱峰请过来。""我去说？"小敏问。"等等吧，要说就是我说。"王素敏道。

　　小捷盘坐在卧室床上，公司红包发了一阵，群里安静了。节日里发红包最多的人，曾经是徐正，现在他躺在黑名单里，静悄悄的。结束了，她在心里已经宣判和徐正结束了。可这会儿躺在床上，她似乎也没觉得自己失恋，仿佛徐正只是出去出差，不久还会回来。钱峰发来语音通话，小捷吓了一跳，不小心摁掉，钱峰又打来。小捷把门关好，接了。"没事吧？"一接通钱峰就说。"神经，你没事吧？"小捷反问，"在哪呢？""老家。"钱峰说，"徐正离婚了。"小捷木木地哦了一声。"女方提的。"钱峰是前线新闻播报员。刘小捷又哦一声，大脑暂时无法思考。"他爸要杀了他。"钱峰又说。"我知道了。"小捷恢复冷静。钱峰留着半句话没问出口——老家人都说，破坏蕾蕾和徐正婚姻的人是刘小捷，蕾蕾受不了才提的离婚。

　　暴风雨要来，小捷感觉自己身处风暴眼，看似平静，却即将摧枯拉朽。手机响，是个陌生号码，接起来，是徐正的声音。徐正说他在高铁上，马上到北京。"你来真的？！"小捷内心激荡。"鱼死网破。"徐正却很平静，"见面聊。"他借的是旁边乘客的手机。他等不了一年，他知道他和小捷已经走到悬崖边上，一放手，就是万丈深渊，必须立刻公布离婚消息。他和蕾蕾商量好，为了给女方留面子，算蕾蕾甩他。徐正爸妈一瞬间又是惊愕、又是伤心、又是愤怒，表面上还在劝，带着苦笑，一转脸就是雷霆万钧。徐正舒了口气，结束了，怒吧，爆发吧，他离婚了。他已经为父母活过一次，现在要为自己活！

　　小捷跳下床，迅速套上羽绒服，抓起皮包和车钥匙，开门冲了出去。素敏和小敏都没反应过来。素敏追喊："去哪？！晚上回不回来？！"小捷回："你们吃，公司有点事！"

　　疯了！小捷开车去北京西站，路上没什么人。她隐隐觉得，自己其实一直都在等待这个时刻，只是没想到来得这么快。会哭的孩子有奶吃，也只有到这个时候，小捷才敢于正视自己内心 —— 原来她下定决心跟徐正"分手"，不过是一种自我保护 —— 她害怕分手，所以宁愿自己先做决定，一旦真到了分手那天，心理上有个缓冲，可以少受伤害。实际上，她怎么舍得分手呢！万事俱备，只欠东风。踩油门，风驰电掣般往前冲，小捷觉得自己跟被雷劈似的 —— 碰巧没死，反倒获得了无穷能量。

091

小敏也要出门，王素敏递围巾给她："真要去？一天不吃能怎么着？天寒地冻的。""治疗必须有延续性。"小敏说，"药得按时。没事，送到就回来。"

陈卓来开门，小敏扑扑头上的雪，笑说多少年过年没见到雪了。陈天福坐在轮椅里，李兰陪在他身边，看电视。小敏跟天福道了声新年好，又掏红包出来，递给天福、李兰。客气完，小敏看着陈卓吃药："一顿都不能断，否则影响药效。""还麻烦你跑一趟。"陈卓抱歉地耸耸肩。"身体好点没？""跟以前一样。"化疗次数多了，陈卓的反应没那么强烈。

吃了药，小敏去厨房瞅一眼，她妈拎来的三条咸肉还挂在窗户边，显然天福没兴趣品尝。小敏要动手洗碗，李兰连忙跑过来："别动别动，我来我来，水冷。"小敏只好站在一边。一时间，她感觉自己在这个家毫无用处，比保姆更像个外人。她和陈卓的距离似乎也无形中拉远。从前，他们能谈未来，谈社会，谈人生，谈各自的工作，谈生活的畅想，可以一起出去旅游、吃饭，甚至应酬。但现在，所有的天地仅局限在这小客厅里，她觉得自己跟陈卓似乎也无话可说。所能关心的，就是他的病情、他的身体，以及老爷子的病情、老爷子的身体，生命只剩下原始的养护。虽然她的本业就是治病，但还是让沉沉的气氛压得气短，深感无力。

"这门口也不收拾一下。"有人说话，小敏听着耳熟。佳佳先进来，李萍换拖鞋，低头发现鞋架旁的女靴，她款款走进来，好像女主人，笑道："家里来人了。"李兰见李萍来连忙上前，陈天福看到李萍也高兴，吱呜乱叫，一只手欢迎。刘小敏站在厨房，一时不知怎么应对。

陈卓从书房出来，见佳佳和李萍到来，有点意外："不是明天来么？"李萍怀里抱着个孩子，小脸红扑扑。李兰接过孩子，李萍让她抱到屋里去："明天有事，今天过年。"陈卓有些尴尬。佳佳凑到天福旁边，叫爷爷，天福一只手去兜里摸爬着，摸出那只小敏硬塞给他的红包，借花献佛，转给佳佳了。

刘小敏在外头听得真真切切，可站得越久，越不好意思出去，仿佛李萍是女主人，她只是个不速之客。李萍脱掉外套，两只手背着，东看看，西看看，看到厨房似乎有人影，便轻轻往厨房门口去。陈卓叫："李萍！"算报信。小敏更慌乱。

李萍突然一闪身子，堵住厨房门，先发制人，笑道："来了也不见人，干吗躲在这，装大姑娘？"小敏竭力镇定，维持优雅。陈卓不得不上前协调："小敏来送药。"解释就输了，没必要向一个外人解释，小敏瞪陈卓一眼。李萍装作大度："挺好，遇到一起就是缘分，又是这么个日子，晚上一起吃饭。"小敏想走，但立刻走等于宣布"战败"，也太不像样。

"外头坐一会儿。"小敏招呼李萍，"茶马上好。"借泡茶下个台阶，刘小敏给自己留面子。不大会儿，一壶花茶泡出来，陈卓去找了几只杯子。小敏和李萍尽管彼此看不惯，但还是笑吟吟坐下来，面对面对饮。陈卓见火药味足，想劝，但又不知怎么开口。请谁先走都不合适，只好把老头先支开。"佳佳，推爷爷进去休息。"陈卓下令。

佳佳喊兰姐帮忙，李兰出来扶天福。小敏要帮忙，李萍道："让兰姐做吧，歇会儿。"刘小敏只好坐下。李萍带着笑说："真不好意思，你的事听说了，本来想去看你，又不得闲，光顾着这边。"顿了顿，继续说："怎么样，身体好多了吧？别多想，咱们这个年纪，孩子嘛，顺其自然。"陈卓脸拉下来，小敏有心理准备，不露痕迹地朝里屋望了望，笑道："萍姐不用劳动，不也有了么？"李萍一听有点脸绿，看来李竹的事，刘小敏有所耳闻。"好心总会有好报。"李萍极力克制，"这段时间，谢谢敏妹照顾我们老陈。""应该谢谢萍姐照顾老爷子。"小敏不含糊。陈卓听不下去，打断："别谢来谢去了，喝茶吧。"

于是倒茶，玫瑰花茶，一人一杯擎在手里。李萍再度发起攻击，这次是对陈卓说话："本来你家的事，我真不想管，跟我有什么关系？是佳佳非求我，我心又软。"陈卓知道自己只是道具，李萍意在打击小敏。他刚想劝和，李萍又对小敏说："妹，按说我们就不应该管。离都离了，都是过去式，哪还能管以前的人以前的事，可偏偏都管了。要不怎么说我们是那个什么中国好前任呢。"

赤裸裸的示威，刘小敏当然知道李萍这话的意思。小敏没法在李萍面前解释，她跟陈卓在一起能写一部书，结婚又是一部书，离婚则是另一部书，其中秘辛，跟李萍三言两语也说不清，且没必要说。"都是朋友。"小敏一句话概括。

一杯花茶喝完，刘小敏便起身道别，李萍还是留，女主人的口吻："再坐坐，再坐坐，天还早呢，晚上一起吃饭。"刘小敏坚持说家里还有老妈和妹妹等着。

小敏进屋跟天福打了个招呼，又跟佳佳道别。佳佳嗯了一声，李萍没听见，故意发火："佳佳，阿姨跟你再见呢。"陈佳佳大声说："我说了再见了！"小敏又拉拉小朋友李竹的手，然后才出门。

雪大了些，冰天彻地，年味更浓。小敏踩着雪，身后一串脚印。出小区有个石梯，小敏小心翼翼扶着栏杆下，谨防滑倒。好不容易安全着陆，可走到人行道，却重重滑了一跤，屁股着地，坐得生疼。路灯起。小敏一时起不来，周围有人路过，没人敢扶，都绕着走。伤感突然如炊烟般袅袅升起，小敏也分不清是身体疼还是心疼，坐在地上哭。真有眼泪，呜呜地哭了十几秒。哭也没用。小敏缓过劲，慢慢爬起来，朝地铁走去。往通州去的车厢空荡荡，过年，地铁里没人，阴气十足。本来想回中医院旁边的住处，可一怕老妈担心，二则今夜必须抱团取暖。

092

出站口，刘小捷一眼在人群中瞄准徐正，冲了过去，拥抱，紧紧地。小捷感觉似乎和徐正隔绝了一个世纪，好不容易再度重逢。两个人的身体都有点颤抖，周围哄哄的人群仿佛不存在，人海茫茫，她只有他，他也只有她。"怎么样？"小捷眼含热泪看着他。徐正有点疲惫，但双目炯炯："拼了。""能行吗？"小捷多少有点怕。"我自由了。"

上了车，刘小捷才意识到自己喝了酒，换徐正开，往他家去。"先冷静冷静。"小捷眼看前方。"明天就领证。"徐正等不了。"民政局不开门。"小捷给他降火，"爸妈还是爸妈。""你不愿意？""当然不是。""那就尽快、尽早，按照计划进行。""你爸妈认定我是小三，我怎么进家门？""早说先上车后补票你又不干。"徐正愤愤然。

刘小捷闭嘴。相比之下，如今看来，先上车后补票也比现在的局面好。"真想好了？"小捷心念一转，又有了信心。"想好了。"徐正说，"人就一辈子，过去总想得太复杂，顾着这个顾着那个，其实说来说去顾着自己最重要。你自己舒服了，才能腾出心情照顾别人。人，得为自己活。"小捷拿出手机，查了查："民政局放假三天。初四上班。""那就初四去。""会不会不吉利？初四，戳事，出事。""不存在的。看阳历。"徐正幽默感没丢。"我成坏人了。"小捷失落。"我知道你好就行。"

再进徐正家门。刘小捷的感受大不同。风里雨里，好不容易走到今天，就算以后被人当作"荡妇"，这里也是她的家了。她不能也不必在乎别人的评价，只要她明白他的心，他也明白她的。一切值得。

放下包，小捷坐在沙发扶手上。"新年快乐。"刘小捷张开双臂，对徐正说。徐正扑上来抱住她，两个人失去平衡，跌在沙发上，小捷觉得耳边痒痒的，徐正在她耳边呢喃："以后抱着孩子回去，看他们怎么说。"年三十，少有的甜蜜。小捷和徐正感觉自己好像一对亡命鸳鸯，冲破了一道道阻碍，眼看就要走向胜利，迎接光明未来。

刘小敏到家春晚已经开演，母女俩坐在沙发上看春晚。小敏有点饿，又不好说要吃，肚子咕咕响了几下，只好捏茶几盘上的干果充饥。素敏感觉出女儿的异样，心里猜到几分，不点破，道："晚上没吃饱，鸡汤下点面，你吃不吃？"小敏连忙说自己去下，母女俩站在厨房下面。素敏又热了两个菜，她看小敏的眼眶微微有点红，大概明白情况。小敏和陈卓离婚是她支持的，她感觉出女儿有点后悔。王素敏只好往别的方向打打岔："现在就是治病，其他的都别想。病好了，什么都好。病不好，什么都是虚的。以前你没在乎过什么名分，现在更不用在乎。""知道。"小敏言简意赅。"陈卓那边，明天别去了。"素敏道，"钱峰回北京，我给他打了电话，他说他明天过来。"

小敏给陈卓打电话，说明天家里有事，先不过去。陈卓叮嘱她注意点，其余没多说。刚挂电话，李萍问："刘小敏？"陈卓嫌她盯得太紧："不是。"李萍故意说："今天对不住，我鸠占鹊巢了。""想太多。""不过我本来也是这里头的鹊。""小萍，心放宽点。""好了，不说。"李萍鸣金收兵，开始指挥李兰收拾屋子。李萍一会儿让李兰把茶几上的果盘重新摆，一会儿又让她把电视机旁边的东西都收起来。李萍的指导方针是恢复原貌。忙了一会儿，陈卓和佳佳都看出来了，李萍是要让这个家努力恢复到她离开时的样子。她在怀旧。

李兰刚坐下来歇会儿，小竹子又哭，她不得不去哄着。"以前也有过好时候。"李萍感叹，"什么都缺，但关键人年轻。"佳佳道："妈，你现在也不算老。"李萍苦恼地说："不老？你问问你爸，我老不老？""必死题。"陈卓呵呵地说，"说不老，是假话；说老，你不高兴。""我心眼有这么小么？老就是老，也没什么大不了的。"李萍声调拉高，"老这个东西，你要看跟谁比，我跟刘小敏，谁看着老相？"

佳佳救场："妈，老实说，你年轻，你看你皮肤多细。不是说了么，三十五岁以后，没有什么天生丽质，所有的一切都是靠人民币加持的。"天福竖大拇指，他半边还是不动，话也含混不清，但依旧赞："年轻……漂亮……"李萍有点感动："爸！"

陈卓这才叹了口气说："说实话，的确是你看着年轻点。"停一下，又说："小敏太累了。"本来是夸奖，但加上后半句，李萍立刻不乐意。什么叫太累，太累不也是自找的？她李萍就不累？这段时间以来，是谁为这个家上下打点，一力包圆，怎么没人说体恤体恤她？！哼！

真成能者多劳了！她该的？！佳佳敏锐，觉察出老妈的怒气，及时道："妈，你最累，咱回去吧。"女儿圆场，李萍的火终于没发出来。她招呼李兰抱上李竹，带着佳佳，施施然摆驾回宫。

洗手间卸妆，佳佳从镜子里看老妈："妈，你是不是有点情况？"佳佳嬉皮笑脸的。

李萍以为她说护肤，把脖子上的皮肤往上推："是该好好保养。快到打针的年龄了。"佳佳解释："不是那个情况，是……"忽然小声，装作鬼鬼祟祟的，"你对我爸是不是……"欲言又止，留下想象空间。"胡扯什么！"李萍当即否认。如果在过去，佳佳这么说，李萍肯定当即痛批她。可如今，她自己也有点疑惑，陈卓生病交代后事，一桩桩一件件事情堆积起来，她对陈卓的印象，也不知不觉中扭转，人的感情真是变化莫测，深不可测。

佳佳又说："妈，你就承认吧。""承认什么？""你就是见不得别人受苦，你上辈子肯定是大好人，神仙奶奶。你看，老洪受苦，你原谅他；李竹受苦，你养活他；我爸受苦，你帮助他；爷爷受苦，你让李兰伺候他。你就是吃软不吃硬，有圣母情结。"这话女儿不止说过一次。李萍认为，部分正确。她喜欢扶助弱小。可这点感情，还不至于让她跟陈卓复婚。不过她却是很看不惯刘小敏和陈卓离婚，虽然都说是陈卓提出来的，可他提归他提，你不能同意呀！李萍认为，如果换成自己，她绝对不会同意离婚——宁死不从，这跟过河拆桥有什么区别。

093

年初一是钱峰先到小捷家的。徐正出逃，钱峰意识到问题的严重性，他跟小捷通气后，当天便坐最晚一班火车回北京。他担心小捷，也担心徐正，很快接到小捷妈电话，钱峰更确信自己的判断。如果不是闹得不可开交，王素敏怎么会打电话来找他求助？

年初一上午，钱峰拎着两盒补品上门。"过年没回老家？"刘小敏问。"回了，单位有点事情，提前回来了。"钱峰撒谎。素敏说："小捷一会儿就回来。"回来？从哪里回来？钱峰没问。不过小捷没出现，他总不能率先把什么都说了，只能等。

一会儿，素敏出来，对钱峰说："你来一下。"王素敏拉开榻榻米门，钻进小书房，钱峰跟着进去。素敏口气和缓，意思直接："现在还一个人？""是……""你觉得我们家小捷怎么样？""是个好女人。"钱峰答。答完就后悔，什么叫好……女人……应该说女孩，可不能改。"小捷和徐正分了。"素敏停一下，才又说，"不合适。"钱峰的心又落下来，果然东窗事发，有结果了。"真是……"钱峰虚虚感叹。"是不是喜欢我们小捷？"素敏不客气。钱峰被惊得咳嗽两声，倒抽凉气："这个……"

王素敏爽快，拦话道："没有这个那个，是什么就是什么。喜欢就是喜欢，不喜欢就是不喜欢，你交个实底，阿姨帮你做主。"够飒！这算相亲么？钱峰第一次经历这种方式，简单、粗暴，但或许有效。"你就说是还是不是。"王素敏给选择题。"是……"钱峰给出答案。"行了。"素敏喜笑颜开，"只要你这坚定，阿姨帮你做主。"钱峰道："阿姨……这个……不能勉强吧……小捷有小捷的自由……""其他你别管。"王素敏信心十足，"过去她就是自由太大，自己都不知道哪头香哪头臭。"说着素敏拉开榻榻米门，从小书房出来，小敏笑着迎上来，问："聊好啦？"钱峰羞赧，说不出话。

一会儿工夫，钱峰感觉自己似乎已经快融入这个家庭：言辞有趣的丈母娘，优雅和善的大姨子，还有小捷，那个古灵精怪、充满不甘、奋发努力的女孩。钱峰甚至有点憧憬未来的生活。只是，小捷会同意吗？真像小捷妈传达的那样十拿九稳？

"妈！"一声清亮的叫喊，小捷回来了。刘小敏从厨房出来，嗔道："年三十还出去，丢妈一人在家。"素敏上前："回来就好，别说了。小捷，你看谁来了？"刘小捷换了鞋，才见客厅沙发上坐着钱峰。钱峰见小捷回来，也连忙起身，微笑着。

"你怎么来了？"小捷讶异。素敏插话道："我让他来的。"小敏正要关门，小捷说等会儿，说话间，徐正拉门进来，手里拎着礼品。"阿姨、大姐。"徐正点头挨个打招呼。一抬头，见到熟人，徐正愣了一下："峰子？你怎么跑来了？"钱峰瞟一眼素敏，素敏看看小敏，徐正盯着钱峰，小捷瞅瞅徐正，一时间破不开沉默。小敏救场："人多热闹，都进来说话。"围着茶几坐下，几个人都不晓得怎么破题。

小敏端茶来，几个人喝了一会儿。还是小捷先开口，神色严肃："妈、姐，钱峰也在，挺好，做个见证，我和徐正打算结婚。"平地一声惊雷。王素敏一口茶差点没喷出来，连着咳嗽。钱峰脸色灰苍苍的，不作声。徐正这才说："阿姨，昨天我向小捷求婚了，我们打算年初四就去领证。"素敏慌乱地掐指算："今天是初一……别开玩笑！"不敢看钱峰。小捷不满："妈，结婚就结婚，谁有工夫开玩笑，你不是早就希望我结婚么？"素敏指着女儿，又指指徐正："你们俩不是……"小捷道："有困难，克服了，马上修成正果。"

小敏看出钱峰的尴尬，更觉得老妈办了一件大错事，于是竭力补救："小捷、徐正，你们这事也闹了一阵了，如果现在真的下定决心要结婚，我们肯定支持。今天好，钱峰也在，他是你们共同的朋友，一路支持见证你们成长，该敬钱峰一杯。"

　　事情说开，尴尬气氛稍微缓解，能正常聊天了。坐了一会儿，素敏和小敏去厨房，小捷凑过来。关上门，王素敏才摘下笑脸："没见过你这么没心没肺的，跑出去一夜，回来就要结婚了？他爸妈同意了？关键问题都没谈呢。吃过一次亏，还不长记性！"小捷本以为老妈挺高兴，可进厨房才发现"真面目"，只好向姐姐小敏眼神求救。小敏打圆场："两个孩子就是个意向，先定了，后面慢慢谈。"王素敏瞪眼："还孩子，两个人加起来恨不得有七十了，做事还这么不瞻前不顾后，想起来一出是一出，这样让周围人很被动，知道吗？"

　　王素敏一边洗芹菜，一边继续叨咕："你这算订婚，还不是正式结婚吧？彩礼怎么算？房子准备好了么？双方父母总得见一面吧，总不能糊里糊涂就糊弄过去。"小捷撇嘴："妈，二婚，不必那么多凡俗礼节，一切从简。"王素敏把芹菜往塑料篮筐里一丢："该简的简，不该简的一点也不能简，干吗？几十岁了，还玩裸婚？寒碜不寒碜？我跟你说，你这样瞎胡闹嫁过去之后受苦的是你自己。不信，你问你姐。"话抛得突然，小敏险些接不起来，小捷看她，她只好说："妈是为你好。"

094

　　厨房里，刘小捷喋喋不休，她在向老妈和姐姐汇报她和徐正的生活计划，包括结婚后住哪儿，职业怎么规划，什么时候生孩子，什么时候换房子……未来几年似乎安排得井井有条。素敏和小敏深感意外。这些，小捷从来没跟她们谈过，在老妈和姐姐眼里，刘小捷是脚踩西瓜皮，滑到哪是哪的人。听完女儿的汇报，王素敏说："好，初四领证，明后天总能去新房看看吧。"小捷表示没问题，她对徐正新装修的房子有信心。

楼梯间，徐正和钱峰面对面站着抽烟。徐正问钱峰怎么今天来这。"阿姨让我来的。"钱峰直言。徐正露出不可置信的表情。钱峰只能解释："可能看我一个人在北京可怜。""都解决了么？"钱峰问。"什么？""行了，你那事，在老家就差没上本地新闻。"钱峰点破。"没什么解决不解决的，不用你管。"徐正进屋，把钱峰甩在身后。他现在抱持一种逻辑：错到极点就是对。世界毁灭了才能重建——所谓"大破大立"。

没吃饭钱峰就要走，王素敏不好意思送，便让刘小敏送送他。小敏送钱峰到单元门口，站定了："钱峰，不好意思啊——""没事没事……"钱峰摸摸后脑勺，故作洒脱。"我妈可能还是没摸清情况，闹了乌龙。"小敏抱歉。"有心理准备，"钱峰说，"还是我不够优秀。""不不不，"小敏道，"你非常优秀，以后，姐帮你留意。"

望着钱峰的背影，刘小敏忽然有些惆怅。老实说，她跟她老妈的判断一样，若论结婚、居家过日子，钱峰肯定比徐正合适。无论是外形、性格还是为人处世的态度，钱峰则给一种承担感、踏实感。知进退，懂礼貌，是个男人的样子。小捷现在应该找男人，而不是男生，可这些话，小敏不可能跟小捷说。

次日上午十点，徐正开车过来，小捷坐副驾驶位，小敏扶着妈在后座。徐正说："阿姨，我这套没有房贷，正打算买第二套呢，那一套，写小捷名字。"王素敏见徐正深明大义，微笑不语。小敏道："别有压力。"王素敏又说："两家父母总得见一面，出了年我得回老家一趟，到时候安排见见。"徐正忙道："本来我爸妈要过来，但我爸最近身体不好，所以说等等。"素敏忙问身体怎么了，徐正简单说几句糊弄过去，不提。他换话题道："阿姨，彩礼出多少我不懂，该多少是多少。"

王素敏说："老家有老家的规矩，不过既然到了北京，就得按北京的规矩。""听阿姨的。"徐正爽气。"还叫阿姨？"素敏反问。徐正看看小捷，小捷也有点尴尬。刘小捷又从后视镜看姐姐，小敏端坐着，不作声，都在等徐正的反应。憋了半天，徐正叫了声妈，注意力不集中，车开歪了，徐正连忙打方向盘，虚惊一场。素敏笑道："还是先别叫妈，不安全。"几个人都笑。

徐正的房子早都装好，家具也是新的，打扫得干干净净。素敏一进屋，扫了一眼，便说："两室一厅够住了。"徐正对素敏说："有一间房是给您的。"王素敏听了暖心。

中午，徐正说出去吃。素敏提醒："大年下，店家都不开门，在家吃吧。"只好因地制宜，把冰箱里那些冻了不知多久的各色肉拿出来，用微波炉化了，小捷又让徐正去楼下小商超弄点青菜上来。

徐正和刘小敏在客厅里站着说话，小敏打算从徐正这问问李萍的情况。徐正不设防，有什么说什么，当说到洪卫进去了，小敏还是压不住惊讶，这些事听过，但离她的生活太远，如今确认，她有点同情李萍。"那她身边那个孩子呢？""不太清楚。"徐正说。小敏转而笑说："徐正，你爸妈是不是还反对你和小捷？"徐正吓一跳，大姐能读心。"反对，"徐正只好变着法儿说，"但反对无效。""所以你们着急领证。"徐正道："慢慢会理解。"

095

李萍吸住肚子，硬从门缝挤进来，抬头问："阿正，这干吗呢？"徐正连忙跳下椅子，拉表姐到门口，却见老妈站在门口，阴沉着脸。

"妈……"徐正气势立刻减了几分。徐正"出逃"过后，徐正爸妈没有立刻追过来。徐得先到蕾蕾家了解情况，跟蕾蕾爸——他的老战友表示抱歉，然后气得腰疼病犯。徐正妈照顾了老头子两天，领谕旨，得号令，作为"先头部队"，一路追到北京。到地方，她没直接到儿子家，而是先找李萍——她需要帮手。徐正顺手把门带上，及时阻断，三个人站在门外。

李萍诧异："阿正，什么意思，我和你妈到了，不请我们进去？里头有鬼？"徐正道："萍姐，你怎么也跟着起哄？我妈冲动，你应该劝劝，而不是拱火。"又对他老妈说："妈，蕾蕾那天不都说清楚了吗？没有第三者，没有外遇，就是性格不合，和平分手，这不是很正常的么，为什么非要胡搅蛮缠？""胡搅蛮缠？"徐正妈横眉竖眼，跟着哇地哭出声："你爸腰疼起不来，全厂人都在笑话家里，你就是这么做儿子的？你跑出来干吗？会狐狸精蜘蛛精蛇精？你出了东门往西拐，糊涂东西！"李萍厉声："让开！"

徐正挡在门口，像看守宝藏的使者。徐正妈收泪："有钥匙。"说着从包里翻出钥匙，递给李萍，让她冲锋陷阵。"再说一遍，让开！"李萍气势凌厉，"阿正，你得走正道！""姐！你这是助纣为虐！"徐正拼了。"敲门。"徐正妈瞅李萍，李萍当即冲上去啪啪啪拍门。

屋里头，娘仨听见敲门声，以为徐正不小心把自己关外面，小捷起身去开门。刚露出个缝儿，徐正和李萍跟洪水似的，哗啦一下跌进屋。李萍见是小捷，趁势一推，小捷脚下不稳，失却重心，一屁股朝后坐在地上，咚一下，听着都疼。徐正连忙去扶小捷起来，站在旁边。刘小敏和素敏闻声而来，几个女人面对面。

徐正妈率先开炮，故意对里头作了个揖，恳求地说："姑娘，我求求你，放过徐正，你要多少我给你，三十万够不够？"忽然又变脸，厉声道："你以为你捣散了徐正的婚姻，就能顺顺当当进入徐家门了？！我'马传凤'今天就把话撂在这，不可能！"王素敏本来一头雾水，但见女儿被人这么指着鼻子刁难辱骂，立刻站出来："大年下，私闯民宅这是犯法的！"小捷见老妈说得驴唇不对马嘴，拉了她一下。小敏上前，带着笑脸，对李萍说："萍姐，这怎么回事？是不是有什么误会？有什么话进来说，大家认识一下，有什么问题都可以谈，大年下的，都和和气气不好么？"

李萍不示弱，当即道："刘小敏，你们刘家也是够够的，我也求求你放过我！陈卓那，你要去轧一脚，我不管；阿正这，你让你妹来轧一脚，我就得管！好么，你说我和陈卓离婚了你才介入的，你无辜；那你妹呢，我弟弟刚结婚，就被她给捣散了，这是什么行为？我今天陪小姨来，就是要清理门户！"李萍这么一嗷嗷，刘小敏和王素敏才明白，哦，原来这个身宽体胖的妇女竟是徐正妈妈。另外，徐正结过婚？小捷破坏他婚姻？这哪儿跟哪儿？千头万绪，大有隐情。

小捷缩在一边。小敏严肃地问徐正："阿正，怎么回事？"王素敏也跟着追问："阿正，你不是说你父母同意吗？到底怎么回事？你刚结的什么婚？"徐正对他亲妈说："妈，你给我点面子，别闹了行吗？小捷不是第三者。""那谁是第三者？"徐正妈喝道。"没有第三者。""出去！"徐正妈赶人，"都出去！"李萍伸手一拦："等等，小姨，既然今天人都在，话就说清楚，不让她们做糊涂鬼。"

"必须解释清楚。"王素敏准备战斗。李萍看看徐正："阿正，都到这时候了，你还装鳖？"徐正苦苦哀求："姐，事情不是你们想的那样。"李萍哼了一声，道："行，都不说，我说。"她往前走了几步，抱着两臂，一副咄咄逼人的样子，朗声道："我弟弟，徐正，前不久跟徐家世交的女儿蕾蕾因情投意合结为夫妻，十分恩爱般配。结果两个人结婚没多长时间，你们这位小捷介入进来，活生生拆散和破坏了新婚小夫妻，女方受不了，提离婚。就这么简单，我讲完了。"

刘小敏怒："徐正！"王素敏喝道："到底怎么回事？！"徐正应付不来，着急："不是那样！这个……那……阿姨……妈……不是……哎呀……"王素敏质问："你有没有结婚？跟那个什么蕾蕾。"徐正为难："是结婚了，可是……"李萍立刻跳出来，抢话，骇笑着："听到了吧，结婚了，有妇之夫。"跟着上前打散小捷和徐正："分开，撒手，阿正你过来。"

小敏连忙拽过妹妹，六个人形成两个阵营。小敏恨道："徐正，这些事情，你不应该隐瞒。"又对李萍和徐正妈说："请你们理解，你们说的情况，我们完全不知情。"李萍揶揄："不知情？不知情你就把妹妹送来了？不知情你们大年下怎么会在别人家？我看不是不知情，是处心积虑，明修栈道，暗度陈仓。"刘小敏道："李萍，别总把人想那么坏，小捷是我妹妹，如果我们知道前面这些情况，根本也不会同意小捷跟徐正在一起。"王素敏急得跺脚，气几乎喘不上来："徐正！你怎么可以……怎么可以害小捷！"一阵猛烈咳嗽。"妈！"小捷哭着帮老妈抚背。

徐正一肚子事倒不出来，急得眼珠子发红："阿姨、大姐，我是结过婚，但离婚不是因为小捷插足，是完完全全合法的正常的离婚。协议离婚，和平分手。结束之后，我才跟小捷重新走到一起，所以，无论从法理上还是道德上，我们都是立得住的。"王素敏一手指着天，颤抖着："那你妈妈今天是怎么回事？"

徐正妈不示弱，上前，跟素敏面对面站着，一字一顿地说："你是刘小捷的妈妈吧？不管怎么扯皮，今天算赶日不如撞日，刚刚好两家大人见面了，能做得了主。我麻烦您以后管好自己的女儿，别让她再往我儿子房间里钻。以前怎么纠缠不管，过去了，以后，我们徐家跟你们一毛钱关系没有，行吗？"王素敏一贯能言，可面对徐正妈的挑战，她大有巧妇难为无米之炊之感。她怎么说呢？ 人家驱赶小捷，她竟找不到理由反驳，瞬间气顶脑门，血压升高，一个站不稳就要倒下，小敏连忙扶住妈妈。小捷泪眼婆娑围在老妈身边，小敏忍不住嗔妹妹："看你惹的事！"

面对李萍和徐正妈的突然袭击，刘小捷先是蒙，再是怕，只想躲，不敢正面迎接，可等到姐姐和老妈被如此痛骂刁难，她这才忍无可忍，触底反弹，瞬间激发出无限勇气，擦干眼泪，站出来大声道："阿姨、李萍姐，我麻烦你们来骂人之前先搞清楚真实情况。不是我的锅，我绝对不背！不是我的错，我绝对不认，也不能认！我和徐正，本来就是一见钟情两情相悦，是你们这个不许那个不让，嫌我是二婚，后来还搞出先上车后补票的幺蛾子，想让我先生孩子再结婚。我不答应，你们就不许我和徐正结合。我就不明白，我二婚怎么了，杀人放火了？伤天害理了？ 只不过是纠正了一个错误，给自己重新开始的机会！怎么就被你们不容？ 后来，徐正为了让你们同意，想了个办法。"

危险！ 小捷要说真相！ 徐正喝止："小捷！"可刘小捷哪里会听，继续说："徐正为了能名正言顺跟我在一起，跟蕾蕾协议结婚。蕾蕾也是苦命人，被逼婚的，他们约定相互配合假结婚，然后再离婚。这样一来，他们以为双方家长就不会再催他们结婚了。而且一旦徐正离过一次婚，就跟我一样，都是离异无孩，大家平起平坐，谁也不用嫌弃谁，我们就可以名正言顺走自己的路，踏踏实实在一起。事情的全部真相就是这样！ 明白了吧！"

徐正妈听得浑身发抖："阿正！ 是不是这样？！"李萍暴跳："这不胡闹么！"小敏和素敏听得呆了，她们怎么也想不到，徐正和小捷

会干这种错到极致的事。可是，其中的委屈，其中的情感，又是那么
合情合理，甚至几分动人。苦命鸳鸯！"是。"徐正耷拉脑袋，认了。
徐正妈一扬手，狠狠给了儿子一巴掌。"那我也不许这样的女人进我
们家！"徐正妈声泪俱下。

"妈！你怎么就不能成全我呢！"徐正扑通跪下。李萍喝道："起
来！阿正，起来！你是个男人！"小捷一扭头，抱住姐姐连声痛哭。

096

一时间几个人都无比尴尬，屋子里只有小捷呜呜的哭声和徐正妈
的抽泣声，秘密太过巨大、荒诞，这种叛逆之举，老一辈人无论如何
是不能接受的。

徐正妈认定儿子是被教唆才干出此等糊涂事。李萍虽然见多识广，
但弟弟为了跟小捷结婚，竟然走了这么一条极端的路，伤害了别人，
也伤害了自己，实难理解。王素敏则埋怨女儿隐瞒这么久，再难以启
齿的事，也应该跟妈妈说。毕竟，她是她亲妈呀！别人再怎么怪她，
她王素敏也会设身处地为女儿着想，求个周全。现在好，突然爆发大
地震，一下全陷进去，想灾后重建，难度太大。刘小敏却是心疼妹妹，
从佟兵到徐正，这一路她走得太辛苦。小捷从小就固执，可她怎么也
料不到，本来一桩郎才女貌的婚姻，怎么会突然扭曲到这个地步。

一会儿，小捷停止哭泣，徐正妈不再哽咽，屋子里没有声音，唯
有窗外传进来的汽车声浪，一波一波扰动着室内空气。世界静得可怕。
终于，徐正妈鲸吼："滚！都给我滚！"

此地不宜久留。王素敏还要理论，刘小敏伸手拦住她："妈，走。"

素敏只好作罢，匆忙收拾东西，小敏挽着小捷出门。徐正见状，也跟着，他必须把"革命"进行到底。李萍叫："阿正！去哪儿？！回来！"徐正不听，跟着小敏三人出了正门。徐正妈一下又哭了，声嘶力竭："你敢出这门，我就没你这儿子！"李萍忙劝："姨，别这么着，儿子还是儿子，好不容易养大的哪能往外推。"

房门口，空气冰冷，徐正没穿外套。小敏转头道："回去吧。怪冷的，我送小捷回去。""大姐……"徐正面露难色。他夹在中间，苦吃够，罪受够。他不是不挺小捷，只是中间有太多的原委，又都是长辈。"实在对不起……"他嗫嚅着。王素敏恨道："被你坑死了！""妈！别说了！"小敏劝。她只想赶快结束混乱场面，再纠缠下去，指不定要出什么事。

屋内，徐正妈呆呆站着。荒谬、荒唐、荒诞，她无法理解这个世界。什么味道？徐正妈动动鼻子，一股臭味。她循味而去，推开厨房门，只见灶台上坐着一只砂锅，那是王素敏小火慢炖的大骨头汤。砂锅下，那蓝色火苗不见了。糟糕！煤气泄漏。徐正妈这才从悲伤中惊醒过来，下意识跑到灶台边，摁抽油烟机。随即一声巨响，厨房里炸出火来。

房门外几个人被爆炸声吓得呆住，慌忙进屋，却见徐正妈滚在地上，双臂护头，全身是火。李萍吓得叫救命，徐正手忙脚乱不知怎么营救，小捷吓得哭出声，王素敏连忙去关掉煤气灶。小敏保持冷静，迅速接水把徐正妈身上的火扑灭。"打120！"小敏推了李萍一下。

徐正妈被送医院抢救，经诊断，颈部、手部皮肤严重烧伤，预检分级为二级深度烧伤。万幸的是，没烧到脸。徐正爸连夜赶到北京，李萍陪了两夜，尽心尽力。刘小敏帮忙找了单独病房，协调了专家，可徐家并不担她的情。徐正蹲在老妈身旁，泣不成声。他曾经认为，自己这次"出逃"，不成功便成仁，谁他都不在乎，可一场意外，灾祸降临到他妈身上，徐正这才觉得还有在乎。

　　年初四，果然出了大事。素敏和小捷窝在家里，都很沉默。王素敏想到了无数个如果，如果他们不反对徐正和小捷，如果徐正不出逃，如果小捷和徐正不说结婚，如果她不去看徐正的房子，如果不做那炖肉，如果当天徐正妈也跟到门口，如果火没被汤浇灭，如果报警器没坏能够正常运转，如果徐正妈没摁抽油烟机按钮……如果……如果……太多个如果……但凡一个环节不成立、不实施，徐正妈就不至于遭此大难……可人生没有如果……事情就是这么一环扣着一环，严丝合缝，针插不进水泼不进，不近人情却又合情合理地发生了。灾难降临，每个人都有责任，每个人又都不是全责。福祸无门，唯有自招！

　　当然，素敏明白，爆炸的根由是那锅大骨头汤——大骨头汤是她做的。尽管仅仅是个意外，只不过这样一来，小捷和徐正铁定没戏。婚还怎么结？没有可能！结束了，一切都结束了。刘小捷心里一本清账，因此，日日夜夜地，她痛苦着、纠结着，她想不明白命运为什么对她如此残酷。徐正妈被烧伤，两家不是亲不亲家的问题，是成了仇家！她和徐正这辈子有缘无分！

　　小捷抱着腿，蜷缩在床上，素敏端了碗汤过来。"喝点。"妈妈劝女儿。小捷摇头。"身体不能垮。"王素敏道，"好歹吃点。"小捷接过饭碗，象征性扒了两口。王素敏坐在床沿，恳切地对女儿说："是雷迟早都得炸。事情发生了，就别再想。都有责任，但这事归根到底是个意外。"小捷看着妈妈，眼神空洞。素敏继续说："你得有心理准备。""知道……"小捷面无表情，哀莫大于心死。

　　"都冷静冷静，到此为止。孽缘，上辈子的孽债，及时打住，他得活，你也得活，分开都能活，搁一块都得死！"王素敏一赶气儿说，"他妈那你也别去，别去看，别管，让你姐处理。从现在开始，咱们跟徐家彻底一刀两断。要是打官司，说这个煤气爆炸的事，我顶着，放心。"王素敏上前抱住小捷。

刘小敏在医院打点，李萍没给她好脸色，小敏只能忍着。趁李萍、佳佳在医院，小敏赶去陈卓那一趟。李兰刚巧不在，陈卓一个人在家照顾天福。小敏问陈卓这几天的情况，陈卓简单说了，又问她怎么一直没过来。小敏原本有些置气，可还是讲了徐正妈受伤的事。陈卓听了叹气："何苦弄这么多事。"一场大病，陈卓什么都看开了。儿女结婚，在他眼里根本不算事，生死才是大事。

小敏手机响，是家骏打来的。小敏接起电话，嗯嗯了两下，脸色有点凝重："家骏奶奶去世了。"说罢，刘小敏匆匆告别。

小敏跟素敏说了家骏奶奶的事，素敏问："怎么没的？""心脏病。一觉醒来人就没了。"小敏说，"我得回去一趟。""干吗？ 奔丧？ 早八百年就离了，你还去给他妈披麻戴孝？ 随点礼算了。"素敏分析。小敏说："就这一个老人，他爸去世我没赶上去，心里老有个疙瘩。这大事，怎么也得去一趟，不为他妈，也看他爹的面子。去去就回。"这么一解释，素敏不劝了。

097

金波爸去世的时候，金波妈料理。等到金波妈去世时，只能下一代人操持。金波和他姐都不是利索人，幸亏小敏及时到，忙前忙后，迎来送往，极尽周全。认识的不认识的都赞，说前儿媳能做到这样，实属不易。小敏料理好一切，回自己家看了看，打算次日返京。

晚间，小敏要回家住，金波的姐姐金慧怎么都不许："陪我说说话还不行？"金慧跟小敏从小玩到大，她叫她慧姐，拗不过，只好陪陪她，住一夜，就当怀旧。上楼，开门，进屋。刘小敏一眼就看到沙发上放着个靠枕，太眼熟。上面绣着：大头儿子、小头爸爸、围裙妈妈。慧姐见小敏发怔，抓过靠枕，笑道："认识吧。"小敏恍然，是她多年前缝制的，真要成文物了。慧姐道："前年大扫除，我妈要丢，金波非不让，后来我拿过来靠靠。就这东西，金波宝贝着呢。"小敏沉浸在回忆里。慧姐添油加醋地说："弟过去老念叨，小头爸爸犯了错，围裙妈不原谅，大头儿子很难过。"小敏惨然："过去的事，还提它干吗？"

次日回北京，家骏去送站。刘小敏叮嘱儿子照顾好他老爸。家骏肯定地说："放心吧。"小敏又问："你爸还去北京么？"家骏耸耸肩，无奈地说："劝了。没用。他说他还没到养老的时候，得奋斗。"小敏没往深了说，她现在觉得，金波能陪着家骏挺好。老太太去世，老家等于没了牵挂。她照顾不到家骏的地方，金波能替她补足。癞蛤蟆还有垫桌脚的时候。小敏真心觉得，只要老天爷没收你，你就有活在世上的意义。

李兰先跟佳佳说，再让佳佳传话给李萍。她不敢直接面对"夫人"，李萍的火暴脾气，能把房顶掀了。李萍没说话，继续往脸上涂精华，又护理脖子。等弄好，才问："她亲口跟你说的？""是。"佳佳说，"说要回老家，不干了。""为什么？"李萍手一摊，很不能理解。"她老家有人么？回去干吗？""妈，亏你还做过领导，怎么一点都不懂？人家说要走，你肯定得留。拿什么留？这不明摆着兰姐想要涨钱么？""那你问问她，涨多少？给个价。"李萍让女儿去沟通。佳佳得令，当即打电话问——李兰还在天福那忙活儿——可李兰的回答却是：不是要涨钱，就是要回老家。

佳佳把话传回来。李萍火上来："敬酒不吃吃罚酒！搞什么东西？！"她等不了，立即叫上佳佳，抱着李竹，直接往前夫陈卓家去。

098

母女俩连带李竹这个时间突然到家里来，陈卓也感到意外，问怎么了。李萍进门也不换鞋，道："你别管了！"佳佳抱紧李竹进卧室，安顿好，又把老爸拉到一边，让他躲一躲。陈卓还在问出什么事，佳佳道："让我妈处理。"

李萍引李兰到厨房，把门关好。"兰姐，"李萍火归火，还是不希望李兰走，因此压住性子，"现在就我们两个人，你有什么委屈跟我说，我给你做主。"李兰道："夫人……我得回家……家那还有二亩荒山要弄……"李萍一听有些着急："荒山不是早包出去了？你回去干吗？能挣几个钱？"李兰嗫嚅，"种茶叶。"李萍终于忍耐不住，门一拉，咣当一声，推门而出。

"糟了。"佳佳嘀咕，谈判失败。她连忙迎上去："就算要走，好歹等一阵，给我们点时间，保姆不好找。"李萍补一嗓子："有什么难找的，地球离了谁不转？"陈卓这才明白了个大概。当晚，李兰没跟李萍回去，继续照顾天福。不过，第二天，陈卓就及时联系家政，开始着手找替代李兰的人。

治疗开始，陈卓反应有点强烈。刘小敏担心他，搭了张床陪夜。陈卓叹气不断，小敏以为他对未来灰心，鼓励道："反应重未尝不是好事。不用担心。""不是担心我自己。"陈卓苦恼，只好把李兰要走的事跟她简单说了，又说找人实在难，主要他爸的脾气太坏，谁也容不下。

刘小敏知道，事到如今，能暂时帮把手的，只有她老妈王素敏。她跟天福相处过，又是以前的亲家，半个乡亲，总能照顾照顾。可小敏不敢答应陈卓，更不能主动提。因为她不确定自己能不能说服老妈帮忙。王素敏早都说过，不愿意伺候人。她刘小敏怎么张得开嘴？小敏心疼妈妈。"再想想办法。"小敏叹息，"我明天去问问住院部，看有没有床位，如果能凑合出一个来，先住那也行。"次日一问，没有多余床位。李兰眼看打包袱走人。陈卓更急，院住不踏实，说干脆等等，化疗没什么迟了早了，保姆找到他再治。小敏实在看不过，道："行啦！别添乱了！"事情抵到眼面前，她只好硬着头皮找老妈开口试试。愧疚是愧疚，但也是没有办法的办法。

假期继续，宠物猫霹雳离家出走，再没回来。小捷心痛得早饭都没吃。王素敏怕女儿在家里闷出病来，便打电话让钱峰来带小捷出去玩玩，钱峰带着小捷去滑雪。

小敏和素敏饭后泡茶，好容易能静静坐会儿。素敏问陈卓情况怎么样。小敏说还行，然后突然叹口气。"我现在都怕老年生活。""怎么突然说这个？""不是突然，是切身感受，触目惊心。"小敏换个姿势，"现在哪还有孝子贤孙给你端屎倒尿。""端什么屎，倒什么尿？"素敏抽凉气。小敏忽然小声说："陈卓爸，尿沙发上了。"王素敏下意识捏鼻子："李兰呢？"小敏这才说："走了。""请的护工呢？""来一个走一个。"小敏口气无奈。

见女儿一脸愁苦，素敏大概明白几分，索性硬起心肠，看着女儿的脸，口气僵巴巴地说："活受活受，活着就得受。"小敏眼眶发红。素敏道："哭有什么用。"嘴巴硬，心却软了，她不忍心女儿难受。可即便要去，也得把话说在明地里。得他们求她，才能显她的能耐。素敏向来喜欢扶危救困，这也是显示存在感的一种方式，何况这次跟过去不一样。素敏眯缝着眼："你什么意思？"小敏见老妈口气松了点，这才说："妈，能去担待两天么？找到人，立马换。现在天天晚上佳佳去凑合，白天实在没人。"

素敏依旧沉默，半晌才问："就两天？"小敏忙道："顶多一周。中介正拼命找人。所有费用陈卓出。包括这一周。"王素敏叹了口气说："妈不是要你们的钱，可这活儿也不能做到黑豆地里，何况陈卓当初挑得明，有百分之多少，就是留给他爸养老的，正好用上。"又骂："这老头，倔驴，有人伺候不就得了，把护工都吓跑，只能睡在尿里。"

小敏舒口气，这事暂时有着落。她腾出手，要上班，还得照顾陈卓，虽然有点对不住妈，可眼下只能暂时顾全大局。小敏又道歉："妈，真对不住，让你受苦受累。"素敏摆摆手："理解，明白。你们是真难，不然也不会求到我这。那老头，从前我烦他，可现在真滚在床上，无人照管，虽然我跟他也不算囫囵个亲家，可究竟是一个地方出来的，有几分情面。就当救苦，积德积寿，人心善一点，总没错。"物伤其类，若在过去，素敏绝不肯出手，可如今她也到这个岁数，一想到万一将来她跟天福一样遭遇，还得麻烦孩子们照看，所以也愿意换位思考，留点后福。

钱峰和小捷并排站在滑雪场上，装备齐全。从北京到张家口，刘小捷全程沉默。说什么呢？钱峰也不晓得怎么安慰。他去医院看过徐正妈，已经脱离危险，但未来植皮、修复，是一条坎坷路。钱峰转头看小捷一眼，小捷没迟疑，一个加速，滑了下去。钱峰连忙追。小捷却越滑越快，下了坡道，竟直朝野场子滑去。发泄，她这是要发泄。来之前他就觉得不对劲，追。他加快速度跟了过去。一个坡道，翻过去就是山谷。小捷借着惯性冲了出去，瞬间没踪影。钱峰急停，却见小捷摔在山谷下面，陷在雪坑里。

小捷轻伤，只磕破了点皮，胳膊上青了一块。钱峰却半月板轻微撕裂。酒店里，钱峰一蹦一跳来看小捷，晚上走不了，怎么着也得休息一夜，等小捷能开车才回北京 —— 钱峰的脚暂时不能踩油门。

钱峰忧心忡忡地进门，刚坐下就对小捷说："你不能这样。"小捷一愣。钱峰继续："你还有你自己，还有你妈妈，还有你姐姐，别想不开，日子还得过。未来总有好事。"小捷苦笑。钱峰以为她闹自杀，其实只是突然有点走神。可她有点感动，但依旧不愿解释，便顺着说："下次不这样。谢谢你。"一句话说得钱峰仿佛石化。他永远收到这三个字，得好人卡。

099

回到北京，王素敏见小捷"负伤"，免不了唠叨。"我还得去看你姐的老公公几天。"素敏向小女儿诉苦。

素敏来顶替，小敏转达，陈卓千恩万谢。既然是一对，少不了相互帮衬，小敏让他别客气。陈卓化疗结束，便立刻跟李萍联系，说找到了人，让佳佳缓缓劲。"中介找的？""不是。"陈卓说，"中介还在找。"李萍问："那找的谁？""就是个看护，白天看着。等我回去，晚上我看行，佳佳不用天天过来。"

陈卓从医院回家，王素敏就正式"上岗"。天福见素敏来，颇有些不痛快。素敏拒绝过他，且自他中风在家，她就没来过。天福看透了，认为她现实、势利，不值得交。素敏一到，天福净给她白眼。素敏来帮忙,做不到兰姐那样,又是擦又是洗,她始终觉得男女有别,不能越界。因此,眼前的,她照顾到,里头的,她则不肯打点。人就怕比,换了人,天福才更加明白李兰的好,晓得李兰的珍贵。

这日,陈卓情况不太好,小敏又接他去住院。临走前,还是叮嘱素敏照料。因此陈卓住院,素敏暂且晚上也住家里。这日傍晚,素敏煮了稀饭,剪了包榨菜,端到天福床头。"橄榄菜。"天福还是口齿不清。"什么!""橄榄菜,要橄榄菜,不要榨菜。""没有。"素敏声音不大,态度笃定。一会儿,素敏吃完,问天福:"还吃不吃?"天福腹中饥饿,又无自理能力,憋了一会儿,只好说:"给我热热。"这下天福肯吃了。素敏站在一边,道:"我知道你不想看到我,认为我对你冷淡,不够朋友。可你病倒也不是因为我。我肯来,就因为两点。一看在你下巴的分儿上。下巴受伤间接因为我,我过意不去。二是看在陈卓的分儿上。孩子不容易,自己那样,还得为老子操心。"

天福愤然:"我是他老子!不应该的?"素敏讨厌天福理所当然的样子,批驳道:"他是你儿子你就有权利为所欲为?!你记住,久病床前无孝子,老年人也得自求多福。孩子们的耐心、孝心不是没限度的!把孩子们累倒有你什么好?给饭还不吃,要吃什么橄榄菜皮球菜,人,别作。"天福气壮脑门,硬顶:"我们家的事不用你管!"素敏把围裙一摘:"不管就不管,你以为我想管。"说罢要走。天福又软下来:"别走!"素敏止步,转身:"怎么别走?"天福皱眉,为难:"我要解手。"

100

出了年,李萍才得知原来陈卓请的"信任护理人"是小敏妈,老大不高兴。一来，她觉得陈卓不应该瞒着她，是向着刘小敏，把她当外人。二来，李萍一直把天福当作统战对象，跟自己同阵营的，过去李兰照顾，她一百个放心，如今变成素敏，李萍总感觉像我方混入了特务，如芒刺在背。

佳佳劝她："早知道不告诉你这些，你自己又不去，别人去你又不痛快，占有欲太强。我爷什么时候成香饽饽，还你争我夺的？"李萍当即反驳："这是阶级立场问题，大是大非问题。我不去？我真没去吗？你姨姥现在什么情况你不知道？我不得伸把手？哪头轻哪头重？"陈佳佳哼了一声，笑道："你是姨姥重，我姓陈，我是爷爷重。不过姨姥这事说到底也是自找。敏姨的妹真就那么糟？死乞白赖反对，反对出事来了。什么事都得顺其自然，该发生的就让它发生。憋着拦着，迟早爆炸。""敏姨？"李萍第一次听女儿这样叫刘小敏。听着别扭！"你叫她什么？"李萍质问。"敏姨。"佳佳又说一遍。"不许这么叫。"李萍轻声说重话。佳佳呼一口气，反过来劝："她年纪比我大，叫姨正常。别动不动就横冲直撞，与全世界为敌，有什么好处？咱们朋友不多，在北京也没什么亲戚。"李萍气得瞪眼："陈佳佳！"

佳佳往回找补："妈，其实我挺佩服你的。我爸以前对不起你，老洪也对不起你，就这你都没彻底抛弃他们，有困难照样伸手。仁义！妈，你脱了马甲就是个女侠。路见不平，拔刀相助，力挽狂澜，中流砥柱。""别给我戴高帽。"李萍平静了一会儿，又问佳佳工作室的事。陈佳佳说起步阶段，还是得挺。说话间，房间内传来哭声，李萍去看，李竹坐在地板上，玩具倒了，她只好帮着收拾。"妈妈——"李竹搂住李萍，李萍只好发挥母爱，哄哄他。

徐家整个年下鸡飞狗跳。徐正妈终于出院，住在儿子那。厨房还没重装，就那么凑合用，徐正爸在里头摆了个电磁炉。他不许人动，说是"案发现场"。对于小捷和徐正的关系，徐正爸发话：必须腰斩，断！不能有任何联系、瓜葛。若徐正忤逆，就断绝父子关系！有我没她！

徐正异常消沉，双亲必须照顾。趁着这趟，他父母应该从此会在北京住下，养老，看着儿子。李萍不时来看小姨。这日，她带着进口的皮肤再生药来。李萍见厨房还是一片狼藉，道："姨夫，这还没重装呢，回头找几个工人来弄弄。"徐正爸手握木铲，抬头，声音洪亮："别进去，这就是圆明园遗址！英法联军烧杀抢掠！勿忘国耻。"李萍一愣，老徐真魔怔。"这不耽误用么？""没事。电磁炉凑合凑合。这跟恐怖袭击有什么区别？"徐正爸哼一下，"我咨询律师，诉状已经递上去，咱们法庭见！"

疯了，姨夫算受了刺激。李萍当天在场，她自然知道是怎么回事。爆炸根本就是个意外，触发点是小姨摁抽油烟机。法律是讲证据的。姨夫这么做是无理取闹，李萍又知道这姨夫不能劝，向来拧巴，越劝他越来劲。

忙了好一阵，王素敏才得空回通州。陈卓化疗情况不好，素敏忙完老的，又跟着小敏忙陈卓，累得腰疼病犯，只能让小敏给扎针。天福头一次犯病，恢复起来比较快，除了言语不清，身子已能动弹。陈卓从医院回家，爷俩勉强相依为命。

素敏躺床上，趴着。小捷这天回来得算早，朝卧室伸伸头："妈，还躺着呢，还不行吗？要不点个上门推拿的。"素敏爬起来，捋捋头发，穿衣服要出去。小捷问她去哪，素敏道："去超市看看，这个点菜肉都便宜。明天家骏要来。"

　　家骏返京头一站就是到小姨家。他知道老妈忙，顾不上，先来看看外婆和小姨。素敏尽管腰不舒服，可还是做了一桌子菜。家骏来，素敏又盯着问了问他奶奶去世到下葬的情况。素敏感叹："你奶这辈子不容易。这么走了，也是福气。"小捷说："不过有的时候就是人在人情在，只要有口气吊着，人还在，局面就维持着。不一样。"

　　王素敏不想再听分析，便问家骏他爸怎么样。"爸有点抑郁。"家骏说。小捷道："跟我一样。"素敏白了女儿一眼："人家是死了妈，你妈还在这坐着呢，别遇到一点点事就说抑郁，能比么？坚强一点，男人还有。没有谁非谁不可！"小捷不吱声。她就知道老妈会绕到徐正的事上来。徐正妈烧伤，两败俱伤，不欢而散，尽管一切静悄悄的，可小捷总觉得，那事就像个休眠火山，还没完，迟早得再爆发。

　　王素敏又对家骏说："你也多照顾照顾你爸，上头没了老的罩着，心态会变化。得顶。"素敏又问金波还来不来北京，家骏说过了五七过来。家骏又对小捷说："小姨，我爸的工作，还请多留意留意。"小捷连忙说："我没办法。"王素敏嫌小捷拒绝得太干脆，在外孙面前没面子，劝道："也不是让你立刻安排，留意，有合适的，能引荐就引荐。一个大活人，有手有脚又是男的，还愁找不到份差事。"

　　有敲门声，家骏去开门，是 EMS 快递，接过来，递给小捷。素敏问："什么东西？"小捷气得顿时起立，要找手机。"你干吗？"素敏觉得女儿失常。"打给徐正！"小捷头顶冒火。王素敏打开快递，就一张纸。素敏眼花，拿得远远的，可抬头几个字还是看得清清楚楚：法院传票。素敏一口气堵在嗓子眼，脸憋得通红。这是她生平第一次被告。家骏连忙端水给外婆喝。

101

王素敏拦住女儿不让她打电话。正在气头上，硬碰硬刚对刚，火星撞地球，更容易把事情复杂化。素敏道："不是吵的事，人家既然告到法院，就是下定决心了。只能私下做工作，争取庭外和解。"小捷大声叫："让他们告！意外就是意外，不信能说出大天来！"素敏喝道："冷静！"又对家骏说："给你妈打个电话。"一纸诉状，等于挑起战争，必须做到考虑清楚策略方案，心里有数再迎战。

小敏知道家里有事，下了诊连忙往通州来。王素敏把传票往小敏跟前一推。拿起来一看，小敏深深地吐一口气。王素敏分析："那天人都在，徐正、李萍，他们都是知道真相的。有必要告？这事，十之八九是徐正爸干的。"小捷说："天理昭昭，指鹿为马，颠倒黑白！"素敏不理小女儿，直接对大女儿小敏说："你去找陈卓，让他跟徐正联系，问问情况，探探底。这样我们那头也有个内应，然后再两头做工作，看看怎么弄。最好庭外和解。"小敏有些为难，陈卓是病人，还得管这些啰嗦事情，头疼。素敏见女儿不爽快："我们都成被告了！这不是一般事，你要不方便说，我去找他。""我去说。"小敏伸手示意。

刘小敏给传票拍了张照，次日，便找陈卓说明情况："别出去，打打电话就行。"小敏担心陈卓身体。陈卓一面感叹，一面答应，表示一定尽力。电话打过去，已停机。微信联系，没人回应。徐正早已在老爸的强迫下，换了手机号、微信号，就差身份证号不能更换。

当天下午，李萍来看天福，她找来个金牌看护来见工，天福还是不满意，嫌手脚笨。他现在勉强能自行解手，伺候天福，不再单纯是体力活。护工走后，陈卓不耐烦："爸，你这样，以后没人能跟你相处。"天福口齿依旧不清："都不如……阿……李兰！"

李萍只能安慰，说在联系李兰。聊了一会儿，陈卓带李萍到书房，把徐家告小敏母女三人的事说了。李萍当即道："我知道。爆炸是意外，可姨夫就是要告。""好歹你劝劝，或者让徐正来，我跟他说说。"李萍道："他爸要告，劝阿正有何用？人家就是一口气出不来。"陈卓道："事在人为。"李萍忽然提高声调："你就非要掺和到她家的事中去？你现在可不是她们家女婿，自己病成这样，当务之急是养病，什么都别想，什么都别管。管她，管她妈，管她妹，真要蜡炬成灰泪始干？我说句实在话，人，得为自己考虑，你得善加利用你的时间。"陈卓泫然，含泪带笑地说："利用什么，混吃等死。"李萍沉默，她忽然觉得自己的话太重。

"家和万事兴。"陈卓又说，"闹大了，对彼此都没有好处。何况是偶然。"李萍说："偶然中有必然。如果小敏她妹不是非拽着徐正，能出这种事么？那天我在场，全部情况我都知道。虽然是意外是偶然，但那锅大骨头汤是谁炖的？那炖汤的人是不是也应该负一点责任？人躺在医院，就刘小敏象征性地去看看，不痛不痒的，换你，你气不气？"陈卓好言相劝："气可以理解。所以现在就是要寻求解决办法。告到法院，不也是希望能沟通么？如果能私下解决，达成和解，最好不过。这个事情大致也就是赔钱的事，顶多顶多加道歉。想把人怎么着，根本不切实际。还是一切从实际出发。小萍，你是明白人，好好跟姨夫说说。劝他别生气，生气容易得病，受害的是自己。"

李萍经不住陈卓磨，终于松口，答应去做做工作，但特别强调："是看你面子，不是为她们家。"陈卓忙说知道，表示有什么情况，跟他沟通就行。都沟通好，陈卓忽然感觉李萍竟有几分可爱。嘴硬，心软，好强，即便在这种小地方，也要占上风。这种性格，过去，他觉得讨厌，但现在，人到中年，逞强反倒成为抵抗岁月的方式，反倒有几分悲壮味道。

李萍去单位找徐正，谈了上告的事。徐正竟完全不知情。"你爸就是一口气。"李萍说。"他这样法律也不支持。""不见得，看到什么程度。那锅骨头汤是她妈炖的没错吧。"李萍点出来。徐正反驳："能这么说么？算么？要这样算的话，那如果我妈不来，不闹，是不是就没事？"李萍气恼："你是谁儿子？胳膊肘往外拐！这事追根溯源就是你胡闹！就是你找了不该找的人！这才给大家带来了不必要的灾难！最应该反省的是你！天底下那么多人，真就非她不可？真有那么好？喝了迷魂汤了！""分都分了。""真的？""分了。""物理上心理上都分了？""分了。"徐正面容冷峻，"这辈子我跟她做不成真夫妻。"语调悲怆。李萍听了也有些心软："行了，感情是真的，但过去就过去了。还年轻，日子还长，都能找到合适的。"顿一下，继续说："当务之急是让你爸撤诉，两方和解，息事宁人，到此为止。"

约了时间，李萍到徐正家。徐正妈一听到外甥女和儿子提撤诉，跟着就哭。用她的话说，现在她人不像人鬼不像鬼，都是拜刘家所赐，她们必须付出代价。李萍忙解释："不是立刻撤诉，先调解，谈谈条件。"徐正爸声音震天："免谈，一命偿一命。"老头横劲大。徐正和李萍面面相觑。

徐正上前道："爸，这些都是你的主观意愿，不是也请了律师么？律师没告诉你，法官根本不会支持这些诉求？"徐正爸恨道："支持不支持，反正我就告。作案现场在这呢，法院可以调查。我咬不死她，也恶心恶心她！"李萍再劝："姨夫，我是从你的角度考虑啊，老生气，对身体不好。当务之急是养身体,不能意气用事。她家如果愿意赔偿,医药费、营养费、精神损失费什么的,还有重装厨房的钱,我看能早断就早断,谁也不想阿正再跟她们哩哩啦啦扯不清。"徐正的脸红一阵白一阵。为了让老爸休战,他只能充当炮灰。徐正爸看看儿子,道:"你!对!就是你!你要胆敢再跟那个女人,跟那个家庭藕断丝连,我不但要上告,还要去她们的单位闹。你妈没完成的,我会继续完成。将革命进行到底!"

徐正欲哭无泪,谁也不希望悲剧发生。但他认为老爸现在已经发展到不明事理的境地。他呆呆地站着,老妈还在屋里啜泣,他不得不跟他们站在一起,因为是同道,共同进退 —— 他们是亲人,联系刻在血脉里,割不裂剪不断。李萍拉一下表弟:"阿正,你还不跟爸爸表态?快。"徐正只好无奈表态:不会再联系。徐正爸道:"这样说不行。"李萍诧异,又带笑脸:"姨夫,该怎么说,你教教他。"徐正爸凛然道:"叫:此生不复相见!"

李萍差点失笑。徐正只好复述。李萍道:"姨夫,这样,等对方联系我们,就安排一个地点,见面谈判。"徐正爸道:"不用约,等法院传唤,到法庭调解。"

102

过了"五七",金波重回北京。出租屋退了,他在家骏宿舍凑合几天,实在没面子 —— 家骏在同学面前也难做。思来想去,趁儿子去上课,他大包小包地来到小捷家门口。素敏最近在研究法律问题,带着老花镜开门,见是金波,问:"你搞什么?""妈……"金波叫得亲,

略有点泫然。素敏满腹狐疑，指指门口的行李："这干吗？"金波不好意思，但依旧能拉下脸："妈，我成孤儿了⋯⋯"素敏明白，金波又要上门当住客。

天还寒，素敏见他可怜——他老娘刚走，不看活人面，看着死人面，何况中间还夹着个好孩子家骏，只好放他先进来，给了杯热茶。喝了几口，金波道："妈，我给房租。"金波想借着住这，多找找小捷，问问工作的事。素敏嫌他腌臢，不耐烦地说："最近家里事多，顾不上你。"没说可住不可住。不是第一次了，上回放进来，素敏惹了一身不是，这次不能轻易开口子。

金波问什么事。素敏叹息："我们娘仨，被告了！"金波大惊，忙问怎么回事。素敏把事情说了。金波当即撸袖子，声大气粗地说："妈，别怕，我去干！想来硬的咱就来硬的！"王素敏只好更大声："手放下！"转而苦口婆心地说："最怕你这样！这是哪？北京，天子脚下、首善之区，你以为是你们厂区大院，提个拳头就能解决全部问题？"素敏抖抖手中的法律材料："都是要讲法，懂法的。"金波站队："反正，就一句话，妈，有什么需要我的，刀山也好火海也罢，我去！"

素敏本不想留金波，可转念一想，谈判那天，有人壮壮人场也好。世事多艰，钱好说，人难找，于是便同意先让金波榻榻米凑合着。又道："人善人欺，马善人骑，这世道，没法说。"金波拍胸脯："有我在，谁也不敢动妈一根毫毛。"

稍晚，家骏赶来。金波不辞而别，家骏担心爸爸。"也不说一声。"家骏微嗔。"不能耽误你，老子儿子都睡在宿舍，不像样子。"金波面带愧色，是真心话。搬都搬了，在孩子面前，素敏得维护金波："家骏，你爸住在家里我也放心。"家骏不再多言。

金波又跟素敏聊工作的事，说想买个小车送外卖。素敏问："能行吗？"家骏道："到这步了吗？"金波笑道："不光是挣钱，你爸我也得活出个人样，你姨帮咱们留意，咱们自己也得挣。本来说开滴滴，没现车。还是送外卖，电驴子便宜。"素敏大概听懂了，金波这趟来，没准是找小捷借车的。听话听音，划重点：开滴滴。但那是小捷的交通工具，素敏无法做主。他要借，得自己开口。尽管现在小捷日常上班坐公司班车居多，但她未必愿意把车给金波糟蹋。

家骏坐一会儿，走了，晚上还有课。小捷加班，到家快晚上十点。金波和素敏坐在沙发上看电视。黑咕隆咚，小捷以为是徐正爸来了，吓一跳："搞什么？！ 也不开灯。"金波赧颜，素敏帮他解释："本来跟家骏挤宿舍的，被宿管赶了，来凑合几天。"小捷不高兴。几天？ 看样子不像。"姐知道么？"小捷问。金波道："你姐事多，没敢去烦她。"又说："二妹，你放心，那个告的人，只要你想出气，姐夫帮你！ 一个打俩。"小捷又好气又好笑："谢谢，都歇歇吧。"

金波住进来第三天，小捷要去小米公司谈合作，一早起来便没精神，但工作要照做。金波自告奋勇开车送小捷 —— 当然，是开小捷的车。一路，金波照顾周到。送到地方，小捷让他先走，但金波一直等着。到中午，小捷从小米办公楼出来，见金波还在，有些意外，金波又说请小捷吃午饭。

凤凰无宝不落，小捷猜到这位前姐夫又有事。吃个素菜馆，小捷没多点，金波没就业，肯定得她付钱。"什么事？ 说吧。"小捷径直问。"瞧妹妹说的，没事就不能请你吃饭？"金波假客气。"快递的事问了。有同事可帮忙，得等。""谢二妹！"金波以茶代酒，敬她。"如果能落实，好好干。"小捷劝他。金波点头，又说："肯定好好干！"人穷皮厚，没有尊严，生活早把金波打磨成滚刀肉。吃到一半，金波说："妹，你车平时开得多不多？""干吗？"

"你要开得少，我可以岔开开，申请个滴滴。"金波说。还没等小捷开口，他连忙又说："我给你算租金，折旧。关键北京的车号难摇，不然我干脆买一辆。"金波不忘说大话。车，开得的确有限，但给他开，多少有点不放心。可如果给租金的话，倒也算充分利用。筷子一放，小捷说："得了吧。你能给多少？""多了不说，一个月三千保底。"小捷想了想，不亏，便道："先试一个月。注意保护。"

金波驾龄足够，年龄符合，很快申请下来，头天出工，铆足了劲，毛利五百多，晚间买了卤菜回来庆祝。小捷到家，看到各种红肉，道："这个点，不敢吃了。"金波汇报战果，素敏道："北京这地方，点铁成金，开个车也能挣这么多。"小捷也替金波高兴。素敏说："慢慢来，哪怕一天少挣点，细水长流。你这个年纪，身体倒比挣钱重要，陈卓就是例子。"王素敏又说："小捷，过两天到法院你别去，我和你姐过去就行。""我是被告，怎么能不到场？"被告可以缺席，小捷是想见徐正最后一面。

开了春，几个人生日赶到一块。李竹比他们早一点，因为挨得近，可以一起过。陈卓也有心给老爹过个生日。除却小敏家和徐正家那个官司，眼下这段，恐怕是这两年相对安宁的时光。两个生病的，天福逐渐恢复，有了点行动能力，尽管语言功能依旧有障碍；陈卓的白细胞上来了。李萍从离婚阴影中走出，稳稳地当妈。佳佳回国，借着老爸的余力做工作室，虽然没突破，但好歹开始生产内容，走入职场。小敏流产离婚后开始上班。小捷惨点儿，失恋，吃官司，但好在没失业。

生病之后，陈卓对人生的态度更加超然。没有绝对的安宁，但暴风雨有暂停的时候，风雨间隙，已算岁月静好。虽然身子好多了，但陈卓还是做好了最坏打算，把这次当作最后一回给老爸过生日。李萍也想好好过过生日。她是幸运的，靠炒股、房地产积累下身家，离婚又分了洪卫不少，让她在这个年纪就可以提前退休，享受生活。不过生活没饶过她，家庭是女人最大的事业。从这个意义上，李萍认为自己是失败的。未至半百，离了两次婚。第一任丈夫得癌症，第二任丈夫在外头生了个孩子，后又坐牢。如今的李萍更珍惜平凡日子、平凡家人。她看陈卓比过去顺眼。过去都较劲，跟自己较劲，跟别人较劲，跟生活较劲，跟命运较劲……现在不。走到人生边缘，陈卓已经跟世界和解，李萍做不到，因而更羡慕、哀怜陈卓。

还有李竹。这小家伙来到世界上，已经转了好几个人的手，待了好几个地方。当然，他小，还不知晓命运的无常与残酷。李萍原本以为自己会讨厌他，谁料久而久之，免不了还是产生一点微妙的感情。何况他还一口一个妈妈地叫着，李萍有种中年得子的幸福错觉。这生日得好好过，留个回忆。

103

研究法律条文研究得气胀。素敏找女儿行针。

小敏诊断，老妈有点"心下痞"——心以下为胃腹部，满闷不舒。取中脘、足三里、期门、太冲、天枢、气海穴，以泻法及平补平泻法为主，上了针，神阙则用一根艾柱灸着。行完针拔罐，都做完，素敏感觉舒泰些："亏得你会这套，我能多活几年。"素敏又说，"也该去给陈卓爸扎扎。"

小敏一怔，她此前没想过这点。一是忙。忙陈卓的病，她还得上班，家里家外一堆事。二是到底不是亲生的。她不是不愿意关心，是根本没往那方面想。小敏说:"哪有儿媳妇给老公公扎针的?"素敏道:"扎哪? 头还是身子? 不就往肉里扎么? 何况只能算半个老公公,你算半个儿媳妇。"小敏不语。"扎得好了,他能动能行,也少给别人添麻烦。"素敏喟叹。这个"别人",包括她王素敏。听妈这么说,小敏更加愧疚,一是对不住天福,二也给亲妈添麻烦。这针应该扎,好好扎。

院里下午出诊,小敏忙到五点半,才动身去陈卓那。打电话,没人接,小敏担心陈卓,连忙叫了车往家里赶。到地方,掏钥匙开门,门刚推开一条缝,里头便传出"《生日快乐》歌"的悠扬曲调。佳佳和陈卓在唱,父女俩背对着门站在客厅中间,面对他们的,是天福、李萍和一个小不点。三个人坐在沙发上,茶几上摆着大、中、小三个蛋糕。蛋糕上各点着一根蜡烛。

歌声消歇。佳佳说:"快许愿。"小不点李竹未通人事,跟着拍手,眨巴着眼看。李萍闭上眼睛,双手合十,唇间念念有词。天福歪嘴,也叽咕着。"好了!"佳佳说,"吹蜡烛。"一老一小不便,李萍代劳,一口气把三个蛋糕上的蜡烛全吹熄,陈卓动手切蛋糕。小敏怕被发现,连忙扭动钥匙,轻轻调整锁心,关上门,猛吸两口气,快速下楼。

他们才是一家人,刘小敏被这个温馨的场景震撼着、打击着。他们在过生日,三好合一好。其实小敏的生日,也是今天,她过农历——连她自己都忘了,翻翻手机日历才最终确认——怎么能奢求别人记得? 她终究没有勇气推开那个门,尽管她是去"奉献"的,义务劳动,义诊,可她融不进那个氛围去。

开着车,走在北京城的万家灯火里,刘小敏忽然明白陈卓坚持要离婚的缘由——至少是缘由之一,李萍和天福很融洽。她或许认他这个爸爸,至少半个。半路上车的刘小敏,恐怕内心深处连半个爸爸的位置都没给天福。

　　强求不来，需要机缘、时间。小敏有时间跟天福相处吗？有机会让他了解她吗？一切来得太快。陈卓是桥梁，如果桥塌了，刘小敏和陈卓、佳佳、李萍这些人，注定只能是隔河相望，不相往来。想到这，小敏又释然了。至少，她不必为道德绑架。不亲就是不亲，不必装亲。

　　包里手机响。是家骏打来的。接通，是儿子爽朗的声音："妈，我刚下课，晚上开班会，不准请假。"小敏哦了一声，没太理解什么意思。家骏又脆声说："生日快乐！"带着孩子气。刘小敏一激动，鼻子发酸，眼泪差点出来。儿子的这句祝福，实在是雪中送炭。"回头补过。"家骏继续说。小敏还得是个妈："不用，有心就行了。"说的也是实话，过去十多年，她最怕过生日。原因无它，怕老。她总觉得时间不够用，从二十到三十是兵荒马乱，三十到四十是日月如梭，人，能安安心心做事的日子太少，女人，更少。

　　挂了电话，小敏的步子轻松些。路边卤煮店飘香，饿了。她喜欢吃重味，但从医学角度，多吃不好，所以她一直克制，她对身材有要求。今天过生日，她打算放纵一把，打包一份卤煮，拎着回家慢慢享用。家门口，远远地，小敏发现门口站着个人。楼道灯光昏黄，只能辨清是个男人，在敲门。"找哪位？"小敏踮步上前。那男人一转头，两个人都愣住，是金波。低头看，他手里拎着个蛋糕盒子，不小。他还记得她生日？！刘小敏心底波澜暗生，但面上不露出来，不算太热情："怎么这会儿来了？"她问。金波直说，但有点不好意思："路过，上来看看，今天你生日。"

　　果不其然，说不感动是假的。新有新的鲜度，老有老的温度，到底是认识几十年。不做夫妻，还是朋友。小敏开门，让金波进来坐。在一起的时候，金波很少记得她生日。金波把蛋糕放在茶几上，一时手足无措。"喝点水。"小敏转身找杯子。

一会儿，水倒来了，递在手上，金波忙接了，又磕磕绊绊地提议："拆开吧。"小敏表示同意，金波利落地拆开蛋糕，上面是一簇玫瑰花图案。"蜡烛点上。"金波主动说。小敏坐着不动，看他把蜡烛点着。金波跑着去关灯，瞬间，整个房间只由烛火照亮。金波一边拍手，一边唱《生日快乐》歌。五音不全，唱得很蹩脚，但意思传达到了。刘小敏不禁有些感慨，这个生日，竟然是由前夫来给她过。只有前夫记得。再想想，也不能怪陈卓，她的实际生日和身份证上日期不一致，只有知根知底的老人，才知道她芳辰。而且年年过农历生日，老变，他们毕竟相识太短。

唱完了，灯打开，两个人之间干巴巴的。"那我走了。"金波硬挤出笑。"吃块再走。"小敏说。切了两块，各自端在手里，刘小敏本来想问问他开滴滴的事，但话到嘴边又咽下去，她估摸着金波未必想提，男人，都愿意当英雄，都要好面子。开滴滴虽然是自食其力，但谈不上光耀门楣。小敏只好找别的话说。"老了。"她叹。"你还那样。我老了。"金波说。小敏笑："你不是老，是胖。"她不怕批评他。"我就说不吃蛋糕，减肥，你非让我吃。"金波也开玩笑。说着，两个人都笑开了，刘小敏觉得金波似乎变了，苦难让人卑微。不过他这也算不上什么苦难，只能算是人到中年不得志罢了，也多半是自找。比陈卓苦么？肯定没有，这世上最大不过生死。

金波这算知道好歹。这样好，都和解，平平静静地生活。人到这个年纪，就应该逐渐知晓命运，接受命运。别活得拧巴。望着小敏，端着蛋糕，金波同样百感交集。以前他不认为老妈在会怎么样，可现在亲妈一走，他猛然觉得心空了一块。他跟素敏说的那话不虚——他是孤儿了。上头没人盖着，周围的故人也零零落落，姐姐在老家，北京城没几个朋友，他现在把小敏当朋友处，一个过去的好朋友。

　　从小敏住处出来，金波立刻给家骏打电话。"怎么样？"家骏捂着电话听筒，从自习室跑出来。"你小子立头功！"金波掩盖不住得意。小敏过生日是他从儿子那里无意中得知。"哭啦？""哭什么。你爸又不是鬼。""说我妈。感动，感动得哭。"家骏解释。"有点，"金波摇头晃脑，得意地说，"儿子，记住，女人，不管到什么年纪，都得哄。"

　　金波开着车，在北京城里转悠，心情大好，干劲猛涨，这天竟然一鼓作气干到晚上十一点还不肯收工。只是有心，无力，心气足，腿脚却不听使唤。金波停在路边抽烟，单子又来了。不能不接，他只好调整状态，按照指示路线开过去。一双年轻男女拉着行李箱，一脸焦灼。金波问："是去机场么？"女的说是，要赶紧走。金波道："太晚了，不过去了。"男的不愿意，说不过去你接单干什么，要投诉。女的好言相劝："师傅，我们这赶飞机，实在是来不及了。走一趟，多给钱都行。"看在钱的分上，金波让他们上车，启程。

　　准备上机场高速，金波忽然肚子疼，忍不了，只好及时下桥，找了厕所方便。再上车，金波实在没力气开车，好声好气跟二位乘客商量，让他们再找一辆车。男的翻手机，车一直不来。女的不干了："师傅，哪能这样啊，走半截把人撂下，还是得走。""不是我不开，是这病来得突然，方向盘都把不稳……"金波真不是装的。男客又提投诉的话。金波心想，这才干了没几天，来个投诉，以后还怎么干，情急之下，灵机一动，揉着肚子道："要不这样，你开，反正能到机场就行，不能耽误你们事。"

　　乘客相互对看一眼。女的自告奋勇，愿意开车。夜黑风高，女乘客机炫技似的超了两辆车，金波几乎忘了腹痛："老妹，技术可以。"女乘客笑道："老司机。"男乘客提醒她："慢点。"女乘客道："我能慢，飞机能等吗？"男乘客不说话了。前面一辆小货车，女乘客一加油门，该超还要超。就在两车并行时，货车突然往右，女乘客一紧张，方向失控。先是剐蹭，金波大叫一声，女乘客及时调整方向，车子却瞬间撞向另一侧道路护栏，轰的一下，气囊充起。车头损伤严重，女乘客和金波还有意识，后排的男乘客没系安全带，被撞得嗷嗷乱叫。拉去医院，金波和女乘客仅为擦伤，男乘客左肩、右胳膊骨折。

104

责任在谁，成了一笔"狗肉账"。金波认为，出事时不是他开的车，他不负责任。捅到网约平台，平台愿意垫付医药费，但需要警方开垫付单，可警方迟迟没开。两方闹得要打官司。最后素敏出面找法律援助，律师表示，这起事件，平台、司机应承担一定责任，女乘客主观上也存在一定过错。

为了这个事，小敏、素敏、小捷和家骏都忙前忙后。小敏是不好意思，事出在她生日当天。如果她多问一嘴，多叮嘱金波一下，吃完蛋糕就回家，便不会出事。素敏是嫌又要打个官司，新一年刚开头，硬生生吃两个官司，好不自在。小捷心疼车，后悔借给金波开滴滴，尽管有保险，但能不能赔悬而未决，终究令人不大爽快。家骏心疼老爸，这事过后，司机不能再做，平台也会拉他进黑名单，金波又得另谋职业。

小捷找小敏抱怨："金波应该跟咱们姓，改名刘阿斗，干什么什么完。"小敏维护："不怪他，不是拉肚子么，吃蛋糕吃的。"小捷道："你不也吃了么，你拉了没？""各人体质不同。""所以说，他就是倒霉体质。"小敏终于忍不住，不大高兴地说："出了问题解决问题，怪这个怪那个有用吗？"一块蛋糕多少"收买"了她。

金波暂时在家待业，老跟素敏磨。素敏被念得着急，只好向小捷提，说介绍京东快递的事。小捷嗤了一声："跟交通有关的，别沾，这次是撞别人，下次指不定撞谁呢。"素敏不好勉强，刚巧钱峰打电话来。王素敏借机邀他来家，跟金波见见，一来委托他帮忙留意工作，二来也让他多关心关心小捷。钱峰选了个工作日下午上门，三个人聊得欢畅，素敏提帮金波介绍工作，钱峰当即答应。

又坐一会儿，那到后半程，钱峰才问："徐家还要告？"素敏道："愿意调解，但得等法院电话，去法院调解。"素敏问钱峰知不知道徐正最近怎么样。"消沉，说是家里人在给他介绍对象。"钱峰看着素敏说。意料之中的，素敏叹息："孩子是好孩子，就是摊上这么一对父母。"

陈卓入院开始新的疗程。王素敏又得去照顾天福，临行前收拾东西，弄得像出远门。小捷不解："带这么多，又不是去支边。"

素敏道："换洗的，日常用的，你不知道，那个地方，女人用的东西一件都没有，跟个和尚庙似的。真不知道你姐跟陈卓以前是怎么过的。"小捷说："姐压根没在那房子住几天。保姆就那么难请？ 给钱还怕请不到人？""男女不是问题，问题是得投脾气。老头就落个脾气坏。""跟你倒不戗戗。""戗戗什么？ 你妈我一辈子，事都做在明面上，理都摆在桌面上。有理有节。"素敏摆了个《红灯记》里的姿势，不知道是奶奶还是铁梅。

金波敲门问水还烧不烧，素敏扯着嗓子说不用烧。门还关着，小捷叹息："你这一去，家里就我和姐夫两个人，传出去算怎么回事。""我跟陈天福不也孤男寡女共处一室。"素敏反驳，"再说，门邻都不认识，去哪传？"小捷灵机一动："妈，要不让姐夫去照顾陈卓他爸？"王素敏愣住，好一会儿，才去轻拍女儿："胡闹。让你姐的前前夫，去照顾她前夫的老爸，你姐脸往哪放？ 这不滑稽？"小捷细劝："靠山吃山靠水吃水，那些陈芝麻烂谷子的人物关系就不能放一放？一个需要照顾，一个需要工作，一拍即合。哪有什么永远的敌人，只有永远的利益。更何况，陈卓和姐帮过金波的忙，他现在闲人一个，伸把手，帮帮人家的忙怎么了？ 国共两党还能合作呢，不要抱残守缺。而且你们以前处处给金波留面子，还说什么，癞蛤蟆还有垫桌腿的时候，现在么好了，垫桌腿的时候到了，得上。"刘小捷咽了一口唾沫，继续说："妈，这样，我去做金波的工作，你呢，去做姐姐姐夫工作，不是个难事。"原本，王素敏觉得这种组合不可能，可经女儿这么一分析、点拨，她琢磨着，似乎是可以变废为宝，权且一试。

很快，小捷就去做金波的工作。金波一听不愿意，小捷硬是用三寸不烂舌，掰开了揉碎了说，工作上，是能挣钱，情面上，陈卓也给他过方便。说到最后，小捷一提气："我知道姐夫是条汉子，宁折不弯，可不看僧面看佛面，你就当给妈雪中送炭，妈的腰实在不行了，不然也不会求你。她是不好意思说，才让我来说。再一个，看护陈卓爸，我倒觉得不但不跌你面子，反倒显得胸怀广大。姐姐现在跟陈卓离了，你这么一弄，你在姐姐心中的形象，就说高不高大？"这么一解释，钱不少挣，面儿不少得，金波心动了，松了口。当天，他把这事告诉家骏，家骏心里不痛快，但嘴上不好反对，毕竟中间夹着小捷和小敏。

王素敏跟小敏提这事，刘小敏说："陈卓能痛快么？"她主要考虑陈卓。素敏道："他这阵住院，先把这阵度过去。事到临头，心态都要放平，没那么多疙疙瘩瘩，都是兄弟姐妹。"小敏问："老金愿意？ 我再贴点钱。"她也愿意给金波机会"将功赎罪"。素敏说："不是钱的事，到这地步，众人拾柴火焰高。有钱出钱场，有人出人场。"

当天在医院病床前，刘小敏把这事简单跟陈卓提了。陈卓治疗得全身无力，顾不上其他，有人帮忙，他已经十分感激，即便那个人是金波。病了一场，他更加彻悟，众生平等。他只问了小敏一句："能行吗？"皱着眉。小敏打气："让他干，钱上不亏就行。"陈卓点点头，他对自己和小敏的感情有信心。

105

不日，金波走马上任，是王素敏带过去的。素敏事先跟金波交代好原则，不该说的不说，但也不撒谎，他不问，你就不说。到地方，素敏对天福介绍："大哥，这是老家来的看护，能打扫，会做饭，有力气，照顾你合适，什么不到的，你多担待点。"天福虽然言语不清，但表情丰富，横眉竖眼，不给好脸。素敏跟金波对了个眼色，意思让他小心。素敏一走，金波东看看，西看看，准备开工。他对陈天福不感冒，对陈卓的私人生活却有点兴趣，小敏先前可能在这住过。他先摸去陈卓房间，竟一点没发现女人的东西，着实奇怪。

"喂……"天福喊人，声波起起伏伏。金波连忙回来。天福眼光朝地面，地上有盆水，是夜里自然加湿用的。"倒……了。"天福说。金波以为是洗脚水，有点不乐意，可既然接了工，就得对工资负责，他弯下腰，两手端盆沿，手一滑，没抓稳，盆瞬间倾斜，哗啦一下，一盆水泼在地上。金波跳脚，天福斥道："废……物！"

金波转身要找拖把，走得急，胳膊肘碰到柜子边，他哎哟大叫。天福也被逗乐了，可还是绷住脸。一会儿，"犯罪现场"清理干净。金波坐下，天福伸出一条腿，金波不解。天福道："揉……揉。"金波一百个不情愿，两个人边揉边说闲话，金波问："老哥，你跟我老乡，陈天福这名字我怎么听着这么耳熟呢。"天福拒绝套近乎，不答。"老哥在渣津待过？""你……去过？"金波来劲："你是在渣津修水渠时捉过地龙的陈天福？"

天福"文革"期间在渣津，捉过一条大蛇，轰动全镇。"你……渣……津的？"听着像骂人——你渣。"打小在那，"金波握天福手，"真没想到，能在北京遇到传奇人物！"金波俨然一个粉丝，天福被奉承得全身几千亿个毛孔都舒坦熨帖。他的光辉岁月，原本以为早湮没不闻，谁知今日旧事重提，再遇知音。是金波让天福重新有了存在感，一来二去，没几日，两个人竟成为知己，称兄道弟，混一个江湖。

陈卓情况不好，有日子没回来。佳佳来看爷爷，一进门，吓一跳。天福卧房，有三人猫在床边跟陈天福推牌九。佳佳问："爷，你病好啦？这干吗呢？"天福顺着说："差……不多。""没赌博吧？""一点小钱……不当钱……没……钱没意思。"一玩上牌，天福说话都利索点儿。某玩家一转头，陈佳佳再次吃惊。她眼前坐着的，是她的老同事，家骏的老爸金波。"你怎么在这？"佳佳问。"照顾天福老哥。"金波不藏着。"你们……认识？"天福心在牌上，随口一问。"我爸公司的。"佳佳说。

陈佳佳在客厅收拾一番，见爷爷确实没事，才悄然离开，直接去找金家骏。

篮球场边，陈佳佳站在风中。金家骏一个利落的上篮，姿态帅气。一会儿，家骏跑过来，佳佳不管三七二十一，一把揽住家骏的胳膊。"吃饭去。"佳佳说，"饿了。"

每次佳佳来，家骏都会格外多点几个菜。佳佳吃遍北邮，最中意三道菜：大盘鸡拌面、香辣鱿鱼虾、水煮牛三样。菜上齐，佳佳风卷残云吃了一通，忙一天，真饿真累。肚子饱了，她才说："猜我今天碰到谁了？是你妈前夫。"家骏突然明白过来，老爸去当护工了。他原本也觉得尴尬，可大人们安之若素，他不好多说什么。但如今佳佳问到脸上，他有点跌面子。家骏吃菜，沉默。佳佳道："真得谢谢你爸。"家骏意外，怎么还谢上了。"一物降一物。"佳佳说，"他去了，我爷立马安省。""照顾得怎么样？""金副总高明，他是精神照顾。几个人推牌九呢。我看我爷一身劲，病都好了一大半。"佳佳笑出声。真叫以毒攻毒，奇招制胜。

"就帮一阵，等你爸出院，我爸就撤。"佳佳哎哟一声："这你爸我爸的，真是天下大同。"家骏道："说真的，哪天去看看你爸？""咱俩？一起？""没关系吧？"家骏说。佳佳吃好，盘子一推："说真的，喜欢什么样的女生？""无聊。"家骏不看她，"博士毕业之前，不打算谈恋爱。"家骏来个狠的。"哎哟，天。"佳佳扳着手指算，"这还有，一二三四五六七八……你这为难谁呢？""先立业，再成家。"

"吃好了吧？"家骏不接招。"你等会！"佳佳拖延，"我这大盘鸡还没吃完呢。"家骏只好陪侍着。"我今天来可是有好事跟你分享。"佳佳说正题。"工作室盈利了？""你怎么知道？""帮你算着呢。"家骏说，"恭喜。"他举起一点雪碧底子，佳佳举起果汁，跟他碰了一下。"说真的，"佳佳感叹，"你的人生理想是什么？""没什么理想，就是搞搞科研，赚钱，过自己的日子。""跟我差不多。"佳佳口气俏皮。"你又不搞科研。""我是说后半段跟我差不多，"佳佳说，"我的理想是'英年早婚'。"家骏不感兴趣，一句话结尾："那祝你英年早婚。"说罢，起身要走。佳佳骂："高冷个屁，我看你也是人设装多了。"家骏憋住笑，问："哪天去看你爸？"佳佳道："就明天吧。"

106

病得时间长了，来看陈卓的人渐次减少。刚开始还有老同事、老同学、老朋友，久而久之，陈卓的病仿佛成了日常生活的一部分，见怪不怪，也便门可罗雀。只有小敏、素敏、李萍等几个人还坚守着。

佳佳和家骏一同走进病房，陈卓愣了一下，慌忙坐起。俩孩手里拎着果篮，客客气气的。是家骏的建议，看病人不能空着手。俩孩子从未一起来过，陈卓有点蒙，也不好问他们怎么一起来。"去洗点水果。"他对佳佳说。一时间，陈卓和家骏单独相对。从半路的父子，到共同创业的伙伴，再到现在的朋友，陈卓和家骏的关系微妙，其中滋味只有他们两个人知道。陈卓恨自己身体不争气，孩子们来日的风景里，就怕不再有他。

"学习还行吧？"陈卓开一个安全的话题。家骏答了，并不多言。陈卓忽然想起来家里用了金波做护工，有必要跟家骏解释一下，便说："请了你爸去帮几天忙，实在找不到人。佳佳爷爷又是那个脾气。"别人提让金波去陈家帮忙，家骏心里抵触，可现在陈卓提，他反倒很赞成。陈卓有难，他们父子能伸把手，还是要伸。

佳佳洗了回来，车厘子颗颗紫红饱满，陈佳佳刚吃了一颗，陈卓又不让吃，说医院细菌多，别在这吃东西。佳佳无奈地看家骏笑："心就这么细。"又拍拍她爸肩膀："少操点心。"陈卓问佳佳工作的情况，佳佳表示已盈利。"技术问题，你多请教家骏。"陈卓叮嘱女儿。又对家骏说："你多帮帮佳佳。"其乐融融，很有点一家亲的意思。三个人谈开了，笑笑闹闹，陈卓心情骤然开朗。没人不喜欢年轻人，年轻人有朝气，有活力，有希望，混在年轻人身边，陈卓似乎也有了奔头。

午饭时间，刘小敏拎着保温桶进病房，见佳佳和家骏都在，她也愣了一下，儿子没跟她预告。小敏顾大面场，照样走进去，放下保温桶，笑着说，你们来啦。家骏低声叫妈，佳佳却扬着声调叫了句敏姨。小敏含笑："以后多来看看你爸爸，好得快些，心情很重要。"这话是对佳佳说的，也说给陈卓听，是实话，她希望陈卓早日康复。

佳佳嫣然一笑："敏姨，谢谢您费心，毕竟是医生，比我妈心细。"不知是真夸还是客气话，但小敏心里依旧畅快，从敌对，到夸赞，她和佳佳的关系也走过一条长路。日久见人心，她的努力没有白费。孩子也在长大，会明事理，辨是非。不过即便心里高兴，小敏依旧得撑着，儿子在跟前呢，她不能太过浮露。"吃点水果。"小敏张罗着。家骏说："刚才叔叔还说怕医院病菌多呢。"四个人在病房里簇着，欢声笑语，仿佛真是一家人，爸爸妈妈，有儿有女。小敏开保温桶让陈卓吃饭，炖了鸽子汤，飘香。佳佳也说饿，小敏说一会儿带她和家骏出去吃。

响了两下敲门声，小敏转头，佳佳叫了声妈。李萍站在门口，见一屋子人，她皮笑肉不笑地说："哟，来得不是时候。"她适才去佳佳工作室走了一趟，打算跟女儿一起去看陈天福，工作室的人说，佳佳去看她爸，李萍才拐过来。李萍嘴上说着不是时候，脚步却没停下，勇往直前的样子。刘小敏竭力保持自然，解释："送点饭，下午还有会诊，你来了正好。"说着，就收拾东西要撤。李萍道："别啊，好像我赶你走似的。"

两句话一出，已经有点火药味。陈佳佳打圆场："妈，我是刚来。"她知道妈妈的痛点。李萍走到病床前，脸凑到陈卓跟前看看："好像好一点。""好多了。"陈卓说。"那你坐，我先走。"小敏使了个眼色，家骏跟李萍招呼了一下，跟着老妈往外去。佳佳也跟着。李萍喝止："陈佳佳！去哪儿？"佳佳皱眉，揉肚子："出去吃点东西，饿。""你爸你妈都在这呢，你不陪着？饿一顿怎么了？"佳佳知道老妈的脾气，她是一定要赢的，便只好对小敏和家骏点头示意，让他们先走。

病房里只剩一家三口，气氛骤降。陈卓忽然也不晓得跟李萍说什么，尴尬着不好，只好问问老洪的情况。李萍还在生气："他死了我都不管！"陈卓只好闭嘴。佳佳说："妈，小点声，个个都怕你。"李萍得理不饶人似的："怕我什么？心里没鬼怕我什么？"佳佳道："怕你气着自己。"李萍恨道："你这丫头就是里外不分，对你再好都没用，革命年代，第一个当汉奸。"陈卓只好撒谎："佳佳先来的，他们后来的，就顾个大面场。"说完他自己也觉得好笑，为什么要向前妻解释这些，小敏不还是他女朋友么，怪只怪自己生病，跟谁都没法一刀两断。

看完陈卓，李萍和陈佳佳去接李竹。一放学，李竹就小跑着奔向李萍，一声声叫妈妈。李萍抱起孩子，对佳佳道："你还不如他。"陈佳佳知道，老妈这火气，没有两三天下不来。陈佳佳始终弄不明白，老妈是对老爸旧情复燃，还是只要能争的她都要争——性格使然。成年人的情感谜题，佳佳无法全然领会。

佳佳有佳佳的小算盘，她认为目前这个局面挺好，不战不和，不离不分，一切都在模糊状态。她不想得罪刘小敏，因为家骏夹在中间。她不能得罪李萍，因为那是她亲妈，是她在这个世界上唯一坚实的后盾。

接连一周，钱峰都去京东接小捷。爆炸事件后，她投身工作，努力忘记情伤。职级又升了一格，收入增加，小捷稍觉安慰。钱峰原本不是太主动的人，可王素敏鼓舞着，他觉得再不主动点，似乎太不男人。刘小捷当然明白钱峰的意思，一周，她认为够长了，她不能让他再这样无限制地接下去，如果不能给予他未来，浪费别人时间，就是犯罪。

晚上八点，京东总部大楼灯火辉煌，小捷走出来。上了车，小捷说："让你上去坐会儿也不去。""在这等挺好。"钱峰说。车往东去，钱峰打开广播，小捷半闭着眼，她跟钱峰不知说什么。她打算等他表白，再摊牌，总不能自作多情，人家没意思，你就先预判了，太尴尬。

"我准备买房了。"钱峰说。小捷睁开眼，真心地说："恭喜，买哪里？""京贸国际，在通州。""好地方。"小捷不往下接，买通州意思很明显。"小捷。"钱峰叫她名字。刘小捷感觉全身紧了一下，该来的终于来了。她看着他，路灯从他脸上晃过，明一阵暗一阵。"我想跟你……结婚。"刘小捷吓了一跳，她的预期是：钱峰向她表白，提出要谈恋爱。结果他够实在，直接跳过恋爱，空降结婚环节，够老派。小捷喉头哽着，不知怎么回答，只好咽了口唾沫，调匀呼吸。

"我的情况……你了解，你的情况……我也了解。"小捷道："我不需要人可怜。""不是可怜你！不是可怜。"钱峰激动，他实在不擅长表情达爱。小捷坐在沉默里。"我是一直都希望跟你结婚，以前因为有徐正，我不能，也不敢想。"钱峰的话木木的，"我会是个好丈夫。"小捷还是不说话。

车继续开，进入辅路。前方有只狗横穿马路，走得尤其慢。钱峰不得不摁喇叭，那狗才晃悠悠走了。"我不能耽误你。"小捷这才说。轮到钱峰沉默。"感情分好多种。"小捷细细解释，"可是爱情这个东西，产生了就是产生了，没有产生就是没有产生，我如果现在答应你，是对你的不尊重。""我可以等。"钱峰立刻说。他早想好退路，他最大的优点就是有耐心。"别傻了。"

"不，我说真的，我可以等，等它产生。"他说得很郑重。小捷有点感动，如果当初先遇到的是钱峰，她或许也能接受他，可偏偏徐正先出现。而且现在她头脑太乱，刚刚"车毁人伤"，她不可能立即又上路，得喘口气。"那不公平。""感情哪有绝对公平。""谢谢你。""反正我会等。"钱峰执着。小捷苦笑："那我压力太大了。"

法庭调解头一晚，小捷紧张得睡不着觉。素敏劝解："该睡睡，心放肚里头，我们占理。再怎么，有法院有法官呢，不会劈了你。"说实话，小捷有点怕徐正妈。刘小捷向来嘴利人怂，碰到事，第一时间是往后躲。"我能不能不去？"小捷问。"你是被告。"素敏道，"你，我，你姐，都是被告，这个案子法院受理了，对方有调解意愿，你不去，矛盾只会更深。"还是得去，伸头是一刀缩头也是一刀，好在有人陪伴。

素敏继续鼓劲："怕什么？多大的事？这是冤案。当然，他妈受伤，没人心里好受。可意外终归是意外，不能拉歪屎怪到别人身上。他们呐，也就是气出不来，找点小碴。于理，我们一分钱都不该赔给她。于情，贴补一点也说得过去。骨头汤是我炖的，可我没让煤气灭火。要再往前追，骨头还不是我的呢。这没法说，破财免灾，了了之后各走各路，最好永远别联系。"刘小捷听了头皮麻。她清楚自己跟徐正不会再有故事，可被老妈这么明着点出来，她还是心痛。

次日早起，素敏和小捷都一身黑，弄得像去八宝山。小敏和金波直接去法院。钱峰倒早早来了，小捷奇怪。素敏拦在前头："我让他来的。你车没修好，我让他来开车。"小捷没再多说，两个人坐钱峰的车往区法院去。到地方，车趴在外头，钱峰不进去。素敏和小捷过安检，进入法院办公大厅，里头热热闹闹都是人。素敏啧啧："社会矛盾太多。"

107

等到九点，第二法庭还没开门。远远地，小捷看到李萍和徐正爸扶着徐正妈走进大厅，进来后，选在另一个角落站着。小捷背过脸，不看他们。

九点一刻，第二法庭门开了。书记员出来叫人，两簇人都连忙往法庭进。法官助理是个年轻妇女，她出面调停这个案子。原告、被告到位，面对面坐着。法官助理问："谁是原告？"徐正妈有气无力举举手，能看出来，她脖子上有块皮烧伤。又问："谁是被告？"素敏母女三人举手。

一会儿，法官助理请被告等人到门外等候，她先做原告的工作。"什么诉求？"法官助理问。徐正爸恨不得咬碎牙齿："医药费！营养费！精神损失费！房屋损毁装修费！都得赔！还得道歉！当众道歉！"又拉过徐正妈一个劲说，您看看您看看。法官助理迅速浏览材料，然后十分严肃又凌厉地说："你这个诉求，法院很难支持你。你这就是个意外事件，如果要追责，只能说追究物业的责任。煤气报警器失灵。跟被告关系不大。至于你说插足家庭，什么小三，这些都是道德问题。"最后徐正爸同意，如果和解，撤诉，被告必须赔偿医药费，并且立刻当众道歉。

做好原告的工作，再做被告的。法官助理对素敏母女三人说："这个事情跟你们可以说是相关的，当天如果不发生争吵，可能就不会发生爆炸这件事情。而且那锅汤，是你们煮的。"王素敏不同意，站起来说："法官大人，这个是生死有命富贵在天的事情。煮汤就是犯罪，那全世界人每天都在犯罪。"法官助理又劝："听说你们还差点做亲家，闹成这样。刚才原告也说了，最低限度，是赔款道歉，如果这个都达不到的话。他这一条撤诉。还要再追加一条，他还要告。"

小敏问："他们什么意思？"助理道："赔偿，道歉。"素敏插话："道歉可以，赔偿没门。"小敏又问："要多少？"助理说："我已经做了工作，最少，五万。"素敏着急："开口就要五万！不行不行，他告让他告。"金波也跟着说："这钱太好挣了，这不讹人么？"小捷瘫在那，鹌鹑似的，一言不发。小敏拦住她妈："五万就五万，这事就算翻篇。"又问："小捷，怎么样？"刘小捷气场全无："听姐的。"王素敏道："不行，谁的钱也不是大水蹚来的。"小敏说："你们别管了，这钱我出。"又对法官助理说："法官，麻烦协调一下，最好今天就能解决。"素敏说："该什么是什么！你这样，那就是无底洞！"小敏大声说了一句："小捷还得做人！"

法官助理安排和解书打出来，两方签字。法官助理对小敏小捷这边说："你们尽快把钱付给原告。"小敏爽快："账户给我，这就打。"徐正爸掏出一张卡，小敏上手机银行走即时到账。"道歉怎么道？"法官助理询问。徐正爸咬牙："鞠躬，道歉！"小敏立刻站起来，走到徐正妈面前，和气地说："阿姨，发生意外我们都很难过。因为过程中好多情况我们不知情，否则那天不可能去徐正那。无意中造成了伤害，真的很对不起。我是医生，不过是针灸科的，但将来有什么需要我帮忙的，随时说话。"说到这儿，小敏往后退了一步，深深地鞠了个九十度的躬。

徐正妈脸色还是阴沉沉的，徐正爸满面猪肝色，李萍鼻翼微微动了动，她有点佩服小敏，能屈能伸。换成她自己，肯定玉石俱焚，战斗到底。

道歉完毕，小敏退回来。徐正爸道："还有两个。"金波不忿："干吗？！一个还不够？！"徐正爸义正词严："被告有三人。不能代人受罪。"李萍附和："对，一个是一个，得分清楚。"素敏气得脸歪，但法庭重地，她只好站起来，走到徐正妈面前，嘴一秃噜，"对不起"三个字像泥鳅一样滑出去，掉在地上。徐正爸喝道："你什么态度！"李萍道:"阿姨,既然答应了要道歉,法官也在这,就应该端正态度,认识错误,好好道歉。"素敏白了她一眼,头轻轻晃,拖着腔调:"我对 —— 不 —— 起 ——"徐正妈泫然:"我不接受,这态度我接受不了。"

108

金波上前,道:"咱妈说话就这样,不行我来。"说着一个箭步上前,九十度鞠了个躬:"大姐 —— 对不起!"徐正妈唬得往后靠。轮到小捷了,小敏小声说:"去。"小捷看看老妈,站起来,往前走,每一步似乎都有千斤重。

小捷内心天人交战着,她有什么错,她只是爱了一个人。她为什么要道歉,还以这种方式,简直羞辱人。可她又忍不住换位思考,徐正妈脖子上永远一块丑陋的"围巾",道就道吧,就当可怜她,就当给她和徐正的关系正式画上句号。这个道歉,等于向她和徐正的爱情墓碑鞠躬。他王八蛋都没来! 心中滋味万千,刘小捷终于到徐正妈面前。徐正妈抬头看她,小捷刚准备开口,徐正妈说等会儿。她站起来,捋捋衣服,捋捋头发,她比小捷高,居高临下像审判,很有仪式感。"好了。"徐正妈准备接受道歉。

王素敏嘀咕:"干吗呢这是!"小敏拉住老妈,使了个眼色给金波,金波忙踮步到小捷身后站着。法官助理提醒:"原告被告都注意控制情绪。"小捷眼帘深垂,吸一口气。"看着我的眼睛。"徐正妈命令,"看着!"小捷慌乱,小敏担心妹妹,也绕过桌子,站在她身后,做坚强后盾。

小捷抬眼看徐正妈,那一双眼充满怒火,仿佛时刻能飞出刀子。李萍怕小姨激动,过去扶着她胳膊。"阿姨,非常对不起。"小捷诚恳地说。随后，深深地鞠了个躬，停半秒，直起身子。啪！一声脆响，徐正妈一巴掌打在小捷脸上，势大力沉，小捷瞬间头眼发晕，脚下失了重心直朝后倒。小敏扶住她，金波揭竿而起："好家伙！动手了！"

徐正爸顶上前，要干架："动手试试！"李萍扶着徐正妈往后退，这一回，她是"施暴者"，可她马传凤却泪眼滔滔，委屈没散尽！法官助理和书记员喝止："肃静！肃静！"可全没用，两个男人已然扭在一处，打得热闹。小捷羞愤交加，哭着夺门而去。素敏推推小敏："跟着你妹！这里我来！"小敏只好追出去。

法院门口不让停车，钱峰的车停在马路斜对面小区外。小捷找不到车，给钱峰打电话，谁知徐正却在门口站着。他父母不许他进法庭，他只能在门口等。"小捷！"徐正喊。刘小捷看到他，像触电一样，连忙裹紧衣服，缩着脖子，往前快走。"等等！"徐正追。小捷一边流泪，一边嘶喊："滚！滚蛋！我们完了！结束了！这辈子不要再见面！"徐正愣在那儿，小捷一下走出好几步。他连忙追，拽住她的胳膊。

"松开她。"横空冒出个人，是钱峰。"峰子？"徐正诧异，又立刻回过神，"你帮我劝劝她。"钱峰拽开徐正的手，拦住他，小捷跑回车里。"都冷静冷静。"钱峰说。"没事，你别管。"徐正推钱峰。"她说不要。"钱峰铜墙铁壁一般。"你什么意思？""她说了不要。""这事跟你没关系！"徐正强行突破。"她说不要，我就不能让你过去。"钱峰倒很平静。"你什么意思？"徐正明白了。"跟你没关系。""你没戏！"钱峰转身，往车子方向走去，徐正扳他肩："喂！"钱峰一个反抓，跟着大摔，徐正被拍在地上。小敏出错了口，放眼四望，找不到小捷，再往路口看，徐正倒在地上。"怎么回事？！"小敏着急。徐正道："钱峰……钱峰把小捷劫走了。"哦，是钱峰，小敏放心了。

她扭过头，重重地对徐正说："以后你跟小捷，别再联系。"掷地有声，算是最后通牒。徐正心里有预感，两家闹到这个程度，到法院，终于"一刀两断"，无可转圜。他心里那点微茫的希望，仿佛冰雪暴露在大太阳底下，很快便消失无迹。

第二法庭上，直到法警冲进来才制止了金波和徐正爸的闹剧。李萍迅速带徐正妈离开。字都签了，法律意义上已达成和解，法官助理和书记员迅速撤离。徐正爸一边骂，一边掩护他的团队，他最后走。法警要关门，素敏不得不和金波走出来。

小捷坐在副驾驶位子上哭得无声，钱峰不敢跟她说话，关键也不知道说什么。一直开到六环外，过了桥，到运河湾小区附近，小捷说口渴。钱峰下车去买水，两个人沿着运河边朝北走。沿岸柳树发芽，两线毛黄浅绿，万物复苏，天地清明，置身自然中，小捷心情稍稍平复。

走到帆影广场，小捷凭栏远眺，钱峰在她身后，看着脚下汩汩碧波，她忽然想起一句词来：自是人生长恨水长东。脸上的巴掌印还隐隐作痛。一个小朋友在滑轮滑，不小心冲到小捷这儿。小男孩声音稚嫩地说："叔叔阿姨，对不起。"小捷脑子里嗡一下，这孩子少说有十岁，也叫她阿姨，刘小捷忽然感觉自己老了。经过这一战，她满身疲惫，她曾经坚守信念追求爱情，却因为现实梦碎。

刘小捷现在觉得，如果没有两情相悦的婚姻，找一个喜欢自己多过自己喜欢他的男人，未尝不是一个恰切的选择。风吹发乱，小捷拽着发梢子，转过脸："你还在等吗？""什么？"钱峰没反应过来，但顷刻明白了。"一直在等……"他的声音从大到小。其实他在读书的时候，就知道八中的刘小捷，她考过全县第一，是风云人物。"我们……要不……"小捷不看他，多少有点语无伦次。钱峰没作声，心中大亮，突然，他拥上前去，从背后环抱住她，把头埋在她的颈项。"我们结婚好不好？"他说。小捷哭，隐约嗯了一下。跟着换成他哭了，泪水流到脖子上小捷才发觉。她摸摸他头，觉得好笑："你这是难过还是高兴？""高兴。"治疗情伤的最好方法，是立即投入下一段感情，刘小捷准备当新娘了。

确定小女儿人身安全有保障，王素敏才放心坐地铁回通州，小敏去看陈卓，金波去照顾天福，一切恢复原状。他们都想让上午的噩梦早点过去。

晚间，素敏煮了绿豆稀饭等小捷回来。约莫六点，刘小捷和钱峰一起到家，素敏留钱峰吃饭，钱峰不客气。素敏怕不够吃，又让小捷点外卖。小捷不想等，刚坐下，她便喊了声妈。素敏道："什么都不说了啊！该忘忘，向前看，旧的不去新的不来。"钱峰看了小捷一眼，他比她紧张。小捷主意已定："妈，我跟钱峰打算结婚。"素敏稀饭勺子没捏稳，砸在汤碗里："什么？"小捷重复一遍，一字一句："我和钱峰打算结婚。"

王素敏蒙了，上午吃官司，晚上就要结婚？她严重怀疑女儿受了刺激，属于病急乱投医。素敏看钱峰，她虽然此前愿意让钱峰追求小捷，也接受钱峰，可也不应该以这种形式。迅猛、突兀、从天而至、迅雷不及掩耳，让她有点晃神，跟着血压又升高。"阿姨，我们是认真的。谈了一个下午。是时候了。""这个……其实……你们……"王素敏惊惶多过高兴，听小捷那口气，是告知。她嫁定了，不容商量。可如此仓促决定，她又担心女儿后悔。"妈，我想好了。"钱峰附和："是的阿姨，都想好了。"

王素敏手足无措起来，她突然认识到，历史从来也不是以循序渐进的形式发生的，仿佛乾坤大挪移、宇宙大爆炸，局面在一瞬间就会来个彻底扭转，然后再徐徐展开下个章节。人生是一段一段的，也许现在，小捷已经告别了上一段，就要开启下一段旅程。

109

素敏劝小捷，小捷反过来劝她。从前她老担心女儿再婚困难，可真等到松口再婚，王素敏又担心起来。关键这婚结得像火箭上天，愣冲。你问她，她就说考虑好了，是理性思考的结果。可理性思考会那么急？又不是投胎。

小女儿不听，素敏只好找大女儿抱怨。小敏也感到意外，但她要处理的事太多，小捷这事，虽说突然，但不能算坏事。素敏发愁，小敏只好劝："结婚这事，可能真的需要机缘和冲动，当初我和陈卓要不是那意外，也不至于结婚。要我看，小捷这次可能反倒因祸得福。"素敏还是嘀咕："就觉得快。"小敏喝口水，补充说："都离过婚，都没孩子，门当户对，想想怎么办事吧。"小敏觉得小捷是得有个人摁着、护着、照着，过去是她妈，后来是她刘小敏，现在这棒子，要交给钱峰了，好事。

这次化疗，陈卓白细胞突然下降，医生安排住院观察。小敏日日除了上班就忙陈卓，天福那边，还是交给金波照看。到月发工资，陈卓腾不出手，刘小敏先垫着。逢春，李竹病了一场，发手足口疫，又吐。李萍带着他跑儿童医院不晓得跑了多少趟，心烦得要炸。从前她巴望要孩子，但现在，她只希望孩子快点长大。洪卫没什么消息。她听人说李兰，确实回老家忙荒山的事，不过好像不太成功。李兰走，李萍也不适应。这年头，找个知根知底的"小舍"（可以随意使用的人）别提有多难。待李竹好些，李萍才想起来去看看天福。

一进门，听到有吆喝声。李萍高声问："干吗呢爸！"小卧室，四个男的推牌九推得昏天黑地，都是烟味。李萍自己抽烟，却闻不得别人的烟气，她伸手扇鼻子："爸！你病好了！"天福盘坐在床上，金波一转头，见是李萍，愣了一下。李萍吓得后退两步，问："你来这干吗？"那次佳佳遇见金波后，一直没跟李萍提，多一事不如少一事。那时提还好，如今官司刚落，李萍和金波是原告方和被告方，她更讨厌金波。"你在这干吗？！"李萍喝问，"别打了。"另两个牌搭子一看，赶紧走人。

天福说话还是不清晰，但速度不慢："就……玩玩。"李萍愠怒："爸，你是病人，不好好养病，怎么还赌起博了，犯法知道不？"又钳着金波，"你这种人就该去公安局。"天福连忙从中调和，他让金波先出去，一个一个做工作。

剩下李萍和天福，李萍嚷嚷："爸，你知道他是谁吗？刘小敏的前夫！"这消息是有点意外，可天福却不以为意，而且谁前夫也得有个职业，只要愿打愿挨交易得当，不是不可以来做护工。天福的界限感并不强烈，用不清晰的口齿劝："都离婚了……就都是朋友……模……糊处理……小老弟……人……不错……照顾……周到。"李萍骇笑，这满屋子怪味，叫周到！她算看明白了，这老爷子，只要有人陪他玩，住在牛棚里他都愿意！李萍道："他要不听刘小敏的，能到这儿来伺候你吗？说他没目的，可能吗？"天福只好板起面孔："李兰……又留不住……好不容易有个能做伴的……你们……又……这不行那不行……干脆我一闭眼……给我拉八宝山去！"

见老头强势，李萍只好先软下来。天福让她把金波叫进来，三个人面对面，做个"握手言欢"。金波脸上的肉横着，还有气。李萍懒得看他。陈天福歪在床上，说："你们都是为我……都是为我好……

我 …… 跟你们一样 …… 离过婚 …… 受过委屈 …… 你听听 …… 我说过他们一句不是吗？…… 过去了就 …… 过去了 …… 恩恩怨怨 …… 人 …… 就这么回事！…… 你欠别人一点 …… 别人 …… 欠你一点 …… 最后总体是平衡 …… 都是前夫 …… 前妻 …… 较什么劲。"停一下，伸手要喝水，李萍开保温瓶倒了点温的，天福继续说："所以 …… 都不要误会 …… 刘小敏 …… 别别扭扭 …… 小老弟 …… 顺顺溜溜 …… 小老弟是好人 …… 小老弟 …… 你表个态 …… 跟刘小敏划清界限 …… 大家还是阶级弟兄。"李萍这才看金波。金波横眉："小敏没有别别扭扭的，我也不跟她划清界限。"李萍当即伸出一个手指指着说："听到了吧？ 特务。"天福着急："做人 …… 得有立场。"金波道："那是我孩子的妈，划清什么界限？！"李萍冲他喊："不划走人！"

金波把黑色护袖一摘："去你妈的！"扭头走人，任凭天福怎么喊，也不回头。他金波对小敏一肚子怨气，小敏不跟他复婚、看不起他，有时甚至腌臜他，可那是他们的私事。外人说小敏不好，他绝不允许！

金波一走，陈天福又沮丧又着急，埋怨李萍："这弄的 …… 谁照顾我？ 不能动 …… 不能行的。""我让佳佳来。"李萍说。陈卓还有几天才能回家，李萍只好让女儿先来顶着。谁知佳佳刚好要去南方出差，一走半个月。李萍叮嘱佳佳："拐到老家看看，劝劝李兰。"家里有李竹，李萍哪也去不了。

天福成了空巢老人，李萍只好把情况添油加醋找陈卓告了一状。陈卓转头跟小敏说了，刘小敏脸上有点挂不住。陈卓劝："本来就是帮忙，再说我爸那脾气。"他给李萍留面子，小敏不作声。陈卓这才想起来给费用的事，连忙拿手机来转钱。小敏道："我给过了。"陈卓又连忙转给小敏，握着她的手说："谁都比不上你。"又叮嘱小敏回去别找金波问，这事就悄没声过去，以后再找人。小敏问："这几天怎么办？"

陈卓说一会儿打电话给家政公司，好歹找个人顶顶。

金波回通州一通抱怨，小捷调休在家睡觉，愣被惊醒。她本来厌烦金波，可打官司，他好歹出了力，何况他骂的是李萍——他们共同的敌人。刘小捷不得不声援姐夫："不干也好，不用找理由了。不是你不想干，是他们赶你走。""那个李萍，哪都有她。我就不明白了，一个被休了的女人，怎么在家里还那么跋扈。也就是陈卓病着，治不住她！"金波唾沫横飞。素敏不耐烦："行啦，老头谁照顾？别又是我的事。""妹，工作你帮忙留意。"金波脑子转得快。小捷嗷嗷叫："我就知道，又是我的事。"

天福这事，末了，陈卓请了家政公司的金牌护工，出高价先凑合几天。小敏没跟素敏开口，也没找金波谈，眼下陈卓化疗过半，是关键时刻，小敏心思都在陈卓身上。不过，老妈那次的提醒她不是没放在心上，她关心妹妹，官司刚过，小捷和钱峰就说要结婚，小敏觉得有必要私下跟小捷单独谈一次。

110

小捷拿化验单给小敏看，她突然腿脚疼，只好请假到医院看。小捷忧心地说："姐，不会是骨癌吧……"有位公司同事刚得了骨癌。小敏仔细瞧，皱皱眉头说："你这就是中年妇女骨质疏松。"小捷一愣，"中年妇女""骨质疏松"，两个词都颇刺激，何况从自己姐姐嘴里说出来。小敏见小捷脸色稍变，劝道："吃点钙片就好。"

中午吃饭，小敏请小捷吃越南菜，她爱吃酸，最近尤甚。小敏借机说："想好啦？""两个人吃够了。"小捷说。小敏一听，妹妹没听明白，解释："那事想好了？"小捷嗯了一声。"不是冲动？"小捷苦笑："都中年妇女骨质疏松了，还冲动什么。"小敏叹了一口气："小捷，实话跟你说，钱峰这个人，人品、能力，各方面，我和妈都认可。其实现在我跟妈的心情一样，你没找到人的时候，想你赶紧有个归宿；现在冷不丁有了，又免不了为你担心，怕你做傻事。"小捷道："都是心甘情愿的。"小敏说："问问你自己的心。""一个人过够了。"小捷小声，怕人听到。"要是你觉得需要结婚，就别结。你已经有过一段婚姻，社会、家庭对你都没要求。要是你觉得想要结婚，那就结，跟着感觉走。""姐，我想结婚。"

王素敏和钱峰在眉州东坡面对面坐着，她作为家长，来与钱峰见面。菜上了一桌子，素敏说正题："本来想叫你家去，又怕你多想，所以出来见见。"突然又小声说："我见你，谁也不知道。"钱峰忙说早就想请阿姨吃饭，感谢阿姨成全。素敏眉开眼笑："是，你跟小捷相处，是我撮合的，现在能走到一块，我高兴。"停一下，话锋一转，继续道："不过既然我是她妈，就免不了尽尽当妈的责任，有些话，她不问，我得帮她问问。""阿姨尽管说。"钱峰放下筷子，规规矩矩，洗耳恭听。

"结婚前两家父母得见一面。"素敏道，"不知令尊令堂什么意见？""我父亲去世得早，家里就一个妈。我跟她提过，她非常喜欢小捷。"钱峰礼貌地回复，又说他妈过阵子要来北京，到时候可以安排见面。"家里就你一个儿子？"素敏确认。钱峰明白她的担忧："眼下我妈不跟我住，将来年纪再大点，接来北京。到时候有两套房最好，如果没有，也是租房，一碗汤的距离。"素敏见钱峰猜到她心思，不大好意思，忙用笑声掩盖："我是说，我肯定比你妈妈大些，将来你和小捷有孩子，我估计带不动喽，到时候还得劳烦令堂。"钱峰连连说没问题。

素敏顺着这话题说："反正，我以后不会跟你们住，也不会让你当上门女婿，我就一个人过，清静。不给儿女添麻烦。真到那天，我就……"话没说完，钱峰拦着道："真到那天，我和小捷照顾您。"素敏赶忙摆手。棒棒鸡上来，素敏牙缝大，吃几口就要剔牙，素敏跟着问："你那房子看得怎么样？""打算买二手，能现住。""二手好，能见着，期房等得难受，盖出来还不一样，憋气。"素敏放下牙签，"打算买什么地方？""想在通州。"素敏当即拍手叫好，又说帮忙留意。她巴不得钱峰把房子买在附近，将来小捷嫁出去，遛个弯都能回娘家。钱峰又主动说："这房子，我和小捷都写名字。"王素敏深感意外，这事她没敢想。小捷的房，自然是婚前财产。钱峰要买房，小捷不出钱，按理说不会给写名字。不过既然男方有诚意，素敏稍微客气道："小捷这套还有点贷款没还完。你买房，我们恐怕没法壮钱，不过将来如果宽裕，贷款可以一起还。至于名字写不写的，你把握。"钱峰说："要不是为结婚，我可能还不这么早买房。写是应该的，我们是打算过一辈子。"

吃了一会儿，钱峰提到帮金波找工作的事有点眉目，朋友所在电影院要招场务，他问素敏金波会否感兴趣。本来人家要求三十五岁以下，但看在朋友的面子上，勉强放宽。素敏问主要做什么工作。钱峰说倒不复杂，售票检票，卖卖东西，巡巡场，收发3D眼镜什么的。"他能干。"素敏咧嘴笑。

佳佳出差回来，捎带的消息让李萍的心沉了又沉。李兰根本不在老家，荒山她是打理了，但只是继续包给别人，据邻居说，李兰去北京了。佳佳绾着头发："妈，人家不愿意跟你合作就算了。"李萍诧异：

"她躲谁呢？我？"佳佳偷看老妈，窃笑："有可能。""我怎么了？虐待她了，还是少给钱了？"李萍不明白。"在你手底下做事。难。""不行，我得给李兰打电话。"李萍抓起手机，"她做不是光为我，也为老洪。她是老洪留下的人。"佳佳道："老洪在哪呢？什么叫人走茶凉？"小小年纪，比李萍都通透。电话打过去，李萍直接说要见面。李兰遁逃不掉，只好说最近在燕郊做事，等回去再联系。

111

　　李萍约李兰见面，把自己的位置放低了点，她怕李兰再被吓走。下午茶，约在五道营素餐馆，李萍一见面就拉住李兰的手："回来怎么不告诉我？太不够意思。我就知道你不是为钱，是不是生我的气？我这人直肠子，哪里做得不到，你纠正我呀。"李兰讪讪地说："家里有个亲戚，说要我去廊坊帮帮忙。"她不得不撒谎。"帮好了吧？"李萍要了杯起泡酒，"不光是我想你，佳佳、李竹都想你，还有老头，都不能没有你，你就是家里的定海神针。"她给李兰戴高帽子，打感情牌。李兰笑笑："有钱还愁请不到人。"李萍道："钱好赚，人难找，兰姐，你是洪卫留下的人，你不看我的面子，也看看洪卫的面子，钱上，之前是有不周到的地方，回来肯定加。"又道："家里两个病人，你做做善事。"

　　李兰本就不善言辞，话讲到这个份上，她只能顺着台阶下。何况本来她也有主意，当天，她就跟着李萍回家。李竹见到李兰，激动不加掩饰——他是李兰带大的，等于半个妈。李兰鼻子发酸，也要掉泪——他们曾经相依为命。佳佳回来，笑呵呵叫兰姐："你要再不回来，家里估计运转不下去了。"

晚间李竹跟李兰睡，不哭不闹，一切仿佛回到从前。李兰在想未来：其实一直等踏进这房间，她才下定决心。过去她是奉献型，为别人付出，给别人搭把手，把自己看得很不重要。她没有自信。这段时间以来，李兰觉醒了，自信慢慢建立，她认为自己完全可以很重要。

次日，李萍领李兰去天福那。陈天福见了李兰眼泪啪嗒的，言语不清但依旧要说："回来啦回来啦……"李萍说，"爸，兰姐这次回来，就不走了。"安顿好，李萍给陈卓打电话，告诉他李兰回归的好消息。陈卓当然高兴。刘小敏来送饭，陈卓跟小敏说了，小敏也说好。她知道是李萍在起作用，李萍可能就是活一个感觉，大家在一起的感觉。人，归根到底还是群居动物，即便在这么小的范围内，她都要拉帮结派。陈卓见小敏出神，安慰道："反正我过几天就回去。"白细胞上来了，医生说，陈卓化疗过半，目前情况还算稳定，再接再厉。

钱峰介绍的工作，金波欣然接受。电影院听上去高大上，风吹不着日晒不着。晚饭时间，素敏劝金波："好好干吧。""妈，我哪一次都好好干，就是流年不利，再一个，我太正派太实在，太有立场。"素敏道："明天别出去，家骏过来。"金波有日子没见儿子，也有点想。

小捷最近忙得四脚朝天，她职级又升了，这天晚上快十二点才到家，素敏起来给她下面条："你这马上结婚，以后工作不能这么干。""那现在也不能辞职。""没让你辞职，让你打算。谁找老婆，都不希望天天不沾家，没有家庭生活。"面打上来，小捷一个劲往里加醋，素敏嗔道："大半夜吃这么多醋干吗？烧胃。你真不小了，感情、家庭都是要维护的。"小捷这才道："我的亲老妈，知道啦，简历都做了，等婚结了，然后再开始换工作。"

次日家骏上门，带了两个哈密瓜，瓜放门口，一伸手，金波看到儿子手腕上的链子，问："哪来的这玩意？""同学送的生日礼物。"家骏说。金波一下无言，儿子生日，他忘了。吃饭围一圈，小捷问家骏什么时候换的手机，家骏又说："妈买的，生日礼物。"小捷和素敏都恍然大悟，她们也忘了家骏生日。素敏立刻起身，到屋里包了个红包，递到家骏手里，家骏不收。素敏道："看不起外婆？"家骏只好收了。小捷笑呵呵地说回头请家骏吃大餐，又伸手碰碰家骏打了发蜡的头发，问："怎么回事？跟狗舔的似的。""理发店弄的。"家骏并不害羞。"骏骏，老实交代，是不是谈恋爱了？"素敏喝道："别教坏孩子！"小捷撇撇嘴："这才是正确引导，大学谈，单纯，能培养感情，别等到了社会上才找，不知根不知底，又没有感情基础，那真是赤裸裸的交换。"家骏听不下去，碗一推，去榻榻米玩游戏。

金波小声说："他跟陈卓女儿走得挺近。"小捷警觉，她可不希望唯一的外甥跟李萍扯上关系："什么意思？"素敏发话："反正我们家，以后不会跟他们家扯上关系。"金波顺着说："就那么一提，我的意思也是，防患于未然。"

不日，钱峰妈来北京，约素敏见面，两家都抱着结婚的心，一见面，钱峰妈和素敏一见如故。接下来就是买房，既然选定通州，那就在通州看。连着跟中介跑了半个月，素敏认为再这样下去夜长梦多，所以日常无事，她便跟着中介转悠。

这日，小捷下班，素敏拽着她："旁边有个房子不错。去看看。""哪个旁边？""就墙头外头那栋。"素敏朝窗户外头指了指。"就看这墙头外的？""离得近方便。""你方便了，钱峰和他妈怎么想？""没关系吧？"小捷低着头，一字一钉，恨不得钉在地上：

"哦，就隔壁这破小区，要什么没什么，连个电梯都没有，买了图什么？""你不是要安静么？这儿安静。""是安静。人家肯定认为，你是想让人当上门女婿，不然干吗离这么近，就隔个墙头，再破也买。"是个问题，素敏无言。她是想离小捷近点——一碗汤的距离——没考虑到钱峰可能会有的感受。"谁像你这么小心眼。"素敏依旧嘴硬。"妈，不是我说的，不信你试试。"小捷道，"哪怕再远一点都行，真的，做人不能自私。"素敏拍围裙，急了："怎么成我自私了？我是处处为你们着想，我自私什么了？早都说过，以后我自己照顾自己，不靠你们养！不用把我当成包袱、负担！这把老骨头还能动能行！实在不行，一把火烧了干净！"小捷喷一声，叹："你看，又多想了不是。"素敏愤然："一张嘴两张皮，你想怎么翻怎么翻，不想说我不想，想了又说我多想，不管总行了吧！这婚，你爱结不结！"说罢，扬长而去。

112

老妈是小敏劝回来的，免不了从中调和。小敏反复做工作："妈，小捷没那个意思，她也是换位思考，多方面考虑。"素敏喉头哽一下："还没出嫁呢，心就不在家里了。能指望她什么？"小敏进一步劝解："嗳，话说回来，咱们之前的愿望，不就是让她能有个归宿。眼看成了，小地方别计较。"素敏气消。

小敏又去做小捷的工作，态度严厉："妈说什么，你担待点，何况买房子是钱峰出钱，让他来看看，等于给妈面子，哪怕你不想要，让钱峰说，你干吗自己做这个坏人。再一个，妈以后我带，陈卓现在这样，正常算，他比我先走。"说到这，小敏扶了一下鼻子，"没准他走在妈前头。反正我也不打算再找，就跟妈过。"姐姐把问题说得这么彻底，仿佛一辈子都安排好了。小捷始料未及，甚为震动，有些愧疚。自己眼看重新组建家庭，姐姐却绕着幸福打了个圈，继续走荆棘路。小捷动情："不管我结不结婚，跟谁结婚，生不生孩子，有没有小家，你，妈，我，永远是铁三角，铁板一块，针插不进水泼不进，永永远远一家人。"小敏莞尔，摸摸妹妹的头发："当然。"

不过等到钱峰抽空来看房，中介那么一鼓吹，很意外地，他倒对房子很满意。原因有四：一、是学区房；二、离地铁口不远不近，走路十分钟能到；三、离小捷的自住型商品房近，能相互照顾；四、房价不高，他觉得可以先入手一套，将来有合适的再换，这叫先上车。

签约、交定金，剩下就是准备好首付。素敏和钱峰妈通了几次电话。素敏没提彩礼，买房子，已经说给小捷写名字。两家大人翻皇历定了期，想在夏天办，老家一场，北京一场，争取把过去散出去的人情份子都收回来。

不过在奔向婚礼的过程中，徐正去京东找过小捷，小捷避而不见。他还去找过钱峰，钱峰没提他和小捷要结婚。徐正说他申请了外派，马上要到迪拜去，钱峰没把这事告诉小捷。

李兰上工没几天，陈卓从医院回家休养，逢个周末，天福打电话让李萍和佳佳过来吃饭。陈卓以为老爷子是想给李兰接风，给自己洗尘，顺带看看孙女，一家人聚聚。小敏周末要去小捷那，正巧打个时间差，避免两个女人撞到一块尴尬，也不错。

还是李兰做饭。一大桌子，像办酒席。佳佳凑到天福面前，问："爷爷，看您好多了。"天福嘴还有点歪，但行动没什么问题，挂个拐棍，走得还算自如。"都是兰姐的功劳。"天福说。佳佳笑道："爷，你现在离了谁都行，就离不开兰姐。"天福拍大腿："说对了。"

上菜，大家围坐在小圆桌旁，看上去像一家人。天福给李萍夹菜："这段时间，你辛苦，比我儿子强。"李萍笑说："老陈想顾你，不是条件有限么？"天福又给儿子夹菜："这辈子咱们做父子，委屈你。"陈卓忙说："爸，讲这个干吗？"天福又要夹菜，佳佳以为轮到自己，忙道："我自己夹。"跟着给李竹也夹一块竹荪。天福筷子头上夹着的竹荪在桌子上空缓缓掠过，终于稳稳落在李兰碗里，跟着吐字不清却饱含深情地说："回来了，就别走了。"李兰微笑不语。

李萍忽然觉得有点别扭，老头看李兰眼神不对，但来不及细琢磨，就听天福平地里蹦出一句："干脆，你们俩复婚得了。萍，你不是离了么？"李萍僵在那，佳佳圆睁双眼。天福看陈卓，像在等他答复。"胡说什么。"陈卓低声说，本就病着，气上不来。

天福道："你还不愿意？人生苦短，想干什么，不能犹豫。"又是难题，陈卓头痛：说不愿意？怕李萍难堪；说愿意，根本是没影儿的事。陈卓急中生智，道："爸，你不看看你儿子现在什么样，哪能耽误人家。"李萍见有台阶下，也笑说："爸，都这年纪了，还什么复婚不复婚，"说着摊摊手，"这不都一样么，真要感情好，不在一张纸，何况哪还有什么爱情？"她自己干笑了笑，继续说："活着活着，都成亲情了，都是兄弟姐妹。"顿一下又说："这辈子，结婚我是够够的了。""话别说那么满。"天福拦住她话头，"在座的，你、我、陈卓，谁不是二进宫二出宫，不过你们没到我这年纪，感受不到，孝顺的儿女不如半路的夫妻。真到不能动那天，才知道眼跟前有个人多可贵。"说着，口水喷在嘴角。

李兰抽了张纸巾帮他揩揩，天福会心一笑："陈卓生病，我生病，更是看透了。儿子是孝顺儿子，想着我，还给我留一份钱，可光有钱不行，得有人，得心贴心。"说到这儿，天福眼中含泪。不祥的预感更加强烈，李萍有直觉。天福挪了挪屁股，坐正了，像要参加竞选，清清嗓子，努力把每个字说得清晰："我跟李兰打算结婚。"

佳佳咧嘴。陈卓和李萍同时叫出来："爸！"李兰稳稳坐着，面无表情，只有李竹恍然不知世界大乱。"干吗这么激动？"陈天福道，"老年人就不能有点感情生活？那《选择》不照样天天火爆，你们这态度，我很不满意！"他气起来要摔杯子，佳佳连忙制止。

人算不如天算，李萍万万料不到，李兰杀了个回马枪。她有这脑子？必然有高人指点。不行，得谈。李兰跟陈天福结婚这算怎么回事？！李兰是她送来的人，怎么还爬到她头上，成她女儿爷爷的后老伴儿，难不成将来她李萍也得叫一声阿姨？

厨房门关着，李萍同李兰单谈。李兰坚持说，是老爷子要这么办的。李萍着急："一个巴掌拍不响，他要办，你不许他能怎的？不还是你愿意。"李兰临危不惧："拉不下面子。"李萍敲敲灶台："意思是你不愿意？是被强迫的？"李兰不出声。"那就说清楚，不要让老人有幻想。这是害他，他已经中过一次风，不能再受刺激。"李兰咬着牙，梗着脖子，想清楚了，就要战斗到底："各人事各人管，老年人有再婚自由。"李萍炸毛："不是，兰姐，是你铁了心吧，让你来照顾老爷子怎么照顾到……"难听话说不出口，只好一跺脚，"这不胡闹么！"

天福坐在单人沙发上，陈卓坐床边，父子俩单谈。天福伸着脖子，头一点一点地："知道你孝顺，给我留钱。可现在有钱也找不到人，电视里放的，保姆都给老人下安眠药。李兰不会，既然是自己人，就得当自己人待。"陈卓用试探的口气道："那也没必要结婚吧。""日久生情，患难见真情。"天福嘴闭不拢，唾沫飞出来，"万一白发人送黑发人，我身边没个人，有钱也是躺那等死。"陈卓心里咯噔一下，老爸谈到了他的"死"——似乎就在不远的将来，在能见度之内，陈卓有点心寒。

天福见儿子满面愁容，思想斗争激烈，趁热打铁："我能托给谁？刘小敏？还是她那个狐狸似的妈？李萍是个大小姐，自己都照顾不好自己，佳佳将来在哪还不知道，只能自己过，只能找个人。李兰对我不错，我也稀罕她，就当找了个拐杖，让我能好好走最后一程。"天福带哭腔，差点没老泪纵横。意思很明确，他要再婚，有情感考虑，但更多是现实原因。陈卓找不到反对的理由，只是觉得难消化。那种家庭纠纷调解节目中出现的情景——保姆嫁了老人，竟在自己家出现，陈卓逼自己保持理智。

113

两方调解失败，陈卓和李萍碰头。陈卓的意思是再等等，李萍道："先让李兰跟我回去。"陈卓认为不妥，太明显，只会起到反效果。李萍着急："那就这样了？让他们结了？这算什么事？"陈卓道："拖一拖，看看情况。"

当晚，李萍带着佳佳和李竹回家，李兰继续留在天福那。人一走，天福就指挥李兰搭小床，陈卓问做什么。天福道："别睡沙发床了，就在旁边搭个小床。"李兰没意见，陈卓只好听之任之。他老爹向来一不做二不休，只能让他们梁山伯祝英台式搭伴入眠。

李萍一进家门把鞋子甩老远，佳佳安顿好李竹，才来劝妈妈："有什么好生气的？他要结婚，就让他结婚。你怕什么？"李萍斜眼看女儿，诧异："叫她奶奶你愿意？""没问题。"佳佳有容乃大，"就一个称呼，有什么大不了，照我看，还是好事呢。我爷那脾气，谁能伺候，万一爸……"佳佳硬把字吞回去。对陈卓的病，大家都有心理准备。"就当是为我分担，否则将来怎么弄？我不是不想伺候我爷，是伺候不了。这是份工作，必须专业人做专业事。她愿意顶上，不正好么？"李萍忿然地说："她这叫谋权篡位！说白了不就盯着你爷那俩钱么？"佳佳还是劝："我爷又不是皇上。她伺候人，最后落俩钱儿，应当应分，劳动所得，又没要我们的钱。"佳佳散开头发，用职场思维分析，"而且这个位子，兰姐坐不比其他人坐好？兰姐虽然现在心野了点，想多要，可终究是我们的人。"李萍斥："我跟谁都不较劲。"

陈卓跟小敏说李兰要嫁给他爸，小敏手一抖，针都扎歪了。没人在，小敏还是去把门关实。"你怎么想？"小敏问。"劝了，没用。""这种事情也多，主要看女方有什么要求。"陈卓手垫在下巴下面，人还是趴着："我倒没考虑要求，就是太突然。"小敏叹口气："认为突然，只是我们没智慧。我怀孕突不突然？你得病突不突然？流产突不突然？我们结婚又离婚突不突然？都得认。只要李兰愿意，他们能过得舒心，钱反正留那，给谁都一样，目的不就是让老人有个安顺的晚年么？""你同意？""我不同意有用么？我们连夫妻都不是，我是谁？"小敏口气带点抱怨。陈卓听得出来，急着想找话填填："李萍不同意。"小敏问："因为什么？李兰是她的人，被爸半路截走了？""什么谁的人不谁的人。"小敏讽刺一句："就是闲的，多少年前就离了，还老把自己当太后。"小敏对李萍不满。陈卓不吱声，半晌才说："我还能活几天。"要在过去，小敏肯定劝，可这会儿她没心思，衬衫上掉了个扣子，她捻针拿线缝着，线没了重新找，穿了好几次都穿不进针鼻子。她心里发毛，索性丢开。

　　这事按说不关己，可小敏总觉另有蹊跷。素敏从通州过来，小敏把天福要结婚的事一说，王素敏立刻弹跳："哎哟我天，男人只要手里有俩钱，多大都有人嫁。"天福结婚的消息令素敏震动。他曾经对她有意思，现在退而求其次，找了个保姆。素敏一方面觉得不忿儿，好像自己跟保姆一个层次，另一方面又有点淡淡失落。冷不防听到别人成双成对，才赫然感到自己的孤独那么巨大。原本，孤独从未远走，如影随形。素敏到商场公共空间椅子上坐了一会儿，发呆。好像什么都想了，却又什么都没想。一个日本前卫艺术在做展览，各种刺激的颜色，门门框框，还有镜子，镜子上面挂着灯。素敏一抬头看到镜子中的自己，愁容不展，似乎又老了。她咧嘴笑笑，笑给自己看，人生太苦，只能自得其乐。

114

　　定金交了又退回来，中介说，房主反悔，不肯卖。钱峰和小捷想搞明白，是价格不合适，还是有什么程序问题。后来打听到，是房主的儿女不许卖，横加阻拦。素敏比女儿着急。拿钱还买不到房？开什么玩笑。退房第二天，王素敏就在通州各小区地毯式看房。看来看去，竟打听到隔壁单元居然是商品房——一梯两户，条件好，建楼的时候开发商特地留出来。在售的那家，跟小捷家仅仅一墙之隔。素敏兴奋地把这消息告诉小捷，小捷觉得挺好。素敏恢复理智后有些犹豫："太近了吧？"小捷道："嫌远的也是你，嫌近的也是你。"隔日请钱峰来，中介带着看，他很满意，笑道："将来墙上打个门，算一大套。"素敏道："那胡说，我一家，将来你们结婚，就是单门的小家，不跟你们掺和。"

这次买得顺利，钱到位，很快拿到钥匙。钱峰郑重给小捷一把、素敏一把，装修大权下放给小捷，钱他先出。素敏怕大装修浪费时间，夜长梦多，因此强力鼓吹房主的原装修不错，有品，只要厨房、卫生间重新装修，客厅、卧室贴贴墙纸，就能入住。

小捷偏偏在书房问题上执拗，她要一间书房，哪怕是客厅隔出来的。不过就在拿到钥匙当天，徐正给她发了一条长短信，手机老响，恨不得有几千字，写的是他分手后的心情。他要出国了，长期外派，自己申请的。小捷只看了个开头就立刻删除，她怕自己看了会动摇，她跟徐正这辈子再无可能，看多了是自寻烦恼，开弓没有回头箭。往前走吧！风花雪月刻骨铭心，都是昨天。今天她要心如止水，明天她想平平淡淡。

各方都被迫投赞成票，天福和李兰的婚是结定了。只是接下来的谈判，陈卓没精神也不好露头，老头不听他的，动辄暴跳，他怕说深了浅了，关系不好处理。结婚证一打，法律意义上，李兰就是他后妈。佳佳也不好说，年纪太小，说话没分量。让小敏说呢，更不行，天福不喜欢她。考虑来考虑去，只有李萍能站出来，她跟天福和李兰都有关系，但又都不太密切，有谈判的空间。

李萍临危受命，先分头谈。对天福是劝："爸，你得留点心，别被感情冲昏了头脑。"李萍凑到老爷子跟前。天福问："冲昏什么头脑？说了是遗赠，我走了，剩下的给兰子，我能被算计什么？都是计划内，没有计划外，稳稳的。"李萍说："工钱总不用付了吧？"哪有给自己老婆工钱的。"家用要给。""退休工资你自己攥着。""我要钱干吗？想花都没处去花。"看来两个人已经商定，天福月月工资，李兰掌控。

李萍只好继续问:"爸,你这成了家,是单过,还是继续跟陈卓过?""他不想跟我过?""不是那意思。"天福说:"我们搬通州去。"他也不想跟陈卓掺和。李萍怕弄巧成拙:"爸,说了不是那意思!"天福拖着调子:"我知道我老头碍眼,搬通州,你来还是刘小敏来,随你们怎么弄去。"李萍头脑一蒙,她忽然意识到,如果老爷子搬走,格局果然又一大变,刘小敏自称是陈卓女友,定然要搬进来住,她下意识不痛快。

她自己没想搬来,可如果别人搬来,又是刘小敏,她不答应。陈卓现在剩半条命,大家都关心,他是"公共资产"。小敏若常驻,以后她和佳佳怎么上门?而且,关于复婚,李萍还有一个观点,她和陈卓复婚的可能性不大。她万不能复婚的原因是,在她和陈卓分手后,他们都经历了其他人——她经历了洪卫,陈卓经历了刘小敏。但陈卓和小敏不同,他们离婚后,倒是有复婚基础,李萍认为这很危险。

谈完再跟李兰掰扯,主要是遗赠的事。李兰破釜沉舟取得阶段性胜利,胆子壮了些。李萍要谈,她就有什么说什么,没有不好意思。陈天福的遗赠大头是三分之一套房子。如果陈卓先走,天福生病需要动用到这套房,那就卖房治病,剩下的钱给李兰。当然,如果没病,那就是部分房产直接给李兰。坏的情况是,治病把房钱都花了,那李兰就分不到什么遗赠。还有一种情况,李兰也提出来了:如果天福先走,房子陈卓还住着。遗赠怎么处理?李萍和李兰有分歧。李萍认为,只要陈卓在,她李兰就不能提出卖房子分钱,因为陈卓得有地方住。可李兰却认为,只要天福去世,她的使命就告一段落,理所应当得到遗赠,不论陈卓什么情况。

李萍觉得李兰根本上是盼着人死,她对陈卓说:"跟你爸说说,让他认清这个女人的真面目。"陈卓却认为多一事不如少一事，他的财产原本决定分给老爹的部分，就应该由陈天福自己处理。至于李兰说的那种情况，该给李兰钱的，他陈卓照给。不过，在此之前，如果陈天福跟李兰离婚，李兰只能得到一笔补偿金，不能全盘接受遗赠。

话传过去，李兰问："那如果老爷子临死前突然说跟我离婚，那不是鸡飞蛋打？"李萍大怒，陈卓挠心，人与人既然失去了基本信任，何必再婚？！有什么意义？几番拉锯，最后佳佳给了个主意：按照保险式处理为宜，阶段性给钱。陪一年多少钱，三年多少钱，五年多少钱，养老送终多少钱，递增。且李兰不准提离婚，天福有权提离婚。终于达成一致，选了个日子，准备领证。

结果到跟前才意识到，两个外地人压根不能在北京办理结婚手续，得回老家。陈卓病着，天福虽能行动，但不利索，要回老家一趟，除非开车，坐高铁都是千难万难。陈卓、李萍都建议等等再说，可李兰坚持原则，不结婚，没保障，名不正，言不顺，她就不能在这个位置上发挥作用。陈卓问："坐飞机呢？"天福一定不肯，说飞机危险，要走地面。几个人被磨得没办法，只能求李萍。刚巧徐正飞美国，徐正爸妈在北京住不惯，要回老家，李萍便打算勉为其难，开车带四个人一起奔往老家去。

临行前，在家吃顿饭，就算结婚请客，陈卓不打算通知老家那些姨婆叔侄，女方这边没什么亲戚。一桌菜，都是李兰做，只不过，以前煮饭做菜是工作，现在多了点主人翁意识。

天福特地要了点黄酒，四仰八叉坐着："以后，得叫兰姨了。不，得叫大名：林四娘。"佳佳笑出来。李萍知道兰姐身份证上的大名——平时习惯叫慧姐——不知怎么不一致。过去，她就是觉得四娘四娘叫得好像真成了妈，才改叫李兰，现在又不得不恢复，嘴上难受。李兰端菜上来，天福招手："都改口啦。"陈卓、李萍都梗着脖子叫了声四娘，李竹跟着叫。佳佳笑，也叫四娘，天福道："不对，你们该叫四奶。"佳佳叫不出口，李兰笑："还是叫兰姐吧，嘴上没那么多规矩，心里有就行。"

115

开车回乡是个苦差事，李萍烦闷。不但是身累，心也累，当年她和陈卓就是因为开车回乡出车祸，才导致她母亲去世。所幸这么多年过去，李萍走了出来。都是命，是意外，她已经原谅陈卓。

人多，李萍开了辆SUV。她姨夫坐副驾驶位，陪着她。徐正妈、天福和李兰坐后排，属于重点照顾对象。临行之前，李萍把人物关系跟双方交代好。她叮嘱天福和李兰，别提刘小敏一家子，是雷，不要踩。又跟姨和姨夫解释，马上要顺路带回乡的二位：一个是她前前夫的爸，一个是她前前夫的后妈。这位后妈，同时还是她前夫的亲戚。徐正爸妈一头雾水，几番问询，勉强捋顺人物关系。

最近陈卓恢复得不错，开始给佳佳公司做"军师"。忙点好，打打岔，省得心思都在病上，好得反而慢。中医院国际交流如火如荼，收了不少洋学生，小敏又分到一批，带着见习，一早上对着面瘫病人满脸针，说得口干舌燥。小敏到休息室喝水，小捷推门进来，神色慌张。

"怎么了？"小敏感觉不妙。"出去说。"小捷为难。换了衣服，该吃午饭了，小敏领着小捷去来福士，在太兴找个位置，周围人还不多。"什么事啊？"小敏手里握着杯水，小捷还是开不了口。"跟钱峰吵架了？"小捷摇头。"跟妈闹矛盾了？"还是摇头。"房子出问题了？"依旧摇头。"那到底什么事，说啊！"小敏失去耐性。小捷吸溜一下鼻子，眼眶红了，嘟囔一句："我那个了……""什么？"小敏没听清，她不敢相信自己的耳朵。小捷又说一遍，换了个说法。

"这个钱峰，也太着急！"小敏恨。"不是……"小捷眼泪下来。小敏怔住："那是……"突然反应过来，"难道是……"小捷点头。"真是他？徐……"小敏不愿说出"正"字，摔菜单，"你三岁？！"小捷委屈："姐……意外……你不也经历过……"小敏被顶得心里咯噔一下，再问："什么时候的事？""初四之前……"小捷和徐正原本年初四去领证，结果因为一连串事情作罢，仔细回想，只有那一夜……

如今，小捷只能找姐姐，她也曾"未婚先孕"，姐姐够理智，何况接下来的很多事情，包括跟老妈说，都需要姐姐帮忙。小敏气差点喘不上来："现在什么情况你不知道？"小捷大气不敢出，她心甘情愿被骂。她知道，姐姐终究会帮她。小敏又骂几句，小捷眼泪哗啦从眼眶冲出，小敏见她无助可怜，只好住嘴。

服务员端菜上来，一盘烧鹅，姊妹俩都没心情吃，闷坐着。小敏闭上眼，揉揉太阳穴，她需要全盘考虑。事情已经出了，这事可大可小，得找个最恰当的解决方案，帮妹妹渡过难关。马上要跟钱峰结婚，却怀了徐家的孩子，虽然是之前作的孽，可哪个男人也不会大度到帮别人养孩子的程度。徐正没希望了，钱峰得留住。止损，必须止损。只是小敏知道，她不能代替小捷做决定，孩子是她的。

菠萝包上来，小敏把盘子往小捷那推了推。"妈知道了么？"她问。"不敢说。"小捷苦着脸。"钱峰那要保密。""你是第一个知道的。""妈得知道。"小敏说。"就是不知道怎么跟妈说……"小捷声若游丝。"硬着头皮也得说！"小敏恨不得把筷子掰断了，"这不是一般的小事！"小捷缩着脖子，噤声。小敏斜着眼瞪妹妹，道："周末吧，我回去，到时候把金波支开。"小捷点头。

"怎么打算？"小敏问关键问题。实在荒诞，钱峰的房子还买在隔壁。小捷说没想好。小敏替她急："都这时候了，不能不知道了。我跟你说，人家一旦知道这事，立马散！你多大了？还折腾？还能找几个钱峰这种真心实意对你的？小捷，别犯傻！"小捷眼泪又喷出来，落在菠萝包上，喃喃地说："我知道我知道……姐……我知道……可我就是舍不得……"这个结一直在心里揣着。她的第一胎，第一个孩子，她不爱徐正了，可她爱这个孩子。她并不是因为徐正才想要留住孩子，而是因为这腹中的小胎儿属于她，百分之百属于她。她生养，她拥有，一旦出世，就跟她有剪不断、割不裂的永恒联系。这孩子让她有安全感，这种感觉，甚至连姐姐和妈妈都不曾带给她。她年龄不小了，她担心错过这一胎，以后还能不能生都是未知。小捷说罢，眼泪啪嗒。

舍不得？小敏明白了，妹妹想要这孩子，都是女人，当初她怀二胎，也是在取舍之间犹豫不决，非常痛苦。只是，很多时候，条件不具备，舍不得也得舍，社会没那么宽容，未婚生子做单亲妈妈？好做的？搞清楚！这里是北京，养孩子什么成本？而以小捷的情况，别说工作压力会增大，就是未来也变得不可期待——带着孩子的单亲妈妈想再找，太难了，起码得熬到孩子长大。到时候小捷快五十岁，女人五十还有什么？真输不起。

小敏换一副口气，深劝："别犯傻，真的。幸福的未来就在眼前，这个没了，很快又有下一个。"小捷眼泪更汹涌，哽咽着："姐……我不让宝宝……死……""这是毁你自己！"小敏加重口气。

116

小捷不吭声，泪眼婆娑。小敏长叹，对着妹妹，一时也不晓得怎么劝。问题必须解决。小敏突然意识到，妹妹不是没主见，她是太有主见。只不过，她的主见不是理性的，是偏执，一根筋，不撞南墙不回头。小捷来找她之前就已经有了主意——她想留下孩子，之所以来找她说，也仅仅是想要得到支持而已，多一个人多一份力量。

小敏看着桌对面妹妹湿漉漉的脸，感情逐渐占了理智的上风。从小姊妹俩相依为命，事到如今，她这个做姐姐的不支持她，还有谁支持她呢？否则，小捷只能一个人抵抗无情的世界。不，不行，她得帮她，支持她。"打算怎么要？"平静片刻，小敏问。"自己生，自己养。"小捷悲壮得像马上要死去。显然，在钱峰和孩子之间，小捷已经做出了选择，她还没有爱钱峰爱到愿意放弃这孩子。小捷当然也觉得愧疚，钱峰为她付出太多，是个好人，是个好的结婚对象。只是世事难料，几个月之前，谁能想到这孩子会鬼使神差地跑到她的生命中来。如果必须要对不起一个人，她宁愿保孩子，对不起钱峰。毕竟是条命。

当初徐正父母要求先上车后补票，小捷坚决不同意，为的是维护自尊。后来因为要结婚，才意外上车，谁知道现在根本没法补票。小捷知自己跟徐正再没有可能，那么，如果要孩子，只能自己养。"我对不起钱峰……"小捷稍微平静些。"不光是钱峰。难道你不打算告诉徐正？""不能告诉他！"小捷高声说，"他们会抢孩子！"

小敏懂了，妹妹是想做个彻底的单亲妈妈。生孩子，自己抚养，不让徐家知道，最好钱峰也不知道，一辈子守着孩子过。"你还爱他？"

小敏问。"不。我只是想要这个孩子，跟任何人无关。"小捷说。"他是孩子的爸爸。""那就让它成为秘密。""小捷，姐姐吃过的苦，不希望你再吃，"小敏恳切地说，"你知不知道你的这个决定意味着什么？""我明白……"小捷抽鼻子，马上又不哭了，眼神坚定："我准备好了……""你知不知道未来你要面对多少困难？日子会多苦！"小敏不得不给妹妹打预防针。小捷深吸一口气："只要有孩子，多苦都能挺过去。""你不能把希望都寄托在孩子身上，那样你只会失望！"小敏提醒，"孩子会长大，会离开。你还是你自己，只有你自己。"小捷又哭了："姐，我就这个命，我挺满意的，支持我吧。"

话说到这个份上，刘小敏知道妹妹心意已决，她唯有支持，只能支持。她告诉妹妹不要着急，再想几天，保持冷静，千万别激动，激动对孩子不好，等彻底冷静下来，想清楚再决定，尽量让自己不后悔，不留遗憾。她又询问了小捷的身体、饮食情况，并反复叮嘱她，饮食搭配得正常。

当晚，小捷没回通州。小敏给老妈打电话，告诉素敏她留宿小捷，姊妹俩出去吃饭可能会很晚，素敏没多问。姊妹俩研究了一天一夜，小捷还是初心不改，保孩子，抛大人。眼下需要攻克两个难关：第一是怎么跟老妈说。素敏必然会激动，不接受。她十分认可钱峰这个女婿，但现在必须要让她站到小捷这边。如果老妈被攻克，接下来就是做钱峰的工作。对不起人家是肯定的，小捷只是希望姐姐小敏能够帮她，把对钱峰的伤害降到最低。

周末，小敏先调虎离山，让家骏叫他爸去学校看他。"你陪你爸一天，出去玩玩。"小敏吩咐。家骏没问原因，只说保证完成任务。家里清静了，小敏跟小捷说好，演个双簧，让素敏接受小捷怀孕的事实。小捷问姐姐："就我们两个，会不会势单力薄？"小敏却认为这件事越少人知道越好，这孩子的事，天知地知，娘仨知。绝密。

小敏拎了老妈爱吃的白切鸡上门，王素敏炒了几个菜，荤素都有，母女仨围坐着吃饭。王素敏刚从隔壁楼回来，席间喋喋不休：“墙纸别贴太花，看着晃眼…… 地板就把客厅的换换就行，卧室不要大弄，回头有污染又不能住…… 厨房要装好，以后要正经做饭的，别到我这吃……”小捷听了心里难受，她看姐姐，小敏给她使眼色，小捷只能忍住，等姐姐发号施令。

吃完饭，素敏有点犯困，靠在沙发上。小敏泡了壶茉莉花茶，素敏顾不上喝，起身又要去隔壁单元盯装修。“妈。”小敏叫了一声。素敏嗯了一下，看大女儿。“小捷有话跟你说。”小敏破题。素敏回过身，坐沙发上，一边揉膝盖一边等小女儿说话。小捷一脸为难，小敏朝小捷点了点下巴，小捷还是不动，不敢说。素敏仰脸，看了看小捷：“说啊，什么事？”小捷憋出两个字，声音特小：“没事……”临阵想脱逃。

小敏着急，盯着妹妹，小捷低下头。素敏站起来：“神神秘秘的，墙纸得看着贴。”刘小捷不敢正眼看老妈，小敏长长地喊了一声妈。素敏看小敏，小敏皱眉，啧嘴，满脸深意。王素敏又把视线调向小女儿，从头到脚打量一番，面目突然变得很严肃：“干吗？不许跟钱峰闹别扭。听到没有！”小捷低头，两只手拽着：“没闹别扭……”“那这个死样子，”素敏不乐意，“你多大了？做事能不能着点边靠点谱？你是仙女？有多少好男人排队接着你？别作！”

小敏见小捷犯怵，估计说不出来，只好顶上。“妈，小捷她……”刘小敏咽了一下口水，尽量维持口气平稳，“有点情况……”“情况？”素敏紧张，朝小捷和小敏这边踮了两步。小敏张不了口，小捷扭捏，素敏不自觉把目光移向小捷肚子。小捷一抬头，看到老妈灼灼的眼睛，吓得下意识护住小腹。瞬间明白了。“你……有啦？”素敏声音颤抖。

小捷看看小敏，求救，小敏用胳膊肘推她一下，小捷憋住气，努力不让自己哭出来。

"我又要做外婆了？"素敏指着自己，看小敏，求证。小敏咳嗽一声，点点头。"怎么这么着急？"素敏激动地搓手，"你们也不给我点预告，这这这，也好也好，双喜临门……"素敏叨咕着，激动着，来回走小碎步。显然，她认为孩子是钱峰的。小捷不敢把真相摆到老妈面前，心中一恼，眼泪冲破眼眶，稀里哗啦哭，小敏扶住妹妹，叹气。素敏诧异："哭什么？这不好事么？我还怕你怀不上呢……"说着呵呵笑。

小敏不忍心听下去，索性一秃噜嘴："妈……孩子不是钱峰的……是徐……"笑声戛然而止，王素敏像被点了穴道一般站着，只有眼珠子能动。她看看小敏，又看看小捷，人物关系在她脑海中转了好几圈才终于确认无误，随即啊地大叫一声，瘫软地往地下倒。气逆上冲，清窍闭塞，发生晕厥。刘小敏连忙和妹妹一起把老妈扶到沙发上坐着，迅速在中脘、足三里、期门、太冲、神阙、不容、章门、气海等穴施针，再轻轻推拿大椎、风池等穴，一会儿，王素敏终于捯过气，缓缓睁开眼。魑魅魍魉，倒错世界，素敏恨！

"倒杯水！"小敏对妹妹说。刘小捷连忙去饮水机灌了点纯净水，温乎乎的，递过来，轻轻叫了声妈。素敏一抬手，水被打翻，溅了小捷一脸。"打掉，去打掉！马上！"王素敏愁眉不展，脸上阴云密布。"妈——"小捷凄厉地叫。"妈。"小敏停止推拿，站在妹妹这边。素敏满身是针，不能动，但气下不去，她微微抬头努力看大女儿："干吗？你也跟着她胡闹？让不让我活？！"

小捷抹抹脸，大无畏地说："我自己养。"素敏激动，双目灼灼，歪着脖子瞪女儿："拿什么养？谁帮你养？钱峰？他是男人，不是乌龟王八蛋！""我不跟钱峰结婚了。"小捷索性撕开了。"你跟谁？姓徐的？人家要你？""谁也不跟，带着自己过。"小捷不看妈妈，铁石心肠。一瞬间，王素敏牙关紧闭，胸满气急，四肢厥冷，面赤唇紫，也顾不得头上身上腿上有针，一抬手，狠狠打了小捷一巴掌，正打在脸上："知不知道自己姓什么？！"素敏鲸吼。她怎么也无法理解自己女儿竟然会做出这种事。小敏急忙安抚妈妈，又帮妹妹解释，前前后后时间轴都讲清楚，力证小捷无辜。

小捷在一旁哭，可听来听去，王素敏就认准一点，这孩子不能要，生不逢时，是个搅局者。婚订了，房子买在隔壁，摆明了是要做养老女婿，房产证上还写你名字，这年头，如此大度的男人全国也没有几个，你刘小捷还挑什么！她王素敏不能做那种是非不分的亲家，不能做害了女儿的母亲。"不行，打掉！"素敏冷面冷心，坚持到底。

117

小捷哭着跪下来："孩子活 …… 我活 …… 孩子没了 …… 我也不活 ……"素敏问到她脸上："孩子能再生，好男人还有么？哪头轻哪头重？你傻？""我为自己生 ……"小捷泣不成声，"我要宝宝 ……"素敏见劝不住，终于也放声大哭，一时间，屋子里哀鸿遍野，愁云惨淡。小敏一面要劝老妈，给老妈治病，一面又要安抚妹妹，小捷肚子里还有孩子。她来不及哭泣，只是红了眼眶。时间差不多，她得给老妈拔针。素敏拍大腿，拖着哭腔："要了我的老命啦 —— 你这个不孝女 ——"小捷扑上去抱住妈妈，母女俩哭成一团，谁也说服不了谁。

家骏奉母之命，要带老爸出去逛逛，不巧，佳佳也来学校找家骏，三个人撞到一块。家骏有点介意，他怕老爸在佳佳面前出丑，丢面子，佳佳却一副大口喝酒大块吃肉的江湖儿女样子，谁来跟谁一起玩。何况，眼下情况跟从前不同，陈佳佳对刘小敏和金波，都捧着几分。不为别的，就因为他们是家骏的父母。而且佳佳有车，出行方便，于是，三个人一商量，决定去植物园逛逛。

都是"故人"，一路上，金波和佳佳聊了点"故事"，问问公司发展，问问陈卓的病情，佳佳都耐心解答。到植物园，尤其是进了樱桃沟，金波总自告奋勇帮两个孩子合照。女追男，隔层板，就算家骏无心，金波认为，只要佳佳有意思，将来了结了这门亲，实在是好事。

痛苦的一天，素敏不知道是怎么熬过来的。晚上小敏接老妈和小捷去中医院旁边住——都哭得稀里哗啦，眼泡肿得桃样，金波回来得问。事到如今，再怎么意见分歧，母女三人也得放下搁置，统一起来。素敏劝小捷流产，小敏明着持中立态度。刘小捷是坚决要把孩子生下来。肚子是她的，孩子是她的，拉锯到最后，为娘的总是心软，素敏只好支持小捷。可她免不了说些重话，大多是：我不给你带；我不跟你住；我见不了这孩子；别让他叫我外婆！按照小捷过去的脾气，立马炸毛，但如今，她只能委曲求全，先取得姐姐和老妈的支持，然后，一致对外。

果然，当天金波回去感到奇怪，家里没人。小敏打电话来，说去泡温泉了，金波嘀咕："好事就不想着我。"当晚，素敏、小敏和小捷滚在一张床上。王素敏筋疲力尽，该骂的骂了，该劝的劝了，可女儿就是犟驴，九头牛拉不回来，只能由着她。有苦有罪，自己受！她慢慢理解了小捷口口声声说的，这孩子不为任何人，就为自己生。是上天给她的礼物，可这礼物太沉重。

王素敏仰面朝天躺着。小敏探过头问："再扎扎针？"素敏摆手，

382

突然长叹："我们家的女人，是不是八字有问题，男的来，怎么就留不住！陈卓陈卓病成那样，现在钱峰又……"素敏欲言又止，太对不起钱峰。"这怎么弄？"素敏犯愁，"人家不把咱们当精神病？这是结婚，不是闹着玩！"小敏知道老妈指什么。钱峰付出太多，现在退婚，太不地道。小捷不出声，躺在那，护着肚子，死了一样。小敏道："只要主意定了，就往前推。""怎么推？"素敏气又来，"是人干的事么？再劝劝，还是流了，要不我抹脖子。"

小敏连忙又劝她妈。素敏执拗，小敏只好改日再跟着她妈一起去劝小捷，劝来劝去没有结果。小捷肚子不舒服，娘仨又赶忙去医院照看。诊室里，医生说没什么大问题，是胃痉挛，注意饮食，没给开药。待小捷和小敏不注意，素敏偷偷问医生，说想流，行不行。医生说流可以，但不能保证流了之后还能再怀上。"病人年纪不小了，要慎重。"医生客观地提醒。素敏听得心惊，此前她没想到这茬，如今再一听，不敢再"抹脖子"。万一小女儿流了，再怀不上，她落一辈子埋怨。心一横，添丁进口就添丁进口吧。

只是，事情实在难办。"怎么弄？"素敏面对小敏发愁。钱峰那得顾稳妥，徐家那要保密，这孩子等于先生在"黑豆地里"，平安生下来再说。考虑来考虑去，还是决定让小敏先去跟钱峰沟通。但又不能伤害他，不能和盘托出，免得他多想，最好是和平劝退。小敏深感难度巨大，是伤害好人的事。但事已至此，只能硬着头皮，为妹妹走一遭。说到底，小捷是家里人，刘小敏当姐当到底，不得不极力周全。

接下来小捷要在家养胎，还得把金波挪出去。他那张嘴，什么都藏不住，不能让他知道。这孩子得像从石头缝里蹦出来的，娘仨想好了，将来孩子出世，对外就说是领养，这样徐家不找后道。小捷后半生，就一个人带着孩子，熬吧。

金波那不用急。素敏先在通州看着装修工把地板装完，然后，遣散。下午，钱峰来了，见房里没有工人，以为他们偷懒，打小捷电话没人接，只好上门问问情况。素敏在家，一开门，钱峰站在眼前，王素敏心虚，手一抖，杯子掉在地上。素敏忙说对不起。钱峰笑："有什么对不起的，没事吧，妈？"王素敏头皮发紧，他叫她妈。不记得什么时候改的口，她下意识摆手。钱峰进来，去卫生间拿了拖把，擦掉地上的水。然后才问："工人呢？怎么没见干活？"素敏驱散工人的时候忘记钱峰会问，事发突然，她考虑不了那么周详，难免顾此失彼。"那个……"王素敏得现编故事，按照程序，她不可能把真相告诉他，工作由小敏去做，她只能而且必须装傻："工人……病了。"好理由。

"病了？什么病？"钱峰问。"那个……拉肚子……"素敏继续编。"吃外卖吃的吧？""对……""怠工不能算钱。"钱峰说。"是不能算……""小捷呢？"钱峰问。"她……开会……上班……说是再过过是什么18……特别忙……"语速很慢，得思考。钱峰哦了一声，没质疑，再看素敏，关切地说："妈，您怎么出这么多汗？"素敏额头上密密细细一层。"我……该吃药了……"王素敏尴尬地笑，"你自己坐……我得去躺会儿……休息休息……""装修累人，妈，明天我请假来看着。""不用！"素敏再度紧张。

小捷和小敏坐在医院走廊里，这回来看中医。包里振动，小捷掏出手机，见是钱峰来电，吓得没抓稳，手机掉在地上。小敏忙问怎么了。"钱峰……"小捷看到这名字心颤。小敏捡起手机，"钱峰"两个字还在闪动，她吐一口气，帮妹妹接："喂，钱峰啊……没事没事……小捷在我这……她下去买东西了，手机在充电……好好好……"挂了。

小敏看着妹妹，无奈地说："一辈子不见面、不说话了？躲是躲不过去的。"小捷道："以后再接……"小敏本想责备妹妹，可终究把话又吞了回去。小捷挽着小敏胳膊，头靠在姐姐肩膀上，从小到大，她都是躲在姐姐身后。她只有嘴，也有脑子，但没有勇气，缺少行动力，姐姐是钢铁女侠，她只是樱桃小丸子。有风有雨，有姐姐和妈妈挡着，她安安稳稳做她的小女孩，倔强、悲观、善良。

"姐——"小捷恳切地说。小敏嗯了一声，伸手抚摸妹妹的头发。"我能做一个好妈妈么？"小捷问。"能吧。"小敏只好鼓励她。"我一定做一个好妈妈。"小捷给自己打气。"先别想了。"小敏安慰她。经历过生死，在小敏眼里，这甚至都算是小事，兵来将挡，水来土掩，该怎么怎么，有困难，一个个处理下去。姐姐做鞋，妹妹有样，她下定决心，站在妹妹身旁。小捷是瞎子，她就是棒，探着摸着走吧。

118

"好妈妈什么样？"小捷继续说傻话，"像姐姐这样？"小敏道："我也不是个好妈妈。"又苦笑："你得向素敏女士学习。"小捷也笑了："素敏女士是好妈，培养了你。"说到这儿，两个人都笑。素敏没能给女儿一个完整的家庭，但她却给了她们全部的爱。比照老妈，小捷更有信心带好孩子了，何况还有姐姐和妈妈保驾护航。

可是，小捷认为的"不是问题"，在老妈素敏眼里，却恰恰是大问题。钱峰离开后，她一个人靠在沙发上，闭上眼，筋疲力尽。倦怠，她面对生活感觉十分倦怠，命运的航船一次次偏离轨道，她这个船长几乎无法掌控舵盘。她打心眼里觉得，两个女儿之所以结婚离婚折腾不休，很大程度上是她在婚姻上没有做好表率。只是，面对苦苦哀求的小捷以及流产的风险，素敏又狠不下心来。换句话说，就算她能狠下心又怎么样？说白了，孩子是小捷的，她愿意要，她王素敏做妈做外婆的，总不能强拆。那等于谋杀。只是这样实在太对不住钱峰。钱峰一定会把她，把这个家的女人们认定为十恶不赦的人，千刀万剐都不为过。哪个男人能忍受这种"玩弄"。

素敏恨女儿傻，什么叫孩子只是她一个人的？现实吗？只要生下来，他身上就流着徐家一半的血，长大了，一旦东窗事发，孩子终究会认祖归宗，徐正依旧是做爸爸，那个被火烧过的女人依旧是孩子奶奶，天杀的奶奶。这关系颠扑不破。唯一被消磨的，是小捷的岁月和青春。做妈的，心终究还是软，素敏能跟她断绝母女关系吗？嘴上说说，真能舍得？她能坐视不管、置之不理吗？不能。小敏的事她能伸把手，小捷她更要照看。多少年母女三人相依为命，她只有两个女儿，女儿们只有她，血浓于水。再困难，既然内部已经商定，就不再纷争，暂时只能一致对外。素敏相信一切都还有转机，即便小捷生了孩子，还会有转机的。得熬。

手机响，是小敏打来的，素敏问怎么样。小敏说："都正常，其余的要看化验结果。放心吧，没有问题。"素敏又问小敏，打算怎么做钱峰工作，小敏说她还没想好。素敏叮嘱："一定要缓和，不能说你妹怀孕，要找个正当理由，要让人能接受。"素敏要顾刘家的面子。这孕怀得蹊跷，她不主张全掏实话，况且小捷已经下定决心不拖累钱峰。同时，还不能让徐家知道，先安安静静生下孩子再说。于是娘俩只好给小捷打掩护。小捷吃了秤砣铁了心。素敏在看《大宅门》重播，恨得直骂："你就跟那白玉婷一样！死性！"小捷不吭声，由妈妈骂去，她知道老妈会成全她。

小敏头脑乱，一时想不出好法子，先口头答应。她需要捋捋再说，还有一夜时间。人，她约好了，明天中午，和钱峰在花家怡园见。姊妹俩盘算了一夜，小敏也认为不能跟钱峰和盘托出。妹妹这样，就算钱峰同意，她也于心不忍，真相太过刺激——就让小捷一个人过吧。何况小捷也坚定信念，自己带孩子，并不打算再借男人之力。小敏问妹妹："以后真不找了？"小捷坚定，一个人过。小敏不点破，在什么时候说什么话。她刚从老家出来的时候，也说不找，后来碰到陈卓，还是动心。此一时彼一时，这世上最吃不准的就是人心。

小敏又问小捷一个问题，钱峰家最在乎什么。小捷绞尽脑汁，终于记起钱峰和他前妻离婚的理由包括前妻生不了孩子。小敏看着妹妹的肚子，说知道了。她忽然想起来，前几年小捷有次误诊为输卵管不通。当时的诊断书还扔在办公室里，也许可以派上用场了。小敏觉得这有点荒诞，可事到如今，不让钱峰知道太多，恰恰是对他的保护。真准备快见面，小敏又觉得直接说小捷不孕不育下料太猛，怕钱峰接受不了，最好的办法是循序渐进，一点一点投喂，她觉得这事谈一次也解决不了。

去见钱峰的路上，小敏一直在想理由。正常说法是，先不点破，慢慢来。临出门，小捷也哭了，她觉得为难，对不住人家。

小敏在心里念叨，原谅我吧！又存心将来给钱峰多介绍几个护士作为补偿——医院里不少护士待字闺中，很多条件都不错。能怎么办呢？从钱峰的角度考虑，能不受伤害分了手，将来他找一个平平稳稳的女人结婚，过好小日子，也不失为一种幸福。可小敏又明白，幸福这个东西，是个太主观的事。如果钱峰一门心思盯在小捷这，那恐怕事情还会有几个来回。外人看来的幸福也就会成为痛苦。小敏保持镇定，深呼吸。

到花家怡园，钱峰已经在等，见小敏来，他礼貌地站起来帮她拉座位。多绅士，小敏替小捷可惜，这样的男人，到哪儿找。小敏客气了一番，随手送上一盒中医调制的延寿丹，说送给钱峰妈妈，钱峰预感小敏找他有事，道："姐，是不是有什么需要我帮忙的？"见李萍都没这么紧张，刘小敏连忙说不是帮忙。

　　两个人坐下，点菜，闲闲聊着老家的事。菜上齐，吃了一会儿，刘小敏才说："钱峰，我跟我妈，一直都特别喜欢你。"钱峰笑着点点头，有点不明所以。"现在像你这样老实、可靠又有能力、又上进的男人不多了。"小敏极尽言辞夸赞。钱峰发觉不大对："大姐，是不是小捷对我有什么不满意？""不是不是……""是房产证的事吗？"钱峰微笑着，"这个都说好了，我和小捷都写名字。事先聊好的，就按这么办，请转告阿姨，让她放心。"几句话下来，刘小敏反倒不知怎么开口了，但既然来了，就必须做工作。她吸一口气，又呼出来，调整好情绪，道："钱峰，姐不瞒着你，你最好还是不要跟小捷结婚了。"想了一百个招，最后还得硬着陆。

　　钱峰震惊，他极力控制情绪，问："为什么？她跟阿正复合了？"这是他的第一感觉。小敏干笑："这不可能。""那就是对我还有不满意的地方？""你很好！"小敏不让他继续往下说。"真的，你非常非常好，"小敏有些词穷，"我妈也说，我们不能光考虑小捷，还得考虑你，考虑你们未来的生活，未来的幸福。小捷没法带给你幸福。"说的是实话。她真心觉得，妹妹这浑水，钱峰不蹚为妙。钱峰问："小捷也这么认为？"小敏语重心长地认真疏导："是客观事实造成的，小捷有病。""什么病？"钱峰略微激动，"有病治病，我陪她。""妇科方面的。"小敏一步步逼近"真相"。"大姐，小捷到底怎么了？"钱峰追问。小敏道："小钱，听我的，离开小捷，再去找一个好女人。"钱峰苦笑："大姐，你今天来就是让我和小捷分手？"

　　小敏快速地直戳"真相"："她没法跟你生孩子。"她说得很有技巧，不是不能生，是没法跟你生。短短一句话，在钱峰脑中像慢速播放一般来回走了几遍。钱峰终于控制不住情绪："都可以治，现在医学那么发达，中国不行外国，西医不行中医，肯定是可以治的。"小敏反问："如果治不好呢？你知道李萍吗？她多想要一个孩子。"钱峰一时转不过弯。

刘小敏趁热打铁："这个心理压力、心理包袱太大，别说小捷背不动，就是我们家，我和我妈，也觉得对不住你，负不起这个责任。真的，峰子，现在已经太对不住你，你生气，恨我们，我们都理解。你那房子要是觉得别扭，等我把小产权卖了，看看我能不能接手，或者看看怎么办，总有办法……"小敏说着善后事宜，同时从包里拿出那个误诊的诊断书，放到钱峰面前，钱峰盯着反复看了几遍，正面、背面。

饭吃不下去了，小敏认为不能再逗留，她伸手拍拍钱峰的肩："先冷静冷静，怎么也把这段度过去，我还有个会诊，再找你。"小敏起身离开，走出饭店，一声长叹。不管怎么样，最终效果如何，总算把问题抛出来了。她预感钱峰不会这么"善罢甘休"，她已经做好了反复做工作的准备。

对着一桌子菜，钱峰下不去筷子，坐了快两个小时，周围的客人走光了，服务员来问他要不要加水，钱峰摆摆手。他反复把刘小敏的话来回"反刍"了几遍，检验单还在手边，小敏忘了拿走。白纸黑字，不由得你不信。只是，小捷如果不能怀孕，她当初打算跟徐正结婚时难道没有做检查？她跟前夫倒是一直没生孩子，算是佐证。或许真的像小敏姐说的，生育问题成为压倒小捷和他婚姻的最后一根稻草。会不会只是一场戏？刘小敏来，只是为了试试他的底线。先提分手，如果他同意，女方也不跌面子，一拍两散。如果他坚持，那么，问题就留给钱家——他能否接受没有孩子，做丁克。

钱峰隐约记得很久之前，他跟小捷刚认识的时候她提过这话，钱峰需要慎重考虑。他把双手插在头发里，闭上眼，深深地吐一口气。他想给小捷打电话，但拿起手机还是觉得最好不要轻举妄动。小敏来谈，就说明娘仁意见一致，共同进退，他不能失了方寸。他口问心心问口，跟自己确定，你小子到底爱不爱刘小捷？她还是不是你少年时代的女神？你是要她，还是要孩子？这实在是个难度极大的选择题。

119

为避开金波，也避开钱峰——毕竟钱峰的房子就在隔壁，刘小捷搬到姐姐那暂居。下班回来，一进门，小捷就问小敏谈得怎么样。"告诉他了，能不能接受，接受多少，难说。慢慢来吧。"小敏心累。她刚从医院回来，陈卓又开始化疗，病情缠绵反复。小捷挽住姐姐的胳膊，亲昵又无奈地说："姐，幸亏有你。"小敏轻轻甩开她："你知不知道，我做钱峰工作的时候，感觉自己就是个坏人。"小捷道："姐，通州那房，房贷马上就还完了。再过几个月，或者马上也行，我就辞职，回老家待一年，等孩子生下来再回来。对外就说是抱养，孩子姓刘，我们家的孩子。""钱够么？""有点存款。"

到老家，把小姨、姨夫送到站，安顿好天福和李兰，次日，李萍便陪"二老"去办理结婚登记，算"送佛送到西"。这天，陈天福和李兰都打扮得样道道的，一早李萍便带李兰去做头发，简单化妆。造作出来，人似乎也年轻了许多。陈天福上下一新，说要染头发的，实在来不及，亏得人逢喜事精神爽，跟李兰站一块，老夫少妻，倒还算般配。一路上，天福算日子，说自己怎么着也能再活二十年，要好好陪李兰。李萍从后视镜扫李兰一眼。李兰没有笑容，静静的。二十年？开什么玩笑，要老命。五年盈利，十年保本，二十年亏得底朝天。时间是最大的成本。天福买的是李兰的时间。

办得还算顺利，红本本拿到手，合照，天福、李兰喜笑颜开。中午，两口子非要请李萍吃饭，她是大媒，按风俗得收红包。李萍当然不能要，她笑说："爸，我给你随个份子。"说着要掏钱，天福一定不要，李兰则有点女主人的样子，挡在前头，推推搡搡地："小萍，心意领了，钱不能要，没你也没我和老陈的今天，发自内心谢谢你。"按照惯常，李萍是一定要较劲的，但逢着人家大喜，又是自己无心插柳促成的，李萍便沾沾喜气，说点场面话："兰姨，你魅力大、福气大，以后做长辈，还得多关照关照我们这些小辈。"天福和李兰都笑。

饭后李萍说有事要先走。天福问："去你小姨那？"李萍说去看看老妈。"你妈不是走了么？"话说出口，陈天福才意识到失言。李萍是想去山上看看老娘的坟。多少年不上山，天福也要跟着去。好在现在都有盘山路，不需要攀爬。李兰一听去上坟，沉着脸，大喜的日子，有点晦气。可既然已经嫁人，又是头一天，总不能不给老头面子，只好嫁鸡随鸡嫁狗随狗一把。

车开上山，到坟前，烧了纸，放了炮，李萍跪下磕了个头，叨咕着："妈，福爸来看你了。"天福道："老妹，放心吧，孩子们都挺好的。我是差点，差点就真去看你了。"李兰瘪着嘴，不作声。天福的说话水平不敢恭维，还不如不说。

李萍祷告一会儿才站起来，天福在她身后感叹："你妈要不死，你跟陈卓搞不好现在还在一块。"老头至今不知内情。李萍妈出车祸只是导火索，根本原因是那时的李萍瞧不上那时的陈卓，她不愿陪他熬下去了。"都过去了。"李萍轻描淡写，她不想在李兰面前提这些。天福管不住嘴，说开了："弄来弄去，能原配不二婚，还是原配的好，心真一点。"李兰脸上顿时挂不住，她装作听不见，到旁边拾松柏。

小敏把跟钱峰沟通的情况向素敏汇报，王素敏听得一身汗。小敏提醒素敏："妈，事情到这一步，我们要统一口径，谁问都只能说是小捷健康有点问题，不适宜结婚。"素敏诺诺。

倒是金波见小捷搬走，有点诧异，素敏借口是小敏有点事情，要小捷帮忙。于是金波把焦点又挪到小敏身上，担忧起来："妈，小敏有什么事你可不能瞒我。"王素敏想了两秒，才说："没事。"越说没事越觉得有事，金波斗争经验丰富，人喜欢说反话。"陈卓还好吧？"他忍不住往那方面想。"上你的班挣你的钱，天下太平。"素敏拍打袖子，一脸不痛快。这个前女婿，向来是唱歌变调，离谱。

金波道："妈，这两天怎么隔壁没动静了？装完了？"是说钱峰的房子装修。素敏这才生气："别瞎管，管好你自己行了。还有，你得找房子。"金波不解："妈，您这是赶我走？小捷结婚，房子空出来，家里没人气，我还得照顾您老人家呢。""不需要！一个人，清静。你搬。"金波缩缩脖子，躲进榻榻米里。前丈母娘同意他住进来的时候爽快，现在让他搬出去也爽快。

接连几日，素敏总是惶惶。退了装修队，清理好钱峰的房子，她不带手机，关闭。日日在外捡纸盒，等晚上才开机看看有没有什么新动静。金波诧异，问："妈，这两天您怎么老神出鬼没的？"素敏不高兴："抓紧时间找房子。"金波不相信："妈，真让我搬啊？我才占四个平方米。"素敏道："顶多还能住两个月。"金波道："这房子要卖？啧，没到能卖的时候呀，妈，有事别瞒着我，我肯定帮忙。"素敏突发奇想："你帮忙？"金波鼓起胸膛："一言既出，驷马难追。""晚上要有人来，你去开门，就说我不在。"素敏吩咐。

偏偏这日傍晚，素敏拎着个纸盒子上楼，一抬头，钱峰站在门口，想退出去，却来不及了。"阿姨。"钱峰叫她。王素敏只好讪讪地上前，说了句来啦，然后开门，请他进屋。素敏忙不迭倒茶，钱峰说不用麻烦。素敏请他坐，钱峰就坐在饭桌旁的椅子上，随时要走的样子。

两个人面对面，气氛尴尬。钱峰率先打破沉默："阿姨，大姐前两天来找我，说小捷得跟我分手，原因是 …… 不能跟我生孩子。"

120

素敏哭笑不得，嗯嗯两声，算作认了这事，然后解释："也是才知道情况。我们完全理解，孩子对家庭来说太重要了 …… 真的，峰子，阿姨对不住你，所以当机立断，不能耽误你，更不能祸害你。小敏也跟你说了吧，这房子的损失，看看怎么减少到最低，我们尽力补偿。我知道，现在说这些也晚了，还有情感伤害、精神损失，只能说来日方长，慢慢弥补。阿姨欠你的。"素敏一口气说下来，眼眶红了。"就因为孩子？"钱峰问。"就因为孩子。"素敏加重语气。

"阿姨，其实今天我来，主要想跟您通个气，这几天我思想斗争反反复复，现在想清楚了，我要跟小捷结婚，我可以不要孩子。丁克就丁克，或者将来想要，可以领养一个。"停一下，钱峰继续补充，"我妈那也请放心，她开明，不会因为这个事为难小捷。"始料未及，方寸大乱，王素敏两手摆得像拨浪鼓："别别别 …… 峰子 …… 你听阿姨的……千万别委屈自己……你得要孩子……不能不要孩子……该要还是要……不忘初心……孩子太重要了……得要……必须要……"无力的劝阻，钱峰似乎铁了心跟小捷结婚。

钱峰走了，王素敏颓然坐在沙发上，越想越气闷。钱峰是好人，好男人，他越对小捷痴心，素敏的犯罪感就越强烈。她有点后悔当初鼓励钱峰追求小捷。然而世上的事，原本就是环环相扣，连缀成一场宿命。

金波中班下班到家，推门见素敏脸色难看，就问："妈，没事吧？"素敏不答。金波伸头往厨房看，清锅冷灶："妈，晚上想吃什么？我点外卖。""不吃！"素敏的火还在头顶。金波不知自己哪说错了话，只好找别的话找补："上楼看到钱峰了。他问小捷是不是生病了？在哪个医院？"素敏急得站起来，质问："你怎么答？"金波支支吾吾："我就说没生病呀！他又问：'大哥，问个隐私，真是难开口。'我说有话就说，都是男人。他问：'小捷不能生孩子，你知道吗？'我立刻说哪个王八蛋放屁！小捷好着呢，能生八个！"素敏跳脚："哎呀，你糊涂！你应该说她不能生！"金波半张着嘴，呆在那，人间的逻辑，他弄不懂。

小敏家紧急会议在小敏的大床上召开，素敏说了钱峰的决心。小敏道："弄歪了，道弄歪了。钱峰太实诚，将错就错。"素敏道："这样的男人，哪里找？"说罢盯着小捷看，拿眼睛剜她。小捷委屈："妈，又来了，现在讨论的是怎么让人家接受。"素敏又气又急："他就是接受不了！他都说了，你生不了孩子也愿意跟你结婚！他这辈子非你不可！"素敏停下喘气，白了小女儿一眼，继续说："这男人都吃的什么迷魂药，天涯何处无芳草！"小敏、小捷对看一眼，不接话。

小敏言归正传："小捷，估计钱峰会去找你。"小捷瞬间紧张。小

394

敏道："那是最后一关，你做好思想准备。"小捷叹息，看妈妈，素敏啐小捷："别看我！我没那脸！"小敏鼓励妹妹："你得站出来，不是让你说有孩子的事。我们前面都算铺垫，现在的形势是，你得明确告诉他，你们结束了。"如果说对徐正，小捷是怨，对钱峰，她则是无尽的愧疚。结婚是她提的，不结婚也要她提。她不想做一个反复无常、不靠谱的女人，可生活就是这么反复无常，她是河岸柳，不自觉随风摇摆。但她心中生下孩子的信念却坚若磐石。她想要孩子，她觉得或许眼下就是最好的结局。一间房，一个女人，一个孩子，充其量再来只猫。三餐四季简简单单，便是她下半辈子的愿景，她再也不想折腾了。小敏推了妹妹一下："面对吧。"小捷这才从恍惚中跳脱出来。

单独见钱峰需要巨大的心理建设，刘小捷接连几天都惴惴不安。怎奈老妈和姐姐已经把后路堵上 —— 小敏正式约钱峰周末吃饭 —— 两个家长作证，小捷不可能临阵"鸽"别人，只能硬着头皮上。眼下解决问题的焦点在于：她必须给出一个合适的理由拒绝钱峰，人家得信，得服，得知难而退。仅仅不能生孩子显然不够充分，钱峰同意不要孩子。小捷怎么见招拆招呢，她想不出来。直到见面前一个小时，她能想出来的说辞也只有三个字：对不起。跟钱峰约在咖啡厅，老妈和老姐在隔壁炸鸡店等，一旦有什么异常，随时联系，她们立马救场。

走进咖啡厅，小捷走得很慢，心里敲小鼓，钱峰伸手示意，小捷不得不走过去。"对不起，来晚了。"开头就说了个对不起。"喝什么？""一杯美式，不加冰，谢谢。"小捷放下包。"够突然的。"钱峰笑。"真对不起。"第二个对不起。"没关系。我只是想知道原因，"他两手交握着，"才能对症下药。"小捷心中暗叫不好，他还想着下药，根本无解。"对不起。"小捷祭出早想好的台词，这三个字今天她打算说无数遍。

"小捷,"钱峰忽然捉住她摆在桌面上的手,大手包小手,"我们可以不要孩子。"刘小捷挣扎了一下,知道无从逃脱,只好任凭双手被钱峰包裹着:"是我的问题,对不起。""什么问题呢?""我不想结婚。"小捷直言。"是不想结婚,还是不想跟我结婚?"小捷忙解释:"是不想跟任何人结婚。""怎么了?发生了什么?你过去不是一直想结婚么?"钱峰劝解她,"当初为了嫁给徐正,弄了那么多流程,想了那么多办法,现在突然不想结婚,是不是可以理解为人不对?"他的分析很合逻辑,层层递进,无从反驳。小捷只能硬挺自己的观点:"结婚太麻烦,我的世界融不进另一个人,我现在奉行独身主义。"钱峰说:"没关系,人都是会变的,你独身,我陪你独身。大姐和陈卓从前也都是独身,我不相信独身的人不需要情感生活。小捷,我们还需要相互了解,把一切交给时间,好不好?我们都是离过一次婚的人,再婚慎重一点可以理解,毕竟人终究要忠实于自己的感觉。"

小捷被逼得无路可退,近乎哀求:"峰子,不是你想的那样。"钱峰松开小捷的手,真诚得恨不能把死人感动活了:"小捷,是不是还有什么难言之隐?你告诉我,都可以商量。我们走到这一步不容易,不能轻易散。只要两个人有心在一起,有什么困难是不能逾越的?"刘小捷脑子一热,差点要说出真相,可话到嘴边又生生咽下去,不,不行,不可以,她得保护孩子,她现在是个妈,天知地知妈知姐知。只不过眼下,钱峰摆明了要一个合乎常理的答案。

咖啡厅一角,一名男士单膝跪地,向一名女士求婚,手里拿着一大捧玫瑰花。小捷看在眼里,灵感乍现,只好"以毒攻毒",痛在一时,自在一世,成全彼此。小捷半低下头,酝酿许久:"峰子,对不起……"她说的时候眼眶含泪,"是我的错,我始终没办法让自己爱上你……"大实话,逼出来的。钱峰顿时石化,这理由再正当不过,再充足不过,再残酷不过，再无奈不过……这理由让钱峰无话可说，他还有什么立场再纠缠小捷呢？爱是一切的答案，不爱就是不爱。

刘小捷看着眼前满面通红神色黯淡的钱峰，自责自己撒了谎，她不爱钱峰么？不完全是，只是如果说她对钱峰的感情是百分之四十九，对腹中孩子的感情便为百分之五十一。孩子以微弱优势取胜，她只能放弃钱峰。她在心里默念，钱峰，钱峰，如果有下辈子，如果下辈子还有缘分，我们一定好好做夫妻，偿还你……"对不起……"小捷又说。钱峰从失神中回转过来，尴尬而不失礼貌地笑："理解理解，没什么对不起，这没什么对不起……是我鲁莽唐突，小捷，祝你幸福。真的。"

小捷忍住泪，又坐了一会儿，她觉得自己无法面对钱峰，终于再次说了句对不起，匆匆离开咖啡厅。街上人群汹涌，刘小捷走入商场，又穿出来，走到地铁站，朝下走，一会儿又重新回到地面。她漫无目的，泪流不止，感觉自己像个刽子手。为了一个即将到来的人，她亲手毁掉了她与钱峰的感情。也只有这一刻，在她和钱峰的感情完全失去可能性、灰飞烟灭的时刻，她才意识到，自己对钱峰的感情并没有她所认为的那么浅淡。她和徐正的感情，曾经轰轰烈烈，如洪水猛兽；而她和钱峰的感情，则像是春季细雨，润物无声。她知道这样的感情以后不会有了。

刘小捷擦了擦眼泪，告诉自己，值得的，一切都是值得的。到这个岁数，刘小捷逐渐形成了一套自己的行事准则，那就是：任何东西，如果仅仅是需要，未必值得，但如果是你想要，一定值得。活在社会里，她需要婚姻，这是女人的保护色；但她更想要一个孩子，这让她感觉生活更加完整。走累了，小捷进快餐店，扫码点餐，她想点个冰淇淋；考虑再三，为了肚子里的孩子，还是改为红豆酒酿。她开始做妈妈了。小捷看着窗外等餐，一名家长带着儿子玩轮滑。小捷安安静静地看着，长大吧，孩子，妈妈陪你。

偌大的办公室只有一盏灯亮着，看楼的大爷上来敲敲门："锁门了。"钱峰抬起头："锁吧。"他今夜打算通宵作业，累了就睡办公室。和小捷分手，他用加班来痛苦地终结一段感情。

钱峰曾经想不明白，一切那么突然，肯定有特殊的理由，可当那理由从小捷嘴里说出来，简直振聋发聩，他无法招架。没法爱上，这不就是最大的失败么，钱峰觉得自己的梦该醒了。他不会去喝酒买醉，不会做傻事，现在唯一能做的，就是努力工作。去他妈的感情不感情的，随便吧。至于小捷家隔壁那套房子，他不打算卖。有必要吗？爱没有错，不爱也没有错。放在那，或者租出去，他依旧住市里。

半夜，钱峰翻着朋友圈。徐正发了一条状态，他常驻迪拜，正在酒店俯瞰沙漠大海，放大照片，旁边似乎有个女士包。钱峰不禁笑笑。什么永恒的爱情，什么生死相许，不过是个童话。

121

寒来暑往，一春一秋，足够好多故事另起一行，重新落笔。和钱峰交代清楚后，刘小捷没再逗留，迅速辞职，回老家，待产，素敏同行。金波作为守门人看着通州的房子——他压根不晓得天地早已翻覆。

小敏替小捷保守秘密，陈卓问，她只说老家有亲戚创业，小捷回去帮忙，老妈则管管人事。陈卓开过小工厂，知道用人难，信了。十月怀胎，刘小捷生了个儿子，取名刘笑尘，小名笑笑，寓笑对人生、笑看红尘之意。生之前，素敏总说不问不管，真生下来，二度做外婆，素敏免不了心疼女儿、心疼外孙，里里外外操持。

为躲口舌，素敏和小捷另找了个稍微偏僻的小区租住。孩子生下来，无人知晓，就这么又住了小半年。这日，母女二人带笑尘去澡堂洗澡，听到个大新闻。小城太小，统共不过几条街道下辖几个镇子，徐正再婚娶了个洋妞，妇孺皆知。小捷脸色稍变，素敏看在眼里，没作声。回到家，安顿好笑尘，素敏才凑到女儿旁边，道："你也别不高兴，路都是自己选的，又不是不知道有这天。"小捷忙着叠小孩衣服："哪里不高兴了，没有的事。"小捷不让她继续往下说。素敏换一副口气："当务之急是养孩子。"后半句她没说，养孩子当然要赚钱。偷摸生孩这一段，小捷一点一点坐吃山空，虽有老娘补贴，姐姐时不时也打钱，但终究非长久之计。笑笑来了，小捷升级做妈妈，妈妈是需要负担家庭生计的，生孩子之前小捷就立下志愿，必须独立。她开始考虑回北京。

徐正娶的是个白人姑娘，在迪拜认识的，一个摄影师兼英语教师，中文名为程乔恩。二婚婚礼办得不算大，李萍自然千里迢迢回乡参加。一回北京，免不了在陈卓面前描述。经过十二次化疗，陈卓病情基本控制住，康复大有希望，虽然还很虚弱。为方便调理，陈卓搬到刘小敏那住，一周回来一两次看看老爹。

和小捷分手后，钱峰虽然迅速善后，规划好生活，但很长一段时间依旧走不出来。钱峰妈担心儿子，只能放下老家的小生意，北上京城陪他渡过难关，过一阵，回老家一阵，两边跑。徐正再婚，隔一条马路住着，钱峰妈最先得到消息，再上北京，谈起这事，钱峰妈劝儿子："徐正还是识时务，往前看，不恋战。"钱峰不吱声，刷手机，看股市动态。钱峰妈往下劝："儿子，该走出来了。你对那个女人，仁至义尽，是她自己没福分。咱这条件，要什么女人没有，大把！"钱峰实在听不下去，拦阻道："妈，你不了解情况。"

钱峰妈忽又忧伤："你爸走得早，我也是一身病，你不成个家，有个人照顾，哪天万一我走了，你一个人孤孤单单在世上，怎么弄？"说了要落泪。钱峰只好反过来劝老妈："好么好生的，什么走不走的，都长命百岁，都好好的。"钱峰妈破涕为笑，继续劝："儿子，想开点，人生就那么回事。不要跟自己过不去，不要跟命过不去。"老妈劝劝，钱峰逼自己打起精神。人开始见，多半是朋友介绍，确实有条件不错的，可钱峰就是没恋爱的感觉。离过一次婚，钱峰并不着急再结。他跳了一次槽，去更大的集团做财务总监，身家再度上涨，安安稳稳做他的钻石王老五。

这日，通州房客退租，中介联系钱峰去验房。这房子一直对外租着，说到底，他还抱着幻想，想看看小捷后来日子过得如何。退租还算利索，钱峰驾车离开，小区门口，跟一辆电动车不小心剐蹭了，钱峰不得不下车处理。电动车司机戴着头盔，声音老大，恶人先告状，指责钱峰违规驾驶。等那人头盔摘掉，钱峰愣住："金哥。"那人也一愣，跟着上来拍了钱峰一下："你小子，在哪混呢，现在？"蹭他的人是金波。

自小捷回老家后，金波和钱峰没再见过面。金波无法理解，好端端的说要结婚，怎么仿佛一夜之间，前丈母娘和小姨子回老家创业，钱峰这小子也瞬间消失，隔壁换了几拨人住。金波问过小敏："小捷和姓钱那小子，吹了？"小敏糊弄："谈着呢。北京雾霾大，不想在这待。"这次撞一块，他立刻拽住钱峰，猫进路边饭馆，哥俩儿要好好聊聊。

122

点了菜，金波还给自己叫了瓶牛二，自斟自酌："老弟，你现在搞什么呢？好久没消息。怎么现在所有人都神神秘秘的，你跟小捷，到底什么时候结婚？这装修是不是太久了点。"钱峰诧异，他不知道，还是装的？只好道："我跟小捷早分了。""分了？怎么回事？"金波提着眉，吊着眼。"一言难尽，没缘分。""我说怎么没动静呢。"金波道。钱峰愈发感觉不对劲，这么大的事，金波居然浑然不觉，她们故意瞒他？蹊跷。"小捷和阿姨去哪儿了？""回老家了。"金波不藏着。"老家？""有亲戚创业，帮忙。""有这事？""开猪场还是鸡场，忘了。"这句不实，是金波听岔了，开猪场的是他三舅母。

酒劲上来，金波小酒杯在木桌上磕得嗒嗒响："怎么回事，我这小姨子到底想干吗？王老五撩眼跟前不接着，回去养猪？疯了？二婚非要找头婚？峰子，你要不行，我跟你说，全北京她根本就找不到，她找谁呀她……"钱峰当然明白金波不过是吃人家嘴短，在他面前，所以替他说说话，安慰安慰。但金波的讲述，令他忍不住回想当初小敏来见他，还有他去见素敏、见小捷的最后情景。当时一切雷霆万钧，他被打得个晕头转向，但现在仔细咂摸，不难感觉出当初母女三人的急切。迅速分手、迅速辞职、迅速回乡，一切迅雷不及掩耳。钱峰认定事情另有深意。

小敏肯定知道，但即便去问，她也不会说。钱峰忽然想起那张诊断证明。他连忙回去翻找，好容易在西装内口袋找到，又按图索骥顺藤摸瓜去问。到了医院，医生却说这只是一张诊断证明，不能代表什么。钱峰要查医疗记录，医院说那属于病人隐私，非经本人同意不能查访。线索就此断了，钱峰只能作罢。他想着有机会还是得回老家一趟，城市就那么大，人就那么多，兜兜转转都是熟人，什么事都能问到。他隐约觉得小捷离开北京另有隐情，他和她或许还有转机。想到这儿，钱峰忽然又觉得自己可笑，毕竟自己只是一个不被爱的人。

笑尘抓周，刘小捷开始筹谋返京，老在老家待着不是事。她希望孩子从小就能在大城市接受教育，在这个问题上，刘小捷和王素敏是有分歧的。素敏认为，老家一样带，又不是正经读小学，分别不大。小捷却强调，环境很重要："你没听海明威说吗？二十几岁时如果能生活在巴黎，是一种幸福。言下之意，能开阔眼界。"素敏嗤了一声："那是二十几岁，你这奶娃子，他知道什么老家外地、地球月球。""耳濡目染。孟母三迁。"

房子在那，户口在那，小捷没有理由一直躲在老家。何况老家地方小，再藏下去，总会有人知道她有了个孩子。不久前，徐正做爸了，得了个宝贝混血女儿，这消息在老家都能传开，因此更要尽早离开。休息那么久，身材变了，年龄变了，刘小捷有心理准备，重返职场之路不会太顺。

上网先投简历，有一些小的公司陆续回复，但工作繁重，职级不高。主要小捷还考虑一点，老妈年纪越来越大，完全靠她照顾笑尘不切实际，而且她也不希望孩子由老人带大，太受老人影响。这是她的孩子，她要像呵护一棵小苗般看他长大。投至第二个月，乐蜂网给小捷电话，要她去面试。刘小捷考虑再三，觉得再不抓住恐无机会，便打算先回北京一趟。笑尘交给素敏照看，一老一小晚点再回京城。

轻装上阵，谈得不错，接下来是等结果。从园区出来，刘小捷直奔姐姐那。一进屋，房间内一片凌乱，小敏正在床边折衣服，旁边摆着大包小包。"姐，你要出差？""不是。"小敏不细说。小捷靠近，发现都是男人衣服："陈卓要出差？"小敏无奈："他那个身体，出什么差，搬回家住一阵。"小敏实在不想跟妹妹解释，这次陈卓从她这搬回老宅，十之八九是李萍的主意，她就要跟小敏较劲。"面试怎么样？"小敏岔开话题。小敏道："你这种情况，要上班，不如回出版社，你现在最缺时间。"

小捷当然需要时间，但她更需要钱。只是她不能跟姐姐说这个，她知道，姐姐不会在钱上让她受委屈。但这次回京，她下定决心要撑起一个门头。工作问题小捷不深谈，她掏出手机，给姐姐看笑尘的照片和小视频。小敏不忍心提醒妹妹，这些照片视频，她早都发过朋友圈，她理解初为人母的小捷是"炫子狂魔"。只能再看一遍，还要凑趣点评，小脸多可爱，像你。小捷一秃噜嘴："像他爸。"说完吓到自己，实是失言。早都约定好，笑尘未来的生活中，爸爸是个禁忌词语。小敏觉察出妹妹的失落，安慰道："定好的事，别想那么多。""没有。"小捷轻轻否认。"往前走吧。"小敏鼓励她。

两个人又讨论孩子的身份问题。金波、家骏和陈卓是不能瞒的，得给说法。活蹦乱跳的孩子，得有来路，解释清楚。小敏、小捷两姐妹决定统一口径：笑尘是抱养的，但讲的时候要有点技巧性，不明说，暗示，他们仨估计反倒信以为真。主意已定，说好分头去做工作，不用刻意说，两个人打算不经意露出来。

小捷又问钱峰现在如何，小敏口气略带责备："你还能想到人家？"小捷道："干吗这口气，好像我是坏人。""不是么？"小敏忍住笑。"要硬跟他在一起，才是坏人。"小捷强调。"人家还单着呢。"小敏说。"房子还没卖？"小捷问关键问题。"租着呢。""那怎么回去住？""有什么不能回的。""孩子，孩子怎么办？"小捷着急。"不都做好计划了么，永远不见面了？真碰到，就按原计划，简单解释，说抱养的。"小敏劝。小捷叹了口气："都是我害了他。""每个人都有自己的选择。""真希望钱峰过得好。"

123

操心完自己，小捷开始操心姐姐，问陈卓的病恢复得怎么样。小敏道："不复发就没问题。"小捷道："那你可得为自己打算。"话没明说，点到为止，但小敏心里明镜似的。小捷的意思是让她跟陈卓复婚，恢复名分。当初离婚纯属不得已，如今陈卓一天好似一天，又介入到佳佳的公司中去，身体允许，他又恢复了事业心。小敏思虑再三，还是打算等陈卓身体再恢复一阵再说。何况这种事，最好男方提，她提，等于她伸手要，反而被动。小敏淡淡地对妹妹说："到这年纪，很多事情不必那么计较。"小捷立刻说："姐，你可别犯傻，你跟陈卓不一样，这经历了结婚、离婚、流产、康复，你们的关系回到原点，但此原点非彼原点，你们这是否定之否定，必须肯定。"小敏道："没想到你还看重这个。"小捷被姐姐问得有点尴尬。"当然看重。"小捷道，"生活的智慧，就是要有取舍，懂进退。"小捷纸上谈兵。

陈卓开门进屋，小敏对小捷使了个眼色。小捷笑呵呵走出卧室，叫了声姐夫。陈卓诧异："什么时候回来的？你这中央支援地方，也太久。"小捷笑道："首都人太多，走了正好缓解压力。"陈卓猛一见小捷，感官冲击大："小妹胖了。"小捷产后恢复做得一般，心里有鬼，脸上一热。小敏解围，用痒痒挠捣了陈卓一下："会不会说话？"陈卓方才意识到不妥，连忙改口："健康适度地有肉，很好。"越解释越乱。小捷调整心态，又寒暄几句，便说家里有事，先行告辞。待客人离开，陈卓才问小敏："你不觉得二妹胖了点么？"小敏糊弄："中医讲，心宽体胖，在老家没有北京这些压力，心情好，自然长点肉。"

　　小捷正式入职，素敏带着笑尘回北京。金波和家骏最先看到孩子，金波调休，家骏来小姨家吃饭，难得热热闹闹的。素敏买了小床，包被铺好，放在小捷卧室床边。笑尘躺在大床上，眨巴着眼，金波和家骏围着他看，逗他。素敏嫌金波手脏，拽他，自己上前，抱起孩子。金波问："妈，他该叫我什么？""大伯。"素敏给他个名分，又对家骏说："叫骏骏表哥。"金波伸手要抱孩子，素敏不给，家骏要抱，她递过去，象征性地让他抱一下，又抱回来。家骏知道这孩子来路微妙，不多问，独自跑去榻榻米上看书。

　　金波不识相，咋咋呼呼："妈，我总算知道当初你为什么要让我搬出去了。"跟着笑呵呵地说："是为了腾出小庙供新佛。"素敏本就肩负着合理化孩子来路的使命，金波这么一说，她赶忙连吓带骗："跟孩子没关系！是你太闹腾，那孩子现在来了，怎么没让你搬？你要真踏踏实实安安分分的，家里还不缺你躺的地方。"金波努力回想，不知道自己哪里不安分。懒得追究，难得糊涂。他继续说："我还当你们真去创业了呢。""就是创业去了，帮人。"素敏掷地有声。"愣创出个孩子。"金波死脑筋。

　　素敏嘘了一声，故作神秘，让金波关门。金波见有内幕听，忙不迭把门合上。素敏小声小气地说："这话只能关起门来自己人说，出去千万嘴巴缝紧了。"金波立刻对天发誓保守秘密。素敏这才道："这孩子，是丢在咱们家门口的。""捡的？！"金波一脸茫然，不可思议。素敏点点头："那天夜里，我老听到有孩子哭，我当是闹鬼，起来去看，一开门，"素敏朝笑尘努努嘴，"小家伙就躺在当门口。我抱，哭，小捷一来抱，人立马不哭，还笑。"

　　像传奇，金波听呆了。素敏拖着腔调继续编："你也知道，我心软，上了年纪更是见不得人受苦。当初你大包裹小行李站在这当门口，我能让你进来，这么个小东西来了，我能推他出去？饿死冻死？""那不能。"金波愣住，"那这孩子算谁养？如果是妈养，那就是弟弟，如果是……"素敏拦话道："我都多大岁数了？小捷养，他以后叫小捷妈。"金波错愕："妈，小妹不嫁人啦？养了个儿子，谁还敢娶？小妹跟钱峰彻底没戏啦？"素敏着急要打他："可千万别在小捷面前提，受刺激。"金波为钱峰忧愁："妈，小捷跟钱峰，怪可惜。"素敏说："我也劝，我比你还急呢。可你二妹的性子，不嫁人还少祸害人家。现在好，老天送来个孩子，定定心，就先这么过吧。"停一下，又说："往后你在小捷面前，就装不知道，黑不提白不提。这孩子，笑尘，就当是咱们家的亲生孩子。至于在外头，谁问你都别多嘴。明白不？咱们家就是女儿国。"金波想了想，说："我和家骏不是男的么？"素敏胡诌："家骏是唐僧，你是沙悟净，来到女儿国。"金波问："孙猴子、猪八戒哪去了？"素敏不得不急中生智："这小娃子就是孙悟空，石头缝里蹦出来的。"金波嘿嘿笑："陈卓是猪八戒。"又思忖，改口："不对，我先进门的，我是猪八戒，他是沙和尚。"多大了？较这个真，演戏呢？金波关注的点总是非同常人。

素敏松了口气，好歹把孩子的来路捋匀了，金波得了个说法，安安分分的。素敏不担心家骏，他向来不多问，也不多说。

陈卓化疗结束，进入疗养阶段，又赶着李兰、陈卓过生日，天福叫了李萍、佳佳，连带着李竹，到家里吃饭，趁五月端午热闹热闹。李萍买了蛋糕，佳佳给李兰买了双皮鞋。吃饭的时候，李竹在旁边凑着，端着塑料小碗，一会儿要这一会儿要那。陈卓喊他过来，李竹叫他"大爸"。陈卓拿公筷——他生病后家里吃饭都用公筷——夹了一块无刺鱼片放在小朋友碗里。天福看了感慨，表扬李萍："小萍就是心善，孩子带得好好的。"李萍得意，但嘴上还是谦虚："爸，我也是近两年才明白，行善什么时候都不晚，付出不要想着回报，内心的平静就是最大的回报。要修心。"佳佳打趣老妈："听着跟被传销洗脑似的。"李萍火起："陈佳佳，说话不过经过大脑。女孩子要有女德，让你学你又不学，以后怎么嫁人。""又来了。"佳佳撇嘴。

124

逢节，刘小敏心里有点别扭。陈卓生日，在家摆酒，天福没叫她——不用说，李萍和佳佳要去，她只能回避。按理说，她是陈卓正经爱侣，李萍只是个前妻。不过陈卓敏感，他提前跟小敏报备："回头我们单过，一起吃粽子，家里那素的，我吃不惯。"小敏带点讽刺："肉，你能消化？"陈卓讨饶："不是还有蛋黄的么？"面对陈卓的低姿态，刘小敏不便发火。谨记，他是病人。病要好了，争一争还有意义，要是不好，一切水月镜花。因此，她宁愿现在先退一步，李萍要出风头，让她出去。

小敏去妹妹那过节，老娘和小捷，还有小外外（土语：外甥）刚回北京，端午算是第一次大聚，她这个做大姨的，得露面，得给钱。只不过，金波也在，她总觉得离婚多年还得跟前夫一起过节实在滑稽，好在有家骏在。但小敏也同意老妈素敏的一个说法：在老家哪怕是仇人，到了北京，就得抱团。咱们的人不多，都是兄弟姐妹。

小捷家的厨房里，素敏把艾米果下锅，家骏帮金波染鸡蛋。按照老家风俗，五月端午染彩色鸡蛋，放在毛线织的网兜里，挂在小孩脖子上辟邪。小敏和小捷围着个大脚盆，盆里是艾草水，洗手间暖灯开着，她们在帮孩子洗浴，防止疥疮。看着妹妹干活利落，小敏欣慰："当妈了就是不一样。麻利。"小捷笑："慢了干不完。我名字里就有个捷，天生快手。"小敏问："奶怎么喂？"小捷说上班前挤了冰在冰箱里，饿了就吃，小家伙饭量不小。停一下，又说："一头牛，百亩田，产量供不上饭量。"小敏忍俊不禁。

她再问妹妹工作的情况，小捷道："加班倒还好，就是公司势头一般。嗳，只能两头图一头。"小敏问："妈怎么瘦那么多，在老家没生病吧？"小捷以为姐姐责备她——老妈帮她带孩子太辛苦，便说："放心吧，体检了，没什么毛病，孩子也不打算让她带。公立幼儿园不想了，私立的，两岁就能送去。早去早好，妈年纪大了，不能累着她。"小敏叹："在跟前不觉意，隔一阵猛一见，还是能感觉出来。"小捷问："感觉出什么？"小敏道："一年不如一年。"小捷叹息："我们都老了，何况妈。"

中午吃饭，围着茶几，每个人感受滋味不同，但感慨是一致的。金波感叹，没想到离婚多年后，反倒能重新融入这个家，北京真奇妙。大城市好，天大地大，人小了，反倒需要抱团取暖。家骏看到父母能做朋友，欣慰。素敏同样欣慰，小女儿养了孩子，一门心思奔日子，不折腾；大女儿虽然还有心事，但好歹陈卓过了最危险的时期，有希望。小敏为妹妹高兴，孩子是小捷的定海神针。小捷则重新找到了生活的意义、生命的意义。因为有笑尘，她更坚强。

金波举杯，喝的是雄黄酒："我得敬妈一杯。"素敏给他面子，也倒了一点，举杯，按照老家的习俗，抿一口雄黄。"都好好的。"素敏道。小捷不喝酒，私底下喂着奶呢。家骏代她敬外婆，素敏又喝一杯，感叹："不可思议，骏骏都成大人了。"金波再度举杯，对小捷说："小妹，敬你一个，你这是喜当妈，孩子都是现成的。"小捷当即脸绿，素敏干瞪眼："金波！"小敏皱眉，家骏不出声。金波忽然想起素敏的叮咛，改口道："小妹辛苦，小妹伟大，小妹吉祥！"一饮而尽。

一家人正吃得热乎，咚！隔壁钱峰家突然一声巨响。金波嘟囔："这干吗呢？地震？"跟着又是家具拖地的声音。小捷有些尴尬，自她返京，她和钱峰始终没打照面。不见最好，免得尴尬。又一阵响，素敏道："别管，吃饭。"金波好事，非要起身看看。他从榻榻米窗伸头出去，也瞧不出什么。倒是家骏，从北面窗往下看，一辆货车停在楼下。"搬家。"家骏推断。"金波，吃饭！"素敏喊。

吃完饭，小敏和小捷在卧室摆弄孩子。小敏问："金波住这麻烦不麻烦？"小捷说："凑合，还算勤力。""要是不方便，就让他搬出去。"小敏说，"你抹不开面子，我说。""搬哪儿？""我那房租户打招呼了，要退。但得等等。""好歹是一份钱。""那怎么弄？你这人稠地满。"小敏说。

小捷不语，其实金波在这还有个不方便她没跟姐姐说。素敏做金波工作，说小捷的孩子是抱来的。可实际上小捷需要喂奶——抱来的孩子，自己怎么喂？所以刘小捷喂奶，都得严防死守，不能让金波知道一点动静。可这麻烦"不足为外人道"，连跟姐姐说都不好意思。好在到底是亲姐，小敏主动解围，小捷松了口气。跟徐家打官司，金波撑了人场，刘小捷打心眼感谢他，可现在为了圆谎，不得不请他先撤。"我跟他说。"小敏对妹妹说。她倒没考虑到小捷喂奶不便这一层，只是单纯觉得，妹妹那地儿实在空间有限，如今添丁进口，便理所应当得减一个人，才能达成平衡。

125

端午陈卓和小敏要单过一次，各种粽子准备了，两个人一人吃一只，小敏便给陈卓扎针。陈卓头疼，刘小敏在他百会穴多行几根，其余周身扎满，陈卓直挺挺躺着，仿佛糖葫芦桩子。小敏问陈卓，节在家过得怎么样。"就那回事，走过场。""徐正现在怎么样？""在美国。老丈人病重。""嚯，孝顺到美国去了。""你希望他在国内？"小敏笑而不语。小捷现在回北京，徐正去美国最好。

陈卓问小捷班上得怎么样，小敏道："凑合，先上着。"陈卓热心，说自己在互联网圈有些资源，将来或许能介绍给小捷。"什么资源？"小敏问，感兴趣。"都是些渠道。"陈卓说，"还有些朋友，回头我拉个饭局。"小敏笑："看来你病好了。""活一天就要有一天的质量，我这情况，想彻底恢复到从前，有困难。但首先我自己不能把自己当成个病人，接下来康复，我得跟病魔对峙、共处。"陈卓生病生出一套哲学。小敏说："你这么想就对了。"又说："别想明天。我现在就这样，就想今天，眼下，此刻，现在。"话题太沉重，陈卓试探性地问："小捷真不找了？一年一年地，耽误不起。"小敏借着叹口气，趁势铺张开："老猫房上睡，一辈传一辈。我们家的女人，都是单过的命。"陈卓呵呵地说："你又不是。"小敏顶他一句："跟单过也差不多，一个病人，多少人抢，够稀奇。"陈卓发窘，不能动，只好用余光瞅了瞅小敏。

一时间两个人都不说话，刘小敏点了艾绒，隔着姜片放在陈卓各穴位上，瞬间烟雾缥缈，阳光南面射进来，照得真切。陈卓没话找话："回头我留意着，王术认识不少。"小敏见时机已到，忽然小声："你别惹麻烦。""怎么叫麻烦？""跟你说，你可得保守秘密。"一听秘密，陈卓下意识动弹，腹部突然紧缩，针头晃动，少不了疼痛，他又连忙躺稳："说吧。"小敏停了几秒，做难以启齿状，终于说："小捷在老家抱了个孩子。"陈卓惊得几乎坐起，满身的针却把他钉在原地："什么孩子？"小敏道："回头见到小捷，你可不能这么大惊小怪。""保证从容。"陈卓说，"什么孩子？"又问一遍。

"抱养的。"小敏道。陈卓还是不敢相信："她不能生？"按说直接问不礼貌。小敏只好继续诌下去："有点问题。"陈卓担忧地说："真打算一辈子单过？""走一步看一步。"小敏说得虚。"缘分没到，别着急，小捷条件不错。"小敏纠正："不是急不急，现实摆在这，离过婚，现在又有孩子，年纪越来越大。实在困难。"陈卓动动下巴："孩子不是没血缘关系么？"小敏懒得再解释。陈卓继续说："再说现在好多男的，专找结过婚的。有经验、懂事。没结过婚的小姑娘骄纵，闹腾死你，娶了减寿。何况有的没结过婚的小姑娘比结过婚的还乱呢。小捷还值钱。"小敏不想听下去："这种把女人商品化、价格化的态度，实在不能苟同。"陈卓只好闭嘴。

金波躺在治疗床上，小敏一边施针，一边跟外地来进修的学生们讲解："这名病人的情况，叫气机失调。气机失调分四种，气虚、气陷、气滞、气逆。他是介于气虚和气陷之间。调气机常用田甲申由四大法，现在我们用田法。田，就是填补之意。气不足了要填补填补，就像瘪了的轮胎、气球一样，需要充气……"讲解完毕，小敏进屋喝水，金波跟着，刘小敏给他倒了一杯，笑说谢谢。"不客气！"金波说，"什么时候需要，尽管找我。"小敏道："是你刚好来看病，就跟学生们讲解讲解，耽误你时间。"金波摸摸头，笑："听着跟要死了似的，需要充气。"小敏说:"没那么严重,回头找高大夫开个黄芪建中汤。"

小敏喝了几口水,才道:"金波,有个事情,想听听你的意见。"金波立刻坐正,像小学生听课般。小敏柔声说:"你看,小捷现在弄了个孩子,家里乱哄哄的,孩子作息不规律,也影响你休息。而且小捷又要收拾孩子,男女有别,毕竟不方便。"小敏说透,免得他理解不到位。顿一下,再继续说:"不如现在找找房子,搬出来,先住一段。再过过,我那小房租约到期,你和家骏搬进去。"小敏提这个话的时候,小捷也提醒过,别搬进去容易,搬出来难。小敏却认为是看儿子分儿上——何况那小房,本来也打算给家骏住。小敏说金波现在好多了,不至于那么无赖。

果真,金波当场表态,搬。要在过去,金波是一定不愿意从小捷那搬出的,可眼下小敏这么诚恳切实地跟他谈,把他当个娘家哥哥,他不能给脸不要脸,实在不好意思不答应。小敏愿意月月补贴点房租。只是,说搬容易,找房子却难。好房子,金波嫌贵,差的又看不上。而且影院在附近,金波三班倒,晚班回来晚,不宜搬太远。他委托中介找房,就在小区附近寻摸。

过几天,中介来电话,说隔壁单元有个房子空着,可租。金波去一看,却发现对外招租的,是钱峰的房子。金波有些为难,房子合适,价钱上或许也能宽松。只是,小捷和钱峰没成,他理应站在小捷一边,和钱峰划清界限,若要租了钱峰的房,搞不好就成"投敌叛国",得不偿失。金波只能回了中介说不合适,再找。

这日,金波上晚班,骑着小摩托刚到小区门口,遇见钱峰的车开进来,两个人站在巨大的桑树下说话。一来二去,金波才明白钱峰是来处理租房的事。金波忍不住,道:"老弟,你那房,我还去看过。"钱峰忙问缘由,金波如此这般说了。钱峰道:"反正过渡性的,你就住,我暂时不租。"金波连忙摆手说不好意思，但钱峰再三好意劝说，金波只能勉为其难。他讪讪地说："要让我老丈母娘知道，不得了。"钱峰说："她不问，你不说，她要发现，你就说是我让你住的。即便小捷跟我没成，两家也不是仇人，都是朋友。"提到小捷，金波差点秃噜嘴，把近况说出来。他无法理解，好端端的一个男人摆在面前，有钱、有发展、有人品，她硬不要，巴巴地回老家捡了个孩子，做单亲妈妈，匪夷所思。好在话到嘴边，他想起素敏的叮咛，悬崖勒马，没惹事。

没几日，金波果然搬了出去，素敏要帮忙。金波忙说："不用不用，东西少，妈，你休息。别管我。"素敏乐得清闲。拎包入住，金波对房子满意。家骏来看他，立刻觉察，提醒道："爸，这房子不是峰叔的么？"金波连忙嘘了一声："别说。跟你妈、你小姨、你外婆都别说。"家骏道："不说她们迟早也知道，墙挨墙住着。"金波道："先凑合，你妈那房子回头给你住。不是我要来，是人家非让住，盛情难却。"停一下，又道："人家念旧情，你小姨铁石心肠。要没人帮忙，你今天能吃上腰花？"金波下厨，给家骏炒个腰花。家骏朝锅里瞅瞅："这么少。""北京也奇了怪了，跑几个地方，没卖腰花的。好不容易在超市找到，就他妈一只。老家都是论对卖，它好，单独个的，这不活拆么？"金波抱怨。家骏道："人都能离婚，腰花就不能单独个？"

126

钱峰约金波吃饭。见之前金波有心理准备，给自己打预防针，不能透露小捷的事，要为丈母娘保密 —— 他预感钱峰会问这个事。连带着，不能喝酒 —— 不是完全不喝，只能小酌，坚决不失去理智。

可真见了面，钱峰三两下一敬，金波还是喝了个红头涨脸。钱峰见时机已到，便问："哥，你跟小捷还有联系么？""有！"金波答得铿锵。"她在北京，还是老家？"钱峰循循善诱。"北京。"说完立刻感觉不妥，金波改口，"老家。"钱峰呵呵笑："到底北京还是老家？""老家……在老家。"金波用最后一丝丝理智吊着，跟着糊弄道："老弟——我的好老弟……你就别想着我那小姨子……我实话实说，绝对客观，我那小姨子呢，长得凑凑合合，人也能干，会挣钱，运气还好，要不然怎么能摇到房子。但就是主观意识太强，太自我……所以我说这女人呐，要是主……主观意识太强就没意思，都进化到不需要男人了，还搞什么？"钱峰微微伸着脖子："哥，你意思是，小捷有男人？"金波摆摆手："没有，这个可以打包票，绝对没有。"

钱峰跟着说："还当在老家有影儿了。"金波大声大气地说："有什么影儿呀！还是那话，你这样的她都不要，她还想找谁，还能找谁？！老弟我跟你透个实话，这家女人不能沾！心太高，她们家筐子里就没烂桃子，都是好的！"钱峰思忖着，小捷消失这段时间究竟去做了什么。他打听过，老家的经济一片萧条，也没听说有什么企业崛起，也没见谁发达。北京不比老家好发展事业？所以创业的理由说不通。钱峰直觉另有缘由，但始终拨不开迷雾。想到这，他顺着金波的话追问："她在老家做得怎么样？"金波却摆摆手："老弟，你听哥的，忘掉她，现在就忘掉，一二三，忘！什么都不记得。喏，"金波举杯，"这就是孟婆汤。"跟着一仰脖子，干了。"别找有文化的，反正你房子都有了，工作又不错，找个能照顾你的，有没有文化无所谓。一天三顿总得伺候好吧。洗衣服做饭生孩子，听你的话，一心为你，老弟你这种条件找个漂亮的没问题。"钱峰木木然听着，金波描述的仿佛是个乡村来的漂亮小保姆，那不是他心目中理想的妻子。

跟小捷分手后，钱峰妈也在为儿子的婚事着急，介绍了不少，钱峰也认真接触过，但都不太满意。钱峰嘴上不说，但心里知道原因——没感觉。他对小捷的感觉来自青少年时代，那汹涌澎湃的感情犹如压抑的休眠火山，一旦喷发便不能自持。冷静自省，钱峰也认识到自己的"执迷不悟"，事业走高，什么女人不能找，非她不可？城隍庙里的菩萨，站就站一生，坐就坐一生？可谁的人生没有点执着？不执着，活着有什么意思？不执着，又怎么能成功？他来北京也是执着，现在不也熬出来了么？他不怕等，他有耐心，老渔翁钓鱼——他坐等。他总觉得他和小捷的故事还有下集。

桌对面，金波开始进入自斟自酌阶段，人开始有点飘，他醉了。钱峰忽然想起一个 bug，随口问："哥，你不是住在隔壁好好的，小捷又在老家，干吗突然搬出来？"金波没打磕巴，秃噜嘴："有用，她们有用。"至于用处，还没等说出来，金波便醉倒在桌台上。钱峰把金波送回"家"，那也是他的"家"。哦不，确切地说，不是家，是房子。他的房子，一个人不能成家。钱峰费劲地把金波"卸载"在床上，回到客厅，他忍不住走到沙发边，耳朵贴在墙面上，听小捷家传来的声音。自分开后，钱峰很少回到这里，更没再上过小捷家那个单元。隐隐约约能听到点动静，有人住？那金波为什么搬出来？还是老家来亲戚了？所以地方满了。但如果此类缘由，金波何必吞吞吐吐？钱峰想不明白。他轻轻敲了敲墙壁。咚咚咚，三下，像是要叩开另一个世界的门。

墙壁那边，王素敏呆了一下，有声音。她坐在沙发上，一手抱着笑尘，一手拿着奶瓶，她正在给孩子喂奶。咚咚咚，又三下。素敏屏住呼吸，不对，绝不是意外，是有人试探。素敏不动，屋子里静悄悄的。咚咚咚，再三下，这次下手更重，声音更沉。笑尘哇地哭出声，素敏连忙把他往卧室抱，关好门。

钱峰隐约听到哭声，是小捷家传来的？他又把耳朵贴在墙壁仔细听，却没了声息。跟着，哭声又起，这次来得更猛烈。仔细辨析，却是从门外传来的。钱峰连忙去门口，透过猫眼看，一个老太抱着个孩子，刚从电梯出来，孩子哭得猛烈。哦，原来是隔壁邻居抱孙子了。

钱峰转回客厅，再听壁脚，什么也听不见。怎么才能知道小捷的动向呢？钱峰一时没主意。他忽然想起前几天公司小姑娘都嚷嚷着要去看《大河之舞》——爱尔兰踢踏舞团来京演出，钱峰就也买了两张票。那现在就把这票留给金波，他自己肯定没兴趣，要是小捷在北京，他大概率会把票给小捷的。小捷喜欢这出舞蹈，如果她在北京，一定不会错过。主意已定，钱峰把票拿出来放在金波边上，同时发微信过去：有两张《大河之舞》的票，我要上班，你找人看吧。

院里派小敏去法国交流，为期三个月，小敏犹豫，她担心陈卓。小捷劝姐姐："我的亲老姐，麻烦你也爱爱自己，该喘气喘气。他现在不是好多了么，病情稳定，也不是非要你在跟前看着。赶紧答应，出去看巴黎铁塔卢浮宫，在塞纳河边坐坐，走走香榭丽舍，换换脑子。"是日，小敏又把出国交流的事跟陈卓提，陈卓表示坚决支持。他现在病情稳定向好，康复指日可待。陈天福有李兰照看着，两个人竟有些琴瑟和鸣的意思。

因为姐姐要走，刘小捷决定跟小敏一起去看《大河之舞》，来点仪式感。正巧，金波不知哪里搞回来两张票。小敏也喜欢这出舞蹈，姊妹俩聊过好几回，都喜欢它"脚下忙"，充满生气。小敏问哪来的票，小捷如今养孩子，经济紧张，她不想让小捷破费。"你前夫进贡的。"小捷随口说。小敏一时转不过弯。想想，小捷改口："不对，前前夫。"

小敏笑："他还有这雅兴。"小捷理直气壮道："也该孝敬孝敬，他来北京，咱们家帮他多少？真是把他当娘家哥哥看，人得知道好歹。"小敏不作声。姐妹俩约好时间，等着欣赏一舞台子的腿。

127

王素敏越想越觉得隔壁有"鬼"，难道钱峰又回来住了？还是旁边住了小偷？她忍不住去物业问，隔壁单元的房子是租还是自住，物业说不知道。她想到去中介探探，这下有斩获，中介以为她想租房，告诉她，二单元那房子没有对外出租——此前租来着，到期后一直没找到合适租户。素敏心里盘算，有两种可能，一是钱峰回来住，二是误会。不过自此，素敏边开始留点意，半下午散步的时候，会猫在小区大柳树下坐着，远远看着单元门。下班点，有人进出，说不定有情况。

这日傍晚，天空突然飘雨，素敏抱着笑尘往楼道里撤。到门口，素敏灵机一动，抱着孩子躲在楼梯口边，侧眼看着电梯，等于打个埋伏，真是好位置。雨还没停，没多大工夫，楼道里飘进来个人，素敏侧眼瞅着，一肚子狐疑。"金波！"她叫。电梯口，金波吓得打了个战，转脸瞧，见是素敏抱着笑尘："妈……"声音发抖。"怎么搁这呢？"他问。"你怎么来这？"素敏反问。"我……"必须急中生智，"这不下雨……哎哟！走错楼道了！"素敏瞅了瞅他，看着不像说谎，他没这脑子，转脸带金波往家去。金波凑趣，献殷勤："妈，慢点，我这衣服给你挡雨，别淋着孩子……"

金波擦干净头发去厨房下面，素敏安顿好笑尘，又去收拾孩子衣服。水开了要下面，金波问："妈，小捷回来不？"素敏啧了一声："你糊涂了？《大河之舞》，不是你送的票么？ 她俩去看演出了。"接着又问："哪弄的票？""我…… 我买的。"金波由着嘴说。"乱花，下次注意。"素敏教育年轻人，"不就是个舞么，在家看电视不一样？ 跑到现场，吃灰？"金波笑说："主要看个气氛，看个感觉。"

素敏不理论，面下好，吃了饭，金波又坐了一会儿，起身告辞。这天的"巧遇"让金波警醒：卧榻之侧岂容他人安睡，老虎不会永远打盹。为了省这几个钱，回头跟素敏她们关系坏了不说，还欠一屁股人情。他也怕自己控制不住嘴，把小捷的秘密告诉钱峰。还是搬，搬了省心。金波找儿子家骏，让他给找个单间，连锁那种，暂时住着。家骏利索，迅速给老爸安顿好，单间，带厕所，一个月一千三。金波跟钱峰招呼，钱峰还是挽留，可金波去意已决，还是搬了家。

大剧场，小敏和小捷款款步入，按号就座。这座位好，离得近，看得清楚。小捷笑说："估计脚上踢的灰都能瞧见。"小敏回答："托你的福。"二楼，钱峰坐在自己后补的位子上，手握小望远镜寻摸着。小捷一侧脸，他一下便捕捉到那面容。是她，她在北京，回北京了。为什么要隐瞒？ 或者这一年多时间，她根本就没回老家？钱峰几乎按捺不住心中那团火，想要立刻冲下去问个明白：为什么？ 为什么？ 为什么？！ 包括当初她和他分手，究竟为了什么？！ 只是理智终究还是占了上风。钱峰的胸口一起一伏，忍耐，等待，他告诉自己现在还不是时候，不能这么硬着陆。得筹谋，得计划，得自然。

小敏要启程，送的人有好几拨，陈卓自然也要送，小敏问："要不要跟爸说一声？"走的时间不短，礼貌上，要招呼。陈卓怕他爸出幺蛾子，道："我跟他说，你不用去。"小敏道："那又该怪我了，要不跟李兰说也行。"李兰现在扮演"妈"的角色。小敏给李兰挂了个电话，客客气气地说明情况，算打招呼。李兰有点受宠若惊，过去很少有人跟她这么客气，现在嫁给天福，算有了身份，少不了也客气应酬一番。

临行一顿，陈卓下厨做饭，好好招待小敏——本来是说出去吃的，但陈卓坚持认为自己做更用心。他还准备了蛋糕，关上灯，点蜡烛。小敏略惊讶，没人过生日："还弄这个。""想吃就吃，不讲究。"陈卓笑呵呵的。两个人面对面坐着，中间是奶油蛋糕，上面插着根蜡烛。"许个愿。"陈卓敦促。小敏笑："瞎许，又不灵。"陈卓招呼："说不定就灵了。"小敏闭上眼，认真许了。陈卓问许的什么，小敏说说出来不就不灵了。陈卓便不问，只说："等你回来，然后我的病也好了，咱们就……"欲言又止。他吃不准，对自己的病，他不算有信心，但眼下一切向好。"就什么？"小敏问。"就复婚。"陈卓吐露真言。小敏顿一下："还不够麻烦的。""你不愿意？""不是。""我知道我身体以后都是个麻烦。""说什么呢。""敏，没有你，我好不了。"陈卓苦笑，"不是有话说么，生了病，才知道谁真的对你好。""到时候再说。""反正不能让你吃亏。"陈卓真心感谢小敏。

刘小敏有些感动，这算求婚？说明陈卓的心还在她这。老妈和妹妹都提过复婚的事，出国交流一下也好。冷静冷静，好好思考思考她和陈卓的关系。再复婚，那就真的是只为感情，否则走到他们这种地步，复不复婚有什么意义。至于养老的钱、孩子的钱，其余的……刘小敏都想暂时放到一边。谈感情的时候就谈感情，谈钱的时候就谈钱。分开，不能混为一谈。到了他们这个年纪，不为虚的，只为自己一颗心。活一天，就要好好待自己、对待周围的人一天。小敏看着陈卓，忍不住故意打趣他一下："我这个免费保姆用顺手了？""不是！

你怎么这么想！不是……那个……"陈卓急得一头汗。"知道不是。"
小敏抓住他的手。

128

金波突然搬走，钱峰觉得里头有故事。小捷在北京，按说就住在
那小区。钱峰打算搬回去住住，对老妈只说出差，他期待"偶遇"。住
进去没几天，钱峰发现了素敏的行踪，并基本摸清了小捷的作息。他
在卫生间窗台上看到刘小捷每天七点二十出门。比他早半个小时，回
家时间不固定，但基本确定天黑才返家。行色匆匆。好几次，钱峰大
可以立刻冲下楼去，跟小捷来个"偶遇"。可是，真到眼跟前，他又
生出一种"近乡情怯"般的情愫来，他不好意思。遇到之后呢，第一
句话说什么？说你好？还是什么都不说？他想了很多应对策略，似
乎都不合适。相遇是一场对手戏，你不知道对方的台词，也便准备不
好自己的台词。不过有一点基本敲定，他打算把相遇时间安排在周末，
看了天气预报，这周末是大晴天。万物复苏，小捷可能会外出。

一早，钱峰就盘踞在卫生间窗台边，拿着一本亚当·斯密的《国
富论》，有些书值得反复读，一如有些人值得反复交。钱峰念旧，时不
时抬头，观察楼下的情况。周末小捷她们应该睡懒觉。上午十点左右，
有情况，从楼上俯瞰，只见刘小捷从三单元出来，斜插着走向车位。

迅速行动，鞋都是事先穿好的。出门前，钱峰瞧了瞧门口穿衣镜
中的自己，完美。他一身休闲服，大踏步冲出电梯，绕着楼走了半圈，
装作锻炼的样子，忽然出现在小捷面前。

车门开着，小捷弯着身子探进去，她在看车里有没有纸尿裤。一

回身，她看到了他。四目相接，钱峰有心理准备，稍显镇静，小捷却吓了一跳。她强压情绪，但又不知道正确的表现方式。终于还是钱峰先开口："你也在这？""你好。"小捷憋出这么一句，这是钱峰弃用的台词。"你好。"他只好跟着她念下去，荒腔走板地。

王素敏抱着孩子走近，小捷才恍然意识到不妥。"到底有没有？"素敏问纸尿裤的事，没注意到钱峰，更确切地说，她是没认出来，钱峰留了胡子，他热衷登山，人更黑了一点。小捷不知道怎么招呼，钱峰叫了一声阿姨，素敏这才辨识出身边的故人："哎呀……这不是……这不是小钱么……哎呀真认不出来……你好么……真是……啧啧……真是越来越精神了……"都是一些客套话。小捷窘得恨不得找个地缝钻进去，她对不起钱峰。"不好意思，我们还有点事。"小捷努力不让声音颤抖，她发现钱峰的目光正落在笑尘身上，对钱峰来说，笑尘恐怕是最大的悬案。素敏站着不动。小捷没好气："妈！上车！"素敏回过神，连忙把笑尘绑在宝宝椅上，上车，走人。

草坪上都是人。阳光普照，鸟语花香。小捷的心却晴转多云，甚至有雨。钱峰惊现的那一幕震撼着她。有两层意思：一是惊讶于钱峰出现之突然，她没想到这么快会遇到；二是惊讶于钱峰的变化。连挑剔的小捷都不得不承认，钱峰的魅力值直线上升，成熟，儒雅，连新换的造型都那么恰切、得当。反观自己，小捷有点失落。产后身材恢复一直不佳，带孩子忙工作疏于保养，她已经有点大妈气。笑尘在野餐布上爬滚着，素敏看着女儿忧心忡忡的脸，劝："别想那么多。"

过了好一会儿，小捷才搭话："要不我暂时搬到姐姐那去？"素敏立刻不干："去那干吗？又没犯法，没什么见不得人的。"素敏不会明白，小捷不单单是逃避钱峰，更是逃避曾经的自己。小捷编个理由："我不想让他知道笑尘。"素敏道："这不都已经看到了么，何况马上孩子送幼儿园，跟他打照面的机会不多。他又不会害人。""不是害人，妈，你不懂。"小捷声音很小。素敏给女儿鼓劲："都多久了，你得过你自己心理那关。钱峰顶多就是好奇，没别的。你认为人家现在还能像当初那样跟着你、缠着你、等着你？没结婚带了个孩子，他绝对不会痴心不改非要求你结婚的，不可能，我的傻女儿，别做梦了。"

按说老妈都是宽慰话，小捷听着却像讽刺。她不得不承认老妈的话没错。她没指望钱峰再度钟情于她。不可能了。早在一年多以前，她就痛下决心为自己的下半辈子做了选择。守着孩子，做独立女性，过一种干脆利落的生活，虽然现在看来，这种生活一点也不干脆，反倒有几分沉重——只能当成甜蜜的负担。

她打心眼里希望钱峰这个善良的男人能找到幸福。小捷长长地出了口气："做人太难了。"素敏道："脸皮厚点，没什么难的，你不用张嘴，等回头我遇到他，跟他透气，保管摆得平平的。都是成年人，谁离了谁活不了。"

差出得太长，连钱峰妈都觉察出不对，儿子这次出差基本没带行李。钱峰妈早发现近来儿子有点魂不守舍，她以一个小生意人的敏感，推测到可能发生的故事。她认为自己为了儿子的幸福，有必要强硬起来。当钱峰这天下班回到通州房子，一推门，他老妈正坐在沙发上。

"妈。"钱峰叫了一声，喜怒不形于色。"你想干吗？"钱峰不吱声，算是招了。"儿子，清醒点，人要首先学会爱自己，别人才能爱你。"钱峰妈激动地站起来。"妈——不是你想的那样。""她回来了是吧？"钱峰妈第一次在儿子面前把这个词语赐给小捷。"别乱猜。"反驳得很无力。"我问了小钰，她说你没再约她。"小钰是那个相亲认识的女孩。"不是不约。""那是什么？"钱峰妈追问。钱峰觉得跟他老妈简直解释不清楚，不是小钰不好，是他跟小钰根本无话可说。钱峰从冰箱里拿了瓶饮料，扭开，大口喝。"那是什么？"老妈又问一遍。钱峰无奈："不想耽误人家。"钱峰妈激动："你不是耽误人家，是在耽误你自己！"说着，这个小生意人转过身，对着墙壁咚咚咚重捶了三拳。

战鼓擂响，墙壁那边，王素敏吓了一跳。小捷抱着笑尘，盯着白茫茫的墙，像看天书。咚咚咚，又是三下。素敏愤然："我就知道上次也是他！不行，我去找他。"说着就要换衣服出门。"妈！"小捷喊，"还嫌事不够多？！"素敏食指敲着门口鞋架上的板壁："这是示威知道么？奇了怪了，结婚也是愿打愿挨的事情，本来我还挺同情他，现在一点也不！胡搅蛮缠！不像个男人！""不许去！"小捷下达通牒，没商量。笑尘抬头看到妈妈狰狞的脸，吓哭了，两个大人只好先哄孩子。

墙壁那边，钱峰一把拽过老妈的胳膊——跟女人不能讲理，哪怕那个女人是自己亲妈——为了不让局面不可收拾，钱峰只能好言相劝："消消火，消消火，我的老妈妈……"钱峰妈更来劲："以前就是太放羊，不管你，结果呢，任由你被人欺负。人善人欺，马善人骑！儿子，一个成功的男人，感情上也得是快刀斩乱麻，当机立断！"钱峰不得不嬉笑着调解紧张氛围："怎么跟您老咋就说不清楚呢。""去见小钰，约会。""见，"钱峰强忍着硌硬，"见，没说不见。""就来这见。"钱峰妈顺势说。"第一次就来家？"钱峰质疑。钱峰妈却坚持认为这是展示实力的表现，男人在北京有一套独立住房，毫无疑问是加分的。

129

金波睡得迷迷糊糊，忽然听到耳边有喊叫声，他以为是梦，跟着，闻到点气味，似乎是什么东西烧煳。翻了个身，这梦真逼真，然后是哔剥作响声，烟从门缝渗进来，金波咳嗽两声，这才清醒。光着身子去开门，一阵大火扑进来，他吓得连忙摔上门，往厕所里找水。半夜失火，要人命！金波胡乱套了件衣服，一盆，两盆，三盆，泼水，企图压制门口的火势，可没用，火越蹿越旺，吞没一切企图接近它的东西。二楼，对，这是二楼，金波这才想起来自己住得不高，他抓着钱包，裹起被子，纵身一跳，打了个滚，好歹落地，暂时安全了。金波赤着脚，手里拎个盆——毫无疑问，这是他来北京后最狼狈的一夜，他把盆往地上一扣，一屁股坐在盆底上，借了个手机，给儿子家骏打电话。信号一通，他就带着哭腔："家骏——骏——"家骏第一时间赶到，救助了灰头土脸狼狈不堪的爸爸。

这是这片城中村第一次着那么大的火，不幸中的万幸，这次大火发现及时，只有伤，没有亡。有关部门开始清理住客，便宜地方不能住。爷俩来不及伤感，赔偿什么的再说，当务之急是找地方住。家骏首先想到的是学校宿舍，金波坚决不干。他不愿跌儿子面子。他要住地下室，家骏不干，他不愿意老爸再受那种苦。爷俩在宾馆凑合了两夜，金波提议，还是去找家骏外婆和小姨帮忙。

真受难，素敏对着金波的苦瓜脸，不得不升起恻隐之心："那什么，这儿是不能住，你这样，先去小敏那凑合。"刘小敏出国，中医院旁边租的房子暂时腾空。陈卓日常住在自己家，陪他爸。"等回头那小产权房到期，就不租了，你们住。"素敏补充说。家骏和金波走后，小捷对老妈说："妈，您这回做了个善事。"素敏道："没办法，真遇到难处。"小捷给笑尘擦擦嘴边的奶渍："我是说，你没留他在这，是善事。"又疑惑："怎么事都让他赶上了？"素敏无奈，苦笑笑："放屁都能砸脚后跟！"

刚进屋，金波就嘀咕："什么味？窗户打开窗户打开。"家骏只好去开窗户。转头回来，金波还在动鼻子，小狗似的。家骏一脸茫然看着爸爸。金波诧异："你鼻子实的？闻不出来？""药味？"家骏说。老妈这常年有点中药味，那是药香，据小敏说，也有治病强身之功效。

来了就收拾，金波一边收拾一边叨咕："所以说呀，一个人钱不钱的都是身外物，你妈他们挺有钱吧，没有钱，一切都是空，有钱买不来个好身体……身体好比什么都强……"车轱辘话，自我感觉良好，家骏帮着忙一阵，连忙逃走。他越来越受不了老爸唠叨。人都是这样吧，他想——人都要有点优越感，不然活着有什么意思。那么他老爸金波的优越感就是：他现在比陈卓身体好，尽管他有肚子，看上去油油腻腻，可他还活着，虽然也有慢性病，但不致命，光这一点，就足够他洋洋得意。呵，五十步笑百步罢了。

近来家骏跟佳佳互动频繁，工作室技术上的问题，有些他能伸把手。陈卓也重新介入，身体逐渐恢复，他慢慢地重回职场。最关键是，他想把过去积累的一些人脉介绍给佳佳。偶尔，茶局饭局，他会叫上佳佳和家骏。比如这天的茶局，见一个姓楚的大佬，两个孩子就伴他左右。

返程途中，陈卓道："你可要清楚哈，不是为我干，是为你自己干。我做这些，都是为了你。"佳佳连忙说："别，爸，别为我，为我你就别做，我自己来，要做就是为你自己做。"佳佳说出了陈卓内心深处某些隐秘的想法。的确，对外，他总是说为孩子们忙，但是其实是他自己闲不住。身体状况稍微好点，他就渴盼着实现自己的价值。生病，身体的病是一方面，还有精神上的病，状态的萎靡，作为一个男人，他必须振作，只要条件允许，他就得活得有价值、有成就感。

这一阵流感来得特别凶猛，陈天福中招。佳佳和陈卓到家，正赶上他发病峰值，躺在床上哼哼唧唧，李兰在旁边又是喂姜汤，又是拿降热包。佳佳连忙说："爸，回你那屋！"陈卓的身体状况，最怕感冒发烧——一个小感冒都能要他的命。李萍闻讯赶来，一进门就嚷嚷："兰姨！怎么回事，都这样了还不上医院？！耗什么呢！"李兰百口莫辩："不是……我让上……我让上……"她担不起这个责任。陈天福烧得竟不糊涂，呻吟："不去医院……不去医院……"老头固执，怕去了回不来。李萍知道问题的严重性："硬挺，会传染！陈卓不能病！"陈天福这才认识到孰轻孰重，松口愿意去医院。李兰忙着收拾。李萍解释："不是住院，就是去看看，确诊。"确诊也是个可怕字眼。李萍交代好佳佳照顾陈卓，带李兰和天福走了。陈卓打了两个喷嚏，佳佳草木皆兵："爸，这地儿你暂时不能住。"陈卓也有点害怕。搬吧，躲过这阵流感再说。

通州的"逍遥居"租出去了，暂时只有小敏中医院旁那个落脚点，陈卓简单收拾，让佳佳开车送他过去。到楼下，天色已晚，陈卓看厨房的灯亮着，他留了个心眼，让佳佳先上去看看。佳佳领了命上楼看，回来说，家骏的爸住在里头。"跟你说什么没有？""我帽子压得低，他好像没认出我。"佳佳说，"一屋子酒气。""走吧。"陈卓只能让。"去哪？"佳佳问。实在没地方去。去朋友那？被笑话。去宾馆？不是长久之计，且不卫生。陈卓需要卫生的居住空间。他一时也没了主意。佳佳灵机一动："去我妈家。"陈卓立刻阻止："那不行。你妈不同意。""她不同意我同意，我把闺房让出来给老爸，谁敢说个不字？""不好。"陈卓眉头紧锁。佳佳剜了老爸一眼，打方向盘，掉头，往家的方向开，李萍叮嘱她去接李竹。

陈天福问题不大，打上吊瓶，退烧，李萍见差不多就先回家。一进门，李萍就看到佳佳和陈卓趴在桌子上下国际象棋。"哟！"李萍故意大声大气，陈卓扭头看李萍，没说话。佳佳抢先："妈，爸需要一个无菌的环境，我一想，哪无菌，只有咱们家。"李萍没理会，问："李竹接回来了吧？""接了。"李萍走到陈卓跟前，道："你安心住，没问题。"李竹迈着小步子从屋里追着一只电动玩具跑出来，李萍过去抱他，对着陈卓所在的方向，下命令："叫叔叔。"李竹果然叫了一声叔叔，几个人都笑。陈卓忽然对李萍生出几分好感，她收养了洪卫的私生子，现在又"收留"他，善。

晚饭，李萍简单煮了粥，配橄榄菜。为防止感冒，得吃清淡。这也是李萍难得的下厨，佳佳戳破："能吃上我妈一顿饭，跟参加王母娘娘蟠桃盛会的概率差不多。"李萍啧一下："怎么说话呢？"陈卓微笑着，不言语。吃完休息，陈卓住客房。拿出手机，小敏报平安，发来微信视频，要通话，陈卓给摁了，理由是：老爸在旁边。陈卓不得不撒谎。

敲门声响，还没等他说请进，李萍便端着个铁锅进来，现场倒醋进去。那醋沾着热锅，刺啦一声化成白汽，瞬间一屋子醋味。"杀杀菌。"李萍笑嘻嘻地说。这是她的土办法，多少年前她常用，那时候陈卓和她还是夫妻。如今住着豪华的房子，老土的方法还没忘，人身上有些东西永远不变。"头伸过来。"李萍把锅往陈卓鼻子那递，盛情难却，陈卓只好凑过去，李萍伸手扇扇风，醋味扑鼻，浓浓淡淡。"行了！"李萍收工，合门出去。陈卓兀自笑了笑，这就是李萍，他忽然感觉心底暖暖的。

130

墙那边又有动静，小捷抱着儿子站在客厅，心里毛躁躁的。素敏从厨房出来，小捷突然说："妈，我不能住在这。"又一阵响动从钱峰家方向传来，素敏心里明白，她不得不继续给女儿做心理辅导："房子不是你买的？孩子不是你生的？有什么不能理直气壮的？说通俗点，坏人也做了，那就坏到底，天塌下来也没什么大不了的。何况人家现在过得怎么样，你不也看到了？哪比你差？我跟你说，你跟人分手，不是害人，是救人。"小捷不懂老妈的激将法、反向劝说，瞪着一双无神的大眼看着她。素敏继续说："幸福生活在向人家招手。你当务之急，就是照顾好孩子，照顾好你自己。你不就想要这样的日子么，都是自己求的。"

小捷不作声，老妈说得没错，眼前的一切，都是自己求的，她不后悔，也不能后悔。只是，钱峰跟她一墙之隔……刘小捷现在有点神经过敏，一听到钱峰家那边传来声音，她觉得刺挠，难受。可这些感受，都无法跟老妈表达，千言万语一句话，她想搬走。素敏道："你现在想搬也没处搬，你姐租的房子金波住着，小产权房还没收回来，再怎么也得等。真的，忍忍，习惯成自然。"小捷走投无路，情急之下她发明了一个法子：到家就戴耳塞，把自己和世界隔离开来，基本听不到钱峰家传来的声音了，舒服多了。

钱峰妈到底把小钰请到通州的房子做客，小钰进房门，钱峰妈立刻领着她参观房间，小钰配合着，不住说好。钱峰妈故意在客厅放大声音，她希望隔壁能听到，气气她们。哼！铁拐李落难卖跌打药，总会遇到识货人。钱峰觉得尴尬，可老妈要表演，舒舒心胸里那口气，他少不得配合演出——演一个合格的儿子。吃过饭，坐了一会儿，喝喝茶，钱峰妈也觉得实在干巴，便赶儿子和小钰出门晃晃，年轻人需要单独相处交流的时间。钱峰原本以为吃了饭就送客，没想到还有续集，只好继续应酬，带着小钰到运河森林公园转转。

臭椿树小道，清风拂来，钱峰做"善后"工作，同时避免冷场。"真不好意思。"钱峰道，"我妈她有点，激动。""能理解。"小钰善解人意。

钱峰不说话了，又走了几步，小钰忽然说："以后我主内，你主外。"钱峰纳闷，怎么突然说这个，到这步了吗？他只好纠正："还是得相互了解。"小钰摸了摸刘海："我不介意离过婚，没结过婚的男人都是愣头青。"这都哪儿跟哪儿，钱峰有点儿苦恼。一抬头，水边台阶之上，好像是小捷手持推车，带着个孩子。钱峰又顶真看了，是小捷。

小捷扭过脸，也看到他，连忙要走。中午在家觉得犯困，小捷专门带孩子出来清静会，没想到，抬头不见低头见。"等一下。"钱峰跑过去，拦住去路。小钰连忙跟上，夫唱妇随的样子。她看看钱峰，又看看小捷，这灯泡瓦力十足。钱峰转头对她："抱歉，给点时间。"小钰没理解，眨巴着眼不动。"可不可以回避一下？"钱峰只好把话说明，小钰这才听懂了，走开去。

时间紧迫，机会难得，钱峰得抓住，把想说的、想问的，都说出来、问出来。钱峰深吸一口气，转向小捷说："我从来没有怨过你。"小捷一愣，她没想到是这种开场白。"是我不好，对不起。"她认。是冤孽，迟早要解。钱峰把目光转向笑尘，问小捷："这就是你逃避的理由？""是，"小捷顺势说，"我不适合结婚，就这么简单。领养个孩子单过，对我来说是最恰当的，不用伺候丈夫、不用应付那么多复杂的人物关系。有个孩子，这辈子知足了。""可以共同承担的！"钱峰手放在胸脯上，忽然大声说。小捷苦笑："那姑娘不是挺好的么？看得出来。放下吧，幸福来了就要接住。天予不取，反受其咎。"

钱峰嘴唇微微颤抖，他终于没说出那句话。他的幸福就是跟她在一起，他理想的伴侣，理想的生活……"这就是你消失一年多的原因？"话有点车轱辘，很显然，他太受刺激了。小捷不得不把当初的话搬出来："当初可能还是不够爱。"钱峰几乎哀求："我可以继续努力。"一瞬间，眼泪充盈，小捷简直快绷不住，要哭了。感动，她不得不承认自己有点感动，为眼前这个男人的痴心，她不敢相信钱峰会如此执着。不过小捷还是很理智，无论如何，她现在不可能跟他有任何故事，他们的故事已经结束。必须画上句号，必须！"祝你幸福。"万语千言，融括在这四个字里，小捷笑中带泪地送出去，说罢便推着笑尘走开。

小钰提前告辞，钱峰妈气不打一处来。待儿子失魂落魄到家，钱峰妈恨铁不成钢："你是不是被人下蛊了？走走走，去观音庙拜拜。"通州法院附近有个观音庙，钱峰妈去求过。钱峰应付一句没事。钱峰妈道："人家女孩子来家，你不好这样的，这是对人的不尊重。""不合适。"人都有一迷，钱峰永远是这三个字。

131

"哪不合适？"钱峰妈非要个说法。"谈不到一块。"钱峰实在没心情周旋。钱峰妈哼了一声："那女的有孩子了？"钱峰一愣："领养了一个。"钱峰妈立即得其所哉："儿子，还不明白？人家宁愿领养一个都不肯跟你，不肯跟你生。那就是不喜欢你、看不上你。"一口气下来，她继续说："要我说，这房子都得卖了，咱们走得远远，北京这么大，惹不起还躲不起？"钱峰妈低头看地板，痛下决心。"有必要那么极端吗？"钱峰问。钱峰妈越想越气，又羞又愤，不禁嘤嘤哭出声："真是要把我逼死……我不想我儿子受罪……我不想我儿子被人耍……我不想我儿子犯傻……"钱峰只好半拥住老妈，灭火："妈，你儿子不傻，就不想想，傻子能北京立得住么？"钱峰妈哽咽着："家庭幸福才是最大的成功。""慢慢来。""把这房子卖了。"钱峰妈又绕回来，钱峰只好答应。

儿子一松口，钱峰妈就在通州常住，每天就等着买家上门。

在河边见到钱峰的事，小捷没跟老妈提，还是日日上班，下了班就回来带孩子，她已经不像过去那样容易激动。生完孩子之后，从心理上，刘小捷已经开始去"年轻化"，她给自己的定位：妈、职业妇女，有孩子这个后浪撑着，她接受自己是前浪，接受人到中年。中年就是没那么多遮挡伪饰，直接上菜，处处见真章。小捷性子里那些浪漫造作，也跟着人生的河流一起淌走，只剩下坚实的河床，是旱是涝都得受着。

这日，钱峰妈站在链家门口，跟一个中介说房子的事，王素敏抱着笑尘走过。"王大姐。"钱峰妈叫了一声。素敏站住了，见是钱峰妈，讪讪地打招呼。"不认识了？不至于吧？"钱峰妈讥诮地说。"没看见。""孙子？谁的？"钱峰妈旨在激怒素敏。笑尘的身世是大忌，素敏一沉："离孩子远点！"素敏随时准备战斗。钱峰妈呵呵一笑："放心，房子都要卖了，你让我离近我都不干。我麻烦你也让你女儿离我儿子远点。哩哩啦啦这样那样，天作有雨，人作有祸！"素敏斗志燃起："你这么说话就没意思了。孩子们是和平分手，结婚了还能离婚呢，也没坑蒙拐骗，你有什么不痛快的。别搞得跟黑社会似的，这是北京。不是你老家田间地头！""分就分，别他妈玩人！"钱峰妈炸裂。素敏还要理论，中介小姑娘连忙拉开。

天福在医院住了几日，没大碍，出院了，李兰陪着。还没好透，感冒后期更具传染性。北京这一季流感甚嚣尘上，陈卓暂时还住李萍家，保险点。

李竹在幼儿园得了五个小红花 —— 品学兼优，李萍作为家长，奉师命前去接受表彰。李萍想尽量把自己捯饬得年轻点，幼儿园多半是年轻妈妈，她不甘心半老徐娘。干脆从佳佳柜子里找一件。佳佳钥匙没带，转回头拿，刚好撞见："哟，妈，扮上了？"李萍顿时发窘。佳佳知道老妈要去幼儿园开家长会，瞬间明白她心思，夸道："妈，这衣服其实我早都想给你了，我不适合，你适合，穿上跟我姐似的。"虽然知道女儿是揶揄话、假话，李萍心里还是舒服，但嘴上死不承认："我就是帮你收拾收拾。""穿吧。""真穿？""干吗不穿？保养这么多年，总得有点成绩。"佳佳摇头晃脑，"有成绩，就得勇于表现。"女儿一鼓励，李萍信心更足。

作为李竹的妈，李萍在幼儿园备受瞩目，老师表扬，年轻妈妈找她取经。怎么教育孩子，怎么照顾孩子，她也都能说出一套心得。因为这份荣耀和骄傲，李萍才真正明白中年人再生育的意义 —— 孩子能让你感觉年轻。当然，前提是，你得有足够的实力。养育一个孩子的过程，等于自己又活了一遍，一辈子变成两辈子，长短不变，宽度却延展。她站在年轻妈妈堆里一点都不显老，反倒胜在一种成熟的气质、气场。

会开完，李萍心满意足离开，雄赳赳气昂昂，迈着坚定的步子。走到园区空地，她听到廊檐下一个中老年妇女和老师交流："老师啊，能行吗？孩子哭成这样，这孩子离不了人……"老师答："放心吧，正常的，都要经历这个过程。"妇女踯躅犹豫，一偏头，李萍瞅清楚，竟是王素敏。她连忙往墙根了站，等素敏离开，李萍才装作不经意地跟老师相遇，笑呵呵地说："现在家长真不懂事，孩子哭不是正常的么？"老师简单说了两句。李萍又问："那是孩子奶奶吧？""姥姥。"老师说。"老人带孩子，就是惯！"李萍附和。走出幼儿园门，李萍的面部表情才松弛下来，心里无数个问号。这从哪冒出来的孩子？姥姥？刘小敏偷偷又生了一个？算算也是，这一年多，她竟没怎么跟小敏打过照面。陈卓真行，生着病——明修栈道，暗度陈仓！

李萍一阵风似的到家，陈卓正在看书，李萍一把抓过书。陈卓抬头看她，诧异，天神下凡。"还不承认？"李萍气压很低。"什么？"陈卓不明白。"还装。""你话说清楚，我都不知道你说什么。""饺子开口，露馅了吧。"陈卓也急了，站起来："不是……李萍……你要赶我走直说，在你这也住一阵了，我得回去。""孩子是谁的？"李萍抱着两臂，稳操胜券的样子。"什么孩子？""好你个陈卓，能耐，厉害，"李萍拖着调子，"你这好，什么都没耽误，病治了，孩子生了，等一康复就做爸爸。""不知道你在说什么。"陈卓面色稍变。"你跟刘小敏又生了一个？""胡扯。"

"还不承认？"李萍走了几步，"不承认可以，你不承认，我也不是查不到。"突然又转身，"你们男人是不是都觉得生得越多越好？人都要死了，还忙着留后代呢。后代认识你谁？你知道你太爷爷名字吗？宇宙那么大，多一个人少一个有差别吗？没一个好东西！""不是……"陈卓想要解释，可又不得不保守秘密。李萍啪地把书摔在地上，"她就那么香？！"陈卓吓了一跳，只好劝："你管别人家的事干吗？"

李萍惊叫："别人家？孩子生出来，跟佳佳同父异母，分的是佳佳的利益！"越说越远。陈卓一咬牙，一跺脚："那不是小敏的孩子！"调整呼吸，"更不是我的。"李萍看着他，一时间静静的。她弯下腰，捡起书，递回陈卓手中，等下文。"是小捷抱的。"真正奇闻。李萍脑子迅速转着。陈卓道："人受了老徐家的气，不想再结婚，抱养个孩子，就这么一辈子。""真行。"李萍叹，"给别人养孩子。""你不也是……

给别人养。"一句话噎得李萍哑口无言。是，本质上，李竹也是抱养，因此她跟刘小捷情况相同——同病相怜。有了这答案，李萍不闹了。

佳佳的工作室开始融资，陈卓生病后，人脉力量大减，反倒是李萍，能介绍点路子。吃晚饭，佳佳夸老妈："我妈现在是那什么，名媛，到哪哪都能拉到钱。""你妈厉害。"陈卓奉承一句，灭的是白天的火。他打算尽快搬回家，天福感冒也差不多了。李萍幽幽地说："再厉害，也是弱势群体，一个家庭，一个社会，说到底还是靠男人撑着。男人不行，才是我们女人上，逼不得已。"三个人提起徐正，陈卓什么都不说，在内心感叹阿正和小捷的坎坷情路，不过如今各自收获幸福，也算完满。李萍道："婚姻这种事，走得慢不怕，就怕走错路，走错了再回头，这就麻烦了。"佳佳说："小舅那是前车之鉴，以后我结婚，我们家得民主，决定权在我。"说着，看陈卓。陈卓笑道："只要人好，对你好，善良上进，我就支持。"

李萍伸手拍了陈卓胳膊一下："支持什么你，什么都不了解。哦，找个捂屁拉稀的我们也接受？得大差不差吧，得门当户对吧。我培养女儿这么多年，总不能给我领回个地痞流氓。""相信女儿眼光。"陈卓站在佳佳一边。"反正，我自己做主。"佳佳把话撂这儿。

132

钱峰的房子卖了，可钱峰却并没有打算消失。笑尘睡了，素敏坐在沙发上吃桃酥，多少年了，她始终爱桃酥这口——艰苦年代的味道。素敏和小捷心里都有事瞒着对方。小捷决定还是跟老妈商量商量对策，于是装作不经意地说："钱峰又来找我了。""又？"素敏抬起脸，跟着说自己的，"我还没说呢，前一阵碰着钱峰妈，她开口就骂，怎么她儿子还'又'起来？""能说的都说了，不听。""人都有一迷。"素敏把半块桃酥放下。"妈——""他要真喜欢你呢？""都是一时的。"小捷很平静。"他要能接受你，接受笑尘，接受这个家，愿意照顾你一辈子，还愿意给我养老送终呢？"素敏一口气说下来。小捷忍不住笑："重点是最后一句。"

素敏突然严肃地说："女儿，孽可以作一次两次，不能再作第三次，钱峰是个好人。"小捷喃喃："我知道。"素敏道："什么都别想。反正现在房子卖了，人走了，你冷他一阵，谁也不会热脸贴着冷屁股。"说到这，素敏又问金波在小敏那住得怎么样，小捷说她最近没过去。素敏又问陈卓的情况，小捷说这个得问姐姐了。素敏道："你姐这一走，我心还空落落的。"小敏向来是家里的主心骨。

天福感冒彻底好了，陈卓陪着坐了一会儿，父子俩实在没话，陈卓便打算去公司找王术一趟，周末他还在加班。到公司，王术正在楼下，两手叉腰，一头汗。陈卓问怎么了，王术道："佳佳困电梯了。"陈卓吓得一时不知怎么办。王术说他也是刚知道，佳佳已经报物业，电梯在十五楼，他上去看看。陈卓身体不好，他建议陈卓去物业监控室看情况。监控视频里，电梯内的情况一览无余：有两个人，佳佳和那人抱在一起，深吻中。陈卓呆在那，是家骏。物业工作人员把对讲话筒往陈卓这推："你不是要讲话吗？"陈卓摆摆手，深呼一口气，他怎么也想不到佳佳和家骏的关系发展这么快，在陈卓看来，他们还是孩子啊。

过了没多久，人救出来了。佳佳看到陈卓，没事人似的："爸，你怎么来了？"陈卓看看家骏——这小子不敢看他眼睛，又看看佳佳，大姑娘仰着笑脸。其实电梯里的吻，是佳佳主动的。世界末日来临之前，她下决心狠狠吻一次，等于家骏被壁咚。"以后手机随身带！"陈卓教训女儿。"生死有命，富贵在天。"佳佳还是大咧咧的。家骏红着一张脸。"没事吧？"陈卓故意问家骏。"没事。"家骏控制情绪。陈卓没打算捅破这层窗户纸。

李竹病了，高烧四十摄氏度，去楼下社区诊所看，拿了药，稍微退下来一点，可一到半下午还是烧，李萍急得把佳佳也从工作中召回。陈卓得知，也要跟着来，李萍不让，说病倒一个已经闹心，不能病两个。不停地换退热贴，李萍焦灼着，佳佳站在一边帮不上忙："妈，送医院吧。""都是你爷害的！"李萍一边叫，一边收拾东西，佳佳不敢作声。"他感冒就没好透！"李萍有点失控。

陈佳佳开车，李萍一路上哄着李竹。佳佳觉得，她小时候似乎都没这待遇。到医院，医生诊断还是上呼吸道感染，挂头孢。挂完，带回家，量体温还是三十八点五摄氏度。隔天李萍带李竹继续看病。医生让拍片，结果出来：肺部有小部分感染，验血白细胞低，心电图基本正常。李萍一夜没睡，给李竹掖了一晚上被子，孩子却继续发烧。熬了一夜，没办法，佳佳开车，带李萍和李竹去263医院，血常规正常；胸部CT：双肺多发磨玻璃影，胸膜下为主；甲乙流初筛阴性。当天就转到朝阳医院急诊科，诊断为"肺部感染"。医生看看嗓子，质问："怎么现在才送来？"李萍慌了神："不是……医生……才病？"医生建议转到危重症科深入治疗，李萍急得哭："医生，你救救他，救救他……"此刻，她只是一个无助的母亲。佳佳劝："妈，医生会治……"话没说完，李萍恨道："跟你们老陈家就不能沾！"佳佳觉得老妈有点不讲理，别说未必是她爷传染的，就算是，老陈家也不能负全责。病菌，看不见摸不着，谁能背这个锅。

李萍看护了一夜，没合眼。陈卓打电话给佳佳，问情况，佳佳据实相告。陈卓不得不赶来，医生把李萍和陈卓叫出病房面谈："从片子来看，肺部病毒扩散很快。如果病情急转直下，变成'大白肺'，需要上有创呼吸机支持。"陈卓惊诧："感个冒这么严重？"他得个癌症，也没住过几次重症室。李萍怪陈卓："都是你爸！"李竹的命宝贵，总要找个"罪魁祸首"。医生解释："知道'非典'吧，所有人都知道是病毒性肺炎，但没有针对性药品，其他抗生素再怎么加大剂量也无效。现在孩子被未知病毒感染了，扩散很快。除了甲流、乙流等常见病毒，大部分病毒都没有特效药，最终要靠病人自己的免疫系统发挥作用，击败病毒。现在病毒凶猛，如果在病毒自限之前，肺部不能支持呼吸，就需要上呼吸机。"停一下，又问："谁是病人家属？"

"我是！我是他妈妈！"李萍极速收泪，面对困难。一天八千左右。"治！多少都治！"李萍涕泪横流。佳佳愿意相信，为了治好李竹，让李萍付出全部身家她可能都不犹豫。她知道她老妈有个特点，既是优点也是缺点——只要她把你当成自己人，她会毫无保留对你好，相反，如果她当你是敌人，也会毫无保留对付你。陈卓戴着口罩，远远站在一边，这样的李萍是他没接触过。李竹是洪卫的孩子，可此时此刻，李萍的真情流露，就是一个母亲。没有血缘的界限，没有历史的纠葛，她就是一个为孩子忧心、千方百计要救孩子的母亲。陈卓不禁感慨、感动。

"爸，你回去吧，我看着。"佳佳怕陈卓在医院逗留太久对身体不好。"能行么？"陈卓担心。佳佳道："放心吧。"李萍很脆弱，她必须顶上。"有情况随时联系。"陈卓道。陈卓叫了车回家。殊不知刚进门，就听到陈天福在屋里嚷嚷："兰啊……你没事吧……兰……你别吓我……"李兰也在发烧。

133

李兰在家躺了两天，吃药，不见好转。陈卓没办法，向小敏反映情况，并提了李竹的状况。刘小敏分析：受寒。陈卓又说李竹有可能要进重症，小敏连忙劝阻，表示可以介绍个老中医。陈卓把建议向李萍转达，李萍登时暴怒："她就是想害死我儿子！"还是按照西医的治，输液。

这天，大夫给李萍开了一张处方，让她去别的医院买"达菲"。李萍遍寻不到，后来托佳佳一个同学的妈，在某知名三甲医院，好容易开到。李萍如获至宝，用下去，李竹烧退了一点，但很快又发上来。

小敏视频问询了李兰病情，开一服药，让陈卓去抓，天福拦阻："她就是个扎针的，哪会开药！赶紧送医院！"陈卓拗不过，只好叫佳佳开车，三个人一起把李兰抬去医院。查血，拍片子，还没到肺部感染，但也先吊上抗生素，抗病毒。

刘小敏法国交流的官方活动已经结束，剩下时间是自由活动，还有一些民间互动。小敏心在北京，她担心天福、李兰接连生病，会影响陈卓，本来就想提前回国。这两日听陈卓描述李竹和李兰的病情，诊断后，李萍和天福拒不治疗。医者仁心，小敏听说孩子可能进重症，干脆把票提前，连夜飞回来。小捷去机场接姐姐，素敏派她解释金波住进中医院旁边房子里的缘由。一路上，小敏简单听了妹妹的陈词——刘小捷没细说，包括和钱峰的见面，两家的冲突，一说话就长。小敏抓重点，不纠缠，道："他住就他住，我先住你那。"又说："先送我去朝阳医院。""不回家啦？不歇歇？"小捷纳闷，她还不知道姐姐提前回国的"使命"。

"先去那一趟。"小敏坚持，小捷只好改变行车路线。刚落地，有时差，头疼难受，刘小敏揉揉太阳穴，又扭开薄荷棒吸了吸。陈卓来电话，问小敏下没下飞机，又说今天起得稍晚，还没出门，没到医院。小敏又让小捷直接去陈卓家，小捷紧握方向盘，担忧地说："姐，你真要去？刚下飞机，你看你黑眼圈。"小敏头往后靠，闭上眼，"去。"一言九鼎。小捷知道姐姐心意已决，她只能两肋插刀，尽管她一百个不愿意去陈卓家，去见天福，可为了陪姐，刀山火海也得走。

到地方，小敏让小捷从行李箱中拿出医疗袋——装着她的针灸器具，包括一套针，艾条、艾柱、艾绒等等。上楼开门——小敏有钥匙——当头便听见陈天福不耐烦的声音："你赶紧地！钱准备好，不是说有三分之一是我的吗？那我用！救你兰姨！多少钱都救！"陈卓苦口婆心："爸，没到那一步，别激动……"陈天福还在嚷嚷，甚至提到住重症室的事——他受李萍和李竹影响，觉得李兰也危在旦夕。

见小敏来，陈卓也来不及问路上情况，只是叹气。小捷瞅着天福，怎么看怎么不顺眼，她怕姐姐受气。刘小敏上前叫了一声爸，天福大手一挥："不用你管。"陈卓不干了，"爸，小敏是来救人的，看病的。刚下飞机就过来了。"天福出言不逊："哦，三甲医院的话你不信，自己在家瞎捣鼓？什么是科学？别废话了，钱准备好，去医院。"刘小敏保持冷静："爸，我看看兰姨，"又转头对陈卓挤挤眼："陈卓，你准备钱。"说着，小敏开路，小捷跟着，姊妹俩来到小卧室。李兰躺在床上，嘴唇干得起皮，天福连忙给她喂水。小敏给李兰号号脉，又问了问发病过程，包括发病前后的生活细节，李兰强撑着答。小敏让李兰反身趴在床上。天福问："你干吗？！"陈卓喝道："爸！"李兰道："让小敏治……"李兰过去在老家喜欢看中医，在美国也听过中医讲座，相对于西医，李兰对中医有好感。

小敏伸手捏李兰脖子后两侧，上至耳部，下至肩部，尽量向前揉拿。李兰痛得大叫，小敏放轻手法，两手轮换操作，捏了约十五分钟，李兰脖子和前额微微出汗。又在翳风穴耳后高骨凹陷处点按，李兰又叫痛。天福急道："慢点！"陈卓打了老爸一下。再拍击百会八分钟，李兰说头轻松点。小敏又开给李兰揉拿肺经，少顷："针袋。"小敏手伸向妹妹，小捷连忙取出针袋，奉上。"小艾柱拿出来。"她对陈卓说，陈卓连忙帮忙。天福无事可做，急得乱走。小敏道："爸，去端盆热水。"针灸前要擦擦汗。

准备好，小敏帮李兰擦了一遍身，道："兰姨，准备施诊，有什么不舒服的你说。"李兰点点头。小敏随即在百会、风池、大椎、手三里、合谷、列缺、上脘、太溪等全身各穴施针，拇食二指持针，进针后用提插法找感应，然后重插轻提三到五次，是为"金鸡啄米法"。留针后，再辅之以艾灸，四十分钟后，李兰体温降至三十七摄氏度，但咳嗽依旧。小敏又抄了一纸药方：桂枝8克，白芍8克，炙甘草5克，陈皮4克，半夏4克，茯苓4克，生姜2片，大枣一个掰开，让小捷去同仁堂抓。陈卓洗药罐，准备煮药。天福见病情神奇逆转，也开始说好话，竖大拇指："厉害，神医！女华佗！女扁鹊！"陈卓听着难受，喊他爸去厨房烧水，帮小敏泡茶。刘小敏却累得靠在客厅沙发上睡着了。天福泡茶端来，说是上好的太平猴魁，小敏醒来，笑着说爸太客气。小捷买药回来，煮上，这边差不多。

小敏问："李萍那孩子怎么样？现在哪个医院？"陈卓说转院了。小敏立刻起身，说要去看看。小捷拉了姐姐一下，低声说："姐！你疯了……"小敏却说人命关天，不知道就算了，知道，总不能坐视不理。陈卓打电话问了地址，李竹果然转院，先前的医院没有重症床位，李萍安排转院，一边输液，一边等床位。孩子一天不如一天，小敏拿到地址就要去，陈卓要陪她。小敏道："医院那种地方，你少去。家里不还要照顾？"陈卓小声说："就怕李萍……"欲言又止。小敏心领神会："那你跟我一起吧。"又对小捷说："你在这看着点。"小捷不愿跟天福纠缠，连忙说："我也去！我开车。"陈卓穿好厚衣服，戴上口罩，小捷开车，陈卓坐副驾驶位，刘小敏靠在后座休息。陈卓忍不住感叹："这医术，神了。"小敏道："就治个感冒。"她留半句没说，陈卓的病她也没能防患未然，治得了病，治不了命。小捷跟着夸："你没听老爷子说，我姐就是女扁鹊女华佗。"小敏保持冷静，说："感冒，治不对症也会成大病。"

陈卓求教，问李兰病的根由，小敏道："问了兰姨，那天开窗通风，还有晚饭后散步，她都感觉凉，没加衣服，明确是受寒。此前开的解热镇痛药都是为缓解症状、令身体对感冒失去正常的调节功能。既然病毒感冒没有特效药，为什么一上来就挂水、开抗生素？冰凉的抗生素针剂输入静脉，肺与脾胃的功能都会随着血温的下降而下降。寒邪入肺，滥用抗生素退热，等身体的热退尽，人也就差不多了。"小捷和陈卓听得心惊。又聊了两句，小敏实在太疲劳，陈卓会意，不再和小捷说话，让小敏多休息会儿。

三个人到医院，李竹还在吊水，萎靡靡躺着，李萍惊了一跳，下意识认为小敏姊妹是来看笑话的。她剜了小敏一眼，压住气，拽过陈卓："带她来干吗？！"陈卓道："李兰被治好了。""谁治？突然就好了？""小敏。""不用她治。"李萍嘴硬。陈卓劝："真是来救人的。医院是不是承认感冒没有特效药，那还让你去找达菲？现在还打抗生素，这不是自相矛盾吗？治感冒，就得靠自身抵抗力，得用中医的法子。"好一个现学现卖。李萍心思动了几分，这个自相矛盾的提法有说服力。

　　小敏和小捷站在一边，小捷挽着姐姐胳膊，嘀咕："姐，我看算了。"小敏抚住妹妹的手，意思让再等等。陈卓还在劝，李萍时不时瞟小敏一眼，揣摩这个女人的来意。眼下的核心问题是救李竹，一方面，她本能地厌恶小敏，认为这个女人选择这时候来没安好心；另一方面，经过陈卓一番解说，她又觉得万一小敏真有办法，她武断拒绝，又让李竹错过一条生路。转头再看看李竹，小东西躺在病床上，气息奄奄。李萍感觉自己似乎站在某个生命的岔路口，掌握着生杀大权，一个选择，会导致截然不同的两种结果。医生遣护士来问："病人家属，重症室有床位了，准备缴费。"李萍恍然，哦了一声。陈卓道："真到那一步了吗？进去不容易，出来更难。"李萍深吸一口气，她感到太阳穴突突地跳。

134

　　小敏松开妹妹的手，走上前，目光柔和又忧愁，李萍下意识退后半步。小敏细语："看看孩子。"她走上前，让孩子张开嘴，看看嗓子，又伸手捏捏胳膊，摸摸后背。"没那么严重。"小敏说。李萍看看小敏，又看看陈卓，陈卓微微点头鼓励。小敏道："打完这瓶，去我诊室吧。"指她在中医院的诊室。李萍不依："去我家。"陈卓说："医院条件好。"小敏道："救人要紧，去她家。"李萍瞬间又改主意："去诊室。"女人心，海底针，李萍考虑到医院医药、设备齐全，能应急。

　　几个人正说着，佳佳进门，她来看老妈和李竹。一进屋，几个人站着，佳佳一时弄不清人物关系，挨个叫。小敏朝佳佳点头打招呼。

李萍对女儿说："东西拿着。"拔了针，她抱李竹起来。佳佳拎着杂七杂八东西—— 本来打算住院的。几个人到停车场，陈卓上哪辆车成了难题。李萍叫："老陈！"小敏推陈卓一下："去吧。"不争这一时的得失。于是小捷小敏一个车；佳佳带着陈卓、李萍和李竹一个车，往中医院开。小捷愤然："看看她那样！人来救她，她当害她！狗坐轿子，不识抬举！"小敏道："不说这些，孩子是无辜的。"

到医院，进诊室，小敏照例问李萍孩子近期的情况：去游乐场脱衣服了，再就是天福感冒刚好。按照医院规定，小敏给孩子做常规检查，诊断为：风寒束表。肺气不宣。诊断完毕，小敏开始施针。取风池、大椎、风门、肺俞，用烧山火法，不留针；列缺、合谷，用烧山火法，留针二十分钟。

李萍在旁边看着儿子满身是针，不由得屏气凝息，手心攥紧。施针时，李竹出汗了，起针后，李竹明显轻松许多。小敏又去开药，托煮药工加急，当天在医院李竹便被灌下一服汤药。小敏叮嘱："明天来复诊。"针到病除，药到病除，李萍不得不服，她凑到小敏跟前，觍着脸："谢谢啊，刘大夫。"小敏点头笑笑。小捷道："姐，回家休息吧。"

刘小敏巧施医术治好二人，菩萨心肠，霹雳手段，阖家震撼，连陈天福都对小敏有所改观："好人，真是好人。"又用教训的口吻对他儿子说："你得抓住，这样的人你怎么能跟她离婚呢？"陈卓听了好笑，不知怎么答。李兰拦话道："都过去了，别说了。"这次生病，李兰对天福的表现十分满意—— 他可是号称要"倾家荡产"救她的，黄昏路上的夫妻，能这样，实属难得。李兰对陈卓说："等歇过来，可得请小敏来家吃饭。"

治好了别人。刘小敏自己倒病了几天，累的。素敏心疼女儿，寸步不离，水米伺候，笑尘也陪着大姨。小捷接家骏来看小敏，说起救人过程，小捷仍觉后怕："那真跟上刀山似的。也就我姐，换成我，手都抖，不敢治。治好了没事，治坏了，一辈子的埋怨。"小敏淡淡笑："我心里有数。"家骏道："妈，怎么说得你跟武林高手似的？""就是武林高手。"小捷模拟小敏扎针的姿势。

素敏对小敏道："救人我不反对，是善事，是积德，不过小捷说的也不是没道理，做善事，也得给自己留点后路，老人倒了扶不扶？"家骏和小捷都看素敏，小捷道："不扶？"素敏吸一口气："不扶能行吗？社会没温暖了吗？得扶！但也得保护好自己。得看怎么扶。要既能帮助别人，也别伤害自己。"小敏不是没想到可能带来的麻烦，她是有自信治好病患，再一个，实在不忍心看一老一小走向深渊。

镜子前面，佳佳吹头发，李萍站在一旁。吹风机停，佳佳转头对李萍："妈，这次要好好感谢敏姨吧。"她叫她敏姨，李萍没反对，活了这么大岁数，李萍当然知好歹。只是，她嘴上仍不肯服软认输："谁也没请她来，她自己要来，不都是本职工作么？当医生，不就是治病救人，我又不是没给医药费。""妈——"佳佳叫嚷，失手摁开吹风钮，一股热气直朝李萍脸上吹过去，瞬间披头散发。李萍狼狈躲开："死丫头疯了吧！"佳佳愣一下，跟着哈哈大笑，干脆又对准老妈，热气流开炮，小小惩罚。实际上，一见到陈卓，李萍就提了感谢小敏的事，问陈卓怎么感谢比较合适。陈卓说："没必要吧。她不在乎这些。""我在乎。"李萍拉下脸，她最怕欠人情，何况"债主"是刘小敏。"真不用。"陈卓怕"谢"出毛病来。他了解李萍，更了解小敏。"你帮我想想。"李萍不由分说。

小敏还在假期中，小捷去上班，素敏跟大女儿说了钱峰的事，包括见面、钱峰卖房子，但她和钱峰妈的争执倒是没说。小敏认为房子卖了好，眼不见为净，慢慢就淡了。素敏撇撇嘴："我看钱峰，还有点那意思呢。""什么意思？"这出乎小敏预料，"还有意思？这人真有意思。""挺执着。"素敏道。"再执着也不能接招。"小敏分析，"人物关系都乱成什么样了，孩子都有了，钱峰再掺和进来，成什么了，日子还过不过？"她为妹妹担忧。"小捷什么意思？""她倒是坚决排斥。""得排斥。"

"不过钱峰倒是跟以前不一样。"素敏做回想状。"有什么不一样？""看着就不一样，整个人在走上坡路。"小敏跟着道："那一定的。你没见我们同学聚会，女的，基本是大妈的多；男的，好多还意气风发，打算再活五百年呢，男女差异造成的。所以，女人更应该保值。""怎么保？""做事情。""什么意思？""上四十过五十，别就去跳广场舞了，脑子里得有点规划。""你什么规划？"素敏顺着问。小敏抽了张纸巾擦擦手机屏幕："这次出去，有点感触，我想出来单干。""国外？别闹了。""不是。自己开个门脸。"停一下，又说："有朋友手里有执照，可以合伙。""医院刚送你出去交流，你就要走人？"小敏道："工作中不讲人情，我出去因为我够资格，我有再选择的自由。不用不好意思。"

没几日，小产权房租约到期，小敏找了金波一趟，劝说他从中医院的租屋搬出来，跟家骏去小产权房住。"挺舒服的，就是水电贵点。"小敏交代。金波白得了个住处，自然愿意，麻利搬了。等都安顿好，小敏又请陈卓"回家"。这一次，陈天福没拦着，并且认为，陈卓搬回中医院旁边跟小敏住，对他的康复有帮助。

陈卓要收拾屋子，小敏拦阻，拉他到小沙发上坐着。"有个事跟你说。"小敏微笑着。"我也有事跟你说。"陈卓道。两个人谦让，最后还是女士优先，小敏先讲。刘小敏简单说了自己想出去单干的计划，条分缕析，十分有逻辑性，说完才道："不在中医院了，这房子估计得退。"陈卓立刻表示可以住通州的"逍遥居"。小敏说到时候再看，得看诊所开在哪，朋友的执照可能只能开在顺义。又说："我也是想趁着不算老，再往前走走。"陈卓坚决支持。末了，小敏问陈卓要说什么事。

"那个……"陈卓支吾半天，才说是兰姨想找她吃饭。"李萍也去？"小敏举一反三。"有可能……"陈卓为难。"老师教书，医生治病，这都不应该的么？别客气，病人真个个请吃饭，工作也没法做。兰姨的好意我心领，你把话带到，改天我去看他们。"小敏应对自如。谁知陈卓停了一会儿，半低着头说："你不觉得这是个时机么？"时机？小敏一时没理解。"趁着回暖，咱们家的人也该捏巴捏巴，揉到一块。"陈卓讪讪地说。刘小敏理解，若论调和关系，这是个好时机。她不吱声，等他下文。陈卓继续恳切地说："就当是为了我。刚得病，我以为自己完蛋了，是你陪着我、鼓励我、帮助我，现在我恢复得不错，那日子就还得过。我希望你过得好、过得舒服，希望他们接纳你，你也能接纳他们。好多关系是甩也甩不掉的，怎么都得背着。与其别扭地背，不如快活地背。"陈卓说得很有禅意。

小敏理解陈卓的苦衷，他这段话，说得小敏心里暖暖的。一个是陈卓有了强烈的生活愿望——他还希望修补关系，另一个是陈卓一如既往跟她说心里话。她觉得他们的关系，比情人更稳定，比夫妻更甜蜜，大病过后，有点类似生死之交。为了陈卓，更为自己，这饭得吃。

135

李萍也在为这顿饭发愁。她问佳佳，给你那个敏姨带什么礼物合适。佳佳道："你认识她比我久，怎么好像是我朋友似的？"李萍道：

"我跟她不是朋友。她是医生，我是病人家属，我现在要感谢她，就这么简单。"佳佳知道老妈的嘴比鸭子还硬，只好就事论事："你那些个包，随便挑一个不就得了。"好主意。李萍挑了个芬迪的手袋，买了没拎过，送小敏做伴手礼，正好。

李萍问："你爷爷怎么说的？还不让订饭店。"佳佳坐在电脑前，伸着脖子答："老传统！"天福的老传统是在家设宴，吃得尽兴，有仪式感。他本想让陈卓把小敏妈也叫来，秀秀自己的幸福生活。陈卓怕场面失控，劝阻。不过陈卓却特别叮嘱小敏，把家骏带来，佳佳也来，两个孩子熟，好说话。

李萍和刘小敏要坐在一桌吃饭了。是日，陈卓早早从小敏那回到家，天福和李兰正在厨房里忙，热气腾腾。李萍带李竹先到，放下孩子，李萍去厨房招呼，李兰忙得团团转。天福对李萍感叹："人呐，不能想，过一天是一天！"李萍笑道："爸，你忘啦？以前算命的不是说过，你到一百岁，才能碰到个小坎。"只要是好话，老人都爱听。

十点多，小敏带着家骏上门，拎着果篮。李萍见小敏来忙站起来，脸上似笑非笑，都是客气。"萍姐。"小敏叫了一声，家骏喊了句阿姨好，又到厨房打招呼。天福惊惊乍乍："都长这么高了？！"李兰知道情况，拽天福一下："再过过大学都毕业了。"招呼完毕，家骏进屋，佳佳一抬头，看见家骏有点惊讶。家骏率先说："非让我来，说是礼貌，因为你也在。"佳佳还在拿着手机捣鼓，是陈卓淘汰的手机，老号码在用，做备用，说总是读不出信号。家骏接过来看，扒开电池，把SIM卡拔出来，用袖子口擦擦，再放进去，重新开机，右上角的小图标闪现信号。家骏把手机递给佳佳："打一个试试。"佳佳翻开通讯录，名单里就五个人：老伴、gui、女儿、儿子和王术。"谁是 gui？"佳佳自言自语，点开，是她老妈的号码。"儿子？"佳佳打过去，家骏的手机响。一瞬间，家骏又尴尬又温暖。佳佳愣住，她想不到老爸对家骏这么有感情，手机里都标明儿子。她一直认为家骏是她的准男友，脑子里没有"儿子"这根弦。佳佳道："你不能当他儿子。"家骏不想谈这个，不出声。佳佳继续："只能当半个儿子。"家骏脸红了。他的纠结不是佳佳和他的关系，而是亲爹对后爸的嫉妒。金波一直说家骏对陈卓是"认贼作父"。

客厅，陈卓坐在李萍和小敏当中，沙发被均匀使用。最后还是李萍率先把芬迪的包拿出来，带着笑容，走近小敏说："妹妹，感谢感谢。"又叫李竹："过来，来。"李竹从玩具堆里跑过来。"谢谢阿姨救命之恩。"李萍说得文绉绉的，李竹果然有样学样，把这话对小敏复述了一遍，弄得小敏有点不好意思。"给阿姨磕个头。"李萍又下令，小李竹真照办。小敏和陈卓同时欠起身子，去扶，使不得使不得。李萍这才把孩子驱去，奉上包，说就是个心意。刘小敏看看陈卓，只好接了。

李萍带着笑道："以前是我不对，我错怪妹妹，真没想到刘大夫有这个心胸。"小敏应对："感冒治疗不当很危险的，不久前有先例。"又说："要说谢，还得多谢萍姐照顾陈卓，照顾老爷子，照顾家里。我知道，萍姐是刀子嘴豆腐心，好人。"无心之语，李萍却听着很不舒服。那意思，你刘小敏是女主人，我李萍只是来帮闲的。李萍向来好胜，可这次是专程感谢人家的，她只好压住气。

一桌子菜，众人围坐，连李竹都有个小板凳。天福举杯，杯中黄酒微微摇晃，他口齿不算利索："我第一个要敬救命恩人。"李兰也跟着举杯："刘大夫，菩萨。"天福觑她一眼，道："叫什么刘大夫，这是小敏，自家人，是陈卓的……"说到这有点打磕巴，"陈卓的……伴儿。"带点儿化音，说得又不标准，只好反复说了几遍。佳佳纠正，"我爷，那叫伴儿，舌头放轻松。"李萍不自在，陈卓红头涨脸。他老爸惯于哪壶不开提哪壶。小敏解围道："自家人，还说什么谢。应该的。"李萍更不舒心，刘小敏刚才跟她客气，到饭桌上就说是自家人，就她李萍是外人？不都离婚了？一般齐一般高，这刘小敏话里话外摆什么女主人派头。

天福又对李萍："小萍，你敬小敏一个。"老人说话，不得不给面子，满上酒，李萍举杯，笑盈盈道："妹妹，我咒你一下。"众人顿时脸白。小敏微微蹙眉，陈卓压着声调："李萍！"李萍憋足了气，这才说："我请求幸福砸晕你，请求健康绑架你，让好运折磨你，让平安时时监视你，最后让快乐偷袭你。"好一个咬牙切齿的祝福，警报解除。小敏回敬："萍姐，懂放心的人找到轻松，懂遗忘的人找到开心，懂关怀的人找到朋友，懂珍惜的人找到爱情，真心祝福你。"说罢一饮而尽。中年人的段子，谁不会几个？李萍怅然，佳佳呆住，李兰放下筷子，天福笑呵呵的。陈卓骄傲地看着刘小敏，这就是小敏，温润如玉。

小卧室手机响，是陈卓那部旧手机。佳佳道："巧了，刚通就有人找，爸，你业务够忙的。"说着，她起身拿了来，交到陈卓手上。一看陌生号码，陈天福道："诈骗，电话诈骗，电诈！"陈卓没接，放旁边。片刻，又打来，还是那个号码。"接吧。"小敏说，也许是熟人。陈卓握着手机，下意识站起来，走到一边，摁下接听键："哪位？"手机那头传来个声音："喂，老陈，我是洪卫。"陈卓愣了一下，回头看了看李萍。

洪卫出来了，李萍换了号码，佳佳的号也是新的。徐正跟小捷分开后，也"改头换面"，所有联系方式一新。洪卫只好联系陈卓，一打一个准。自然而然地，这天的感谢宴，以洪卫的来电为分割线。那之前，李萍还算心情良好；那之后，她迅速带着佳佳、李竹撤。不是一般事，洪卫提前出来了。李萍感觉这不仅是洪卫的刑期，也是她的刑期——她早都料到有这一天，但没想到这么快。她知道洪卫肯定会来要人，要李竹。李萍突然有些后悔：当初为什么"妇人之仁"？为什么要帮洪卫养孩子？如果没有相遇，就不会有分离，不会有今天的痛苦。李萍坐在车后座，怀里拥着李竹，双目失神。佳佳从后视镜瞥见老妈惨白的脸。

半晌，佳佳才问："没事吧？"李萍强撑："没事，明天你把李竹带着，送到你爷爷那去。"李萍想好了，也预估到了，不出十二个小时，洪卫一定会"上门请教"。电话号码没有，家庭住址轻车熟路。李萍决定主动出击，她找陈卓要了洪卫的手机号，发了个短信过去，约在丽晶酒店西餐厅见。洪卫很快回复，确认会赴约。一夜，李萍睡得迷迷糊糊，说不清是醒着还是梦着。人生就是那么讽刺，曾经她恨洪卫，恨这个孩子，现在，她又害怕洪卫把孩子带走，害怕刚刚建立起来的情感习惯消失。人说到底，还是感情的动物，乖巧的李竹是她的心头肉。爱恨间的转换，无声无息，但却足够让人不适应。

下午三点，李萍走进丽晶西餐厅，洪卫已经在靠窗的位置坐着，头发花白，面容干瘪，精神气全失。过去他染头发，号子里可不提供这种服务。洪卫依旧很绅士地起身，帮李萍拉椅子。李萍垂着眼帘，不看他，一副高傲的样子："我自己来。"洪卫打起精神，眼睛得大大的。他原本是单眼皮，现在成内双，李萍瞥见，知道他昨夜一定也没睡好。他有这毛病，休息不好，眼皮会变内双。

"怎么样？"洪卫这样开场，久别重逢的口气。李萍不言声，视线对着窗外。"感到意外？"他又问。"什么？""我提前出来。""我不关心。跟我没关系。"李萍有些决绝，时至今日，她仍旧不能原谅他。"慧姐呢？"洪卫问，这是李兰从前的称呼。李萍绷着脸："都是成年人，她去哪，做什么，不会跟我汇报。"洪卫知道问不出什么，转而道："谢谢你。"李萍冷笑一声，洪卫终于转到正题。她拨开迷雾："直接说吧。""崇达呢？"崇达是李竹过去的名字，他取的，洪崇达。"你不能这么自私。"李萍口气很重。"不是自私。是事实。""你在里头的时候怎么不说事实？怎么知道找我？人不能过河拆桥忘恩负义！我的付出怎么算？"李萍激动得要拍桌子。"可以补偿你。""怎么补偿？拿什么补偿？钱？""你开个价。"

136

　　李萍真一掌拍在桌上，杯子震得微微跳起："我对孩子的感情，你赔得起吗？无价！"李萍梗着脖子。服务员过来看情况，洪卫表示没事，他压低声音："小萍，你不能不讲道理，那是我的孩子，血管里流着我的血。""养比生大！"李萍横眉，"你还有什么？有财产？有公司？等着儿子继承？还是准备让他继承你这一把老骨头？"洪卫苦笑："可我总是他爸吧。这点你不能否认。""没人否认，也没说他不认你、不管你。但现在你不能把人带走。"李萍努力控制情绪。"你开个价。"洪卫放低姿态恳求，"小萍，你什么都有了。我只有这个孩子。"

　　李萍看着苍老的洪卫，一时间有些心软。他说的是实话，她有佳佳，李竹对她来说是锦上添花，但对洪卫却是雪中送炭。只是，李萍觉得怎么也要有个缓冲期，要等她情感上接受，才能慢慢地淡出。她得有心理准备，绝对不能这么硬来。你在牢里我养孩子，你出来，孩子立马接走？这是对她的极大不尊重！不尊重她的情感，不尊重她的付出！"我不想走法律程序。"洪卫不得不强硬起来。"你混蛋！"李萍登时站起，扬长而去。第一次谈判破裂。

　　洪卫的回归，让李萍的生活一下子卷入漩涡当中。感谢宴过后，小敏跟小捷和老妈也提了这事，娘仨感叹。小捷道："她犯了一个大忌。帮人家养儿子，养来养去，白忙。"小敏和素敏对看一眼，都不吱声，都望着小捷。小捷被望得发毛，忽然意识到什么，连忙解释："我不是，笑尘是亲生，不一样。这哪能一样呢？"越解释越慌乱。小敏重重吐了口气，对小捷说："你有孩子，钱峰知道了，保不齐以后徐家知道。"小捷坚壁清野："跟他家没关系。"素敏维护小女儿："咱不说。"小敏道："血缘关系还不够牢固，还要什么关系？孩子生下来了，如果对方知道，少不了麻烦。"素敏反驳："这些事当初不都想到了么？孩子生下来，自己养。将来孩子大了，跟他们也没感情。就算到时候来认，也没用。"小敏道："不管你们在没在一起，孩子是不是婚生，孩子由哪一方抚养，他仍是父母双方的子女，父母双方仍对未成年子女有着抚养教育的权利和义务。"谈李萍的烦恼，谈着谈着却谈到自己，小捷一脸愁苦。素敏手一挥，结束谈话："走一步说一步。"

　　李萍坐在沙发上，陈佳佳站着，脸对手机。李萍说："念。"佳佳随即大声朗读："第五条，父母双方或一方为中国公民，本人出生在外国，具有中国国籍。但父母双方或一方为中国公民并定居在外国，本人出生时即具有外国国籍的，不具有中国国籍。"读完，停一下，"李竹还是中国国籍。"李萍不看女儿，扶着下巴："继续念。"陈佳佳在手机上翻了翻，念道："抚养亲戚朋友的孩子并不一定就是收养。我国《收养法》第十七条规定：'孤儿或者生父母无力抚养的子女，可以由生父母的亲属、朋友抚养。抚养人与被抚养人的关系不适用于收养关系。'"抬头看看老妈，"下面还有解释：收养关系和抚养关系也是不同的法律关系。收养关系反映的是收养人和被收养人之间的父母子女关系。收养关系成立后，收养人与被收养人之间形成了生父母子女间的权利与义务关系，而且被收养人与生父母及亲属间的权利与义务关系因收养关系的成立而消除。抚养关系反映的是抚养人与被抚养人之间的不以建立父母子女关系为目的的供养关系。抚养亲戚朋友的孩子而形成的这种抚养关系是基于当事人之间的自愿而形成的。抚养关系不变更双方的权利与义务关系……"

"别念了。"李萍打断女儿，闭上眼，手捏睛明穴，她眼疼，头疼，心疼，"听明白了，我怎么都不会是李竹的妈。"佳佳劝："妈，万事都不是绝对的。"李萍叹："男人，一个比一个心狠。"

洪卫来找佳佳，地址他自己查的，佳佳带他到小会议室聊天。洪卫感慨："想不到你能干出来。"佳佳给他拿了瓶矿泉水，笑道："洞中一日，世上千年。"洪卫的牢坐得不算短，足够世上发生许多新故事。佳佳和洪卫都想起在美国的日子，路边的热狗店，那时候他们一个是继父，一个是继女。佳佳看看手机："走，吃饭去。"洪卫忙说不用，佳佳坚持，洪卫便跟着她往外去。点好菜，佳佳才说："跟我妈谈判失败了吧？"洪卫没正面回答，而是问："慧姐怎么回事？"水差点呛到，又是个 long story，佳佳道："她结婚了，跟我爷爷。""你妈安排的？""不不，自由恋爱。"洪卫若有所思，没往下问。"打算怎么办？"佳佳关切地问。"我想跟你妈复婚。"洪卫坚定地说。其实在牢里，他就已经想明白，直接跟李萍提复婚，她不会同意；但如果用要孩子倒逼一下，或许还有希望。在洪卫看来，这算是求上得中，求中得下。他有信心，孩子是肯定会回到他身边的，最坏的打算，无非就是打官司。他清楚李萍的脾性，应该不至于到官司那一步。于是乎，他便步步为营，先提出要孩子，然后再来找佳佳，提出复婚——复婚是一举两得。婚复了，李萍自然是孩子的继母，便不存在分离的问题。不过这一切计划的前提是：他对李萍还有感情。他想补偿她，仍在期待她的原谅。

回到家，佳佳果然转达了洪卫的意思。李萍当场不乐意："这个事情是他说了算吗？他想出去生孩子就出去生孩子，想复婚就复婚？"佳佳劝："妈，这不跟你商量么？"李萍道："你是谁女儿？做人，立场比能力重要，奸细当一次就够了，别不长记性。"佳佳碰了一鼻子灰，只能随她去。她了解自己老妈，嘴硬，又是个倒毛驴，越劝越来劲。你不劝，她自己反倒可能回头。只好把一切交给时间。

从里头出来，洪卫一切从头开始。财产损失惨重，好在望京的小房子还留着，涨了不少。他需要钱，于是把房子卖了，作为事业重启金，暂时住在朋友家。洪卫觉得有必要找一下慧姐，也就是现在的李兰。他想问问她孩子，还有老家荒山的事。

敲门，是李兰开的，陈卓不在家。"你……"李兰见到洪卫有些意外。她自从知道他出来，就一直记挂，可现在嫁给陈天福，中间夹着陈卓、李萍还有老头子，她不好主动联系。天福从屋里出来，问是谁。洪卫没进屋，就站在门口，小声问李兰："你就嫁的他？"李兰面色为难。"为了钱？"洪卫又问。"不是……"李兰连忙否认。刚开始是为了生存，后来有了感情，可这一切一时半会跟洪卫解释不清楚。洪卫道："你自己想清楚就行。"天福连着问怎么了怎么了，李兰先进去安抚他，说老家一个亲戚来，她出去应对应对，天福只好止步。

李兰和洪卫站在小区小花园说话。他们虽然算是远房亲戚，但过去基本人物关系是：一个为雇主，一个是雇员。李兰拿钱带孩子，靠洪卫养活。现在不同了，洪卫从号子里走一圈，他们只能算半个远房亲戚、半个朋友。实话说，面对洪卫，李兰也有些愧疚。他进去后虽然没请李兰照顾孩子，但既然是洪家亲戚，李兰觉得自己多少有点义务关照李竹，不应该完全交给李萍。可生活所迫，她跟天福，也是阴错阳差，不得已为之，何况后来感情处得不错。

李兰对洪卫说："小萍把孩子照顾得好。""以后都叫李兰了？"洪卫问。李兰笑："随便叫，名字就是个代号。"她其实也想重新开始。洪卫说："有机会帮我劝劝。""劝谁？""小萍。""她怎么了？""我想跟她复婚。"洪卫老觉得生孩子的事对不住她，李兰当即表示没问题。洪卫又问了问老家荒山的事。进去之前，他曾经托她去问过、打理过，算给自己留条后路。他想回去种茶叶，洪卫觉得现在做种植业是个机会。李兰一五一十说了，又说回头把当时签的材料寄给他。

137

徐正来看李萍，老家拆迁，李萍妈在厂区有套小房子，她打算请徐正代为处理。她的意思很明确，要一套，哪怕自己再出点钱，希望留点回忆。

徐正没问，李萍便主动提起老洪要孩子的事，言语间没少啐骂："不是东西，过河拆桥，卸磨杀驴，脚面支锅！用人朝前不用人朝后。哦，现在跟我讲法了，当初怎么不说。我现在成抚养了，不是收养，不具有父母子女关系。抚养！吃白食、吃大户，吃完一抹嘴，走他妈人！"徐正见姐姐激动，不知道怎么安慰，口不择言："姐，回头我再生一个，过继给你。"李萍愣了几秒，表弟说话现在实在是头一句脚一句。过了一会儿，她才说："幸亏你没跟刘家那女的。"徐正问怎么了，李萍道："她一胎都胎不出来，不能生，说是抱养了一个。"徐正震惊，转而怅然，过去的一幕幕在脑海里跑马灯似的过。

赶着国庆，钱峰陪老妈回老家一趟，厂区房子拆迁，粗算算，钱峰家能分两套房。钱峰的意思是，要一套，另一套折钱，存着，将来在北京再买一套。钱峰妈不同意，万一钱峰结婚有孩子，将来回老家探亲住不下，总不能四口人一套房。火车上，钱峰觑了老妈一眼："这也想得太远。""远什么？"钱峰妈侧过身子，对儿子说，"这就是近期目标，小钰不行有别人。"老调重弹，钱峰实在不想听："妈，反正我保证，不管再不再婚，不管跟谁再婚，我都会对你好，你永远是我妈，我一定伺候你到最后。"钱峰妈一下子眼泪上涌，但终于控制住了，过了好一会儿，才略带哽咽地说："儿子，妈妈不能陪你一辈子，所以希望能找个人陪你。"顿一下，又说："不然你让我怎么放心……"钱峰沉默不语，仿佛自己真做错了事一般。

拆迁区二百八十七户，签了字二百七十四户，还有十三户谈判失败，打算钉在那。徐家就是钉子户的带头人之一。原因是：徐家老太太恋故土，不肯搬，表示死也死在厂区。徐正爸"愚孝"，就是咬准了，他妈要怎么样便怎么样。钉子户不走，其余住户都受牵制，该拿补偿款的拿不到，该搬走的又开始犹豫。

这天，动迁小组在工人俱乐部做工作，徐正陪他爸去，钱峰妈是居民代表，钱峰也陪着妈妈到俱乐部会议室。钱峰和徐正碰了个大着，钱峰朝徐正点点头，徐正撂了根烟过来，钱峰接住了，俩人到俱乐部紫藤萝架子下说话。看到对方，他俩都不自觉想起小捷，可"刘小捷"三个字，偏偏又是两个人之间的禁忌，说不得，不可说，只好猛抽烟。抽到烟屁股，钱峰才蓦地问："老婆没回来？""看着她爸呢。""外国？""外国。"徐正确认，也问："还单着呢？"钱峰没抬头："不结过一次了么，还不够够的。"

沉默了一会儿，徐正轻轻说："还等着呢？"心照不宣。等着，钱峰当然知道阿正指的是小捷，他没想到徐正这么了解他，心底那块最私密的不可说的坚持，毫无预兆便被戳破。他只好笑着隐藏："说什么呢？""我知道，你喜欢她。"徐正追击。"没有。"钱峰继续否认。"有就有，有什么。"徐正道，"反正我跟她这辈子没缘分，你要是男人，要真喜欢，就追。"

又一阵沉默。徐正说完有点后悔，追，怎么追。他从李萍那得知小捷抱养了个孩子。单身可以追，又加个孩子还能追么？钱峰恐怕不会当这个冤大头。只是，徐正真心觉得，如果是钱峰照顾小捷，总比有朝一日别的男人照顾她，更令人放心。"什么时候走？"钱峰岔开话题。"明天回北京。""家里还不肯签？""奶奶不肯。"钱峰说："奶奶知道什么，还不是你爸妈的意思。"两个人聊回拆迁。徐正点了一下钱峰肩膀："你以为，这世界就是这样，谁不讲理谁赢。"两个人都笑。徐正突然又怅惘地说："过成这样，老天爷提前通知我了么？老天跟我讲理么？"

李萍老同学张子擎办聚会，李萍穿一身晚礼服出席，陈卓一身西装到场，两人手挽手，有模有样。张子擎现在是基金行业大佬，手上热钱多，为了佳佳扩大事业，李萍和陈卓一起想办法。站了一会儿，张子擎过来给李萍两口子敬酒，陈卓端的是果汁。张子擎见了，道："陈兄，不给面子啊？"李萍连忙说："子擎，老陈确实不能喝，一滴都不能沾。"说着，凑到老同学耳边嘀咕几句。张子擎爽快地说："理解！"说着跟李萍碰杯，又道，"陈兄，羡慕你呐，小萍过去可是我们的班花，多少男人追不到手！当时我们就说，这个李萍，眼光那么高，就看看她找什么人，结果后来知道找了你。"陈卓不好解释，他们或许还认为李萍是他妻子。寒暄了一会儿，张子擎走开。

　　李萍和陈卓之间有点尴尬，还好空气中有音乐做填充。李萍找话："他都三婚了，女方比他小二十七岁。"出卖老同学一个小八卦，缓解尴尬。陈卓笑笑，不予置评，如果他跟小敏复婚，等于也三婚。因此，疤痢不说麻子。音乐声音大了点，曲调悠扬，舞池灯光亮起，是跳舞时间。陈卓和李萍对看了一眼，他伸出手，做了个邀请的动作，李萍款款走向他，他领着她走入舞池，两个人进进退退，翩翩起舞。呵，已经不记得多久没一起跳过舞，一恍惚，却已经人到中年，人生太不禁过！这一支舞，就算跳给自己。

　　面贴面，一个转身。陈卓问："打算怎么办？""跟子擎说好了，回头你们谈。"李萍有信心。"是说老洪。""免谈。"她差点踩中他的脚。"孩子终归是他的，没必要闹到法院。"李萍撒开手，不跳了，走到舞池边，又要了一杯香槟。她看着陈卓："他让你来做说客的？""怎么会？""谅你也不敢。""我是怕你太苦闷，回头苦出……""病"字他没说出口。"不说这个。"李萍一饮而尽，"过几天还要吃个饭，等你们谈完。"陈卓说没问题。李萍又说："到时候把佳佳叫上，子擎也叫上他儿子。""干吗？"陈卓感觉有些不对。"紧张什么？"李萍说，"两个孩子认识认识，都是海归，男的一表人才，女的落落大方。我们得给下一代制造机会。"

　　陈卓沉下脸："我是做生意，不是卖女儿。"李萍不满："怎么话到你嘴里就这么难听？难怪你这么多年都做不起来。这不叫卖女儿，这叫带女儿走入上流社会，懂不懂？我们这种家庭，找女婿不在这个圈子里找，去哪找？去老家乡下找？合适吗？"陈卓努力缓和："小萍，我们过去的教训还不够多么？你，我，徐正，等等，爱情这个东西，是要有感觉的。"李萍哼了一声："什么狗屁爱情，我说的是爱情加婚姻。算了算了，跟你说也说不通。你不要管，我女儿我心里有数。"陈卓急促地说:"那也是我女儿!"李萍这才反应过来:"你什么意思?""没意思。"陈卓口气闷闷的。"那你激动什么?""我是说,要民主,不要独裁。"李萍把话绕回来:"你女儿愿意,人家儿子还未必愿意呢,有这么有本事的爸,这样的家庭,什么女孩找不到? 人都是生扑。你认为你女儿是香饽饽。"说着,她白了陈卓一眼,起身走开,投入欢声笑语应酬中。

138

有中学同学也是厂区的,回来办事,得知钱峰在老家,一定要聚,于是一呼百应地叫了十几个同学,找了个土菜馆,围了一桌子。一阵觥筹交错,钱峰真喝多了,断片儿。同学胡菲儿开车,没沾酒,正好送钱峰回去。小城小,从饭店到钱峰家不过十几分钟车程,钱峰"事故"不断,吐是吐完了,又说胡话叫"小姐",跟着又是一通哭嚷。换在头十年地里,不,头五年地里,胡菲儿都会觉得这样的男人恶心,可如今,她却觉得钱峰不容易。可不,孤身一人在大城市打拼,吃苦受罪都得自己吞,胡菲儿忽然对身后这个男人生出温柔怜惜。

钱峰妈在家,两个女人费了九牛二虎之力才把钱峰弄上床。钱峰妈向菲儿道谢,两个人聊了几句,钱峰妈主动留了菲儿电话。次日,钱峰醒来,钱峰妈伺候完儿子早饭,才故意问昨天送他回来那女的是谁。"什么女的?"钱峰真不记得。"昨天你那样,一女的送你回来的。"钱峰哦一声,说应该是同学。"你不谢谢人家?""都不知道是谁,怎么谢?""我知道。胡菲儿。""妈——""离异、无孩,在妇幼保健院做护士。""又来了。""你快点起,中午她来吃饭。""妈!"钱峰真觉得老妈有点魔怔。"不能什么都由着你。"钱峰妈说。

胡菲儿准时到，是钱峰妈头天邀请的。来家里做客，菲儿跟钱峰没说几句话，跟钱峰妈却从头聊到尾，十分投缘，钱峰在一旁干坐。等菲儿走了，钱峰妈批评儿子："对人一点不热情！"钱峰道："都是老同学，谁不知道谁，我也不用问这问那。"钱峰妈道："听到没有，人都说了，她这个工作，到哪都一样，到北京也能找到正经工作。"钱峰知道他妈的下文，故意不往下接。钱峰妈自己接上："看了这么多姑娘，就菲儿最懂事，又是老家人，知根知底。最关键是她眼里有你。"钱峰大喘气，无奈地说："妈，你干脆上街摆个摊，算命去。"钱峰妈果断地说："听妈的，先处着。"

李萍暂时不送李竹去幼儿园，自己带，她怕洪卫"半路截胡"，至少先度过危险期。没收到洪卫电话，没接到法院传票，李萍认为这是一场拉锯战，她已经想好了最坏的结果——把孩子还给洪卫，但不是现在。她从感情上接受不了李竹离开，需要过程。李萍约了心理医生做治疗，医生把问题归结在不安全感上。"你内心深处有着极大的不安全感，像黑洞，能吞没你和任何人的亲密关系。"心理医生说得玄乎。"就说怎么治，"李萍不耐烦，"还能不能治。"医生却说，你要学会信任，学会接纳。李萍感觉根本谈不下去，她认为这心理师根本就是骗咨询费的。这世界那么复杂，你让她怎么信？她信陈卓的驾驶技术，陈卓来个车祸；她信洪卫的感情，洪卫来个孩子；她信佳佳跟她一条心，结果佳佳一不小心就站到洪卫那边。都是狗屁！

佳佳帮洪卫做工作，李萍就说："你打住，在这个家，不许再提这个。复婚，门都没有！"佳佳说还孩子，李萍说："回头让小竹子自己选。"佳佳道："妈，他姓洪，不姓李。"李萍瞬间崩溃，她就不明白，为什么自己珍惜的、心爱的，都会冷不丁地离自己远去。

洪卫这一向不在北京，他回老家考察，打算在荒山种茶。望京的小房子卖了，手里算有笔启动资金，不过种茶是个慢活，得等。北京的一家茶企最近靠网络营销带动，需茶量大增，自产茶园供不上，来南方收茶，洪卫通过老关系接到这个活儿，先做倒买倒卖，积累点经验，也拢点资金。至于李竹，李萍不给，那就让她先带着，洪卫的当务之急是赚钱。男人不能没钱，他要跟李萍复婚，事业上也必须重新做出点样子来。他知道李萍，她喜欢有野心的男人。

因为找张子擎拉钱，李萍和陈卓接触频繁起来，比如这次宴会，张子擎请客，他的小爱人作陪，他儿子士豪也来。李萍、陈卓、佳佳一家三口出席，算个家庭宴会。到时间，大人们都坐定了，子擎的小爱人黄帆跟李萍热聊，她只比佳佳大一点，却老练得不止一轮，跟活了两辈子似的。

服务员来问了两次要不要上菜，张子擎看看手表："给士豪打个电话。"没人接。佳佳也没到，李萍假借上厕所打了好几个，无法接通。来之前说好的，佳佳答应来，也是为她自己的事业，可偏偏不见到场，这算什么？若是平时，李萍一定暴跳，可今天老同学在侧，她必须维持形象。正好张士豪也没来，两方扯平，算有个台阶。陈卓倒镇定自若。李萍从洗手间回来，回座，子擎招呼，脸上还挂着笑："我们吃，不管孩子们。"

139

大面场还得顾，欢声笑语的。可一散场出了酒店上车，李萍就对陈卓发火："你怎么教育的女儿？！"莫名其妙。陈卓耐住性子："不是你通知的么？"李萍啐："姓陈的，没一个好鬼！这饭为谁吃的？为我吃的？奇了怪了，眼瞎耳聋鼻塞嘴哑，一窍不通！"陈卓受不住，叫了句停车，开车门下去。李萍一踩油门，先行一步。陈卓给佳佳打电话，这下通了，陈佳佳在公司加班："爸，我知道，这样不礼貌，可我不能去参加鸿门宴。"佳佳先声夺人。"理解。"陈卓知道佳佳和家骏的恋爱，只差点破。他也不支持女儿找富家子弟，尤其张士豪那种纨绔。"小心你妈。气得不轻。"陈卓提醒。"放心吧。"佳佳有信心摆平老妈。

李萍去陈卓家接了李竹，才转道回家。天福问："陈卓呢？"李萍一怒："死了！"天福诧异，李兰拉他一下，示意别问。李萍一走，天福不满地说："这小萍脾气也是说来就来。就冲这，陈卓就不能跟她复。"李兰问："不是跟小敏复么？"她还有个任务，帮洪卫劝李萍，也是复婚。陈天福道："最好都不复。"李兰问什么意思。天福摇头晃脑道："不战不和不统，对咱们有好处。这样小敏也巴结咱们，小萍也巴结咱们，当领导最喜欢看到下属不和，最好掐起来，这样好管理。"他得意于自己的驭人之术，李兰心里不屑。

开门换鞋进屋，陈佳佳一抬头，李萍岿然坐在那，正对门口，像门神一样。佳佳早有心理准备，可还是被老妈两米高的气场震了一下。"妈——"一个字里藏着甜蜜。"你多大了？"李萍起身抬步。"小竹子呢？"佳佳打岔。"懂不懂什么叫礼貌？！"语气升高三个八度。佳佳不得不嬉皮笑脸地面对："妈，真有事……您消消气。""天大的事！"李萍道，"能比这大？陈佳佳，你搞搞清楚，这是为你们的项目忙、为你们的事业忙，你妈我搭上关系、赔上面子还被放了鸽子。不来早说，玩这手？你不来，人家不说你，人家会说家里头没家教！""哎呀妈，哪至于，不至于不至于……"佳佳态度良好。李萍把椅子往那一搬，拦住佳佳去路，一副要买路财的架势："今天不说清楚，没完。"

佳佳一跺脚："哎呀妈，你不知道情况。""好！我不知道，你告诉我，说！""我不喜欢在背后说人坏话。""坏话？"李萍来兴趣，她爱听，"说吧。"佳佳故意支吾。"你谈恋爱了？""不是……"佳佳被点中心事，一惊，但还是压住了。"那是什么？"李萍跷起二郎腿，"嫌钱烫手？"佳佳突然加快语速："妈，我早就认识张士豪，还介绍什么呀？""认识？"李萍放松警惕。随即，陈佳佳把她打听到的张士豪在北美做的那些好事，包括谈恋爱、玩车、吸大麻通通描述了一遍，李萍吓出一身冷汗。佳佳故作委屈："妈，你说这样的人，是不是不接触为妙？你女儿花容月貌身材曼妙，万一去了，人家看上，你说是交往好还是不交往好？这不自找难题么……"难题。李萍磕巴："那……那也不能随便放人鸽子。"佳佳早都从老爸那得到消息："妈，你就别瞒了，我知道姓张的也没去。扯平。"

"你爸跟你说的？""哎呀妈，"佳佳故作不耐烦，"都什么时代了，有不透风的墙？"说着拿出手机，有人发截屏给她。"人在怀柔玩车呢。"顿一下，又说，"你跟张子擎接触我就知道了，妈，谢谢你为公司操心。撇开张士豪，张子擎的钱我也不敢拿。是有钱，但不懂这个行业，拿了钱，成爷爷了。以后合作上有分歧，他干涉多了，我是听还是不听？"佳佳笑眯眯的。李萍被问得头昏，手一挥："算我多事！以后你们爷俩，"又改口，"你们陈家，姓陈一门的事，别找我！"

躺在床上，陈佳佳给家骏发了条微信：我妈给我介绍对象了。电梯拥吻过后，佳佳和家骏似乎又回到朋友以上、恋人未满的境地，家骏从未正面表明过。佳佳认为拥吻都是她主动，绝不能一而再再而三。

她是女生，得矜持，动若脱兔过了，现在就是要静如处子。十分钟过去，没回复。佳佳着急，心想，得了，别静了，直接拨语音过去，无人接听。嚯，这小子，那等吧。

一闭眼就睡过去，醒来，看看手机，还是静悄悄的。金家骏！佳佳气得打被子。起来一阵捣鼓，风风火火上班去。李萍以为女儿还在生气，追在身后嚷："佳佳，跟妈妈还有隔夜仇的？"

到公司，桌子上放着一束玫瑰花，佳佳心里一暖，问小秘书："谁送来的？"答："快递送来的。"也没有署名卡片，那就把花收拾好，插在花瓶里，欣赏。

中午，金家骏果然出现了。人到跟前，佳佳装作忙自己的事不看他。"喂。""有事？"佳佳若无其事，起身把门关上。家骏显得手足无措："那个……""怎么？有话说有屁放。""佳佳……其实……"家骏抓后脑勺。"到底怎么了？"好笑。她逗逗他："技术难题解决了？""解决了。""没事了吧？没事我还得去谈个事情。"佳佳假装要走。"陈佳佳！"家骏在她背后喊。门拉开个小缝，家骏跑过去，把门再度关好。家骏脸微微发红，"昨天在实验室忙了一夜，没看手机。"佳佳哦一声，又假装要走，家骏一个箭步冲到桌子旁，抓起那束花，脖子一横，献上："佳佳，要不然，我们，试试好不好？"佳佳接过花，若无其事摘花瓣："什么意思？不懂。"她心里笑着。"我们……能不能……谈谈？""谈吧。"佳佳抱着花坐下。"不是……是处处……""处什么？春城无处不飞花？"佳佳念起诗来。

家骏一咬牙："你做我女朋友，我当你男朋友。行不行？一句话。"家骏向来周全，可恋爱上毕竟没有经验，表个白，搞得像上刑场。是时候开花了，佳佳对着花笑："你送的？""是老土了点。"家骏讪讪的。"我喜欢。"陈佳佳放下花，扑上去抱住家骏，赏他脸颊一香吻。

有些话当着天福、李兰不好说，李萍约陈卓咖啡店见。"你女儿要造反。"李萍啜咖啡。"别逼她。"李萍一着急，屁股恨不得腾空："怎么成我逼她了？你们不融资了？不找合作方了？公司不发展了？你不要第三春了？我明明是个做好事的，怎么弄到最后成坏人了？都我的不是？""不吵架。"病了一场，陈卓脾气更好，他告诫自己万万别生气："子擎那边，谈得成就谈，谈不成就等等，我也在想办法。""有办法？你不早说？单玩我一个？"她咄咄逼人。陈卓好言相劝："都在试，都在碰，子擎是明白人，明事理，懂道理，不会因为孩子们怎么样就投资、孩子们不怎么样就不投。关键还是看前景。"李萍说自己的："你们这种人就容易思维定式，富人一定坏，穷人一定好？利益联合一定没有感情？非要去扶贫就是真爱？《红与黑》看过么？"陈卓忙道："看过，那是真爱。"李萍哼一声："真爱，那是征服！满足的是自己的虚荣心，都是教训。"口干舌燥，她喝点东西，继续说："反正我跟你说，佳佳的恋爱结婚，我有一票否决权。你别助纣为虐。"

140

小区楼下的老摄影店红豆盛园做活动，免费拍全家福 —— 冲洗要钱。天福一听免费，很快"中招"，觉得拍个全家福太有必要，立即成功预约。陈卓嫌他事多，说在家拍不一样么，非去店里。李兰也认为是找事。天福道："我能活几天，你们能见我几面，留个全家福，将来我看着你们，谁忘了我我就找他。"老爸执拗，陈卓只能依着。可最大难题是怎么界定"全家",天福道:"跟我们老陈家有关系的,都得进这个福里。"陈卓为难,小敏和李萍很难同框。天福又说:"在北京本来就没几个人。出门在外,又是乡里乡亲,不都是一家人么,分什么彼此。兰子,你给李萍电话,佳佳也来。"又转头对陈卓说:"你给小敏打。"陈卓坚定地拒绝:"我不打。""你是一家之主。""爸,还嫌事不够多吗?"

　　天福立刻装作气倒,歪在床上,李兰连忙走过去看怎么了。陈卓说:"装的。"老了老了,跟小孩似的。天福果然又起来,笑呵呵道:"真是的,满足。想不到我陈天福,现如今也儿孙满堂,周围人都能往我身边拢,就是一岁光景一岁人。"停一下,又对他儿子说:"陈卓,拍了这照,将来我到那边去,你烧给我,是个念想。""爸!"陈卓真觉得他老爸魔怔。

　　李兰打给李萍,她同意,佳佳也同意。陈卓给小敏打,小敏有些为难:"我尽量去。"陈天福则亲自打给素敏,素敏抱着笑尘,腾不开手。小捷接通了,陈天福一番盛情邀请,说大家伙拍个照留纪念。挂了电话,素敏道:"当场就该拒了。不着调,臭显摆什么。就他是一家之主,就他弄了一家人家?"她一下说到天福骨子里。小捷道:"挂贼快。你说这老头怎么就这么别扭呢,离了奇了。你全家福你全家拍呗,找你干吗?"素敏不犹豫,直接给陈卓挂了个电话,没说不去,只说最近要回老家,实在抽不开身,等于婉拒。陈卓连忙劝慰,又道歉,并解释:"就是个纪念,定格时光。"说得文绉绉的。

　　待小敏回娘家,小捷和素敏围着问全家福的事。小敏没说不去,只说看情况。小捷为姐姐争:"姐,你得去,你是正宫!你不去,外室搞不好得去。"小敏笑说:"又不是旧社会。"小捷道:"不是,姐……"小敏忽然变色:"行了!"素敏和小捷面面相觑,小敏很少发这么大脾气。刘小敏的好脾气，只是修养，她不是不在意。陈卓病愈以来，小敏不是没听到过传言，包括那次陈卓和李萍参加酒会，包括那次跳舞，是李萍自己在朋友圈发的，而且屏蔽了小敏。她看不着，是同学拐着弯告诉刘小敏的。小敏曾旁敲侧击问陈卓那天去了哪儿，陈卓撒了个谎。小敏没追究，觉得没意义，但心里明白。刘小捷更替姐姐急，她要为姐姐争气。病好了，人好了，陈卓还不跟她姐姐提复婚，这算什么？"这不欺负人么！"小捷躲在厨房跟老妈说。素敏说："你别惹事。他们俩的事，让他们自己处理。陈卓有分寸。"素敏怕小女儿越姐代庖，让事情复杂化。小捷嘴上说知道，心里却有想法。

忙公司的事，陈卓接连几天没去小敏那，小敏也没招呼他。一半因为生气，另一半是因为她也确实忙。跟医院提辞呈，院方挽留，小敏坚持，院长希望带完这一期国际班再走。合伙的诊所门店已经在装修，各方面到位就能开张。

拍照那天，小敏果然没去。不过倒不影响天福的心情，一早起来，选衣服选了半小时，最后陈卓贡献了一套旧西装。按约定时间，李萍到了，带着李竹。佳佳没来，她临时出差去天津，天福也不责备。李萍问："就这些？ 全家。"天福道："来多少是多少，反正海纳百川，不分彼此。"李萍揶揄："陈卓的女朋友怎么没来？"陈卓模糊焦点，招呼着出门，金波打楼梯上来。他路过此地，上来找天福拿护膝——当初做护工丢在这的，天福见金波高兴，招呼他一起去拍照。金波不肯加入，天福唤他："过来，你是我弟！"金波只好溜边站。李萍不想跟金波合照，对天福说："爸，要不你跟这位弟兄单照？"天福想了想，说也行，单照。这才捋顺了。

拍完照，李萍带着李竹先撤。陈卓、李兰陪天福回家给金波拿护膝。到家，左找右找，终于从床与墙的缝隙里扒出一只护膝来，另一只死活找不到。陈卓不耐烦，表示赔给他一双，金波同意，跟着就要走人。陈卓和李兰送客，走到快门口，一转头，陈天福又穿好衣服，跟在后头。正纳闷，谁料天福直接走上前，拽住金波："老弟，走，回家。""爸！""老头子！"陈卓和李兰同时叫。"这不是我家，我得回家！"天福皱着眉，不耐烦地说。金波抓住他手："大哥，没事吧大哥？""回家回家回家，不理坏人，回家回家回家……"天福忽然又像小孩。陈卓意识到问题严重，李兰一伸手，啪地朝天福背后击一掌，天福慢慢转过头，喝道："打我干吗？！"李兰问："我是谁？"天福道："神经病，你李兰！"又脱西装，"热死了！"门口三个人不禁愕然。陈天福不认为自己是老年痴呆，去医院查，脑部无异常，转精神科，医生认为不排除是间歇性失忆。天福不认，立刻开始说以前的事，力证自己记忆力绝佳。李兰认为可能是"中邪"，买了艾草挂在门口上，又添一个八卦镜，天福果然没再犯病。

金波把这事跟素敏说了，素敏道："李兰的考验才刚刚开始。这种事情，不怕没感情，就怕有感情。老头走了，回头又剩她一个，心里受不了。"

因为全家福，小捷更认为自己有义务为姐姐出出头——小敏不好说的话，她可以说。行不行一句话，陈卓不好装鳖。中间是餐桌，对面的陈卓面带微笑，小捷大声疾呼："还笑，你这可是个性质问题。你到底跟谁一头，你到底把我姐放在什么位置？老爷子糊涂，你不能糊涂。我姐为谁辛苦为谁忙，你不能装傻。我姐受的委屈还不够多么？"陈卓只好说："我知道我明白。"小捷提气："知道明白，就是没行动。""好多事情你不了解。""有什么不了解的？白纸上画黑道，清清楚楚。"陈卓动了动屁股："你不来找我，我本来还说想去通州一趟。""干吗？""我在海马体定了个全家福，咱们这一家，想请妈和你到时候都过去。"陈卓说着竟露出几分慈祥，刘小捷的气顿时消了一半。"你去问我姐。"小捷道，"我做不了主。"

141

陈卓正式提拍全家福，这头单拍，小敏稍觉欣慰。临上床，陈卓提起天福那天的异兆。小敏道："爸得过小中风，不排除气血不足导致暂时性情绪紊乱、记忆丧失。气这个东西，西医查也查不出来。""爸的事，多麻烦你了。"刘小敏扭过身子坐好："这沟沟坎坎咱们过得够多了，我想得很明白，既然两个人要在一起，那就其他什么都别说。有难，闯就是。何况爸现在也有李兰照顾。我是医生，他找我治病，我就正正经经当他是我的病人。我跟你一场，都是心甘情愿，我不后悔。你也别患得患失。"气终于撒出来了，刘小敏心里舒坦很多。

拍摄当天，家骏也来了。小敏母子先到，摄影师已经准备好。小捷、笑尘和素敏第二批到，先化淡妆。等了又十分钟，陈卓小跑着来，进门说对不起，实在堵车。都弄好，准备拍了，闪光灯一亮，笑尘哇哇大哭，大人们和摄影师好一阵哄骗。终于不哭了，大人们的妆却热花了，又得补。折腾一上午，好容易拍完。陈卓有经验，不让走，又让三三两两组合，追加拍几套，小捷和素敏都乐意从命。小捷起哄，让家骏跟陈卓拍一套，他们从未合照过，两个大男人便也大大方方地站着照了一套。

约莫十一点，家骏得赶回学校。笑尘尿了，小捷忙着回家给孩子换鞋。素敏陪着小敏和陈卓在店里头站着，轮到他俩合照了。素敏问：

"拍个什么样的?"陈卓笑着对素敏说:"妈,我能跟小敏拍个二寸红底双人照么?"素敏立刻说能啊,想想,又问:"这不是艺术照么,怎么又二寸还红底?"陈卓偏过头问小敏:"就拍个二寸红底双人照。"小敏听真了,一瞬间百感交集。"妈,您同意我跟小敏复婚吗?"陈卓蓦地问。

素敏面部表情停滞,转而又激动又无措,一脸皱纹都活跃起来:"我有什么同意不同意的……小敏做主……小敏说了算……好好的……都好好的……"陈卓轻声对小敏道:"没有你,我活不过来,也活不下去。以前对不住的,以后一定加倍补偿。拍了这照片,就是一辈子。到底,到死。""别胡说!"小敏连忙伸手堵住他嘴,她怕听"死"字。又说:"这就算求婚?简单了点。""回头大办一下,地点你选,规格你定。"陈卓口气雄伟。素敏在旁边笑:"得办!得办!"小敏笑得安静:"那倒不用。"又打趣说:"只是没想到,这辈子居然还能……"又连忙咽下去,摄影是在旁边,她本想说没想到还能再做合法夫妻,临时改口:"居然还能三婚。"陈卓恢复幽默感:"不算,两次嫁给同一个人,合并同类项,算二婚。"

跟小敏复婚的事陈卓考虑了很久,方方面面都想了一个遍。身体状况,家庭情况,里里外外都捋顺、能掌控了,他才趁着拍全家福的空当提出。拍完照,两人选了个日子去民政局把证领了。当天陈卓就带小敏回家,跟天福和李兰吃饭、汇报,一家人简单吃了个饭。

当晚,小敏和陈卓没回家,而是去宝格丽酒店住一夜。两个人在房间选枕头,有薰衣草、菊花、决明子、荞麦枕等等。小敏选了荞麦的,陈卓要了菊花。陈卓又说去游泳,小敏提醒太凉,考虑再三,还是在房间内待着。"太奢侈。没必要。"小敏说,"住一夜能怎么着。"陈卓说:"生了病我才醒悟,对自己好一点。特殊的日子,有点仪式感。

如果以后……"小敏不让他继续说。"人活一辈子，活的是什么？"陈卓换个说法。"活什么？ 顺天应人。"小敏说。"以前我觉得活的是尊严。"陈卓道，"但现在，我认为活的是记忆。人活一辈子，留下来的只有记忆，很可能带到下辈子。"小敏莞尔："上辈子的记忆呢，怎么不记得？""记得。"陈卓斜躺在床上，单手支着头，"我上辈子就认识你。""哦？"浪漫一夜，由着他胡说。"上辈子我是曹操。"陈卓信马由缰。"我呢？""你是华佗。""哦？""我害了你。所以你来报复我，在我头上扎满了针。"说罢，陈卓哈哈笑。小敏倒下身子要撕他的脸，陈卓躲开，两个人滚作一团，脸只相距几厘米。"谢谢你。"陈卓说。"谢谢你。"小敏语气加重。人海茫茫，他们不过彼此搭救。

复了婚，小敏把中医院的房子退了，陈卓提前收了房，两个人搬去通州"逍遥居"。佳佳得知老爸再婚，没表态，她没第一时间跟老妈李萍说，而是跟家骏抱怨："喂，两个人又弄一块了。""谁？""我爸，你妈。""没事吧？""现在我们是哥哥和妹妹的关系。""没血缘关系就行。""他们要反对呢？""不是他们，是她。女字旁。""谁？""你妈，还有我妈。怎么办？ 得想辙。""车到山前必有路。""什么时候到山前？""先有经济能力吧，书也得读完。"家骏说。佳佳短叹："我怕我妈那张脸。"

李萍得知陈卓复婚老大不痛快，不是她想陈卓怎样，而是一复婚，在陈家，刘小敏就名正言顺，她李萍出入则少了点底气。李兰上门"知会"李萍的时候，趁机劝，洪卫人不错，哪至于打翻一船人。不说这个李萍还不来气，她拽出信封里的法院传票，抖着："这叫不错！ 人都告到法院去了！"洪卫倒不主张告，只是他在老家做茶叶生意的时候，祠堂的族长不依，洪家的孩子，不能流落到外姓人手里。几番张罗，便把李萍告上了法庭。

142

拆迁还需最后一次签字，钱峰妈一人回去不放心，拽着儿子"保驾护航"，长长眼。这次回家，钱峰妈跟菲儿通好了气，刚办完事，菲儿电话就来了，要请钱峰吃牛火锅。钱峰不大情愿。钱峰妈道："去，忘了上次你喝醉谁帮忙的，都是老同学，别驳人家面子。"钱峰只好勉强赴宴。

都说女追男隔层纱，这顿牛火锅，菲儿是抱定决心摊开来说的。可一晚上，钱峰就没什么情绪，不时看表。菲儿脸上挂不住，但究竟得给彼此留点余地，只好散场。她开车送他回家，钱峰在车上倒是跟她狠聊了点业务，关于保健院出生儿的问题。他是这么问的："现在保健院还有丢孩子的？""什么丢孩子？""生下来不要，让人抱走。""有，"菲儿不懂他为什么问这个，"不多。"钱峰又不出声了。菲儿问："你想要一个？"钱峰连忙否认，两人又没下文了。

小城不大。胡菲儿很快就从钱峰入手，知道了徐正，又从徐正的狗血故事入手，知道了刘小捷。这天小护士来敲门："胡姐，有个北京回来产妇想建档，您给看看符不符合条件。"胡菲儿接过表格的瞬间，脑中忽然一闪，刘小捷？她之前建档时见过这个名字，对！也是北京回来要生孩子。胡菲儿醍醐灌顶般全明白了——小捷——小姐——小捷——小姐——难道钱峰酒醉那天喊出的名字是：小捷？大桥合龙，真相浮出水面，这个刘小捷，一定是在北京跟钱峰和徐正都有关系的女人。

不过菲儿并不打算找钱峰求证，她打给钱峰妈，声调是委屈的。

472

"阿姨，"菲儿叫了一声，"我跟峰子……"欲言又止，十分为难的样子。"孩子，别想太多，没问题的。"钱峰妈在电话里安慰。"阿姨，只是那个刘小捷……"菲儿下鱼饵。钱峰妈立刻上钩，愤愤然："你别管她！跟咱们没关系！"菲儿猜到几分，跟着说："真不知道钱峰喜欢这样的。那女的才生了孩子没多久，跟峰子有关系么？"钱峰妈被问得一头雾水："什么孩子？哪来的孩子？"胡菲儿见时机成熟，才把小捷在妇幼保健院建立生育档案的事儿讲给钱峰妈，钱峰妈惊得脑仁疼。

钱峰见老妈在沙发上躺着，叫了一声"妈"。钱峰妈不动，脸朝里。钱峰赶忙过去："妈！"他紧张。到跟前，钱峰妈才动了动，转个身，一脸愁容。"怎么了，谁又惹您不高兴？""我心疼我儿子。"钱峰妈吐一口气。钱峰脑子过了个弯，才说："这不都好好的。"钱峰妈继续："我心疼我儿子热脸贴人家冷屁股。"钱峰啧了一声，有点不悦："妈，人不能自己找不痛快。""妈是帮你打开心结！是，刘小捷是好，有文化、有脸蛋、有户口，可人家心不在你这，你就是把你的心剖开了、蒸熟了、剁碎了，捧到她面前，她也不会珍惜！"

刚回家，就一阵暴雨狂风，钱峰不知道他妈受了什么刺激，抬杠只能越抬越不愉快，钱峰只好沉默。钱峰妈并不打算结束，她麻利起身："你心里天天想的那个刘小捷在胡菲儿的妇幼保健院有生育档案！"钱峰一脸疑惑，听到这个消息，他几乎站不稳。钱峰妈道："孩子不是你的吧？你以为人家玩消失，真去创业真去度假了？哼，这样的女人，你玩得过吗？吃了你都不吐骨头！"一阵眩晕，钱峰不得不扶住门框。

他妈还在喋喋不休着，钱峰转过头，对他老妈说："能让我一个人安静一会儿吗？"

消息太过刺激，钱锋怎么也想不到，小捷的孩子是她自己生的。算算时间，差不多，只是，如果是亲生，何必说是抱养？顺着推理下去，问题的关键似乎只能是：孩子的爸爸不可告人。可是即便爸爸不可告人，也可以说是亲生。再往回想，钱峰忽然明白小捷为什么跟他分手——她怀了孩子，所以不得不提分手。斩断了他这边，她便立刻消失，回老家待产。而抱养之说则纯粹为了打掩护，让其他人不再追究孩子的身世。孩子是徐正的？钱峰脑中叮地一响，算来算去，小捷在那之前只有徐正这么一段情感纠缠。

　　面对着窗外的万家灯火，钱峰纠结着，痛苦着，因为这个惊人的消息，他似乎更加理解小捷一家前前后后种种匪夷所思的举动，都合理了，都讲得通了。只是，要确定这个孩子的真正来历，还需时日。

143

　　洪卫从南方回来主动上门找李萍面谈。他认为缓冲时间已经给足，李萍应该能下决断。沙发上，面对面坐着，李萍不看他。洪卫笑着解释，说上告是老家族长的意思，祠堂要写孩子名字，总得有个说法。李萍不理他，可笑，不是你洪卫牵头，族长疯了，去法院告人玩？还是老家的法院！"共同抚养。"李萍捻灭烟头，"我的底线。"洪卫恳求："小萍，我们复婚吧。你的财产都算婚前，我心里有你，一直都有。"李萍冷笑道："洪卫，你真是商人，不做亏本的买卖。议程怎么都是你设置的呢？偷摸生孩子，进了牢房就把孩子甩给我。现在出来了，又是要复婚又是要孩子，怎么什么好事都让你占了？我不同意，我不允许，我不痛快。"

　　卧室门开一条缝，小李竹站在那。"宝，进去！"李萍下令，洪卫却朝小孩拍手。李竹眨巴着眼，李萍怕洪卫冲动抢孩子，连忙走过去抱住李竹，对洪卫说："你走，走！"洪卫却反其道而行，走近李竹，满脸关切："小萍，你让我抱抱孩子……小萍……你让我抱抱孩子……我年纪不小了……你还有佳佳……你让我抱抱孩子……"见到儿子，洪卫有点失控。李萍抱着李竹往屋里躲，门哐当一声摔上，连忙上锁。洪卫敲门恳求："小萍，你开开门……"刚开始还是恳求，可恳求多次无效，洪卫也被激发出血性，口气沉重起来："李萍！我到什么时候都是孩子的父亲！你这是犯法，知道么？！"李萍尖叫着："用人朝前不用人朝后！我当初就不该心软，孩子饿死一了百了！"洪卫的心瞬间提溜起来，口气放软："小萍，你别激动，孩子是无辜的！""你走！再不走我打110！"李萍隔门喊。这正是洪卫想做的，他真怕李萍激动起来，伤及无辜。他相信警察会向着他这边，说一千道一万，他才是孩子的亲人，亲生父亲。

派出所警察在做登记，李萍紧抱着李竹。"姓名？""李竹。"李萍说。"洪崇达。"洪卫纠正："到底叫什么？""洪崇达。"洪卫说着从衣服内袋里掏出户口本，翻开，递给民警看。李萍紧张，很显然，老洪有备而来，户口本随身带着。洪卫指着户口本内页："警察同志，我是户主，孩子的亲生父亲。""他不是！"李萍只能先扰乱视听，"我是孩子妈。""亲生母亲吗？"警察问。李萍气弱，不答。"你和孩子是母子关系吗？"警察换一种方法问。"是。"李萍答。"亲生母亲吗？"警察追问。李萍又缄口不言。

她能怎么说呢，关于法律的问题，佳佳已经帮她查询过，她不具有孩子的监护权，她不是收养，顶多只能算抚养。孩子的监护权在洪卫那，他是李竹的亲爹，天然具有监护权。李萍深吐一口气，活到这岁数，这种无力感是她从未经历过的。她对李竹有感情，孩子对她也有感情，时间已经让他们的关系日益牢固，李萍视李竹如己出。可是，可她又必须承认，李竹的起源之一，是洪卫的一粒细胞，他们有着颠扑不破的血缘关系。也正是伴着这锥心的痛，李萍不得不面对现实：李竹不属于她。

佳佳来了，她当然站在李萍这边，毫不留情对洪卫一通批判，甚至连他坐过牢都跟警察如实汇报。一时间警察也无法判断，请教上级，准备做亲子鉴定。恍惚间，李萍抱着孩子站起来，冷得像一尊石像："不用做了，他是孩子爸爸。"耗到大半夜，李萍终于下定决心，长痛不如短痛。洪卫瞬间明白李萍的心，他也站起来，感伤地说："小萍，我们真就不可能了吗？""他是孩子亲生爸爸。"李萍又说了一遍。"妈——"佳佳也点感伤。

李萍抱着李竹走过去，把熟睡中的小东西递让给洪卫，眼眶发红，鼻子发酸，一口气说："他对香蕉过敏……早晨不能喝牛奶……睡觉前要给他读一个故事……"洪卫抱着孩子，愣在那。他严重怀疑自己是不是行为失当，李萍是个好妈妈，他怎么能无情地把孩子从妈妈身边夺走？可是，李萍怎么都不愿意跟他复婚。她就是固守理念，不肯转弯！

"佳佳，走。"李萍叫女儿。幸好她还有佳佳。陈佳佳剜了洪卫一眼，迅速跟着李萍离开。到家李萍就开始砸东西，边砸边哭。佳佳没见过老妈这么歇斯底里，她不劝，她明白她需要宣泄。哭到快天亮，卧室里没了声息。佳佳起床准备早饭，端到卧室，用个小桌子支在李萍面前，好言道："早都知道的事，别跟自己过不去。身体最重要。"李萍肿着两眼，伸手拽佳佳坐在身旁。"妈现在就只有你。"李萍惆怅地说。佳佳故作轻松："那肯定的。就算地球毁灭，我也是你女儿。"陈佳佳心里飘过一阵阴云。和家骏恋爱的事，她早就想侧面敲敲老妈，可如今局面突变，老爸和刘小敏再婚，洪卫带走李竹，李萍深受刺激，实在不是张口谈判的好时机。现在公布恋爱消息，还是跟刘小敏的儿子，那对李萍无异于一种残酷剥夺。只能忍，只能等，陈佳佳认为，最好等家骏那边先公布再说。

小捷生孩子这件事基本坐实，医院的生育档案不可能有假。胡菲儿原本以为，钱峰知道了"真相"，便会对刘小捷死心。殊不知，知道得越多越清楚，钱峰愈发觉得，小捷当初跟他分手其实有着巨大的苦衷。她挣扎在孩子和他之间，最终选择了孩子。钱峰觉得小捷傻透了，为什么不说呢？如果谈开了，他就一定会拒绝她么？就一定容不下一个孩子么？当然，他能够理解，从女方角度看，一个妈妈是不太愿意自己孩子在另一个男人的笼罩下长大的，她怕孩子受委屈。但就他来说，他爱她，终究也会接受这个孩子。还有一种可能，那就是小捷不是单亲妈妈，她和孩子爸还有联系，他们仍在共同抚养孩子，只不过这孩子是非婚生罢了。令钱峰好奇的是，那该是怎么样一个男人，值得小捷如此付出，舍弃婚姻，保住孩子。

好一阵，钱峰被这个"谜团"折磨得茶饭不思。钱峰受不了这折磨，决定找小捷家了解了解情况，无论如何，找到真相。或者死心，或者前进，总比这不上不下强。直接找小捷问？不合适，问翻了更没有转圜的余地。找小捷妈妈？也太不恰当，她是长辈，而且同样容易激动。考虑来考虑去，还是找大姐刘小敏最为稳妥。

这日，小敏刚下诊，钱峰来了。无事不登三宝殿，小敏心提溜起来，招呼了一下，问："哪里不舒服？"钱峰忙说没有没有。"那等我一会儿，还有几个病人。"钱峰怕影响小敏工作，便坐在走廊椅子上耐心等待。到下班，小敏带钱峰到一家小餐厅坐下。"找我什么事啊？"小敏微笑着问。钱峰咳嗽一声，欲言又止。"有什么难处就说。"小敏道。钱峰讪讪地问："大姐，小捷到底为什么跟我分手？"刘小敏意识到问题严重，这都多长时间了，为什么分手，当初理由给得很充分，彼此也都接受的，这怎么又问起来呢？

小敏只好耐下心来做思想工作："钱峰，我知道我们家对你伤害比较大。不过很多事情，尤其是感情的事情，你也明白，是来不得一点勉强的。分手原因，小捷当时不是跟你说清楚了吗？"钱峰半低着头，他很平静地说："小捷是在老家的妇幼保健院生的孩子吧？"刘小敏脑袋嗡地一响。

144

"听谁瞎说的？"小敏神色严肃。"大姐，到底怎么回事？那一年多，小捷真是去生孩子了？"钱峰撕开了问。"假的。"小敏咬紧牙关，不能承认。至少现在不能承认，更不能从她嘴里说出。"大姐，"钱峰身子往前靠了靠，"生育档案都建了，小捷生了个孩子。难道还要否认吗？""你想干什么？"小敏必须保护妹妹。"没什么，只是想听实话。""实话就是你们必须分手，只能分手。小捷选择了孩子，她不打算结婚，下半辈子就那么简简单单过。钱峰，这还不够清楚吗？你还要听什么实话？"

钱峰有点激动："大姐，事实已经摆在眼前，这孩子只能是她亲生的，她才能做这个选择。谁会因为一个抱养的孩子就跟未婚夫分手？两个人养孩子不比一个人更好更轻松？但如果是亲生的孩子就不一样，她怕我接受不了，更怕我对孩子不好，所以才跟我分的手，是不是？"小敏面容平静："好多事情不是你想的那样。"知道了又怎么样，有意义吗？木已成舟，生活格局不可能再做大的改变。知道，只能更痛苦，只能令局面更复杂。钱峰抢白："大姐，不需要正面回答，你就说我刚才说的对不对，对的话，你就不说话。""不是。"小敏不假思索，她必须撒谎。

钱峰哀求地说："我可以跟小捷共同面对的。"小敏只好换个角度："钱峰，你怎么就不明白呢？你是一个好人，优秀的男人，是小捷不希望拖累你，不希望你的生活变得混乱。我们都希望你幸福，你现在的情况，想找什么样的找不到，难道你就非要吊死在这一棵树上？"小敏开始收拾东西，"好了，钱峰，我家里还有事，我不能跟你说了。但有一点我要提醒你，小捷在老家生孩子的事，我不希望再传播出去。这是隐私，应该得到尊重。"说着，小敏穿上外套，朝钱峰点了点头，拎着包，起身就要离开。钱峰迅速地追问："那孩子是不是姓徐？"小敏背对着钱峰，站了半秒钟，转头，肯定地说："不是。"然后，再度转身，深吸一口气，大踏步离开。

纸包不住火，何况是个孩子，一个大活人，小敏早都预感有"真相大白"的一天。只是没想到这么快，而且还是从钱峰这个点爆发出来。连带着，她还有点感动。钱峰是个好男人，他还痴恋着小捷。想到这儿，小敏又有点为妹妹不值。如果小捷生的孩子是钱峰的，那么她现在已经拥有了一个美满的家庭。小捷生下笑尘，仅仅是给自己的生活一个支点，好让人生没有遗憾，形成个闭环。不过有一点小敏不太赞同，她始终认为徐家有知情权。可是，素敏和小捷的分析又不无道理：两家已经有仇。徐家二老那个德行，如果知道有个孙子流落在外，不去法院打官司才怪。因此还不如谁的肚子谁做主，自己生，自己养，干脆利索。

出了饭店，小敏没回住处，她打了个电话给陈卓，简单交代，然后直接往通州去找老妈。小捷还没到家，素敏见大女儿这个时候来有点诧异。"没事吧？"素敏关切地问。小敏顾不上回答，径直说："钱峰来找我。"素敏更觉愕然，小敏迅速把会面情况做了扼要描述。素敏忧心："他还不肯放？"小敏轻轻点头。素敏感叹："想不到，竟然是个情种。"小敏叹道："他都知道，咱们得有心理准备。""钱峰不会告诉徐家吧？""说不准。""我跟钱峰交代一下。""妈，别轻举妄动。"小敏脑中也一团乱麻。

母女俩正说着，刘小捷到家，换了鞋，走到客厅灯光下，脸色阴沉，也没问小敏为什么来，颓然坐在沙发上。小敏以为钱峰转头又去找了小捷，问题更加复杂。"钱峰找你了？"小敏问。小捷看看姐姐，摇摇头。素敏担忧："那怎么了？这个脸。"刘小捷长长地舒了一口气，道："公司裁人。"小敏和素敏对看一眼。"未能幸免。"小捷苦笑。

有了这么个坏消息垫底，素敏和小敏都不敢把另一个坏消息轻易告诉小捷，只能静观其变。公司愿意给补偿，小捷没有理由不走。不是因为小捷干得不好，而是一朝天子一朝臣，公司转卖，董事长都换了，她们这批人几个月前就开始跳槽，很多同事选择南下，从此离开北京。可小捷不能，北京埋着她的全部青春，包含她的全部希望。年龄渐长，她也感觉到在互联网行业做得吃力，她不能总加班，身体盯不下来，况且家里还有笑尘等着，她"身在曹营心在汉"。只不过，这次从职场暂时出来，刘小捷已经不像上回那么慌张。不过是常态，正好喘息喘息，仔细想想怎么跃到下一个浪头上去。从私心上讲，她也想陪陪笑尘，这段成长期太重要。

素敏手上掐出肉圆子，往锅里下，做小捷喜欢的青菜肉圆汤。"没什么，啊，好好的，大城市换工作还今天这里明天那里。你年纪不算大，有户口，有学历，有经验，去哪干不行？长得还漂亮。"老妈一通猛夸，小捷不适应，过去，都是泼冷水的时候多。这次"失业"，她十分平静，老妈却慌里慌张。不过她当然不会明白，王素敏的慌，一方面是针对失业本身，另一方面是担心钱峰那个"定时炸弹"。小捷道："妈，没事，好着呢。正好歇歇，陪陪孩子。"话说得没错，可素敏不能不忧心，如果夫妻俩，一个干一个歇，可以，但小捷现在一个人带孩子，手停口停，压力太大。

145

小敏复婚，金波后知后觉。不过这一回，他倒没有拈酸吃醋，究其根由，是因为他自己不小心迎来了春天。工作中，金波认识了个女的，姓崔，四十出头，冀北乡下人，圆圆胖胖的，离婚到北京打工。一来二去，情投意合，在小崔面前，金波形象甚是高大。如今，小崔已经有了身孕。金波倒没想法，有孩子，那就认，养。他跟家骏透风，出人意料地，金家骏完全赞成——有个女人管着老爹，总比他一个人在外强。将来保不齐家骏还要往上读，往外走，金波也得有人照顾。"妈知道了吗？"家骏问。"没告诉她。"金波说。"外婆和小姨呢？""也没说。"金波道。

不过眼下有个实际问题，金波现在住的是小敏的房子，因为家骏偶尔去，所以小敏没要房租，等于给自己儿子住。可如今金波的女人小崔怀有身孕，如果也住进去，在里面生养，不提前知会小敏太不合适。"你跟你妈说说。"金波央求儿子。"你自己说。"家骏不干。"你不支持我，我就不支持你。"金波奔拉着脸。家骏笑笑："爸，我要你支持什么？干吗，还等价交换。"金波当即道："儿子，龙生龙凤生凤，你还是我金波的儿子。你跟陈佳佳那点事，你真认为老爸什么都不知道？手机里的那些个照片我都看到啦。""爸！"家骏叫。"将来你要真跟她好，你妈，还有那个什么李萍，不跳起来才怪，"金波细细分析，"到时候能支持你的，还不就你爸我，我算长辈，说话总有分量。"口气很大。

家骏问："你想让我怎么说？""怎么说无所谓，"金波道，"不是你爸无赖，是实在困难。你妈那房子，我和你崔姨就借住住，我们给房租，不过就是少点，请你妈担待担待。""崔姨的事说不说？"家骏问。这是关键。"先别说，免得刺激你妈。"金波叮嘱。安排好儿子的任务，金波亲自给素敏这边打电话说明情况。王素敏吓了一跳——她想不到还有女人愿意跟金波，真叫萝卜青菜，各有所爱。

实际上，在专业课之外，刘小捷最擅长的科目是英语，硕士英语免修，还代表过院里去做英语辩论比赛。她最骄傲的是自己的口音，标准，地道，加上嗓音清甜，更是有一种韵味。如今，失了业，因为要教笑尘，她不得不把丢了许久的英语捡起来。从头，一点一点抠，并力求用最有效的方法教会孩子。刚开始，她教笑尘单词，要背。可后来发现，对这么大的孩子来说，背单词，几乎不切实际。语言是习得的，最开始一定是靠听说。于是小捷开始在听说上下功夫，她定了个原则，等于立了个 flag：她教笑尘学英语，不背单词，不学语法，要让孩子轻松自然习得英语。启蒙，最重要的是陪伴。小捷把教学成果发朋友圈。

廖姐看了，认为特别好，她建议小捷找个平台与人分享。因为有运营经验，小捷很快在各个自媒体平台注册了账号，开始分享自己的亲子英语教学心得。刚开始，粉丝并不多，小捷不气馁，坚持。素敏看了心疼，问："整天在网上鼓捣什么呢，又是录音又是录像的，还睡不睡？""马上。"刘小捷单手示意。她竟然重新找回了工作的激情，毫无疑问，这是最宝贵的。

接到儿子的电话，说要单独见面，刘小敏还挺纳闷。等真见到儿子，刘小敏才明白，家骏这次的"单刀赴会"是跟金波有关。来之前家骏做了充分的心理准备，他原本打算一石二鸟、一箭双雕，趁着没打退堂鼓，把他爸要结婚，和他和佳佳恋爱的事一并说了。可真见到老妈，家骏又怕一次抛出两个大新闻，小敏消化不了，况且他和佳佳的事不迫切，可以靠后。

小敏往儿子盘子里夹菜。"你爸又怎么了，不住得好好的么？""不是，是我爸那个……"家骏还是觉得难以启齿。小敏放下筷子，静待答案。"他……他他他……他要结婚。""结婚？"小敏一口寿司差点没噎着。金波要结婚？这可是新闻。刘小敏感觉惊讶大过惊吓。也好，各就各位，有个女人照顾，放心。"挺好，支持。"小敏由衷地说。家骏试探性地问："妈，你就不问问，那人是谁，跟我爸怎么认识的，为什么结婚，怎么结婚？"小敏莞尔："这些都是细节。我只关心大方向。"稍待一会儿，又说："你爸也该有个女人照顾照顾。"家骏为难地说："可是妈，爸还想继续住你那房子。"又连忙补充："不过，他可以付房租。"这个要求倒有点意外，也不是完全不能接受。"租？""是租。"家骏强调，"给钱的。"小敏幽默一把："那我可得比比，价高者得。"家骏笑。

不知怎么的，金波再婚，实在算是个笑谈。小敏回去跟陈卓说了，陈卓非要送礼。小敏拦着："行啦！你和他关系还不至于这么近。"陈天福从陈卓那得知金波要结婚的消息，老头子更积极，非送金波一把太极剑。李兰提醒："人家结婚，你送个刀刀剑剑，不太好吧。"陈天福解释："就是要斩烂桃花。"

刘家三个女人更是为金波再婚说笑了好一阵。小捷道："萝卜青菜各有所爱，穿衣戴帽各有所好。"小敏笑道："他安泰了，大家少不少事，给儿子也少点负担。"家骏在一旁不说话。素敏说："哪天去看看。他们就住你那吧？""算了。"小敏劝阻，"都尴尬。"小捷道："以房东的身份，名正言顺，你可是帮忙的，又不是拆台的，再说了，你还是骏骏妈。"家骏这才插话："最好别去。"

素敏扭头看外孙："怎的？""不方便……"家骏模模糊糊地说。"哪不方便？什么不方便？"小捷抢白，"不就是个人，一颗头两个胳膊两条腿，不能曝光？""就是……有点……不方便……"家骏梗着脖子，语焉不详。"到底怎么回事？"小敏也觉出异样。"那个阿姨……"家骏在肚子上比了个半弧。

娘仨个一愣，跟着哈哈大笑起来。无心插柳柳成荫，世上的事，谁也说不好。再过不久，家骏竟就要有个同父异母的弟弟或者妹妹了。

146

为转移注意力，李萍最近总泡在美容院里，或者就是找人打麻将，昏天暗地。这段时间以来，她还是想李竹。这跟养狗不一样，没了一个再抱一个。她也考虑过像小敏妹妹那样，去老家看有没有孩子领养一个。只是，一切从头开始，她受不了。李竹熬出来了，聪明漂亮，跟她也亲。就这个好，她还是想要李竹。

佳佳见老妈愁容不展，也劝："妈，再过几年，等我结婚，生一个给你带。"李萍听了老大不爽快，她想要的是儿子，而不是要做带外孙子的老妈子。李萍啐女儿："等有人要你再说吧。我要是男的，都不敢找你。"佳佳顺势说："妈，你别这么说。一、我继承您的美貌；二、我这叫有个性；三、在老爸的加持下，我迟早是个创业成功女富豪。那到时候等着跟我结婚的人，还不排到崇文门去。"佳佳本想把跟家骏恋爱的事说说，可话到嘴边，又觉胆怯。李萍叮嘱："吸取你老娘的教训，找个老实的。"佳佳打趣："妈，我爸老实，你又嫌太老实，老洪，那倒不老实……""别跟我提他！"李萍怒。

老洪要走孩子之前，说过两个人共同抚养的话，可人一到手，他便黄鹤一去不复返。李萍不想亲自联系，便让李兰从中斡旋。洪卫的答复是：最近带孩子在外头，过一阵再联系。狗屁！明明在南方老家，什么外头！借口！李萍更加怒火中烧，不能妇人之仁，成大事者不拘小节。你不仁，我不义！李萍认为扳倒洪卫根本就是分分钟的事。这么多年，她对洪卫生意里的猫腻一清二楚，光税收一条，就能给他点教训。不过李萍考虑来考虑去，还是决定再给洪卫一次机会。至于要不要揭发，完全看洪卫的表现。

李萍对着镜子，给自己打气。电话拨过去，洪卫接了，李萍一番声讨。洪卫好声道："小萍，我肯定会带孩子去看你的，不是说不见面。崇达刚回到家，好多事情要处理，你不要着急。"李萍冷笑："肯定会？什么时候？猴年马月？等到孩子长成人才来看看我这个无关紧要的阿姨？洪卫，你知道不知道自己就是个小人！是不是世界上所有的一切在你眼里都是买卖，没有利用价值就一脚踢开！还说跟我复婚，根本就是你的伎俩！什么东西！撅屁股就知道你屙什么屎！"洪卫被骂得也有点冒火："小萍，你过去不是这样不讲道理、胡搅蛮缠的。孩子是我亲儿子，于情于理于法我都有权利带回来养。至于复婚，我提了多少次，真心实意的，又让佳佳、慧姐都从中调和，你就是不松口……"李萍嘶叫:"是你先背叛我的! 是你说不要孩子可以接受! 又是你偷偷摸摸去生了个孩子! 你是叛徒! 你是魔鬼!"尖厉的声音像要刺破洪卫的耳膜。

这便是症结所在。时过境迁,李萍还是走不出来,她恨,她怨,她愤怒,她永远不会原谅洪卫不声不响抛下她,独自去要了个孩子。她觉得自己被留在了孤岛上,大海茫茫,无人搭救,她只能硬起心肠。洪卫道:"小萍,你这个样子我敢把孩子交给你带吗? 你这不是爱孩子,你是满足自己的占有欲。"李竹听到"妈妈"的声音,哭嚷着要找妈妈说话。李萍听到呼喊,心一酸,眼泪跟着下来。"小竹子! 宝……"她喃喃地喊,洪卫却果断挂了电话。李萍还在哭,她握着手机,四顾茫然。她浑身颤抖,仿佛刚生了一场大病。泪干了,情断了,她终于下定决心,鱼死网破,实名举报洪卫。

是廖姐联系小捷的。从京东出来之后,廖姐又在几个大公司漂了漂,都觉得不得劲,她想自己做点事情。小捷的亲子英语教学分享了一阵,廖姐仔细观察、综合考虑,觉得时候到了。她约小捷出来,仔细说了自己的想法:她想做小捷的经纪人,就围绕亲子英语来做推广,打造小捷和笑尘作为亲子英语的品牌。小捷自我怀疑:"能行么? 就我这样的,草台班子,能有粉丝?"廖姐笑道:"只要你能输出,输出的内容对大家有好处,那就一定有粉丝。互联网时代,世界是平的,何况现在又进入一个新的时期。小捷,你做的事情是有意义的,最关键还是现身说法。你不需要再造人设,你天生就有人设。""什么人设? 想让孩子学好英语的妈妈。"小捷试探性地问。"专业妈妈,可信赖的专业妈妈。"廖姐继续说,"而且将来未必局限在英语上,我们只是以英语为出发点,亲子教育都可以囊括。"廖姐眼神坚定,小捷也有点动心。

"我帮你做，回头注册个公司，就做你一个人。"廖姐握住小捷的手，"坚持下来，一定大有收获。而且像我们这个年纪的，在职场上算没混出来，再去给人打工，没必要，太浪费时间。有想法，自己动手就行。这也是我们的优势。"不得不承认，廖姐的提法对小捷很有吸引力，而其关键是大家算熟人，有共同的目标。廖姐来运作，小捷做"明星"主播，虽然暂时看不到前途，可眼下，这似乎是最佳的职业选择。小捷要做的不单单是教学，更是一场真人秀，演出生活，看见成长。刘小捷同意和廖姐试试看，一切都需要磨合，一切都是未知，信心需要从一步步微小的成功中逐渐建立。素敏倒是对小捷单干十分支持，理由就有一句话：得跟上时代。

跟上时代的还有姐姐和姐夫。这次复查，宣布陈卓康复，他如一盆火炭般投入到佳佳的公司里去；小敏也正式脱离中医院，开始和伙伴们做自己的门诊。小捷也集中精力开始做自己的亲子视频。这日，小捷忽然发现公众号后台多了个粉丝，刚关注就连着赞赏，头像是一幅风景画，名字很熟悉：山高人为峰。左不过是钱峰了，小捷紧张，手一滑，把他拉黑了；再想一想，又觉得这么做实在不大气，又拉回来。

晚饭后，小捷想起这茬，对素敏说："妈，你猜今天碰到谁了？"素敏以为在大街上碰到："谁？隔壁的王奶奶？她就是抢纸盒抢得厉害。""不，网上。""钱峰？"素敏反应灵敏。小捷不语，算默认。"怎么个遇到法？""打赏呢。"小捷说。素敏啧啧两下："难得。这孩子真难得。"又拉长调子，"当初你要不是非要孩子，他现在就是我半个儿子。"刘小捷又不出声了。她不得不承认，老妈说的是事实。可她能怎么说呢，说觉得钱峰现在挺不错？她成什么人了？做人不好这样的，太不稳重，选择了就别后悔。

要不回李竹，李萍病了一场，弄得天福、李兰都来看她。李萍再度拜托李兰斡旋，抱一线希望。谁知洪卫电话都打不通，摆明了人间蒸发，李萍气得骂娘。徐正也来看姐姐，不敢带孩子，怕刺激她。李萍恨骂："忘恩负义的东西！ 绝没有好下场！ 我治不了他，有人治得了他！"徐正想不到好办法劝，只能听着。"姐，好日子好过，这事到此为止，不想了，过去就过去。"徐正说。李萍反问："说到此为止？我没说止，那就不能止！ 这事还没完！"李萍下定决心，实名举报，目的很明确，就是要出这口恶气，就是要把洪卫再送进去。

147

只是，真到实名的份上，李萍也有点犹豫。走出这一步，开弓没有回头箭，等于彻底向洪卫宣战，仅剩的那点情分也会荡然无存。可是，人家说了，不实名威力不够大，搞不好隔靴搔痒，打草惊蛇。干脆一咬牙，材料备齐。实名！ 等都办完了到家，李萍却感觉心跳得烦乱。她只好喝口水，自己给自己压惊，口问心心问口地开解：这算没什么呀？ 说假话了吗？ 诬陷他了吗？ 没有！ 都是真情实况，有理有据，她只是大义灭亲，讨伐黑心资本家！ 她追求公平正义有什么问题？ 这么自我安慰了一会儿，李萍感觉好多了，她歪在沙发上，眼望天花板，脑子里空空的，人像坐在云上，没着没落。佳佳到家，见老妈这么"横陈"着，脸色苍白，不禁担心，又是要量体温又是给倒姜糖水。李萍顿感温暖，她两手握着杯子，望着眼前的陈佳佳："佳佳，你不会离开妈妈吧？"佳佳哎哟一声："妈，别没事净瞎想，自己吓自己，怎么，麻将不打了？这世界还有好多东西等着咱们去体验呢。"李萍怅然："该去给你外婆上坟了。"

这年清明李萍一个人回老家，佳佳实在忙，李萍也不想让她跟着。回趟老家，她少不得住几天，看看小姨小姨夫，跟亲戚们走动走动。而且李萍有个习惯，每回上坟，她都会在坟前跟她老娘叨咕叨咕，尽管阴阳两隔，但李萍相信，她说的，她老娘都能感应。

回到北京，李萍开始关注举报的后续情况。奇怪的是，一切静悄悄的。估计是有关部门在暗中调查，急不得。这日半下午，李萍从美容店回家，一开门，却听到佳佳欢声笑语，一抬头——洪卫站在那，手里拽着李竹。他一撒手，小李竹欢跳着朝李萍扑过来。李萍还没反应过来，李竹便已经跑到跟前，妈妈妈妈地叫。李萍重重地应了一声，抱起孩子，又是捏又是亲，心肝宝贝疼个没完。泪眼模糊间，李萍有些恍惚，孩子就这么回来了？真实吗？她掐掐手背上的肉，疼——一切都是真的。老洪有什么阴谋？还是东窗事发他服了软？一时间，李萍脑子里一团糨糊，捋不清头绪。过了一会儿，她才抱着李竹站远点，对着洪卫质问："你来做什么？"佳佳插话道："妈！这不明摆着的么？孩子想妈妈。"女儿一席话，李萍再度泪涌。做亲妈的时候，她还没像现在这样多愁善感，事实上，李萍真正学会做妈、体验到做妈的喜乐，是在李竹来了之后。原本，每个人都不是生来就会做父母的，为爸做妈，也需要学习。

洪卫微笑着请佳佳带李竹去里屋玩会儿，他有话要单独和李萍说。佳佳识趣，连忙领着李竹进屋，门关好。客厅里只剩李萍、洪卫两个人。李萍死盯着洪卫，保持警惕。洪卫往前走了两步，才说："小萍，前一阵是真忙，忙茶叶的事，又带孩子回老家认认门，见见老亲戚，所以没得空带孩子来。多多理解。"李萍还是不吱声。洪卫轻轻笑了一下，像自嘲："不过我现在才知道，孩子是真离不开妈。一到晚上就哭，要找妈妈，我也被闹得没办法。"李萍冷冷道："终于知道自己不是万能的了。"洪卫说："小萍，马上我要去印度、斯里兰卡一趟，孩子我想拜托你照顾。放心，这段时间我想清楚了，你如果愿意跟我复婚，那不用说，你就是孩子法律意义上的继母。如果你不愿意，等我从外头回来，咱们也可以去做个公证，给你办个收养手续，你同样是孩子的妈。他依然是我们共同的孩子，你养他小，他孝顺你老。小萍，我们经历了那么多，你还不能原谅我么？"

洪卫一席话，犹如一声惊雷在李萍内心炸响。他居然肯让步到这个程度，办收养，还是共同的孩子，那么意味着，她对李竹有着母亲般的权利和义务，李竹对她则要尽儿子的义务……只是，她已经举报了洪卫……后果不堪设想……"你怎么不早说！"李萍泪崩。洪卫以为她这是激动的、喜悦的泪水，轻声道："现在不也来得及么？小萍，我请你一定一定要相信，我对你是真的。""你怎么不早点说……"李萍翻来覆去就这一句话。因为她实在没有脸面开口，承认自己举报了他。

挽救，极力挽救。李萍急忙去有关部门咨询，很遗憾，洪卫的材料已经进入流程。李萍狠拍自己脑袋三下，骂道："怎么这么蠢！"一边开车，一边流泪，一边反省。愤怒的女人智商为零，李萍不敢想象，自己竟然去举报了曾经的爱人。无稽！无耻！她有什么好生气的呢？说一千道一万，李竹终究是洪卫的儿子，人家要儿子，不是人之常情？冲动是魔鬼！洪卫的宽容像一面镜子，照得李萍无地自容。她不配他对她这么好……来不及了，一切都来不及了……洪卫迟早会知道她的所为，他会怎样鄙视她！憎恨她！唾弃她！他一定会把孩子要走，让她永世不得相见。一想到这儿，李萍又万分绝望。只是，一切牢笼都是她亲手铸造——咎由自取，在劫难逃。

晚间，李萍躺在床上，小竹子在她身边玩耍，时不时用小手招招她。李萍一会儿哭，一会儿笑，疯癫癫的。佳佳推门进来，问："妈，没事吧？"李萍摇摇头。佳佳问："你这到底是喜还是悲？"李萍来一句："悲喜交加。"人生可不就是这样么，上一秒还是喜悦，下一秒极有可能便为悲伤。她思来想去，熬了一夜，还是打算在有关部门行动之前，把她的所作所为亲口告诉洪卫——不管他原不原谅——她都要剖白得清清楚楚，她要把一切都摊开来让他看——是爱是罪，不论！人活着，至少要有个坦坦荡荡的灵魂！

148

李萍约洪卫在酒店见面，洪卫兴致勃勃，以为李萍受了感动。等到他看到李萍眼睛红红的，更加确信自己的判断是对的。他庆幸，"归还"李竹，对大家都好，尤其是能修补他和李萍的关系。家和万事兴。洪卫一身西装，精神抖擞，仿佛一下子又回到和李萍恋爱的时候。落了座，洪卫第一句就是："谢谢你，小萍。"李萍不说话，用餐巾擦了擦鼻子。"小萍，我们完全可以重新开始的。"洪卫满怀憧憬。李萍不敢看他，轻声道："你不会原谅我的。""别这么说。"洪卫一笑，"现在不挺好的么？慧姐成奶奶了，你是妈妈，我是爸爸。还是一家人。"

"不要再说了。"李萍打断他，目光惨淡。"小萍……"洪卫直觉不妙。"老洪……"李萍哽咽着，"我把你……举报了……"洪卫呆坐在那，仿佛被天雷劈中一般。李萍如泣如诉："我没想举报我没想举报……是你一定带走李竹……我气……我不甘心……我不甘

心被人用完就丢 …… 一气之下我就 …… 我就把你给举报了 …… 我就想给你点教训 …… 我就想着到时候孩子 …… 孩子肯定就又回到我这 …… 我不是故意的 …… 你要早点来 …… 哪怕早来一周就不会 …… 老洪 ……"李萍语无伦次。她一把抓过洪卫的手:"你骂我吧 …… 你打我吧 …… 我糊涂 …… 我太傻了 …… 我不是人 …… 我不应该以这种方式 …… 就算你有对不住我的地方 …… 我也不能里外不分 ……"洪卫望着眼前这个泪眼涪涪的李萍,一言不发。事已至此,他能说什么呢,真打她,真骂她,有意义吗? 如果说所有的一切有个源头,那么源头在他。是他背着李萍要了孩子,那是一滴水,一点点引发了如今的海啸。洪卫第一个感觉是,这就是他要赎的罪。他理解、原谅李萍,他本来也一无所有。只有原谅李萍,才能让她彻底放下过去,他也才能赎清罪过,他们才能真正重新开始。洪卫交握住她的手,喃喃地说,没事的,没事的。

李萍索性号啕。哭了一阵,她忽然说:"老洪,我们复婚吧 …… 我们复婚 …… 重新开始 …… 还是一个家庭 …… 你是爸爸 …… 我是妈妈 …… 李兰成奶奶 …… 佳佳是姐姐 ……"她努力笑出来,泪水还挂在脸上。洪卫微笑着,感觉眼前这个女人傻得可爱。现在复婚,一旦他被调查,李萍也会受连累。不,他不能这样。他轻轻地说了拒绝她的理由。李萍瞬间崩溃,这不是命是什么? 过去他要复婚,她死活不答应,现在她想要复婚,条件又不允许 —— 他不能跟她复婚。她憎恶命运,憎恶她自己,她恨自己为什么那么愚蠢,以致遭到命运无情地捉弄。

出国读研还是在国内读,家骏必须做出选择。家骏还没跟老妈老爸说,但佳佳却有点紧张。如果出去读,他们的关系将受到严峻考验,佳佳不相信异地恋。若是在国内，她又担心耽误家骏的前途。"你别考虑我。"佳佳故意说反话。相处那么久，家骏了解了佳佳的心思："以你的意见为主。"佳佳连忙道："别，我可担不起这个责任。"不过走到人生这个当口，两个人都觉得，是到了公开关系的时候。小捷和徐正的前车之鉴摆在那，佳佳、家骏触目惊心，得不到父母祝福的爱情，想要修成正果，很难。

佳佳道："你先跟你妈说，你妈是中医，有修养。"家骏为难："这个……"又说："要不先做做你妈的工作呢？"佳佳立即回："我妈最近因为李竹的事，情绪特别不好，现在说，等于往枪口上撞。"家骏想了想，说："要不先攻攻爸这边？"佳佳赞同。只不过爸有两个，得逐一攻破。

这日，陈卓在公司加班。佳佳端着两杯咖啡进来，递上去，跟着又一阵捶肩按摩。陈卓感觉出异常："干吗？""没事。"佳佳表情不自然。"有事说事，别整糖衣炮弹。""哎呀！没事！"佳佳嬉笑着。"不说待会也别说。"陈卓故意板起面孔。"不是……爸……那个……其实……"佳佳慌不择言。陈卓转过身子，端着咖啡杯，一副洗耳恭听的样子。"其实就是……我个人的一点小问题。"佳佳说得隐晦。"恋爱了？"陈卓慧眼如炬，一句话点破。电梯拥吻过后，他又几次撞到女儿和家骏亲密，但他从未点破。青春是美好的。年轻人有权利享受恋爱，他不愿打扰。他也想等一等，看看孩子们究竟是三分钟热度，还是真的情投意合，有共同志向、能够相互扶住、一起奋斗。从公司这一阵改组来看，佳佳和家骏的表现都很出色。

佳佳被老爸盯得发毛，撒娇道："爸，你别这么犀利。""谁呀？"陈卓明知故问。"爸——"佳佳不适应。"这不很正常么？"陈卓半眯着眼，"一般人我可看不上，我的佳佳，得配一个优秀人才。""肯定优秀。""到底是谁？""你认识。"佳佳小声。"你高中同学？""不在我视线内。"陈卓故意摸下巴："不会是跟我有亲戚关系的那个吧？"佳佳着急："爸，亲戚关系也得分先天后天，后天的又没有血缘关系，不算真正的亲戚……""是不是家骏那小子？"陈卓微笑着。佳佳愣住，这才说："爸，你不会反对吧？你反对我就自杀，我直接窗户一拉跳下去。"陈卓看着女儿演戏，忍不住笑出来："出来吧！"他挥挥手。佳佳扭头，也朝门口招手。家骏这才不得不现身——他担心佳佳，在旁边猫着听。

家骏上前，陈卓一伸手给了他头上一巴掌。起手重，落下却很轻。佳佳急喊："爸！"陈卓绷住表情："你小子，把我女儿都骗走了！"家骏嘿嘿。佳佳忙说："什么叫骗，是两情相悦、两小无猜、两全其美、两两相望！"陈卓被逗乐了。佳佳和家骏见陈卓态度亲善，话越说越开，知无不言。陈卓打心眼里高兴，佳佳这匹野马，正需要家骏这样的稳重孩子套套。几个人谈起未来，谈到家骏的求学问题，陈卓的意思是，去国外好，不过现在国内教学水平也比较高，等几年出去也未尝不可。佳佳附和："我还不能知道？国外也就那样。"陈卓不言声，他知道女儿斤两，社区大学肄业。陈卓对佳佳说："你要是愿意出去读读，爸支持。"

佳佳摊手，环顾四周："都不管啦？都不顾啦？现在可是关键时期。"陈卓说我帮你顾着。佳佳道："你顾着，这公司是我的孩子，给谁管都不放心。"讨论来讨论去，留学问题暂且搁置。他们又希望陈卓能帮着做做老妈的工作。"哪个老妈？"陈卓问。"两个都得做。"家骏说。佳佳抓住老爸胳膊："爸，只有你能做，你是枢纽，是中心。你说话，她们都会掂量掂量，你力挺，就算她们想要反对，也得先三思。"陈卓笑："真没想到我这么重要。"佳佳摸出块手表："爸，别说我贿赂你，这可是做女儿的一片真心。"是硬省下来的。陈卓接过去，当场戴在手上，开玩笑地问："女儿有，女婿没有哦？"家骏当场慌乱。佳佳解释："爸，人家还没正式参加工作呢。"

做好了陈卓的工作，佳佳和家骏都觉得起码成功了三分之一。家骏认为没必要再去公关他老爸金波。佳佳却坚持前往："要团结一切可以团结的力量。""他管不了。"在老爸面前，家骏自己能做主。佳佳分析："别拿村长不当干部，芝麻再小也是个官，他是你亲爹，在你的恋爱结婚问题上，金叔叔有绝对的发言权。"其实家骏并不是不重视自己爹，只是他爹眼下再婚，马上又要有个孩子，去了怕人家尴尬，他们也尴尬。家骏简单表明了担忧。佳佳感叹："哎哟，正好，我去做做三妈的工作。""什么三妈？"家骏不懂。

"你爸那老婆，不就是三妈？"佳佳解释，"我亲妈是大妈，你妈是二妈，这个，算三妈。"又嘲讽道，"金家骏，我真是有点望而却步，真不敢跟你谈，这还没在哪呢，又妈又准婆婆的，一嘟噜。"

149

孩子们要来，小崔阿姨比金波紧张。有备无患，她问金波，"到底谁来？"金波想了想，解释："一个我儿子。"又改口："咱儿子，另一个是我前妻的现任老公的女儿。"小崔道："那不就你以前女人的继女么？"眼珠子滚了一圈，金波说对。"她来干吗？""看看咱们，你跟我在一起，你就是长辈，咱们都长辈。"金波往自己脸上贴金。小崔忧虑地说："别是来要房的。"金波连忙说："那不会。"小崔叹气道："咱们马上有孩子了，没个自己的房哪行。"金波道："那你说怎么办？"小崔这才说："老金，我跟你，也是图个安安分分过日子，有了孩子，咱们就把孩子弄大。真的，北京不适合咱，没必要非在这耗着。"金波一听这话，脸耷拉下来："那去哪儿？回你老家农村？种地刨坑？我不干。"小崔摆正姿势道："我老家不成，你老家还不成吗？放着窝不做，非要野跑儿？老话说，宁愿往南行千里，也不往北走一步。咱回家，回老家，回根据地，找个事踏踏实实的，不孬。""再说。"金波鼓着腮帮子，他舍不得离开北京。

小崔继续说："骏骏有出息，咱们不能拖着他。""怎么叫拖着？那是我儿子，拖不也应该的。"金波抢白。小崔道："你咋就不从我的角度考虑考虑？你是亲的，自己皮里出的，想怎么拖怎么拖，我呢？我这结婚、生孩子住着骏骏妈妈的房子，已经够麻烦人家，以后呢？他还要谈恋爱结婚。咱们耗在这，又穷，自己脸上没光不说，别让骏骏在丈母娘老丈人那没光彩。"小崔分析得透彻，金波说不出话来。半晌，金波叹气，"我来北京，本来是想做一番事业的。"小崔劝："平常日子平常过，平平淡淡才是真。何况现在你不也做出事业了么？弄了一家人家，这就是你的事业。"金波无言，这件事上，小崔有发言权。她愿意跟他，他打心眼里感激，人到中年，他又有了一个家。看着小崔日渐沉重的身子，金波也觉得是时候稳定下来。两个人商量定了，只等着孩子们来。

家骏和佳佳来拎了不少东西，金波有点意外，但一想可能故意要在小崔面前做做面子，又觉得应该的。佳佳拿出手表，跟送给她爸的是同款。金波比在手上，一个劲儿赞叹，"怎么这么懂我呢？我这天天伸手缩手的，就觉得哪不得劲，敢情就是缺块手表。"佳佳又拿出条金项链，要给小崔戴。小崔连忙低下身子，撇着脖子，一个劲说这怎么好意思，头回见面，按说应该长辈给礼。佳佳道："阿姨，别嫌弃，这链子我一次都没戴过。不是不好，是我太年轻，压不住。就得您这样有阅历、有气场的戴，看着舒服。"小崔被捧得满心欢喜。

家骏给佳佳个眼色，意思让她收着点。佳佳连忙坐回沙发，和颜悦色喝茶。饭是金波和家骏忙着做的。佳佳为求表现，要搭把手，金波道："快歇着去。"小崔和佳佳坐着闲聊，彼此问了问情况，实在没的聊。饭做好围着吃，咸咸淡淡不顺口，四个人都吃出来，但都不说。

吃完喝茶。佳佳坐在家骏旁边，胳膊肘拐他一下。家骏方才清了清嗓子，对他爸说："爸，其实今天来，有个事情想跟您商量。"小崔当前，家骏格外给老爸面子。金波端坐着，俨然高堂："你说。""有个事情，不知道爸支不支持。"家骏为难地说着，"我觉得我该处个朋友。"终于说出口了，家骏看着老爸的表情。金波不动声色，然后才气沉丹田、声音浑厚地说："好事，老金家得有后。"家骏硬着头皮继续说："爸，这个朋友，你认识。""我认识？""就是送你表的那个。"绕了十八个弯，终于到目的地。金波笑呵呵地伸出他戴手表的那只手，用食指朝家骏这边点了点，又朝佳佳这边点了点。"我就知道。"金波笑道。佳佳见长辈情绪不错，开玩笑道："叔，您不会反对吧？"金波道："本来是反对的，但收到手表之后，又不反对了。"三个人都笑。两个孩子又拜托他有机会做做小敏的工作。金波问："你妈不同意？"家骏说还没禀报。佳佳道："主要是我妈，还有我那个姨姥，就怕她们仇怨太深，没有金叔明白。"金波立刻打包票，表示一定做工作。

金波应承好孩子们的事，转而又对两个孩子道："今天你们来，我也有个事说。"佳佳和家骏连忙坐正。金波对佳佳说："你跟骏骏处朋友，如果能有结果，将来也得叫我一声爸。"佳佳说那是那是。金波又道："你们这个爸没本事，不能帮你们开路。"顿一下，继续说："但也绝不能挡你们的路。""爸，说哪儿去了。"家骏说。"家骏，"金波转向儿子道，"这房子，是你妈留给你的，那时候你小崔姨身子不舒服，所以托你去说道，借住住。但我和你小崔姨，绝不会占为己有。你们要处朋友，将来就要结婚，必须要有房子。这房子，早腾出来早好。"家骏着急："爸！我们不是这个意思。"又对小崔说："崔姨，你劝劝爸。"佳佳也说："叔，这哪跟哪呢，处归处，还没到那一步，房子你们安心住着。进一步说，就算到那步，也不是没房子住。"

金波伸手拦着："别，男的该出房就出房，咱老金家不孬。"小崔微笑着，看着金波。金波叹一口气："还有个事，我跟你们说，你们向你妈，还有你姥姥、小姨后续转达。"家骏听着着急，伸手拉住老爸胳膊。金波继续说："我和你崔姨，打算回老家去。北京是你们年轻人的，你崔姨还要生孩子，将来还要养、还要教育，搁北京实在弄不起。老话不讲么，人得识时务。不过我在外头混这几年，也看明白了，老家的月亮照圆，人只要有本事，在哪都能干得开。"然后盯着家骏交代："骏骏，你好好学，好好上，爸在老家给你加油。你肯定前途大好，都好，飞得高高的。"听到这儿，家骏泪眼婆娑，老爸是包袱，从来都是，可那也是幸福的包袱啊！老爸跟小崔姨结婚的时候，他没想过老爸有一天会不全然属于他。他曾经以为老爸就是老爸，永远是那个泼皮无赖但又永远跟他站在一头的老爸。可真当金波说出要回老家，家骏猛然感觉，心里的一块被挖空了。只是，他能说不吗？老爸有老爸的生活，老爸身边有了新的女人，马上还会有新的孩子，生活需要重新铺展。家骏心中瞬间被各种滋味填满，说不出话来。金波又拍了拍佳佳肩膀："叔知道你能干，我这宝贝儿子，就交给你照顾。行不行？""行。"佳佳答得干脆，鼻涕却不争气地冒出来。小崔在旁边道："逢年过节的，或者平时也成，有空就回来看看你爸。永远有你们的地方。"

终于，家骏忍不住眼泪。金波一把抱住儿子，也伤感鼻酸起来。他不敢想象，自己的北京"历险"，眼看就要走到终点。他的人生，又将开始另一端旅程。

150

小会场挤满了人，小捷探头出去看看，连忙缩回来，转身用眼神向廖姐求救。"我紧张。"小捷伸手，手心都是汗。廖姐微笑着鼓励："你没问题，就当是跟朋友聊天，就是分享。生活中怎么教的，我们在线上怎么传达的，线下也是一样。我当初选中你，就是觉得你有潜力，现在小苗发芽，前途无量，做自己就好。"廖姐另一只手牵着笑尘。小家伙倒不紧张，抬头看着妈妈和阿姨。

这是小捷的第一次读者见面分享会，廖姐给安排在静书馆。报名的有五十几人，现场来了一百多，直到分享会开始，还不断有人进来。小捷的"敏捷亲子英语"在廖姐、她自己以及儿子笑尘的努力下，已小有名气。有出版方找她出书，音频也卖得不错，于是安排了正式的读者见面会。

"读者想学东西，想接触真人，自然点，微笑。"廖姐伸出手指在脸颊边比了比。刘小捷挤出笑容，拉着笑尘，迈步走了出去。有掌声。小捷做了个简单的开场白，然后开始分享。刚开始有点紧张，说了一会儿，小捷越来越自然，笑尘也配合良好。廖姐在一旁压阵，读者们热烈的反应，也让小捷信心更足。站着讲了四十分钟，分享会大获成功。有读者提问，小捷耐心作答，怎奈时间紧问题多，廖姐不得不出来控场。"还有最后一个问题。"

末排有人举手，是位男士。廖姐要把话筒递给他。刘小捷一抬眼，却见不远处站着的，竟是钱峰。他怎么来了？ 小捷紧张起来。钱峰握住话筒，停了一下，读者们都看他。廖姐问："这位读者，请提问。"钱峰还是说不出话，廖姐连忙调整，"好，下一个，这位妈妈问。"危机公关水平一流。答完最后一个问题。小捷和廖姐做了个简单的结束发言，分享会圆满落幕。钱峰逆着人群，朝小捷走过来。小捷猜到他有话要说，连忙让廖姐带笑尘到休息室去。

小捷忙着收拾东西，钱峰站到她身后。小捷转头，大大方方地说，"想问又不问。"钱峰据实答："不晓得问什么好，我还没孩子呢。"一句话说得小捷有点愧疚，是她耽误了他。"祝贺你。"钱峰又说。"感谢支持。"气氛有点尴尬，两个人都回避着那个核心问题，不知道该怎么触碰。"没事了吧？"小捷打破尴尬，就要走。钱峰上前迈了半步："其实当时 …… 你应该跟我说实话的。"心跳顿时加速，小捷感觉空气都稀薄了。"你不懂。"她挡住他的话。

钱峰却铁了心往下说。他来参加分享会之前，已经考虑再三，他是爱小捷的，过去、现在、未来，都爱。如果一份爱经得起考验，那点过去又算什么呢？ 什么一婚二婚，有孩无孩，所有的这些困难，都应该摆在爱之后。爱是汪洋，能载舟，也能覆舟。"孩子是你的又怎么样。"他平静地说，"我从来没说过不能接受孩子。"顿一下，又说："这个应该由我自己来决定。"刘小捷望着钱峰，眼睛不自觉发热。不得不说，她有点感动，这可是钱峰在知道孩子是她生的之后说的话。这一刻，小捷忽然意识到，钱峰是爱她的，尽管她不可避免地荒唐、任性、刁钻、古怪，他还爱着她。也只有到了这个时候，小捷才能真正领会到一个男人深沉厚重的力量。钱峰比过去有魅力多了，可是，正因为如此，小捷更加觉得不能连累他。内心深处，她始终怀着巨大的愧疚。既然当初狠心做了选择，现在就不能犹犹豫豫、拖泥带水，否则只会给钱峰添麻烦，只会把他拖进另一番生活的泥沼。

"我不是一个好女人。"刘小捷一言以蔽之。可这个回答显然不能令钱峰满意，他跟着她走："不是这样的。"小捷逃避。"我们之间就没有一点感情？"他追问。刘小捷再度陷入两难。说完全没有，违背本心；说有，注定又是一番纠缠。她只好说："不是跟你说了么？现在我什么都不想，就是把孩子平平安安带大。做一点事情，没其他的想法。"钱峰看着小捷。一时沉默。"对不起，我还有事。"她必须撤退。钱峰不肯放弃："是因为孩子的父亲么？"

刘小捷背对着他，背影全是痛苦。他知道了？知道多少？可她必须守口如瓶。不是因为对徐正还有感情，是因为她必须保证，孩子在她身边长大。这是她的孩子，自私也好，任性也好，一辈子就这一回任性到底。刘小捷不得不转过身，做最后的说明："谢谢你来支持，我们以后不用再见面。"长痛不如短痛，快刀斩乱麻。

躺在床上，小敏侧着头跟陈卓聊家骏求学的事："能出去还是出去，长长见识，将来再回来。你看我不也是，出去了，才更加深刻领会祖国的东西好在哪，祖国好在哪。"自从家骏、佳佳摊牌，陈卓一直没找到合适机会跟刘小敏说。他不赞成出国，但他不能这么说。"国内也不错。"陈卓嘀咕一句。小敏警觉："什么意思？你们那个公司，我跟你说得正儿八经招人，专人专岗。家骏以前帮忙是情分，不能总这样，他得奔自己个儿的前途。""不是那意思，当然招人。"陈卓解释。他实在不晓得怎么开口谈孩子们的事。低头想想，灵机一动，道："你让儿子去国外，就不怕他给你领个洋妞回来？"小敏坐起来，放下手里的医书："我没种族歧视。"喘了口气，继续道："不过职业习惯，老觉得中国的好。外国的金发碧眼，弄来家里，沟通费劲。""可不，还是本本分分找中国姑娘。"小敏斜着眼看陈卓："有情况？儿子跟你说了？""没有没有。"陈卓连忙否认。小敏说："我儿子我还能不知道？他不可能谈恋爱，现阶段，就是学习。没那么多歪心思。"陈卓不同意："怎么叫歪心思？你没看新闻都报道了，有些家长，大学时期不让谈，大学毕业逼着谈。趁着上大学，谈谈恋爱，不挺好么？""家骏那么优秀，硕士博士毕业我都不愁，不嫌晚。"小敏一口气说，"何况又是男的，急啥，学习弄好了，一辈子的基础奠定了，好饭还能怕晚？"提起儿子，都是理。陈卓不往下说了，他这才感觉跟小敏谈孩子们恋爱的事，实在是个巨大难题，开不了口。

金波要返乡，少不了来找素敏道别。他想趁着这机会，把儿子和佳佳委托的事情办办。小捷去图书馆查资料，笑尘送幼儿园，家里就素敏一个人，可金波来了，她也得正儿八经做一顿招待。灶台前，两个人齐齐忙着。素敏微微埋怨："也不把小崔带来。""她回老家忙点事。"金波编了个谎。"这突然要走，我还有点舍不得。"素敏客气，"不过也好，回去踏踏实实的，你这福气够大，这个年岁当爹，多少人想当当不上。这可不是钱的事，得老天给。"金波嘿嘿笑。"今儿个都不在，改天正儿八经到饭店请你一顿。"金波连忙说："妈，别乱花钱。我悄悄来，就是不想声张。都忙。小捷忙提高，忙孩子；小敏忙事业。我来见到妈，就跟都见到一样。"

素敏心暖，不禁鼻酸，又连忙自制住："瞧我，弄得跟不能见了似的。逢年过节该往还得往。"金波这才撇开一句，道："妈，我这一回去，谁我都放心，就不放心骏骏。"素敏立即保证："放一万个心，我给你看着。"金波忽地小声说："妈，你还不知道吧？""什么？""骏骏的新情况。""什么情况？""那方面。"素敏着急："哎呀，别卖关子，说！"

151

金波用两根手指那么一比，双双对对的样子，诡笑。素敏抓住他胳膊："真的？！""处上了。""谁家姑娘？""你认识。"金波跟儿子学，曲径通幽。"别绕，直接说。""陈佳佳。"金波点明。素敏惊得打了个摆子。"别胡扯！""妈 ——"金波说，"这，我能随便扯么？""你同意？"金波劝："一代不管一代，上一代的仇不能干涉下一代的亲。孩子们对上眼了，我这个做爸的，除了祝福还能怎么说？""小敏知道么？""好像还不知道。"素敏声音微微颤抖着："反了天了，世上女人千千万，怎么非吊死在这棵树上！骏骏怎么这方面跟你一样，容易被女的迷惑。"金波申辩："妈，刚才还说我好，怎么就跟我一样……""糊涂！""妈，我看人也挺好。""你不知道她妈是谁？你不知道她妈跟陈卓的关系？两个孩子是兄弟姐妹，怎么能搁一块？要笑掉大牙的！""又没有血缘关系。"金波帮孩子们说话。"你收女方钱了？"素敏道，"怎么里外不分。"

金波连忙把佳佳送的手表往袖子里藏了藏："妈，天要下雨娘要嫁人，你说能怎么办？小捷跟徐正不就是教训？只要没有原则问题，只要是真心相爱，只要女方不是疤癞麻子混世魔女，干吗不顺势而为。""她还不混世魔女？""妈，"金波费口舌，"自谈的有感情。你看我跟小崔，不挺好么？"素敏忍不住说实话："你们是凑合，我孙子是金贵大宝贝，可不能被坏女子祸祸。"金波道："瞧您说的，是您孙，不也是我儿么？先谈着，看看情况再说。不满意也不能生拆。这种事，越拆越合。"

这不能瞒，这事太大。素敏跟小捷通气，小捷一听跟徐家沾边，一脑门子都是厌烦。可一想到当初自己和徐正受的那些磨难，又有点同情家骏，她不希望悲剧重演。小捷道："这事，我不同意，可我也不能反对。"宁拆十庙不毁一婚，小捷深知爱的苦。只是，转念一想，如果家骏真跟那丫头走到一块，等于跟徐家也沾了亲，保不齐笑尘也会受牵连。

小捷问素敏："姐知道这事吗？""说是还不知道。""我不信家骏那么糊涂。""糊涂什么？"素敏不懂小女儿的话。"他不是不知道其中的复杂关系，跟那丫头好，不等于让他妈难做吗？"小捷分析。素敏叹息："后来我细想，就怕两个人产生感情得早，也是日久生的情。"素敏伸手，小捷把水杯递给她。"再说感情这个东西，跟酒一样，谁喝了不醉？你那时候我跟你姐劝了多少，你听了么？还有笑尘……""妈！"小捷打断，"能不扯那么多么？说孩子呢又说我。我养孩子是因为自己想养孩子，跟谁的感情都没关系。结婚太麻烦，我早死了心。一辈子我想好了，就这么过。"素敏幽幽地说："人都在变，人心在变，想法也是此一时彼一时。现在这么过成，孩子大了呢？我走了呢？你还一个人？"说着她拍拍胸口，"我要是一闭眼走了，最不放心的就是你。"小捷不愿谈这沉重话题，转而道："家骏这事怎么弄？跟不跟姐说？"素敏道："先别急，回头把孩子叫来，问清楚再看。他自己要不坚决，那就顺其自然，才多大的恋爱，真就坚如磐石？保不齐过一阵自己就散。"

洪卫被审查，李萍悔得肠子青。李竹回来了，李萍的幸福并没有翻倍，痛苦却因为洪卫的"受难"几何级增长。佳佳只好尽量腾出时间陪老妈。这日，下了班，佳佳陪老妈敷面膜。李竹在身旁玩闹，他还不懂世界早变了样。李萍一副白面孔，惆怅地望着眼前的小东西，冷不丁问佳佳："女儿，你觉得，妈妈是坏人么？"这提问，只有她老妈问得出口，不过佳佳习惯。"我妈不是坏人，但她总是喜欢把自己包装得特坏。"李萍道："不是包装。世界是个原始森林，你不武装自己就会被吃掉。张牙舞爪的人，才没人伤害。""可你总是自己划伤自己。""你洪叔会恨我吧？"李萍忧愁。"不是已经原谅了么？"佳佳道，"不过违法乱纪可不成。"李萍坐直了："那不叫违法乱纪，那叫灰色操作，三不管两不问，那时期就那样！都这么弄。算了，跟你说不清。"佳佳道："你不觉得这样挺好的？""好什么？"李萍撕下面膜。"扯平了。"佳佳道，"你和他，往后无论如何，都可以心平气和的，谁也不欠谁。"

佳佳的话点到李萍心上，她重新审视和洪卫的关系。不得不说，因为这次"举报"，因为愧疚，她才真正放下老洪出去生个孩子的"错误"。她的愤怒消失了，他欠她的，她也欠他的，来来回回、起起伏伏，所有的恩恩怨怨仿佛在命运的震荡中被磨平、清零了。佳佳见老妈没说话，继续劝解："妈，真的，别老把自己弄得那么紧张，别老期望周围的人跟事都按照你的设想运行。你就顺着来，不逆行。""顺着来？"李萍盯着女儿看。"对。顺着。"佳佳口气轻松。"以前你睡前吃辣条，顺着？交撮屁拉稀的朋友，也顺着？你不好好学习，也顺着？你认贼当妈，也顺着？"李萍口气带点嘲弄，"记住，小树不砍不成材，别给我洗脑。"佳佳一听这口风，就知道和家骏的事，暂时还是不能提。

徐正来找李萍，开门见山问小捷和孩子的事，李萍意识到是她小姨跟徐正说了。也是自己多嘴。"问她干吗？"李萍不以为意，"阿正，都是结婚有孩子的人了，问那些陈芝麻烂谷子的事有必要吗？她过得好、不好，跟你都没关系。"徐正脸色难看："听说她抱了个孩子。哪抱的？""这我哪知道。"李萍抢白，"她就是想明白了，大彻大悟去做尼姑，跟咱们也没关系。过去的，要懂得放下，你现在不挺好么？""不是……姐……"徐正长叹一口气。"阿正，"李萍耐心地劝，"姐是过来人，两个人在一起，忍耐比相爱还重要。千万不要冲动，不要做让自己后悔的事。再不满，忍一忍，真到了过不下去的时候，再说。"上坟时李萍听小姨抱怨，大概猜到徐正对婚姻的不愉快。"没过不下去。""那问别人的事情干吗？""我就是觉得突然抱个孩子有点……奇怪。""有什么奇怪的，"李萍当即说，"人家不想找了，就想自己过了，抱个孩子做单亲妈，从此以后守着孩子过，现在有这样想法的，不少。男人，还是麻烦。""不是……我是说……"徐正开不了口。

李萍脑中突然丁零一响，仿佛暗室里的几根线路重新接通，灯光大亮。"那孩子什么时候有的？你的意思是……"徐正长吁："现在还不清楚，但算算日子，就怕是……"李萍一把抓住弟弟的手："这事你跟谁说了？没跟你老婆说吧？"徐正摇头。"你爸妈也没说。""没有，你是第一个。我也就是猜，不能确定。"李萍紧张："爆炸后的事？""那之前。"徐正说。李萍道："这事先这样，谁也别说，查查再说。"徐正表示同意。

李萍又问："查出来不是好说，要是，你怎么弄？"徐正道："得要回来。"李萍犯愁："要回来，要回来你怎么说？是，如果是老徐家的血脉，得认；可你怎么跟洋老婆讲？外国人就是心再大，也没大到这种事都不在乎。""据实相告，都是结婚前的事，又不是出轨。"徐正分析，"姐，我这事跟姐夫那事不一样。"一着急，就失言。李萍一听，反倒维护起洪卫来："跟你姐夫能一样么？你这是胡闹闹出来的乌龙，你姐夫那是为后继有人。性质都不一样。实话告诉你，你姐夫生孩子，我是同意的。不然我能这么疼孩子么？"一张嘴两张皮，想怎么说怎么说。李萍继续说眼下的："凭空多出一孩子，你那外国老婆能容？"徐正只好用缓兵之计："到时候再说。""你别去问她。"李萍叮嘱，避免打草惊蛇，"我打探打探。"

152

徐正听从姐姐的建议，按兵不动，可他不能控制自己的脑袋不去想。自从得知小捷有了孩子，徐正就止不住脑海中万马奔腾。这是他在过去几十年的生命中从未遇到过的复杂局面。不不，不只生命，就是在游戏里，他也没有处理过这种棘手的问题。结婚之后，他和外国妻子乔恩聚少离多，虽然很快有了孩子，但无论是生活习惯、教育方式、家庭观念他们都有较大差异。乔恩固守着个人主义那一套，徐正理智上认同，可在情感上，他觉得乔恩太过"无情无义"。徐爸徐妈对这个儿媳妇早都灰心失望，用他们的话说，娶了跟没娶一样。别说缺少陪伴，而且一年半载也不露个头，带着闺女满世界跑，闺女中国话都说不利索。徐正怀疑婚姻原本就是令人失望的。只是小捷领养的孩子激起了他的疑惑。如果孩子真是自己的，该怎么办？徐正躺在床上，书盖在脸上，眼前一片黑。

手机响，是李萍打来的。李萍一开口就是叮嘱，叮嘱他一定不要去问，一定不要跟那边联系，一定不要有任何行动。徐正嫌她唠叨，但嘴上还是再度答应了。李萍挂完电话，理了理思路，忽然想到个人——张摩斯，请他去查查"刘小姐"，想必万无一失。

素敏特地叫家骏来吃饭，想问问佳佳的事。小捷问老妈："妈，这鸿门宴怎么摆？"素敏不满："什么鸿门宴，就问问情况。""孩子要承认了呢，你是劝和还是劝分？"素敏打发小捷去垫桌垫。"什么和啊分的，都没定性，摸摸底，了解了解而已。"家骏拎着两把子香蕉来了，懂事。人一到了就开饭，素敏连忙让座，格外热情。家骏从老爸那得到点信号，大概知道外婆和小姨的态度，因此他上门前便想好了主意。

　　落了座，素敏给家骏夹猪蹄，小捷道："最好的，四十八一斤。"家骏又让外婆吃。素敏毛慌慌的，说吃，吃。席间话题一时间有点太干，小捷问问外甥学习情况，垫场。吃到一半，素敏试探性地往生活情况上拐，笑眯眯地问："骏啊，你们学校，女生不多哦？""少，理工科，男的多。"家骏答得利索。"男生女生聊得多吗？"素敏太老，不太清楚怎么跟年轻孩子谈感情问题。小捷听着别扭，喊道："妈——"又拿眼看家骏，"你外婆的意思是，有没有女生喜欢你。"说罢也带着尴尬的笑。家骏直接挑明："是不是想问，我有没有跟陈佳佳好上了？"

　　生砸，家骏的风格。二位长辈呆在那儿，很不适应，一时也无妙法应对。"你们是不是不支持？"家骏又问。素敏连忙哎呀："不是说支持不支持……其实那个……年轻人都太年轻……"车轱辘话绕，说不清楚。家骏的直接反倒让她不好意思了。家骏说："我和佳佳是在彼此最困难的时候认识的，后来经过了解，有了点朦胧的感情。现在年纪慢慢大点，彼此喜欢，不过这种事，我和佳佳都觉得没必要瞒着，还是应该跟家里说。"小捷插话道："家骏，你听小姨说，其实你处朋友，我们都喜闻乐见……"家骏截断小捷，道："我知道，佳佳有佳佳的缺点，有的地方，还挺严重，可我能接受，愿意包容。她是真心喜欢我，我们做的事情也相近，将来可以搀扶着走。"一席话说下来，不打磕巴，完全有备而来。

家骏主意大过天，万难更改。素敏还不放弃："不是……骏骏……不是外婆有成见，你要知道谈一个朋友那不是一个简单的事情……你看小姨的教训……"小捷不答应："妈！说孩子呢，扯我！"素敏连忙纠正："不是，我就那意思，打个比方。"又对家骏说："骏骏……你看……你……是吧……你是喜欢，可是你妈她……"她手上比画着，十根手指头乱动，形容复杂的关系。家骏道："外婆、小姨，我知道。我妈，佳佳妈，还有周围七七八八的亲戚关系，是难处理，可这些都不是我和佳佳应该分开的理由。当然，我最在意的三个人就是外婆、小姨还有我妈。"家骏稍微停了一下，才说："我今天来收获很大，外婆和小姨都支持我。我妈那我还没说，阻力肯定会有，所以我希望外婆和小姨能帮我做做我妈的工作。"

素敏、小捷面面相觑，本来要做他工作的，反倒被他做了工作。家骏又说："多大仇，多大怨，朝鲜、韩国还在谈判呢，时间会解决一切问题。"素敏不甘心，见缝插针道："骏骏……不是外婆多心，你妈跟佳佳爸是两口子……你和佳佳算是兄妹……这硬凑到一块……"家骏道："这问题我爸那天说了，不同父不同母，血缘上不粘连。无论是法律上还是伦理上，我和佳佳相爱都没有阻碍。"素敏为难："不是……孩子……按老理……"小捷拉老妈一下，素敏这才休声。

一顿饭，素敏和小捷倒领了个任务——负责通知并"做做"小敏的工作。家骏走后，小捷道："妈，你跟姐说。""你说。"素敏推。"我不说。"小捷道。实在是个困难的活。素敏道："哪天给陈卓打个电话，让他说。"跟着啐了一下，再补充："他就同意？他就不管管他女儿？"小捷唾弃道："他们家人，都邪性。"

153

因为和小捷的"重逢"，钱峰跟胡菲儿彻底告吹，是钱峰喊的停。他实在没心思跟菲儿培养感情。钱峰妈觉得这是这一季最糟糕的消息，比电视上搜不到"钱塘老娘舅"还糟糕。因为令钱峰妈闹心的不仅仅是儿子跟菲儿分手，还有那可恶的分手动因——她发现儿子在关注刘小捷的各种平台，电脑上还下载了小捷讲座的语音和视频。妖精！折腾！鬼迷心窍！钱峰妈哀其不幸怒其不争。

这日钱峰下班到家，钱峰妈斜躺在沙发上，背对门廊。钱峰叫了声妈，她不动弹。他又叫了一声，钱峰妈突然起身，噔噔噔进屋拉出个行李箱。"这干吗？"钱峰诧异。"明天回老家。"钱峰妈带着火。钱峰道："房子要拆，回去住哪？"钱峰妈道："家具不都驮乡下了，我跟着家具走，去乡下。"钱峰道："住得惯么？茅坑臭得都不能蹲。""有什么住不惯的。"钱峰妈道，"在这才住不惯。""妈——"钱峰知道他妈老一套。"见不惯我儿子作践自己！"

又来了。"妈——菲儿跟我不合适。""谁合适？千年狐狸精合适？"钱峰往洗手间去，他得擦把脸，清醒清醒。钱峰妈追过去。"钱峰，"她恨得叫儿子大名，"你是不是有病？"钱峰擦着脸，终于不耐烦，把毛巾一摔："妈，我到底要跟你解释多少遍，感情这个东西是要靠感觉的，是讲缘分的，前世的缘今生的分！""哦，你跟光条、清爽、好端端的女人没缘分，跟那个下了个蛋的母鸡有缘分？""说话别太难听。""哦，你闲钱多？要帮别人养儿子？你长不长教训？你去当那个接盘的？人家怎么要你的？你都忘啦？你忘了我提醒提醒你。"钱峰索性撒开了:"我就是喜欢她! 怎么了! 不行吗?"又软下来:"妈,里面有苦衷、有好多你不知道的情况,小捷真不容易。""苦衷? 什么苦衷? 她有苦衷跟你订了婚又飞掉,再去找别人生孩子。"

钱峰痛苦地辩解:"那孩子应该是打算跟我结婚之前有影的。她不跟我结婚是怕我接受不了、怕我受伤害,所以才躲到老家一年把孩子生了!"信息量太大,钱峰妈一时回不过神。钱峰又说:"那孩子是意外,意外。"钱峰妈深呼吸,气焰下去点:"那也说明她不爱你、不喜欢你,否则她完全可以打掉孩子,跟你再生。她喜欢的是孩子的亲爹,明白了吗?"老妈的解释,钱峰竟然无从反驳。二选一,小捷选择了孩子,这是不争的事实。钱峰道:"她不忍心打掉……怕万一丢了再生不了……她年纪不小了……一个女人这一辈子总得……"他努力寻找理由。他是个情痴。钱峰妈一声断喝:"就算她不爱孩子的亲爹,那她一定就是想明白了,这辈子不找了,单过,有这样人。儿子,清醒吧,她要单过,你不能单过。你爸死的时候跟我交代过,闭眼之前得见到下一代。"转而口气哀婉,"还是那话,我是做娘的,我也希望儿子有个人照顾。你知道的,我心脏不好,指不定哪天……""妈!"钱峰拖长声音喊。

李萍跟张摩斯联系。张摩斯礼貌拒绝。一问究竟,才知道张摩斯现在做儿童教育项目,风生水起。李萍思来想去,一时无从下手,同时也觉得查刘小捷生孩子的事,根本就是没事找事。别说不知道是谁的,就算是阿正的,她愿意隐瞒着养,那就让她养,何必找那麻烦,让事态复杂。何况阿正有老婆孩子,万一孩子真姓徐,一曝光,又是世界大乱。李萍打电话给徐正,劝,让他缓一缓,从长计议。徐正着急:"是我的我就得认,姐,你要不管我自己弄。"李萍一听头大:"你停!

这事不能着急，你知道牵扯有多大么？而且万一不是你的，你去了就是出丑。"徐正道："姐，小捷对我是有感情的。"李萍在电话里吼："有没有你现在都不能瞎想！我跟你说，就算那孩子是你的，你跟那女的，不可能再有故事。你不能轻举妄动，你有家，有孩子，你得考虑全面，手心手背都是肉。"徐正道："没说不顾孩子。"徐正发过来了一张照片，是小捷和笑尘的合照，李萍仔细看看，别说，眉眼、鼻子真有几分徐正的影子。

李萍收起照片，心里嘀咕作孽作孽。她不得不把事情全盘考虑一遍：如果真的是徐家的孩子，刘小捷跟徐正不可能再有什么，那么，争论的焦点就是孩子的抚养权。徐家胜算不大，从孩子的成长教育方面说，留在妈妈身边最恰当。徐正出现，只能说填补了爸爸角色的空白，争取到自己应有的权利。进一步讲，徐家能养么，事情一曝光，乔恩的态度，女儿的态度，目前都是未知数。因此，最稳妥的办法是不曝光。就算是最好的情况，乔恩懂事，不介意，两个孩子可能放在一起养么？徐家二老一年老似一年，能带孩子么？何况刘家那边拼死也不会放孩子的，刘小捷敢生，肯定就已经做好了一个人带孩子的准备。综合各种情况，最恰当的处理办法，无外乎偷摸着认了，想的时候去看看，孩子还在女方那养，不闹大。至于以后，那真得等"以后"来了再说。

家骏拜托外婆和小姨做老妈的工作，素敏不想做，但起码得让大女儿知道。至于怎么处理，她真不想管，也管不了，那是他们小家庭内部的事。皮球踢过去，撒开，一辈不管一辈。素敏考虑再三，给陈卓打电话，把家骏来的事情说了——她以为陈卓不知情，让陈卓两方面做工作：一是做做佳佳的工作，二是做做小敏的工作。陈卓听丈

512

母娘的意思，似乎是不支持，否则有什么好做工作的。正疑惑，佳佳也再次拜托老爸，一副难心口气："爸，我妈那，得你说，你是我爸，你有一票支持权。"佳佳说完又补充："还有敏姨那，你得替我说话。"万条溪流汇入湖泊，陈卓就是那个湖。一个是现妻，一个是前妻；一个是继子的亲妈，一个是女儿的亲妈。保不齐，一个成了准婆婆，一个成了准丈母娘，而他自己，则既是爸爸，又是老丈人，同时也成了老公公。是劫是缘，全仰仗他妙手化解，巧嘴说和。天将降大任于斯人也，陈卓为难，他不能辜负任何一个人。

自从单干后，小敏晚上回来得略迟，到家洗漱完，给他治疗调理，然后还要看看医书。陈卓几次想说，又终致没说出口。小敏倒是再次提了家骏出国读书的事，她力挺出国，还在微信上跟儿子聊，让他不要有顾虑，哪怕是自费都成。小敏有个出国留学的梦，家骏若替她实现，也算完满。李萍那就更不好开口提了，洪卫被审查，至今没个结果。陈卓认为赶在这个节点去找她说，搞不好当场就被她要骂一通。

李兰来电话，说老头子马上过生日。陈卓才想起来他爸爸——陈佳佳的亲爷，佳佳的事，应当让他先知道。陈卓回去跟老爸摊牌，天福这一向有点发福，一张旧单人沙发被他占得满满的。"什么事？说啊。"天福见儿子老不说话，主动问。"爸，有个事，想听听您的意思。"陈卓态度先虚下来。陈天福不耐烦："有话说有屁放，就咱爷俩，这没别人。""佳佳年龄也不小了。"陈卓讪讪地开场。老套路，谁都能听明白的话，天福一听话锋，便慈眉善目地问："谈对象啦？""嗯……是……"陈卓头点得生硬，停在那，悬着。天福道："对象是谁？说啊。"陈卓啧了一声，偷看他老爸一眼："感情来了，真挡不住。""这话我赞同。"天福恢复严肃，开始谈经验，"就好比我跟你兰姨……那也是……"越说越偏。终于他自己拉回来了，歪着头问陈卓："什么意思？不会是家骏那小子吧？"

天，老爸属蝙蝠的，有雷达，整天在家瞎着眼都能探测到信息。陈卓只好故作为难地说："拦不住。""好事。"天福的褶子笑起来，陈卓意外。"好事，好事，好事。"老头连说三声，"亲上加亲，处起来也方便。那小子不孬，模样有，脑子有，人品有。""爸，您同意？您支持？""为什么不支持？但愿人长久，千里共婵娟。"说着，天福摸电话，说要打给金波。跟小老弟好好乐和乐和。

154

真打过去，真有人接，两个人果真一通乐和，相互道喜，高兴得跟什么似的。陈卓在一旁看得呆了，来之前，他万没想到老爸会支持到这种地步。但其实往日种种，天福都留心听着看着，他感觉家骏确实不错，反倒是他孙女佳佳，有点二性头，让人不放心，现在有个稳重的男孩帮扶着，挺好。

李兰敲门，说冰糖雪梨炖好出锅，天福当场就跟李兰说了孩子们的事。陈卓原以为李兰不会表态，毕竟她跟李萍近。谁知兰姨也拍手叫好，说真是上辈子修来的福气，般配，般配。陈卓趁势说："爸，小敏和李萍还没表态呢。"天福大包大揽地一招手："这样，我生日，把人都叫来。""适合么？"陈卓忧虑。天福道："以前是一家掰成两家过，要孩子们真对上，等于是两家合成一家。咱们再拍个全家福，我来做工作，我来说。"李兰捣了天福一下，天福白她一眼："干吗，这个家，最老的不就是我，为老得尊。"他自己把自己抬起来，"我最看不惯那种棒打鸳鸯的事。感情，爱情，世界上还有什么比这个更美好？是吧，那梁山伯与祝英台，最后不都……"都是悲剧，说不下去，只好改口："反正就是那意思，该修成正果的，就得让它修成正果。"

力拔山兮，力挽狂澜，力排众议，老爸愿意揽，陈卓感觉轻松很多。过生日，又是老人提，李萍和小敏就是再不痛快，也不至于当场发作。至于后续结果，等议程提出来再说。陈卓跟天福和李兰提前商量，说两个孩子当天都有事，可能晚到。天福懂他意思，并不介意。

晚间回去，陈卓知会小敏，说老头子要过生日，得去。小敏道："礼物你帮我想想，回头去商场挑一个。"陈卓道："家里不是有人家送我的皮带，还有成套的衣服，拿一件就是。"小敏不依，忙是确实忙，但她认为心得诚。"对老人，更不能糊弄。"小敏认真地说，"他们能感觉出来。"陈卓觉得心暖，这就是刘小敏，他亲爱的妻子，妥帖，恰当，知人心。想到这儿，陈卓有点不忍心，要不要提前给小敏透透风？不行。现在透风，搞不好她都不去赴宴了，功亏一篑。

小敏手上搓着艾绒，是帮李兰搓的。李兰喜欢在家做做艾灸，但艾绒总是搓得歪扭，小敏便买了艾绒，帮着搓好，放在盒子里，打算生日会一起带去。陈卓忽然想起，说："李萍也到。"小敏莞尔："谁到都没事。我对她没成见，都有家有业，各过各的日子。给爸过生日，无非是个大面场，得顾。"陈卓心里又是一阵暖流，小敏活成了菩萨心肠。就怕家骏和佳佳的事一出来，菩萨也得祭出宝剑来。艾绒搓好，盒子盖拢，小敏自顾自地说："以前是忙，乱，顾不过来。以后但凡老的人有心愿，要过，咱们都得认认真真给过。说句不好听的，老人前头还有多少路？做儿女的，又能伺候几回？敬老，就是拜佛，就是积福。"陈卓顺势道："爸要说什么，你可别生气。"说完又后悔，此地无银三百两，等于暴露了自己。"爸有事要说？"小敏问。"不是，爸那张嘴你还不知道，口无遮拦。""说什么，我听着。"小敏心平气和。

　　隔日陈卓又跟李萍联系，李萍说已经接到兰姨通知，到时候会去。陈卓礼貌性地问了问洪卫的情况，李萍有点毛。她正为这事闹心，审查还没结束，她想找人疏通。又怕反被抓成"行贿"。陈卓又问了几句别的事，李萍见他老不挂电话，以为他在为小敏也出席的事蝎蝎螫螫，随即爽声道："我知道——兰姨提醒了，你老婆也去，不用提醒我，明镜似的，放心吧，把我想成什么人。"洪卫的事后，李萍多少柔和些，"因果报应、行善积德"八个字在她心中的分量更重了。也正因为此，对于徐正寻娃那事，她一直拿不定主意。

　　是李萍先到的，带着李竹。佳佳按照老爸吩咐，推说有事，晚点自己来。为了不被小敏压一头，李萍格外买了柄玉如意，连带一只金猴，作为给天福的贺礼。天福见了，连声说好——东西确是贵重，很见心意。好话比平时多了一车。热闹了一会儿，李萍站在厨房里跟李兰说话，谈的是洪卫的事。李兰问："什么时候能了结？"李萍道："现在只是问话，具体处理办法还没定，就是人出不来。怪我。"她没说举报的事，李兰劝她别自责，又劝复婚，说这回等洪卫出来，一定得好好在一起，你看小敏和陈卓，千回百转，还是在一起好。李兰说得兴起，李萍有点不痛快。她当然犯不着吃陈卓的老醋，只是，别人的完满映照着，更显得她形单影只，鸿雁孤飞，就是坐拥万贯家财，也没什么意思。

　　李竹进来叫妈，也叫李兰，如今大人敦促他叫兰奶奶。李萍看着李竹，感觉人就是犯贱，洪卫夺孩子的时候，她就觉得李竹好，怎么都离不开，是心头肉。如今李竹回来了，洪卫被关，她又觉得洪卫才是真正的心头肉。李萍随即叹一声："老洪未必还能看得上我。"李兰赶紧放下菜刀说："这我得说句公道话，洪卫心里，除了你，这些年真没别人。"李萍道："兰姨说笑。"李兰不能硬往下编，只好继续切菜。

陈卓在小卧室叮嘱天福，一定要说得和缓点。天福扬眉："怎么这么啰嗦。一点小事，至于这样？你爹以前抓龙都没带喘的。"说的还是他年轻时候抓大蛇的事。陈卓小声说："爸，咱排排。""排什么？""我要是小萍，我不同意，你怎么说。""你不同意。又不是你结婚，你有什么不同意。""爸——"陈卓着急，"这生硬，你柔缓点。""我知道。"天福手一挥。正说着，小敏进门，拎着个大盒子。天福迎出去，小敏道了声老寿星好，天福哈哈大笑。李萍也被这笑声吸引出来。见小敏来，叫了声妹妹好。"萍姐。"小敏点头问好。陈卓站在两个女人中间，他转过头，跟小敏对了个眼神。

天福接过小敏的礼物盒子，三下五除二要拆，拆开，是一套白水牛角实心角尖茶道四件套，连带一套水牛角理疗套装，含刮痧板、梳子、角板、筒板、圆头杵、小剃刀等等。天福一见喜欢得不撒手，东按按西刮刮，叫好叫得比见到李萍送的玉如意时还大声。李萍在旁侧冷眼看着，老大不舒服。小敏看出端倪，给了陈卓一个眼色，陈卓就岔开话题问家骏呢。小敏说学校里有点事，一会儿过来。有人敲门，李兰从厨房里钻出来开，不是孩子们，是李萍订的生日蛋糕，三层，上面有寿桃。打开，摆着，天福赞李萍就是亲闺女，两个人在寿桃前合照好几张。

菜都上齐，俩大孩子还没到。李竹已经爬上椅子，伸手要拿卤口条。李萍喝："不许没礼貌！"天福笑呵呵地说："让他吃，没那么多讲究，想吃吃想喝喝。"李萍不愿在小敏面前跌了面子，硬生生把李竹抱下来："国有国法，家有家规。"小敏到厨房给家骏打电话，暂时无法接通。天福和李兰招呼着入座，众人皆各就各位。天福道："孩子们没到，没关系，我们先开动。"李萍笑道："爸，祝您福如东海，寿比南山。"她先把好词儿抢了。小敏道:"爸,我祝您平平安安,健康长寿。"平平实实一样祝寿。

天福喝了点黄酒,说:"来北京之前,我怎么也想不到我陈天福老了老了,还能有这个光景,周围还能一帮子儿孙。"他拍拍陈卓:"有这么好的儿子。"又拍拍小敏:"这么好的儿媳妇。"再对李萍道:"还有这么好的闺女。"再转头对李兰说:"还有这么好的老伴。"李竹突然凑一嗓子:"还有我。"天福笑道:"对对对,有你有你。"天福跟着话锋一转道:"所以说,独阳不生,孤阴不长,人也是一样。一个家就得有男有女,有阴有阳,男女搭配,干活不累。你说我以前,一个孤老头子,家不像个家,后来有你兰姨,我壮大了,身体也好了,头上有片瓦,我定了。陈卓也是,有小敏,都快死了,又活回来。"小敏和陈卓对看一眼,微笑,李萍不自在。

天福接着说:"还有你小萍。等洪卫出来,别折腾,赶紧复婚。来来回回的,具体事情我不清楚,你欠我的我欠你的,都这个岁数了,差不多见好就收。别老了老了,孤家寡人,小洪人不错。"话说到李萍心坎上,她的脸不由得红一阵白一阵。不消说,定是佳佳泄的密。

155

陈天福原本惯于豪饮,如今年纪大又有病,只能小酌。三杯上脸,有了点醉意。"孩子们跟我亲,"天福半醉半醒,不知真假虚实,"什么话都跟我说。"李萍担心:"爸,您这说到哪去了。"天福突然一手抓住李萍,一手捉住小敏,李兰和陈卓都唬一跳,李竹也连忙跳下凳子。天福跟个活济公似的,笑眯眯地说:"不管以前有什么仇疙瘩,以后都变成亲疙瘩。"

小敏看着李萍，李萍望着小敏，均一头雾水。小敏轻唤了声爸，李萍说爸你撒开。天福这才突然撒开手，食指点点地对小敏说："你要做婆妈啦。"又点向李萍："你要做岳母啦！"小敏和李萍异口同声："爸！"天福伸出左右手的食指，左手动动："一个是家骏，"右手动动："一个是佳佳。"两根手指比在一块："两好搁一好，亲上又加亲。""爸喝醉了。"小敏说。"爸，不好胡说的。"李萍有点生气。

说话间，家骏和佳佳开门进来。天福道："我保的媒，肥水不流外人田，两个孩子处处朋友。""爸！！！"小敏和李萍都惊得站起身来。家骏和佳佳一进门便遇着激烈场面，一时也不晓得如何自处。李兰去拿碗，陈卓起身把凳子摆好，两个孩子在各自的妈身边落座。佳佳和家骏分别祝了老头子的寿，敬了老头子酒。陈天福这才对着儿子说："陈卓，你结婚离婚、结婚离婚，"他掰着手指头算，"光去民政局就去了四次了吧？"陈卓发窘，嘀咕："说什么呢，爸。"天福一拍桌子，所有人吓一跳，他自己倒喜眉善目的："我没说什么吧？我都支持吧？"

天福转而又对李萍说："小萍，你永远是我亲闺女，离了也是。"李萍声音里都是为难："爸，这是两码事情，两个问题。"天福自顾自对小敏说："还有你，小敏，你们这结婚离婚我也是从来没有表示过反对，都同意，都支持。"小敏小声说，是是。李萍耐不住，跳出来道："爸，不是说我们封建，可佳佳和家骏那是兄弟姐妹，怎么能掺和到一块。"小敏不吱声，偏头看看儿子，家骏并不低头，一副大义凛然的样子。天福道："兄弟姐妹，这不后来按的么？先天不是，那就是不是。感情到了，不能硬拆，小敏的妹，还有你弟不就是活例子。过得好吗？能比我跟李兰好？"李萍急得脸色发白。

佳佳见火候差不多，这才说："说实话，爷爷今天说这个，我也有点意外。人是感情动物，刚开始我也没想到我和家骏能产生感情，能这么真诚地对待彼此。人生有三样东西是掩盖不了的：贫穷、咳嗽还有爱情。"家骏也立刻跟着说："爷爷、奶奶、叔、妈、阿姨，佳佳对我有再造之恩。"此言一出，四座哗然，重大新闻。"刚来北京的时候，我没有朋友，也很叛逆，是佳佳帮我走出来的。后来上大学，我参加了陈叔的项目，再后来佳佳回来了，大家一起工作。慢慢地，彼此有了好感。我们性格互补，有相近的志向，能相互帮助，共同进步。事情大概就是这样。"一席话，家骏说得不卑不亢。李萍和小敏几乎找不到言辞反驳。爱本身，是没有错处。

房间里寂静无声，连李竹都仿佛意识到了问题的严重性，乖乖坐好。天福道："都表表态，别不说话。"李萍率先说，"爸，你这是给我们出难题，这也太突然了，今天是您的大寿，我不能说不吉祥的话。但孩子这事，今个算打开了天窗，大家都明晰了。但是我不能说同意，我是佳佳的监护人，她现在还没定性，而且这个年纪还不适合谈这些问题。""妈！我都成人多少年了。我的事情我自己能做主，爷爷跟您交代，也是出于对您的尊重。"陈佳佳嚷道。"闭嘴！"李萍不客气。天福道："小萍，那你的意思是，弃权？"李萍梗着脖子："不算弃权，我保留意见。"

天福转向小敏："敏子说两句。"小敏保持微笑，道："只要是正当的健康的关系，我肯定支持。""明白人！"天福称赞，随即总结道，"现在情况是这样：家长有五个，我，最高辈分的，同意；两个爸爸，陈卓，金波，都征求意见了，同意；两个妈，一个保留意见，一个支持。结果就是四比一，佳佳和家骏交往合法，可以做男女朋友。"李萍急了："爸，你不能这么弄，这不胡闹么？"

家骏欲动，小敏狠狠瞪了儿子一眼，他只能坐好。佳佳也不妄动。

老头顶着，天福嘴一秃噜："反正生米煮成熟饭……"李萍惊："爸！什么意思？！"又看女儿，再看家骏。小敏也有些慌，对儿子斥道："你这孩子。"家骏发窘，摆摆手，连忙说，不是不是，没有没有。佳佳凑到爷爷身边撒娇："爷爷，别乱说，什么熟饭，生米还是生米。"陈卓道："别没大没小！"陈天福呵呵地说："我就是打个比方，不一定恰当，就是说水到渠成，自然而然。纯天然……"

接下来的饭吃得难免尴尬。吃完饭，小敏接了个电话，诊所有事，必须先走。陈卓开车，又叫上家骏，一家三口先行撤退。佳佳也说工作室忙，打了个招呼走了。天福要午睡，吃了饭，稍站了一会儿，就进屋呼吭。李萍带着李竹，在客厅里喝茶静心。喝了不到半杯，也坐不住，便起身要走。李兰送她到楼下，李萍把李竹放进车里，站在车门外跟李兰说话。

气这时候才算彻底爆发："你看她那得意样！还同意，支持！废话！他们家是男的，我们家是女的，她当然支持！吃亏的是我，是佳佳！"李兰理解李萍，知道她不想跟小敏做亲家，可她不能点破，而且现在她的身份位置，站队也不能那么明显。李兰只好劝："敏子也不算恶人，好相处。"李萍大喘气："你那是不知道！她是标准的笑面虎，表面菩萨。她要没能耐，能把老陈赚了去？能把老头子哄得服服帖帖，现在又想佳佳！我这家，都快被她一点点抠光了！"李兰不以为意，也不好多说，只能听着。但她也觉得李萍的看法实在偏颇，小敏是假的，陈卓可是真的，佳佳要真跟家骏好，陈卓又当爸又做老公公，佳佳只会集万千宠爱，哪能有什么不痛快。"小萍，你也别气。孩子们的事，今天有明天无的，都说不准，再看看。"说话间，李萍手机响。她随手接了，是老洪过去的一个朋友，小时候在一起混过，算铁杆。李萍对着电话嗯啊两声，眼睛跟着不自觉放大，脸色由白到青，脚下一软，差点跌了个踉跄，幸亏李兰扶住了。

车停在路边，家骏下去了。小敏的脸色不好看，陈卓问去哪，小敏低声说，"等会儿。"陈卓明白她要发作，气压低得像要下雨。"孩子胡闹，爸胡闹，你也跟着胡闹？"小敏雷霆万钧。"不是……小敏……我真不知道。"陈卓只能和稀泥。"爸说你同意，你什么时候同意的？"小敏犀利。"不是……敏……别激动别激动……"小敏委婉地说："孩子都是好孩子，可有这必要都过成一家子吗？是，有感情，男的女的放在一块就容易产生感情，何况是这个年纪。可真要走到一块不是那么容易的，好多东西要考虑，好多事情要梳理。佳佳是个大小姐，长得漂亮、条件好，完全可以有更好的选择。家骏马上还要出国读书，读到什么时候不知道。就算现在勉强在一起，到时候两地分着，有意义吗？能经得住考验吗？到时候分比现在更痛苦！"车内一时寂寥。当然，刘小敏留了句话没说，在这个问题上，她跟李萍的看法不谋而合——她们彼此都不愿意和对方结亲家。而且，打心底里，她对佳佳能不能照顾好家骏，没有信心。她不愿意让自己儿子找个他得围着团团转的女人。家骏聪明，有天分，书要继续读下去，不能分心，何苦现在节外生枝。小敏的理想是让家骏从同学里找一个，最好两个都做科学研究，就像居里先生和居里夫人那样。

陈卓嘀咕："佳佳有佳佳的优点。"他忍不住维护女儿。小敏被刺得着急，反倒必须解释："老陈，我从来都没有说过佳佳不好，没有优点。她有优点，我很喜欢这孩子，我把她当女儿看待，而且一直以来，我也是这么做的。但是现在我们说的是合适。什么叫合适？三十六码的脚非要穿三十五码的鞋，那就叫不合适。"陈卓小声说："这个得脚自己才能知道。""你这是抬杠！"小敏终于失去好性子，"根本就是不是一路人。一个是井水。一个是河水，非要混到一起，到最后肯定是悲剧。"她意识到自己失态，深吸一口气，恢复平稳。"老陈，都是我们的孩子，手心手背，都疼都爱，我们不能眼睁睁看着孩子们走错路。""万一真成了呢？"陈卓问。"万一不成呢？"小敏反问。她深吸一口气，道："这会是一辈子的担心，你懂不懂？要真往下走，成家立业。万一有什么不和、不满，我们之间也会有矛盾，不可避免。还有李萍，这里头的关系处不处？怎么处？更别说还有周围那些敲边鼓的，不着调、不靠谱的亲朋故旧。我跟你说，到时候你一天好日子也过不了。关系全部坏完！根儿都能烂掉。老陈，你做生意、搞商业、搞程序那么有脑子，怎么一到这些问题上就完完全全地……完完全全地感情用事。孩子们可以感情用事，爱就爱了，恨就恨了，一咬牙一跺脚谁也不管就在一起了。咱们行吗？咱们不用通盘考虑？老的能起哄，小的能轰轰烈烈，咱们能吗？细水长流，这世上人多着呢，都能找到合适的，没有谁非谁不可。可儿子女儿，你我就都这一个，别到最后亲疙瘩又成仇疙瘩，没办法收场。"

"亲爱的，我们还是应该想好的方面……"陈卓话还没讲完，刘小敏突然发作："我是说如果、假如、要是、倘若！一万里的那个一，就跟一星火点子就能把艾绒点着一样！"刘小敏眼睛布满血丝，像一只护着幼崽的母狼，这是陈卓认识她以来，极少看到的。"不是我悲观，实在是咱们的日子才平静几天，不要复杂化，不要往麻烦里走，哪怕一点点可能性都不要。"小敏用大拇指顶着小拇指，"到了咱们这岁数，不能再做加法，得做减法了，明白吗？"振聋发聩。

小敏的通盘考量，令陈卓驳不出半句话。爱无罪，两个相爱的人，真要走到一起，却并不是一句有爱就能完满的。孩子们太小，没有人生经验，还没遇到过柴米油盐的磋磨，没痛逢命运大锤的敲击。前车之鉴实在教训惨重，陈卓叹一口气："那怎么弄？"小敏道："我儿子我管，你女儿你管，先冷一冷。"车子开动，小敏又补充："爸也是，马带嚼子，胡勒。"直到这时候，她才缓过神，抱怨起老爷子来。

156

徐正爸坐在藤椅里，对着茶壶嘴子，喝茶，徐正帮他妈收拾东西。厂区的房子拆了，徐家在开发区还有套房，过去租给附近学生，如今收回来自己住，家具摆得满屋子都是。徐正老出差，乔恩也不在北京，徐家二老在首都住得厌烦，趁着拆迁搬家，回老家休息。徐正妈对儿子抱怨："看看，搬家都不回来一趟，这个门她都不认识，估计也不想上门。"徐正解释："她爸身体不好。"徐正爸在旁边听不下去，他一听就生气，徐正妈没少抱怨。他只好起身，踱着步子到另一个屋去，寻找清静自在。徐正爸重男轻女，琳达他也不太放心上。

徐妈继续叨叨说："当初就不应该同意你找大洋马。""妈，能不能别给人起外号？""大洋马，大洋马，大洋马，怎么啦，我说错啦，整天带着孩子全世界乱跑，我有孙女还不如没孙女。"徐妈委屈。徐正想起小捷的孩子，突然蹦一句："那要还有个孩子呢？"徐正妈不明原委，道："慎重！跟这样不顾家的女人，还生什么二胎。"未查明真相前，徐正不能多说。他知道父母的脾气，一点着，必炸无疑。

靠在沙发上，李萍不停地翻手机。佳佳进门，小声喊了声妈。李萍不理她。佳佳认为老妈还在生气。小卧室哗啦一声，李竹把玩具推倒了。李萍叫："老实点！"她很少对李竹发火。佳佳认识到问题严重，可既然恋情已经公布，她就必须顶到底。佳佳坐进单人沙发，带点撒娇地说："妈，反正事情就这样，你同不同意我都不会改主意，你还是我妈，我希望你支持。"

"你还知道我是你妈。"李萍压住气。佳佳屁股欠起来："妈，我是个独立的个体，到什么时候都是。为什么我们就不能像外国的父母那样，孩子到十八岁，想干吗干吗？你和爸离婚，又跟老洪分分合合，你知道从小到大我多孤独吗？你知道我从去留学到回国面对多大压力吗？我不说，是因为我觉得跟谁说都没用。你以为我是那种整天不知道愁的傻姑娘，其实好几次我都恨不得自杀！是家骏救了我，是他帮我渡过去的，没有他，这个世界上还有没有我这人都难说！"说到这儿，陈佳佳深吸一口气。台词是早就准备好的，声泪俱下般，她是个好演员。只是，在说的过程中，陈佳佳发现自己竟动了感情——这就是对她和家骏相遇、相知、相恋过程的总结。

戏假情真，她感动了自己。"罚了四千万。"李萍冷冷地丢了一句，佳佳的热言似乎没怎么往她心里去。"什么？"佳佳恍惚，只听到一个数字。"罚了老洪四千万。"李萍跟女儿不瞒着。在巨大的数额面前，陈佳佳的小情小爱似乎一下子变得更加微不足道。佳佳平静了，戏暂时中断。"你会救他吧？"佳佳问。祸是李萍惹出来的，她应该救。李萍保持沉默。佳佳急了："妈，你什么意思？"李萍看着女儿紧张的神情，又欣慰，又心酸。是，她跟老洪有感情，老洪二进宫由她而起，只是她不得不为自己着想，半辈子已经过去，四千万不是小数目，一把给出去等于梭哈，她以后的日子怎么过？还出去赚？年纪越来越大，李萍对自己没有信心。靠洪卫？他能不能东山再起还是未知，她即便跟他复合，也不会把自己的幸福全部指靠在男人身上，尤其是钱。靠佳佳吗？李萍更觉得渺茫，不管混不混得出来，一旦有了男人，她觉得女儿会毫不犹豫站在男人那边。没办法，这就是女人，两口子永远是两口子。当然，李萍也明白佳佳的激动，她还年轻，认为人生有无限可能。

佳佳见老妈不吱声，猜到她几分心思，跟着道："妈，放心，你的生活我包了。"李萍有点感动，不愧是亲女儿。她欣赏女儿的为爱勇敢，可她又绝对不许她跟那个小子混在一道。"房子卖了咱们住哪儿？"李萍故意抛出个问题。佳佳一时无解，只好逼出个房子："爸通州那房不是说留给我么，我们住。"很仗义的样子。"不许找他！"李萍断喝："这件事，你谁也不许说。"她不想让人看笑话，陈卓、小敏、小敏他们家。李萍自认了解人性，嫌人穷恨人富，你弱了，保不齐有人捏巴你。佳佳诺诺，确实应该保密。

李萍呵呵笑一声："你觉得如果钱都没了，那小子还能看上你吗？""妈！"佳佳急得站起来，"你什么意思？家骏是喜欢我这个人，我本人、我的个性、我的花容月貌。"李萍用一副过来人的口吻说："女儿，别激动，别激动，坐下。"佳佳只好坐回沙发上。李萍继续说："看你平时能过过的，一谈感情，智商还是零。"她存心给女儿上一课。"喜欢你这个人，没有错，很对。可你的家庭背景、能继承的资产七七八八所有这一切，你认为跟你这个人脱得开关系？你也见到了，刘小敏，你敏姨，恩准得那么痛快，你认为她不会算账？本来这两边的财产，将来都能汇聚到你身上，尤其是我们这边，是大头。她儿子要跟你结婚，你的不就成她的了？什么叫深藏不露，什么叫老谋深算，什么叫大智若愚，什么叫黄鼠狼给鸡拜年，人家算是好好给咱们上了一课。佳佳，你接触社会还少，虽然聪明，但还是单纯。妈妈天天在太太堆里混，什么样的没见过、没听过？我可告诉你，生米煮成熟饭，绝对不行。你要敢，你就不是我女儿。佳佳，是妈妈不好，妈妈对你关心不够，可妈妈也给你介绍青年才俊了，不喜欢可以再找。别这么着急就把自己卖了，以后你会后悔的。""你就认钱！人家喜欢我，你说人喜欢我的钱！老洪被你整进去，你又不肯赎人家！你就跟钱过吧！"佳佳一甩手，冲出门去。她不许妈妈侮辱家骏，更不允许金钱玷污了她纯洁的爱情！

李萍不追，道理说清楚，时间给答案。关于老洪的事，她认为没必要跟佳佳多解释，决定权在她。她的挣扎纠结，也只是说给女儿听听，多少也有一点说给自己听的意思——她不太敢相信，她李萍竟然爱老洪那么深——四千万在这份爱面前，似乎也不算什么。事实上，从她接到朋友电话的那一刻，就已经下定决心：砸锅卖铁也要把老洪赎出来。

月光微薄，好在有大灯照着，操场一如白昼。佳佳头垫在家骏腿上，仰面朝天，没有星星，佳佳随口唱："怎么大风越狠，我心越荡……"歌声突然停止。"如果我是个穷光蛋，很穷很穷那种，你还会不会喜欢我？"佳佳认真问。家骏一笑："这话应该我说。我现在就是穷光蛋，你为什么喜欢穷光蛋？""我没开玩笑。"佳佳翻身起来。必答题。"会。"家骏笃定。"你喜欢我什么？"恋爱中的人有权利无理取闹。家骏想了想，说："你比我有勇气。""看样子，你妈不同意。"佳佳刚听了家骏的描述，得出答案。"你妈不也不同意？"家骏似乎并不畏惧。"然后呢？"佳佳问。"然后我还抓着你的手，你也抓着我的手。"家骏答。"再然后呢？""然后就一步一步走下去。""你不出国了？"佳佳问。

家骏沉默，他想出去，去见见世界，去顶尖的学校走一遭，去增加学术能力。只是，这个想法他一直没跟佳佳说，但沉默就是答案。

"很想去吧?"佳佳追问。必须给答案了。"还没想好。"家骏答。佳佳没再深问,转了个话题,幽幽地说:"说实话,有时候我自己都不太确定,你是因为别人反对才硬要跟我在一起,还是真觉得我这个人很吸引你。"停了半秒,又说:"毕竟细想想,我觉得我算平平无奇。"家骏朝佳佳胸口瞄了一眼,打趣道:"这还平平无奇。"佳佳扬手要打他,两个人笑闹成一团。家骏亲了佳佳一口,正中脸颊,他眼中有星星。佳佳问:"如果我欠了四千万,你还跟我在一起?""什么?"听起来脑洞太大,家骏理解不了。"没事了。"佳佳旋即笑靥如花。

157

佳佳出门,李萍在家里也有点待不住,一想到这个地方即将不属于她,气闷。她带着李竹,开车游弋在北京的夜色中。她忽然有种无家可归的苍茫感。人生过半,一场大梦,一切从零开始,谁说不是莫大讽刺。李竹睡着了,李萍忽然想起美容院,狐朋狗友外,她似乎只有美容院老板娘这一个朋友——还是靠办卡堆积起来的。没关系,老板娘还算能说几句真话。

李竹在美容床上躺着,睡得四仰八叉。旁边,老板娘的指腹压在李萍背上,她立刻觉得放松多了。做了一通后喝茶,玫瑰花薄荷叶,说是解郁。李萍说晚上不回去,就在这住,老板娘表示欢迎。结账,卡里钱不多了,李萍要续费。老板娘道:"别续了,这个店马上关。"李萍诧异,问去哪。"浙江,舟山。""那个岛?""没错。""因为男人?"卸了妆的李萍没什么眉毛,看上去有点滑稽。老板娘笑:"是,因为男人。"李萍失落:"又因为男人。""永远因为男人。"老板娘自嘲。"结婚？""结婚。""真勇敢。"李萍说，"生意做起来不容易。""赌一把。"

说得没错，人生就是赌博。"不怕再离？"李萍问。老板娘道："我也是最近才明白。""什么意思？"老板娘净了净手，端起茶杯，"脑海里有离婚观念的人，迟早会离；脑海里没有离婚观念的人，就是吵翻天都绝不会离。两个人离婚，其实就是不懂《易经》。""关《易经》什么事？""男女相处，要按照《易经》的卦象走。"老板娘轻抿一口茶，"谈朋友的时候，要走咸卦，女在上，男在下；可是结婚以后，就要走恒卦，雷风恒，男在上，女在下。"李萍不服："女人就不能自强，就不能在上？"老板娘一笑："天道如此，何必逆天而行？在婚姻之内，哪怕女人的能力比男人还大，但既然决定在一起，女的不妨虚一虚、让一让，以退为进，让男人表面为上，反倒能够保持平衡，方便驾驭。"这一番禅机。李萍听得迷迷糊糊，她自言道："一念之间。""对了，"老板娘手指轻点，"万事都在一念之间，善恶一念之间，福祸一念之间，成败一念之间。念头，很重要，要培养善念。"似懂非懂，李萍躺着，空气里是香薰的味道，她迷迷糊糊睡着了。

一早起来，陈卓就开始翻西装。他好容易找到个靠谱的投资方，是个做基金起家的集团，老总约家庭聚餐。陈卓明白，这是要更深入了解合作伙伴。小敏穿好鞋，准备出门："晚上我就不去了，你和佳佳过去行，我又不懂，去了也是傻坐着。"陈卓立即劝："夫人，我的夫人，昨晚上不是说得好好的，一个美满的家庭，也是宣传，更能让人信任。"小敏不是不配合，她暂时不想见佳佳，实在尴尬。陈卓明白她的担忧，连忙说："工作就是工作，佳佳识大体，再说，不还有我呢么？孩子的事，慢慢再做工作。"话说到这份上，小敏不好再推。她转回头往屋里去找衣服。

一家三口准时出现，西餐厅包厢里，陈卓坐在小敏和佳佳中间，因为"公布恋情"的事，两个人见面还有点尴尬。在佳佳面前，小敏不会说反对，当然也不会大肆支持。佳佳从小敏的淡漠态度里领会出她的真正意思，免不了有点失落。陈卓看看表，快了，可他们一家三口总不能干坐着，陈卓没话找话，对佳佳说："这个鲁志高，跟我们算半个老乡，也留过洋，回来创立的这个集团很有实力，他如果肯注资，公司一定能上个大台阶。""不差钱？"佳佳归纳。"不差钱。"陈卓笑。

比约定时间晚了十分钟，鲁志高到了。不过，他并没有带家人来，这不是一场纯粹意义上的"家庭聚会"。他女儿在英国，老婆离了，老鲁现在单身——他只是想看看陈卓的家庭，兼会老乡，谈谈乡情。不过老鲁并非单枪匹马，他带了两个人来：一个副总，五十岁左右的谢顶男人；还有一个则令陈卓、小敏吃惊——他们的财务总监，竟是钱峰——钱峰又跳了一次槽，职务和薪水更上一层，成了很有头面的人物。

这顿饭，一家三口全力应对。按说饭桌上不谈生意，可既然老鲁提，陈卓和佳佳少不了简明扼要地引导，钱峰也跟着敲边鼓，从资金效用的角度谈谈他的看法。连小敏这个外行都听得出来，钱峰是在帮忙。宴席尾声，老鲁去洗手间，副总和钱峰陪着，佳佳去补口红。一会儿，钱峰先回座，小敏见缝插针，小声道："谢谢你啊。"陈卓也跟着道谢。钱峰笑说："不不，我是客观说，项目确实有前景。商人嘛，就是赚钱。"话说得漂亮。陈卓、小敏都笑了。

吃完饭，陈卓累了，小敏开车，先把佳佳送回李萍那。这个点三环路还在堵，陈卓忍不住感慨："看看，二妹当时要跟他在一块，多好。"什么意思？小捷可不是趋炎附势、嫌贫爱富的人。"小敏下意识维护妹妹。"你这是思维定式，"陈卓分析，"哦，爱上富人跟富人在一起就是罪恶、就是原罪，喜欢穷人就是高尚、就是伟大？人都在变的，人对人的感情也在变。这小子就算过去有一千样不好，但现在，一个品质就能说明人家不错——能承担。"跟着又感叹："正当年呐！多好的年纪，我真想回到钱峰那年纪，再好好干一场。"

陈卓的话对小敏有点触动，车流动了，她连忙跟上，走了没几米，又停了，前方全是车屁股红灯。"就算小捷现在回心转意，人家还能看上她吗？换你你愿意吗？"小敏问。"有什么不愿意的？我愿意。""愿意找单身带孩子的？还是男孩。""我找的不就是这样的么？""那不一样。"小敏纠正，"我带孩子，你也带孩子，遇到的年纪也不同，心态不一样。如果你没孩子，我有个男孩，你能找我么？好，就算你宽容，愿意找，你心能安么？看看李萍和洪卫，这么大年纪还想有个自己的孩子呢。""小捷年纪又不大，又不是不能生。"小敏不高兴："你当生孩子那么轻松的？"这话题勾起了她的痛苦回忆。"不是那意思……"

"当初把人家弄成那样，委屈，"小敏继续分析，"要再吃这口回头草，别说小捷，我心里都过意不去。""千金难买人愿意，我说这一切的前提是钱峰愿意，还喜欢。"陈卓道，"然后小捷也心动，那为什么不能在一起呢？"小敏默然。她不得不承认，陈卓的话有道理，钱峰现在魅力十足，她甚至怀疑，小捷对钱峰，也有点动心。只是，前面过了河、拆了桥，难道再走回头路？太难了。

徐正躺在床上玩手机，点开视频，是小捷和一个小男孩正在互动说英语。徐正截屏，又把孩子的图片放大了，端详。"阿正！"徐正妈在外头喊，徐正应了一声，不动。徐正妈又喊，徐正这才出去。老妈让他帮忙上一下衣服架子，徐爸出去打牌，指望不上。徐正三下五除二弄好，又问还有哪要修。徐妈警觉，问："干吗？"徐正道："我得赶紧回北京。"还没等他妈问，又补充说明："项目有个急事，对方派人从迪拜过来，时间紧迫，必须抓紧谈。"徐正编得有鼻子有眼，他老妈哦一声，又嚷嚷着出去买鸡，好抓紧时间烧了，给儿子带上。

在小会场后台，小捷转身对廖姐点了个头，她准备出场了。这次见面会，来了三百人，廖姐给小捷租了个开小型演唱会的场子。由生到熟，好多又都是老朋友，小捷已经不紧张了，她牵着儿子笑尘款款走出，灯光追上，他们立刻成为焦点。四十分钟的分享，小捷和笑尘珠联璧合，将亲子英语教学的优势和成效充分展现了出来。刘小捷毫不谦虚地认为，自己已经适应了这份工作，甚至比过去做过的所有工作都要得心应手，游刃有余。最关键的一点是，舒心。前一期廖姐算了账，公司已经开始盈利，照此发展下去，她们的年收入比上班时还要翻上一番，的确令人欢欣鼓舞。

分享结束，有不少妈妈孩子来签名、合影、问问题，小捷和笑尘被人群簇拥着。小捷点头微笑，礼貌作答，温文尔雅。廖姐给她的人设是：一个温柔而又有力量、知性兼顾知识的妈妈。奇怪的是，在这个人设里活了一阵，刘小捷觉得，自己似乎也正在朝这种性格气质转变。她要感谢笑尘，这一波运势、这一种生活、这一次华丽的转身，都是儿子带来的。过去成年累月积起的戾气，似乎也一点一点从她身上抽离，一站到讲台上，小捷全身都在发光。

哎呀！人群中发出一声惊叫。小捷浑身起鸡皮疙瘩，廖姐连忙凑过来看情况，跟着是孩子的哭声。小捷下意识知道，是笑尘在哭。一个男孩跑了出去。廖姐也只看到他的背影。

158

孩子被袭击了，后脑勺被薅掉一撮头发，廖姐当即报警。活动结束，两个女人免不了去派出所说明情况。监控调出来，初步判断，嫌疑人是青少年，十二三岁左右，戴藏蓝色鸭舌帽，黑色口罩，分享会结束时他进入会场。作为经纪人，廖姐挡在前面，愤怒地说："警察同志，这是恐怖袭击。""很明显，犯罪嫌疑人就为了一撮头发。"警察分析。小捷抱着笑尘坐得稍远点，她看着儿子后脑勺那块秃了的头皮，若有所思。

笔录完，廖姐开车送小捷母子回家。人怕出名猪怕壮，这两个女人第一次品尝到出名副作用的滋味。会不会是竞争对手故意破坏？廖姐分析，有可能，但可能性不大。她们不是没有竞争对手，只是哪个竞争对手会用这种粗蛮愚蠢的方式作对？惊魂甫定，廖姐和小捷决定取消已经安排的活动，近期不举办任何活动。廖姐向小捷道歉，把责任揽到自己身上，刘小捷并未苛责太多。廖姐说："这就是竞争，残酷的商业竞争，以后得雇个保镖。"小捷苦笑："少出来就是。"

回到家，笑尘已经不哭了，稍微洗漱，她便敦促孩子睡觉。素敏看出异常，问："怎么搞的？哭鼻子了？"小捷掩盖："自尊心太强。"素敏没再多问。台灯的光毛黄毛黄的，刘小捷坐在小床边，看着酣睡的儿子天真的脸，内心无比坚定。她要保护好儿子，她要这孩子健健康康、快快乐乐长大，即便要迈过一道道坎、经历无数的苦痛挫折她也不怕。刘小捷告诉自己，她是一个母亲，被迫强大的母亲。

刘小敏认为，家骏和佳佳的事，应该采用大禹治水的法子，得疏，不能堵。也怪自己失误，陈卓创业那会，家骏被"借"过去，跟佳佳接触太多。一个血气方刚，一个风华正茂，难免日久生情。只不过，跟演员拍戏一样，这部戏里有了感情，戏散了，慢慢也会转淡。为不落口实，小敏没再说过反对佳佳的话，尤其在陈卓面前。那次在路边的谈话，已经说透，再讲没意思。如今老鲁也见了，钱峰又肯帮忙，时不时递出个内部消息，小敏对陈卓说："千载难逢，抓住，让佳佳也上点心，真能落实，以后要大干一场。"小敏心想，如果公司推得动，未来几年，佳佳留守国内是肯定的。陈卓虽能帮忙，但身体在那摆着，具体执行还得佳佳上。而家骏要去留学，时空一拉开，不淡也淡。她不是不希望儿子谈恋爱，她是希望他多出去看看，再多认识些女孩，比较之后，再做决定。她不希望儿子留遗憾。

小敏让素敏喊家骏到通州吃饭，小捷和笑尘去医院做检查，她没跟老妈提。她假装去通州办事，正好遇着，家骏一见他妈来，心里顿时明白几分。饭桌上，素敏不住给家骏夹菜。小敏从头到尾没说佳佳一个字，也没说恋爱不恋爱，她只问家骏的学习情况："英语没考的抓紧考，说着时间就到，不过将来你自己出去，要懂得照顾自己，外国可没你外婆这手艺。"家骏平静地挡一句："还没确定呢。""什么没确定？""出不出去读。""导师不是建议出去么？""国内可能有个基地班，也许有保研机会，还是硕博连读。"家骏解释，听上去挺合理。小敏反倒有点着急："能出去还是出去，世界多大，你不见见怎么知道？"家骏微哂："妈，我没说不出，怎么跟把我往外赶似的。"小敏喷一声："你这孩子！"筷子放下了。王素敏连忙打圆场："骏骏，这事外婆可站在你妈这边。搞你们这些东西，还是得去国外学学，唐僧不也去西天取经么？学到真本事再回来。"家骏不说话，光吃白饭。"吃点菜，吃点菜。"素敏又给外孙夹了个鸡翅。

饭后家骏没多坐就走了,小敏和素敏在厨房刷碗,一个洗,一个收。小敏道:"看到了吧,长本事了。"是指家骏的"反抗"。"慢慢来,会想通的。"素敏劝得很无力。连她自己都没信心。小敏又洗过一只碗,递给老妈:"你觉得她怎么样?""谁?"小敏啧了一下,素敏领会到是说佳佳。"想听假话实话?"素敏曲尽其妙。小敏笑:"行了,别说了,明白了。"素敏对佳佳的评价不高。的确,在刘家三个女人看来,陈佳佳并非传统意义上的好女孩,太"痞",太能闯,过于外放。她们欣赏的,是贤良淑德、温文尔雅,充其量外柔内刚的女孩。小敏的要求就更明确 —— 她希望自己将来的儿媳妇,是能以她儿子为中心,好好辅佐帮助家骏,而不是骑到他头上。简而言之,佳佳太难控制。

素敏叹:"萝卜青菜,各有所爱。"小敏促狭地说:"萝卜吃多放屁,再爱也不能多。"素敏跟着笑出声来。都收拾好,娘俩坐在沙发上说话,小敏话题一转,提起遇到钱峰的事,又说钱峰帮了不少忙,总结道:"咱家对不住人家。"这话戳中素敏心事,她幽幽长叹:"都说他好,都说他好,怎么就阴差阳错地弄不到一块? 小捷就是个死心眼,自己把自己路堵死。"小敏敏锐,问:"什么意思?"素敏道:"我是感觉,钱峰还有点那意思。"小敏心里当然有数,只是,这话不能她说。钱峰去找她问真相的时候,她就觉得这男人身上有股横劲,不达目的誓不罢休,是个难得的情种。只是,那天她和陈卓分析了,事到如今,小捷拖着个孩子,她即便再想给钱峰搭桥,也张不开嘴。何况小捷眼下的情况,她并没有多大信心。

小敏又问:"钱峰有意思,小捷有意思么? 她在家跟你提过没有?"素敏说没提。小敏道:"别惹事,她自己不愿意,那就守着孩子过吧。"素敏继续喟叹:"可惜了。过了这个村,还哪有那个店。人家钱峰现在,我这老太婆眼见着都觉得值钱。咱关起门来说,保不齐多少小姑娘虎视眈眈,就等着生吃这块肉。"

这日,王素敏拎着菜从超市出来,菜多,走得慢。一辆车从她身后跟上来。她慢它也慢,她快它也快。素敏警觉,"喂!"素敏站定了,她冲着车窗发火。车停了,玻璃摇下来,看侧面有点眼熟,是个男人。等那人下来,朝素敏热情地伸过双手,说着阿姨我来我来,王素敏才发现遇到的人是钱峰。盛情难却,素敏上车。只是,上车过后,王素敏坐在后排,脸上始终挂着讪讪的表情,钱峰从后视镜里看她,微笑点头。素敏连忙回赠以点头和微笑,她自己都觉得假。

"到这边看看房子。"钱峰解释。"又买啦?"素敏有点大惊小怪。"陪同事看。"素敏长长地哦一声,不说话了。车开得很慢,素敏搞不懂是路程长了还是钱峰有意为之。终于到了小区门口,钱峰还要往里开,素敏连说了三个不用,又说不能浪费你时间。钱峰拗不过,只要把车停在路边。素敏煞有介事地整理了一下衣服,对着前头,看后视镜里的钱峰。"谢谢你哦。""阿姨。"钱峰中气很足,头已经转过来,表情十分严肃。王素敏措手不及,她忽然觉得这根本不是"偶遇",搞不好是人家守株待兔,现在又来个瓮中捉鳖。"小钱。那个我还有事……"素敏怕他失控。"就两句话。"钱峰不疾不徐。

素敏只好重新坐好,仿佛是要听老师讲课的学生。"你说。"素敏强行挤出微笑,依旧是个言行得体的长辈。"这段时间,我想了很多。"钱峰看着素敏的眼睛,灼灼的,害得她不得不慌乱调整视线,脸也开始有点僵。钱峰说下去:"我知道那孩子是小捷自己的,而且有可能是……"他欲言又止,没点破。素敏只觉得五雷轰顶,千遮万盖的秘密就这么大白于天下。"而且有可能是在跟我订婚之前。所以,小捷

536

才那么为难，你和大姐才那么为难。小捷年纪不小了，她得要这个孩子，她没有勇气带着孩子跟我交往，我能理解。而且我也反思了，那个时候可能我自己也的确不够优秀。"素敏赶忙接上："优秀优秀，你优秀。"竖起大拇指。

钱峰一笑，"现在过去那么久了，大家都成长了，时间沉淀了，好多事情可以平心静气好好想想。我和小捷都离过一次婚，就我个人来说，再结婚是很慎重的，要结就肯定是奔一辈子去的，要走到最后。我妈也劝我，说人家有个孩子，你去掺和什么。可我想清楚了，有孩子有什么，别说现在我有能力抚养孩子，就是过去，我可能也会选择自己所爱，爱屋及乌，我愿意承担。当然，前提是小捷能够接受我，接受我的追求，对我真的有感觉，爱上了我。至于孩子，现在已经有了一个，后面的，我认为是顺其自然。阿姨，我知道你以前是看重我的，大姐也是，我很感谢。今天我就直接面对面地，斗胆向您再表达一次，我还想跟小捷在一起，希望您能再帮帮我。"

159

素敏呆呆的，像被绑架了一般坐在那，嘴巴微微张开，眼神涣散。钱峰的话是洪钟大吕，震飞了她的三魂七魄。她被钱峰感动了，她怎么也想不到这个涓涓溪流似的男人居然有个海洋般广阔的胸怀，素敏自己一辈子没有福分遇到如此良人，她为小捷高兴，她甚至有点嫉妒女儿的幸运。这恐怕就是传说中的真爱吧！过了半晌，王素敏才嗯嗯啊啊应对。他掏心窝子，她也只能掏心窝子，真诚对真诚，"孩子，阿姨对不住你，大姐对不住你，小捷配不上你。"钱峰还是儒雅地说："我知道，这种事不能让女方开口，所以我今天就主动一把。其实有点难为情，但感情到了，不能错过。以前我太傻，总是表达得不够，或者不是时候。阿姨帮我纠正纠正。"那么优秀，还那么谦虚。素敏内心给钱峰的分数瞬间破百。"可是你妈她……"素敏问，她对中介门口的那场"遭遇战"记忆犹新。钱峰有备而来，道："放心。只要我坚持，妈一定支持。我们家特殊，我就一个妈，不会硬对着干。再说，她儿子幸福了，她有什么不乐意的。"在情在理，素敏也想不到理由反驳。

"谈判"结束，钱峰还是坚持把王素敏送到楼底下。王素敏恍恍惚惚上电梯，迷迷糊糊进家门，魔魔怔怔坐到沙发上，内心的感受却清清楚楚：钱峰的坦白像重磅炸药，一下子把横在人与人之间的大山炸出个涵洞，俨然一夕之间便可通行。这是真诚的力量、诚实的力量，直面内心和自我的力量。她们之前的遮遮掩掩、各种曲里拐弯的小心思、小伎俩、烟幕弹在钱峰的真诚面前，瞬间被打得烟消云散。局面明朗了，这就叫重剑无锋，大巧不工，这是一个有力量的男人的行事方式。素敏被镇服，就算两人之间、两家之间有天堑，现在对方要搭一座桥，她们还有什么理由不张开双臂欢迎？毕竟，一个单身带儿子的女人再遇真爱的概率跟中彩票一样。何况这个男人还那么优秀，为什么不抓住？——天予不取，反受其咎。

半下午小捷到家，笑尘也被接回来了。素敏见女儿满脸不高兴，问怎么回事。"笑笑有点多动症。"小捷带儿子去了医院，"恐袭"后遗症没查出来，但医生说他有点多动。"能治。"素敏安慰。不过刘小捷别着句话没说，通过一系列测试，又经询问，医生认为父亲缺位对孩子的成长不利，只是小捷不能在老妈面前坦白。再怎么说，一个人养孩子是她当初的决断，她早就该想到这个问题，可她没料到这问题来得这么快。没有男性角色在笑笑身边，家里清一色女人，小捷有点担忧，她打算多给笑笑报几个学习班，老师必须为男性，至少在接触上增加时长，慢慢消解这一难题。

笑尘去听英语录音，小捷坐在沙发上，神情落寞。素敏再三劝："可能是缺维生素，没那么严重。也就现在，科学发达，查这个查那个，在过去都不算问题。""不是……"小捷苦笑，真正的苦衷她说不出口。"今个路上遇到小钱了。"素敏学钱峰，也来"重剑无锋，大巧不工"，掏实话。"哪个小钱？"小捷没理解，"捡到钱了？多少？"素敏好笑，纠正："小钱是人，不是人民币，钱峰。"

小捷不吭声，遇到就遇到，她不懂老妈干吗特别提。王素敏眼神定定的："讲真的，你现在对小钱什么感觉？""我只对钱有感觉。"小捷玩世不恭，躲开。素敏啧了一下，不满："说真话，跟妈妈有什么不好意思的，你对钱峰现在什么感觉？"小捷略恼，顿足："妈，有意思吗？还嫌世界不够乱？太平几天行吗？"素敏下定决心求个答案，她稳住女儿胳膊："你闭上眼，好好想想，静静想三分钟，想想你对他的感觉，喜不喜欢？"小捷挣扎着要起来撤退，素敏硬把她摁在沙发上，跟心理咨询师似的。"你不要用脑子，用心，问问你自己，什么感觉，深呼吸，一切决定都必须建立在真实感觉的基础上。"小捷没办法，只好按照老妈的指示做做样子。

三分钟，嘀嘀嗒嗒。有意思的是，闭上眼，沉浸在短暂的黑暗中，刘小捷竟然真的口问心心问口，问问自己对钱峰的感觉。她无法回避自己的真实感受，可表达感受，却是她不习惯的。多少年来，她习惯了真真假假、虚虚实实，这是她独有的一种自我保护方式，她害怕受伤。小捷睁开眼，一个明亮的世界。"怎么样？有没有感觉？"素敏问。"有感觉。"小捷道。转而又自我否定："那又怎么样？有用吗？我的老妈妈，好多事情不是你想怎么样就怎么样的，世界不会围着一个中年妇女转。"小捷没有信心。素敏却打了个响指，中了头彩似的："行了！"小捷忍不了："妈！停止吧！"素敏拍手，碎碎念道："有希望，有希望，要对自己有信心。钱峰还是很喜欢你，还是愿意跟你结婚。"

小捷脸色大变，奋力站起，像要逃离魔鬼的追踪。素敏跟着说："你难道还不了解你自己？你不觉得你最终需要一个家庭，孩子也需要父亲吗？"小捷内心一阵狂颤。"笑尘总不能天天活在女人堆里。"素敏继续说。不不，老妈上辈子一定是女巫，能看透人心，否则她怎么刚好说中她的忧虑。"你不是对他也有感觉吗？我知道，以前你没感觉，但人都会变的，现在有感觉，那就跟着现在的感觉走。我今天遇到钱峰，他跟我好好谈了谈，他说他喜欢你，要跟你过一辈子。"素敏吞了吞口水，"女儿，这样的男人到哪里去找？没有啦！"小捷自尊心突然反弹："我不需要人可怜！"素敏走近半步："我跟你说，你有这种想法就不对。经历了那么多，受了那么多苦，还有这样一个优秀的男人对你心有所属，你应该感到高兴。"老妈的"穷追猛打"令小捷一时乱了心神，她为钱峰的执着感动，她现在对他也的确有感觉，可她觉得自己不配。她更不能背叛自己曾经立下的誓言，十月怀胎，她曾经向老天爷许愿，只要让她健康平安诞下孩子，她愿意用一生的辛劳交换。她要建一座城，里面只有自己的那颗心，她相信城门不会为任何一个人再打开。谁能想到，钱峰再一次来到城下，不不……做人不能这么卑鄙，小捷想。她不能一而再再而三地接受钱峰的馈赠，坐享其成。

素敏忽然一声凄怆，"女儿，我不想看到我死了以后，你过得那么惨——"小捷忽然哭了，两肩微微耸动着。素敏哽咽着说："你要学会示弱，不是所有的事情都要自己扛。"此时此刻，刘小捷感觉自己像是陷入了一个漩涡，周围漫天洪水，都卷着痛苦。当初对徐正的感情

540

是真的，现在对徐正感情的泯灭也是真的。当初对钱峰食之无味弃之可惜是真的，现在被钱峰吸引心潮涌动也是真的。只是，周围的环境变了，人生的际遇变了，一切就都走了样。小捷恨自己总是踩不上感情的鼓点，屡屡荒腔走板，贻笑大方，归根到底，她对自己没有信心。

工人们在搬东西，李萍抱着李竹，冷眼旁观。孩子还太小，脑子里甚至没有什么"迁徙"的概念，李萍为搬家悲伤了好几天。大套卖了，急用钱，要得不高，匆忙出手。李萍在丰台还有套小房，她得在天黑之前把东西都拉走。她半辈子的江山啊——付之东流，可不救老洪她只会更痛苦。佳佳从外面跑进来，叫了声妈。李萍不看她，也不理睬，佳佳依旧没表明态度，没说要跟那小子分手。李萍只能告诉她，你有你的选择，我有我的；你要是选择他，就要做好他一辈子不能迈进我家门一步的准备。佳佳上前，问有没有需要帮忙的。李萍尖叫："你眼瞎了！"佳佳吓得后退半步。"我不想看到你。"李萍气场太大。佳佳只好转身。"站住。"太难伺候，佳佳只好站住，无奈地说："妈，你到底要我怎么样……"李萍把挎着的包递给佳佳："看着点工人，东西别少了，你什么都不缺，就缺脑子。"佳佳遵命。在她看来，老妈肯骂她，就代表有原谅的可能。

搬家搬到晚上八点，地方小，东西多，实在放不下，李萍不得不舍弃一组沙发，丢在楼下垃圾箱旁，一会儿就被收破烂的老头捡走了。李萍和佳佳合力先把床收拾出来，再安顿好李竹，母女俩累得瘫在小客厅的地板上。"挺好，自力更生。"佳佳乐观。李萍抬头，环顾四周，各式家具鳞次栉比，缝隙中夹着各种杂物，还有衣服——到处都是，实在没空收拾。"怎么感觉像逃难？"李萍自嘲。"还好，人还活着。"佳佳鼓励老妈。李萍就势躺在地上，眼望天花板。佳佳看着她，不得不说，此时此刻，她有点佩服老妈，杀伐决断，干脆利落，跟从前她决定与老洪离婚时一样，她老妈的爱恨总是那么分明，刀劈斧凿般。

"妈，你怕穷吗？"佳佳忽然问。李萍眼珠子转了转，瞧瞧女儿，嗤一声："谁不怕穷？但怕是没有用的。"李萍跟着问："你真要跟那小子？""差不多。"佳佳说。"为了他，你背叛妈妈？""你永远都是我妈。""如果妈妈求你，求你不要跟他在一起，我保证以后你会遇到更好的男孩。"李萍低下身段，一字一顿，她的冷酷与温柔切换得十分迅速。"感情不能勉强。"佳佳说，"就比如你对老洪，不是一个道理么？怎么也切不断。""不一样！怎么比！我们经历了多少。""我们以后也会经历。"佳佳轻声答。

李萍不再劝解。她知道女儿根本就是遗传——遗传她，顽固如花岗岩。她觉得击溃敌人需要时机，她只能等。不知不觉，佳佳斜躺在沙发上睡着了。她隐约感觉，老妈来给她盖了一床被子。

160

尽管小捷和廖姐都为安全问题忧虑，但她们明白，这场新书发布会对亲子英语的发展有多重要。线上积累关注，线下有可能发展实体，廖姐已经在接触人，有人有意向投资亲子英语。这是小捷的敏捷亲子英语创立以来出版的第一部实体书。廖姐和出版公司合作，她自己投了一部分钱，宣传上自己做，很费了一番功夫。廖姐劝小捷："要不算了吧，就做直播，我再找找路子。"小捷想了想："别，还是做，笑尘出现的时间尽量缩短，做个对话练习就撤。"其余时间留给小捷，简单演讲，主要是签售。廖姐又说请个保镖。小捷认为不至于到这个地步。

　　只是，提起保镖，刘小捷不由得想起金波来。过去到法院打官司，是金波充当保镖，虽然起不到大作用，但好歹能镇镇场面。金波在保卫科做过，也算专业。只是如今物是人非，金波已经回老家生活。小捷心生感慨。老妈素敏是不能去。她能张罗，但就怕现场太乱，老太太年纪大了，不适宜去人多的地方。也不好请姐姐，单干过后，她太忙。想来想去，还是得独立，没有敏，还有捷——想到这儿，小捷灵机一动，觉得请家骏过来帮忙倒是可行，至少可以帮忙守着笑尘。小捷当即给家骏打电话，家骏爽快答应了。

　　时间还没到，西单图书大厦门前已有不少读者在排队，队伍迤迤逦逦，从地面一直排到地下室，每个人手里都拿着本书。小捷在等候室，还是有点紧张，廖姐给她打气，并再次申明流程："上去，公司领导开场，讲几句；你上，讲几句；笑尘上，你们对话；最后你再讲几句，然后签售开始。""孩子什么时候下去？"小捷关心这个。"你们对话，我抱走，抱到车里，家骏看着。"廖姐雷厉风行，小捷深感稳妥。

　　入场了，小捷抬眼看看，黑压压都是人。这是礼赞，是对她这么长时间以来工作的认可。公司领导简单开个场后，小捷被业务员们拥簇着出现。她点点头，微笑着，一扫眼，却见钱峰踮着脚，露出一颗头，站在人墙后端。小捷笑容稍稍收敛，转而又恢复正常。老妈劝说后，她对钱峰的感觉似乎又更进了一步，她朝钱峰所在的方向点点头，钱峰朝她招手。

　　小捷的演讲开始了，不得不承认，刘小捷天生是个做教育的人才，她有演讲天赋，上了台魅力四射，生了孩子之后她又稳重了几分，压得住气场。小捷甚至还打算再去读一个硕士或干脆再考个博士，不为学历，为了再学点真事。紧跟着，是笑尘亮相。他跟妈妈小捷做对话，小小年纪，说起英语来是那么老练，还有几分童言无忌的幽默，读者被他逗得哈哈大笑。廖姐在旁边看着，不住点头，为他们骄傲。

做完对话，廖姐迅速把笑尘抱回车里，交给家骏看管，并叮嘱，哪都别去。她再迅速返回会场，小捷已经开始做签售了。"麻烦签个祝我生日快乐。"一名读者递书过来。"你生日。"小捷没抬头，真落笔。"你不记得了？"那人又问。小捷仰面，却见徐正站在她面前，她下意识地站起来，转身要走，读者队伍瞬间乱了。徐正追小捷，廖姐眼见着事态还在发展，立即小声告诉保安，保安企图上前去阻拦徐正，很遗憾，两个人的脚步都太快。钱峰站在队伍末端，最后才意识到发生了什么，他连忙冲出大厦，循着徐正的背影追过去。

小捷踩着高跟鞋，穿广场，过天桥，到了君太百货楼下。徐正东张西望，看到小捷的身影，再追。钱峰则追着徐正。小捷稳住心神，往大悦城里钻，从 ZARA 入，穿过苹果专卖店，上了飞天电梯，直接上五楼，徐正也跟着上飞天电梯。刘小捷意识到商场里是条死路，只好又从楼梯下，重新回到一楼。徐正在楼上俯瞰，立马往下追。一楼大厅有外国模特在走时装秀，围的都是人。钱峰冲进来，却怎么也找到不到徐正的影子。

"对不起，让一下。"小捷跑进大悦城后的写字楼，直接往电梯去。轿厢下沉，到一楼了，哗啦出来好些人。刘小捷走上电梯，迅速按了个楼层。"等一下。"四五个女白领小跑着。小捷迅速按关门，女白领一个箭步，摁住门口按键，电梯还是无奈打开了。小捷半低着头，往里站，女白领们趾高气扬进来，背对着小捷，却仿佛背上也长了眼睛。她们用鼻孔出气，嘀咕："什么素质 ……"小捷不理会，电梯门再次关闭。徐正冲进大堂，一眼看见小捷在电梯里，便以百米冲刺的架势闯过来。小捷着急，连忙摁关门，女白领见状，却反其道而行，死死点住开门键，徐正跳上电梯了。女白领朝后看看，白眼翻得更大，声音也大，又细又长的调子："臭 —— 德 —— 行 ——"

小捷不解释，这黑锅她背了。徐正呵呵笑着朝里挤，到小捷身边，并排站着。小捷往旁边靠靠，深呼吸。九楼，女白领下电梯，小捷也要跟着，却被徐正一把拉住。他摁关门，轿厢下行。"你躲我干什么？"徐正还在喘息。小捷摁三楼，徐正立刻取消。她再摁，胡乱摁，他纷纷取消，电梯铁了心，直落一楼。两个人争夺地盘一般摁了一阵，电梯警报嘟嘟响，轿厢停在六楼，电梯失灵。"满意了？！"小捷愤怒。徐正却暂时把生死置之度外，笑说："你还不肯原谅我？"小捷火上头顶："孩子头发是你揪的？！"徐正一愣，笑："我没让他揪那么多。"小捷喝道："你这是犯罪！我可以报警抓你！"

徐正本来有些理亏，可一见小捷如此理直气壮，瞬间又觉得自己才应该是挺起腰杆的那个。"你瞒着孩子爹偷偷生了个孩子就不是犯罪？"小捷满脸涨红："那是我的自由！妇女有生育权！不需要经过任何人同意！""很好，承认了。很好。"徐正一手插裤子口袋，一手扶住轿厢内的不锈钢把手。"为什么不早告诉我？我们可以在一起的。"小捷看着徐正的目光充满鄙弃怜悯，就因为生了孩子就可以在一起？她刘小捷也要来个"母凭子贵"？你徐家是皇室还是富豪，用得着把自己抬得这么高，把别人踩得那么低？最关键一点，小捷非常确认，她已经不爱他了。他说这个话，纯属搞不清状况，是彻头彻尾恶心人的自恋！"我们之间早完了。"小捷斩钉截铁。"那你还生下儿子？"徐正质问。他的意思很明显。你生孩子，就因为爱我。小捷不得不打破他的自恋梦："孩子是意外，生他的时候，我就决定一个人养。""你没有权利做这个决定，我是孩子的父亲！"徐正点自己的胸口，扯着嗓子。

"生育权在我，抚养权，你即便去法院打官司，法官也不会判给你。你如果知趣点，我还有可能允许你偶尔看看孩子；如果你们来横的，对不起，不奉陪。"这对策小捷早都想好了。徐正不得不软下来，柔声道："小捷，儿子都有了，是我们爱情的结晶啊，有必要闹到这一步吗？我今天来，不是为了跟你抢孩子，我是对你有感情……"小捷喝断："我对你没感情。"四目相对，眼神所见都是火。"你的感情是你的事，跟我无关！你现在有老婆有孩子，你的话只会侮辱你自己！你不配当一个丈夫一个父亲！"小捷感觉自己当初简直瞎了眼！"我不爱她！"徐正呼喊，发自内心。"跟别人没一毛钱关系。"

"小捷，我都快淹死了！你真的忍心，你不救救我？"徐正朝她这边倒。小捷连忙躲开，徐正侧过身子，再压上来，他似乎打算来个壁咚，可惜他的霸道手段对小捷根本不起作用。他作势要吻。小捷一个扫手，正中他左脸颊，啪！脆生生，结结实实，脸上马上有了红手印。"你放尊重点！这有监控，可以告你性骚扰。"小捷一身正气。徐正还不肯放手，语无伦次哀求："亲爱的，我离婚……我们一起过……我们带着儿子一起过……我们还是一家人……"一扬手，又是一个巴掌。这次是发手攻击，打右脸颊，瞬间红起。"这是替你老婆打的！"小捷斥。

徐正变色："刘小捷，别敬酒不吃吃罚酒，孩子是我们徐家的人，这有问题吗？鉴定我做了，我有权利让他认祖归宗。"小捷冷冷道："你去跟法官说吧。"徐正啧了一声，口气又软下来："小捷，你现在怎么变得……怎么变得这么不可理喻？你这和绑架有什么分别，那孩子是我的，我也有一半，你怎么可以、怎么可以侵吞我的孩子？"小捷喊："孩子是人，不是你的财产！""都是我的错吗？！"徐正反击，"好！都是我的错！你全对！你完全正确！当初说先上车后补票你非不干，好了，你伟大，自己偷偷上车，还不给别人补票的机会！你有什么可拽的！"小捷泪奔。王八蛋！这意外还不是当初他一意孤行！不解释，跟这种人没必要解释！心已死，意已决，过去的一切付之一炬，少女时代最后一个幻梦被烧得灰都不剩。眼泪瞬间转化成力量，她脱下高跟鞋，举起后跟朝徐正打过去。徐正连忙闪躲。

轿厢一阵晃动，门开了，大厅里的人都站着不动，眼见着小捷高高举起高跟鞋。小捷羞得立刻套上鞋，跑出轿厢。徐正跟着，继续追。斜刺里跳出个人。"冷静点！"那人拦腰挡住徐正。是钱峰，晚到的骑士。"让开！"徐正对男人可不客气。"别追了。""我让你让开！"徐正怒视，钱峰还是铜墙铁壁的样子。徐正指着钱峰，冷笑着嘲弄："怎么，你还喜欢她，好啊，有本事，有本事你就把她娶了帮我养儿子！当你的绿头龟！儿子养大了，还是叫我爸爸！"一拳打在徐正脸上。钱峰直接开战。

"行啊你！"徐正摸摸脸，脱了外套，摔在地上。刘小捷站在门口，紧张注视。保安过来，她慌忙说："赶紧阻止，赶紧拉开，阻止……"可保安是个老头，他似乎也没有那个能耐阻止，小捷着急，又让他去叫人。徐正回赠了一拳，跟着是一脚。钱峰一个扫堂腿，徐正重重坐在地上。钱峰扑上去，两个人滚作一团，像一股麻绳扭扯着。打不过，徐正动口，朝钱峰胳膊狠狠一咬，麻绳松开了。

保安们赶来，徐正就势夺了根橡皮棍，雨打荷叶般朝钱峰打过去。一道红沟，钱峰嘴角流血了。小捷惊得捂住嘴巴，一个劲大喊："别打了！"徐正乘胜追击，把钱峰打倒在地，逼至墙角。一个年轻保安上来夺了橡皮棍，徐正操起旁边的椅子，高高举起，钱峰用手臂挡着。情势危急，小捷不得不舍身扑过去。"不要！"她的尖叫声响彻大厅，她直接扑到钱峰身上，做人肉盾牌。徐正一晃神，犹豫着不好下手。老年保安果断出手，朝徐正后脖颈猛然一击，徐正瞬间歪倒在地，他晕了过去。

小捷关切地问钱峰："没事吧？你没事吧？"钱峰慢慢倒在地上，仰面朝天，大口喘气。"救护车，救护车！"小捷这才发现自己没带手机。民警赶来，现场一片混乱。廖姐到得晚，见此情景，不禁双手插进头发，大叹我的天。

161

急诊室里，钱峰头上绑着绷带，一只胳膊不能动。小捷坐在旁边，眼神无限落寞。钱峰动了一下，刘小捷关切地问："没事吧？哪疼？我去叫医生。"太外行的话。钱峰挤出点苦笑："哪都疼。"小捷真要起身去叫人，钱峰伸出手，拽住她胳膊。小捷回头，四目相对。钱峰小声说，"你坐下。"刘小捷只好坐回原位，沉默，有点尴尬，她只好用话填充："以后不能这么鲁莽……这要打出个好歹来……"

"忘了他。"钱峰歪着头，无限深情地看着她。小捷突然哭出声来，感动、感慨、感伤，她为钱峰的仗义哭，为自己的青春流逝哭，为徐正的混蛋哭，为时间无情哭，为人必须长大哭……先是涓涓细流，而后慢慢发展成瀑布般。钱峰没料到自己的劝解有这么大杀伤力，只好抱歉似的抓住她胳膊。"我们结婚好不好？"他突然在她的抽泣间歇撂下这句话，仿佛动画片里的绝招庐山升龙霸，小捷的眼泪戛然倒流，她不哭了。愣在那。"你和孩子……都让我来照顾……"钱峰又说。小捷的眼泪又流了下来，这一次，是为眼前这个男人的深情。

廖姐抱着笑尘匆匆走进来，嘴里嚷嚷着，说什么这个绝对要报警，得抓，必须抓。小捷连忙停止流泪，又甩开钱峰的手，在笑尘面前，

548

她必须做个端端正正的妈妈。家骏也进来了，问小姨要不要帮忙，小捷摆摆手。"再考虑考虑。"钱峰说。小捷吐了口气，回答道："不可以的。""再想想。"钱峰坚持。

李萍坐在那儿，有敲门声。她有点不满，家里快没下脚的地方了，佳佳还在买东西，总是收快递。她应了一声，问是谁，没人作答。"谁？"李萍到门口问。猫眼坏了，她不得不防，她不信任这小区的安全保卫工作。"谁？"李萍又问。"我。"一个低沉的声音。李萍脑子里仿佛啪地亮了一团火光，她迅速拉开门。门口站着的，是个头发花白、胡子老长的男人。她愣住了，隔了一秒才确认那是洪卫，他活像刚从荒岛逃出来的鲁滨孙，或者神农架跑出来的野人。"小萍。"野人叫她名字。李萍这才彻底回魂，扑上去抱住他。

洪卫回来了，这是李萍生活中的大喜事，交了罚金，全身而退，比什么都强。洪卫走进屋，看到屋内的陈设，拥拥挤挤，真像逃难的。李萍通过眼神看出他的落寞，道："就这条件。"洪卫说："让你受苦了。"简单擦洗后，李萍首先帮洪卫理发，拿着小推子把头发推平了，再推掉胡子，水落石出般，洪卫露出真容，稍微显年轻些。整个过程，两个人一句话都没说，离别一阵，归来仍旧是老夫老妻。只是其中的况味，却在李萍和洪卫心中翻滚。

李萍眼眶突然有点发红，人回来了，她才真正开始心疼钱。虽然她还有点资产，不至于吃不上饭，但去了那么一大笔，她还是心疼。洪卫知道她心思，劝："钱可以再赚。没事的。"李萍半撒娇半嗔怪："你去赚？""包在我身上。"洪卫没丢失幽默感。"都给我？""全部给你。"洪卫说。都收拾好，李萍递过去一面小镜子："看看。""你的手艺，是这个。"洪卫比大拇指。女人需要夸。李萍尤其是。"孩子呢？"

他又问。李萍让他先洗个澡，然后再一起去幼儿园接李竹。

没到放学时间，李萍和洪卫站在门外等。太阳偏西，照在人脸上，洪卫的白发闪着金光。李萍忽然有点心疼他，他这一辈子的心愿，不过是要个孩子。如今没什么遗产好继承，李竹却是他活下去最大的动力。这样也好，有个希望，好好活，不仅为自己，也为孩子。时间到，门卫才放行，家长们到了"内城"，幼儿园的小院子，但还是不准往教室去。终于，老师领着孩子出来了。唐老师跟李萍熟，李竹一跑过来，唐老师就跟李萍打招呼，又看到洪卫，她见孩子不叫人，小声问李萍："爷爷？"李萍笑笑，不作答。洪卫耳朵尖听到了，但也只能装听不见。三口子上了车，李萍才责怪李竹："怎么不叫人？"李竹眨巴着眼，不吭声。洪卫把李竹拥在怀里，笑呵呵地说："我来抱抱宝贝儿子。"李竹挣扎，满脸痛苦。李萍诧异："这孩子怎么一点不认人，又不是没在一块待过。"她从后视镜里看李竹："记住，这是爸，叫爸爸。"李竹有点害怕。"叫爸爸。"洪卫轻声说。李竹的嘴跟上了锁一样。"爸——爸——"李萍对着镜子发音，李竹岿然不动。"这孩子！"李萍着急，李竹哇一声哭出来。洪卫连忙摆手，说慢慢来，慢慢来。

等事情几乎快过去了，王素敏才从廖姐那得知小捷签售会当天的"惨状"。这日，小捷刚带笑尘进门，素敏便一脸愁绪："发生那么大事，你怎么都不说？"小捷没吭声，打发儿子去卧室玩，然后脱掉外套，再去洗手间好好洗了手，走出来才道："不是都过去了吗？""他家知道了？""没事。""他们家都什么人，你没见识过？他们会善罢甘休？"小捷依旧淡定。她是个强大的妈妈，她坚信，谁要胆敢打她儿子的主意，她就是咬，也能把敌人咬碎了。

素敏继续说："孩子头发怎么秃的？"素敏从廖姐那追溯到历史，

更加担忧。"这孤儿寡母的……"素敏喋喋不休。小捷喝断："我不是寡母，笑笑也不是孤儿！"素敏意识到失言，连忙找补："我知道你是独立女性，新一代的女人，升级版的女人，你厉害。"她调转话题："钱峰呢？听说也受伤了。有时间我去看看。""妈——"小捷也觉得适才自己过于激动，稍微缓和点，"别跟着添乱，简单问题复杂化。"素敏苦口婆心地说："你怎么就不开窍、不明白呢？人家对你一片痴情，换了旁人，能帮你挡子弹吗？你带着孩子，他还愿意这样对你，你还想怎么样？"小捷凛然："意思是我得感恩戴德？"素敏道："你就是过激，人家对你好，你就认为伤了你自尊。其实你喜欢他。他喜欢你，都不介意彼此的情况，在一起不是很正常吗？哪弄那么多古怪，接受幸福就那么困难？还是你心里压根就想把自己活成个苦女人，跟你妈一样，自己感动自己？"小捷拦话道："妈，别说了，平平安安把孩子带大，我没其他想法。是，钱峰对我不错，所以我更不能连累人家。"素敏批评道："什么叫连累？你还没活明白？心甘情愿叫什么连累？"小捷不出声，也不理论。素敏见劝不动，只好改天再请小敏来做做她工作。

　　果然，隔日小敏便来了，一进门就拉住妹妹，两个人躲在卧室说话。在钱峰的问题上，小敏跟她妈站在一队，她们认为，只要钱峰不介意，小捷未尝不可以考虑。给别人机会，也是给自己机会，何必拒人于千里。姊妹俩坐在床边，小敏循循善诱："听妈说了，你对钱峰有感觉。是实话？"小捷道："只是感觉，不能摆到阳光下。""为什么？"小敏问，"人的感情是瞬息万变的，所以没必要画地为牢或者削足适履，有的时候可以突破密室思维，要有无限制思维，谁说单亲妈妈就不能找没生过孩子的？如果彼此都喜欢，为什么不试一试呢？"小捷反驳道："当初我找没结过婚的，你们不一样反对，那时候怎么不说要跳开密室思维？"小敏说："那时候你虽然离过一次婚，但跟一张白纸有什么区别。现在你有孩子，也算在婚姻恋爱里打过滚了，知道高低轻重，没有负担，能够放开手脚活自己的。人都是在变的，就跟女演员一样，没结婚没生孩子之前总觉得生了孩子事业就完了。可那些结婚生孩子的，孙俪、刘涛，不也发展得挺好，而且可能路子更宽。事业上你不也一样，有了笑尘，又打开了一片天，那么感情上是一个道理。"小敏停了一下，继续说："难道你觉得自己还没优秀到可以安安心心接受一份幸福？"

小捷沉默良久，才说："我没法保证还有孩子。"顿一下，又说："李萍不就是例子？ 活生生的。"小敏一震，妹妹这话反过头来敲打了她，她没想到一贯感性的小捷竟变得如此理性。只不过，谁又能保证未来怎么样？ 人生就是赌博，不肯下注，就永远得不到丰厚回报。

162

小餐厅是提前订好了的，佳佳请客，家骏作陪，三个人围坐着。佳佳举杯："来，敬我洪叔刚出 ……"不恰当，改口："祝洪叔，重见天日，卷土重来，东山再起。"家骏跟着举杯。洪卫站起来，说了声借你吉言，又道："佳佳，我离开这段，你倒办了不少事。"佳佳的脸顿时红了。洪卫直说："恭喜啊，男朋友这么优秀。"家骏也不好意思，只好敬酒代言。洪卫打趣："以后男朋友到哪，你可得跟着，别丢了。"佳佳扬眉："他追着我还差不多。"其实佳佳着急请客，还是单独请，接风洗尘、庆祝人身自由是一方面，另一方面也有拉拢洪卫的意思。他也算家长，在李萍那比陈卓还有发言权，佳佳希望老洪有机会帮她给老妈吹吹风。老洪是明白人，喝了佳佳的酒，他便主动说支持有情人成眷属，会帮着做做李萍的工作。佳佳问："洪叔，什么时候跟我妈复婚？""随时。""随时可以，但不能随便。"佳佳指点，"我妈喜欢仪式感。"老洪笑说明白。吃了吃，老洪又跟家骏随便聊了聊，他打心眼里觉得这孩子不错，他见的人多，聊几句就能试出深浅，再加上看面相——他见家骏额头宽阔，剑眉星目，实在是个人才。

包房门口一阵喧嚷，服务员阻拦着，说女士你不能进去，这位女士对不起……说话间，女士已经闯进来，气场两米八。"妈！"佳佳率先叫，如临大敌。洪卫和家骏连忙站起来。洪卫讪讪地说："孩子们给我接风呢……"李萍二话不说，走到桌子边拿起红酒杯，直接往家骏脸上一泼，衬衫染红了，家骏不得不抹脸。"妈！你疯了！"佳佳惊叫。洪卫也吓了一跳，不晓得里头有什么深仇大恨。李萍愤然："我们这个家不欢迎你，你别以为农村包围城市就能慢慢打入内部。我告诉你，这个家，还是我说了算！梦别做，门没有！你该出国出国，咱离得远远的。真是占便宜占惯了，我不理会，越发地得寸进尺。"

家骏却没有因为这一杯红酒乱了方寸，他上前半步，不卑不亢地说："阿姨，我不知道您对我有这么深的成见。如果因为我妈，我认为我妈并没有对不起您的地方，人与人之间应该相互理解，我一直尊重阿姨，也希望阿姨您对他人有起码的尊重。我小姨和徐叔就是例子……"洪卫打圆场，说不至于、不至于，都给我一个面子……李萍火冒三丈，指着家骏的鼻子道："还有脸提你小姨！阿正被你小姨打得满身是伤，差点残废！这就是你们家的女人！比狼还凶，比蛇还毒！"又对洪卫说："我敢把佳佳交到他们家吗？根本就是有暴力倾向，别回头交出一个全乎女儿，回来却是缺胳膊断腿！"城门失火殃及池鱼，徐正和小捷的冲突爆发得不是时候。家骏耐住性子，打人的事他第一次听说。"阿姨，一定有误会。我小姨没那么大能耐打人。"
李萍抢白："她找了打手！帮凶！你小姨生了个孩子是老徐家的，知
道么？狸猫换太子，明修了栈道，暗度她陈仓，孩子都能瞒着盖着，
这样的女人什么事干不出来！走走走！你赶紧走！你们家的人，我
一个都不想见。"

在场三人都有些发蒙，信息量太大。佳佳只好让家骏先走，她跟
着要送。李萍喝："你不许动！"佳佳嚷："我去厕所！"两个孩子走了，
洪卫帮李萍揉背，劝道："气到了不值当。"李萍转头道："老洪，不要
被表面现象迷惑。我能害佳佳吗？谁好谁坏我能分不清？你要有立
场，要分明。"话讲到这份上，洪卫不好多说，李萍是佳佳亲妈，他
只是孩子的朋友，终究隔了一层。如果是李竹的事，他有绝对发言权，
但轮到佳佳，他只能观望观望。李萍还在埋怨："我跟你说，他们家不
能沾，就是个雷，就是个坑。"

一下午，刘小敏都无心工作，最新消息——从家长群里得知，
留学推荐名单已确定，家骏不在其中。小敏痛心疾首，她觉得儿子十
足糊涂。他怎么能为了一段虚无缥缈的感情，放弃自己的学业，自断
大好前途？！他的前途不光是为自己，还肩负着家族的荣耀，他怎么
能让支持他的亲人们失望？！小敏坐不住了，打算找儿子好好谈谈。

邮电大学南门外的湘菜馆，娘俩中间摆着盆红烧肉、蛋饺、剁椒
鱼头，都是家骏爱吃的。小敏尽量把口气放得柔一些："你怎么不跟家
里商量商量？"家骏早有准备，笑道："妈，什么事啊？""留学，你不
去外面读了？"家骏若无其事："我报名了，没选上。""你无所谓？"
小敏不满儿子的态度。"我们这个学科，国内科研条件不比国外差。"
听这口风，小敏明白儿子是有意放弃，更憋火，但还是压住了："儿子，

人生最关键就那几步，上去了，后面都顺顺当当的，上不去，很可能就掉下来。妈妈不是不允许你谈朋友，可是万事都得有个轻重缓急，为一个女孩，放弃那么多，值得吗？总有一天你会后悔。""佳佳对我帮助很大。"家骏挑明了说。

"没人否定她对你的帮助。"小敏策略性地说，"所有决定都是你自己做主，但我们这些周围的、关心你爱护你的人，也有权利说出自己的真实想法，给你做参考。女孩子成熟早，你又是在这样一所理工院校，接触的人少。小姑娘会打扮一点，特立独行一点，你就被吸引了，这很正常。但你要知道，你选的这个人，是要跟你共度一生的。你这一生的理想是什么？不是做科研，搞研究，为科技的发展贡献自己的一份力量么？那么你找的这个人，是不是得能成为你理想的助推，而不是下坠？你适合找一个过日子的人，搞科研也需要生活稳定。你看居里夫人和居里先生，多好。神仙眷侣。也做出了贡献。""不是……妈……"家骏企图插话。小敏摆摆手："儿子，我知道妈妈现在说什么你可能都听不进去，但是你记住，妈妈不会害你，你就应该找个知识分子，而不是什么从国外野鸡大学回来混社会的女人，商场不是那么简单的，正经女人在商场能吃得开吗？"

"妈——佳佳没那么坏。"家骏申辩。"我说的是社会现状，是事实。""我喜欢她，她喜欢我，这还不够吗？"家骏咬住不放，"我知道你们之间有很多问题，可那是上一辈人的事，总不能连坐罪。况且三个爸爸都支持，爷爷也支持，就两个妈妈不支持，少数还是应该服从多数。"小敏放下筷子："那是因为妈妈们看得深、看得远，能透过现象看本质。在这个问题上，我支持佳佳妈妈，不是说你们谁好谁不好，都好，但不合适。"家骏沉默。小敏乘胜追击："到时候你夹在中间也会非常难受，你掌控不了。""我没打算掌控任何人。"家骏道。"就那意思。"小敏摊牌,"反正就是说,家里接受不了。"家骏梗着脖子:"那太遗憾了。""你什么意思?"小敏知道儿子有反骨。"接不接受我们都会在一起。"家骏郎心如铁。"金家骏!"小敏终于失去耐性。

晚上,陈卓光着上半身坐在小板凳上,小敏手持大艾柱帮他灸风门穴,这两天风大,陈卓老在外面跑投资,有点感冒迹象。陈卓知道小敏不痛快,八成为孩子的事。可内心深处,他又维护佳佳——女儿是自己的好。他只能虚虚地劝:"别想那么多,顺其自然,都是注定的。"小敏不喜欢听这种宿命论:"顺其自然,我看是红颜……"硬把"祸水"两个字吞下去,改口:"红颜知己要不得。"陈卓背部抽搐一下,没接话。

"家骏啊,放弃了出国的机会。"小敏拖着调子。陈卓有些震动,但还是劝解:"国内先读博士,将来还能去访学。"小敏哼了一声:"也就不是你亲生儿子,你这么说,要换成你亲儿子,你也这么无可无不可?我不信。"小敏的揶揄口气令陈卓不舒服,佳佳真就差到人神共愤,万不能接受? 他看不至于。陈卓嘀咕:"你就这么瞧不上我的佳佳?"小敏放下艾柱,绕了九十度,跟陈卓面对面:"我怎么就跟你说不明白呢?那天不都说得透透的,都好,没有谁不好。跟药里头的十八反一样,都是救命药,可有的放到一起,就能把人毒死。"陈卓不看小敏:"你这样,回头后妈你没法当,亲妈你也不好做,两个一对怨你。"小敏不打磕巴:"先怨后不怨,治病救人,该下刀子下刀子,不能犹豫。"

163

没有花花绕,洪卫和李萍干脆利落复了婚。天福和李兰说什么也要帮他们摆一桌酒，李萍笑说："低调点好，不摆酒的还能长久，摆了酒的就怕……"天福连声说呸呸。李兰算洪卫老家人，洪卫这次来，不光是告知结婚消息，他还希望李兰能陪他回去一趟，荒山的未尽事宜，需要经手人李兰出面协调。李兰二话没说便答应了，天福一听说要离开李兰几天，不大痛快，道："小洪，你这刚娶了老婆，又把我老婆拐走了。"李萍见天福说得不像话，连忙打圆场："爸，这挣钱呢。我现在可是一穷二白，从头开始。"天福道："从头开始好，只要你还有从头开始的心劲，就不会觉得自己老。"

李萍想起佳佳那事，觉得不得不做做老头工作，便笑着说："爸，佳佳的恋爱问题，你立场不对，你那可是在害你孙女。""不会，不会。""爸，你知道多少有钱有势人家的公子追求佳佳吗？""俗气。"天福横眉，"谈感情就感情，别谈钱。""爸……"李萍不习惯这么明事理的天福。"感情就是纯粹的，一点杂质都不要有。你们这些人，就是把钱看得太重，不就是一张纸吗？一闭眼什么都没了。找一个知冷知热的人多不容易……"天福一说起来没完。李萍还想分辩，洪卫朝她摆摆手。

不日，洪卫即将远行，李萍帮他收拾箱子。虽然是复婚，老夫老妻，可究竟也属于新婚燕尔，李萍舍不得洪卫走。她一边收拾箱子，一边叮嘱，哪里是药，哪里是换洗的衣服，太阳太毒要戴墨镜，床单也要用自己的……洪卫站在一边，心里暖暖的。李萍又打电话交代兰姨，请她关照老洪，有什么事，随时联系。李兰见李萍和洪卫感情更甚从前，也由衷高兴。洪卫拖着箱子，站在门口，朝屋里喊，儿子，儿子。李竹探出个头，像一只躲避捕猎的小兽。李萍下令："去，亲亲爸爸。"李竹还不习惯这个爸爸，他不动。李萍又说了一次。洪卫摆摆手："算了算了。""去！"李萍声音加重。李竹不敢不从，怯生生走过去，洪卫连忙蹲下，李竹迅速靠前，在他脸颊啄了一下。洪卫笑着，一脸满足。"感情要慢慢培养。"李萍宽慰道。

送走洪卫，李萍发现佳佳似乎也在收拾东西，床边放着个大背包，半人高，里面几乎塞满了。奇怪，她去哪？ 李萍不由得多想。晚间待佳佳回来，她追着问究竟。佳佳转头，乜斜眼，不满地说："妈，我不是犯人吧？""我是你妈，我有权知道你的去向。""徒步旅行。""哪里？""太行山。""跟谁？""妈，别没完没了行么？ 我的忍耐是有限度的。""我有权利知道你跟谁混在一起。"李萍义正词严。"谁给你的这种权利？ 我是中华人民共和国的合法公民，我有人身自由权。"佳佳反击过去。"那小子去不去？"李萍直接问。"跟你没关系。""不说我也能查到。"李萍掏出手机，要打给陈卓。

"妈你到底想干吗？！"佳佳被逼得没办法。"陈佳佳！"李萍瞪眼，仿佛金刚附体，"你是女孩！ 要知道检点！ 明白吗？""你是法西斯！""你就这么把自己送过去？ 反正人家不吃亏，肉送上门，干吗不吃一口？ 可你的名声就会这么毁了！ 年纪轻轻的小姑娘，别把自己弄得像个免费的、不要脸的女人！"李萍恨道。陈佳佳哭笑不得，这就是她妈，无理也能搅三分的女人。"妈，我真该把你的话录下来，让你自己听听自己都说了些什么。你现在和无赖没有任何区别，女无赖，女流氓！"佳佳下定决心反抗到底。她和家骏的徒步旅行，算作家骏毕业前的礼物，她一定要去，下刀子也要去。李萍一扬手，啪，巴掌击中小脸，佳佳身子转了半个圆，斜倒在沙发上。陈佳佳眼神像能杀人，瞬间弹起，张牙舞爪，大叫着扑向李萍："我跟你拼了！"李萍作势再一推，佳佳又往后跌。李萍一把抓起佳佳手机，迅速撤出屋子，带门，反锁，行云流水，俨然受过特种兵训练。

佳佳被锁闭在小卧室内。"开门！"佳佳嗓子劈了，嘶喊着，"开门……开开门……妈……"李萍恨道:"还知道我是你妈,不是要拼了么? 拼拼看。"佳佳用怀柔政策,"我开玩笑的……妈……你开开门……都好商量……妈我错了……妈……开门呐……""不商量,"李萍费九牛二虎之力推过来一只柜子,"给我好好待着! 我倒要看看,谁才是老娘! ""李萍! 你这是犯法! "佳佳恨得直呼其名。李萍拍拍手,牵起李竹:"走,咱们吃饭去。"

　　陈佳佳被关禁闭了,没有手机,窗外又是十几层高楼,门锁尤其合格,根本没有撬开的可能。她努力了一阵,发现丝毫没有机会逃出天罗地网。陈佳佳心灰得简直要从楼上跳下去,可不能,她没这个胆量。佳佳开始试图跟老妈谈判,李萍却是顽石一块。两天过去了,她从楼顶吊一个细绳,系一根篮子,把外卖下放到佳佳窗口。佳佳那屋连着厕所,她不担心女儿被饿死憋死,她打算给女儿一个深刻教训,巩固自己的权威。她拔出女儿的手机卡,换到新手机上,自然便破解了密码。她给家骏发了个短信,仔细说明了彼此的情况,要和平分手。家骏打电话来,她不接,再发短信严词拒绝。一来二去,家骏便暂时不再来联络。

　　佳佳坐在门旁边跟李萍说话:"妈,你就不怕我自杀? "李萍哼哼笑:"你是我生的,你什么样我不知道? 你跟你老娘我一样,最爱惜自己,我死了,你都不会死。"佳佳道:"你就不怕等你老了以后,我虐待你? "李萍反驳:"我根本没指望你给我养老,我有钱,实在不行住高档养老社区。你愿意来看,你就来,你不来,我也照过日子。""你就不怕我恨你? ""你再恨我,我也是你妈。""我为什么有你这样的妈! "佳佳用尽力气喊。"你只要肯悔过,向天发誓跟那小子分手,我立马开门,世界太平。""绝不! "李萍冷笑道:"你还在这当贞节烈女呢,人家早都同意了。我读给你听听。"说着,李萍拿出手机,要读家骏的短信。佳佳捂住耳朵："妈你是不是疯了！你开门！你是不是想以后都去安定医院看你女儿！"

李萍捏着嗓子悠然读道："佳佳，我不知道我哪里做得不好，但既然这是你的决定，我尊重你。我们永远还是朋友……"门板疯狂擂响，佳佳的身子痛苦滑落，跌坐在地上，泪流满面。李萍离开了，她要送李竹去幼儿园。佳佳一个人坐在地板上，静悄悄的。道高一尺，魔高一丈，她斗不过老妈。蓦地，耳边一阵响，窗户外飞来一只鸽子，落在窗台上。佳佳停止哭泣，贴着墙壁，绕到另一端，猛然关上窗户，说时迟那时快，鸽子振翅起飞，却遇上玻璃窗，它打了个转，在屋内乱飞。佳佳扯起件衣服做兜子，上下乱扑，终于"瓮中捉鸽"，她突然有了一个大胆的想法。

对于和钱峰的关系，小捷还是下不了决心。过去，她对钱峰没感觉，因此在孩子和他之间选择了孩子。现在，她对他有了感觉，但如果回头吃这口草，不知怎么的，小捷总感觉自己有点卑鄙。虽然老妈和姐姐一再告诉她，跟着心走就行，可小捷不得不考虑现实因素，毕竟她现在不是一个人，她还有孩子。是，钱峰说，不介意一起养孩子，会对笑尘视如己出，可说是一回事，事情真到眼前，恐怕就是另一回事。钱峰没有做爸爸的经验，小捷怕他现在一时有激情有勇气，什么都揽下来，真等到柴米油盐在眼前，就又不一样了。她深信不疑，人总是会变的，而且养一个非亲生的儿子，就算钱峰能接受。钱峰妈能接受吗？这层关系处不好，实在难办。都这个年纪了，刘小捷对自己能否再顺利生孩子没有足够信心，因此，她决定还是放一放。

新书出版，效果不错。周末，廖姐安排去南京做一场见面会，小捷去，笑尘在家。廖姐全程陪同。活动顺利结束后，她们当天就飞回北京。飞机上，廖姐不经意地说："上次那个见义勇为的，出院了啊。"她全程跟踪，知道关系微妙，没提钱峰的名字。小捷哦了一声。"对你不错。"廖姐端着橙汁，笑眯眯的，小捷还是不接茬。"是机会，就抓住。"小捷无奈，连廖姐都看出来了，都这么说。"我都多大了。"小捷搪塞，"输不起。""感情游戏算了，结婚，可以考虑。"廖姐一笑。

刘小捷拖着行李箱到小区门口，天空云层很厚，异常地闷热。一个大台阶，小捷收了拉杆，提着行李箱下，一抬头，却见不远处墙根下靠着个人，大大的黑色风衣，衬得人又瘦又高。见她来，他抽尽了烟，把烟屁股丢进垃圾桶，是钱峰。他怎么在这？小捷突然紧张起来。

164

小捷停下脚步，钱峰主动走上前，半笑着解释："陪朋友来看看房子。"又说："出差呢？"小捷嗯了一声："有点累。"然后没话了，显得这个断尾的句子被设计出来，是要躲着他似的。"那个……"轮到钱峰支吾，"刚好有个事。碰到了，就跟你说一下。"不像巧合，管他呢，小捷并没有觉得不舒服，她脸上表情十分矜持，在等他下文。钱峰也有些羞涩："哦，是这样，公司要在印尼建厂，派我过去当头儿，"停一下，声音小了点，"得两年。"

小捷头皮发麻，心结了冰晶。哦，两年，很长一段，足够发生好多新故事。"恭喜。"她柔声说，不愿意露出一丝丝忧伤。"去爪哇。"他说。爪哇，她只在古代小说里看到过这个名字，是个很遥远很遥远的地方，脑海里忽然响起梁静茹的歌："不想过冬，厌倦沉重，就飞去热带的岛屿游泳……"哦，分手快乐。钱峰忽然有点结巴："那个……

其实……其实……如果你愿意……我可以留下来。"意思很明显。
只是，这实在是宇宙第一大难题，她有什么资格留下他来，他在问她
要承诺。刘小捷两只手撑在拉杆扶手上，终于，她不得不绝情地说：
"工作要紧。"

　　钱峰尴尬地笑笑，给自己鼓劲般提提气："明白，加油。""加油。"
她也落寞地说。该道别了，可钱峰似乎还不愿意离开。小捷不得不做
率先行动的那个，她拉起箱子，走了两步，钱峰突然在她身后喊："我
会一直等你！"两行泪夺眶而出，小捷感动。她忍不住骂自己，刘小
捷！你何德何能拒绝这样的男人，你上辈子是拯救了宇宙吗？值得
别人这样对你好。不，不能回头，不能再害人，太不公平，她实在
没有信心。钱峰又往前追了两步："孩子可以一起养。不愿意生，可以
不生。"他开始说细节，全都是她内心的担忧。可是，他越大度，她
越觉得自己不能那么自私。"刘小捷！"他突然大声，她像被定住一般。
他走上前去，从后面抱住她。"我们在一起吧。"他深情地说。小捷泣
不成声，深呼吸，转过身，哽咽着说："你值得更好的。"终于撒开他
的手，钱峰站着不动，刘小捷拖着箱子跑了几步。

　　天空飘着细雪，冲到单元门口，素敏抱着笑尘突然闪出来，小
捷吓了一跳："妈，你干吗呢？"素敏诡异地笑："求婚了？""说什么
呢？"小捷不承认。"我都看到了，就没往那边去。"素敏潜伏着，"他
跟你求婚了？""没有，上楼吧。""到底怎么回事？"素敏不依。"他
要出国，告别一下。""就没了？""没了。""你没留？""别说了。"
素敏顿足："你到底在犹豫什么？有什么担不起吗？这样的男人，你
认为老天爷还会给你第二个吗？他是来看房子的，他还要买这里的房
子，就为了跟你过！你到底还要怎样？！真的，勇敢一点，好男
人不多了，错过一个，就是一辈子！"

刘小捷呆立，脑中嗡嗡作响。他又来买房子，就为了跟她在一起？这在房价高企的当下，实在不能不说是一番壮举。刹那间，小捷后悔了，她迅速把箱子交给老妈，又在儿子的小脸蛋上亲了一下，冒着细雪跑了出去。小区门口，四顾茫茫，哪里还有钱峰的身影，雪地上乱乱的脚印指不出方向。小捷没给钱峰打电话，她的勇气只在一瞬间，过了那会儿，小捷又重新担心现实，重建家庭等于打破现有格局，姐姐小敏就是个例子，太过冒险。

刘小捷失落而过，踽踽独行。"站住！"背后传来一个声音，有点耳熟，回头看，透过雪花的帘幕，徐正爸妈小跑着，直逼而来。小捷瞬间切换模式，小跑着往家去。门锁好，小捷大喘气。素敏不解，问："找到了？谈好了？"小捷说不出话，摆摆手。素敏问什么意思，小捷只能说短句："来了。""谁来了？"素敏不懂女儿的字谜。话音刚落，门就被重重敲响，素敏趴在猫眼上看，才明白对手是谁。不用说，徐正受伤，连李萍都知道了真相，徐父徐母自然也会知道，上门是迟早的事。

"别理他。"小捷保持冷静，她告诫自己，她是个妈妈，必须做战士。老两口咚咚咚敲一阵，对门冒出个中年妇女，警告："干吗呢，扰民啊！"徐正妈连忙说："有人犯法，拐卖人口！"妇女嘟囔了句神经病，赶紧关门。老两口还在门口"作法"，嚷嚷着要报警抓人。小捷跟着门板道："你报警也好，去法院也罢！孩子是我的！就算要谈，也轮不到二位！让你儿子来吧！"徐正妈更恨，她认定了儿子是小捷打伤的，她才出来"报仇"，最关键的是，得见到孙子。徐正爸扯着嗓子："你把孩子交出来！我保你平安！否则的话……"尽是狠话。但没用，小捷不吃这套。素敏担忧，一个劲嘀咕这要出事怎么办。小捷安慰妈妈："能出什么事？"她从柜子里拿出准备好的材料，"出生证明，户口本，齐的，笑笑就是我儿子，走到哪都不怕。"素敏心稍微定了定。

又过了一会儿，门外安静了。素敏蹑手蹑脚靠近："走了吧。"小捷道："大冷天，撑不了多久。"素敏趴在猫眼上一瞧，顿时失色。"着火啦！"她惊叫。小捷连忙去看，门外一片火光，楼道里的纸盒被点燃，都堆在她家门口，门缝开始冒烟。小捷迅速指挥："妈！快！我们得出去！孩子呢！"素敏手忙脚乱，这种事，她一辈子没遇到过。"包被！毛巾打湿，捂住口鼻！"小捷交代。她一边穿衣服，一边打119，身上挎着个包，里面放着一系列证件，情急时刻，她保持冷静。

开门。火势不算大，小捷倒出去一桶水，冲出一条道来，素敏抱着孩子先走。对门邻居也开门，惊慌失措地嚷嚷救命。不走电梯，素敏一路下楼，小捷跟着。大楼里好多人都跑了出来。到一楼拐弯口，素敏惊魂甫定，笑尘倒保持镇定，一声没哭。楼上开始冒黑烟，小捷催老妈往外走。

刚出单元门口，混乱中，素敏只听到一声"给我吧"，再一低头，孩子没了。徐正妈抢了孩子，拔腿就跑。"老头子！走！"徐正妈像游击队员，徐正爸断后。素敏腿脚不好，根本追不上。小捷疯了一样："孩子呢！"素敏说不出话，指着不远处老两口的背影。刘小捷只好去追，雪越下越大，地滑，小捷摔了好几个跟头，爬起来继续追。奇怪，徐正爸妈却稳稳地小步前进。"笑笑！"小捷喊。徐正爸妈颤颤的，嘴里嘀咕："亲孙子，回家喽。"小捷急得要哭，一个劲喊儿子名字。说时迟，那时快，笑笑一偏头，狠狠在徐正妈耳朵上咬了一口，一声惨叫，徐正妈滚在雪地里。笑尘摔了个跟头，没事，起来拍拍雪，往妈妈的方向跑去。

李萍靠在沙发上，握着手机，仔仔细细看家骏发来的短信。这几日，她冒充女儿跟家骏聊了不少来回，心思也多少有点松动——这小子是真喜欢佳佳。李萍心想，要不成全他们算了，可是，局面已经这样，她被自己架在那，总不能立刻开门放人，那等于认输，这不是她李萍的一贯作风。

"佳佳——"李萍喊，"中午想吃什么？"李萍不做饭，最近一律叫外卖，李竹上幼儿园，中午不回来。"佳佳。"李萍沉稳地又叫一声，没人回应；李萍又叫了一声，还是没应。李萍站起来，走到房门口，敲敲门板。"陈佳佳！"她有点不耐烦。依旧毫无回音。一道血流从门缝渗出来，李萍惊得差点没站稳，一个坏念头在脑中闪过。这孩子不会真是……李萍不敢往下想。血越流越多，门口一摊，李萍手颤抖着，钥匙两次都没能插进锁孔。好容易插进去了，一扭，门还是不开。

很不幸，门从里面被反锁了。李萍急得一头汗，拼命拍门撞门，呼喊着女儿的名字，可是，一点回音都没有。女儿自杀了？天！她真敢！李萍感觉自己眼看要成为千古罪人。"陈佳佳！"她嘶喊着，刻骨的痛让她意识到自己是一名母亲。她用力撞门，一下，两下，门丝毫不给她面子，纹丝不动。再撞。撞！有意思的是，这一下，门自己开了。李萍撞了个空，整个身子像一颗炮弹一般打进去，撞在南墙上，她哎哟一声倒在地上。

陈佳佳抓住机会，迅速闪出门，抓起自己的手机就往外冲。李萍起来一看，人没了，地上一只死鸽子，床单上到处是血。"死丫头！"李萍愤怒，她被愚弄了，连忙追出去。佳佳一边跑，一边打电话。开机，拨号，只可惜一直没信号，SIM卡已被取出，她手里抓着的是裸机。"站住！陈佳佳！"老妈在后头追着。佳佳只能跑，好在她年轻，跑步还比得过老妈，陈佳佳直接朝派出所方向跑去。

165

纵火应被拘留，但鉴于徐正妈右侧手臂骨折，警察决定从缓处理。那场火迅速被扑灭，对外，物业说是一场虚惊。

因为怕被抢孩子。王素敏终日惶惶不安。她道："要不要让你姐过来？"小捷却说不用，兵来将挡水来土掩。这一天，她曾经很害怕，可真等到来了，她又觉得，与其躲在后面，不如迎上去解决。经历了那么多，小捷恍然觉悟，人生不过是解决一个又一个问题，眼前的问题，和她过往遇到的，并没有本质的不同。

"我去医院一趟。"小捷对素敏说。她要去看看徐正妈。"你疯啦！"素敏瞪大眼睛，"那还不把你撕碎了？！""妈，没那么严重。"小捷保持冷静，"这事还得摊开来谈，告到法院对大家没好处。如果知道前面还有个孩子，徐正的家庭可能解体。如果再闹，对我事业发展也没有好处。廖姐说了，有人想注资，现在不能出问题。"素敏问："你打算怎么谈？""直接谈。"小捷道。这招是跟钱峰学的，有什么比直接挑明真相更有力量，很多事情，躲是躲不过的。"我陪你。"素敏坚定地说。

徐正妈躺在医院病床上，喋喋不休地骂着老头，她认为那天失败完全是徐正爸没做好掩护工作，两个人你一言我一语拌嘴。徐正不耐烦："少说两句行不行？！ 就这么去了，惹一屁股事回来，乔恩知道怎么办？"徐正妈用另一只手打儿子头："还不是你惹的屁事！ 在外面丢蛋自己都不知道！""行了！"徐正愤怒，"当初要不是你们阻拦，能有今天吗？ 孙子咬了奶奶，全是报应！"

徐正妈气上来，呜呜哭。小护士敲门："亲友探病。"小捷站在门口，拎着果篮，亭亭玉立。徐家三口人瞬间呆了。"阿姨，我来看看你。"不待招呼，小捷就走到病床前，扬手不打笑脸人。徐家人不好发作。"没大问题吧？"小捷问。"你什么目的？"徐正妈找回凶悍。徐正不说话，单手捂着左边脸。"我来谈谈孩子的问题。"小捷单刀直入，三个人面面相觑。小捷款款道："因为历史原因，我和阿正没能在一起。后来我才发现自己怀孕了，为了不给你们添麻烦，我决定一个人抚养孩子。我咨询过律师，从法律上说，我有权不经男方同意自行生育。现在孩子还小，我是笑笑的天然监护人。当然，如果这事闹到法院，对阿正现在的婚姻没有好处，你们还得每个月给孩子抚养费。为了不给你们添麻烦，这样好不好，每个月允许你们探视孩子一次。笑笑是非婚生的孩子，他需要受到保护。这样私下处理，对你们，对笑笑都好。不知道阿姨和叔叔是什么意思？"徐正爸妈咋舌，他们怎么也想不到小捷会来谈判。

小捷又对徐正说："阿正，上次西单的事情，大家都在气头上，很不好意思。你是孩子的爸爸，我希望我们能处理好里面的关系。"徐正发蒙，不知说什么好。徐正妈挥舞着单臂，道："你的建议，目前我同意，但是我们有个要求，如果你再婚，孩子得归还徐家。"小捷温柔回击："阿姨，再不再婚是我的自由，你不能这么要求我。你总不至于认为我再婚了，就会虐待自己的亲生骨肉。"徐正爸喝道："那不行，你再婚等于再走一家，我们徐家的骨肉，不能流落外姓人家！"

小捷一笑："叔，都什么年代了，还有这种思想？我不认为再婚我就是丈夫的从属，也不认为那样孩子就流落到外姓。你的这个要求，恕我不能答应。当然，你们有选择的自由，如果你们不满意，可以起诉，法院那一套相信你们也都见识了，我不会让步。真到了那一步，可就一点情分都没有了。"停了一下，小捷又说："过去吵吵闹闹，我也有错。在这，我向叔叔阿姨赔个不是。"说着对徐正爸妈轻轻鞠了个躬。"阿正,"她又对徐正说,"这些年阴差阳错,我们都受到很大伤害。但过去了就过去了,希望以后大家还是朋友。"这是小捷的权宜之计,当务之急,她必须稳定住局面。三人傻眼。小捷又道:"我不希望走到那一步。孩子长大了,知道父母曾经发生过那样不愉快的战争,一定不是一个美好的回忆。让过去的过去,面向未来。"

小捷的"和平外交"令徐家父母很不适应。只是,孩子他们也见识了,见面就是一口,抱过来也养不熟。权衡再三,徐家勉强同意小捷的提议。说话间,徐正妈的手机响,是乔恩拨过来的视频,徐正妈连忙接了,乔恩用蹩脚的中文叫她妈,宝贝孙女也出现了,叫奶奶爷爷。乔恩说她马上回中国,还要给公婆包饺子,徐正爸妈连忙说好。全程,刘小捷都站在一侧回避,那是一个新的家庭。儿媳妇、孙女要回国,徐正爸妈也知趣,对望望,又看看儿子,这么闹下去,搞不好鸡飞蛋打,两边都难受。退一步海阔天空,眼下最好的处理方式,便是相安无事。既然小捷同意他们探视孩子,那就当在外面养了个孩子吧。

尘埃落定,刘小捷礼貌寒暄几句,优雅道别。走出医院大厅,小捷突然想流泪。她为自己哭,为孩子哭,她甚至在为徐家二老和徐正流泪,生命像河,不舍昼夜,奔腾向前,她庆幸自己过了那道险滩。素敏迎上来,紧张地问:"怎么样? 他们欺负你了?""没有。"小捷擦拭眼泪。"他们同意?"素敏惊喜,这是徐家人第一次"讲理"。"应该同意吧。"素敏抓住女儿的手,高兴得不知怎么办:"老天有眼,老天有眼,想吃什么,我请客。"母女俩走出医院上了车,刘小捷还在想去哪里吃饭,手机忽然响了,是家骏打来的。

李萍和佳佳一人坐一边,佳佳显得楚楚可怜,李萍在跟派出所女警解释:"警察同志,我是在教育女儿,纯属家庭内部问题。"女警道:

"据受害人反映，你有限制她人身自由的行为。"李萍单手举起，做发誓状："没有，绝对没有。"佳佳插嘴："她阻碍恋爱自由婚姻自主，她是封建家长，把我关起来属于犯罪！"女警察看李萍，李萍略厌，赔笑说："警察同志，她说的不是事实。我不反对，我反对这个干什么？"女警转头对佳佳说："恋爱结婚，也应该听听家长的意见。"李萍得警察撑腰，立刻道："听听听听，我的话不听，警察同志最公道。"女警见母女俩纯粹斗嘴，也懒得管这种家务事："你们协调好，意见即便不统一，也不能用暴力手段。"

佳佳躲着李萍，对女警说："让她把手机给我。"女警目光调向李萍，李萍道："给你。给你。"说着递过手机——佳佳的卡装在一只旧手机里。女警接过手机，又递给佳佳。陈佳佳神气活现，俨然胜利一方，指了指她妈："你先出去。"手机响，李萍四望了一下，才意识到声音是从自己屁股后头发出来的，她接起电话，面目愈发严肃。陈佳佳趁李萍打电话，作势要溜。李萍挂了电话，一声暴吼："陈佳佳！"佳佳小跑着，像逃出猎坑的小鹿。李萍声音更大："你跑吧！你爸都要死了！你跑！"佳佳停住脚步，回头看老妈，眼神满是疑惑。李萍挥挥手："你走，走走，走！"佳佳走到老妈面前："我爸怎么了？"李萍深吸一口气，说不出话来。

最初以为是感冒，也是按感冒治的。可无论中医西医，药用下去，烧一直不退。去综合医院，院方得知陈卓的病史，建议随时准备住加护，全家立即紧张起来。当晚，陈卓高烧四十摄氏度，一直到早晨，一直在挂吊瓶，医生给下了第一张病危通知单。小敏和天福守在旁边。天福先乱了，他第一感觉是必须把佳佳喊来，毕竟她是陈卓唯一的女儿。如果有个三长两短，女儿总不能不在身边。天福又抓住小敏的手："神医，上次你不是救了兰子和小竹子，你快救救他。救人呐……"

小敏为难极了，能施救的手段，她在家早试过了，全部无效，才就近送来潞河医院。就怕是复发，救治难度会增大很多。

刘小敏只能一边安慰天福，一边联系转院，她想让中医科学院的师兄再帮陈卓会诊一次。"敏……"陈卓无力地伸出手，小敏连忙抓牢了。"佳佳呢？"他问。天福连忙回答："马上就到。""家骏呢？"陈卓这么问，小敏愣了一下，马上回应："就来，在路上呢。"说完让天福照看着，她出去给家骏打电话，同时也打了个电话给老妈素敏。小捷忙，又要照顾笑尘，她没让妹妹过来。过了约莫十五分钟，佳佳来了，李萍跟着。一进门，李萍就问怎么回事，用埋怨的口吻："之前不都好好的，这怎么……"说了不吉利，她只好刹车。天福摆摆手，抹泪。佳佳蹲在陈卓跟前，哭了，从小到大，爸是她最坚强的后盾，即便在老爸患癌的日子里，佳佳也总觉得，爸爸是战无不胜的。果然，陈卓战胜了癌症，只是眼下，看着老爸苍白衰老的面孔，佳佳有种不祥的预感。她会失去老爸吗？如果老爸离开，那么世界上只剩一个老妈跟她相依为命，佳佳忍不住喷泪。陈卓抚摸着她的头："哭什么，傻孩子，爸爸没事……"陈卓挥挥手，让人都出去，他要跟佳佳单独说几句，小敏、李萍和天福只好撤出病房。李萍站在走廊那端，拉着天福，孤立小敏，小敏不理会，默默望向窗外。

佳佳握着老爸的手。陈卓微笑着："你以后……要听你妈的话……""不要。"佳佳拧着脖子。"她不会害你的。""就是她害我。""你跟家骏……好好在一起……好好做公司。"佳佳眼泪一下又涌出来，太委屈，她的情路简直比蜀道还要坎坷。"我妈不同意！"佳佳愤愤然。"会同意的。"陈卓摸着女儿的头。

简单说完，陈卓让佳佳叫小敏进来，李萍伸着头，有点不悦。刘小敏来到陈卓跟前，握着他的手。陈卓眼中慈光无限，声若游丝：

"我最放心的……就是你……"小敏连忙说:"别说这些……小病小灾……抬抬腿就过去。"陈卓照说自己的:"以前我判断错误,总觉得万一我走了,你不会也不应该你照顾爸。"小敏凝望着他,眼睛红红的。陈卓继续说:"爸以后还得你照顾。"眼泪从小敏眼眶滑落:"别说了。""我知道……你看不上佳佳……可两个孩子挺好的……佳佳有做得不到的地方……你多帮助她……她从小不在妈妈身边长……好多人情道理粗放些……以后你又是妈妈又做婆婆……就当又收留一个孩子……"刘小敏泣不成声。"成全孩子们……好吗?"陈卓用尽全力。小敏点点头。

　　李萍跟天福说话。冷不防刘小敏走到她面前:"老陈叫你。"李萍昂着头,大踏步走进去。刚进病房,陈卓就要起来,李萍忙说,你干吗,你别动,可陈卓还是要下床,李萍连忙搀扶住他。陈卓要下跪,李萍惊得不知怎么办才好,好容易扶上床坐,两个人好好说话。李萍埋怨:"你这干吗呢?苦肉计?知道我心软,还来这套。"陈卓一笑,苦涩地说:"人……到哪天谁都不知道。"李萍道:"别说这些没用的。"陈卓道:"小萍……我就求你一件事……""你说。"李萍爽快,看陈卓这样子,她心疼。"成全孩子们……别打坝子……"陈卓道。李萍不动,脸跟水泥浇筑似的。"碰到个能降住佳佳的……不容易……"陈卓道,"不然咱们这女儿……能把全北京城掀起来……小萍……真心相爱有什么错呢……"李萍还是不动。陈卓又要下床,李萍不耐烦:"行啦,我没说不同意,还演上瘾了。"其实看到家骏发过来的那些剖白心曲的短信,李萍已经有些动摇。女人嫁个潜力股,总好过去安定医院嫁女儿,佳佳是她生的,青出于蓝胜于蓝,雏凤清于老凤声。她服输。

　　陈卓要去洗手间,李萍只好让开。"要扶吗?"她问。陈卓说不用,过了好一会儿,陈卓还没出来。李萍到洗手间门口,喊了一声老陈。

没人应，再喊，还是没人回答。她推开门，只见陈卓倒在地上，李萍顿时失色，夺门而出，对着走廊大喊，救人呐！小敏、佳佳、家骏和天福，连忙跑了进去。

刘小捷赶到机场，耳边听筒里传来音讯：您所拨打的电话暂时无法接通。小捷来到登机口，询问服务人员航班情况，服务人员简单作答，小捷抬头朝外眺望，大厅之外的远处，一架飞机慢慢腾空，越飞越高，终于变成一颗小点，消失于灰白色的天幕。

166

两年后。

攥着个紫砂壶，天福坐在太阳地里。李兰在一旁晾衣裳，天福一伸手："手机给我。""自己拿去。"过成老夫老妻，李兰不再惯着天福。陈天福只好起身，去饭桌上拿来手机。翻了翻通讯录。李兰见情况不对头，问他想干吗。天福道："打给亲家母。""又作什么妖？"天福道："金波都来了。她能不来吗？好不容易凑到一起，拍了这次，还有没有下次都难说。"李兰道："不是一家子，搁一块拍什么全家福？"天福解释："拐弯都有亲。再说，四海本是一家……"李兰听不下去，转身回屋，由得他闹去。

王素敏接完电话，把手在围裙上揩了揩，小捷见她面目严肃，问："怎么了？如临大敌的。"素敏道："陈卓爹邀请咱们去拍全家福。""咱们？""咱们，你，我，你姐，笑尘，家骏，还有小钱。""去呗。"小捷双手护着肚子，她的小腹微微隆起。素敏解围裙："我这头发得染染吧。""自自然然好。"素敏对着抽油烟机的不锈钢板壁照照:"太阳穴以上都不能看,全白毛。""染染。"小捷顺着老人。"走。"素敏迫不及待。"我不能闻那味。"小捷有孕在身。

李萍把柜门打开,衣服被翻得乱七八糟,洪卫在一旁看不过,忍不住道:"翻了几天啦,不就拍张照片么,不至于吧。"李萍拎着个套装,若有所思:"照这种照片,最为难。画面里不是你一个,打扮得太年轻吧,怕把人衬得太老;盛装出席吧,又怕其他人显寒碜。那个尺度——非常难拿捏。"李萍撮手指。洪卫略带讽刺:"真是好人。"他看书,不看她。"这套怎么样?"李萍问。洪卫迟钝地抬起头,只见眼前的李萍穿着一身缎面亮光绿色旗袍,胸前挂着一串硕大的珍珠项链,他多少有点吃惊,但又必须表现出处变不惊的样子。"不错。""说实话。""真不错,"洪卫停一下,又故意刺激她,"你不会是害怕小敏……"李萍截话:"怕什么?我跟你说,要不是佳佳死心眼,我绝不会跟这种女人做亲家。不过现在既然做了,那我就要礼让三分。""知道你大度。"洪卫笑道。"我美么?"李萍摆了个 pose。"美炸了。""炸?我不喜欢。"李萍蹙眉。"美翻了。""不喜欢翻。""美极了。""凑合。"李萍勉强接受礼赞。

刘小敏也为穿衣服发愁,对着穿衣镜,她问陈卓:"你说我是化妆还是不化妆?""淡妆吧。""我素颜不能看?"小敏转过头问。"不是那意思。""里外操劳,以后我也得跑跑美容院。""坚决支持。"陈卓表态,"不过中医调理保障更厉害,由内而外的。"小敏把早餐端到桌子上,又叮嘱陈卓,等会儿出门多穿点。陈卓剥着鸡蛋,小敏这才得空出门去收拾头发。